UN CHÂTEAU EN FORÊT

DU MÊME AUTEUR

Les Nus et les Morts. Albin Michel, 1966 (Livre de Poche, 1985).
Rivages de barbarie. La Table ronde, 1967 (Folio, 1977).
Pourquoi sommes-nous au Vietnam ? Grasset, 1968 (Les Cahiers rouges, 1987).
Les Armées de la nuit. Grasset, 1970 (Les Cahiers rouges, 1993).
Bivouac sur la Lune. Laffont, 1971.
Prisonnier du sexe. Laffont, 1971.
Un caillou au paradis. Laffont, 1973.
Le Parc aux cerfs. Presses de la Cité, 1974 ; Denoël, 2004 (10/18, 1981).
Le Chant du bourreau. Laffont, 1980.
Mémoires imaginaires de Marilyn. Laffont, 1982 (10/18, 1991).
Vie et débauche : *voyage dans l'œuvre d'Henry Miller*. Buchet-Chastel, 1983.
Nuits des temps. Laffont, 1983.
Les vrais durs ne dansent pas. Laffont, 1984 (10/18, 2003).
Morceaux de bravoure. Laffont, 1984 (Folio, 1992).
Marilyn. Ramsay, 1985.
Un rêve américain. Grasset, 1985 (Les Cahiers rouges, 2007).
Publicités pour moi-même. Arléa, 1989.
Harlot et son fantôme. Laffont, 1992.
Oswald. Un mystère américain. Plon, 1995.
L'Evangile selon le fils. Plon, 1998.
L'Amérique : essais, reportages, ruminations. Plon, 1999.
Le Combat du siècle. Denoël, 2000.
Pourquoi sommes-nous en guerre ? Denoël, 2003.
Portrait de Picasso en jeune homme. Denoël, 2004.

NORMAN MAILER

UN CHÂTEAU EN FORÊT

Traduit de l'anglais (États-Unis)
par
Gérard Meudal

FEUX CROISÉS
PLON

Titre original
The Castle in the Forest

Collection Feux Croisés

Ce livre est publié
sous la direction éditoriale
d'Ivan Nabokov

ISBN Plon : 978-2-259-20134-6
ISBN édition originale : Random House, New York, 978-0-8129-7812-4

www.plon.fr

À mes petits-enfants, Valentina Colodro, Alejandro Colodro, Antonia Colodro, Isabella Moschen, Christina Marie Nastasi, Callan Mailer, Theodore Mailer, Natasha Lancaster, Mattie James Mailer, Cyrus Force Mailer, et à ma petite-nièce Eden River Alson ainsi qu'à mes filleuls Dominique Malaquais, Kittredge Fisher, Clay Fisher, Sebastian Rosthal et Julien Rosthal.

LIVRE I

À LA RECHERCHE DU GRAND-PÈRE DE HITLER

1

Appelez-moi donc DT. C'est une abréviation pour Dieter, un prénom allemand, DT fera très bien l'affaire à présent que je vis dans cet étrange pays, l'Amérique. Si je dois puiser dans mes réserves de patience, c'est que le temps qui passe ici n'a pour moi aucun sens, ce qui prédispose à la révolte. Est-ce pour cette raison que j'écris un livre ? Avec mes compagnons d'autrefois nous devions jurer de ne jamais nous lancer dans ce genre d'entreprise. N'étais-je pas membre, après tout, d'une organisation secrète exceptionnelle ? Elle répondait à la dénomination de SS, Section spéciale IV-2a, et nous étions placés directement sous l'autorité de Heinrich Himmler. On le considère aujourd'hui comme un monstre et mon propos n'est pas de le défendre, il s'est révélé un monstre de la pire espèce. Néanmoins, il avait une tournure d'esprit singulière et c'est bien l'une de ses théories qui m'a incité à me lancer dans ce projet littéraire qui, je peux le garantir, sortira de l'ordinaire.

2

La pièce où Himmler s'adressait à notre groupe d'élite était une petite salle de conférences aux lambris de noyer foncé et ne contenait que vingt sièges alignés en quatre rangées de cinq places chacune. Je ne vais pas m'appesantir sur ce genre de description, je préfère m'intéresser aux idées peu orthodoxes de Himmler : elles pourraient bien avoir été à l'origine du projet d'écrire cet ouvrage, qui devrait s'avérer dérangeant. Je sais que je vais devoir affronter des tempêtes, pourtant il me faut éradiquer nombre d'idées reçues. Une telle perspective provoque le chaos dans mon esprit. Chez les agents secrets, la tendance est généralement de taire les découvertes que l'on fait. La dissimulation est un art mais je me lance ici dans une aventure où je vais devoir renoncer à de tels talents.

En voilà assez ! Laissez-moi vous présenter Heinrich Himmler. Toi, lecteur, tu dois te préparer à une rencontre plutôt désagréable. Cet homme, que derrière son dos on surnommait Heini, était devenu en 1938 un des quatre dirigeants les plus importants en Allemagne. Et pourtant, son véritable centre d'intérêt, celui auquel il s'adonnait en secret avec délices, c'était l'étude de l'inceste. Cette question faisait l'objet de nos recherches les plus approfondies et nos découvertes restaient confinées à des conférences secrètes. Selon Heini, l'inceste avait toujours été très répandu chez les pauvres de tous les pays. Notre paysannerie allemande elle-même en avait été gravement affectée, très longtemps, jusqu'au XIXe siècle. « En principe, faisait-il remarquer, personne parmi les gens cultivés ne daigne aborder cette question. Après tout, on n'y peut rien. Qui irait se mêler de prouver que tel pauvre diable est bien un produit de l'inceste ? Non, n'importe quelle institution de n'importe quelle nation civilisée s'empresse de dissimuler ce genre d'histoires sous le tapis. »

Ou plutôt, tout dirigeant politique de n'importe quel pays du monde, à l'exception de notre Heinrich Himmler. Les idées les plus extraordinaires germaient derrière ses tristes lunettes. Il me faut insister sur le fait que cet homme au visage insignifiant et au menton fuyant affichait une expression étrange, un mélange déroutant de brio et de stupidité. Ainsi, il affirmait être païen et prédisait un avenir radieux à l'humanité lorsque le paganisme aurait étendu son empire sur le monde. Chaque âme jouirait alors de plaisirs auparavant inacceptables. Pourtant, aucun d'entre nous n'arrivait à imaginer une orgie où l'appétit sexuel atteindrait de tels sommets qu'il pourrait s'y trouver une femme prête à s'envoyer en l'air avec Heinrich Himmler. Oh non, même en faisant preuve d'idées radicalement novatrices ! Car on voyait toujours en lui le visage qu'il avait dû avoir autrefois au bal du lycée, le regard renfrogné du binoclard contemplant la tapisserie à fleurs, l'allure gauche d'un jeune homme, grand, mince, mal dans sa peau. Et déjà il avait un peu de ventre. Il était là, résigné, à attendre dans un coin pendant que les autres dansaient.

Au fil du temps il s'intéressa de plus en plus, de manière obsessionnelle, à des sujets que généralement on n'ose pas évoquer ouvertement (ce qui d'ailleurs, je dois le reconnaître, est souvent le premier pas sur la voie des idées nouvelles). Il s'attacha plus particulièrement à la question de l'arriération mentale. Pourquoi ? Parce que Himmler croyait en la théorie selon laquelle, en matière de possibilités humaines, le pire côtoie le meilleur. Il était enclin à penser que des enfants brillants issus de familles obscures et modestes pouvaient être des « fruits de l'inceste ». Le mot allemand qu'il avait forgé était *Inzestuarier.* Il n'aimait pas le terme par lequel on désigne communément ce genre de mésaventure, *Blutschande* (scandale sanguin) ou, comme on le dit parfois dans des cercles plus raffinés, *Dramatik des Blutes* (drame de la consanguinité).

Aucun d'entre nous ne s'estimait suffisamment qualifié pour affirmer que cette théorie n'était pas sérieuse. Dès les premières années de la SS, Himmler avait jugé que l'un de nos besoins essentiels était le développement de groupes de recherches de pointe. Nous avions le devoir d'aller au fond des choses. Comme le disait Himmler, la santé du national-socialisme dépendait de rien de moins que de ces *letzte Fragen* (questions ultimes). Nous devions nous pencher sur des problèmes que les autres nations n'osaient pas envisager. L'inceste était le tout premier de la liste. Le génie allemand devait reprendre sa place de guide du monde civilisé. Pour sa part, en fonction d'un lien qu'il établissait tacitement, un surcroît de gloire lui reviendrait à lui, Heinrich Himmler, pour son approche originale et décisive des problèmes du monde rural. Il soulignait volontiers ce point sous-jacent, à savoir qu'on ne pouvait comprendre l'agronomie sans une parfaite connaissance du paysan. Et que la compréhension de l'homme de la terre passait par l'étude de l'inceste.

À ce stade, je vous assure, il ne manquait jamais de lever la main, imitant précisément ce petit geste dont Hitler était coutumier, une légère torsion affectée du poignet. C'était la façon qu'avait Heinrich de dire : « Venons-en au plat de résistance, et avec lui aux légumes. » Puis il se lançait dans un véritable discours. « Oui, disait-il, l'inceste, voilà une excellente raison pour justifier la piété des vieux paysans. Une peur aiguë du péché peut se manifester par une de ces deux attitudes radicalement opposées, une pratique religieuse totalement dévote ou bien le nihilisme. Je me souviens de cette phrase du marxiste Friedrich Engels, que j'ai lue quand j'étais étudiant : "Quand l'Église catholique a décidé qu'on ne pouvait prévenir l'adultère, elle a rendu le divorce impossible." Remarque brillante, même si elle provient d'un esprit faux. On peut en dire autant de l'inceste. Il est impossible à prévenir, c'est la raison pour laquelle le paysan s'applique à la dévotion religieuse. » Il hochait la tête puis renouvelait son geste comme s'il fallait au moins ces deux hochements de tête pour nous convaincre de sa profonde sincérité.

Combien de fois, demandait-il, le paysan moyen des siècles passés parvenait-il à échapper à ces tentations de la chair ? La chose, après tout, n'était pas si facile. Les paysans, il fallait le reconnaître, n'étaient généralement pas très séduisants. Ils avaient les traits marqués par la dureté de leurs tâches. De plus, ils empestaient les champs et l'étable. Les odeurs corporelles dépendaient de la chaleur des étés. Dans de telles conditions, les instincts primaires ne pouvaient-ils pas allumer des penchants interdits ? Compte tenu de la pauvreté de leur vie sociale, comment pouvaient-ils acquérir assez d'aisance pour se tenir à l'écart des relations embrouillées entre frères et sœurs, pères et filles ?

Il n'allait pas jusqu'à évoquer l'enchevêtrement de membres et de torses formé par trois ou quatre enfants dans le même lit ni la gaucherie naturelle de cet acte, le plus agréable de tous, cette course charnelle fiévreuse et essoufflée jusqu'aux sommets du plaisir physique, mais il affirmait : « Ils furent nombreux dans le monde rural à considérer bon gré mal gré que l'inceste était une possibilité acceptable. Qui était le plus à même de trouver du charme aux traits honorables mais marqués par le travail d'un père ou d'un frère ? Les sœurs bien sûr ! Ou les filles. Et c'étaient souvent les seules. Le père, leur ayant donné le jour, restait le centre de leurs attentions. »

Il faut accorder ceci à Himmler. Il avait engrangé des théories dans son esprit pendant deux décennies. Grand admirateur de Schopenhauer, il accordait beaucoup d'importance à un mot qui était encore relativement nouveau en 1938, les gènes.

Ces gènes, disait-il, étaient l'incarnation biologique du concept de Volonté chez Schopenhauer. Ils constituaient l'élément fondamental de cette mystérieuse Volonté. « Nous savons, disait-il, que les instincts peuvent se transmettre d'une génération à la suivante. Pourquoi ? Je dirai qu'il est dans la nature de la Volonté de rester fidèle à ses origines. Je qualifierai même ce phénomène de Vision, oui, messieurs, une force nichée au cœur même de notre existence humaine. C'est cette Vision qui nous distingue des animaux. Depuis les premiers temps de notre présence sur terre, nous autres humains nous avons cherché à atteindre les sommets invisibles qui se dressent au loin.

« Une si grande ambition se heurte évidemment à des obstacles. Le meilleur de notre patrimoine génétique doit être capable de survivre aux privations, aux humiliations et aux tragédies de la vie au cours de ce processus qui voit les gènes se transmettre de père en fils, de génération en génération. Les grands chefs, je peux vous le dire, sont rarement le produit d'un seul père et d'une seule mère. Il est plus vraisemblable qu'un chef exceptionnel soit celui qui a réussi à briser les liens qui entravent les individus frustrés d'une dizaine de générations qui n'ont pas pu atteindre leur Vision au cours de leur existence mais qui l'ont transmise par leurs gènes.

« Inutile de préciser que je suis parvenu à ces conclusions en méditant sur la vie d'Adolf Hitler. Son ascension héroïque trouve un écho dans nos cœurs. Il provient comme nous le savons d'une longue lignée de paysans modestes et sa vie représente donc une réussite surhumaine. Nous ne pouvons qu'être confondus d'admiration. »

Nous autres, agents secrets, ne pouvions nous empêcher de sourire intérieurement. Nous venions d'assister à la péroraison. À présent, notre Heinrich allait aborder ce que les Américains appellent le côté pratique. « La véritable question que l'on doit se poser, disait-il, est de savoir comment l'éclat de la Vision parvient à se protéger sans se laisser ternir par les mélanges. On peut voir le phénomène implicitement à l'œuvre dans le processus de la reproduction dite normale. Pensez aux multimillions de spermatozoïdes. Un seul d'entre eux devra faire la totalité du parcours jusqu'à l'ovule de la femelle. Pour chaque spermatozoïde isolé nageant dans la mer utérine, cet ovule doit paraître aussi impressionnant qu'un énorme cuirassé. » Il marquait une pause avant de hocher la tête. « Le sens du sacrifice qui entraîne des guerriers à donner l'assaut à une crête sinistre doit exister chez le spermatozoïde en bonne santé. L'essence de la semence mâle est la faculté d'accepter ce genre d'immolation pour permettre à l'un des spermatozoïdes, au moins, d'atteindre l'ovule. »

Il nous contemplait. Partagions-nous son enthousiasme ? « Une autre question se pose aussitôt. Les gènes de la femme seront-ils compatibles avec ceux du spermatozoïde qui a atteint l'ovule ? Ou bien ces deux éléments vont-ils découvrir que leurs gènes respectifs vont entrer en conflit ? Vont-ils se comporter comme mari et femme dans un ménage mal assorti ? En effet, je dirai que la mésentente est le cas le plus fréquent. La rencontre peut offrir suffisamment de compatibilité pour entraîner la procréation, mais la combinaison des gènes a peu de chances d'instaurer une véritable harmonie.

« Ainsi, quand nous envisageons le désir humain de créer cet homme qui incarnera la Vision, le Surhomme, il nous faut évaluer les chances que cela se produise. Sur un million de familles, il n'y en a même pas une seule où mari et femme présentent des similitudes génétiques suffisantes pour donner naissance à un enfant miraculeux. Pas une, peut-être sur une centaine de millions. Non ! » Il faisait à nouveau ce geste de lever la main. « Disons qu'on serait plus proches du million de millions. Dans le cas d'Adolf Hitler, les chiffres atteignent les proportions vertigineuses que l'on rencontre dans l'astronomie.

« Ainsi, messieurs, la logique suggère qu'un Surhomme capable d'incarner la Vision soit lié obligatoirement au croisement de patrimoines génétiques exceptionnellement proches. C'est la seule façon qu'ont des incarnations distinctes de la Vision de se renforcer mutuellement. »

Tout le monde voyait où Heinrich voulait en venir. L'inceste offrait la meilleure possibilité de réaliser une telle unité.

« Cependant, poursuivait Himmler, pour être juste, il faut aussi admettre que la vie n'est pas toujours prête à entériner un tel événement. Ce sont des hommes et des femmes débiles qui viennent généralement au monde, produits par de telles intimités familiales. Il faut reconnaître que les fruits de l'inceste souffrent généralement de maladies infantiles et meurent prématurément. Les anomalies sont nombreuses, parfois même les difformités physiques monstrueuses. »

Il se tenait là, sévère et triste. « C'est le prix à payer. Si de nombreuses dispositions positives sont susceptibles d'être renforcées dans le cas de l'inceste, il arrive aussi que des tendances déplorables soient amplifiées. L'instabilité est ainsi un résultat fréquent de l'inceste et l'idiotie veille souvent en coulisses. Et lorsqu'une possibilité vitale se présente pour le développement d'un grand esprit, cet être exceptionnel doit encore affronter une multitude de frustrations assez graves pour détraquer un cerveau ou entraîner une mort prématurée. » Ainsi parlait Heinrich Himmler.

Nous savions tous ce que sous-entendaient ces réflexions. À l'époque, en 1938, nous enquêtions (dans le plus grand secret, comme vous pouvez le croire) sur la question de savoir si Hitler était l'enfant d'un inceste au premier ou au second degré. Ou pas du tout. Et dans ce cas, les théories de Himmler se trouveraient sans fondement. Mais si notre Führer était véritablement le produit d'un inceste, alors il n'était pas seulement une illustration éclatante de cette thèse, il en était la preuve même.

3

Je suis prêt à évoquer cette obsession qui entourait Hitler. Pourtant, rien n'accable plus l'esprit que de devoir vivre avec une question sans réponse. Aujourd'hui encore, Hitler demeure une question obsédante, la première. Y a-t-il un seul Allemand qui ne cherche à le comprendre ? Y en a-t-il un seul qui ait pu trouver une réponse satisfaisante ?

Je vais vous surprendre. Je ne connais pas ce genre de dilemme. Je vis avec la certitude que je suis en mesure de comprendre Adolf. Le fait est que je le connais bien. Je dois le répéter. Je le connais de la tête aux pieds ou, pour citer les Américains, toujours amateurs de grasse vulgarité, j'oserai dire que je le connais « du trou du cul jusqu'à la gueule ».

Nonobstant, je suis moi aussi obsédé. Mais par une question totalement différente. Quand j'envisage de raconter comment je peux détenir un tel savoir, je suis saisi d'angoisse comme si je m'apprêtais à plonger en pleine nuit dans l'eau noire du haut d'une falaise à pic.

Qu'il soit bien clair, par conséquent, que pour commencer je procéderai avec précaution et ne ferai état que des faits déjà arrivés à la connaissance des SS.

Pour le moment, cela devrait suffire. On peut évoquer certaines particularités liées à ses racines familiales. Dans la Section spéciale IV-2a, comme je l'ai déjà expliqué, nous entourions nos découvertes de la plus parfaite discrétion. Il le fallait. Nous étions toujours prêts à aller fouiller dans des histoires peu ragoûtantes, vivant dans la hantise de déterrer une affaire suffisamment vénéneuse pour mettre le Troisième Reich en péril.

D'un autre côté, nous avions des raisons d'être confiants. Une fois que nous aurions découvert certains faits, même s'ils se révélaient gênants, nous pourrions toujours arranger la vérité et les présenter de manière à raviver la fibre patriotique du peuple. Évidemment, nous ne pouvions pas savoir à l'avance si toutes nos découvertes pourraient s'accommoder de ce traitement. Nous pouvions tomber sur une affaire réellement explosive. Comme par exemple que le grand-père paternel d'Adolf Hitler soit juif.

4

C'était là une possibilité. Les autres étaient presque aussi épouvantables. Pendant un certain temps, nous nous sommes livrés à une enquête sur une rumeur plus ou moins comique mais délicate. La monorchidie. La question était de savoir si notre Führer appartenait à cette catégorie d'hommes infortunés et hyperactifs qui ne possèdent qu'un seul testicule. Le fait est qu'il se couvrait invariablement le bas-ventre d'une main protectrice chaque fois qu'on s'apprêtait à le prendre en photo, un geste classique et bien compréhensible si le but est de protéger le testicule restant. Remarquer cette preuve de vulnérabilité est une chose, en vérifier la cause en est une autre. On pouvait certes obtenir assez facilement des résultats en interrogeant les quelques femmes qui avaient eu des relations intimes avec le Führer et qui étaient encore vivantes, mais comment maîtriser les possibles répercussions ? Qu'arriverait-il s'il revenait aux oreilles de Hitler que des agents de la SS étaient, pour ainsi dire, en train de lui tripoter les (la ?) noix ? Il fallut renoncer au projet. Ce fut Himmler qui en prit la décision. « Si notre Chef Bien-Aimé se trouve être le fruit d'un inceste au premier degré, alors toutes les questions de monarchidie deviennent accessoires. La monorchidie n'est qu'un épiphénomène résultant vraisemblablement d'un inceste au premier degré. »

L'évidence même. Il nous fallait revenir à la meilleure hypothèse qui puisse expliquer la légendaire Volonté du Führer, l'inceste.

De plus, nous détestions tous l'éventualité selon laquelle le grand-père paternel d'Adolf Hitler eût pu être juif. Cela aurait non seulement anéanti la thèse de Himmler mais nous aurait obligés à étouffer un scandale considérable.

Notre malaise provenait en partie d'une rumeur qui avait circulé parmi nous huit ans auparavant, en 1930, lorsqu'une lettre était arrivée sur le bureau de Hitler. Le jeune homme qui l'avait écrite s'appelait William Patrick Hitler et il s'avéra qu'il était le fils du demi-frère d'Adolf, son aîné, Alois Hitler Jr. La lettre du neveu avait un vague relent de chantage. Elle évoquait « certains événements communs de notre passé familial ». (Le type était allé jusqu'à souligner ces mots.) Il aurait été dangereux d'envoyer une telle lettre si le neveu avait vécu en Allemagne, mais à l'époque il était installé en Angleterre.

Que pouvaient être « ces événements communs » ? William Patrick Hitler parlait de la grand-mère du Führer, Maria Anna Schicklgruber. En 1837, elle avait donné naissance à un fils qu'elle prénomma Alois. Elle vivait alors dans un endroit misérable appelé Strones où elle demeura d'ailleurs par la suite, un hameau déshérité de la province autrichienne de Waldviertel, et elle recevait régulièrement une petite somme d'argent. Les voisins supposaient qu'elle provenait du père inconnu de son fils.

C'est donc ce garçon qui allait grandir et devenir le père de Hitler. Comme Adolf ne devait naître qu'en 1889 et n'accéderait au pouvoir qu'en 1933, une histoire continuait à circuler parmi les paysans de Strones. C'était que la rente avait été versée par un Juif aisé qui vivait dans la ville provinciale de Graz. Selon la légende, Maria Anna Schicklgruber avait travaillé comme bonne chez le Juif, était tombée enceinte, et avait dû regagner son village. Quand elle apporta l'enfant pour le faire baptiser, le curé de la paroisse nota la naissance en la faisant suivre de la mention « illégitime », ce qui était un cas assez fréquent dans ces contrées. Le Waldviertel était réputé pour être la partie la plus pauvre de l'Autriche. Un siècle plus tard, après l'Anschluss de 1938, je fus moi-même envoyé dans cette région et j'y fis des découvertes, à vrai dire, fascinantes. Il est encore prématuré d'expliquer comment j'ai appris tout ce que je sais, je peux néanmoins livrer mes conclusions. Pour le moment, cela devrait suffire. En temps voulu, j'espère trouver le courage d'en dire davantage.

5

Le Waldviertel, au nord du Danube, est planté de grands pins magnifiques. Waldviertel peut se traduire littéralement par « région boisée » et de grandes forêts silencieuses y étendent un manteau sombre, troué çà et là par la verdure d'un pré. La terre ne s'y prête guère à la culture. Un hameau autrichien perdu dans ces bois incarne la misère la plus crasse. À cette époque, les Hiedler (qui allaient plus tard devenir les Hitler) vivaient à Spital, une espèce de village, et les Schicklgruber, leurs cousins, habitaient Strones, que j'ai déjà évoqué, un patelin boueux, une petite douzaine de cahutes au toit de chaume le long d'une unique ruelle. Si les mares à cochons étaient nombreuses autour des maisons de Strones, dans les champs environnants c'était plutôt la bouse de vache qui dominait et l'odeur âcre du fumier de cheval. C'était le genre d'endroit où chaque paysan devait pousser sa charrue à travers toutes les variétés possibles de boue. Cela allait du magma épais comme de la lave aux ruisseaux de boue en passant par les alluvions de gravier, la fange, la gadoue, la bourbe et les cailloux, les mottes et les pierres, et l'argile ordinaire. Par ailleurs, Strones ne disposait même pas d'une église. Les villageois devaient aller jusqu'au hameau voisin de Doellersheim. Et c'est là que, sur le registre paroissial, on peut relever le nom du fils de Maria Anna, « Alois Schicklgruber, catholique, mâle », et, comme nous le savons déjà, « illégitime ».

Maria Anna, née en 1795, était âgée de quarante-deux ans à la naissance d'Alois en 1837. Issue d'une famille de onze enfants dont cinq n'avaient pas survécu, elle avait certainement dû cohabiter avec plusieurs de ses frères (Himmler n'avait rien à objecter contre cette hypothèse du moment qu'Alois le bâtard était le père d'Adolf). Quoi qu'il en soit, en dépit de l'extrême pauvreté des parents de Maria Anna, celle-ci s'occupa de son fils pendant les cinq ans qui suivirent dans l'une des deux petites pièces que comportait le logement de son père. L'allocation mystérieuse qui parvenait sous forme de versements modestes mais réguliers aida les Schicklgruber à vivre.

Nous étions évidemment très désireux de mettre la main sur une telle pépite – la preuve de relations incestueuses au sein de la famille –, mais cela ne nous autorisait pas à écarter l'hypothèse du Juif de Graz. D'ailleurs, huit ans plus tôt, en 1930, une enquête avait déjà été menée à ce sujet. D'après Himmler, lorsque Hitler avait lu la lettre de son neveu, il l'avait immédiatement expédiée à un avocat nazi, Hans Frank. Le Führer, on l'a peut-être oublié, ne devint Chancelier qu'en 1933, mais dès 1930 Hans Frank cherchait à se faufiler dans le cercle des intimes du Chef.

Frank se trouva ainsi porteur de mauvaises nouvelles au sujet de la grossesse de Maria Anna. Le plus vraisemblable, selon lui, c'est que le père était un jeune homme de dix-neuf ans, fils d'un riche commerçant qui s'appelait Frankenberger et qui, de fait, était juif. Cela semblait plausible. À cette époque-là, le rejeton de bien des familles aisées faisait sa première expérience sexuelle avec une bonne. Il n'était même pas nécessaire que celle-ci eût plus ou moins le même âge. Une telle initiation était acceptée par les mœurs bourgeoises d'une ville provinciale comme Graz et semblait raisonnable du moment qu'on n'en parlait pas. C'était en tout cas bien mieux que de laisser un jeune homme de la bonne société fréquenter les prostituées ou se mettre en ménage trop tôt avec une amoureuse issue d'une famille moins prospère.

Frank affirma qu'il avait vu des preuves décisives. Il raconta à Hitler qu'on lui avait montré une lettre écrite par Herr Frankenberger, le père du jeune homme qui avait couché avec Maria Anna, laquelle promettait le versement d'une pension pour l'éducation d'Alois jusqu'à son quatorzième anniversaire.

Notre Adolf n'accepta pas cette version. Il répondit à Hans Frank que la vérité, telle que la lui avait confiée son propre père Alois, était que son grand-père était le cousin de Maria Anna, Johann Georg Hiedler, qui avait fini par l'épouser cinq ans après la naissance d'Alois. « Tout de même, dit Hitler à Hans Frank, j'aimerais bien voir cette lettre que le Juif aurait adressée à ma grand-mère. » Frank répondit qu'elle n'était pas encore en sa possession. Celui qui la détenait en réclamait une somme trop importante. D'ailleurs la lettre avait certainement été photographiée.

« Avez-vous vu l'original ? demanda Hitler.

— J'ai pu le voir dans son bureau. Mais il était accompagné de deux costauds et avait un pistolet posé à côté de lui. Pour parer à toute éventualité. »

Hitler hocha la tête.

« On ne peut même pas envisager une mort subite pour ce genre de type. La lettre est sans doute cachée à un endroit et la copie à un autre. »

Un souci de plus pour Hitler.

Pourtant, en 1938, nos recherches firent apparaître de nouvelles possibilités. Il ne semblait plus certain que Maria Anna ait continué à percevoir son allocation, cinq ans après la naissance d'Alois. Après leur mariage en 1842, elle et son mari, Johann Georg Hiedler, étaient bien trop pauvres pour posséder leur propre maison. Ils furent même contraints pendant un certain temps de dormir dans une vieille auge défoncée qui avait servi à nourrir le bétail dans la grange d'un voisin. Cela ne prouvait pas bien sûr qu'aucun argent ne leur était envoyé. Johann Georg était fort capable de le boire. À Strones, il demeurait un poivrot légendaire. D'ailleurs, sa consommation d'alcool considérable ne cadrait pas avec l'hypothèse de leur grande pauvreté. Pourquoi en effet ce Johann Georg, ivrogne d'une cinquantaine d'années, serait-il allé épouser une femme de quarante-sept ans ayant un fils de cinq ans, si ce n'est parce qu'elle avait de l'argent pour qu'il puisse se payer à boire ? De plus, il était tellement alcoolique que cela contredisait l'hypothèse qu'il pût être le père d'Alois. Et d'ailleurs ce Johann Georg Hiedler ne fit aucune objection lorsque Maria Anna demanda au jeune frère de son mari Johann, qui s'appelait lui aussi Johann, Johann *Nepomuk* Hiedler, de prendre son fils chez lui et de l'élever. Ce jeune frère, Johann Nepomuk, était, lui, un cultivateur sobre et travailleur, il était marié, avait trois filles mais pas de fils.

Ainsi Johann Nepomuk apparaissait-il comme une nouvelle piste.

Ne pouvait-il être le père ? C'était une hypothèse tout à fait plausible. Il nous fallait encore trouver des preuves pour pouvoir écarter l'hypothèse du Juif.

Himmler m'envoya à Graz où je pris la peine d'examiner des registres vieux de un siècle. Aucun homme du nom de Frankenberger ne figurait dans les archives de la ville. Je me penchai alors sur le *Israelitische Kultusgemeinde* du Registre juif de Graz qui confirma cette découverte. C'est en 1496 que les Juifs avaient été expulsés de cette région. Et trois cent quarante et un ans plus tard, en 1837, au moment de la naissance d'Alois, ils n'avaient toujours pas été autorisés à revenir. Hans Frank avait-il donc menti ?

Au vu de ces résultats, Himmler déclara : « Frank ne manque pas de culot ! » Il m'expliqua toute l'affaire, il fallait remonter de 1938 jusqu'à 1930. À l'époque, quand la lettre de William Patrick Hitler arriva, Hans Frank n'était qu'un simple avocat parmi d'autres, toujours fourré parmi nos hommes à Munich, mais à présent son plan apparaissait clairement. Il avait inventé cette histoire de lettre compromettante dans le but de susciter une relation étroite avec son grand chef. Étant donné l'absence matérielle du document, Hitler ne pouvait pas savoir si Frank mentait, disait la vérité ou, pis que tout, détenait lui-même un tel document. Si Hitler avait envoyé un enquêteur à Graz cela aurait signifié la fin de Hans Frank, mais l'avocat devait avoir fait le pari que Hitler ne tenait pas à savoir la vérité.

Himmler me formait à devenir son bras droit et il n'hésita donc pas à me confier qu'il ne ferait aucun usage de mes recherches de 1938 et qu'il ne dirait pas à Hitler qu'il n'y avait pas de Juifs à Graz en 1837. Il se contenterait d'en informer Hans Frank. Cela nous fit rire à l'unisson car je comprenais la manœuvre. Au sein de notre groupe de dirigeants il n'y avait pas un seul responsable qui ne cherchât à trouver un moyen de pression sur tous les autres. Frank était désormais à la merci de Himmler. Chacun d'eux le savait et il servit donc Himmler loyalement. En 1942 (à l'époque Frank était connu sous le nom du « Boucher de Pologne »), Hitler recommença à s'inquiéter de cette histoire de grand-père juif et nous demanda d'envoyer un homme de confiance à Graz. Himmler, soucieux de protéger Hans Frank, répondit au Führer qu'il avait dépêché un agent et qu'aucune preuve significative n'avait été trouvée. Chacun d'entre nous était assez préoccupé par la guerre, la question pouvait donc être plus ou moins laissée de côté. Tel fut le conseil que Himmler donna à Hitler.

LIVRE II

LE PÈRE D'ADOLF

1

Cette année 1942 est séparée par plus de un siècle de l'année 1837. Et on peut en dire autant de l'année 1938. Si j'évoque à nouveau cette date, c'est à cause d'un événement mineur qui se produisit en Autriche durant l'Anschluss et qui éclaire la personnalité de Himmler. Bien sûr, derrière son dos, on le tournait en ridicule, l'appelant Heini, on se moquait de sa gaucherie, de sa morgue, de son gros postérieur, de la médiocrité caractéristique de celui qui a trop vite gravi les échelons, mais ses détracteurs s'en prenaient seulement à son apparence physique. Personne, pas même Hitler, n'adhérait plus étroitement aux principes philosophiques du nazisme.

Je me souviens que le lendemain de la marche des Chemises brunes sur Vienne, quelques-uns d'entre eux, des piliers de brasserie à la bedaine pleine de bière, rassemblèrent quelques Juifs plutôt âgés, des fonctionnaires au pince-nez rigoureusement en place, et les obligèrent à récurer le trottoir à l'aide de brosses à dents. Les Unités d'élite s'amusèrent du spectacle. Des photos de l'événement furent publiées à la une de nombreux journaux en Europe et en Amérique.

Le lendemain, Himmler s'adressa à certains d'entre nous : « C'était là un caprice plutôt coûteux et je suis bien content qu'aucun de nos SS n'ait pris part à une initiative aussi vulgaire. Nous savons tous que de tels actes rabaissent le niveau moral de nombre de nos meilleurs éléments. Cela ne manquera pas d'encourager des troubles à Vienne. Prenons garde néanmoins à ne pas ignorer l'instinct primitif que révèle un tel acte. Après mûre réflexion, je pense que c'était une entreprise de dérision plutôt réussie. » Il marqua une pause, captant toute notre attention. « Beaucoup de nos compatriotes souffrent d'un curieux sentiment que je qualifierai de secret, un complexe d'infériorité. Ils pensent que les Juifs savent beaucoup mieux que la plupart d'entre nous s'appliquer à une tâche, qu'ils savent très bien s'adonner aux études, c'est la raison pour laquelle ils sont si nombreux à réussir de manière éhontée. La conviction est fermement ancrée chez ces gens-là qu'ils vaincront tous les obstacles en travaillant plus fort que la population du pays d'accueil où ils se trouvent installés.

« Je dirais donc que cette initiative est l'expression d'une idée un peu sommaire mais instinctive ancrée dans la conscience du peuple allemand. Elle fait savoir aux Juifs que le travail, s'il ne poursuit pas un but élevé, n'a aucun sens. "Frottez donc bien avec ces brosses à dents, disent nos garçons des rues, parce que, vous autres Juifs, que vous le sachiez ou non, c'est exactement ce que vous faites tous les jours. Vos belles études si méritantes ne vous mènent à rien si ce n'est à d'incessantes contradictions." C'est pourquoi, à la réflexion, conclut Himmler, je ne condamnerai pas d'emblée le comportement de ces nazis de bas étage. »

L'anecdote permet d'éclairer la personnalité de Himmler mais elle me détourne de mon récit évoquant la manière dont j'ai découvert qui était vraiment le père d'Alois. Je suis prêt à révéler son nom et à expliquer comment je l'ai appris mais je reconnais que certains lecteurs peuvent ne pas apprécier que je livre ces informations sans dévoiler mes sources. Un fait n'est pas un fait, diront certains, tant qu'on n'est pas en mesure d'expliquer par quels moyens on l'a découvert.

J'en conviens. Néanmoins, les véritables moyens auxquels j'ai eu recours ne doivent pas être révélés, pas pour l'instant. Les possibilités offertes par la Section IV-2a se sont révélées insuffisantes pour l'occasion. Je parvins tout de même à élaborer une réponse pour Heini, j'étais convaincu qu'il accepterait mes conclusions si elles confortaient sa théorie.

Contentons-nous donc pour le moment des conclusions qui furent soumises à Himmler en 1938. Quand j'eus rapporté l'information selon laquelle il n'y avait plus de Juifs à Graz, je suggérai de concentrer nos recherches sur un des frères de Maria Anna Schicklgruber qui avait trouvé le moyen de quitter la boue de Strones et de gagner un peu d'argent en tant que voyageur de commerce. Ce qui était intéressant dans le cas de ce frère, c'est qu'il passait régulièrement à Graz, aussi, dans un premier temps, je décidai de centrer sur lui ma théorie sans m'occuper de la famille chez laquelle Maria Anna avait été employée, une veuve et ses deux filles. L'examen des vieux relevés bancaires montrait à l'évidence que non seulement ces dames n'avaient offert aucune gratification supplémentaire à Maria Anna mais plutôt qu'elles l'avaient renvoyée après avoir découvert qu'elle s'était rendue coupable de quelques menus larcins. Qu'une femme célibataire fût enceinte, on pouvait le tolérer, mais la perte de quelques sous, certainement pas. J'en vins à la conclusion que Maria Anna pouvait avoir cherché à protéger son frère en racontant à ses parents que l'argent dont elle disposait provenait d'un Juif. C'était un bon moyen d'égarer leurs soupçons.

Toutefois, avant de soumettre à Himmler cette hypothèse, j'échafaudai, c'est du moins ce que je croyais, une autre théorie encore plus séduisante. Pourquoi ne pas retenir Johann Nepomuk Hiedler, le frère cadet, cet excellent travailleur, comme père biologique ? L'hypothèse du voyageur de commerce, frère de Maria Anna, fournissait un cas d'inceste au premier degré mais restait en retrait de l'objectif poursuivi par Himmler, dans la mesure où elle supposait que c'était Alois le fils incestueux et non Adolf.

En revanche, si Maria Anna avait conçu Alois avec Johann Nepomuk, la thèse de Himmler se trouvait étayée, et de manière significative ! En effet Klara Poelzl, la jeune femme qui allait devenir la troisième épouse d'Alois et la mère d'Adolf Hitler, était aussi la petite-fille de Johann Nepomuk. Et si Alois était bien le fils de Nepomuk, alors Klara n'était autre que la nièce d'Alois. Un oncle et sa nièce, Alois et Klara, avaient donc conçu notre Führer. L'hypothèse était intéressante et je savais plus ou moins comment l'enjoliver aux yeux de Heini. Mon scénario final était empreint d'un certain parfum charnel. Je déclarai que Maria Anna Schicklgruber et Johann Nepomuk Hiedler avaient conçu Alois un jour où elle revenait d'une visite à Graz. Nepomuk, qui habitait Spital, se trouvait ce jour-là en visite à Strones et était allé se rouler dans le foin avec Maria Anna. Elle tomba enceinte aussitôt. Nepomuk ne pouvait pas se renseigner sur cette grossesse car l'acte sortait de l'ordinaire. Mais elle lui avait affirmé dès qu'elle avait repris son souffle : « Tu m'as fait un enfant. Je le jure. Je le sens ! »

Selon les justifications prévues dans mon scénario, Johann Nepomuk était amoureux de sa femme, il aimait ses trois filles et n'aurait jamais abandonné son foyer. Néanmoins il était prêt à comprendre le point de vue de Maria Anna. C'était un homme honnête. Il incita donc celle-ci à dire à ses parents qu'elle recevait de l'argent de Graz mais il s'engagea, lui, Johann Nepomuk, à lui verser régulièrement de l'argent pour l'enfant à naître. Elle affirma donc à sa famille que ces versements mensuels provenaient de Graz, même si personne ne vit jamais la moindre enveloppe.

Si Maria Anna s'accommoda de la situation, comment aurait-elle pu s'en satisfaire ? Au bout de cinq ans, elle annonça à Nepomuk qu'elle allait avouer la vérité. Elle se sentait humiliée, lui dit-elle, de devoir regarder en face les femmes de Strones chaque fois qu'elle sortait de chez elle en tenant par la main un gamin de cinq ans.

Nepomuk suggéra que son frère aîné, Georg, s'installe chez elle et lui tienne lieu d'époux. Nepomuk n'aimait pas son frère et celui-ci le lui rendait bien, mais pour un poivrot une nouvelle source de revenus est pain bénit. J'exagère à peine. Georg épousa Maria Anna pour sa pension et se réjouit de savoir qu'elle provenait de Nepomuk qui devait trimer encore plus dur dans ses champs pour gagner ce supplément d'argent. Savoir que c'était le dur labeur de son frère cadet qui servait à financer son vice constituait pour Georg un plaisir rare. Il avait un mauvais fond. Un méchant homme doublé d'un raté.

Maria Anna, enfin mariée, voulait un époux prêt à affirmer qu'il était le père d'Alois, cependant Georg ne tarda pas à lui faire savoir qu'elle se mêlait d'un problème qui mettait en cause son honneur. Il lui était arrivé au cours de certaines de ses nombreuses fiestas d'expliquer à l'un ou l'autre de ses compagnons de beuverie la seule raison de son mariage – mais pour l'argent, imbécile ! –, raison de plus pour ne pas se ridiculiser en légitimant ce morpion dont tout le monde savait que ce n'était pas le sien. Il était certes un poivrot et un raté, mais pas un cocu. Que ce bâtard reste bâtard !

Telle fut la légende que je servis à Himmler. Elle était étayée par les témoignages que j'avais recueillis auprès des rares habitants de Strones très âgés et qui étaient nés avant la mort de notre poivrot Johann Georg Hiedler, en 1857. Les éléments, si on regardait de près, étaient trop flous pour garantir la véracité de l'histoire mais ils furent suffisants car Himmler en appréciait les conclusions. Je lui avais fourni une histoire familiale selon laquelle le Führer n'avait pas une goutte de sang juif et où son père et sa mère, l'oncle et la nièce, étaient liés par le sang. J'avais ainsi réussi à présenter Adolf Hitler comme le fruit d'un inceste au premier degré.

Himmler eut cette remarque triomphante : « Voilà l'explication la plus évidente de l'incroyable bravoure et de la force morale de notre Führer. Je vous ai souvent expliqué qu'une mort prématurée ou de graves malformations sont le résultat le plus fréquent des incestes au premier degré, mais une fois encore le Führer a su faire preuve de son éclatante capacité de résistance. Le Génie et la Volonté, ces caractéristiques de son tempérament, proviennent de la concentration unique provoquée par l'inceste au premier degré, même s'il se produit entre collatéraux. Nous avons la chance extrême d'être les bénéficiaires de ce résultat triomphal. Les gènes paysans de notre Führer se sont triomphalement synthétisés pour produire son génie transcendant. »

Himmler ferma alors les yeux, se pencha en arrière et exhala un lent soupir. On aurait dit qu'il voulait chasser de ses poumons un air malsain. « Je ne reviendrai pas sur ce sujet, poursuivit-il à voix basse, mais l'inceste entre parents rapprochés présente de graves dangers. Il a fallu toute la Volonté du Führer pour surmonter une telle situation. [Je mets une majuscule à Volonté tant Himmler employait ce mot avec révérence.] Je suis convaincu que, dans le monde d'esprits sacrés qui nous entoure, il en existe que l'on pourrait à juste titre qualifier de mauvais. Il est même possible que les plus maléfiques de ces esprits se soient concentrés dans une entité qu'autrefois on appelait Satan. Cette incarnation, si elle existe, doit s'intéresser de près aux incestes entre parents proches. Comment le Mal en personne ne chercherait-il pas à détourner à son profit les capacités exceptionnelles qui résultent de la concentration du potentiel génétique voulu par Dieu ? Offrons donc à Herr Hitler le pouvoir absolu. Mais lui a réussi, j'ose le dire, grâce à sa Vision à tenir tête au Diable lui-même. »

Ce que Himmler ne soupçonnait pas, c'est que ses remarques étaient bien plus fondées qu'il ne le pensait. L'ironie de la chose est que j'avais cru lui fournir une légende fausse alors qu'en réalité l'histoire que j'avais élaborée à partir d'hypothèses à peine plausibles était la vérité. C'était bien Johann Nepomuk Hiedler qui payait la pension et Alois Schicklgruber était son fils caché. L'ironie du sort va plus loin puisque le fils d'Alois, Adolf Hitler, n'était pas seulement le fruit d'un inceste au premier degré entre collatéraux mais avait été conçu au cœur même de l'inceste consanguin. La nièce, Klara Poezl, qui allait devenir la troisième épouse d'Alois et la mère d'Adolf Hitler, n'était pas seulement la femme d'Alois mais aussi sa fille, et ce point, je vais l'éclairer.

2

Tenir un tel engagement suppose que j'élargisse le champ de mon récit et que j'entame une histoire familiale à la manière d'un romancier traditionnel de la vieille école. Je vais lire dans les pensées de Johann Nepomuk mais aussi rapporter bien des sentiments éprouvés par Alois Hitler, par ses trois épouses et par leurs enfants.

En tout cas, nous en avons fini avec Maria Anna Schicklgruber. Cette mère infortunée mourut en 1847 à l'âge de cinquante-deux ans, dix ans après la naissance d'Alois. La cause officielle de sa mort fut « Phtisie provoquée par une hydropisie pulmonaire », une consomption foudroyante qu'elle avait contractée après avoir passé les deux derniers hivers à dormir dans la mangeoire du bétail. La cause subsidiaire, ce fut la rage. Vers la fin de sa vie, elle repensait souvent à sa vigueur d'autrefois, lorsqu'elle avait dix-neuf ans et que tout le monde admirait sa belle voix quand elle chantait en soliste dans la chorale paroissiale de Doellersheim. À présent, après avoir subi la perte de ses illusions pendant trois maudites décennies, elle débordait de toute cette colère dont Georg lui avait fourni des occasions supplémentaires au cours de leur vie commune hasardeuse. Comme bien des ivrognes avant lui, il réussit à contredire l'opinion largement admise selon laquelle il allait mourir jeune. Il parvint à tenir bon dix ans après le décès de sa femme. La boisson n'avait pas seulement été son démon mais aussi sa chère panacée pour devenir, seulement à la fin, son bourreau. Il mourut subitement. On parla d'apoplexie. Il ne s'était jamais soucié d'entretenir des relations avec Nepomuk ou Alois, et personne ne le regretta ; à l'époque, Alois avait vingt ans et travaillait à Vienne.

D'ailleurs, celui-ci n'avait pas non plus été très affecté par la mort de sa mère. Le trajet à pied était long entre Spital, où il vivait avec Johann Nepomuk, sa femme et les trois filles de la famille Hiedler, et Strones, et il en avait presque oublié l'existence de Maria Anna. Il se sentait heureux dans sa nouvelle famille. Au début, les filles de Nepomuk, Johanna, Walpurga et Josefa, âgées alors de douze, dix et huit ans, avaient été ravies d'avoir un frère de cinq ans et l'avaient accueilli avec joie dans leur chambre. Spital était plus qu'un simple hameau, c'était un vrai village où une ligne de démarcation commençait à se dessiner entre les gens prospères et les pauvres. Un fermier pouvait même y être considéré comme un homme à l'aise, du moins dans son village. Il y en avait quelques-uns à Spital et Johann Nepomuk était le premier d'entre eux. Sa femme, Eva, était une bonne maîtresse de maison. Elle était douée de sens pratique. Elle soupçonnait peut-être Nepomuk d'être plus que l'oncle du garçon mais elle ne pouvait pas oublier la déception qu'elle avait lue dans son regard chaque fois qu'elle avait donné naissance à une fille. Tout bien considéré, c'était probablement une excellente chose d'avoir un garçon à la maison. Elle avait décidément le sens pratique.

Et Alois était chéri ! Par son père, par les filles et même par Eva. Il était joli garçon et, comme sa mère, doué pour le chant. En grandissant, il montra qu'il était parfaitement capable de travailler aux champs. Johann Nepomuk envisagea même pendant un certain temps de lui léguer sa ferme mais le garçon ne tenait pas en place. Il ne serait pas toujours là pour régler les problèmes imprévus quels qu'ils soient, graves ou pas, qui surviendraient dans le cours des tâches quotidiennes. Johann Nepomuk avait un tel attachement à son travail que, à certains moments, dans ses bons jours, il avait l'impression de percevoir les murmures de la terre. Il se sentait mal à l'aise en fin d'après-midi lorsque de longs silences empesaient l'atmosphère mais, le soir, ses rêves étaient souvent illuminés par une vision merveilleuse. Tout ce qu'il possédait, les champs, les étables, le bétail, la grange, se transformait en une créature unique et exigeante, comme une femme, mystérieuse, envoûtante, parfumée, vorace, réclamant toujours plus d'affection et le vidant progressivement de toute son énergie. Il se réveillait alors pleinement convaincu qu'il ne pourrait jamais céder la ferme à Alois. Alois était le fils de la femme du rêve. Il renonça donc à cette idée. Il le fallait bien. Sa femme aurait été furieuse devant un tel cadeau. Elle voulait assurer l'avenir de ses filles et l'on ne pouvait guère espérer tirer de la ferme plus de deux dots convenables.

Au fil des ans, de nouvelles difficultés surgirent à propos de ces dots. La première à se marier, l'aînée Johanna, ne reçut qu'une petite part des terres. Il est vrai qu'elle avait choisi pour époux un homme pauvre, un fermier travailleur mais malchanceux dénommé Poelzl. Quand vint le moment de doter sa deuxième fille, Walpurga, déjà âgée de vingt et un ans, Nepomuk dut se montrer plus généreux. Le futur époux, Joseph Romeder, était un solide gaillard qui venait d'une ferme prospère située à Ober-Windhag, le village voisin, et les discussions sur le montant de la dot de Walpurga furent particulièrement âpres. Nepomuk finit par céder la meilleure part de ses terres, ce qui ne laissait qu'une modeste parcelle pour la troisième fille, Josepha, maladive et toujours célibataire. Pour Eva et lui, il conserva une jolie maisonnette au milieu d'un verger à la limite de ce qui était désormais les terres de Romeder. Le modeste logis du verger lui suffisait, il était prêt à prendre sa retraite. Les négociations sur le montant de la dot avaient été si longues et si serrées que la cérémonie de transfert des terres fut un événement aussi considérable que le mariage qui venait d'avoir lieu.

Nepomuk emmena son gendre faire le tour de la propriété en suivant ses limites et s'arrêta devant chaque borne qui marquait la séparation entre ses champs et les terres du voisin. Et il lui dit : « Et s'il t'arrive un jour de cueillir un fruit dans le verger de cet homme, même un fruit tombé à terre, puisses-tu t'échiner sous un ciel hostile. » Après quoi il donnait une taloche à Joseph Romeder. À chacune des huit bornes qui marquaient les limites de ses terres il répéta le même rite. Johann Nepomuk se sentait accablé par un malheur qui lui pesait sur les épaules comme un poids mort. Ce n'est pas tant la perte de sa ferme qu'il déplorait que l'absence d'Alois. Son cher fils adoptif Alois n'était pas là parce que, trois ans auparavant, Johann Nepomuk l'avait chassé alors qu'il avait treize ans et que Walpurga en avait dix-huit. Il les avait surpris dans la grange, couchés dans le foin, et n'avait pu s'empêcher de repenser à cette autre grange où il s'était roulé dans la paille avec Maria Anna, le jour où Alois avait été conçu. Le souvenir glorieux de ce rapport amoureux avec Maria Anna Schicklgruber ne l'avait jamais quitté. Il n'avait connu que deux femmes dans sa vie, Maria était la seconde et pour lui elle n'était pas une fille de ferme mal dégrossie prête à trousser son jupon pour rouler dans le foin mais une Madone auréolée des rayons du soleil, une image qu'il avait découverte sur un vitrail de l'église de Spital. Cette image ne manquait pas d'aggraver le poids du péché dont il s'estimait coupable. Il vivait en état de sacrilège, il en était conscient, et cependant il ne pouvait s'empêcher de retrouver l'image du visage de Maria Anna sur le vitrail. C'était là une bonne raison de ne pas aller se confesser trop souvent et, quand il devait le faire, il s'inventait de faux péchés, bien graves. Il s'accusa même une fois d'avoir forniqué avec la jument de la ferme alors qu'il n'avait jamais commis un tel acte, d'ailleurs on ne peut avoir de relations sexuelles avec un grand cheval quand on est trop petit. Le prêtre lui demanda combien de fois il avait commis ce péché.

« Une seule fois, mon Père.

— Quand cela s'est-il produit ? Il y a longtemps ?

— Des mois, plusieurs mois je crois.

— Et que ressentez-vous quand vous travaillez à présent avec cet animal ? Avez-vous encore les mêmes pulsions ?

— Non, plus jamais. J'ai honte de moi. »

Le prêtre qui avait un certain âge n'avait plus grand-chose à apprendre sur les paysans et il sentait bien que Nepomuk lui mentait. Pourtant il aimait mieux penser que l'histoire était vraie parce que pratiquer la sodomie avec un animal constituait certes un péché mortel tout comme l'adultère ou l'inceste, mais moins grave, selon lui. Aucun rejeton ne pouvait naître d'un tel acte. Aussi continua-t-il d'accomplir le rite sans poser d'autres questions.

« Vous vous êtes souillé en tant que fils de Dieu, dit-il à Nepomuk. Vous avez commis un grave péché de luxure. Vous avez violenté un animal innocent. Pour pénitence vous direz cinq cents Notre-Père et cinq cents Je vous salue Marie. »

C'était la même pénitence que celle qu'avait donnée le curé un peu plus tôt le matin même à un écolier qui s'était sournoisement masturbé en classe après s'être craché dans la main (un acte vraiment discret !) pour ensuite essuyer sa salive et son sperme dans les cheveux du camarade placé devant lui, un gamin plus jeune.

Par la suite Johann Nepomuk se contenta de confesser toujours au même prêtre qu'il lui venait de temps en temps des idées lubriques à propos de la jument mais qu'il se gardait bien de passer à l'acte. Cela réglait le problème de la confession, mais l'absence continuelle d'Alois plongeait Johann Nepomuk Hiedler dans les affres d'un amour frustré. Il avait pleuré comme un patriarche biblique et déchiré sa chemise quand il avait trouvé son fils et sa fille ensemble dans la paille. Il savait qu'il venait de perdre le garçon. Le flambeau qui avait brillamment éclairé chacun de ses jours, ce jeune visage plein de vie, devait disparaître. À la grande surprise des femmes de la maison, Alois fut envoyé le soir même chez un voisin et mis le lendemain matin dans la diligence pour Vienne.

Nepomuk ne dit pas la vérité à Eva. À présent ce n'était pas nécessaire puisque Walpurga, selon les ordres stricts donnés par son père, fut cloîtrée à la maison pendant les trois années qui suivirent. Le mariage de la jeune fille avec Romeder fut un mariage arrangé, il n'était pas question que les fiancés se fassent la cour. Pourtant Eva, aussi pointilleuse sur la chasteté de ses filles qu'un sergent instructeur passant sa section en revue avant un défilé, continuait à harceler Nepomuk pour qu'il autorise Walpurga à aller se promener le dimanche avec une amie.

« Non, répondait Nepomuk, elles iraient toutes les deux se promener dans les bois et les garçons ne manqueraient pas de les suivre. »

Le jour où il arpenta les limites de son domaine avec Romeder, il se sentait accablé chaque fois qu'il frappait le mari de sa fille. Quelle injustice il commettait à l'égard de son nouveau gendre. Du coup, il le tapait encore plus fort. Ce mariage était fondé sur un mensonge. Il ne fallait donc surtout pas empiéter sur les possessions des voisins. Ce serait un sacrilège contre la terre. Oh, comme Nepomuk déplorait l'absence de son fils !

3

Alois prospéra à Vienne. Grâce à sa bonne mine et à son air avenant, il fut embauché dans une boutique qui fabriquait des bottes pour les officiers de cavalerie. Il servait à présent des jeunes gens qui se déplaçaient dans la vie comme si leur corps, leur uniforme, leurs décorations, leurs chaussures et même leur âme étaient faits d'un matériau exceptionnel. Ils étaient si fiers de leur tournure que cela donna à réfléchir à Alois. Ces hommes, remarqua-t-il, semblaient parfaitement à l'aise en compagnie des dames élégantes qu'ils escortaient. Le dimanche, il prenait beaucoup de plaisir à les regarder se promener. L'idée l'effleura un moment que, s'il rencontrait une jeune modiste, ils pourraient ouvrir une boutique où de jeunes couples de la société la plus chic et la plus huppée viendraient main dans la main acheter des bottes merveilleuses et des chapeaux à la mode. C'est le seul projet commercial qui l'occupa pendant des années, mais il aimait caresser ce rêve car les belles dames l'inspiraient. Il aimait les jeunes femmes. Il avait eu tant de satisfaction à jouer avec ses cousines qui, à vrai dire, mais Nepomuk était le seul à le savoir, étaient en fait ses demi-sœurs.

Il ne rencontra pas de jeune modiste et renonça à cette idée pour une autre bien meilleure. Il ne pourrait jamais devenir officier de cavalerie, il fallait pour cela être né dans le bon milieu alors qu'il venait d'un endroit où l'on était beaucoup plus compétent sur le comportement des porcs que sur la question de savoir de quelle fragrance un homme devait parfumer son mouchoir. Alois n'allait pas rêver de l'impossible. Mais il était sûr d'une chose, il était capable de trouver sa place à Vienne. Aucun de ses compatriotes d'autrefois à Spital n'avait su s'adapter aussi bien que lui. Il comprit donc assez vite quelle était son ambition. Il voulait exercer une profession respectable, être admiré pour son allure et son intelligence. Il était loin d'être bête, de cela au moins il était sûr.

À l'âge de dix-huit ans, après cinq années passées chez le bottier, il posa sa candidature auprès du ministère autrichien des Finances pour un poste au service des Douanes et il fut accepté. Cinq ans plus tard, il était parvenu à s'élever au rang de Finanzwache Oberaufseher (surveillant général des finances), ce qui en fait équivalait au grade de caporal, mais l'uniforme avait déjà de l'allure et d'ailleurs cela prenait habituellement dix ans pour atteindre un tel niveau, surtout quand on intégrait le service sans avoir de relations.

Il avait plusieurs fois écrit à Johann Nepomuk pour le tenir au courant de l'avancement de sa carrière et enfin, en 1858, il obtint une réponse. La plus jeune des filles, Josepha, était morte, c'était un coup terrible pour la famille et Nepomuk laissait entendre qu'il aimerait bien avoir la visite d'Alois.

En 1859, celui-ci retourna donc à Spital. Il paraissait exceptionnellement grand pour un homme de taille moyenne. Aux yeux de la famille, il avait un air autoritaire. On aurait vraiment dit qu'il était bien né.

Johann Nepomuk ne mit pas longtemps à comprendre qu'il avait fait une grave erreur en invitant Alois à venir, mais il était à présent aussi courbé qu'un arbre qui a dû trop longtemps subir des vents trop violents. Il portait douloureusement en lui la mort de Josepha comme l'entaille d'un coup de hache. Il se sentait trop épuisé pour surveiller Alois.

Et puis que pouvait-il faire ? Johanna, la fille aînée qui avait sept ans de plus qu'Alois, avait été mariée à l'âge de dix-huit ans et depuis onze ans elle était fidèle à son mari qui la maintenait enceinte en permanence. Elle avait été jolie. À présent, elle avait les mains et les pieds abîmés et les traits marqués après avoir eu six enfants dont deux seulement avaient survécu.

Le caractère joyeux de Johanna, qui avait disparu depuis longtemps, se raviva à la vue d'Alois. Il avait été son chéri quand il était arrivé à la maison. Elle aimait câliner le petit garçon de cinq ans chaque fois qu'elle le prenait dans son lit pour dormir. Pendant des années, jusqu'à son départ, elle adorait lui tirailler les cheveux, l'embrasser sur la joue et même une fois, alors qu'il avait huit ans et qu'elle en avait quinze, ils avaient commencé à se vautrer ensemble dans le foin de la grange en faisant semblant de se battre. Mais il n'avait que huit ans et rien ne se produisit.

Cette fois-ci, ce fut différent. À la première occasion, ce fut d'ailleurs la seule qui se présenta, il perpétua la tradition paternelle des sauvages parties de jambes en l'air dans le foin et Klara Poelzl fut conçue. Johanna n'eut pas le moindre doute. Chaque fois, elle avait su le moment précis où Johann Poelzl lui avait fait un enfant. Là, l'affaire était autrement importante. Ce fut un véritable bouleversement qui la traversa. « Tu m'as fait éprouver ce que je n'avais jamais éprouvé auparavant », dit-elle quand ils en eurent fini. À la naissance de Klara, Johanna lui adressa une lettre qu'il reçut alors qu'il était en train de préparer soigneusement l'examen qui devait lui permettre de devenir Finanzwache Respizient, le plus haut grade existant dans les rangs inférieurs du service des Douanes. Il avait donc autre chose à faire que de penser à Spital. Pourtant la lettre ne le quitta plus pendant des années. Elle consistait en seulement trois mots (trois mots que Johanna s'était sentie capable d'écrire correctement) et il la relut bien souvent. « *Sie ist hier* », avait écrit Johanna, tellement fière de cet événement considérable (même si elle n'avait pas signé), et ce « Elle est là » s'inscrivit dans le cœur d'Alois, même si son esprit était plutôt occupé par sa carrière. À la vérité, il n'aurait même pas fait l'amour avec Johanna au cours de cette visite s'il n'avait pas déjà eu des rapports avec Walpurga bien des années auparavant et avec Josepha un an plus tôt, Josepha, sa préférée quand il avait douze ans (âge de sa première expérience), de sorte qu'il se sentait comme moralement obligé de faire l'amour avec la troisième des sœurs. Combien d'hommes peuvent se vanter d'avoir connu trois sœurs aussi intimement ?

De tels exploits lui permettaient de s'évaluer lui-même en se comparant aux autres fonctionnaires subalternes de l'inspection des Finances. Il effectuait une carrière remarquable pour un jeune homme pourvu d'une éducation aussi limitée. Ainsi, dans les quatre ans qui suivirent, il eut une autre promotion et encore une autre en 1870 quand il parvint à se hisser à l'âge de trente-deux ans jusqu'au corps de la Perception des Douanes. En 1875, il était devenu inspecteur titulaire et faisait suivre sa signature sur tous les documents officiels de son titre et de son adresse dans toute leur majesté : « Fonctionnaire de Première Classe des Douanes Postales Impériales à la Gare Principale, Simbach, Bavière. Résidence, Braunau, Linzergasse. »

Tout au long de son ascension vers les plus hautes fonctions accessibles à un homme de sa condition, il ne renonça jamais à son goût immodéré des femmes. Le grand principe de la bureaucratie autrichienne était l'efficacité au travail, plus vous étiez efficace, moins on était regardant sur les écarts de conduite de votre vie privée. Il prit la règle au pied de la lettre. Dans ce temps-là, quel que soit le lieu de son affectation, il logeait à l'hôtel. Toujours sûr de lui, il ne tardait pas à entreprendre la conquête des bastions les moins défendus, à savoir les cuisinières et les femmes de chambre du lieu. Quand il avait eu à son tableau de chasse toutes les femmes disponibles, il allait s'établir dans un autre hôtel de bonne taille. Pendant les quarante ans que dura sa carrière, il changea fréquemment de résidence. À Braunau, par exemple, il déménagea douze fois. Ces femmes n'étaient certes pas assez élégantes pour se promener avec des officiers de cavalerie mais cela ne le gênait pas, pas du tout ! Les femmes élégantes, avait-il en fin de compte décidé, étaient trop compliquées, assurément, tandis que bonnes et cuisinières étaient reconnaissantes de l'attention qu'il leur portait et ne faisaient pas d'histoires quand il les abandonnait.

En 1873, il épousa une veuve. Ayant acquis un certain flair pour évaluer la position sociale de toute femme qui prétendait passer pour une dame – son métier requérait une certaine capacité dans ce domaine –, il n'eut pas à regretter son choix. Bien sûr, il avait trente-six ans tandis que la veuve en avait déjà cinquante, mais il avait pourtant des raisons de l'estimer. Elle venait d'une famille aisée. Elle n'était pas particulièrement séduisante mais était la fille d'un fonctionnaire du Monopole des Tabacs des Habsbourg qui fournissait une partie des revenus de la Couronne et le montant de sa dot était rondelet. Ils vivaient confortablement, disposant d'une domestique. Le salaire d'Alois était à cette époque élevé, le proviseur du principal lycée de Braunau ne gagnait pas davantage. À mesure que son rang social s'élevait, son uniforme gagnait en galons dorés et en boutons plaqués or, son bicorne pouvait désormais officiellement s'orner d'une élégante broderie. Sa moustache était digne de celle d'un noble hongrois et il affichait un air conquérant. Au bureau des Douanes, les employés étaient priés de ne s'adresser à lui qu'en employant son titre au complet. Avec tout cela il avait pris du poids. Peu de temps après son mariage, et sur l'insistance de sa femme, il se rasa la moustache et se laissa pousser des rouflaquettes. Il les entretenait avec tant de soin qu'elles devinrent vite aussi imposantes que l'entrée fortifiée d'un château. À présent, non seulement il avait l'air d'un fonctionnaire des Douanes au service des Habsbourg mais il ressemblait à François-Joseph en personne !

Il était devenu un véritable sosie de l'empereur, affichant fièrement le sens du devoir et de l'effort sur son visage impérial.

Sa femme, Anna Glassl-Hoerer, avait cependant perdu tout attrait à ses yeux. La désillusion était survenue après environ deux ans de mariage, lorsqu'il avait découvert qu'elle aussi était orpheline et avait été adoptée. De son côté, elle avait perdu toute considération pour lui depuis que, fatigué d'inventer des histoires à propos d'un prétendu Herr Schicklgruber, son père fabuleux, il avait fini par avouer qu'un tel homme ne figurait pas en tant que géniteur au registre d'état civil et qu'à sa place il y avait seulement un blanc.

Elle entreprit de mener campagne. Alois devait récupérer son nom de famille. Sa mère, après tout, avait été mariée. Comment ne pas interpréter cela comme la preuve que Johann Georg Hiedler était son père ? Alois savait bien que l'hypothèse était peu vraisemblable, mais à partir du moment où Anna Glassl en faisait toute une affaire, il n'était pas opposé au projet. Il n'avait jamais eu finalement le privilège de porter son nom de famille et Anna Glassl n'avait pas forcément tort quand elle estimait que sa carrière, malgré ses brillants succès, avait dû composer quotidiennement avec les sonorités du nom de Schicklgruber.

Il se rendit de Braunau à Spital en passant par Weitra pour voir si Johann Nepomuk accepterait de l'aider. Le vieil homme, qui avait alors atteint soixante-dix ans, se méprit. Quand Alois lui dit qu'il voulait porter le nom qui lui revenait, Hiedler, Johann Nepomuk fut saisi d'un violent accès de honte. Il crut que c'était lui qu'on désignait comme le père. Il s'apprêta à faire valoir après tout ce temps ce qu'allaient penser les deux filles mariées qui lui restaient (sans parler de sa femme Eva), comment pourrait-il reconnaître qu'il était le père d'Alois ? Il n'eut pas le temps de formuler ces excuses. À la dernière seconde, il comprit qu'Alois demandait simplement que Johann Georg soit déclaré comme son père. Du coup, les vieillards étant aussi enclins que les jeunes filles à passer en un instant d'un extrême à l'autre, il éprouva une violente colère contre Alois. Son propre fils ne voulait pas que lui, Johann Nepomuk, soit reconnu comme son père. Il lui fallut encore un instant pour admettre que Georg, ayant été marié avec Maria Anna, était le seul qui pût jouer un rôle légal dans cette affaire.

À bord d'une carriole tirée par deux vieux chevaux, il partit avec Alois, Romeder et deux voisins qui avaient accepté de servir de témoins. Ils parcoururent toute la distance de Spital à Strones et poussèrent quelques lieues plus loin jusqu'à Doellersheim, ce qui représentait un voyage de presque quatre heures sur une voie charretière étroite et sinueuse souvent encombrée de branches et parfois même d'arbres abattus mais encore relativement épargnée par la boue en cette journée d'octobre. (S'il y avait eu de la boue, il aurait fallu huit heures.) À l'arrivée, Johann Nepomuk se trouva face à face avec précisément ce prêtre dont il n'avait aucune envie de se souvenir. Il était très vieux à présent, tout rabougri, mais c'était bien ce prêtre qui l'avait tancé pour avoir eu des relations charnelles avec la vulve d'une jument.

Les deux hommes gardaient ce souvenir bien vivant même s'ils n'en laissèrent rien paraître. Ils étaient tous là pour une affaire précise, Alois, Nepomuk, Romeder et les deux témoins qu'on avait emmenés de Strones. Alois était le seul à savoir écrire, les autres signèrent donc le document d'une triple croix. Ils déclarèrent avoir bien connu Georg Hiedler et l'avoir entendu de vive voix et à plusieurs reprises admettre qu'il était bien le père de cet enfant. La mère disait la même chose. Ils l'affirmèrent sous serment.

Le prêtre était conscient que, du point de vue légal, la procédure laissait à désirer. La crainte de Dieu avait fait trembler la main de chacun des témoins au moment d'apposer leurs croix. L'un d'entre eux, Romeder, le gendre, devait avoir à peine cinq ans lorsque Maria Anna était morte. Et bien sûr, elle serait allée tout raconter à un gamin de cinq ans ! De plus, Johann Georg était lui aussi décédé depuis longtemps. Dans un cas aussi douteux, il aurait fallu procéder de manière plus prudente.

Mais le prêtre fit ce qu'il avait fait pendant des années, il certifia le document sans cesser de sourire de sa vieille bouche édentée. Il savait parfaitement qu'ils mentaient tous.

Il se garda bien toutefois de dater l'acte. Sur la page jaunie du vieux registre paroissial, à la date du 1er juin 1837, il raya la mention « illégitime », inscrivit le nom de Johann Georg dans l'espace qui jusque-là était resté en blanc et sourit de nouveau. Légalement, le document était discutable mais c'était sans importance. Quelle autorité ecclésiastique de Vienne viendrait reprocher cette altération ? Le mot d'ordre était d'encourager les reconnaissances de paternité, même quand elles intervenaient très tardivement. Dans certains districts d'Autriche, le taux de naissances illégitimes atteignait les quarante pour cent. Sur ces quarante, pouvait-on espérer seulement que la moitié ne fût pas due à un de ces inavouables problèmes familiaux ? Le prêtre qui désapprouvait ces procédures peu sérieuses, même s'il était amené à les accepter, prit soin de ne pas mentionner son nom par écrit. Si les choses tournaient mal, il pourrait toujours désavouer le document.

Il inscrivit donc le nom de chaque témoin à sa guise dans la mesure où l'orthographe variait d'une province à l'autre – raison pour laquelle Hiedler finit par devenir Hitler.

À présent qu'Alois portait son nouveau nom, il décida de s'arrêter une heure à Spital au lieu de continuer dans la carriole de Nepomuk jusqu'à la station de chemin de fer de Weitra. Avoir changé le nom de Schicklgruber contre celui de Hiedler lui était si agréable qu'il se sentait monter une délicieuse sensation dans la région du bas-ventre. C'était là un des dons que la nature lui avait octroyés, il le savait par expérience depuis longtemps. Il était aussi rapide qu'un chien de chasse pour flairer une odeur de femme dans le voisinage.

Était-ce Johanna qui avait mis ses sens en alerte ? Elle habitait près de chez son père et Alois aperçut à ce moment une femme qui l'observait par la fenêtre. Non, décidément ce ne pouvait pas être Johanna. Cette femme avait l'air encore plus vieille que la sienne. Du coup, il n'était plus si pressé d'aller lui rendre visite.

Ses pas le conduisirent pourtant jusqu'à la porte. Une fois de plus, son flair ne l'avait pas trompé. Sur le seuil c'était bien Johanna, prématurément vieillie, mais à ses côtés se tenait une jeune fille de seize ans. Elle était aussi grande que lui, avait un joli visage séduisant, modeste, harmonieux, encadré d'une abondante chevelure noire, et elle avait les yeux les plus bleus qu'il eût jamais vus. Ils étaient aussi bleus que l'éclat d'un gros diamant qu'il avait admiré un jour exposé derrière la vitrine d'un musée.

Dès qu'il réussit à se dégager des robustes embrassades de Johanna et de la série de baisers baveux mais chastes dont elle lui barbouilla la bouche, il ôta son bicorne et s'inclina. « C'est ton oncle Alois, dit Johanna à sa fille. Un homme merveilleux. » Elle se retourna vers lui et ajouta : « Tu as l'air plus en forme que jamais et tu as encore gagné du galon on dirait. » Puis en attirant sa fille vers elle, elle ajouta : « Voici Klara. »

Johanna se mit à pleurer. Klara était son septième enfant. Des six autres, quatre étaient morts, une était bossue et son fils, alors âgé de dix-neuf ans, l'aîné des survivants, souffrait de consomption. « Dieu ne cesse jamais de nous punir de nos péchés », dit-elle, et Klara l'approuva.

Alois n'avait pas vraiment envie d'entendre parler de Dieu. S'il restait trop longtemps en Sa compagnie, le Molosse en lui se mettrait à gémir de honte. Il préférait envisager l'idée qu'il allait faire plus ample connaissance avec sa nièce.

Il partit se promener en dehors du village avec la mère et la fille. Ils allèrent vers la partie des terres de Nepomuk qui appartenaient désormais au mari Johann Poelzl, lequel, Alois n'en fut guère surpris, n'avait pas le moindre air de famille avec la belle Klara aux yeux si bleus. Poelzl avait des yeux gris ternes, un visage ridé dont les plis comme le nez s'affaissaient tristement. Il n'espérait plus manifestement, comme autrefois, connaître un jour ou l'autre la prospérité grâce à ses qualités d'honnête paysan. Alois ne s'attarda pas. Poelzl avait l'air de quelqu'un qui a encore quantité de corvées à faire. Il y avait ce jour-là, éparpillés dans les rangs de chaume, des épis de blé oubliés qui n'étaient pas encore complètement pourris et pouvaient servir à nourrir les porcs, et Poelzl se tenait là, se balançant d'un pied sur l'autre comme si deux minutes de conversation supplémentaires allaient laisser aux épis le temps de se gâter pour de bon. La vue de l'uniforme d'Alois et de son évidente prospérité le mettait aussi mal à l'aise, et son humeur ne s'améliora guère lorsque Alois fit remarquer que son épouse, de santé fragile, avait besoin d'une femme de chambre pieuse et bien éduquée. Est-ce que par hasard, sans vouloir brusquer les choses, Klara ne serait pas la bonne personne ?

Poelzl pouvait difficilement dire non quand il apprit la somme que Klara serait en mesure d'adresser à ses parents. De l'argent indépendant du résultat des récoltes constituait la meilleure des moissons et... comme toujours, il en avait bien besoin. L'autre solution consistait à emprunter encore de nouvelles sommes d'argent à son beau-frère Romeder ou à son beau-père Nepomuk, et ce n'était pas très agréable. Il entendait déjà les reproches de sa belle-famille. Le caractère de sa femme Johanna était devenu tellement amer qu'il se disait souvent (en son for intérieur) qu'elle devait avoir du vinaigre à la place du sang. Quant au soupir que ne manquerait pas de pousser Romeder en lui apportant quelques couronnes, il préférait ne pas l'entendre. Pas plus que les conseils qu'allait lui donner Nepomuk. Tout cela était une insulte à son bon sens. On pouvait parfaitement être un bon paysan doué pour l'agriculture et être victime de la malchance. Est-ce qu'il lui fallait pour autant être pénalisé une deuxième fois en devant subir les avis des autres après avoir déjà eu à supporter de maigres récoltes de ses terres ? Il accepta donc que Klara aille travailler pour son oncle Alois, mais au fond de lui il était tenaillé par l'amertume la plus frustrante : une colère qui a perdu toute sa chaleur.

Une semaine après qu'Alois eut regagné son poste à Braunau, Klara vint le rejoindre avec une petite malle contenant sa modeste garde-robe et les quelques objets qui lui appartenaient.

4

Alois et Anna Glassl occupaient trois pièces dans l'un des meilleurs hôtels de Braunau, la Gasthaus Streif. Ils disposaient aussi pour Klara d'une petite chambre au dernier étage, là où logeaient femmes de chambre et employés.

Pendant un moment, Alois caressa l'idée séduisante qu'il pourrait passer un peu de temps là-haut avec Klara, mais sa nièce ne se montra pas très accueillante, du moins pas exactement. Il était évident pour tout le monde, y compris pour sa femme, que Klara était pétrifiée de respect pour son oncle si exceptionnel, mais Anna Glassl ne paraissait pas s'en formaliser, du moins pour l'instant ! La jeune fille poussait la piété jusqu'à un degré qui aurait semblé incompréhensible pour qui n'aurait pas su que la mort était son plus proche parent. Il y avait dans ses yeux bleu pâle des éclats qui parlaient des anges, les anges divins et les anges déchus. Son visage était si innocent qu'on était en droit de se demander ce qu'honnêtement elle pouvait connaître aux anges déchus, sinon par ce sixième sens qui nous apprend que les démons rôdent à nos portes comme des papillons de nuit. Même les innocents n'aiment pas toujours rêver des morts.

Alois devait aussi envisager d'autres issues douteuses, par exemple que le portail de la chasteté de Klara ne s'ouvre que sur une glacière. Aussi se montrait-il charmant à son égard tout en prenant soin de ne jamais la toucher. Sa femme, aussi malheureuse en ce temps-là qu'un corbeau à l'aile brisée, avait renoncé à jalouser cuisinières et femmes de chambre mais, à peu près à l'époque où elle entama sa campagne pour effacer le nom de Schicklgruber, elle laissa sa méfiance reprendre le dessus. Jamais Alois n'avait été confronté à une jalousie aussi dévorante, passionnée et pertinente. Toutefois il se sentait capable d'y faire face.

Il considérait comme sa première qualité le dévouement qu'il apportait à sa tâche, l'attention scrupuleuse accordée à son apparence, et le soin méticuleux avec lequel il effectuait chaque heure de son travail, pourtant il n'avait pas passé tant de temps à un poste frontière à déjouer les tentatives de voyageurs et de marchands qui cherchaient à gruger la Couronne impériale sans en avoir appris long sur la dissimulation ou le mensonge éhonté. Il devait à présent appliquer ses capacités pour son propre compte afin de détourner les soupçons d'Anna à propos d'une autre fille qu'il avait commencé à fréquenter au dernier étage de l'auberge.

On racontait à Vienne une vieille blague selon laquelle pour qu'une société prospère il fallait que la police et les voleurs ne cessent d'améliorer leurs performances, chacun dans sa branche. Il y pensait souvent. Elle s'appliquait parfaitement à Anna Glassl et lui. Plus elle avait d'intuition pour deviner ses petits trafics, plus ses mensonges à lui devenaient subtils.

Elle avait bien de quoi se faire du souci. Certains jours, il parvenait à faire l'amour aux trois femmes qu'il considérait comme ses liaisons régulières. Le matin, l'âme bénigne après une nuit de sommeil, il prenait soin de son épouse et l'après-midi, quand Anna Glassl faisait la sieste et que son heure de pause au bureau coïncidait avec le moment où la bonne lessivait les sols, il lui taquinait la croupe tandis qu'elle, à quatre pattes, envoyait de grands coups de serpillière çà et là – en vérité il ne voyait même pas son visage dans ces moments-là. Enfin, le soir, quand Anna Glassl était endormie, il y avait Fanni.

S'il était prêt à se montrer patient avec Klara Poelzl, c'est que, pour l'instant, ses intérêts nocturnes et son attention étaient tournés vers cette femme de chambre de l'hôtel, Fanni Matzelberger, une fille de dix-neuf ans, voluptueuse mais vive et, à bien des égards, ardente.

Il avait appris à vider son regard de toute expression quand elle entrait dans la pièce mais elle avait un petit balancement des hanches irrépressible qui lui allait droit au cœur. Fanni était une brave fille qui ne tenait pas tant à le rester.

Au cours de ses visites dans la chambre sous les toits, il découvrit qu'elle était une vierge de la sorte la plus tourmentée, une jeune fille dans la vieille tradition paysanne. Elle avait conservé son pucelage intact, mais on ne pouvait pas en dire autant de l'autre orifice.

Alois appréciait modérément la chose. Son sexe était trop gros pour ramoner convenablement le « conduit puant et damné » (c'est ainsi qu'il l'appelait). Fanni geignait à voix très basse (pour ne pas être entendue des autres occupants du grenier), en fait ils souffraient tous les deux. Leur étreinte n'en était que plus violente. Dans la chaleur du moment ils s'aimaient vraiment, ce qui est une réaction assez courante lorsque l'échange charnel est considéré comme illicite.

Il se disait qu'elle n'était rien de plus que la charmante fille d'un fermier prospère – elle disposait d'une dot convenable – mais dans le même temps il lui disait qu'il l'aimait. À quoi elle répondait : « Assez pour quitter ta femme et vivre avec moi ?

— Je la quitterai quand tu me donneras ce que tu sais. »

Pas question. Elle devait rester vierge. Dès qu'elle accepterait de faire ce qu'il demandait, elle savait bien qu'elle aurait un enfant. Puis bientôt peut-être un autre et elle pourrait même en mourir.

« Comment peux-tu décider de ces choses-là ?

— Il y a des gitanes dans ma famille. Je suis peut-être une sorcière.

— En voilà une idée !

— Non, tu es un méchant homme et je suis une sorcière. Il n'y a que les sorcières pour porter la bouche aux endroits interdits. Maintenant je n'ose plus aller me confesser.

— Tiens-toi à l'écart des prêtres. Ils sont là pour vous sucer le sang, et vous laisser ensuite faibles et bons à rien. »

Ils discutèrent à perte de vue pour savoir si elle devait ou non aller se confesser. Elle était tentée de le laisser gagner, et puis, il en avait tellement envie, elle lui céda, se donna à lui et vint un mois plus tard lui annoncer qu'elle était enceinte. Le moment était-il venu, demanda-t-elle, de parler à sa femme ?

Il avait perdu toute confiance en Fanni. Il ne pensait pas qu'elle serait tombée enceinte si elle avait vraiment eu peur d'en mourir. Et puis il avait menti à sa femme de manière si convaincante qu'il n'osait plus à présent avouer la vérité. L'habitude de tergiverser, comme la franchise, se renforce avec le temps et devient bientôt une seconde nature aussi fiable que la vérité. Anna Glassl-Hoerer Hitler avait cinquante-sept ans et en paraissait dix de plus (même si le matin, ce qui ne laissait d'étonner Alois, elle se comportait encore au lit comme une furie). En la perdant, il verrait sa situation financière se réduire de manière significative. De plus il échangerait une dame contre une fille de ferme, une ravissante fille de ferme certes, mais il était arrivé depuis longtemps à la conclusion qu'une paysanne c'était comme une pierre. Lancez une pierre en l'air aussi haut que vous voulez, elle retombera toujours. Une dame au contraire était comme une plume. Une dame pouvait vous fasciner par son intelligence. L'idée de devoir renoncer à son talent de menteur toujours plus raffiné lui déplaisait souverainement.

Voici par exemple un échantillon des propos de table à la Gasthaus Streif :

Anna Glassl : Je vois bien que tu es encore en train de la regarder.

Alois : Oui. Tu m'as pris sur le fait. Si tes yeux n'étaient pas si beaux, je dirais que tu as un regard d'aigle.

Anna Glassl : Pourquoi tu ne vas pas la rejoindre après le repas ? Tire un coup avec elle de ma part.

Alois : Tu as l'esprit mal placé. J'aime bien quand ton langage est aussi cru.

Anna Glassl : Plus cru qu'il ne devrait.

Alois : Anna, tu as une intuition extraordinaire mais en l'occurrence tu te trompes.

Anna Glassl : Attends, mon cher, j'ai supporté les femmes de chambre et les cuisinières. Bien des nuits tu es venu te coucher en empestant l'oignon. Et cela vaut mieux que sentir la lessive. Je m'en fiche, je me dis que l'homme doit se distraire. Mais pourquoi donc persistes-tu à vouloir insulter mon intelligence ? Nous voyons bien que la fille est jolie. Pour une fois dans ta vie, fais l'amour avec une maîtresse qui n'a pas l'air d'un pudding de la veille.

Alois : Parfait. Je vais te dire la vérité. J'aime bien son allure, c'est vrai, un peu. Encore qu'elle ne soit pas mon genre. Non, elle ne l'est pas. De toute façon je n'irais avec elle en aucun cas. On raconte les pires choses sur son compte. Je ne veux même pas te le dire puisque tu as l'air de bien l'aimer.

Anna Glassl : L'aimer ? C'est une grue. Une grue en pleine activité. Exactement ton genre.

Alois : Non, elle est malade. J'ai entendu dire qu'elle avait une maladie infectieuse entre les jambes. Je n'irais certainement pas m'approcher d'elle.

Anna Glassl : Je ne te crois pas. Je ne peux pas croire cela.

Alois : Fais comme tu veux mais je t'assure qu'elle est la dernière fille pour laquelle tu devrais t'inquiéter.

Anna Glassl : À propos de qui alors devrais-je m'inquiéter ? De Klara ?

Alois : Quel merveilleux sens de l'humour tu as. Si nous n'étions pas en public, j'éclaterais de rire et puis après tu sais ce que je ferais. Tu es si séduisante, si perverse. Tu serais capable de me jeter dans les bras d'une religieuse.

5

Fanni finit par avouer à Anna Glassl qu'elle était enceinte de deux mois et que cela n'allait pas tarder à se voir. Pour Anna, cela signifiait la fin de son mariage. Qu'Alois ait osé lui raconter que la fille était malade alors qu'il la savait déjà enceinte à ce moment-là, c'était impardonnable. D'ailleurs, Anna Glassl en avait assez d'Alois et sa lassitude l'emportait à présent sur sa crainte de la solitude. C'était pour elle une épreuve épuisante de devoir mobiliser ses derniers attraits pour jouer les amoureuses ferventes le matin. À présent, elle n'aspirait plus qu'à la tranquillité. Elle en vint même à penser que sa jalousie avait été une sorte de dernier vaccin contre ce qui était bien pis, ce froid dédain pour son époux qui commençait à s'insinuer en elle à mesure que sa jalousie tiédissait. Elle partit. Ils étaient catholiques et ne pouvaient donc divorcer. Pour obtenir une séparation légale, conformément à la loi autrichienne, Anna dut non seulement affirmer que leurs caractères étaient incompatibles mais déclarer par écrit qu'elle éprouvait une véritable aversion à son égard.

Alois fut obligé de lire cela. La phrase se détachait du document, aussi visible qu'un furoncle sur le menton. Elle l'agaçait tant qu'il la montra à la ronde à ses compagnons de taverne. « Regardez un peu, elle parle de l'aversion qu'elle éprouvait. C'est vraiment insultant et tout à fait déplacé. Je peux vous en parler, moi, de son aversion. À quatre pattes qu'elle se mettait dès que je lui disais : Prépare-toi. »

Ils riaient et passaient à d'autres sujets de conversation. En réalité, Alois avait d'autres motifs de contrariété que le départ d'Anna Glassl. Il vivait maintenant avec Fanni dans la même suite de la Gasthaus Streif. Cela lui convenait bien : il était le premier à dire qu'il n'était pas attaché au passé. Mais un beau jour il découvrit que Fanni n'était pas enceinte ; elle avait seulement cru qu'elle l'était. Ou peut-être avait-elle fait une fausse couche précoce ? Elle restait évasive à ce propos.

Il était terrible qu'elle lui ait raconté un tel mensonge, mais que pouvait-il faire ? Jamais aucune femme ne lui avait donné autant de plaisir. Naturellement, Fanni se montra bientôt aussi jalouse qu'Anna Glassl. Elle avait l'ouïe assez fine pour percevoir la moindre trace de désir dans sa voix quand il parlait d'une autre femme. Elle ne tarda pas à ouvrir une voie d'eau dans la coque bien solide de ses projets. Il fallait, lui dit-elle, que Klara s'en aille ou alors c'est elle, Fanni, qui partirait.

Pour Alois, c'en était vraiment trop. Fanni ne tarderait pas à tomber enceinte pour de bon, c'est du moins ce qu'il pensait à en juger par les orgasmes spectaculaires qui la traversaient aux meilleurs moments, allant jusqu'à le soulever lui-même par vagues alors qu'il s'activait frénétiquement en elle. Ce n'était pas généralement le résultat auquel il parvenait avec les autres femmes (à une exception, il y avait longtemps, avec Johanna). Et puis il était prêt à avoir un enfant, un fils de préférence, qui puisse porter son nom. Il est vrai que, quand il ne partageait pas ces moments de grâce avec Fanni, il pensait déjà à l'avenir, lorsqu'elle serait enceinte de six ou sept mois et que viendrait le tour de Klara. La perspective de complications futures ne le détournait pas de son projet. Cela faisait partie de son travail, d'être capable de gérer plus d'un problème à la fois.

Quant au scandale, il n'en avait cure. Non sans raisons. À Braunau, il avait l'habitude d'être la cible des commérages. Les gens pourraient bien se plaindre auprès des autorités du fait qu'il vivait avec une femme de basse condition, cela n'irait pas plus loin. Il se considérait comme un officier en garnison dans une ville à laquelle il ne devait rien. Il recevait son salaire de l'inspection des Finances à Vienne. Tant que son travail donnerait satisfaction, l'autorité lointaine du gouvernement des Habsbourg n'irait pas se mêler de savoir comment il menait sa vie privée.

S'étant hissé jusqu'au sommet de la hiérarchie des fonctionnaires de rang moyen, il resterait certainement à ce niveau-là. Il avait un poste stable. Les Douanes avaient besoin de lui. Il fallait après tout des années pour former un fonctionnaire aussi expérimenté que lui. Réciproquement, il avait besoin des Douanes. Où trouverait-il un emploi aussi bien payé ? Il s'était parfaitement adapté à sa fonction mais c'était le genre de talent qui pouvait difficilement trouver à s'employer ailleurs. Il était condamné à conserver son poste et l'inspection des Finances était condamnée à le garder. Au diable donc les commérages de la ville. Ils étaient certes contrariants mais ne risquaient pas de provoquer des ennuis plus sérieux. Une fille allait porter son enfant et sa nièce (qui tremblait quand il lui adressait la parole) allait devenir sa maîtresse. Elle serait évidemment plus que prête quand le moment viendrait. Pour quelle raison tremblerait-elle, sinon ? C'était bien parce que sa nièce savait qu'il allait lui apprendre tout ce qu'elle ne savait pas et auquel elle n'osait même pas penser.

Tel était le projet secret que Fanni vint bouleverser. Il n'était pas question que Klara reste à leur service.

« Tu es folle, rétorqua Aloïs. Te rends-tu compte ? Klara serait plus heureuse dans un couvent.

— Ce n'est pas son bonheur qui t'intéresse, mais le tien. Il faut qu'elle parte.

— Ne me parle pas ainsi. Tu es assez jeune pour être ma fille.

— C'est vrai et j'ai entendu dire que les Polonais affirment qu'un père ne devrait jamais faire l'amour à sa fille, sinon elle ne le respectera plus. »

Il fallait que Klara s'en aille. Il ne pouvait pas abandonner ce qu'il avait désormais grâce à Fanni pour un avenir incertain, pour la métamorphose tout compte fait d'une bigote en une nièce complaisante et éperdument amoureuse. Non, c'était vraiment trop aléatoire.

6

Après le départ de Klara, ce fut Fanni qui souffrit le plus. C'en était fini des confidences qu'elles avaient coutume d'échanger. Elles avaient beaucoup appris l'une de l'autre, elles étaient si proches et si différentes. Tout cela prit fin parce que Klara ne savait pas mentir. Elle devenait rouge de confusion lorsque Fanni évoquait ses rapports intimes avec l'oncle Alois (Klara l'appelait mon oncle et Fanni avait adopté la même habitude).

« Avoue, disait Fanni, toi aussi, tu voudrais bien coucher avec ton oncle.

— Non, répondait Klara, convaincue que ses joues allaient virer à l'écarlate si elle ne disait pas la vérité. Par moments, c'est vrai, quand, oui enfin, j'en ai envie. Mais tu peux être sûre que je ne le ferai jamais. Jamais de la vie.

— Pourquoi ?

— Parce qu'il est avec toi.

— *Ach*, ça, ça ne me ferait même pas hésiter une seule minute.

— Toi peut-être, dit Klara, mais moi j'en serais punie.

— Qu'est-ce que tu en sais ?

— Je le sais, c'est tout.

— Tu te trompes peut-être, répondait Fanni, j'avais dit à oncle Alois que je mourrais s'il me faisait un enfant et maintenant je vois les choses autrement. Je veux un enfant. Je vais en avoir un bientôt.

— Tu l'auras. Et tu peux me faire confiance. Je ne coucherai jamais avec oncle Alois. Tu es sa femme. Je te donne ma parole. »

Elles s'embrassèrent. Mais Fanni crut déceler dans ce baiser quelque chose qui lui inspira de la méfiance. Les lèvres de Klara étaient fermes et décidées, et pourtant pas complètement. Cette nuit-là, Fanni fit un rêve où Alois faisait l'amour avec Klara.

Avant de partir, Klara versa quelques larmes.

« Comment peux-tu me chasser ? Je t'avais donné ma parole.

— Dis-moi, rétorqua Fanni, sur quoi fondes-tu un serment aussi sacré ?

— Je le jure sur le repos éternel de mes frères et de mes sœurs décédés. »

Ce n'était pas la meilleure réponse à faire. Fanni eut tout à coup l'idée que Klara aussi devait être un peu sorcière. Elle pouvait après tout avoir détesté ses frères et ses sœurs ou au moins certains d'entre eux.

Grâce à ses relations à l'inspection des Finances, Alois trouva à Klara un emploi convenable à Vienne. Elle aurait un travail agréable et bien payé au service d'une vieille dame (Alois tenait plus que jamais à veiller sur sa vertu). Et ainsi, après quatre ans de bons et loyaux services à l'auberge, après avoir passé toutes ses nuits dans la plus minuscule des chambres de bonne, Klara emballa ses effets personnels dans la petite malle qu'elle avait apportée en arrivant et quitta la Gasthaus pour son nouvel emploi à Vienne.

Fanni se sentait mieux à présent avec Alois mais l'humeur la plus sereine pouvait s'évanouir le temps d'un battement de cils. Comment être sûre que sa méfiance envers Klara était une crainte vraiment fondée ? Et si c'était seulement du dépit aussi cruel qu'une rage de dents ? Elle se savait pleine de dépit. C'était pour cela qu'elle se disait sorcière.

Comme elle l'avait prévu, elle était maintenant enceinte pour de bon. C'était un motif de satisfaction mais cela n'empêchait pas les remords. Elle avait chassé la plus gentille des filles qu'elle ait jamais connues et certains jours Fanni était sur le point de demander le retour de Klara. Mais alors elle réfléchissait. Qu'arriverait-il si Alois se mettait à préférer Klara ? Il se pourrait bien que celle-ci trahisse son serment. Ce serait vraiment déloyal pour l'enfant à naître.

Quatorze mois après qu'Anna Glassl eut reçu le décret de séparation, Fanni donna naissance à un garçon que, sans hésitation, Alois baptisa Alois. On ne pouvait pas l'appeler Alois Junior, pas encore. En fait, il fallait que son nom soit Alois Matzelberger, ce qui ne plaisait pas à Alois Hitler. Pendant toute une période il repensa à ce qu'il avait eu tant de mal à oublier : un enfant peut se sentir aussi vide qu'un ventre vide quand il n'a en tout et pour tout que le nom de sa mère à porter. Tous les soirs au moment de se coucher, Alois Senior maudissait Anna Glassl.

Il n'était pas homme à mobiliser toute son énergie pour que cette malédiction soit suivie d'effets. Cela revenait au même, à son avis, que de dilapider une réserve d'or. Néanmoins, tous les soirs il proférait sa malédiction, et de manière franchement malveillante. Aussi ne fut-il pas surpris lorsque Anna mourut. Subitement. Ce curieux événement survint quatorze mois seulement après la naissance du fils d'Alois, alors que Fanni était de nouveau enceinte de plusieurs mois, mais Alois se dit que son anathème pouvait bien avoir joué un rôle. C'était, selon lui, le prix à payer pour un dénouement nécessaire. Un prix élevé car il pouvait toujours y avoir des conséquences imprévues.

De fait, le certificat de décès d'Anna indiquait que la cause de sa mort était inconnue. Alois en déduisit qu'il devait s'agir d'un suicide. L'idée le mettait mal à l'aise. Il n'était pas superstitieux, du moins si on prenait en compte son incrédulité à l'égard de Dieu et du diable. En fait, il était prêt à expliquer devant une chope de bière qu'il croyait en des formes intelligentes, solides et stables de gouvernement. Et Dieu, aussi auguste et distant qu'il puisse être, devait sans doute partager le point de vue d'Alois sur l'exercice du pouvoir : l'accomplissement humain de la volonté divine appliqué par des fonctionnaires scrupuleux tels que lui. Alois ne tenait pas cette idée de Hegel. Il n'avait pas lu la moindre ligne de Hegel, à quoi bon ? Hegel et lui étaient d'accord. C'est le pouvoir de l'idée qui permettait à chacun de vivre. Pour Alois, c'était une évidence.

Alois préférait donc, en accord avec de telles prémices, que la mort soit provoquée par une cause bien nette, une crise d'appendicite par exemple ou la consomption, comme cela avait été le cas de sa propre mère. L'idée du suicide le mettait mal à l'aise. Il aimait s'endormir rapidement (« d'abord je pète, ensuite je ronfle », comme il aimait à le dire à ses compagnons de taverne). Qu'Anna Glassl ait pu se suicider était une idée à lui faire perdre le sommeil. Il serait bien allé à l'enterrement mais il n'avait aucune envie d'aggraver ses malaises nocturnes en contemplant le visage de la morte dans son cercueil. Voilà qui fournit un nouveau sujet croustillant aux commérages de la ville.

Quelle que fût la cause de son décès, Anna Glassl du moins n'était plus là. Il pouvait donc épouser sa concubine, sa nouvelle dame, Franziska Matzelberger, ce qu'il fit bientôt. Elle était enceinte de plus de sept mois de leur deuxième enfant et son ventre était aussi gros qu'un melon de concours dans un champ. Il avait quarante-six ans, elle en avait vingt-deux et le mariage eut lieu dans une autre ville, à Ranshofen, quatre lieues à l'aller et quatre lieues au retour d'un voyage inconfortable pour l'épouse enceinte.

Alois était contrarié. La voiture de louage pour emmener les deux fonctionnaires des Douanes qu'il avait invités occasionnait des frais supplémentaires. Pas très conséquents mais tout de même injustifiés. Et puis Fanni l'avait déçu. Sa nouvelle épouse n'était pas aussi déterminée qu'elle aurait dû à affronter le regard des autres.

Par-dessus le marché, elle était une mère angoissée. Elle insista pour accoucher à Vienne. La sage-femme, selon elle, y serait moins malveillante. Comment, dans sa situation, pourrait-elle faire confiance à une femme de Braunau ? Encore de nouvelles dépenses.

Malgré tous ses défauts, Anna Glassl avait été une dame. Alois dut à contrecœur admettre qu'il ne pourrait jamais en dire autant de Fanni. Certes il n'en avait jamais tant espéré, pas de la part d'une fille de ferme, pourtant elle avait au début fait certains progrès dans ce sens.

À présent, elle régressait complètement. Les premiers temps, quand il avait fait sa connaissance, elle se déplaçait avec aisance, elle était vive, elle charmait les clients de l'hôtellerie même en les servant. Alois trouvait que, pour une servante, c'était une personne bien spirituelle.

Maintenant elle hurlait sur les domestiques. Toute l'énergie qu'elle avait en elle s'était muée en mauvais caractère. Leur appartement à l'hôtel n'était pas bien tenu. Quand il suggéra que peut-être ils pourraient rappeler Klara, elle en fit une affaire pendant toute la soirée.

« Oui, lui dit-elle, comme ça tu pourras faire à Klara ce que tu m'as fait. Pauvre Anna Glassl. »

Pauvre Anna Glassl ! Il comprit que Fanni en était réduite à rêver d'Anna. Ne pouvaient-ils réussir leur vie de couple ? Leur mariage n'était pas franchement une réussite. Des époux ne peuvent retomber tous les soirs dans la même dispute.

Fanni séjourna deux semaines à Vienne avant la naissance de leur fille Angela et pendant ce temps il dut payer une gouvernante pour s'occuper d'Alois Junior. La première semaine n'était pas achevée que Senior avait déjà séduit la gouvernante. Elle avait quinze ans de plus que Fanni, était corpulente et active une fois qu'il l'eut mise dans son lit, mais il put enfin dormir parce qu'elle se leva sans se plaindre au milieu de la nuit quand le gamin se mit à pleurer pour réclamer sa mère.

Jusque-là il n'avait jamais trompé Fanni. Désormais, la seule façon pour lui de rendre la gouvernante plus appétissante était de l'alterner avec la cuisinière. Fanni rentra de Vienne l'air faible et fatiguée, elle ne mit pas longtemps à comprendre la situation. Elle ne lui fit aucun reproche, elle pleura. Elle ne se sentait pas bien, avoua-t-elle, et lui n'avait même pas la patience d'attendre qu'une malade se rétablisse, c'était une brute.

Ils avaient vécu ensemble presque trois ans avant de pouvoir se marier et, à présent qu'Angela venait d'avoir un an, Fanni était gravement malade. Les symptômes de divers dérèglements se généralisaient. Elle passait de crises de colère à une véritable hystérie puis ne s'intéressait plus du tout à son mari, se montrait incapable de s'occuper de ses deux enfants. Un médecin diagnostiqua un début de tuberculose. Klara fut rappelée de Vienne pour prendre soin d'Alois Junior et d'Angela au moment même où Fanni dut partir pour une petite ville du nom de Lach, au milieu d'une forêt nommée Lachenwald, « Le Rire-dans-la-Forêt ». Ni ce nom ni le bon air des bois ne purent la rétablir. Elle passa dix mois à Lach avant d'y mourir.

LIVRE III

LA MÈRE D'ADOLF

1

Pendant cette période, Klara rendit visite à Fanni plus souvent qu'Alois, et les blessures qu'elles s'étaient infligées l'une à l'autre ne firent que s'envenimer. Lors de sa première visite, Klara était tombée à genoux au chevet de Fanni :

« Tu avais raison. Je ne sais pas si j'aurais été capable de respecter mon serment. »

Fanni, en pleurant, lui répondit :

« Tu l'aurais été. Mais maintenant je te demande d'y renoncer. C'en est fini de moi.

— Non. Ma promesse reste valable. Elle doit être plus ferme que jamais. » Pendant un moment elle eut l'impression de comprendre véritablement la notion de sacrifice. Elle en était tout exaltée. On lui avait appris à désirer un tel état de pureté exceptionnelle de l'âme. L'enseignement lui venait de son père, enfin plutôt de celui qui passait pour son père, le vieux Johann Poelzl qui manifestait son aigreur à propos de tout sauf sur le chapitre de la dévotion.

« La dévotion envers Notre-Seigneur Jésus-Christ est toute ma vie chaque jour que Dieu fait. »

Il était plus dévot que n'importe quelle femme de Spital. Bien souvent au cours du repas, après avoir récité le bénédicité, il disait à Klara, surtout depuis qu'elle avait dépassé sa douzième année, que renoncer à ce qu'on désirait le plus était le meilleur moyen de s'approcher de la connaissance de la gloire du Christ. Mais pour parvenir à un tel stade, il fallait être prêt à sacrifier ses rêves. Dieu après tout n'avait-il pas sacrifié Son Fils ?

Klara s'efforçait d'oublier le désir qu'elle éprouvait pour oncle Alois. La fièvre ne l'avait pas quittée pendant les quatre ans où elle avait travaillé pour Anna Glassl, ni pendant les quatre autres années au service de la vieille dame qui passait son temps à lui témoigner une affection débordante ou à recompter l'argenterie. C'était une vieille dame extrêmement soupçonneuse. Quand elle trouvait l'argenterie au complet, ce qui était toujours le cas, elle en était fâchée car la paranoïa qui ne peut être étayée par des faits est plus difficile à supporter que la perte causée par un vol caractérisé. La vieille dame était secrètement fière que sa servante tienne aussi parfaitement sa maison – cela inspirait du respect pour sa maîtresse –, néanmoins l'honnêteté l'agaçait.

Des années auparavant, pour se racheter de ce péché mortel qu'elle avait commis avec Alois, Johanna s'était transformée en excellente ménagère et Klara en avait pris de la graine. C'était comme si la mère et la fille estimaient que ce qui restait de la famille – il y avait tant de fantômes d'enfants disparus – dépendait d'un effort incessant dédié à la lutte contre la boue, la poussière, les cendres, les salissures et toute la crasse qui incrustait assiettes, tasses, casseroles et couverts.

Klara n'était pas un seul instant inactive. La moindre tâche ménagère exigeait une attention respectueuse même si on savait parfaitement l'accomplir. Pourtant, le sacrifice, c'était autre chose. Le sacrifice était une douleur en elle qu'elle portait près de son cœur. Si elle désirait Alois, si elle rêvait de lui, elle devait pourtant trouver le moyen de le tenir à distance une fois que les deux enfants de Fanni avaient été couchés. Il ne se passait pas une soirée à l'auberge, la meilleure hôtellerie de Braunau, la Pommer Inn (où ils s'étaient récemment installés), sans qu'Alois la contemple amoureusement. Légèrement éméché après les trois pintes de bière qu'il ingurgitait chaque soir en compagnie de l'un ou l'autre de ses collègues des Douanes avant de rentrer à la Pommer Inn pour le souper que Klara avait préparé dans les cuisines de l'hôtel et servi dans leurs appartements, il mangeait de bon appétit, sans dire un mot, se contentant de hocher la tête pour montrer qu'il appréciait. Ensuite il la dévorait du regard, les yeux grands ouverts comme pour lui permettre de lire dans ses pensées. Elle avait l'impression qu'il caressait du bout des doigts tous les recoins de son corps. Ses cuisses brûlaient, ses joues brûlaient, elle voulait mêler son souffle au sien. Quand un des enfants pleurait dans son sommeil, elle bondissait. C'était comme un cri qu'aurait poussé Fanni et qui serait venu de loin jusqu'à elle, de Rire-dans-la-Forêt. Aussitôt après, une vague de déception l'envahissait chaque fois.

Alois se retenait souvent d'expliquer à ses compagnons de taverne à quel point il aimait les yeux de Klara. Ils étaient si profonds, si clairs, si remplis d'un amour rentré.

Après tout pourquoi pas ? Alois se considérait comme un être exceptionnel. À part lui, qui d'autre connaissait-il qui eût l'audace de proclamer son absence totale de crainte de Dieu ? C'était sa forme de bravoure à lui. Il se faisait un plaisir d'affirmer à tout bout de champ qu'il ne mettait jamais les pieds dans une église, qu'il ne se confesserait jamais à un prêtre. Comment un prêtre ordinaire pourrait-il être son égal ? Il rendait allégeance à la Couronne et n'avait besoin de rien d'autre. Pourquoi Dieu irait-il punir un homme qui servait si loyalement son pays ?

Une semaine auparavant, un cousin lui avait écrit, sollicitant pour son fils en âge de travailler une place à l'inspection des Finances. Alois avait répondu :

> Ne laisse pas ton fils s'imaginer que c'est une sorte de jeu ou alors il déchantera rapidement. Il devra faire preuve d'une obéissance absolue à l'égard de ses supérieurs à tous les niveaux. Ensuite, il devra acquérir beaucoup de connaissances pour exercer ce métier, surtout s'il a une maigre formation à la base. Les buveurs, ceux qui font des dettes, les joueurs et ceux qui ont une conduite immorale sont exclus. Enfin, il faut être prêt à sortir par tous les temps, de jour comme de nuit.

Évidemment, il se sentait à la hauteur des qualités qu'il évoquait dans sa lettre et ne se souciait pas de « ceux qui ont une conduite immorale ». L'immoralité, Alois le savait, ne devait pas être confondue avec les détails de la vie privée. Se montrer immoral, c'était accepter un pot-de-vin d'un fraudeur alors que la vie privée était trop compliquée pour qu'on puisse la juger. Il n'était pas absolument certain que Klara soit sa fille – après tout il n'était pas obligé d'ajouter foi à la parole de Johanna Hiedler Poelzl. Les femmes n'étaient-elles pas particulièrement douées pour le mensonge ? *Sie ist hier !* Vrai ou faux.

D'un autre côté, il se pouvait qu'elle fût sa fille.

Alois savait très bien pourquoi il n'allait pas à l'église, pourquoi il ne se confessait pas, il connaissait les raisons de son courage. Il était prêt à suivre les mêmes voies interdites que les paysans alcooliques ou les adolescents surpris dans le même lit. Mais lui, contrairement à eux, n'irait pas se lamenter sur son passé, plein de craintes et de remords. Il ferait ce dont il avait envie. Tout simplement.

Et c'est ce qu'il finit par faire un soir après le dîner, au cours d'une de ces brèves soirées semblables à toutes les autres : il l'avait regardée d'un air direct sans lui faire la moindre avance, se contentant de se lever de temps en temps en se mettant de profil pour laisser voir sous son caleçon une magnifique érection suffisamment éloquente en elle-même. Il allait tisonner le feu, retournait s'asseoir et recommençait à la dévorer des yeux. Cette nuit-là il ne lui souhaita pas une bonne nuit au moment où elle s'apprêtait à ouvrir la porte de la chambre des enfants où elle dormait, il avança vers elle, la prit par la main, l'embrassa sur la bouche et l'emmena dans son propre lit, même si elle protestait d'une voix faible et peu assurée le priant d'arrêter, « S'il te plaît, arrête », après quoi il glissa la main, en vétéran qu'il était, pour ouvrir une brèche dans les défenses des jupons et des corsets jusqu'à ce que ses doigts atteignent enfin le nid velouté qu'elle avait si longtemps caché. Il était en effet doux comme des plumes, duveteux, comme il se l'était imaginé. Elle avait la moitié du corps en feu mais l'autre moitié était prise dans les glaces, la partie inférieure. Sans le Démon lubrique qui l'habitait, il aurait fui devant un accueil aussi glacial, pourtant elle avait la bouche enflammée et elle l'embrassait comme si tout son désir se concentrait dans ses lèvres, si riches, si fraîches, si impudiques qu'il jouit en la pénétrant, au moment où il déchirait son hymen et s'enfonçait profondément en elle et c'en était déjà fini quand elle se mit à sangloter de peur et de désespoir mais, pis encore, de honte à cause du frisson de plaisir qui l'avait traversée avant de disparaître. Elle savait bien que cela avait été tout le contraire du sacrifice. Mais elle ne pouvait s'empêcher de l'embrasser. Elle recommençait encore et encore comme un enfant couvre de baisers le visage d'un adulte adoré. Puis vinrent d'autres baisers, plus doux, plus passionnés. C'était le premier homme qu'elle embrassait comme un inconnu et non comme un parent, oui, c'était bien là une passion condamnable. Elle ne pouvait s'empêcher de pleurer, ni s'empêcher de sourire.

2

Klara était donc à présent sa maîtresse, sa femme de ménage et la gouvernante d'Alois Junior et d'Angela. Bien souvent elle était aussi sa cuisinière, sauf les soirs où ils engageaient pour une heure une des servantes de l'auberge pour veiller sur les enfants puis descendaient à la salle à manger de la Pommer Inn, et s'affichaient publiquement en tant que l'oncle et sa nièce, le fonctionnaire des Douanes d'un certain âge en grand uniforme et sa jeune maîtresse si prude. Personne à Braunau n'était dupe, même si Klara ne cessait de l'appeler mon oncle. Il y avait de quoi faire enrager tous les témoins, qu'il puisse être assis là comme s'il était François-Joseph en personne, prêt à déclarer : « Tout comme l'empereur, moi aussi j'ai une charmante maîtresse. » Chaque fois qu'il l'emmenait dîner en bas, cela ne manquait jamais, il lui faisait l'amour aussitôt après, la voix si rauque qu'il pouvait à peine parler : « Je suis ton méchant oncle, lui disait-il au plus fort de leur étreinte, ton très méchant oncle.

— Oh oui, oh oui, mon méchant oncle », et elle se cramponnait à lui, tout juste capable de distinguer la douleur de ce qui cherchait à devenir du plaisir, un plaisir des plus coupables.

« Oh, criait-elle, nous serons punis.

— Qui donc s'en soucie ? » grognait-il, ce qui la faisait parvenir au plus près du plaisir défendu.

Immanquablement elle pleurait quand c'était fini. C'était la seule réaction dont elle était capable pour ne pas avoir à l'insulter. En elle s'accumulait comme en bloc tout ce qu'elle n'avait pas réussi à surmonter. Elle se sentait tellement coupable.

À présent c'était au tour de Klara de ne plus aller à la messe. Elle travaillait pour le Diable et le savait très bien. Elle avait l'impression que même ses sentiments les plus nobles ne faisaient que la rapprocher du Mal, oui, même l'amour attentif qu'elle portait à Alois Junior et Angela. Plus elle les adorait, pis c'était. Elle craignait que sa souillure ne vienne polluer leur innocence.

Et puis, il y avait Fanni. Klara ne lui avait rien dit mais elle savait bien qu'elle devrait le faire.

Si Fanni n'était pas mise au courant maintenant, elle finirait par le découvrir même s'il lui restait peu de temps à vivre, car maintenant elle pouvait observer la situation de l'autre côté. Fanni risquait de se retrouver seule avec la pensée insupportable que Klara n'avait même pas jugé utile de la mettre au courant.

La dernière semaine de la maladie de Fanni, lorsque Klara lui avoua la vérité, la réponse pourtant fut brève.

« C'est mon châtiment pour t'avoir renvoyée il y a quatre ans. C'est normal.

— J'élèverai le garçon et la fille comme s'ils étaient mes enfants.

— Tu t'en occuperas mieux que je ne l'aurais fait, dit Fanni en se détournant, tout est bien ainsi mais il ne faut plus venir me voir. »

Klara eut alors une fois de plus la conviction qu'elle était tombée sous l'emprise du Malin parce que, dans un premier temps, elle se sentit blessée mais ensuite elle éprouva de la colère contre cette Fanni qui était prête une fois de plus à la congédier, et cette colère l'habitait encore le jour où l'on enterra Fanni. Ce fut une très longue journée puisque Alois avait décidé de ne pas enterrer Fanni à Braunau. Il avait opté pour Ranshofen (Au-Bord-de-l'Espoir), la localité où ils s'étaient mariés. Non pour des raisons sentimentales mais pour des raisons pratiques. La rumeur à Braunau prétendait qu'il avait acheté le cercueil de Fanni plusieurs mois avant qu'elle meure. On prétendait même qu'il avait bénéficié à l'avance d'une véritable aubaine, un cercueil en acajou confisqué à un fraudeur lors d'un contrôle douanier.

En réalité, il n'avait acheté cette foutue caisse que dix jours avant la mort de Fanni. Il trouvait cette calomnie impardonnable. D'une certaine manière, la tragédie de la mort était surfaite. Il ne s'agissait souvent que de dire au revoir à un ami à qui on avait déjà fait tous ses adieux. Il n'avait pas l'intention de se rendre fréquemment au cimetière. Ce jour-là, il ne s'intéressait qu'à Klara. Le soir, après les funérailles, il ne pouvait se retenir de la contempler. Ces yeux bleus, si semblables au diamant du musée !

Au lit, par cette chaude nuit d'août, le corps de Klara se trouva dépositaire d'une nouvelle vie. Elle en fut comme frappée en plein cœur, c'est du moins ce qu'elle éprouva. Car son âme semblait désormais se trouver tout près de son cœur et elle fut proche de perdre connaissance sous le coup du plaisir – et le plaisir ne cessait de revenir. Maintenant cela ne s'arrêtait plus. Elle appartenait bien désormais au Diable. Il s'était insinué en elle sous la forme du plaisir le plus pervers qu'elle ait jamais connu, aussi le matin sa culpabilité pesait-elle sur son âme aussi lourdement qu'un tronc d'arbre gorgé d'eau. Elle fut épouvantée quand elle comprit brusquement que ce supplément de jouissance provenait de la disparition de Fanni. Toute la compassion qu'elle avait ressentie pour cette douce amie éprouvée par la maladie s'était muée en une jubilation fort peu catholique, en une joie mauvaise et longtemps retenue à laquelle elle pouvait donner libre cours, maintenant que celle qui l'avait bannie pendant quatre ans était morte. À présent elle pouvait devenir la femme d'Alois.

Elle tomba enceinte comme elle s'y attendait.

Elle ne lui avait jamais fait part de son désir d'être épousée mais il avait compris. Un homme peut être stupide, aimait-il à répéter, mais même un idiot doit tirer profit de son expérience. C'est seulement là-dessus qu'il devrait être jugé. Alois était donc parfaitement conscient de la nouvelle responsabilité qui lui incombait.

D'ailleurs, il voulait vraiment se marier. La malveillance des braves gens de Braunau lui était entrée dans la peau. Littéralement. Il lui arrivait d'être incommodé par une crise de démangeaisons qui pouvait parfois durer plus d'une heure. Cela devait être l'effet de la rumeur publique. Il envisagea pour la première fois la possibilité que des lettres anonymes adressées contre lui à l'inspection des Finances puissent n'être pas mises à la corbeille par les fonctionnaires qui les recevaient. Des enquêtes pouvaient avoir été diligentées. Ces affaires-là demandaient du temps, mais à présent que Klara était enceinte, il risquait d'y avoir du scandale dans quatre ou cinq mois si elle ne pouvait plus sortir dans la rue à cause de la taille de son ventre. Ce n'est pas cela qui calmerait les lettres adressées à l'inspection des Finances.

Pour la première fois, il éprouvait un véritable penchant pour la femme qu'il allait épouser. Anna Glassl avait satisfait son ambition sociale, indiscutablement, mais il n'avait jamais apprécié son peu de féminité. Quant à Fanni, le moins qu'on puisse dire c'est qu'elle tenait de la furie avec ses sautes d'humeur. Klara au moins était pondérée et avait conscience de ses origines. Elle serait probablement une bonne mère et, si elle lui donnait une nombreuse descendance, il n'y avait là rien de si terrible. Voilà qui clouerait le bec à la rumeur publique.

De toute façon, vu l'importance de la mortalité infantile, une famille nombreuse était une sorte de garantie. Si l'on en perdait quelques-uns, il restait toujours des survivants.

Par ailleurs, d'un point de vue pratique, Klara et lui était cousins. Après s'être renseigné auprès de la paroisse de Braunau, Alois découvrit qu'il allait devoir demander une dispense.

Il regrettait à présent le mensonge qui avait été certifié neuf ans auparavant lorsqu'il s'était rendu à Strones avec Johann Nepomuk et trois témoins. Cette affaire pouvait-elle l'empêcher de se marier dans des délais raisonnables ? Officiellement il était le fils de Johann Georg Hiedler et donc le cousin de Klara au second degré. Le lien de parenté était-il trop étroit ? S'il voulait affirmer maintenant que Johann Georg n'était pas du tout son père, il faudrait qu'il redevienne Alois Schicklgruber. Inconcevable ! Klara et lui allaient donc devoir entreprendre la longue démarche qui consistait à demander une autorisation à l'Église.

À Braunau, le responsable de la paroisse, le père Koestler, examina la question. Au bout de un mois il donna une réponse négative. Le pouvoir d'accorder une dispense dans un cas comme celui de Herr Hitler n'était pas de son ressort. Klara et Alois devaient s'adresser à l'évêque de Linz. Le père Koestler était prêt à les aider à rédiger leur requête.

3

Très Haute Seigneurie

Ceux qui avec la plus humble dévotion ont apposé leur signature au bas de ce document ont décidé de se marier. Mais en raison de leurs liens familiaux ils ne peuvent le faire à cause de l'empêchement canonique de consanguinité. C'est pourquoi ils adressent leur plus humble requête à Sa Très Haute Seigneurie pour qu'elle leur accorde une dispense au vu des motifs suivants :

Le fiancé est veuf depuis le 10 août de cette année et est père de deux enfants en bas âge, un garçon de deux ans et demi (Alois) et une fille d'un an et deux mois (Angela) qui ont besoin l'un et l'autre d'une personne qui s'occupe d'eux, d'autant plus que le père fonctionnaire des Douanes est absent toute la journée et souvent même la nuit, et n'est donc pas en mesure de veiller aux soins et à l'éducation de ses enfants. La fiancée s'est occupée de ces enfants depuis la mort de leur mère et ils lui sont très attachés. On peut donc raisonnablement estimer qu'ils seront bien élevés et que ce mariage sera heureux. De plus la fiancée ne dispose d'aucune fortune et il est peu probable qu'elle retrouve jamais l'occasion de faire un bon mariage.

Pour ces raisons, les soussignés demandent à nouveau très humblement à Sa Très Haute Seigneurie de bien vouloir leur accorder une dispense de l'empêchement de consanguinité.

Braunau am Inn, le 27 octobre 1884

Alois Hitler, le fiancé

Klara Poelzl, la fiancée

Alois avait sympathisé avec la gouvernante du père Koestler, une femme d'un certain âge, bien en chair et dont le regard brillait.

Ce regard qui semblait répondre au sien l'incita à lui montrer la lettre en lui disant : « Il y a une raison très importante à ce mariage qui n'a pas été mentionnée, c'est que la fiancée est enceinte.

— Oh, nous le savons bien. Mais ce ne serait pas une bonne idée de glisser un caillou dans cette lettre. »

Après un moment de réflexion, Alois répondit : « Voilà un conseil avisé. Et bien placé », puis il donna une tape sur ses fesses comme s'il voulait éprouver le siège de sa sagesse. Elle lui retourna une gifle.

« Comment pouvez-vous faire cela ? lui demanda-t-il.

— Herr Hitler, cela doit vous arriver souvent de recevoir des gifles.

— Oui, mais il m'arrive aussi de recevoir de bonnes surprises. De la part de braves femmes qui sont moins imposantes et moins hautaines que vous. »

Elle ne put s'empêcher de rire. Ses joues devinrent aussi rouges que devait l'être l'endroit où il avait déposé son compliment.

« Bonne chance avec l'évêque de Linz, c'est un homme plutôt timide. »

La réponse ne revint de Linz qu'au bout d'un bon mois. L'évêque de Linz refusait d'accorder la dispense.

Alois n'appréciait déjà pas beaucoup le clergé, à présent il le méprisait. « Les curés portent des soutanes noires, se dit-il, pour cacher leur cul blanc comme neige. »

Il demanda très respectueusement au père Koestler :

« Et maintenant, mon Père, que devons-nous faire ?

— La lettre présentant votre requête doit être traduite en latin par les clercs du diocèse de Linz. Elle pourra ainsi être adressée à Rome. Je pense que les autorités pontificales seront plus compréhensives. Elles le sont généralement. »

En effet, pensa Alois, elles sont bien assez distantes pour ne pas se soucier du sort d'un homme et d'une femme en Autriche. Il dit au prêtre :

« Je vous remercie de vos sages conseils. J'apprends beaucoup à votre contact, mon Père. Je pense qu'à Rome ils comprendront que le fait de fournir une mère respectable à mes deux enfants est le comportement d'un bon catholique ; ce que je m'efforce de devenir. »

L'allusion était évidente. Il se présentait comme la brebis égarée qui aspire à revenir au sein de l'Église.

Le père Koestler en fut si satisfait qu'il ajouta même un conseil pratique. La traduction en latin allait coûter cher, il serait peut-être bon de signer un *Testimonium pauperatis*.

« C'est-à-dire une déclaration de pauvreté ? fit Alois qui savait tout juste assez de latin pour traduire cette expression.

— Cela vous dispensera d'avoir à payer la traduction. »

Herr Hitler se retint de faire remarquer qu'en tant que fonctionnaire impérial il s'estimait plutôt à l'aise. Il accepta donc de suivre cet avis. Il avait suffisamment de bon sens pour ne pas aller payer une dîme quand il pouvait l'éviter.

Trois semaines plus tard, aux environs de Noël 1884, la dispense arriva de Rome. Alois et Klara devaient pourtant attendre. On ne pouvait célébrer aucun mariage dans les deux semaines qui suivaient la Naissance du Sauveur. Klara fut très contrariée de ce nouveau retard, elle en serait alors à son quatrième mois de grossesse et son ventre rond allait se remarquer.

« C'est un solide gaillard que nous avons là, dit Alois.

— J'espère bien. » Que pouvait-il sortir du ventre d'une mère qui s'était sentie si proche du Malin lors de cette fameuse nuit ? Est-ce que l'enfant vivrait ? Serait-il marqué ? La question la hanta tout le jour de son mariage.

Comme souvent lors des mariages de fonctionnaires des Douanes, la journée fut divisée en deux. Comme le dirait Klara plus tard : « On s'est trouvés devant l'autel avant six heures du matin et, avant sept heures, oncle Alois avait déjà regagné son travail. Le jour n'était pas encore levé quand je suis rentrée à la maison. »

Ils donnèrent une réception le soir à la Pommer Inn et Johann Nepomuk, qui était veuf à présent, avait fait le voyage depuis Spital pour venir à Braunau en compagnie de la sœur de Klara, Johanna, qui portait le même prénom que sa mère Johanna Poezl qui, elle, avait adressé « ses plus profonds regrets », ce qui était aussi bien, de l'avis d'Alois.

Ce fut donc Johanna, fille de Johanna, qui représenta sa mère. Cette fille était bossue, ce qui occasionna quelques plaisanteries à mi-voix entre deux fonctionnaires des Douanes. « En fait, dit l'un, la question est de savoir si Alois trouvera de bon augure de lui caresser la bosse.

— Moins fort, répondit l'autre, il paraît que la bossue a un caractère de chien. »

Il y eut de la musique. On joua de l'accordéon. Alois et Klara firent de leur mieux pour ouvrir le bal mais Alois n'avait pas la jambe très souple. Devoir rester toujours debout pendant les heures de service ne faisait pas de vous un artiste de la gambille.

D'autres couples entrèrent dans la danse. Des fonctionnaires des Douanes et leurs épouses. L'un d'eux avait un fils en âge de danser une vigoureuse polka avec la femme de chambre que venaient d'engager les nouveaux époux, une fille aux joues cramoisies et au regard joyeux, prénommé Rosalie. C'est cette Rosalie justement qui avait préparé un jarret de veau grillé et un cochon de lait rôti qui trônaient au centre de la fête.

Elle avait aussi mis trop de bûches dans la cheminée. Le reste des danseurs renonça assez rapidement. Il faisait beaucoup trop chaud dans la pièce. Moitié par ennui, moitié par exubérance, Alois ne cessait de taquiner Rosalie.

« Dites donc, vous êtes drôlement pressée de brûler tout ce que je possède, n'est-ce pas ? » Rosalie porta la main à ses joues et gloussa.

Elle ouvrait grands les yeux quand on la taquinait. C'était quelque chose de voir sa poitrine opulente se soulever après l'effort de la polka. Il n'en fallut pas davantage pour que Klara comprenne la situation. Alois se lançait dans une nouvelle aventure. Elle devait se souvenir longtemps de cette soirée, pendant toutes ces années de chagrin après que Gustav, l'enfant dont elle était enceinte ce jour-là, et les deux qui devaient suivre, Ida et Otto, seraient morts la même année, Gustav à l'âge de deux ans, Ida à un an et Otto quelques semaines après sa naissance.

Johann Nepomuk aussi avait bien remarqué la chaleur qui régnait dans la pièce et la lueur dans le regard de Rosalie. « Débarrasse-toi de cette fille, chuchota-t-il à Klara qui se contenta de hausser les épaules. – Après tout, la suivante sera peut-être pire », répliqua-t-elle à voix basse.

Johann Nepomuk fit un terrible cauchemar cette nuit-là. Il eut l'impression que son cœur allait éclater. Il aurait pu mourir alors dans son lit, mais il lui restait encore trois années à vivre. Il n'existe aucun organe aussi solide que le cœur d'un vieux paysan robuste. Pourtant il ne fut plus jamais le même, ce qui était un châtiment cruel pour ce vieux veuf qui tentait de se raccrocher à ce qui lui restait. La mort, quand elle l'emporta à l'âge de quatre-vingt-un ans, fut causée par l'épidémie qui emporta aussi les enfants.

4

La diphtérie s'était glissée dans la famille comme la Mort noire. Du mucus remontait de la gorge du gamin de deux ans et de la fillette de un an, un écoulement de phlegme verdâtre plus épais et plus gras que la boue de Strones. Des sons rauques sortaient de la poitrine des enfants, on aurait dit les râles douloureux de vieillards cherchant comme des mineurs de fond à ouvrir dans leurs poumons caverneux une brèche de l'épaisseur d'un brin de paille. Gustav mourut le premier, Gustav, cet enfant maladif de deux ans et demi qui semblait être le fantôme des frères et des sœurs de Klara décédés. Puis Ida fut emportée, elle avait quinze mois et était l'image fidèle de Klara aux yeux bleus, elle mourut trois semaines après Gustav. Ces deux morts revinrent hanter la mère lorsqu'un nouveau coup la frappa. Ce fut la fin d'Otto – Otto, un bambin de trois semaines ! – emporté par une colique galopante qui le déshydrata. L'odeur nauséabonde d'un bébé mort si peu de temps après sa naissance s'incrusta dans le corps de Klara comme si ses narines étaient devenues les limbes de sa mémoire.

Elle savait très bien de qui c'était la faute. Alois avait trop frayé avec le Malin. Cela, elle pouvait à la rigueur le comprendre. Un jeune homme à Vienne, tout seul et si avide d'expériences. Bien sûr ! Elle, en revanche, n'avait aucune excuse. Elle avait désiré une famille, des enfants qui ne mourraient pas mais grandiraient et deviendraient adultes, et cependant elle avait trahi le Seigneur Tout-Puissant, la nuit où Gustav fut conçu, et ce plaisir inavouable, elle le recherchait toujours les nuits où Alois décidait de lui faire l'amour comme s'il voulait changer de régime et marquer une petite pause dans sa liaison avec Rosalie, la nouvelle cuisinière de la Pommer Inn.

Elle le détestait quand il se comportait ainsi mais elle découvrit bientôt que cette haine déclenchait en elle des effets inattendus, elle semblait enflammer encore plus son désir. Alors que pendant ces nuits-là il lui arrivait d'éprouver de l'amour pour Alois, le bas de son corps restait de glace, compromettant les plaisirs attendus. Alois grommelait lorsque, une fois l'acte consommé, elle le couvrait de baisers pour essayer d'arranger les choses.

« Ta bouche fait des promesses que tu ne tiens pas », lui disait-il.

On n'aurait pas dit qu'ils étaient mariés. Elle ne cessait de penser à Anna Glassl et à Fanni. Elle avait débuté comme bonne, puis comme gouvernante des enfants de Fanni avant de devenir leur belle-mère, et maintenant ses propres enfants étaient morts. On avait envoyé Alois Junior et Angela à Spital quand la maladie avait atteint les jeunes enfants, ils avaient ainsi échappé à la contagion. Ils étaient revenus vivre avec elle à présent mais chacune de leurs trois chambres à la Pommer Inn empestait encore depuis la fumigation qu'il avait fallu faire après chaque décès. Et l'odeur continuait d'imprégner les habits de Klara chacun des trois jours où eurent lieu les trois cérémonies au cimetière. Elle savait à quel point un cercueil peut être petit – elle avait l'expérience des nombreux deuils qui avaient touché la famille Poelzl – mais les cercueils minuscules de ses propres enfants furent comme trois entailles faites à son cœur et qui éveillèrent l'amour qu'elle n'avait pas osé éprouver pour ses enfants de leur vivant. Elle avait tellement redouté l'influence maléfique qu'elle pourrait avoir sur ces jeunes âmes. Ce n'est qu'après la mort de Gustav qu'elle comprit qu'elle l'avait aimé.

Alois pour sa part avait décidé qu'il ne pardonnerait pas à Dieu. Devant ses camarades de la taverne voisine des bureaux de la Douane et particulièrement devant les nouveaux venus, les plus jeunes des fonctionnaires, il s'exprimait avec toute l'autorité que lui conféraient trois décennies passées à l'inspection des Finances :

« C'est l'empereur qui a le pouvoir de nous guider, déclara-t-il par une chaude soirée d'été, c'est lui qui détient le véritable pouvoir. Dieu ne fait que nous éliminer.

— Alois, lui fit remarquer un de ses vieux camarades, tu parles comme si tu ne craignais pas d'aller un jour dans l'au-delà.

— Au-delà ou ici-bas, pour moi la seule autorité c'est François-Joseph.

— Tu vas trop loin. »

Le temps qu'il arrive à la maison, Alois était généralement de mauvaise humeur. La bière laissait en lui un nuage amer. Il houspillait Alois Junior, réprimandait Angela, n'adressait pas un seul mot à Klara. À présent, une fois par semaine, jamais plus (et il était furieux de voir à quel point ces trois morts avaient entamé sa vitalité), il s'occupait de Klara comme il l'avait fait la première nuit et s'ingéniait à trouver le moyen de la persuader de pratiquer certaines *spécialités de la maison**. Il ne parlait pas français mais

* En français dans le texte (*N.d.T.*).

en savait assez pour comprendre le sens de cette expression. Un de ses collègues des Douanes se vantait souvent d'avoir été à Paris dans sa jeunesse. Là, disait-il, en deux nuits passées dans un bordel il en avait appris plus que pendant tout le reste de sa vie.

Alois ne se laissait pas impressionner. Certaines de ces pratiques ne lui étaient pas inconnues. Fanni par exemple aimait bien fourrer sa bouche dans pas mal d'endroits et Anna Glassl ne jouait pas les grandes dames dans l'intimité. De temps à autre, avec une femme de chambre ou une cuisinière, il lui arrivait même de recevoir une bonne petite surprise humide.

Seulement, en ce moment, il se trouvait confronté à un petit animal effrayé dont la poitrine pouvait le brûler mais dont les cuisses étaient aussi froides qu'un banc de neige. Elle faisait l'amour, certes, quand il arrivait vraiment à la pénétrer, et ce n'était pas souvent le cas, elle était aussi robuste que son Molosse, un peu comme ces chiennes qu'il avait vues grondant sur le mâle et essayant de lui mordre le sexe. Klara ne grondait ni ne mordait, elle s'évadait dans sa jouissance, seule, toujours seule, elle était si renfermée en elle-même qu'il avait envie de plaquer ses lèvres sur la partie la plus intime de son anatomie et de lui glisser son Molosse dans la bouche. Il allait lui montrer où était le siège de la Dévotion. *Spécialités de la maison !*

Par cette chaude nuit d'été, quand il essaya de lui écarter les jambes, poussant de toute la force de ses bras, il vint un moment où il manqua brusquement de souffle. Une violente douleur le traversa. Pendant un instant, il eut l'impression d'avoir été frappé par la foudre. Était-ce son cœur ? Son tour était-il venu de mourir ?

« Ça va ? cria-t-elle alors qu'il était étendu près d'elle, la poitrine soulevée par un souffle rauque aussi effrayant que les derniers râles de leurs pauvres enfants.

— Très bien. Oui. Non », dit-il. Elle se coucha sur lui sans savoir si cela allait le ressusciter ou bien l'achever. La rancune aussi acérée qu'une aiguille qu'elle avait éprouvée après la mort de Fanni la submergea à nouveau. Fanni elle-même lui avait expliqué une fois comment s'y prendre. Klara se plaça donc tête-bêche, posa la partie de son anatomie qu'elle n'osait nommer sur le nez et la bouche d'un Alois suffoquant et attrapa son vieux bélier entre ses lèvres. L'oncle était à présent aussi mou qu'un étron. Elle entreprit pourtant de le sucer avec une avidité qui ne pouvait, et elle le savait bien, lui être inspirée que par le Diable. C'est de là que venait cette envie. Ils étaient donc couchés, le visage au mauvais endroit, et le Diable était avec eux. Il n'avait jamais été aussi proche.

Le Molosse reprit de la vigueur dans sa bouche, ce qui la surprit. Alois avait été bien flasque mais il venait de retrouver sa virilité. Il avait la bouche écumante de sa liqueur, il changea de position, lui saisit le visage et l'embrassa avec fougue, enfin prêt à pousser en elle son Molosse, à l'enfoncer jusqu'aux tréfonds de sa piété, bon sang, sa foutue piété, pensa Alois, foutue grenouille de bénitier, foutue Église. Il était revenu d'entre les morts, une sorte de miracle en somme, et il était d'attaque, l'orgueil bandé et l'épée dressée. C'était meilleur qu'une tempête en mer. Et puis cela atteignit un tel stade qu'elle, la femme la plus angélique de Braunau, comprit qu'elle était en train de se livrer au Diable. Oui elle avait compris qu'il était présent, ici même avec Alois et elle, tous les trois perdus dans le geyser qui jaillit des reins d'Alois puis des siens, puis dans leur orgasme simultané et moi aussi j'étais là avec eux. J'étais la troisième présence et j'étais emporté dans les hurlements de ces trois-là qui se précipitaient ensemble vers la chute. Et Alois et moi nous fécondions les entrailles de Klara Poelzl Hitler et je perçus l'instant précis de la conception. Tout comme l'ange Gabriel avait servi Jéhovah lors d'une nuit mémorable à Nazareth, moi j'assistais en compagnie du Malin à cette conception par cette nuit de juillet, neuf mois et dix jours avant la naissance d'Adolf Hitler, le 20 avril 1889. Oui, j'étais bien là, moi, un agent du meilleur service secret qui ait jamais existé.

LIVRE IV

L'AGENT SECRET

1

C'est vrai, je suis un instrument. Je suis au service du Malin. Et cet employé modèle vient de se rendre coupable de trahison. Il est inacceptable que nous révélions notre identité.

L'auteur d'un manuscrit qui n'est ni signé ni publié peut réussir à demeurer anonyme mais la marge de sécurité est mince. Si j'ai évoqué depuis le début ma réticence à entreprendre ce mémoire c'est parce que je savais que tôt ou tard il me faudrait révéler ma vraie nature. Mais la révélation que je viens de faire entraîne une contrepartie. Je ne peux plus être considéré comme un officier nazi. Si en 1938 j'ai pu prétendre être un homme de confiance de Heinrich Himmler (en me glissant dans le corps d'un officier SS bien réel), ce n'était que temporaire. Dès qu'on nous en donne l'ordre, nous sommes toujours prêts à endosser de tels rôles, à investir ces demeures humaines.

Je reconnais que ces considérations ne doivent guère être compréhensibles pour la majorité de mes lecteurs. Étant donné le prestige dont jouit aujourd'hui le monde scientifique, beaucoup de gens cultivés répugnent à envisager la notion d'une entité comme le Diable. Ils acceptent encore moins l'idée de ce drame cosmique que constitue l'éternel conflit entre Satan et Dieu. La tendance actuelle est de penser que ces spéculations sont une absurdité moyenâgeuse heureusement éradiquée il y a quelques siècles par le progrès des Lumières. L'existence de Dieu peut à la rigueur être acceptée par une minorité d'intellectuels, mais pas la croyance en une entité adverse, plus ou moins égale à Dieu. On peut admettre un mystère mais pas deux. Tout cela c'est du foin pour les ânes.

Il n'y a donc aucune raison de s'étonner si le monde comprend si mal la personnalité d'Adolf Hitler. On le déteste, ça oui, mais on ne le comprend pas, après tout il est l'homme le plus mystérieux de ce siècle. Pourtant je dirai que je comprends parfaitement sa psychologie. C'était mon client. J'ai suivi sa vie très longtemps, depuis sa petite enfance jusqu'à ce qu'il devienne la bête sauvage de ce siècle, cet homme politique à l'allure trop modeste avec sa moustache d'embusqué.

2

Tout petit, il tenait beaucoup de sa mère. Il était de santé fragile et terrifiait Klara chaque fois qu'il avait une goutte de morve aux narines ou une bulle de salive sur les lèvres. Il est probablement vrai qu'elle était prête à mourir s'il n'avait pas survécu. L'attention qu'elle apporta à Adolf au cours de sa prime enfance aurait été prise pour de l'hystérie chez une femme qui n'aurait pas eu les mêmes raisons de s'inquiéter, mais à ce moment-là Klara vivait au bord de l'abîme. Au souvenir de ses nuits avec Alois se mêlait l'odeur délétère et persistante de la chambre de malade où Gustav, Ida et Otto étaient morts l'un après l'autre en quelques mois au cours de la même année. Elle avait adressé à Dieu d'ardentes prières pour L'implorer de sauver ses petits, mais elles étaient restées vaines. Elle voyait bien que le silence de Dieu ne pouvait que confirmer sa condition de pécheresse.

Quand Adolf fut conçu, elle prit l'habitude de se laver les dents tous les matins avec du savon. (Alois avait décidément pris goût, surtout dans les derniers mois de sa grossesse, à enfoncer son Molosse dans la bouche de Klara et à la contraindre à s'exécuter en la maintenant par le cou d'une poigne solide.)

Rien d'étonnant à ce qu'elle ait reporté tout son amour sur l'enfant. Aussitôt qu'Adolf commença à donner des signes de sa vitalité – il souriait déjà d'un air ravi dès qu'elle approchait son visage –, elle se prit à espérer que Dieu cette fois se montrerait généreux, qu'Il était peut-être prêt à pardonner. Allait-Il épargner son enfant ? Pouvait-elle penser que Sa colère s'était apaisée ? Peut-être même lui avait-Il donné un ange ? Ainsi en va-t-il des pieux espoirs. Et puis elle fit un rêve qui lui conseillait de cesser toute relation sexuelle avec son mari. Ainsi en va-t-il des pieuses obligations.

Alois dut bientôt admettre une nouvelle réalité : une volonté de fer chez une femme, surtout quand elle est étayée par la prière, peut se révéler tout aussi efficace que de gros biceps chez son compagnon. Au début, Alois pensa que son refus de se laisser toucher était un simple caprice, une forme nouvelle de minauderie. « Vous les femmes, vous êtes aussi versatiles qu'un chaton qui joue avec sa queue. » Puis, estimant qu'une telle rébellion devait être écrasée sans pitié, il l'attrapa d'une main par les fesses et plongea l'autre entre ses seins.

Elle le mordit au poignet au point de le faire saigner. Aussitôt, il lui flanqua une gifle qui la laissa avec un œil poché. *Gott im Himmel !* Le lendemain, il fut obligé de la prier de ne pas sortir tant que son œil n'aurait pas retrouvé sa couleur normale. Pendant toute une semaine, la main bandée, il dut faire les courses lui-même après son travail, pas question d'aller à la taverne ces soirs-là. Enfin, lorsque les stigmates finirent par disparaître, il dut en plus renoncer à ce qu'il considérait comme ses droits inaliénables et fut contraint de dormir désormais de son côté du lit.

Comme cet état de choses devait durer un certain temps, je voudrais à présent reporter toute mon attention sur Klara. Une grande intensité d'émotion constitue toujours un terrain très apprécié des diables et des démons, tout comme les cultivateurs rêvent de bonnes terres noires, promesses de belles récoltes.

Il n'est pas nécessaire de souligner que la mort d'Otto, de Gustav et d'Ida servait parfaitement nos desseins, même si la mort relève toujours du pouvoir de Dieu et non du nôtre. Leur perte porta l'adoration de Klara pour Adolf à un point d'intensité largement supérieur à celui de n'importe quel amour maternel. Quand il se mit à pleurer chaque fois qu'elle posait un baiser sur ses lèvres, elle comprit que c'était l'odeur du savon qui le dérangeait. Mais depuis qu'Alois avait été relégué de son côté du lit, elle n'avait plus besoin de recourir chaque matin à ce désinfectant. Elle pouvait donc se remettre à embrasser Adolf quand il gazouillait gentiment.

Une telle situation nous paraissait très prometteuse. L'excès d'amour maternel sert aussi bien nos desseins que son absence totale. Nous sommes habitués à être attentifs aux excès de toutes sortes, en bien ou en mal, dans l'amour ou dans la haine, au trop ou au trop peu dans tous les domaines. Toute exagération d'un sentiment honnête ne peut que servir nos plans.

De toute façon, rien ne pressait. Quand il s'agit de faire d'un enfant l'un de nos clients, nous suivons toujours la même procédure bien éprouvée. Nous prenons notre temps. Une naissance résultant d'un inceste suivie par des débordements d'amour maternel nous offre de belles possibilités, d'autant plus que notre présence au moment de la conception renforce singulièrement la portée de l'événement, nous avons donc toutes les raisons d'espérer des développements exceptionnels, pourtant nous patientons, nous observons. Après tout, l'enfant pourrait mourir. Nous en avons perdu beaucoup. Trop souvent, hélas, Dieu est informé de nos choix et impitoyablement – parfaitement, je peux dire cela de Lui – oui, Dieu élimine parfois *impitoyablement* certains enfants, quoi qu'il Lui en coûte. Et que peut-il Lui en coûter ? Un calcul subtil est ici à l'œuvre. Dieu n'est pas insensible aux espérances de l'entourage des enfants. La mort prématurée d'un enfant exceptionnel peut plonger une famille dans le désespoir. Et donc, même quand Il sait que nous avons jeté notre dévolu sur un individu donné, Il hésite. Parfois Il ne veut pas courir le risque de causer des dommages collatéraux à la famille. D'ailleurs, Ses anges peuvent toujours s'efforcer de nous reprendre l'enfant.

Dieu éprouve beaucoup de respect pour l'amour maternel, même excessif. Il ne faut donc pas s'étonner si de nombreux artistes, des ogres, des génies, des criminels et un sauveur occasionnel peuvent atteindre l'âge adulte parce que Dieu a décidé de ne pas les éliminer. Le premier point sur lequel nous nous accordons dans cette lutte entre le DK (comme nous Le nommerons dorénavant) et notre maître – le Maestro –, c'est la certitude partagée qu'aucune qualité humaine exceptionnelle n'est capable de s'imposer sans le concours soit de Son pouvoir, soit du nôtre. La mère la plus noble, la plus généreuse, la plus dévouée peut produire un monstre si nous y veillons. À ce jeu-là nous ne pouvons jamais être sûrs du résultat. C'est pourquoi parier sur des nouveau-nés est un investissement hasardeux tant pour le Maestro que pour le Seigneur.

Mais je vois bien qu'il faut que je donne quelques explications sur le monde que j'habite, sur sa situation, ses limites et ses pouvoirs ou vous n'allez rien y comprendre.

3

Je vais donc m'attacher à décrire ces Deux Royaumes, le Divin et le Satanique. Je pourrais les définir comme deux entités antagoniques, deux domaines, deux conceptions opposées de l'existence, mais l'expression Deux Royaumes est celle que nous employons depuis des temps immémoriaux. Est-il besoin d'ajouter que, nous autres démons, nous sommes constamment aux prises avec la terrible armée des anges. (Nous les nommons les Cudgels.)

Ces belligérants ne sont pas inconnus à quiconque a lu *Le Paradis perdu*, et je ferai remarquer que beaucoup d'entre nous possèdent une solide culture classique. Je ne sais pas ce qu'il en est des anges, mais les démons sont tenus de maîtriser l'expression littéraire. Milton est donc tenu chez nous en très haute estime, parmi les écrivains que nous apprécions et que nous ne sommes pas obligés de considérer comme mineurs (à cause de l'inexactitude de leur peinture des passions). Milton nous a offert un tableau particulièrement précis et inspiré de la rivalité entre les Deux Royaumes. Peu importe que les détails soient faux, il a été un des premiers à expliquer comment ces armées en sont venues à s'affronter au début du grand bouleversement qui s'est produit lorsque l'armée primitive des anges s'est divisée en deux camps opposés, chacun étant convaincu qu'il allait gouverner la conduite des êtres humains.

On peut donc témoigner de l'admiration pour ce grand écrivain aveugle, même si ses descriptions datent un peu. De fait, les démons qui travaillent au service du Maestro ne partent plus en bataille rangée combattre des escadrons d'anges. À présent nous sommes soigneusement postés dans chaque recoin de l'existence humaine.

Pour donner un premier aperçu de la complexité, des points forts, des impasses et des arcanes de la guerre que nous menons, il me faut tracer à grands traits un état des contraintes que nous cherchons à exercer sur la société des hommes. Je ferai tout d'abord remarquer que la réalité revêt trois aspects : le Divin, le Satanique et l'humain, ce qui revient à trois armées distinctes, et donc trois royaumes et non pas deux. Dieu et ses cohortes d'anges s'efforcent d'attirer hommes, femmes et enfants en Son pouvoir. Le Maestro et nous, qui sommes ses représentants, tâchons de nous approprier les âmes d'un grand nombre de ces mêmes humains. Jusqu'au Moyen Âge, les hommes n'étaient guère en mesure de jouer un rôle actif dans ce combat. Ils n'étaient bien souvent que des pions. D'où la notion des Deux Royaumes. Aujourd'hui, nous sommes obligés de prendre en compte le caractère individuel de l'homme ou de la femme. Je dirai même qu'à présent de nombreux humains, si ce n'est la plupart, font tout ce qu'ils peuvent pour ne dépendre ni de Dieu ni du Maestro. Ils veulent être libres. Ils se plaisent à dire (et sur quel ton sentencieux) : « Je veux découvrir qui je suis. » Pendant ce temps-là, nous autres démons gouvernons les gens que nous avons sous notre coupe (nous les appelons des clients), les Cudgels s'efforcent de nous les arracher et de nombreux individus font des pieds et des mains pour combattre les deux camps. Les hommes sont devenus si prétentieux, à cause de la technologie en particulier, qu'ils sont aujourd'hui de plus en plus nombreux à vouloir s'affranchir et de Dieu *et* du Diable.

Il ne s'agit là, je le répète, que d'une première approche des perversités de l'existence, l'ébauche rapide d'une réalité autrement complexe.

Ainsi, par exemple, je peux raviver des souvenirs même anciens cachés dans la mémoire d'un client. Ce genre d'opérations prend malheureusement un certain Temps. (Je parle du Temps avec une majuscule parce que pour nous, tout comme pour les anges d'ailleurs, il constitue un moyen d'action aussi puissant que l'Argent pour les humains.) Nous sommes obligés sans arrêt d'évaluer le temps que nous pouvons accorder à chacun de nos clients. Le besoin que j'ai d'acquérir une connaissance approfondie d'une situation donnée doit toujours être contrebalancé par l'investissement en travail et en temps que requièrent nos visées sur tel ou tel individu. C'est pourquoi le commun des mortels ne nous intéresse guère. Son intelligence, sa mémoire, sa capacité de faire le mal sont plutôt limitées. Nous préférons nous intéresser à des hommes ou à des femmes prêts à transgresser quelques lois fondamentales, qu'elles soient sociales ou divines.

De tels individus deviennent, je le crains, de plus en plus rares. Nous devons bien souvent nous contenter de médiocres. Mais avec notre aide, si nous sommes suffisamment patients, ils peuvent progresser. Ils peuvent même nous faire obtenir des promotions.

J'ai amené certains de mes clients jusqu'au point où ils pouvaient nous devenir utiles dans le cadre d'un projet plus vaste et mon statut s'en est trouvé amélioré. Mais il faut bien reconnaître que le client ordinaire, pris dans les tiraillements entre son ange gardien et son démon, ne produit au bout du compte pas grand-chose qui puisse servir à l'un ou l'autre des Royaumes, et je me souviens personnellement de quelques situations malheureuses où l'ange gardien qui était mon rival a fini par emporter le morceau.

J'ai connu par le passé une période difficile où certains échecs de ce genre ont affecté ma position. Je me suis même retrouvé pendant un temps cantonné à des clients d'origine obscure et sans grande envergure. J'ai encouragé par exemple des hommes de troupe à saper le moral de leur compagnie en désertant, j'ai encouragé des ouvriers et des paysans qui fomentaient des révolutions pour sombrer ensuite dans la corruption, j'ai suivi de près quelques prêtres dans leurs bourgades qui s'étaient fourrés dans des histoires avec des petits garçons et pas mal de dirigeants d'entreprise qui tapaient dans la caisse, j'ai aidé de petits hobereaux, comtes et barons, à dilapider au jeu leurs derniers biens et je devrais aussi inclure dans cette liste menus larcins, bagarres d'ivrognes, femmes et maris adultères de la pire espèce. J'avais quantité de clients mais peu d'entre eux en rapport avec mon talent. Souvent j'ai dû servir de mentor à des clients qui n'avaient pas grand-chose au départ et qui allaient perdre rapidement le peu qu'ils avaient. Et je n'arrivais pas à savoir si le Maestro gardait mes talents en réserve en prévision de quelque plan à venir ou s'il continuait à me reléguer dans des tâches obscures. Je repris espoir lorsqu'il m'informa qu'il pourrait bien me confier une tâche dont l'ambition était comparable à certains hauts faits épiques que notre Royaume a pu connaître au cours des trois premiers siècles de l'Église romaine. Oui, un tel honneur m'était réservé à condition que je consente à m'appliquer sans relâche à mes devoirs monotones auprès des épaves, des brutes et des ivrognes. C'est ce que je fis. Et finalement je fus désigné pour superviser le travail de quelques démons mineurs qui étaient attachés au sort d'une famille autrichienne dont le potentiel pourrait se révéler extraordinaire. Pour l'instant l'embryon était plutôt insignifiant, ses parents aussi, mais il avait dans sa lignée quelques défauts intéressants marqués du relent envahissant de notre vieil ami, l'inceste. Je fus donc désigné pour l'accompagner dès sa naissance.

Je n'aurais pas osé poser la question mais le Maestro décida lui-même de satisfaire ma curiosité.

« D'où vient cet intérêt que je porte à une créature pas encore née ? Se peut-il qu'il possède en puissance une formidable ambition ? Je vous propose de vous occuper de lui à plein temps. Pour l'instant il ne s'agit que d'un projet. Il pourrait échouer. Mais avec le temps, s'il en vient à tenir en grande partie ses promesses, il pourrait devenir votre client à plein temps. Dois-je en dire davantage ? »

Tout cela fut déclaré sur le ton ironique caractéristique du Maestro. Nous ne savons jamais s'il est sérieux ou pas quand il s'adresse à notre esprit. (Sa voix est une véritable corne d'abondance de l'humour.)

En tout cas, je n'osai pas poser la question : Et si j'échoue ? Car les échecs sont fréquents. Quoi qu'il en soit, j'appris rapidement les circonstances de la conception de l'intéressé.

Certains lecteurs se rappellent peut-être que j'ai parlé au début de cet événement exceptionnel comme si j'avais été présent dans le lit conjugal. Je dois dire maintenant que je n'y étais pas. Et pourtant, en évoquant ma présence, je dis bien la vérité. Tout comme les physiciens qui sont amenés aujourd'hui à affirmer, même si cela bouleverse leurs conceptions scientifiques, que la lumière est à la fois une particule et une onde, nous autres démons vivons simultanément dans le mensonge et dans la vérité, et l'un et l'autre existent avec une force égale.

L'explication, pour peu que vous soyez prêt à la suivre, est considérablement moins complexe que, disons, la théorie de la relativité d'Einstein.

4

Les esprits comme moi peuvent assister à des événements auxquels ils ne sont pas présents. Je n'étais pas là lorsque Adolf fut conçu. Mais j'ai eu la possibilité d'intégrer l'*expérience exacte* par l'entremise du démon (de rang subalterne) qui se trouvait dans le lit d'Alois à ce moment-là. Il faut préciser que c'est une faculté dont nous disposons, partager un acte charnel après qu'il a eu lieu. Par ailleurs, un démon ordinaire peut toujours, dans les circonstances capitales, implorer le Malin pour qu'il vienne le rejoindre au moment crucial. (Le Maestro nous incite à le désigner par ce terme de Malin lorsqu'il doit intervenir dans une relation sexuelle, et dans cette occasion précise je suis sûr qu'il était là.)

Par la suite, quand j'ai entamé ma mission auprès du jeune Adolf Hitler, ce phénomène d'imprégnation m'a été réitéré par le démon qui assistait à l'événement. Il a pénétré mes sens avec une fidélité aux odeurs et au contact physique que je pourrais qualifier d'absolue. Ainsi j'ai réellement vécu cet acte. Pour nous, recevoir un compte rendu précis équivaut à être présent. Et je suis sûr, étant donné l'intensité exceptionnelle de ce moment, que le Maestro est venu un instant rejoindre le démon présent (tout comme Jéhovah a offert Son immanence à Gabriel lors d'un autre événement exceptionnel).

Même si je ne me suis pas exclusivement occupé d'Adolf Hitler pendant quelques années, il était toujours sous ma surveillance. Aussi puis-je raconter ses débuts dans la vie avec une assurance qu'aucun biographe traditionnel n'a jamais pu éprouver. Il est clair à présent que ce livre n'entre dans aucune catégorie. C'est plus qu'une monographie et ce n'est certainement pas une biographie puisque je le présente comme un roman. J'ai réellement le pouvoir d'entrer dans les esprits. Au demeurant, il n'est pas très important de définir le genre dont relève ce livre puisque mon principal souci n'est pas l'œuvre littéraire mais ma peur des conséquences. Je dois réaliser mon projet sans attirer l'attention du Maestro. Et cela n'est possible que parce que, dans l'Amérique d'aujourd'hui, il est plus familier de l'informatique que de la chose imprimée. Le Maestro a suivi les progrès des hommes dans le domaine des cybertechnologies beaucoup plus attentivement que le Seigneur.

C'est pourquoi j'ai décidé d'écrire sur du papier, ce qui offre une protection relative. Mes mots ne seront pas repérés aussi vite. (Et le papier, dans son processus même de fabrication, garde encore quelque chose de la tendresse que Dieu a mise dans Ses arbres.)

Le Maestro ne souhaite pas mobiliser la moindre parcelle de son pouvoir pour surveiller chacun de nos actes, diables et démons sont bien trop nombreux, pourtant il n'apprécie guère que l'on s'aventure dans des entreprises qu'il n'a pas décidées. Il y a quelques années, je n'aurais jamais osé entreprendre d'écrire ce livre. J'aurais eu trop peur. Aujourd'hui, avec l'invasion de la technologie toute-puissante, on peut espérer garder un jardin secret, un petit espace de liberté.

Ergo je me sens prêt à poursuivre. En fait, je compte bien réussir à faire en sorte que le Maestro ignore l'existence de ce livre. Le travail d'un agent secret n'est-il pas après tout la lutte entre le code et le brouillage du code ? Le Maestro est très occupé, son existence actuelle est plus rude que jamais – il se croit à mon avis très proche de la victoire finale –, j'ai donc décidé de tenter ma chance. Je suis de plus en plus convaincu que je parviendrai à cacher l'existence de ce manuscrit au moins jusqu'à ce que je l'aie terminé. À ce moment-là il faudra, soit que je l'imprime, soit que je le détruise. La seconde solution est évidemment la plus sûre (mais quel coup quasi mortel porté à ma vanité !).

Si je le publie, il me faudra fuir la colère du Maestro. J'ai plusieurs possibilités. Je pourrais me placer sous la protection de ce qui correspond dans notre univers au Programme Fédéral de Protection des Témoins. C'est-à-dire que les Cudgels pourraient me cacher. Évidemment, il me faudrait collaborer avec eux. Les conversions sont leur fonds de commerce.

J'ai donc deux possibilités, la trahison ou la disparition.

En réalité je ne m'inquiète pas trop. En dévoilant nos secrets, je m'offre le rare plaisir (surtout pour un diable) d'être à même non seulement d'expliquer mais d'analyser la nature insaisissable de mon existence. Et si je parviens à achever ce livre, j'aurai toujours le choix de le détruire ou de passer dans le camp adverse. Je dois dire que la deuxième possibilité commence à me tenter.

Dès l'instant que je manque à ma parole envers le Maestro, il importe que je n'en laisse rien paraître. La tâche modeste que j'exerce en Amérique est accomplie de manière irréprochable pendant que j'évoque ce travail que j'ai effectué autrefois en veillant à l'éducation du plus important de mes clients.

LIVRE V

LA FAMILLE

1

Quand il eut un an, Klara appelait son fils Adi plutôt qu'Adolf ou Dolfi (Dolfi ressemblait trop à *Teufel*). Elle ne cessait de répéter à ses enfants adoptifs : « Regarde, Alois, regarde, Angela, Adi n'est-il pas un ange, un petit ange, n'est-ce pas ? » Le bébé avait une bouille ronde, de grands yeux ronds aussi bleus que les siens et une petite bouche. Pour eux il ressemblait à tous les bébés et donc, pas contrariants, ils approuvaient. Elle était une brave belle-mère et ses rapports étaient bons avec Alois Junior et avec Angela, surtout depuis que leur père leur avait dit que Fanni était folle.

Klara ne faisait pas exprès de parler de son nouveau-né à ses beaux-enfants avec un tel enthousiasme, elle ne pouvait pas s'en empêcher. La béatitude se lisait dans son regard. Il était évident à de nombreux signes qu'Adi allait vivre.

L'allaitement encourageait cette conviction. Elle transfusait en lui sa propre force, et avait toujours un sein à portée de sa bouche. Certains de nos diables de base qui étaient passés par Braunau la nuit rapportaient que ses prières étaient plus sincères que celles de n'importe quelle mère du voisinage. Les démons manifestement ne s'intéressent pas beaucoup aux sentiments, particulièrement à la sincérité, mais certains d'entre eux en étaient contrariés. Les prières de Klara semblaient si pures : « Ô Seigneur, dispose de ma vie si cela doit sauver la sienne. » Les autres femmes, ayant plus de sens pratique, demandaient à Dieu ce qui leur manquait. Les plus avides voulaient toujours avoir une maison plus belle. Les idiotes rêvaient d'un amant extraordinaire. « Avec votre permission, Seigneur. » Il y avait toujours un prince charmant pour qui elles languissaient. Au contraire, les prières de Klara imploraient une longue vie pour son fils.

Le Maestro n'appréciait pas tellement l'allaitement maternel dans la mesure où son absence pouvait stimuler chez les enfants qui en étaient privés des énergies mauvaises que nous pouvions plus tard utiliser. Mais il se montrait plus compréhensif dans le cas des incestes au premier degré. Il appréciait dans ces cas-là que la mère fût très proche de l'enfant. Cela cadrait bien avec nos projets. (Un monstre est plus efficace quand il peut faire appel à l'amour maternel pour séduire de nouvelles connaissances.)

Les problèmes d'hygiène peuvent aussi être intéressants. Un bébé au derrière malpropre peut être pour nous un signal et la mère pour nous une cliente potentielle. Mais l'inverse est également vrai. Klara en est un très bon exemple. Elle tenait son intérieur impeccablement. Son appartement de la Pommer Inn était aussi propre qu'une maison où se seraient affairées plusieurs femmes de ménage. Les meubles reluisaient. Et le petit trou du cul d'Adi était aussi immaculé qu'une opale, minuscule et scintillant, ce qui est à mon avis une excellente chose – l'enfant né d'un inceste doit toujours avoir conscience de l'importance de ses excréments même s'ils sortent d'un petit trou qu'on ne cesse d'astiquer.

2

Peu après la naissance d'Adolf, Alois décida de quitter la Pommer Inn. Cela ferait le douzième déménagement en quatorze ans passés à Braunau. Pourtant Alois disait du bien de l'auberge : « Elle a de l'*élégance*, un mot que je ne crois pas pouvoir appliquer à grand-chose d'autre dans cette petite ville. » Il possédait une dizaine de formules de ce genre, de quoi agrémenter une bonne centaine de menues conversations. « Les femmes sont comme les oies, aimait-il à dire, on les reconnaît de dos. » S'ensuivait un gros éclat de rire dans la taverne, même si personne n'aurait su expliquer ce que le derrière des oies avait de particulier. Ou alors, s'adressant à ses collègues : « C'est très facile de démasquer un fraudeur. Soit il ressemble à l'épave qu'il est, soit il est trop poli pour être honnête. Ils sont trop bien habillés, ils parlent trop bien et les amateurs se donnent beaucoup de mal pour vous regarder droit dans les yeux. »

Quand on lui demandait pourquoi il avait décidé de quitter la Pommer Inn après un séjour de plus de quatre ans, il haussait les épaules. « J'ai besoin de changement. » La vérité est qu'il avait fait le tour de toutes les bonnes, femmes de chambre et cuisinières de l'auberge qui n'étaient pas trop vieilles ou trop laides. Il aurait pu ajouter : « Quand une femme se dessèche avec vous, il est bon de déménager. Ça remet un peu d'huile dans les rouages. »

Le jour où la famille Hitler quitta la Pommer Inn, il fut traversé par une idée insolite : le destin pourrait le choisir pour occuper un poste important. L'idée qu'il se faisait d'une telle promotion était de devenir premier fonctionnaire des Douanes dans la capitale provinciale de Linz, en fait, c'est exactement ce qu'il finit par devenir. Jamais superstitieux (sauf quand il l'était), Alois estima que passer de la Pommer Inn à une maison louée Linzerstrasse était de bon augure. Klara et lui trouvaient qu'ils avaient besoin de plus de place et ainsi ils l'avaient. Évidemment il n'y avait pas de soubrettes dans le grenier, mais cela pouvait s'arranger. Il avait repéré une femme qui habitait sur la route qu'il prenait pour rentrer de la taverne. Il faudrait bien sûr lui offrir un petit cadeau de temps en temps mais le loyer de la maison de la Linzerstrasse était peu coûteux. Il est vrai que la maison était banale.

Et pendant tout ce temps, il luttait pour éviter de retomber amoureux de sa femme. Elle le faisait enrager. Si les fourmis ont comme les abeilles une reine pour qui elles travaillent, alors c'était elle la reine des fourmis, car il avait à cause d'elle la peau qui le démangeait, l'entrejambe qui le picotait et le cœur qui cognait dans sa poitrine. Et tout cela simplement parce que Klara restait obstinément dans son côté du lit qu'elle avait partagé en deux. Il ne pouvait que repenser au soir de leurs noces. Comme elle lui avait paru belle dans sa robe de soie foncée, rose avec un col blanc, c'est là tout le blanc qu'elle s'était autorisée pour sa tenue de mariée. Et sur son front pâle, comme elle avait disposé ses charmants accroche-cœur. Sur sa poitrine, elle avait épinglé le seul bijou qu'elle possédait, une petite broche verte en forme de grappe de raisin en verre, si réaliste qu'on avait envie de tendre la main pour attraper un grain. Et puis il y avait ses yeux – oui vraiment ! Il devait batailler pour ne pas retomber amoureux d'une femme qui tenait sa maison mieux que n'importe quelle autre femme de Braunau, pour lui et trois enfants dont deux n'étaient même pas les siens, une femme qui se montrait en public aussi déférente à son égard que s'il était l'empereur en personne, une femme qui ne se plaignait jamais de ce qu'elle possédait ou ne possédait pas et ne l'ennuyait jamais pour des questions d'argent, une femme qui n'avait pour toute toilette qu'une robe convenable, celle qu'elle avait portée le jour de ses noces, et pourtant cette femme, s'il essayait de la toucher du bout du doigt, le mordrait. Alois se demandait si l'explication ne résidait pas dans leur différence d'âge. Au lieu de l'épouser, il aurait mieux fait de la mettre dans un couvent. Et pourtant la peau lui cuisait à la seule idée qu'elle ne le laisserait pas l'approcher.

Quand il allait boire à la taverne, il s'efforçait de redorer son blason. Sa haine de l'Église y était devenue un sujet courant de conversation. Il avait pris l'habitude, chez lui, de glaner ses arguments dans un ouvrage anticlérical qu'il avait déniché chez un bouquiniste de Braunau. D'ailleurs le propriétaire de la boutique, Hans Lycidias Koerner, venait souvent le rejoindre le soir pour prendre une bière avec lui. Le libraire affichait toujours un air d'érudit au-dessus de ces conversations frivoles, se contentant d'un hochement de tête de temps en temps. Mais son maintien de sage, son menton rasé, son absence de moustache, ses rouflaquettes, ses minuscules lunettes, son crâne à moitié chauve hérissé de cheveux blancs, tout cela lui donnait un petit air de ressemblance avec Arthur Schopenhauer et donc une certaine autorité, de sorte que la moindre approbation de la part de Herr Koerner suffisait à faire accepter par les autres fonctionnaires de la Douane les aspects les plus provocateurs des arguments d'Alois. Même si on ne pouvait guère les considérer comme des pratiquants – « Aucun homme digne de ce nom n'a envie d'être châtré », disaient volontiers la plupart d'entre eux –, ils restaient cependant des fonctionnaires officiels. Ils ne pouvaient donc pas se sentir à l'aise quand une institution prestigieuse était tournée en dérision, surtout s'il s'agissait de la sainte Église romaine.

Ce n'était pas le cas d'Alois. Il déclarait bravement qu'il ne craignait rien. « S'il existe une providence supérieure au pouvoir de François-Joseph, je ne l'ai jamais rencontrée.

— Alois, lui faisait remarquer le collègue le plus proche de lui en termes de hiérarchie, on ne peut pas tout ramener à un homme qui détient le pouvoir.

— Tout cela est un mystère. Mystère, mystère, mystère, et c'est l'Église qui garde les clés. Seraient-ils nos concierges, *ja* ? »

Les autres riaient d'un air gêné. Mais Alois pensait à Klara et à sa piété qui lui pesait comme un pavé brûlant sur l'estomac, un poids qu'il était bien décidé à pulvériser.

« Savez-vous, poursuivait-il, qu'au Moyen Âge les putains étaient plus respectables que les religieuses ? Elles avaient même une Guilde. Rien que pour elles ! J'ai lu un jour l'histoire d'un couvent de Franconie qui avait si mauvaise réputation que le pape en personne dut mener une enquête. Et pourquoi cela ? Parce que la Guilde des putains de Franconie s'était plainte de la concurrence déloyale que leur faisaient les religieuses de Franconie.

— Tu exagères, firent en chœur deux des buveurs.

— C'est vrai. C'est absolument vrai. Herr Lycidias Koerner peut vous en montrer la preuve. » Hans Lycidias hocha lentement la tête d'un air inspiré. Il était un peu trop soûl pour savoir avec certitude quelle opinion il devait encourager.

« Eh oui, reprenait Alois, le pape a déclaré : "Envoyez un monsignor pour tirer cette affaire au clair." Et je vous le demande un peu, savez-vous ce que ce brave monsignor a découvert ? C'est que la moitié des religieuses étaient enceintes. Voilà la stricte vérité. Le pape s'est alors penché de plus près sur le problème des monastères. Que des orgies. Des orgies homosexuelles. » Et il affirma cela avec une telle force qu'il eut le temps d'avaler une grande gorgée de sa chope.

« D'ailleurs, fit Alois, après avoir repris son souffle, il n'y a là rien d'étonnant. À ce jour, la moitié du clergé est composé de tapettes, tout le monde sait cela.

— Pas vraiment, non, murmura un des jeunes fonctionnaires. Mon frère est curé.

— Dans ce cas, je lui tire mon chapeau, du moment que c'est votre frère il est différent. Mais c'était comme ça et je peux vous garantir que les prêtres qui étaient de vrais hommes faisaient encore bien pis. Vous n'avez jamais entendu cette déclaration du pape, du même pape ? Il a dit : "Les prêtres n'ont pas besoin d'être mariés tant que les paysans le sont." »

Le ton de son récit demandait tacitement que son auditoire de jeunes fonctionnaires l'approuve par des éclats de rire. Et donc ils se mirent tous à rire.

« C'est exactement ainsi que cela se passe, le pauvre marchand a une femme, le prêtre en a dix, quant à l'évêque il ne peut même pas franchir la porte du paradis tant il a de femmes avec lui.

— Quel évêque ?

— L'évêque de Linz, bien sûr. »

Alois ne l'avait pas oublié, l'évêque de Linz qui, six ans auparavant, lui avait refusé la dispense pour épouser Klara et il se rappelait bien sûr que, pour éviter les frais de traduction en latin de sa demande, il avait dû se déclarer indigent. Cela lui restait sur le cœur.

Sur le chemin du retour il en vint à cette conclusion plutôt désagréable. Il devait cesser ses diatribes contre l'Église. Il avait cinquante-quatre ans et depuis des années ne s'était pas soucié de sa position sociale. Il savait qu'il pouvait progresser dans les échelons qui étaient à sa portée, mais non s'élever beaucoup dans la hiérarchie.

Pourtant voilà qu'un de ses amis haut placé dans l'administration des Finances lui avait confié qu'il était question de nommer Alois Hitler au poste de directeur des Douanes de Passau. Compte tenu de sa formation initiale un peu sommaire, ce serait là une promotion considérable. « Il faut que tu te tiennes à carreau, Alois, c'est l'affaire d'environ un an. Soigne ta réputation si tu veux être nommé à Passau. »

Il s'était toujours considéré comme quelqu'un d'exceptionnel, n'ayant peur de personne (à l'exception de quelques supérieurs en uniforme) et doué d'un véritable magnétisme à l'égard des femmes. (Combien d'hommes pouvaient en dire autant ?) Il ne s'était jamais laissé intimider par l'opinion publique. Il ne connaissait personne qui puisse en dire autant. Sur ce terrain, il n'avait rien d'un lâche.

Mais voilà à présent que cet ami très respecté, grâce à ses relations dans les cercles dirigeants de l'administration des Finances, venait lui dire : « Prends soin de ménager l'opinion publique de Braunau. » Il rumina longuement ce conseil, ne sachant pas s'il pouvait faire confiance à son ami. L'homme était un farceur. C'était celui-là même qui lui avait dit un jour : « L'opinion des gens de Braunau n'a aucune importance. Tu peux leur faire un pied de nez. » C'est ce qu'Alois n'avait pas manqué de faire par certains de ses comportements, mais la vérité c'est qu'il en avait certainement trop dit ce jour-là, si la rumeur concernant sa promotion à Passau avait quelque fondement. Il découvrait brusquement à quel point il avait de l'ambition, une ambition véritable dont il n'avait jamais voulu s'avouer l'existence. Il en était incapable. Comme si une rivière avait dû briser une digue. À présent il avait parfaitement compris. Il fallait qu'il cesse de dénigrer l'Église. Sa femme n'avait pour lui qu'un sein froid et desséché alors qu'elle offrait au bébé une poitrine généreuse et opulente, et quel soiffard il était celui-là, toujours pendu à la mamelle ! Il fallait qu'il s'accommode de tout cela. Au fond elle était une épouse précieuse ; bonne pour les enfants, bonne cuisinière, bonne dans ses rapports avec l'Église.

Il n'irait certes pas jusqu'à s'afficher lui-même à la grand-messe, sauf dans des occasions officielles ou lors de vacances. Il n'avait aucune envie de réveiller son prurit, le confessionnal n'était vraiment pas fait pour lui. Rien que d'y penser, sa peau le démangeait. Un digne fonctionnaire de la Couronne comme lui n'avait pas à ouvrir son âme à un curé.

Mais il était bon que les femmes soient vues à l'église. Et certes il voulait bien admettre en son for intérieur que Klara représentait un atout au regard de ses nouvelles ambitions professionnelles.

3

À notre niveau, nous considérons un excès d'ambition comme un outil mis à notre disposition. Nous sommes évidemment attentifs à tout désir qui devient incontrôlable. Mais le cas de l'ambition démesurée est le plus intéressant de tous. Certes l'ambition peut aussi servir les desseins de Dieu. C'est Lui après tout qui en a pourvu les hommes pour les inciter à œuvrer à la réalisation de Sa vision.

Bien sûr, un tel calcul était complètement erroné de la part de Dieu. Le Maestro ne manque jamais de nous le répéter : tout ce qu'un homme dévoré d'ambition parvient à démontrer, c'est le manque de prévoyance du Créateur. Le DK, soucieux de rendre Sa vision novatrice, a créé la volonté humaine comme un instinct totalement dépendant de Son pouvoir. Là encore, Il s'est trompé. L'ambition est non seulement la plus puissante des émotions mais aussi la plus instable. Ils sont nombreux, les grands ambitieux qui tiennent Dieu pour responsable de leurs propres échecs.

Une grande soif de réussite ne doit pas manquer d'éveiller notre intérêt. Le DK, toujours prodigieusement optimiste, n'a pas compris que les hommes et les femmes qui entendent défendre Sa vision ont intérêt à être dotés de l'ambition altruiste des saints. Le Maestro, pour sa part, a toujours été attentif aux filons de perversité que recèle la chair humaine.

Considérons le cas d'Alois. La plupart des gens cachent leur ambition dans la partie la plus secrète de leurs émotions (au point de ne pas en avoir toujours conscience). Car dès que l'ambition prend des proportions démesurées, elle est prête à piétiner bien des convictions solides et anciennes, comme un sens de l'honneur irréprochable ou la loyauté envers les amis. Bien souvent l'ambition frappe à l'aveugle comme une faux.

Rien d'étonnant donc à ce qu'Alois ne fût pas le seul membre de la famille Hitler à souffrir d'un tel dérangement. L'ambition, véritable virus, est contagieuse. Klara avait à présent un fils manifestement destiné à survivre et elle en avait le cœur transporté de joie, la joie la plus pure qu'elle ait jamais connue, elle voulait maintenant le meilleur pour Adi. À tel point qu'elle en était prête à autoriser son mari à franchir la frontière tracée au milieu du lit conjugal.

Elle se lança dans une nouvelle entreprise de séduction. Comme elle allaitait toujours Adolf, elle ne pouvait tomber enceinte. Ce retour d'un désir physique lui venait de son estime grandissante pour Alois. N'avait-il pas établi des fondations solides pour assurer un bel avenir à Adolf ? Puisque son mari avait réussi à s'extraire de la fange de Strones et de Spital pour s'élever jusqu'au rang de fonctionnaire au service de François-Joseph, elle était de son côté toute disposée à rêver des sommets auxquels le petit Adolf pourrait parvenir si ses capacités se montraient à la hauteur de la vigueur paternelle.

Mais pour cela, il aurait besoin de l'amour paternel. Un jour, de sa voix la plus douce elle fit remarquer à Alois :

« Je me demande parfois pourquoi tu ne prends jamais Adi dans tes bras.

— Cela ne ferait que rendre les deux autres jaloux. Et on doit se méfier des gamins jaloux dans leurs rapports avec les bébés.

— Alois et Angela ne cessent de le prendre dans leurs bras. Ils ne sont pas jaloux. Ils l'aiment bien. On peut même dire par moments qu'ils ont vraiment de l'affection pour lui.

— C'est très bien ainsi. S'ils sont heureux, c'est peut-être justement parce que je ne le tiens pas dans mes bras.

— Par moments, j'ai peur qu'il ne soit pas important pour toi », se risqua-t-elle à dire.

Elle était allée plus loin qu'elle n'aurait voulu.

C'était déjà assez pénible de ne pouvoir disposer que de la moitié du lit, si en plus elle se mettait à le critiquer !

« Important pour moi ? *Là-dessus*, je peux te répondre. Il n'a aucune importance pour moi. Pas pour l'instant. Je veux d'abord voir s'il va grandir. »

Elle ne pleurait pas souvent mais cette fois elle éclata en sanglots. Le pire venait de se produire et une fois de plus elle se retrouvait désarmée devant son mari. Elle n'était pas libre de l'aimer.

C'est à ce moment-là que le chien se mit à aboyer. Alois avait pour quelques couronnes acheté un bâtard à un paysan de sa connaissance. Du moment qu'ils vivaient dans une maison et non plus à l'auberge, on pouvait estimer qu'il était utile d'investir dans un chien de garde. Mais l'animal, qu'il avait baptisé Luther, se montra décevant. Luther adorait Alois et frétillait devant son maître aux moindres intonations de sa voix, pour le reste il ne semblait pas très éveillé. De plus il avait d'étranges manies. Ce soir-là, comme Alois lui criait de cesser d'aboyer, le pauvre Luther pissa sur le plancher.

Après coup, Alois regretta. Le chien l'adorait. Il commença pourtant par le fouetter. Luther essaya de ramper hors de portée, le derrière souillé par ses déjections. Et il ne cessait de hurler, pris d'une véritable terreur. Le vacarme réveilla les enfants. Alois Junior arriva le premier, suivi par Angela, puis par Adi qui n'avait pas plus de deux ans mais était déjà assez agile pour sortir de son lit bas et débouler au milieu de cette scène. Klara bondit pour le prendre dans ses bras. Elle s'attendait au pire, même si elle ne savait pas exactement quoi redouter : que le petit garçon marche dans l'urine du chien, qu'il se mette à pleurer pour réclamer le sein, ou qu'Alois les frappe tous les deux. Elle avait bien remarqué cet éclair dans le regard de son mari lorsque le bambin se montrait trop goulu en la tétant. Rien de tout cela ne se produisit. Au contraire, le gamin contempla avec un intérêt solennel le chien gémissant, la main du père qui le frappait, et dans ses yeux bleus passa une lueur, un regard d'une intensité étonnante chez un enfant aussi jeune. Elle lui avait déjà vu ce regard lorsqu'elle lui donnait le sein. Il la contemplait alors avec la tendre expression d'un amant submergé par un sentiment implicite de parfaite adéquation entre les corps, entre les âmes. Dans ces moments-là, elle avait le sentiment que son fils était plus proche d'elle et en savait beaucoup plus sur son compte que n'importe qui.

À présent, tandis qu'Adolf observait alternativement le chien mouillé et le visage congestionné de son père, son regard n'affichait aucune tendresse mais une grande compréhension.

Klara en éprouva un étrange sentiment de panique, comme si elle devait absolument faire peur au petit garçon et provoquer ses larmes de façon à pouvoir lui donner le sein et l'emporter hors de cette pièce. Elle y parvint très bien. Adi piqua une colère quand elle s'empara de lui, l'emporta et le nourrit de force. Il parvint même à la mordre de ses petites dents, assez fort pour la faire pleurer, puis cessa de brailler le temps de pousser un petit rire satisfait.

De la pièce qu'elle venait de quitter, elle entendait Alois beugler : « Ce chien est incapable de se contrôler », hurlait-il, accablé par la tournure que la soirée avait prise. Luther saignait de la gueule à cause des coups qu'il avait reçus en plein museau et la main d'Alois portait elle aussi une blessure petite mais vilaine à l'endroit où elle avait accroché une incisive cassée de la triste mâchoire de Luther.

4

Bien que j'adore écrire sur ces gens et que je sois prêt à les observer de manière sardonique, objective, ironique, sympathique, critique ou même avec compassion, je dois tout de même rappeler au lecteur que, même si je ne me présente pas comme un personnage sinistre (n'ayant aucune envie d'imposer à un lecteur occasionnel l'idée de ce que devrait être le comportement d'un démon), je suis un diable et non un romancier. L'intérêt que je porte à mes personnages est authentique. Dès notre entrée en service, le Maestro nous apprend à considérer le genre humain comme un sujet d'études permanent. Il nous encourage même à nous approcher de la part divine des hommes. Si on doit chercher à deviner les avantages que l'on pourra tirer plus tard d'un personnage, il convient de saisir les différences subtiles entre la noblesse feinte et véritable. Si nous avions des ordres religieux dans notre assemblée, je serais l'équivalent d'un jésuite. Je partage avec eux une conception fondamentale. Je suis toujours prêt à envisager le point de vue de l'adversaire avec sympathie et compréhension. Je considère qu'il est de mon devoir d'être prêt à en savoir plus sur les sentiments divins que le plus doué des anges.

C'est peut-être pour cette raison que le Maestro nous incite à désigner Dieu par les lettres DK (du moins pour ceux d'entre nous qui exercent en territoire germanique). En Amérique, on l'appelle DA – *dumb ass*. En Angleterre, BF – *bloody fool*. En France,

AS – l'*âme simple*. En Italie, GC – *gran cornuto*. En Espagne, GP – *grande payaso*.) Donc DK est l'abréviation de *Dummkopf*. N'allez pas croire que nous prenons Dieu pour un être stupide, surtout pas. D'ailleurs nous savons d'expérience (et à cause des batailles que nous avons perdues) que les Cudgels peuvent parfois être aussi efficaces et brillants que nous-mêmes. Si nous employons ce mot de Dummkopf c'est, je pense, à cause de la volonté farouche qu'a le Maestro de nous détourner de notre principale faiblesse, l'admiration involontaire que nous éprouvons pour le Tout-Puissant. Le Maestro ne cesse de nous le rappeler, Dieu est puissant, certes, mais il n'est pas omnipotent. Loin s'en faut. Il faut après tout compter avec nous. Si le DK est le Créateur, nous sommes ses critiques les plus sérieux et les plus pertinents.

Il nous faut tout de même reconnaître que les anges ont réussi à convaincre la majorité du genre humain que notre chef est le Seigneur du Mal. Notre meilleure parade, comme le suggère le Maestro, est de revendiquer fièrement ce terme. Lorsque j'écris SM ou que je parle du Seigneur du Mal, je suis parfaitement conscient de l'ironie de l'expression. Le Maestro, notre chef subtil, nous a tant apporté.

« Laissez la piété excessive aux adorateurs de Dieu, nous conseille-t-il, ils en ont besoin. Ils passent leur vie à genoux. Mais nous autres, nous avons des tâches à accomplir et des tâches délicates. Je vous conseille de penser toujours à Lui comme le Dummkopf. Car c'est bien ce qu'Il est, si l'on considère ce qu'Il aurait pu réaliser. Rappelez-vous, c'est notre rôle de gagner, le Sien est de perdre. Continuez à L'appeler le Dummkopf. Il est bien loin d'avoir accompli avec les hommes et les femmes ce qu'Il avait envisagé. »

5

Les relents d'urine, de merde et de sang de Luther constituèrent le premier épisode d'une série d'événements remarquables pour leur pouvoir de *transmogrification,* c'est-à-dire de métamorphose radicale et dramatique.

Ainsi, par exemple, les problèmes de transit intestinal d'Adolf devinrent la préoccupation majeure de Klara dans la maison de la Linzerstrasse. Avant l'épisode avec Luther elle s'était montrée attentive à garder Adi toujours propre aussi souvent qu'il avait sali ses couches et cette toilette, comme je l'ai déjà fait remarquer, devint une sorte de jeu amoureux entre la mère et l'enfant. Elle l'essuyait si délicatement que le bambin en avait les yeux qui brillaient. Il découvrait le paradis, juste là dans son anus, entre les pets et les crampes. Et sa mère soigneusement, tendrement, avec douceur nettoyait les souillures sèches ou mouillées de son *bouton de rose* (c'était bien sûr le nom secret par lequel Klara désignait l'incomparable petit trou du cul de son adorable bébé : *Die Rosenknospe*). Elle était si fière de ses reflets roses qu'elle ne parvenait pas à dissimuler sa joie en présence des autres enfants. D'ailleurs, contrairement à d'autres bonnes mères de Braunau, elle s'était bien gardée d'apprendre à Angela les gestes qui lui auraient permis de la remplacer. N'était-elle pas totalement au-dessus des éléments prosaïques de cette opération ? Ses selles, qui pouvaient être aussi fétides que celles de n'importe quel gamin atteint de colique, ne lui causaient aucun dégoût. Si ses excréments sentaient particulièrement mauvais ou, pis encore, avaient quelques relents de cette puanteur de caverne qui caractérise l'odeur d'une maladie grave, sa respiration restait parfaitement normale. En vérité elle aimait que cela sente fort. Plus ça puait, mieux ça valait. Un signe de santé. Tel était son amour pour Adi.

L'amour crépitait entre eux comme des étincelles. Il avait le regard chaviré tandis qu'elle lui essuyait les fesses avec des gestes doux comme la plume, et elle, qu'elle le sût ou non, avait les yeux remplis d'admiration en contemplant son petit pénis dressé. Elle gloussait, le cajolait (de manière parfaitement correcte) et ils riaient tous les deux. Car bien sûr le pénis se dressait de nouveau. À la fin elle avait envie d'en embrasser le bout et rougissait. Mais soyez tranquille, elle n'en faisait rien. Quelle joie innocente !

Tout cela dut changer après l'épisode avec Luther.

Elle vivait de nouveau dans une sainte terreur d'Alois. Elle était sans arrêt hantée par la peur que les langes d'Adi ne s'entrouvrent. Que se passerait-il si Alois découvrait des excréments par terre ? Un jour, en quittant le salon pour aller préparer un plat à la cuisine, elle se retourna et vit l'enfant qui jouait avec ses selles, elle frissonna à l'idée qu'Alois aurait pu entrer dans la pièce.

On procéda donc à l'apprentissage. C'était comme essayer de dresser un chien intelligent mais capricieux. Adi s'accrochait souvent à la jupe de sa mère ou l'entraînait vers le placard où l'on rangeait le pot de chambre et pleurait pour obtenir qu'elle le déshabille. Ensuite elle le complimentait pour sa prouesse et ils entreprenaient, le cœur à l'unisson, la séance d'essuyage. Elle ne tarissait pas d'éloges devant tant d'intelligence et lui en avait le regard qui brillait.

Pourtant, elle manifesta bientôt des espoirs exagérés – c'est-à-dire trop ambitieux. Elle voulait qu'Adi apprenne à défaire les épingles de nourrice qui retenaient ses langes. Il en était parfaitement capable. Jour après jour il y arrivait de mieux en mieux, jusqu'à ce qu'un matin il se pique le doigt. Dès lors il ne voulut plus toucher aux épingles. Elle perdit patience. Il était sur le point de réussir et voilà qu'il refusait de persévérer. Elle finit par le gronder et ce fut certainement la première fois qu'il entendit sa mère lui parler sur ce ton. Il se rebella. Comme il était parfaitement conscient de l'importance qu'il avait pour sa mère, sa réaction ne se fit pas attendre. Il percevait la situation avec autant de clarté que lorsqu'il avait vu Alois battre Luther. Le garçon avait eu à ce moment-là une révélation. Il ne faisait pas vraiment la différence entre un chien et un homme, Luther était pour lui une personne au même titre que son père mais il avait pu constater un résultat immédiat : Luther s'était effondré, saisi d'une terreur abjecte, et pourtant le chien aimait toujours son maître.

Donc Klara ne cesserait pas de l'aimer, se dit-il, même s'il refusait de lui obéir.

Débarrassé de ses vêtements et autorisé à se promener dans la maison nu en dessous de la ceinture, il se mit, uniquement en l'absence de son père, à faire ses besoins juste à côté du pot de chambre. Ce qui déclenchait chez Klara une telle envie de hurler qu'Adi entendait les cris qu'elle ne poussait pas. Il se sentait alors le maître de la situation.

Mais il alla trop loin. Un jour, pendant qu'elle était occupée à cirer le plancher de la cuisine, il fit ses besoins dans le salon sur l'accoudoir capitonné du divan, il observa le résultat et comprit au tumulte qui s'éleva dans sa poitrine, à la sensation si curieuse qu'il éprouva que, cette fois, c'était différent. Il prenait vraiment un risque. N'importe, il allait lui donner une leçon. Et c'est ce qu'il fit.

Cette fois, elle se figea. Elle comprit qu'il l'avait fait exprès, elle ne dit pas un mot, se contenta de nettoyer le sofa. Pendant ce temps, Adi pris d'une violente diarrhée se mit à rire et à brailler. Elle soupira et le nettoya sans rien dire d'un air résigné et dépourvu d'affection. Cela lui fit une telle impression qu'il se réveilla en pleine nuit et voulut la rejoindre dans sa chambre. Alois avait été appelé à Passau pour des entretiens préliminaires et il était absent depuis une semaine mais cette nuit-là, juste avant minuit, il était rentré à la maison. Le gamin aimait beaucoup aller dans le lit de sa mère quand elle était seule, il fut donc très surpris à l'instant de pousser la porte d'entendre une respiration oppressée et haletante puis la voix tonitruante d'Alois. Et par en dessous il percevait les cris de sa mère, des cris légers qui semblaient provoqués par une torture des plus étranges, des cris qui évoquaient une joie à venir, proche, si proche, et pourtant non, à portée, oui, maintenant, presque ! Non, non, attends !

Par l'entrebâillement de la porte qu'elle laissait toujours entrouverte la nuit pour l'entendre au cas où il pleurerait, il aperçut un spectacle incompréhensible à ses yeux. On aurait dit les quatre bras et les quatre jambes de deux personnes mais l'une d'entre elles était à l'envers. Il voyait bien la tête chauve d'Alois et ses rouflaquettes coincée entre les jambes de sa mère. À ce moment-là, son père se redressa sans dire un mot. Il se tenait assis sur le visage de sa mère !

Adolf se retira aussi silencieusement qu'il était venu, mais il en était sûr à présent. Sa mère le trahissait. C'est alors qu'il entendit une dernière série de cris assez forts pour le décider à revenir sur ses pas. D'après ce qu'il distinguait à la lueur du clair de lune qui pénétrait par la fenêtre, son père avait entrepris de besogner Klara avec toutes les parties de son corps, sa grosse bedaine claquait contre son ventre à elle. Elle grognait comme un chien, manifestement tellement contente ! « Tu n'es qu'une bête, tu es un porc, tu es un animal, toi », et de nouveau, « Oh toi, oui, toi, *ja*, *ja*, *ja*. » Aucun doute. Elle était heureuse. *Ja !*

Il ne le lui pardonnerait jamais. Il en était sûr du haut de ses deux ans.

Cette fois Adolf regagna sa chambre, mais il les entendait encore. Dans le lit à côté du sien, Alois Junior et Angela gloussaient. « Pince-mi Pince-moi », ne cessaient-ils de répéter.

6

Il se mit à brailler pour réclamer la tétée moins de trente minutes après que Klara eut sombré dans le sommeil le plus délicieux qu'elle eût connu depuis des années. Si les émotions les plus profondes d'un gamin semblent ne pas devoir durer plus de trente minutes, il ne faut pas en déduire pour autant qu'elles ne sont pas sincères. À cause de cette trahison, il n'aimerait plus jamais sa mère comme avant. Et pourtant ses sentiments se trouvaient renforcés. De la souffrance se mêlait désormais à son amour, de la colère aussi qu'il manifestait en lui mordant le bout des seins. Pendant un certain temps il se sentit très proche de Luther et quand il avait sommeil il lui arrivait de dormir blotti contre le chien tout un après-midi. Il considérait l'animal comme un frère et cette fraternité dura jusqu'à ce qu'Adolf commence à abuser de la situation, donnant à Luther des coups de poing dans le ventre, essayant de lui arracher les yeux ou lui flanquant des coups de pied dans les côtes. Quand le chien se mettait à grogner à son approche, il pleurnichait et courait se réfugier auprès de Klara. Mais celle-ci ne prenait plus aucun plaisir à l'allaiter. Cette habitude qu'il avait prise de la mordre l'en avait dégoûtée. Le temps du sevrage approchait.

Dans ses pensées les plus secrètes qu'elle n'aurait avouées ni à son fils, ni à ses beaux-enfants, ni à son mari, ni même à son confesseur, elle était arrivée à la conclusion qu'elle devait avoir un autre enfant. Ce désir provenait en partie de cette vieille peur dont elle ne s'était toujours pas débarrassée, celle qu'Adolf ne vive pas très longtemps, mais elle craignait aussi de ne plus jamais l'aimer autant, comme avant, il lui fallait donc peut-être un autre enfant.

Elle arrivait d'ailleurs dans une nouvelle phase de sa vie de couple. Il lui tardait de retrouver Alois au lit. Certains soirs, après toutes ces années, le désir renaissait, le désir était là, ancré au plus profond de sa chair.

Rappelons-nous que la dernière fois que nous avons vu Alois, il enfouissait son nez et ses lèvres dans le sexe de Klara, en tirant une langue longue et démoniaque pareille au phallus d'un diable. (Soit dit entre nous, nous avons apporté notre écot au perfectionnement de ces pratiques.) En l'occurrence, il était certainement secondé par l'un d'entre nous. Il ne s'était auparavant jamais adonné avec un tel enthousiasme à cet exercice et il y avait excellé si rapidement qu'une telle maîtrise ne peut s'expliquer sans une intervention de notre part. (C'est pourquoi nous parlons du Seigneur du Mal lorsque nous intervenons dans ce genre de circonstances, nous avons bel et bien le pouvoir de transmettre l'art de la lubricité aux hommes et aux femmes même quand nous n'envisageons pas d'en faire nos clients.)

Le matin, Alois n'en revenait pas de ce qu'il avait fait. S'abaisser à ce point ! Souvenons-nous toutefois qu'en compensation d'une telle gâterie de sa part il lui avait une fois de plus collé ses fesses sur le nez et la bouche – vision d'horreur ! celle-là même qui incita Adolf à retourner se coucher et à brailler pour réclamer le sein moins d'une demi-heure après.

Le matin, pourtant, Alois éprouvait un regain de tendresse envers Klara. Cette gentillesse inattendue jointe au plaisir étonnant qu'il lui avait procuré par ses jeux de langue, une jouissance dont les délicatesses surprenantes l'avaient propulsée dans des régions inconnues, l'incitait à lui pardonner la contrepartie désagréable. (Du reste, son gros derrière sentait meilleur que celui d'Adi.)

En tant que diable, je vis dans la proximité immédiate des excréments sous toutes leurs formes, physique ou mentale. Je connais les ravages psychiques causés par les événements sordides ou les grandes déceptions, le poison amer distillé par l'injustice d'un châtiment immérité, le travail de sape provoqué par l'impuissance et bien sûr j'ai aussi affaire en direct au caca. Nous les diables, nous vivons dans la merde et nous en faisons notre outil de travail. Il nous arrive souvent d'observer la vie d'un couple du point de vue du bas-ventre et je dois dire que ce n'est pas la plus mauvaise des approches dans la mesure où la procréation constitue à la fois le cœur et les dépendances du mariage. Comme l'a dit saint Odon de Cluny dans cette réflexion digne du meilleur de nos diables : *inter faeces et urinam nascimur*, nous naissons entre la merde et l'urine. Ce qui m'amène à affirmer que pour aborder la question du mariage de manière pertinente, il convient de s'intéresser à la question de l'union entre deux personnes, à la rencontre, à l'affection, à l'ennui, aux habitudes prévisibles, aux désagréments ordinaires, aux querelles verbales et au désespoir quotidien, certes, mais aussi aux boyaux et aux relents qui s'en dégagent, à la connaissance partagée de tous ces goûts interdits, de ces odeurs et de tous les replis du corps. Sans tous ces éléments, le sacrement du mariage n'aurait aucune base. Le mariage est fondé sur le caca. Telle est mon opinion. Vous êtes libre évidemment de ne pas partager mon avis, je suis un diable après tout et, en tant que tel, je recherche toujours le plus petit dénominateur commun de chaque vérité. Rien d'étonnant à ce que le domaine déplorable des déchets fasse partie des territoires qui nous sont attribués.

7

Alois obtint sa promotion. L'inspection des Finances le nomma au poste de directeur des Douanes à Passau, et Klara en fut heureuse, très heureuse. Elle avait épousé un homme brillant.

D'un autre côté ils pouvaient difficilement déménager avant qu'Alois ait pris effectivement ses nouvelles fonctions à Passau. Le voyage depuis Braunau durait toute une journée, ce qui signifiait plusieurs semaines d'affilée pendant lesquelles Alois devrait vivre loin de sa famille. Adolf pourrait dormir dans le grand lit près de sa mère.

Si Adolf souffrait d'être mis à l'écart chaque fois qu'Alois rentrait à la maison, il apprit aussi qu'il retrouverait ce bonheur dès que son père regagnerait Passau.

Cette situation dura un an. Même quand la famille finit par louer une maison à Passau, Alois dut se rendre en inspection dans plusieurs villes frontières et fut absent presque aussi souvent qu'auparavant, Adolf put donc recommencer à dormir avec sa mère.

Alois était flatté de son nouveau poste mais sa confiance s'en trouva quelque peu ébranlée. À Braunau qui était une zone de moindre importance, les fraudeurs que l'on arrêtait étaient généralement de petits trafiquants individuels. Comme la plupart des produits qui circulaient étaient d'origine agricole, les pesages de contrôle étaient fastidieux. Braunau était idéalement située sur les rives de l'Inn mais même les bâtiments y étaient ordinaires.

À Passau, en vertu d'un accord entre les pays concernés, les Douanes autrichiennes opéraient sur la rive allemande du Danube. Cela faisait une différence importante. Passau avait été autrefois gouvernée par un prince archevêque, la ville pouvait s'enorgueillir de plusieurs tours médiévales. Certaines de ses églises dataient de l'aube du Moyen Âge. Les murailles de Passau racontaient une histoire d'honneur et de dévouement, de crimes anciens et de salles de torture, de secrets obscurs et de gloire évanouie, mais aussi, ce qui concernait directement Alois, de trafiquants aguerris dont l'imagination était un véritable défi à son égard.

Son nouveau poste n'était donc pas de tout repos. Jusqu'à présent, son allure en grand uniforme avait eu un effet dissuasif sur les malfaiteurs en puissance, mais il savait que cela dépendait de la rigueur de son attitude professionnelle. Aussi veillait-il à donner l'image d'un calme marmoréen imperturbable, l'allure d'un homme marqué du sceau de l'honnêteté incorruptible. Que les voyageurs comprennent qu'il n'était pas le genre d'homme à qui on peut jouer des tours. Il avait étudié le comportement de nombre de fonctionnaires des Douanes de haut niveau, de ceux qui possédaient un bagage universitaire et affichaient de précieuses cicatrices récoltées dans des duels. Ils étaient ses modèles.

En prenant ses nouvelles fonctions à Passau, il se sentit moins à l'aise dans sa peau de bon Autrichien. Le ton de sa voix, du fait qu'il se trouvait du côté allemand de la frontière, devint un peu trop rude. Il lui arrivait de s'énerver pour une broutille. Il se lança un jour dans une diatribe parce qu'un subordonné l'avait appelé « Herr Official » au lieu de « Herr Senior Official Hitler ». Il sentait bien que les fonctionnaires qu'il avait sous ses ordres étaient mieux éduqués que ceux de Braunau. Ces jeunes gens pouvaient-ils aller jusqu'à se montrer critiques à son égard ? Parfois, en regardant depuis son bureau les eaux du Danube s'engouffrer sous le pont de la douane, il avait les yeux qui s'emplissaient de larmes. Il se surprenait à rêver de Braunau, aux deux femmes qui étaient enterrées là-bas, à cette chère Franziska si sensuelle et même, l'espace d'un instant, il regrettait Anna Glassl. Elle n'avait pas été une beauté mais elle avait su se comporter au lit.

Il fumait tout le temps. On l'avait surnommé à son insu « Le Nuage de Fumée » (ce que les Allemands désignent par *die Rauchwolke*).

« Et de quelle humeur est le *Rauchwolke* aujourd'hui ? » demandait un jeune employé à un autre en arrivant au travail.

Alois savait que ces jeunes gens lui en voulaient de ne pas leur accorder la liberté qu'il s'octroyait, néanmoins l'injustice de cette mesure renforçait son autorité. Un bon fonctionnaire doit se montrer juste la plupart du temps mais il peut à l'occasion appliquer quelques mesures injustes. Judicieusement employée, la méthode peut s'avérer efficace. Les prétentions des inférieurs s'en trouvent réduites d'un cran.

À présent que Klara et les enfants l'avaient rejoint à Passau, il devint également plus sévère avec sa progéniture. Alois Junior et Angela apprirent rapidement à ne pas lui parler, sauf s'il leur adressait une question directe. Sinon, ils n'étaient pas autorisés à troubler le cours de ses pensées. Si Alois Junior se trouvait hors de la maison, son père portait deux doigts à ses lèvres et le sifflait. Il procédait de la même façon pour appeler Luther. Un jour, Alois Junior, la joue rose, costaud, trapu, ressemblant trait pour trait à son père, avait rendu Klara et Angela pratiquement hystériques en ramassant un énorme étron qu'Adolf avait cru bon de déposer sur la carpette du salon. Quand sa belle-mère et sa sœur poussèrent les hauts cris à la vue de ce que Junior tenait à la main, cette merde noire, pâteuse, aussi menaçante qu'une massue primitive, il se mit à les poursuivre en roulant des yeux fous. Quelle idiotie ! Klara et Angela hurlaient de terreur. Puis Adi se joignit au chœur et se mit à crier avec les autres en prenant bien soin de gambader derrière Alois Junior et de rester dans son ombre jusqu'à ce que le grand frère, fatigué du jeu, attrape un morceau de l'étron, se retourne brusquement et le colle sur le bout du nez d'Adolf.

Le soir, Klara raconta tout à Alois Senior. La raclée qui s'ensuivit fut comparable à celle qu'avait reçue Luther. Le lendemain, Alois Junior put tout juste se traîner jusqu'à l'école. Après cela, la discipline devint très stricte à la maison.

Lorsque Alois rentrait, sa journée terminée, c'est à peine si les enfants osaient chuchoter. Klara, soucieuse de ne pas le déranger, ne disait rien, elle non plus. Le repas du soir se prenait en silence. L'haleine d'Alois qui sentait la viande et la bière amère se mêlait à l'odeur du chou rouge.

Après le dîner, il s'installait dans son fauteuil, choisissait une de ses pipes à longue tige, bourrait le fourneau de tabac avec toute l'autorité qui peut se concentrer dans le pouce d'un homme d'une telle importance puis entreprenait de saturer l'air ambiant de sa fumée. Alois Junior et Angela gagnaient leur chambre dès qu'on leur en avait donné la permission. Mais Adi était prié de rester.

Le père prenait dans sa main la tête du gamin de trois ans et, affichant un sourire ambigu, fait pour moitié d'affection, pour moitié de pure méchanceté, lui soufflait sa fumée au visage. L'enfant toussait. Le père riait.

Dès qu'Alois relâchait la tête d'Adolf, celui-ci souriait puis filait aux toilettes. Et là il vomissait. Parfois, la tête penchée sur la cuvette, le gamin de trois ans repensait à ces bruits qu'émettait Alois en faisant l'amour à Klara, le même genre de grognements accompagnait les convulsions de son estomac. Il ne cessait de se demander pourquoi sa mère ne se plaignait jamais de la fumée.

Elle n'osait pas, sentant bien qu'un commentaire de sa part sur la pipe de son mari aurait été pour lui la pire des provocations.

Par-dessus le marché, Adolf vint lui fournir un nouveau motif d'inquiétude.

Un jour, en lui nettoyant les fesses (et qu'il ait fallu que l'enfant eût trois ans avant qu'elle fasse cette découverte en dit long sur ses étranges capacités), elle découvrit qu'il n'avait qu'un testicule.

Un médecin en ville la rassura, expliquant que cette particularité anatomique n'avait rien d'inquiétant. « De tels garçons deviennent souvent à l'âge adulte pères de familles nombreuses.

— Il ne sera donc pas différent des autres quand il ira à l'école ?

— Ces garçons sont souvent actifs, très actifs, c'est tout. »

Ces remarques apaisantes ne suffirent pas à calmer Klara. Le testicule manquant ajoutait une tare de plus à la famille Poelzl. Il y avait déjà Johanna, sa sœur, qui était bossue, et aussi un cousin germain qui était un vrai crétin. Sans parler des frères de Klara et de ses sœurs décédés et de ses propres enfants morts. Adolf, décida-t-elle, n'avait pas hérité de la robuste constitution de son père, de toute cette force qu'il avait manifestement transmise à Alois Junior. C'était aussi sa faute à elle. Elle avait aimé son mari la nuit où Adolf avait été conçu, cette nuit-là seulement et d'une façon, comment dire, diabolique ? Mais quelle nuit !

Était-il trop tard à présent ? Elle se sentait de nouveau amoureuse de son mari. Elle était parvenue à cette conclusion lentement, progressivement, au fil des mois, mais par une belle nuit de juin, un an et demi après sa nomination à Passau, elle se sentit prise d'un nouveau respect à son égard. Il venait d'apprendre ce jour-là que dans six mois il serait nommé à Linz, la capitale de la province, où il serait inspecteur en chef des Douanes. C'était le poste le plus important de toute l'administration entre Salzbourg et Vienne. Cette nomination tombait au bon moment car dans quelques années il arriverait au terme de sa carrière et cette promotion allait augmenter le montant de sa retraite.

Ce fut cette nuit-là qu'ils conçurent un enfant. Il n'y eut peut-être jamais un seul instant où elle aima Alois avec autant de simplicité, où elle désira si fort un autre fils. Le petit Adi avec son unique testicule avait introduit dans son cœur une touche d'horreur, légère mais durable. Elle n'osait même plus imaginer qu'Adi vivrait longtemps. Non, décidément, il leur fallait un autre enfant. Elle osa prier pour avoir un fils. Un nouveau garçon qui devrait, décida-t-elle, appartenir autant à Alois qu'à elle-même.

8

Edmund naquit le 24 mars 1894, quelques semaines avant le cinquième anniversaire d'Adolf. Klara lui avait annoncé qu'il allait bientôt avoir un frère, ou peut-être, si Dieu en décidait ainsi, une sœur et Adolf était prêt aux deux éventualités. Il avait hâte de pouvoir jouer avec le bébé dès qu'il serait né. Il s'attendait à trouver un enfant moitié moins âgé que lui, pour ce qui est de la taille au moins, un être vivant doué de parole ou, en tout cas, capable d'écouter. Il fut horrifié en approchant du lit de Klara, il ne vit qu'un amas de langes posé sur son sein, et entre les plis du tissu un visage aussi ratatiné qu'une vieille pomme.

La nuit précédente, on l'avait envoyé dormir chez un voisin et il avait dû subir l'inconfort de se retrouver coincé dans un petit lit entre Angela et Alois Junior qui ne cessaient de se pincer mutuellement par-dessus son corps, il avait alors compris que les temps allaient changer. Cette intuition se confirma et devint son premier vrai chagrin, le lendemain, alors qu'il se précipitait vers le lit de sa mère et que la sage-femme brandit devant lui une main aussi large que son propre visage en lui disant : « Ne fais pas de mal au bébé. »

Klara aggrava encore les choses. Elle lui posa une main sur la tête. Et il sentit bien que dans ce geste ne passait aucun amour. Les larmes lui vinrent aux yeux.

« Oh, le pauvre petit, dit la sage-femme en lui faisant quitter la pièce. Dans quelques jours tu pourras t'approcher de ton petit frère.

— Est-ce qu'il me parlera ?

— Tu seras le premier à le comprendre. » Sur ces mots elle retourna en riant auprès du lit où était couchée sa mère.

Il n'eut plus guère l'occasion de se trouver proche de Klara. Pourtant, quelques semaines plus tôt seulement, il avait pu partager avec elle chaque matin la même conversation.

« Mommy, demandait Adi, est-ce que tu es la plus belle femme du monde ?

— Qu'est-ce que tu en penses ? disait-elle en lui ébouriffant les cheveux.

— Je pense que c'est toi la plus belle. »

Elle le serrait contre elle. Mais sa poitrine n'était plus le havre d'amour qu'elle avait été pour lui. Elle faisait comme si rien n'avait changé, même si elle avait cessé de l'allaiter depuis plus d'un an. À présent, Adi ne se contentait pas d'avaler les choux à la crème qu'elle préparait souvent pour le dessert mais il les engloutissait à une telle cadence qu'Alois Junior protestait si Klara était présente ou tapait sur la tête de son petit frère quand leur mère n'était pas là. Klara qui se sentait coupable du peu d'attention qu'elle accordait désormais à Adi défendait ses droits sur les choux à la crème.

« Il est si petit, disait-elle. Il en a plus besoin que toi. »

Depuis cette nouvelle naissance, Klara se sentait souvent trop fatiguée pour cuisiner. La cuisinière embauchée pour l'occasion faisait des choux à la crème qui avaient le goût de lait tourné. Klara de son côté passait tout son temps à allaiter Edmund. C'est du moins ce qu'il semblait à Adolf. Il découvrait un nouveau chagrin qui était lié au son des cloches de la ville de Passau, où elles étaient si nombreuses et sonnaient si souvent.

Maintenant, quand il se risquait à lui demander si elle était la plus belle du monde, elle lui répondait avec un petit rire malheureux : « Oh, je ne suis qu'une vieille femme usée. Je ne suis pas belle, Dolfchen. Mais ta sœur Angela le sera. »

Adi n'était pas d'accord. Angela était imprévisible. Elle était toujours prête à le pincer. Elle était parfois gentille avec lui mais déloyale.

« Non, tu es plus belle qu'Angela. »

Sa mère secouait la tête.

La plupart du temps, son père était à Linz. Une semaine après la naissance d'Edmund, il avait rejoint son nouveau poste qui le retenait là-bas à plein temps. Linz est situé à environ quatre-vingts kilomètres à l'est de Passau et Alois ne ramenait pas le son de sa grosse voix à la maison plus de deux fois par mois. Quand

Angela et Alois Junior étaient à l'école, Adi se retrouvait seul avec sa mère et le nourrisson, pourtant Klara ne semblait pas avoir beaucoup de temps à lui consacrer. Et la nuit il ne savait jamais avec certitude où il allait pouvoir dormir. Alois Junior prenait souvent toute la place dans le lit et Adi devait se réfugier dans celui d'Angela. Parfois elle lui disait qu'il sentait mauvais.

« Tu as mauvaise haleine, Adi. » Il lui arrivait d'étaler sa couverture par terre pour la fuir.

Il avait également peur de sortir. Des gamins de son âge ou un peu plus âgés jouaient dans le terrain derrière la maison en poussant des cris effrayants. Il passait son temps à regarder les illustrations d'un livre que son père lui avait offert sur la guerre franco-prussienne de 1870. Il décida qu'il aimerait devenir un brave soldat. En serait-il capable ? Il avait si peur !

Un jour après l'école, à la demande insistante de Klara, Alois Junior emmena Adolf avec lui dans le champ derrière la maison. Il savait qu'il en serait ainsi. Une douzaine de gamins jouaient à la guerre.

Alois Junior les observa et choisit le chef d'une des armées, un solide gaillard de cinq ans.

« C'est mon petit frère Adolf, lui dit Alois, si tu laisses un garçon de l'autre groupe lui faire du mal, tu auras affaire à moi. » Il frappa le garçon au bras assez fort pour donner du poids à son propos et s'en alla.

Ce soir-là, quand Adolf rentra à la maison, Alois Junior lui dit :

« À partir de maintenant, c'est moi qui me sers de choux à la crème le premier et j'en mange autant que je veux, et, si tu vas te plaindre, espèce de chouchou à sa maman, je ne te défends plus en dehors de la maison.

— Je ne me plaindrai pas », répondit Adolf en retenant son souffle aussi fort que s'il tirait sur une corde.

Le lendemain, il se rendit de lui-même sur le terrain de jeux. Il redoutait plus les moqueries d'Alois Junior que les coups qu'il pourrait récolter dans la bataille.

Le premier jour, il n'eut pas en réalité à subir tellement d'avanies. Le gros garçon lui faisait aussitôt un rempart de son corps en cas d'attaque. D'ailleurs il ne mit pas longtemps à comprendre le principe de base. Divisés en deux camps, les gamins se poursuivaient à tour de rôle. Ce n'était pas vraiment une bataille, c'était plutôt comme jouer à chat. Celui qui était touché était mort. Chaque mêlée ne durait que quelques minutes. Après quoi, les garçons, à bout de souffle, comptaient leurs pertes, se reposaient un instant et repartaient de plus belle. Au cours de la première charge, il y avait toujours un gamin qui se faisait jeter à terre. Une fois, alors que le petit costaud qu'avait choisi Alois Junior était attaqué par deux adversaires, la mésaventure arriva à Adolf. Une rude poussée à l'épaule le projeta au sol. Il eut de la terre plein les narines.

Il ne pleura pas, au prix d'un effort de volonté considérable. Il dut prendre sur lui pour se retenir et fut vexé de voir que personne n'applaudissait à cette preuve de stoïcisme. Son orgueil froissé était aussi douloureux que sa joue écorchée, son nez lui faisait mal, mais il réussit à retenir ses larmes.

Il réussit aussi ce jour-là à passer à travers la bataille sans recevoir de nouveau coup. Il fuyait à toute vitesse dès qu'un ennemi s'approchait. Il eut même l'immense satisfaction de toucher un adversaire.

Le lendemain, il se retrouva encore une fois la figure dans la terre. Le petit costaud parut contrarié et vint le prier de n'en rien dire à son frère. Adi s'offrit le luxe de lui tapoter gentiment le dos. Il n'y avait pas de quoi s'inquiéter, il ne dirait pas un mot. Cette nuit-là c'est à peine s'il parvint à trouver le sommeil. Il venait de comprendre que le temps viendrait où Klaus, le petit costaud, serait son lieutenant tandis que lui serait capitaine.

Pour atteindre ce but, il décida de faire appliquer de nouvelles règles. La guerre, fit-il remarquer, ce n'était pas uniquement l'attaque frontale de deux armées, la guerre consistait aussi en manœuvres de part et d'autre. À vrai dire, il ne connaissait pas encore le mot mais il avait déjà l'intuition du concept.

Il proposa à ses nouveaux camarades d'abandonner le terrain plat pour un monticule qui se dressait dans le pré voisin. Chaque armée serait disposée au pied de la pente d'un côté et de l'autre de la butte et ne deviendrait visible qu'au moment de franchir le sommet. Quand il eut fait admettre ce nouveau règlement, il y ajouta une nouvelle clause. Le chef de chacune des armées, insista-t-il, ne pouvait être touché.

« L'officier le plus gradé doit toujours être respecté. »

Sur ce point, il était utile d'avoir le brave et solide Klaus à ses côtés. N'empêche, Adi était un peu surpris de voir comment il maîtrisait ces questions. Et moi, donc !

9

Au vu des jeux guerriers auxquels se livrait le jeune Adolf, on me pria de m'intéresser de plus près à son développement.

Qu'il soit bien clair que ce type d'enquête approfondie ne relève jamais de la simple routine. Chaque cas est unique. L'homme ou la femme ordinaire pensent que l'on peut se faire ravir son âme par le diable en l'espace d'un instant et de manière irréversible. Mais cette croyance est tellement fausse qu'il faut tous les dimanches à l'église la marteler en chaire comme une menace redoutable. La vérité, c'est que nous ne prenons pas possession des individus comme sous l'effet d'un éclair. Et qu'avoir réussi à capturer un individu, homme ou femme, n'en fait pas définitivement un de nos vassaux. Il s'agit plutôt d'une épreuve incessante qui s'apparente au tir à la corde. Dès l'instant que nous cherchons à exercer notre influence sur un client, les Cudgels sont susceptibles d'apparaître. Les cas de possession intégrale sont très rares. Il arrive même qu'après une longue série d'escarmouches, la vieille âme conquise, soit par les Cudgels, soit par nous, ressemble plus à un rebut qu'à un trophée. (Les schizophrènes sont souvent les victimes de ce genre de rivalités.)

La capture d'une âme ne va pas sans soulever quelque paradoxe. Les clients les plus difficiles à approcher sont ceux-là mêmes qui disposent du potentiel le plus important. À l'inverse, les individus faciles à conquérir sont rarement doués de véritables talents. Il est si facile de suborner un ivrogne. Nous nous efforçons de tirer profit de leurs derniers charmes. Cela permet au moins d'entamer un peu plus la compassion des familles, surtout dans le cas où un père, une mère ou un frère sont obsédés par l'idée de conserver un peu de leurs sentiments charitables. Nous parvenons à blesser des cœurs pénétrés de l'amour de Dieu. Mais ce ne sont que des tâches ordinaires. Le gain qui en résulte est minime. Les fins ultimes ne sont pas en cause. Notre but essentiel est tout de même de soustraire une majorité d'humains à la tutelle du DK.

Il convient également dans chacune de ces batailles de tenir compte d'un autre facteur, le facteur économique. Il concerne les ressources distinctes de l'énergie Divine et de l'énergie Satanique. Elles sont différentes.

Je dois admettre que parmi les démons et les anges, même au plus haut niveau, nous ne savons jamais qui a le plus de Temps à consacrer à une conquête dès l'instant que nous entrons en rivalité pour la possession d'un homme ou d'une femme en particulier. Cela ne s'applique pas évidemment aux manifestations les plus spectaculaires. Ainsi, le DK peut par exemple dépenser à profusion quantité de substance divine pour réaliser Ses couchers de soleil, qui, il faut bien le reconnaître, sont de nature à doper le moral humain. Pour ma part, je qualifie cela de gaspillage, nous autres démons sommes très attentifs à l'investissement en Temps qu'il faut pour s'assurer la fidélité d'un nouveau client. Consacrer des années à un vaurien prometteur pour le voir finalement se retrouver entre les mains des Cudgels laisse une tache budgétaire dans nos registres. Aussi, au moment de choisir une cible, essayons-nous d'être plus avisés que nos adversaires.

Nous nous intéressons par exemple systématiquement aux mariages parmi les riches et les puissants (un bon terrain pour les infidélités !). Comme je l'ai déjà fait remarquer, l'inceste nous intéresse, qu'il se produise chez les riches ou chez les pauvres. Les actes sexuels, particulièrement quand ils sont inspirés par les anges, constituent tout de même un travail délicat, ce n'est pas facile d'en forcer le blocus. Mais nous nous y efforçons. Il semblerait – je me risque là à une opinion toute personnelle – que le SM ne se soit jamais consolé d'avoir été absent à l'instant de la conception de Jésus-Christ.

Heureusement pour nous, Jésus s'est comporté comme un Fils pas tellement différent des autres. D'après ce que l'on nous apprend, il paraît qu'Il n'a pas toujours été en excellents termes avec Son Père.

Mais je m'égare. Le fait le plus important de notre condition est que nous sommes obligés d'agir avec un budget limité, c'est pourquoi nous choisissons nos objectifs avec la plus grande discrétion. Sauf cas exceptionnels, nous n'accordons pas beaucoup d'intérêt aux premières années de développement des enfants. « Au cours des premières années, fait remarquer le Maestro, un enfant est tiraillé entre son besoin d'amour et l'affirmation de sa volonté personnelle, ces deux penchants sont suffisamment contradictoires pour qu'une intervention précoce de notre part soit rarement nécessaire. »

Sauf dans des cas particuliers comme celui d'Adi, nous n'intervenons jamais avant l'âge de sept ans. D'ailleurs, jusqu'au

XIXe siècle, un jeune enfant courait toujours le risque d'être emporté par une maladie quelconque.

Après le septième anniversaire, il nous est plus facile d'évaluer la santé et la longévité de nos jeunes clients. Cependant, notre Maestro qualifie les cinq années suivantes d'Âge bête : « C'est le moment où les enfants découvrent le monde sous ses formes de base pendant leur scolarité. Ils se précipitent presque tous dans l'habitude, la routine, la stupidité comme autant de formes immédiates d'un refuge protecteur. » La plupart du temps, c'est au moment de l'adolescence que nous effectuons notre sélection. C'est le moment où l'influence du DK se manifeste et où nous pouvons commencer à la saper.

Si je me suis longuement étendu sur le soin que nous apportons à nos méthodes de sélection, c'est pour mieux souligner le caractère exceptionnel de l'attention que nous avons portée à Adi dès son plus jeune âge. Qu'il se fût appelé Adolf Hitler n'avait à ce moment-là aucune importance.

Quoi qu'il en soit, j'avais vécu (grâce au phénomène de proximité) l'instant démoniaque de sa conception, on m'avait donc chargé de superviser le travail des démons qui surveillaient les activités de sa famille. C'était une tâche assez facile. Dans notre jargon, nous appelions cela une mission de routine, expression que nous avons employée bien avant qu'elle ne fût adoptée par les aviateurs au cours de la Seconde Guerre mondiale. L'un ou l'autre de nos démons faisait un tour à la maison quelques heures avant l'aube et, en fonction des petites ou des grandes tempêtes familiales qui s'étaient produites depuis sa dernière visite, il récoltait de nouvelles informations. Cela ne demandait pas beaucoup d'efforts, sauf si la demeure était protégée par un ange gardien. En général, on pouvait toujours effectuer un bref passage par la maison et engranger de nouveaux indices. C'est pendant que les hommes dorment que nous autres nous travaillons.

J'avais donc suivi de près l'histoire de la famille Hitler pendant des années depuis la naissance d'Adolf.

(Faut-il préciser que mes démons travaillaient en même temps à de nombreux autres projets dans cette région d'Autriche.) La matière fournie par mes agents était jusque-là modeste, elle avait néanmoins paru suffisante. En observant les jeunes années d'Adolf, je dois confesser que le cas de ce garçon ne m'avait pas semblé très prometteur. Il avait terriblement besoin d'amour et était exagérément vulnérable. On pouvait imaginer qu'il allait mener une existence obscure, protégé par un ego démesuré. C'est du moins ce que j'aurais pensé si le Seigneur du Mal n'avait pas été présent lors de sa conception. C'était là un élément d'appréciation dont je devais tenir compte. Aussi, même pendant les nuits où nous étions débordés, la surveillance de la famille Hitler faisait toujours partie des missions de routine.

Cette observation pointilleuse mais passive fut tout à coup bouleversée le jour où Alois Junior emmena Adi jouer à la guerre avec les gamins. Le Maestro intervint. Je reçus des instructions directes : « Occupez-vous de lui de très près. Appliquez-vous à l'endurcir. Nous pourrions gâcher son potentiel si nous n'agissons pas progressivement. »

10

Ayant reçu un ordre direct, je ne pouvais guère tergiverser. J'ai fait ce qu'on m'avait ordonné. J'ai endurci le garçon. Et j'oserai affirmer que j'ai accompli cette tâche avec une certaine subtilité. Car au lieu de lui injecter des ressources spéciales pour renforcer son courage et sa volonté, j'ai préféré lui fournir suffisamment d'astuce pour qu'il effectue le travail lui-même – n'avait-il pas été après tout celui qui avait décidé de ne pas pleurer quand il s'était retrouvé la figure dans la boue ? Et il avait su également déployer ses propres ruses pour trouver le moyen d'échapper au châtiment physique.

Je constatai une fois de plus la perspicacité supérieure du Maestro. Adi commençait à donner des signes montrant qu'il était digne des efforts qu'on lui consacrait. Il se pouvait même que le gamin fût très largement supérieur à un garçonnet moyen de cinq ans, comme un jeune cheval de course par rapport à une mule ordinaire. J'aimais bien travailler avec lui et c'était en plus une bonne chose car l'ordre m'était parvenu à un moment où je ne pouvais guère me permettre de nouveaux accrocs à mon budget. Renforcer le courage d'un enfant exige habituellement des investissements coûteux, l'usage de ces fonds précisément que nous avons réussi à subtiliser aux Cudgels. Par nécessité nous sommes devenus très habiles à nous faire passer pour des anges. Même un adulte, quand il éprouve une bouffée d'amour que nous lui infusons, est enclin à penser qu'il s'agit d'un sentiment sincère. C'est à cela, je suppose, que pensait Kierkegaard lorsqu'il incitait les hommes à se méfier d'un trop grand sentiment de sainteté, dans la mesure où l'on ne peut jamais connaître avec certitude la provenance de tels sentiments. Ils peuvent après tout œuvrer pour Satan.

J'ajouterai que nous autres démons sommes très semblables aux hommes sur ce point. Un bon retour sur nos investissements nous réjouit profondément. J'étais donc très heureux de m'occuper d'Adi qui faisait la preuve de ses capacités à améliorer les règles de la guerre.

Il comprit rapidement, et l'idée lui vint autant grâce à moi que grâce à lui, que des avant-postes étaient nécessaires. On ne pouvait pas envoyer les soldats à l'assaut de la butte sans savoir ce qu'ils allaient trouver. Un éclaireur de chaque armée devait donc au préalable se faufiler assez près du sommet pour découvrir la disposition des forces adverses. La conséquence logique fut une nouvelle modification des règles. Une armée en marche devait avoir la liberté de se déplacer latéralement, même pendant l'ascension de la butte. Les adversaires pouvaient en faire autant. Cela supposait évidemment des troupes plus nombreuses de part et d'autre, et Adi réussit rapidement à convaincre ses camarades qu'il fallait inviter d'autres garçons des rues et des campagnes avoisinantes. Naturellement les soldats originels, ceux qui avaient été les premiers à occuper la colline, devaient de ce fait obtenir des promotions. Permettez-moi de vous donner un échantillon d'un de ses discours à ses troupes.

« Pourquoi sommes-nous ici ? Parce que nous voulons nous perfectionner dans l'art de la guerre. Oui, mes amis, parce que, quand nous serons des hommes, nous voulons être des héros. N'est-ce pas la vérité ? Klaus, veux-tu devenir un héros ?

— C'est ce que je veux.

— Bien sûr. C'est ce que nous voulons tous. Chacun d'entre nous. Mais pour cela, il nous faut d'abord apprendre. Nous avons donc besoin de davantage de soldats. Et comment y arriver ? Je vais vous le dire : en allant parler à tous ceux qui veulent se joindre à nous. Nous qui sommes ici en ce moment, nous devons occuper le commandement. Et accéder aux plus hauts grades. Pas simplement capitaine, ou major, mais général. Klaus, ici présent, sera mon colonel. »

C'étaient les mots qu'il employait ; je dois admettre que je contribuai à son inspiration. Nous partageons ce pouvoir avec les anges. Sous notre influence, nos clients parlent avec plus d'esprit, de confiance et de lucidité que s'ils étaient livrés à eux-mêmes. Cependant nous recourons à cette méthode avec parcimonie car elle suppose l'emploi de ressources spéciales.

Cette fois, cela en valait vraiment la peine. J'avais certainement contribué à le doter d'une éloquence dont un gamin ordinaire de cinq ans ne dispose pas, mais certaines tournures de phrase venaient de lui. Quelques-unes au moins !

Il se trouva bientôt engagé, lui et ses troupes, dans des batailles qui duraient des heures. Les règles étaient sans arrêt modifiées. Il y eut jusqu'à quinze à vingt participants dans chaque camp.

Un ordre me parvint du SM : « C'en est assez pour l'instant. Attendons de voir ce qui subsistera de tout cela après le déménagement. »

Ce genre d'attitude n'avait rien d'inhabituel de la part du Maestro. On devait toujours se tenir prêts à de brusques changements. En l'occurrence, la situation de la famille avait changé. Alois s'apprêtait à emmener Klara, Angela, Alois Junior, Adi et le petit Edmund depuis Passau jusqu'à une ferme à quelque distance de Linz.

Puisque c'en est fini pour un moment des jeux guerriers, je me sens dans l'obligation d'apaiser ce qui pourrait devenir un malaise croissant chez le lecteur. Les bons lecteurs sont une espèce qui n'est pas protégée, leur adhésion va plus vite que leur esprit critique. Certains se seront donc peut-être sentis gênés de découvrir qu'ils avaient pris plaisir au récit des premiers succès du jeune Adolf Hitler. Qu'ils se rassurent. Lire le récit des qualités ou des succès de n'importe quel personnage est de nature à provoquer le bonheur de tous ceux qui suivent l'histoire, surtout si celle-ci est teintée d'une touche sentimentale ou mieux encore magique, deux outils particulièrement efficaces pour l'auteur qui veut susciter de vives émotions chez son lecteur. C'est pour cela que tant d'auteurs populaires s'intéressent à nous. Nous les aimons. Nous ne les décevons pas. Nous les apprécions. Les auteurs populaires pensent habituellement qu'ils œuvrent pour Dieu et pour leur propre gloire. Et pendant ce temps-là nous les encourageons à plonger le lecteur dans un bain d'erreurs. C'est nous qui en tirons les bénéfices. Une mauvaise perception de la réalité aura au moins pour effet de faire perdre son temps à Dieu, ce qui se traduit par un gain dans notre propre économie.

LIVRE VI

LA FERME

1

Alois allait donc prendre sa retraite. Il avait décidé d'acheter une ferme. Pendant la dernière année qu'il avait passée au service des Douanes, il avait commencé à prospecter et, en février 1895, il fit l'acquisition de ce qu'il estima l'affaire idéale dans une ville nommée Hafeld, à une cinquantaine de kilomètres de Linz. En avril, Klara et les enfants déménagèrent de Passau pour s'installer dans cette nouvelle demeure. L'endroit était en pleine campagne. L'école la plus proche se trouvait dans le hameau voisin de Fischlham, à près de deux kilomètres, et c'est là, après l'été, qu'Adi entrerait en première section. En attendant, pendant les quatre mois à venir, Klara vivrait à la ferme avec les quatre enfants tandis qu'Alois accomplirait ses derniers mois de service à Linz.

Il est évident que la retraite devait inévitablement provoquer quelques fêlures dans cet édifice autrefois tellement imposant. Je veux parler de l'ego d'Alois. Quand on pense aux maigres satisfactions dont il avait dû se contenter pour nourrir un orgueil aussi exigeant, il aurait pu s'estimer en droit de savourer enfin un repos bien mérité.

Mais il n'appréciait pas cette idée. Pas du tout ! Si seulement il avait aimé son travail dans son dernier poste à Linz, son titre ultime de directeur général des Douanes lui aurait donné une vraie satisfaction. Mais il retrouvait tous les problèmes de personnel qu'il avait connus à Passau, en plus graves. Linz était un lieu stratégique capital pour l'inspection des Finances. C'était la capitale de la province la plus importante, la Haute-Autriche, et les services des douanes étaient pleins de jeunes fonctionnaires ambitieux qui ne manquaient jamais une occasion de manifester leur discret mépris pour les échecs des fonctionnaires plus âgés et moins bien nés. La plupart de ces jeunes gens considéraient comme allant de soi qu'ils occuperaient un jour un poste important, et une telle confiance chez de jeunes fonctionnaires plongeait Alois dans la stupéfaction. Pour la première fois depuis toutes ces années passées sous l'uniforme, il lui arrivait de ne pas offrir l'aspect d'un fonctionnaire tiré à quatre épingles. Cela lui coûtait trop d'efforts. Il n'était pas non plus aussi ponctuel qu'autrefois. Il lui arrivait de temps en temps, au moment de faire une remarque sur le plan disciplinaire, d'hésiter assez longtemps pour envisager les conséquences possibles. Pis encore. En deux ou trois occasions, il oublia même ce qu'il était sur le point de dire.

C'est pour cette raison qu'il mit fin à son interdiction de fumer. Affronter la colère rentrée des jeunes employés ne l'amusait plus. La conséquence fut qu'il prit moins de plaisir à fumer lui-même. Il commença aussi à avoir l'impression que tous ses collègues, jeunes et vieux, étaient maintenant impatients de le voir partir. Il avait exercé après tout ce métier pendant près de quarante ans. Il avait le droit d'effectuer encore douze mois de service mais il estima que ce n'était pas une bonne idée. Ces petites attaques régulières portées à sa vanité l'incitaient à envisager un rêve modeste. Et s'il devenait gentleman farmer ? Ce ne serait pas si mal, au soleil automnal de ses dernières belles années. Mais bon sang ! Né paysan, il pourrait finir sa vie comme un homme aisé qui retourne à la terre.

Il ne manquait pas d'argent. Il pouvait sans problème s'acheter une ferme convenable. Il disposait de sa pension et de ses économies, Klara et lui n'avaient pas manqué de mettre de l'argent de côté. De plus il avait sous la main le montant et les intérêts d'une grande partie de la dot de ses trois épouses. On pouvait dire des deux premières qu'elles avaient apporté pas mal d'argent au ménage. Si Anna Glassl avait réussi à récupérer légalement, à la suite de leur séparation, la moitié de sa dot considérable, la moitié qu'il avait conservée n'était pas négligeable. Quant à Franziska, même si sa fortune n'avait rien de comparable, elle était tout de même la fille d'un riche fermier. Même le vieux Johann Poelzl, le père de Klara, avait apporté quelques couronnes patiemment économisées au moment de leur mariage.

Par ailleurs, Alois ne connaissait que trop bien la valeur de l'argent. Toutes les pièces ne se valaient pas. Au plus profond de sa conscience, chacun doit payer une dîme pour l'argent mal acquis. L'argent ne laissait pas oublier la manière dont on se l'était procuré. Cette idée lui donnait parfois le frisson. Une bonne part de sa richesse pouvait être considérée comme une fleur éclose sur la tombe de ses épouses décédées.

Au cours de sa dernière année d'activité, pendant que Klara à Passau s'occupait des enfants, Alois était parfaitement libre à Linz mais il avait commencé à se sentir trop vieux pour s'intéresser aux autres femmes. C'était l'époque où il avait décidé de faire son retour à la terre. C'est ce qu'il avait toujours entendu Johann Nepomuk dire : « La vraie femme, c'est la terre. » Il suffisait que le vieil homme ait bu un verre pour qu'il répète cette phrase sans arrêt. « La femme véritable, il faut chercher la femme véritable dans les champs. Il faut respecter la terre. »

Cet adage, Alois pouvait l'apprécier, même si ses plans actuels n'envisageaient pas un dur travail de la terre. Il voulait plutôt se lancer dans l'apiculture. Il voulait installer un rucher. Il vendrait le miel. Ce serait sa récolte. Du reste, posséder un petit bout de terre c'était comme acquérir un nouveau membre, un cinquième appendice pour ainsi dire, aussi important pour un homme aux racines paysannes qu'une trompe pour un éléphant.

Cinq ans plus tôt, à peu près au moment de la naissance d'Adolf, il avait acheté une ferme. À bien des égards cet achat s'était avéré plus excitant que la naissance de l'enfant. Contrairement aux trois premiers bébés de Klara, la terre, elle au moins, n'allait pas mourir.

C'est le contraire qui s'était produit. La terre n'était pas morte mais son propriétaire avait périclité. L'exploitation était située près de Spital, à environ cent cinquante kilomètres de Braunau où Alois travaillait à l'époque, mais il avait déjà envisagé de s'y retirer plus tard. Entre-temps, c'était là un bon moyen de venir en aide à sa belle-sœur Johanna Poelzl et c'était mieux que de l'employer comme domestique à la maison. Il n'avait aucune envie de retrouver Johanna tous les soirs dans son salon, pas avec cette bosse qu'elle avait sur le dos. La pauvre infirme !

D'ailleurs, il éprouvait une certaine admiration pour sa belle-sœur. Johanna n'avait aucune crainte de Dieu. Elle ne Lui faisait tout simplement pas confiance. « Dieu, disait-elle, n'avait pas besoin de tuer autant de membres de la famille Poelzl. » Alois ne pouvait que soulever son chapeau. « Elle ne ressemble pas à ma femme, aimait-il raconter à la taverne. Klara est prête à embrasser la première croix qu'elle voit. »

En revanche, Johanna ne se montra pas très douée dans l'exploitation de la ferme. Tôt ou tard, elle se fâchait avec tous les ouvriers agricoles à cause de sa langue acérée. Pour finir, elle décida de retourner vivre chez son père et sa mère, laquelle se prénommait également Johanna. Si vous vous en souvenez, cette

Johanna avait été la maîtresse d'Alois lors d'une rencontre inoubliable. (« *Sie ist hier !* »)

Alois n'eut aucun mal à revendre cette première ferme avec un petit bénéfice et il envisageait donc favorablement l'idée d'acheter celle de Hafeld. C'était un domaine qu'il pouvait exploiter lui-même. Il s'appelait le Rauscher Gut (que l'on pourrait traduire par le Domaine des Quatre Vents), il comportait neuf acres de pâturages, une maison en bois de deux étages, couverte de chaume et dotée d'une vue magnifique sur les montagnes du Salzkammergut. Il y avait en plus des arbres fruitiers, des chênes et des noyers. L'étable comportait un fenil et des stalles où logeaient deux chevaux, une vache et une truie primée.

Cela semblait parfait. Après l'achat (et seulement après), les fermiers du voisinage s'empressèrent d'expliquer au nouveau venu que la terre était belle, certes, mais qu'elle n'allait pas nécessairement se montrer très fertile en matière de récoltes.

Il accueillit ces remarques comme une sorte de bizutage que les paysans locaux réservaient à un nouvel arrivant et leur rétorqua que cela n'avait aucune importance. Il allait laisser la terre se reposer. Il avait l'intention d'élever des abeilles. C'était son élément. Du bon miel lui assurerait des récoltes bien meilleures que les leurs.

Les derniers jours qui précédèrent la cérémonie de son départ en retraite (elle fut raisonnablement élogieuse et très impressionnante, palpitante même pour Klara), il organisa quelques soirées bien arrosées pour se préparer à dire adieu à ses collègues et à plusieurs décennies d'activité professionnelle. Comme il ne tenait pas à ce qu'on le prenne pour un nostalgique du passé, il décida d'évoquer l'avenir ; il invita d'autorité ses jeunes collègues, plus quelques vieux copains et deux ou trois respectables fonctionnaires municipaux à trinquer plus d'une fois aux mérites et aux mystères de l'apiculture. Il assomma tellement chaque tablée tous les soirs en leur rabâchant « les mystères de la psychologie de ces petites créatures » que les jeunes fonctionnaires se mettaient mutuellement en garde : « Ce soir, tâchons d'empêcher le Nuage de Fumée de nous enfumer avec ses abeilles. »

En vérité, Alois se considérait comme une sorte de philosophe sur cette question. Quelle belle réussite pour un paysan du Waldviertel, dépourvu d'instruction, de pouvoir donner une telle conférence digne d'un professeur d'université !

Au cours des dernières semaines avant son départ en retraite, dans cette même taverne de Linz qu'il fréquentait tous les soirs après sa journée de travail, Alois s'étendit de plus en plus longuement sur les concepts les plus sophistiqués en matière d'apiculture. Les abeilles constituaient un univers étonnant, se plaisait-il à expliquer à ses compagnons de taverne : « À de rares exceptions près, ces petites créatures sont prêtes à sacrifier leur vie dans un seul but : assurer l'avenir des générations suivantes. Le miel qu'elles fabriquent à partir du nectar et du pollen n'est pas seulement destiné à leur propre consommation, il est aussi destiné, messieurs, à nourrir leurs larves. » Il hocha la tête. « Les larves sont installées dans de minuscules alvéoles hexagonales, construites de manière symétrique à l'aide de la cire que les ouvrières tirent du pollen selon un procédé, messieurs, tellement mystérieux qu'on n'est pas encore parvenu à l'expliquer complètement, même chez les chimistes à la pointe du progrès. »

Ses compagnons approuvaient d'un air maussade. Il n'y avait pas là de quoi animer une vraie conversation de taverne. Mais Alois, au cours de ces dernières soirées, se comportait comme le conférencier qui ne s'intéresse pas le moins du monde aux réactions de son auditoire. « Certaines abeilles, ajoutait-il, les plus vigoureuses, deviennent des sentinelles qui montent la garde à l'entrée de la ruche. Le saviez-vous ? Elles sont prêtes à se lancer dans la bataille au péril de leur vie et vont jusqu'à repousser des assaillants aussi redoutables que des guêpes, des araignées ou des termites. Oui, voyez-vous, car tous les insectes rêvent de venir piller le miel. Mais ce n'est là qu'un des problèmes qui viennent troubler la vie de l'abeille. Pendant tout l'été, de nombreuses abeilles ouvrières sont affectées en permanence à la tâche de rafraîchir l'intérieur de la ruche. Et comment donc ? En se démenant infatigablement. Elles battent des ailes sans arrêt. Certaines vont jusqu'à les perdre. Après quoi, elles sont épuisées à en mourir. Elles sacrifient leur vie dans cette tâche écrasante pour provoquer un courant d'air frais à l'intérieur de la ruche. Pourquoi ? Parce que les larves ne pourraient survivre à la chaleur. Pensez-y un peu. Des milliers d'ailes battant l'air pendant que d'autres dans le même temps sortent butiner et rapportent des provisions prises dans les champs de fleurs. Elles recueillent le pollen qu'elles collent en paquets à leurs pattes puis regagnent la ruche, parvenant à voler malgré leur chargement de pollen et de nectar qui pèse plus lourd que leur propre corps. Je vous le dis. Elles créent une société pas tellement différente de la nôtre mais où l'on travaille certainement beaucoup plus. »

Aucun des jeunes fonctionnaires ne se risquait à discuter (s'ils l'avaient fait, Alois serait reparti pour une heure). Ce fut donc un des plus vieux employés qui répondit. Après avoir, plusieurs fois, solennellement tiré sur sa pipe, il déclara :

« Allons, Alois, ce ne sont tout de même que des insectes.

— Mais non, cher ami. Avec tout le respect que je vous dois, vous faites erreur. Certaines, j'en suis sûr, poursuivent des buts plus élevés que le nigaud moyen. Permettez-moi de vous le dire, elles sont vraiment une des merveilles de l'univers. »

2

Je ne m'étais pas attendu à découvrir chez Alois un intérêt pour ces questions. Je découvrais un homme que je ne connaissais pas. Je voyais bien l'aspect pratique de son projet dans la mesure où le miel est une denrée facile à vendre, mais l'apiculture comporte aussi des risques, à commencer par celui de recevoir quantité de piqûres d'abeilles. D'un autre côté, il semblait raisonnable de choisir ce genre d'activité au lieu de mettre en danger un cœur usé en se lançant dans le travail de la terre.

Un certain soupçon ne cessait pourtant de me tourmenter. L'enthousiasme d'Alois paraissait trop sincère. Il ne se préoccupait pas assez de l'aspect financier de l'opération. Je ne parvenais pas à comprendre cette donnée. L'appât du gain est généralement ce qui pousse des hommes comme Alois à entreprendre de nouvelles activités. L'absence relative de cette motivation laissait supposer qu'Alois était prêt à se lancer dans cette aventure parce qu'elle satisfaisait un penchant que je n'avais pas su déceler en lui.

Je me rappelai alors qu'il s'était déjà une première fois essayé à l'apiculture dans une petite ville du côté de Braunau, mais je ne tardai pas à découvrir une meilleure raison. Au cours de ces derniers mois, il avait pris la peine d'écrire un bref article pour une revue d'apiculture qui l'avait publié. Alois avait acquis sur le sujet un niveau de savoir livresque qui lui permettait d'avoir un point de vue sur les nouvelles techniques en matière d'apiculture. Les ruches en paille allaient être, selon lui, bientôt démodées. On les appelait des paillotes, des objets trapus et arrondis de la taille et de la forme d'un tronc humain bien charpenté, et ces vieilles paillotes présentaient certains inconvénients. Pour récolter le miel, l'apiculteur devait étourdir de fumée la population de la ruche, ce qui plongeait l'essaim dans un état semi-comateux. Le procédé était violent et approximatif. Il fallait parfois éventrer la paillote pour récolter le miel. Malgré la fumée, il arrivait que certaines abeilles soient encore assez vigoureuses pour piquer l'apiculteur.

Un nouveau système, très controversé, commençait à être appliqué en Angleterre et en Amérique. C'était le sujet de son article. Même en Autriche, quelques apiculteurs se montraient déjà prêts à abandonner les ruches anciennes. En son temps, la paillote avait représenté un progrès réel sur des pratiques plus barbares en usage pendant tout le Moyen Âge et qui consistaient à chasser les abeilles de leur trou dans un arbre ; à présent les apiculteurs à la pointe du progrès parlaient de ruches qui pourraient devenir l'équivalent, c'est du moins ce que prétendait l'article, de véritables métropoles pour abeilles. Ce nouvel habitat, guère plus grand qu'une petite cabane de bois qu'on pourrait poser sur un banc, serait rempli de cadres disposés à la verticale. Les abeilles ouvrières pourraient ainsi construire leurs petites alvéoles de cire sur les deux faces de chaque cadre. Et d'une façon parfaitement ordonnée ! Chaque ruche pouvant contenir de nombreux cadres et chaque cadre ayant de la place pour des milliers d'alvéoles en quadrillage serré, certains apiculteurs voyaient dans chaque ruche l'image de ce que pourraient être à l'avenir de gigantesques appartements pour les humains.

C'était là le thème de son article, un point de vue réellement visionnaire, mais pour expliquer son projet à Klara, Alois préféra insister sur l'aspect financier. Un travail propre allait leur rapporter beaucoup d'argent et Alois Junior et Angela pourraient même donner un coup de main. Adi aussi. Il réussit à la convaincre de l'aspect éminemment pratique de son projet.

J'étais vraiment très ennuyé. Klara pouvait bien s'être laissé convaincre, moi, je ne lui faisais pas confiance. J'en étais arrivé à la conclusion qu'Alois cherchait un moyen de se rapprocher du Dummkopf. Et cela, c'était un problème que je ne pouvais pas me permettre de négliger.

3

Alois n'avait jamais fait partie de nos clients. Il était, selon nos critères, un individu moyen, c'est-à-dire suffisamment corrompu pour nous être utile en cas de besoin. Nous pouvions supposer qu'il ne serait pas très difficile à convaincre. Les Cudgels ne se donneraient pas beaucoup de mal pour défendre ce genre de type. Et à quelle fin ? Qu'y avait-il donc à protéger ? Mais quand il fut question de Klara, nous décidâmes de ne pas nous occuper d'elle. Cela aurait été trop laborieux, et encore une fois dans quel but ? Nous n'avions pas directement besoin d'elle, comme je l'ai déjà fait remarquer, des enfants pervers peuvent très bien naître de mères très aimantes. Cette idée naturellement répugne à la plupart des gens. Elle écorne leur foi dans le Dummkopf. Comment Dieu pourrait-il permettre cela ? La complainte est bien connue.

Alois nous était très utile. Il était si prévisible, par sa vigueur et ses habitudes, par ses initiatives intéressantes, par sa cruauté innée (sans parler de sa vulgarité), que l'on pouvait au besoin augmenter ou diminuer la violence de la haine d'Adolf pour son père de façon à modeler le garçon. Sur ce point nous dépendions d'Alois.

À présent, son amour immodéré des abeilles semblait hors de propos. Les athées dans le genre d'Alois qui vivent jusqu'à leur dernier souffle sans se laisser intimider par l'idée que Dieu ait pu créer leur univers ressemblent à ces vierges pieuses qui redoutent la tentation des abandons impies. De telles femmes n'assument leur sensualité contrariée que par le biais de toute une série de substituts. De la même façon, les athées ont leurs propres échappatoires que sont le paganisme, l'altruisme ou bien, comme dans le cas présent, la technologie, qu'ils considèrent généralement comme la panacée aux problèmes de l'humanité. Il leur arrive parfois de se sentir exceptionnellement tributaires de quelque phénomène naturel. Dans le cas d'Alois, ce fut la conviction qu'une collaboration était possible entre le puissant et le minuscule, entre lui et les abeilles.

Passablement préoccupé, je m'introduisis une nuit dans son esprit. La manœuvre était coûteuse du moment qu'il ne faisait pas partie de nos clients, mais nécessaire si je voulais comprendre ses motivations, et, de fait, j'en appris beaucoup. Alois considérait que la vie des abeilles présentait un certain nombre de points communs avec la sienne. Cette découverte m'inquiéta. Pour Alois, les abeilles en quête de nouveaux champs de fleurs étaient de petites créatures familières qu'il comprenait parfaitement.

Par une journée de chaleur, les butineuses connaissaient l'ardeur du soleil et les désirs troublants qu'elle éveille dans les pétales des fleurs. Alois n'était pas disposé à forcer la porte donnant sur le côté mystique de sa personnalité, qu'il avait lui-même verrouillée, mais il se plaisait à imaginer l'abeille pénétrant dans les arcanes de la fleur. Sous l'effet de la chaleur enivrante du soleil, la fleur offrait son nectar à la trompe de l'abeille tandis que les poils de la butineuse accumulaient le pollen. L'instant d'après, cette même abeille s'arrachait à cette étreinte passionnée pour plonger dans un autre calice. Si une autre belle fleur de la même espèce lui faisait signe sous la brise, l'insecte était aussitôt prêt à se gorger de nectar en répandant sur cette nouvelle fleur le pollen récolté sur la précédente.

Il se sentait proche de cette abeille qui volait non sans peine vers la ruche, les sacs de pollen lourdement chargés et l'estomac plein de nectar. N'avait-il pas tant donné aux femmes, et n'avait-il pas tant reçu d'elles en retour – tant de sagesse amassée sur la manière de gérer son métier de fonctionnaire des Douanes. Vers la fin, il savait invariablement démêler le vrai du faux dans les déclarations que lui faisaient des inconnus, particulièrement les femmes qui auraient voulu l'abuser mais n'y parvenaient pas, tant il était avisé. Il possédait le miel véritable – la sagesse. C'était la connaissance à laquelle tous aspiraient, tous ces secrets détenus par des voyageurs de passage et des négociants, des secrets doux comme le miel, toutes ces menues marchandises que les voyageurs voulaient passer en fraude et garder pour eux. Il était là pour pénétrer leurs secrets. Il pouvait travailler aussi dur et aussi longtemps qu'une abeille par le jour le plus chaud et le plus harassant, et cela pour servir la gloire ancestrale de l'extraordinaire empire des Habsbourg. Ils n'avaient pas tous été de grands hommes, il fallait bien le reconnaître, certains même n'avaient pas été très fréquentables mais les meilleurs d'entre eux, comme François-Joseph, étaient bons, très bons. Alois, nous le savons, se trouvait une certaine ressemblance avec François-Joseph : mêmes rouflaquettes, même dignité. On disait de l'empereur qu'il était capable de s'appliquer pendant des heures interminables à ses tâches presque incessantes. En cas de nécessité, lui, Alois, pouvait en faire autant. Et cependant ils avaient conscience l'un et l'autre, aussi bien l'empereur que lui, qu'il ne suffisait pas de récolter le miel, il fallait en garder un peu pour sa consommation personnelle.

Il connaissait à Linz des gens, des imbéciles pour la plupart, qui s'étaient scandalisés quand des rumeurs avaient commencé à circuler à propos de l'actrice, Fräulein Katharina Schratt, que François-Joseph avait prise pour maîtresse. Comment une telle chose était-elle possible ? La femme de l'empereur, l'impératrice Elisabeth, était si belle ! La nouvelle s'était répandue comme une traînée de poudre. Mais Alois n'en avait pas été choqué. Il comprenait. Les hommes doivent se garder pour eux un peu de miel.

Il ne faut pas que je me laisse emporter par les ondes voluptueuses des méditations d'Alois. En réalité, il craignait un peu les abeilles. Il lui était arrivé, des années auparavant, de se faire piquer de manière si féroce et même apocalyptique (si j'ose m'exprimer ainsi) qu'il n'avait jamais oublié le malaise qui s'en était suivi. Quel pouvoir de faire mal ! Et de la part d'une créature aussi petite. Cela ne pouvait provenir seulement de l'abeille, selon lui. Une telle douleur traduisait la férocité du soleil. Et c'était là une réalité qui lui était familière. Il avait passé tant de journées à travailler en plein mois d'août, engoncé dans son uniforme. Il la connaissait, l'ardeur du soleil, et les abeilles étaient bien les agents du soleil, tout comme lui-même était un agent des Habsbourg, participant ainsi de la grandeur du pouvoir suprême.

Ces illuminations étaient-elles dues à l'approche de la retraite ? J'attendais fébrilement d'observer les changements que je ne pouvais pas prévoir mais qui ne manqueraient pas de se produire quand il commencerait à vivre à la ferme avec sa famille.

4

Cette nuit d'avril, la première qu'ils passèrent dans leur ferme de Hafeld, Klara tomba de nouveau enceinte. Jusque-là elle était restée à Passau avec les enfants. Edmund était souffrant et c'était l'hiver. De plus, Alois ne pourrait pas vivre avec eux à la ferme en permanence avant son départ à la retraite fin juin. Pourtant, dès le mois d'avril, Klara décida de braver les difficultés et, juste après Pâques, accompagnée d'Angela, d'Adolf, d'Edmund et de tout ce qu'ils possédaient, elle déménagea à Linz. L'entreprise était d'autant plus compliquée qu'Alois Junior n'était pas là pour l'aider à transporter les bagages, il fallait qu'il reste sur place, hébergé par un voisin, jusqu'à la fin de l'année scolaire. Angela en revanche lui fut d'une grande aide. Elle avait insisté pour quitter l'école avant la fin de l'année de manière à venir prêter main forte à Klara.

« L'école n'est pas si importante, je rattraperai mon retard l'année prochaine mais pour l'instant tu as besoin de moi à la ferme. Je veux y être avec toi. »

Elle avait raison. Klara le savait et elle en fut touchée. Je dirais que c'est à ce moment-là qu'elle se mit à aimer vraiment Angela comme sa fille. Klara, dans son innocence, était assez fine pour savoir que les sentiments d'Angela étaient sincères. Elle aimait plutôt l'école, mais se souciait davantage du bien-être de Klara et celle-ci, pour sa part, était devenue plus qu'une gentille belle-mère, bien plus.

Bravant toutes les difficultés, ils prirent le train un matin de bonne heure à Passau. Alois les attendait à la gare de Linz avec un grand chariot tiré par deux chevaux de trait pour transporter leurs malles, leurs valises, leurs caisses et leurs paquets sur la cinquantaine de kilomètres qui les séparaient de Hafeld. Cette partie du voyage dura de midi jusqu'au soir mais la journée était belle et Alois, à la surprise générale, amusa les enfants en leur chantant tout du long des chansons. Il avait une voix puissante et Klara qui avait un timbre frêle mais clair de soprano se joignait à lui quand elle connaissait les paroles. Alois était d'une humeur exceptionnelle et fier de son habileté à mener les chevaux et le chariot. Cela faisait des années qu'il n'avait pas conduit un attelage et il avait failli engager un cocher mais, étant donné les responsabilités qui l'attendaient en tant que fermier, il avait décidé de se débrouiller tout seul.

Le précédent propriétaire, selon l'usage local, avait garni toutes les cheminées de bûches et de petit bois, et les pièces furent rapidement chaudes. Avec une potée de soupe aux pommes de terre, du pain et de la saucisse de foie, ils firent un bon repas et allèrent se coucher tout joyeux. Alois devait passer la journée du lendemain en famille avant de ramener le chariot de louage à Linz.

Dès cette première nuit, Alois se sentait prêt à marquer son territoire. À la lumière de la lampe à pétrole, dans leur chambre il remarqua que Klara n'était pas pâle du tout mais avait de belles couleurs. Quand il le lui fit remarquer, elle rit, véritablement ravie.

« Mais toi aussi, mon oncle, tu as le nez rouge d'avoir pris le soleil.

— *Ach*, tu persistes à m'appeler mon oncle. Voilà bientôt dix ans que nous sommes mariés et pourtant que suis-je pour toi ? L'oncle Alois ? Pourquoi pas le vieil oncle Alois ?

— Oh non, fit-elle. Nous sommes tous très fiers de toi. Particulièrement aujourd'hui. Les chevaux, le chariot. Tu as tout fait. Et si bien. Quelque chose que tu n'avais encore jamais fait.

— Tu sais, je suis capable de beaucoup de choses que tu ne soupçonnes pas. Je ne suis pas aussi bête que tu crois.

— Je ne pense pas que tu es bête, répliqua-t-elle. Non, je ne le pense vraiment pas.

— Eh bien, tu peux me le dire. Qu'est-ce que tu penses au fond, ma petite nièce ? »

Ce n'était pas si fréquent qu'elle se sente capable de lui parler aussi franchement mais cette nuit-là, une nuit exceptionnelle après tout, elle finit par lui dire :

« Je me demande pourquoi tu ne m'as jamais dit que tu m'aimais.

— C'est peut-être parce que tu continues à m'appeler mon oncle. »

Il avait été étonné de sa réponse si proche d'une expression caractéristique de femmes bien différentes d'elle.

« Si je t'appelle mon oncle, c'est peut-être parce que tu es un solide gaillard grand et costaud comme un oncle. »

Ce n'était pas le genre de remarque qu'il pouvait laisser passer sans réagir. Le Molosse tirait déjà sur sa laisse.

« Comment peux-tu connaître la taille d'un solide gaillard ?

— Je ne sais pas mais je peux deviner. Tu es un oncle très costaud. »

Et voilà comment elle tomba enceinte. Il fut tellement excité qu'il la prit auprès du lit. Ils étaient debout tous les deux et à moitié déshabillés, une fois couchés il lui refit l'amour. Il débordait d'amour, d'abord pour lui et ses prouesses – une telle vigueur à son âge ! Et puis aussi un peu pour elle et surtout pour la ferme. C'était une belle terre. Il caressa même l'idée de se rapprocher de ses enfants, il s'imaginait travaillant avec eux dans les champs. Mais au moment de sombrer dans le sommeil il se mit à penser aux abeilles parcourant la campagne en été. Il était particulièrement ravi de la vigueur qu'il avait su tirer de ses reins. Obtenir tout cela en une nuit, au moment même où il commençait à douter !

Il serra même Klara dans ses bras, ce qui n'était pas vraiment dans ses habitudes et quand il dut se lever pour soulager sa vessie, il faillit renverser le pot de chambre. Dans le noir, perdu dans le décor peu familier de cette nouvelle chambre, il se cognait un peu partout et cela fit rire Klara. Elle le prit entre ses bras quand il revint se coucher et dit : « Je suis heureuse. Je crois que nous avons trouvé l'endroit qu'il nous fallait.

— Silence, gronda-t-il. Ne sois pas stupide ! On ne doit jamais faire de prédictions idiotes. » Cette terre, il la sentait, tous ces neuf acres qui s'étalaient devant et derrière eux, et il devenait tout à coup aussi superstitieux que les paysans de son enfance. Personne ne devrait, comme venait de le faire Klara, confier son bonheur à l'air vide de la nuit. Jamais à voix haute en tout cas ! D'ailleurs, la nuit était-elle vraiment vide ? Pouvait-on être sûr qu'il n'y avait personne aux aguets ?

Le matin, elle comprit qu'il était impatient de voir le déballage terminé. C'était évident. Il avait hâte d'aller arpenter ses terres. Elle se chargea donc de la plupart des tâches immédiates pendant qu'il emmenait les enfants faire un tour à l'étable. Adi et Edmund se serraient contre lui, impressionnés par la présence imposante des animaux, les deux chevaux, la vache et la truie de concours qui avaient été inclus dans le prix d'achat. C'étaient des animaux énormes et la truie empestait à la limite de la suffocation.

Alois dit à Adi et Edmund de retourner à la maison aider leur mère. Ce n'était pas sérieux. Klara avait la vache à traire, elle devait nourrir la truie, étriller les chevaux, s'occuper de la basse-cour, mais il avait besoin de marcher seul dans ses champs. Il avait plusieurs décisions à prendre. Une fois de plus, il observa l'état des arbres fruitiers et des noyers. La dernière fois qu'il les avait vus, il restait encore pas mal de neige au sol mais les arbres avaient l'air sain, leurs branches n'étaient pas cassées, elles paraissaient solides et relativement droites, sans ces formes torturées qu'auraient pu laisser de violentes tempêtes sur les arbres quand ils étaient encore jeunes.

Il s'apercevait en fait qu'il n'avait pas vraiment observé l'endroit avant de l'acheter. Il s'était juste laissé convaincre par le prix raisonnable et le magnifique point de vue. Et puis il avait dû se décider très vite. Il ne pouvait pas passer des journées à faire des allers-retours depuis Linz.

En réalité, il n'était pas aussi heureux de son achat qu'il l'avait escompté. En parcourant les prés et en escaladant l'unique petite colline de son nouveau domaine, il trouva la propriété moins vaste que dans son souvenir, pas plus étendue que sa superficie réelle, neuf acres, la surface d'un bon terrain de parade. D'un autre côté, trois de ces acres pourraient constituer une surface convenable pour la culture des pommes de terre. Peut-être pouvait-il consacrer un acre aux abeilles. Pourrait-il planter dès cette année ? C'était toute la question. Il ne pourrait vraiment s'installer sur place avant fin juin, début juillet, mais Alois Junior viendrait le rejoindre à ce moment-là au terme de son année scolaire et, après tout, ils pourraient peut-être encore envisager un labour tardif.

En attendant, il était déçu. Il devait admettre qu'il ne pouvait pas se lancer dans l'apiculture, pas cet été. Le cœur de son projet devrait attendre. La récolte du miel commençait en avril et durait rarement jusqu'en septembre. Il fallait être prêt dès le début. Il devait donc patienter. Très bien, il aurait neuf mois pour se préparer à partir du moment où il serait de retour ici *définitivement*, en juin, fin juin. Cette idée provoqua en lui à l'improviste un frisson des plus désagréables. Savait-il vraiment ce qu'il était en train de faire ? Il devait refouler cette idée dans un coin de sa tête. Pendant tant d'années il avait toujours maîtrisé ses émotions, ce n'était pas maintenant qu'il allait changer.

5

Le 1er juillet, la grossesse de Klara était visible. Dans sept mois, si le bébé naissait sans problèmes, cela ferait au total huit enfants, en comptant les morts, qui avaient dû leur existence à Alois. Bien sûr, s'il l'avait voulu, il aurait pu en ajouter quelques-uns qui n'entraient pas dans ses calculs. Il avait connu bon nombre de cuisinières et de femmes de chambre qui avaient mis au monde des enfants selon le mode de ce qu'on pourrait appeler la paternité partagée. Quand l'une d'elles lui annonçait qu'elle était enceinte, il était prêt à convenir qu'il pouvait en effet être le père mais tout de même, n'avait-elle pas été aussi avec Hans et avec

Gerhardt et avec Hermann et avec Wolf ? À de rares exceptions près (comme dans le cas de Fanni), ces femmes n'étaient pas en position de discuter. C'était bien suffisant de leur faire un cadeau convenable.

À présent, à Hafeld il était confronté à l'autre aspect de ce genre d'aventure. Sous la chaleur de juillet, dans cette ferme juchée sur une colline, il avait en face de lui à chaque repas les cinq mêmes visages, depuis celui de Klara jusqu'à celui d'Edmund, âgé de seize mois et qui commençait déjà à parler. En janvier, il y aurait un autre enfant. Il était habitué à avoir en face de lui des visages, plus de nouveaux visages que la plupart des gens n'en croisaient en une journée, mais, à présent, il voyait toujours les mêmes bouilles. Il n'avait pas l'habitude de s'attarder sur des questions comme celle de savoir si Edmund avait réussi à prononcer une phrase nouvelle ou s'il avait seulement bafouillé quelques borborygmes.

Tenir la ferme était un autre problème. Il prenait plaisir à voir Angela travailler. Pour une gamine de douze ans qui se mettait de la crème sur les mains depuis l'âge de huit ans, une petite citadine prête à être gâtée, elle était à présent, à sa grande surprise, d'une aide précieuse. Elle ne cessait d'étriller les deux chevaux et de laver la vache, même quand cette imposante dame n'en avait nul besoin. Elle faisait rire Adolf et Edmund en leur faisant écouter les gargouillis de satisfaction que produisaient les boyaux de la truie chaque fois qu'ils s'approchaient avec de la nourriture. Rosig (Rosette) était vraiment grosse pour un porc, même pour un porc de concours, et semblait heureuse dans son antre puant sur la porte duquel on avait épinglé une cocarde rose, le prix qu'elle avait remporté l'été précédent avant qu'ils achètent la ferme. L'hiver prochain, quand le travail serait moins pressant, Angela avait l'intention de préparer Rosette pour la présenter de nouveau à un concours local. Oui vraiment, cette fille, pensait Alois, était un véritable cadeau. Angela se donnait même la peine de ramasser séparément le fumier des divers animaux. Pourquoi ? Parce que, répondit-elle à Klara : « Mon père aimerait que cela soit fait aussi. De façon claire et nette. » Elle réussit même à convaincre Adi de prendre part à la corvée. On ne pouvait guère compter sur lui que pour piquer une colère. Mais Angela parvenait à le calmer. Et le gamin la suivait, le nez levé au ciel et la mine horrifiée, portant néanmoins son seau de fumier.

Son année scolaire terminée, Alois Junior arriva à la ferme au début du mois de juillet. Pendant une courte période, il se montra insurpassable au travail. Il sut immédiatement se comporter magnifiquement avec les chevaux, surtout avec Uhlan, un étalon de cinq ans. Alois était fier de voir avec quelle rapidité Junior avait réussi à le monter. Le garçon était toujours prêt à piquer un galop jusqu'au sommet de la colline et à en redescendre au milieu des cris de joie d'Angela et d'Adi. Mais il s'appliquait aussi au labour, menant Graubart, le cheval de trait. En peu de temps ils eurent retourné trois acres de pâturage pour y planter des pommes de terre, ces tubercules germés que Klara avait achetés et rangés au cellier une semaine après leur arrivée. Pendant deux semaines, Alois Junior déploya des efforts dont son père ne l'aurait pas cru capable.

Son énergie retomba tout à coup. De mauvaises nouvelles arrivèrent de Passau sous la forme d'une lettre envoyée par l'école. Alois avait échoué à la moitié de ses examens et devait recommencer son année.

« Je n'y retournerai pas, dit-il à son père, les professeurs sont tellement bêtes que tout le monde se moque d'eux. »

Le garçon avait dû remâcher pendant deux semaines ces mauvaises nouvelles mais n'en avait pas soufflé mot, se contentant de s'abrutir de travail. Ils avaient déjà à ce moment-là labouré sur dix pouces de profondeur les trois acres choisis, un sol dur et compact, après quoi ils avaient mis les pommes de terre dans ces sillons peu profonds et les avaient légèrement recouvertes de terre, espaçant chaque tubercule d'environ trente centimètres et chaque rang d'environ un mètre, mais ce n'était là que le début. Il fallut ensuite s'occuper de désherber et d'enrichir le sol. De mauvais souvenirs, vieux de cinquante ans, revinrent à la mémoire d'Alois. Il découvrait des vers blancs et des larves de taupins et devait surveiller les premières feuilles des pommes de terre, découpées en fines lanières par les pucerons et les doryphores. Tous les jours, il fallait que quelqu'un arrache les mauvaises herbes. Puis ce fut assez vite l'irrigation qui posa des problèmes. On ne pouvait creuser des rigoles que de quelques pouces de profondeur. Si on allait plus loin on risquait d'endommager les pommes de terre avec la bêche. De plus, ces petits canaux se remplirent vite de vase. Il fallait des heures pour apporter de l'eau seau après seau jusqu'en haut du champ. Un jour, Junior disparut tout l'après-midi. Il était parti chevaucher Uhlan. Alois mit Angela au travail à sa place et jusqu'au soir elle porta des seaux d'eau, un dur travail pour une gamine de son âge.

Ce soir-là, Alois fit de sévères remontrances à son fils devant tout le monde. « Tu ressembles décidément à ta folle de mère.

Seulement chez toi c'est plus grave. Tu n'as aucune excuse. Ta mère, vers la fin, avait perdu l'esprit mais en son temps elle avait été travailleuse. Toi, tu n'es qu'un fainéant. » Si cette incartade s'était produite un an plus tôt, Alois n'aurait pas hésité à lui flanquer une raclée, de celles qui laissent sur le cœur une trace indélébile mais, à présent, le garçon avait une telle sauvagerie dans le regard qu'Alois hésita. Il ne le frappa donc pas, ce qui, estima-t-il plus tard, fut une erreur. Le garçon s'était certainement attendu à recevoir une bonne correction. Désormais Junior était en droit de se dire que son père pouvait bien avoir un peu peur de lui, juste un peu, oui. De fait Junior réduisit le nombre de ses heures de travail, comme un citadin en stage d'été à la campagne. Dès que le soleil se couchait, il demandait à Alois la permission d'aller faire un tour avec Uhlan.

Le problème, se disait Alois, c'est qu'en tant que père il n'était pas assez sévère. Sous ses dehors rigoureux, il avait le cœur tendre. La vérité est qu'il adorait Alois Junior. Le garçon était tellement séduisant. Turbulent certes et, comme sa mère, sujet à de terribles sautes d'humeur. Il était beaucoup trop orgueilleux et instable pour recevoir une éducation correcte. Mais il pouvait être aussi charmeur que Fanni quand il le voulait. Il rappelait à Alois la grâce avec laquelle elle se déplaçait. Il était fier de la rapidité avec laquelle il avait réussi à gagner les bonnes grâces de l'étalon. Alois pour sa part hésitait à le monter. Il était un peu trop loin du sol pour un homme de sa corpulence. Alois Junior en revanche le montait avec tout l'éclat d'un champion d'équitation, du genre de ceux que l'on voyait se promener le long des belles avenues de Vienne, chaussés des bottes qu'Alois avait fabriquées pour eux autrefois, du temps où il admirait tant ces jeunes gens à la belle tournure. Il revoyait ces jeunes officiers qui se pavanaient sur la Ringstrasse au bras de leur belle dame, tandis que lui, l'apprenti, rêvait de se trouver une charmante et jeune modiste, oui, le bon vieux rêve ! Ils ouvriraient une boutique où ils fabriqueraient les chapeaux les plus élégants et les bottes les plus extraordinaires, un rêve stupide, mais à présent Junior lui rappelait ces jeunes cadets. Il était tellement remarquable. Rien à voir avec Adolf et ses colères hystériques ni avec le petit Edmund et son nez toujours morveux.

Alois ne parvenait jamais à refuser lorsque Alois Junior lui demandait une heure de pause. Uhlan après tout avait besoin d'exercice. Et le cheval aimait beaucoup son jeune cavalier. Mais pas son père, chaque fois qu'Alois s'approchait de lui, l'étalon montrait les dents en un rictus manifestement hostile.

6

Par une chaude soirée d'août, Alois Junior fit une nouvelle incartade franchement désagréable. Cette fois, Klara se mit très en colère. Le garçon avait pris place à table pour le repas du soir mais Angela n'était pas là. Elle était à l'écurie, occupée à étriller le cuir trempé d'Uhlan : son frère avait poussé le cheval au galop en revenant des bois sans lui laisser un moment de trot suffisant pour récupérer de son effort. Klara n'en revenait pas d'un comportement aussi égoïste. Ce fut une des rares occasions dans sa vie de femme mariée où elle parla aussi durement à son époux. Elle en était à sa sixième grossesse et pour le coup elle ne considérait pas Alois comme son oncle.

« Tu permets à ton fils de laisser une telle corvée à Angela. Ce n'est certainement pas juste. »

Alois Junior se permit aussitôt de répliquer :

« Angela aime bien bouchonner Uhlan, moi pas.

— Je ne m'y connais peut-être pas beaucoup en chevaux, dit Klara, mais je pense que c'est celui qui monte l'animal qui doit s'en occuper ensuite. Le cheval fait la différence même si toi tu ne la fais pas.

— Vous n'y connaissez rien, dit son beau-fils. Sur la question des chevaux vous êtes plusieurs degrés au-dessous de zéro.

— Silence ! hurla Alois. Et tais-toi pendant tout le reste du repas. Plus un mot. »

Débarquant dans la mêlée avec plusieurs longueurs de retard sur Klara, il fallait qu'il montre toute son autorité.

« Oui, silence ! répéta-t-il. Je l'exige.

— *Jawohl !* » brailla Alois Junior.

Alois se demanda si son fils se soumettait ou se moquait de lui.

« Je répète, fit-il. Tu vas te taire pendant tout le reste du repas. Pas un mot. »

Alois Junior se leva et quitta la table.

« Reviens ! ordonna Alois. Reviens. Assieds-toi et tais-toi. »

Il eut un moment d'hésitation puis revint s'asseoir à table mais cet instant de pause laissait deviner ce qui pourrait arriver un jour ou l'autre.

Ils terminèrent le repas sans échanger la moindre parole. Angela entra, toute rouge de son effort, elle s'apprêtait à parler mais ne le fit pas. Elle s'assit, le visage encore humide de la rapide toilette qu'elle avait faite en puisant de l'eau à la louche, et plongea le nez dans son assiette. Assis à côté d'elle, Adi était tellement sous le coup de l'excitation et de l'appréhension qu'il se raidissait de peur de faire sous lui. Et Klara ? Elle mangeait lentement, s'interrompant souvent, la cuillère suspendue. Elle débordait de l'envie irrépressible de se remettre à réprimander son beau-fils et même, ce qui n'était pas rien, de réprimander Alois par la même occasion. Cependant, se mêler des affaires de ces deux hommes débordant de colère, c'était aborder un territoire où il valait mieux ne pas s'aventurer. Edmund, le petit Edmund à la lippe baveuse, se mit alors à pleurer.

C'était une bonne occasion. Klara prit le gamin dans ses bras et quitta la table. Puis Alois se leva et sortit de la pièce. Angela et Adi desservirent pour faire la vaisselle. Alois Junior resta assis à sa place, engoncé dans son silence, plein de gravité, comme s'il avait transformé l'ordre reçu de son père en une sorte de supplément de dignité.

Cette nuit-là, Alois ne parvint pas à trouver le sommeil et le lendemain, dès l'après-midi, il abandonna son travail de bonne heure. Pour la première fois depuis bien longtemps, il se rendit à la taverne, la seule du voisinage, celle de Fischlham à près de deux kilomètres.

Il avait hésité avant de s'y rendre. La clientèle était certainement moins à son goût que ses compagnons de taverne de Linz. De plus il connaissait assez les paysans pour se faire une idée de l'accueil qui l'attendait. Il devinait certaines opinions qu'il allait susciter : « Le paysan qui se comporte comme un millionnaire », diraient-ils derrière son dos, ou bien aussi facilement le contraire : « Ce riche imbécile qui veut jouer au paysan. »

En janvier, il avait rendu visite à quelques-uns de ses voisins, lorsqu'il était venu pour la première fois voir la ferme qu'il avait l'intention d'acheter et qu'il avait voulu s'informer. Ils ne lui avaient pas vraiment fait confiance. Il s'y attendait. Ils n'allaient tout de même pas parler à un étranger qui finalement n'achèterait peut-être pas mais serait en mesure de rapporter au propriétaire des propos dont celui-ci prendrait ombrage et qu'il leur reprocherait. On ne présenta donc à Alois que le bon côté des choses : la terre était fertile, le bétail était peu nombreux mais d'excellente qualité, il y avait la truie de concours, un bon verger et puis aussi les noyers qui seraient une source de revenus intéressante une fois par an.

Alois ne s'était pas donné la peine de leur faire confiance, ni d'ailleurs de se méfier d'eux. Cette ferme, il la voulait. Il avait accepté l'idée que l'affaire ne serait peut-être pas aussi bonne qu'elle en avait l'air, ce qui, naturellement, fut le cas. Déjà la vache qui avait donné chaque jour du bon lait présentait une maladie du pis.

Il aborda la question à la taverne de Fischlham. Il le fallait bien. Il avait besoin d'avoir un avis sur les mérites respectifs des vétérinaires du secteur et il espérait, en évoquant la question, susciter de la part des fermiers une certaine bienveillance qui pourrait être utile sur d'autres sujets. On finirait peut-être par ne plus le considérer comme un original à la retraite. Il écouta donc leurs opinions prudentes sur les vétérinaires locaux, mais n'obtint aucune information digne de confiance. Il aborda ensuite la question de la terre.

Quand il leur dit qu'il avait planté des pommes de terre, ils parurent mal à l'aise. D'une manière détournée, ils finirent par lui faire comprendre qu'il aurait mieux fait de planter des betteraves.

« J'ai prévu d'en planter un acre mais pas dès la première année. C'est trop de travail en même temps. »

Ils approuvèrent. Culture et travail, bien sûr. La bonne vieille alliance. Il ne fallait jamais en faire trop à la fois.

Ils s'exprimaient avec lenteur. Il fallut une bonne heure passée à contempler les cloisons de bois nu de la taverne, une heure pendant laquelle il ne put détourner son attention d'une écharde qui lui entrait dans les fesses (les bancs de la taverne étaient faits d'un bois particulièrement sec), avant que l'un d'entre eux suggère, de manière détournée, que le sol où il avait planté des pommes de terre aurait peut-être mieux convenu à des betteraves. Tout cela parce que les années précédentes on y avait cultivé du blé. Ils se mirent à parler de variétés de blés qui lui étaient inconnues mais que le précédent propriétaire avait cultivées au cours des trois dernières années. Qui sait ? Le sol était peut-être épuisé. Ils n'allèrent pas jusqu'à l'affirmer. Ils se contentaient de tirer sur leur pipe et de boire leur bière d'un air sinistre. Le pire, c'est que cette tristesse ne semblait pas, d'après lui, motivée par son propre sort mais trouvait sa source dans l'outrage infligé à la terre, cette terre désormais entre les mains d'un riche bourgeois, un intrus qui voulait jouer les paysans.

L'odeur de la taverne lui parut soudain désagréable. Il ne parvenait pas à identifier la source de ce relent qui se mêlait à l'odeur de la bière mais cela sentait mauvais. Du lait tourné ? Du vieux fumier ? Un tas de compost près de la porte ? Ce qui lui manquait le plus dans cette tanière de bois d'un brun grisâtre, c'est qu'on n'y sentait pas le moindre parfum de schnaps dans l'air et qu'on n'y trouvait pas un seul bon vieil ivrogne des villes.

La soirée pourtant ne fut pas totalement inutile. Il apprit le nom d'un apiculteur qui vivait à Hafeld. Et, consolation supplémentaire, le trajet de retour fut très agréable. La lune de fin d'été était pleine, ronde et orange, une lune de moisson. La bière qu'il avait bue commençait à lui faire du bien. Comme si toutes les chopes ingurgitées ce soir-là s'étaient stockées dans son estomac pour lui distiller à retardement leurs bienfaits. Il prit plaisir à pisser longuement au bord de la route.

Le lendemain matin, il avait retrouvé son humeur maussade. Il devait faire face à la déception de ses trois acres de pommes de terre. Il finirait peut-être par en tirer la moitié d'une récolte vendable. Ses compagnons de taverne de la veille (qui dans son souvenir avaient exactement la même odeur que la taverne) avaient raison. La terre avait souffert de trois récoltes successives de blé. Il le constatait chaque fois qu'il arrachait une pomme de terre primeur pour vérifier. Et puis il se mit à éprouver quelques élancements dans le ventre. Son cœur commençait-il à faire des siennes ? Il avait parfois l'impression que cet organe si fidèle, ce bon vieux compagnon, lui montait à la tête. Il commençait à avoir des migraines.

En prévision de tout le travail nécessaire pour arracher les pommes de terre et les apporter au marché de Fischlham, il loua pour une semaine les services d'un ouvrier agricole, un véritable demeuré mais qui pouvait probablement abattre autant de besogne qu'Alois Junior. Quant à ce dernier, qu'allait-il devenir ? Deviendrait-il un criminel ? Alois le voyait assez bien dans quelque chose comme la Légion étrangère française. L'idée n'était pas vraiment réjouissante mais elle avait son bon côté. Quand il était jeune, il aurait pu lui-même être un bon soldat de ce genre-là : prêt à tout. Mais tout cela était peut-être absurde. Le garçon avait en lui une sauvagerie bien plus violente que la sienne. C'est sans doute pourquoi pendant quelque temps ils ne s'adressèrent la parole qu'avec les plus grandes précautions.

Le journalier était peut-être stupide mais il trouva le moyen de mettre une certaine quantité de pommes de terre de côté pour son propre compte. Alois n'était même pas certain qu'il y ait eu vol. Un jour où il ne se sentait pas très bien, il avait envoyé le journalier porter la récolte au marché, celui-ci en rapporta une somme d'argent inférieure à ce qu'Alois avait escompté, il avait dû tricher un peu sur les quantités, sans aucun doute.

Et puis survint la fin pitoyable de la truie. Elle mourut. Angela en fut inconsolable. Alois fut stupéfait de constater la violence et la durée des pleurs d'une petite femme de douze ans.

Tout commença lorsque cette grosse et ravissante bête devint grincheuse. De jour en jour, son état empira. Angela était tellement bouleversée qu'Alois ravala son orgueil et s'en fut demander conseil à ses trois plus proches voisins. Il dut à cette occasion admettre qu'il avait oublié une loi de son enfance qu'il tenait de Johann Nepomuk avant même d'avoir eu dix ans. En matière d'agriculture, il n'existe aucune règle à laquelle on puisse se fier dès lors qu'on a la malchance de rencontrer un problème inattendu. Vos amis, même les plus avisés, ne seront jamais d'accord sur la solution. Bien sûr. Chaque paysan a sa propre opinion, il l'apprit à ses dépens, sur la manière de soigner un cochon. Bien sûr.

Les trois voisins conseillèrent, à tour de rôle, un émétique, un emplâtre stomacal et un diurétique. Ils avaient tort tous les trois. La truie cessa de respirer, fut prise d'hémorragie et mourut. Tous les trois étaient convaincus que le problème ne pouvait provenir que de l'estomac ou des intestins. Quelle autre possibilité chez un cochon ? Qui avait jamais entendu parler de phtisie chez une aussi grosse bête ? Mais peut-être était-ce tout à fait autre chose. Même le vétérinaire auquel il fit appel après la mort de l'animal ne put se prononcer. Les poumons probablement, mais il n'était pas sûr.

Rien n'aurait pu accabler davantage Alois. Devoir dépenser du bon argent après la mort de la bête ! Pourquoi ? Parce qu'il avait besoin de connaître la cause. Quelle folie ! Il n'avait pas l'intention de se lancer dans l'élevage de porcs, plus maintenant, mais il voulait tout de même être fixé. Et maintenant il découvrait que le vétérinaire, si on pouvait l'appeler ainsi, n'était pas plus compétent que ses voisins. Il faudrait, dit-il à Alois, payer des analyses que pouvait pratiquer un laboratoire de Linz. Au diable, tout cela ! Une telle dépense serait franchement obscène. Pour couronner le tout, il dut enterrer l'animal. Il était bien tenté de le faire mais il n'osa pas découper quelques pièces de viande sur la bête. Une fois seul, il aurait pu prélever quelques morceaux de choix. Qu'est-ce que les jambons avaient à voir après tout avec les poumons ? Mais le vétérinaire avait été catégorique.

« Ne prenez pas le risque, Herr Hitler, de toucher à la viande de l'animal. »

Voilà ce qu'avait conseillé le vétérinaire, mais seulement après avoir été payé. Et pendant ce temps, Angela continuait avec ses hoquets et ses sanglots : « *Ach, ach, ach !* » Sans parler de la corvée de creuser un trou pour enfouir la carcasse.

Il fallait bien calculer les pertes. Quel profit pouvait-on espérer de la médiocre récolte de pommes de terre ? Si l'on comptait le prix des semences, le compost qu'il avait fallu acheter pour fertiliser ces trois acres et si l'on soustrayait les gages du journalier, la perte de la truie et les honoraires du vétérinaire, à quel bénéfice pouvait-il prétendre ? Sans les noix, qui comme promis avaient procuré un revenu facile, il n'aurait rien gagné du tout.

Il pouvait néanmoins se rassurer. Sa situation financière n'était pas vraiment inquiétante. Sa pension à elle seule représentait six fois le montant de ce que gagnait un journalier comme le pauvre type qu'il avait engagé. Qu'importe, cela ne suffisait pas à lui retirer l'épine qu'il avait dans le pied. Un de ses points forts avait toujours été sa capacité de deviner avec certitude quand on cherchait à le tromper. Et à présent il découvrait qu'il avait acheté une terre dont il n'y avait vraiment pas de quoi se vanter. Il pouvait bien avoir été un paysan dans le temps, aujourd'hui il n'avait plus qu'à reconnaître qu'il était un idiot de citadin qui s'était fait flouer dans une transaction concernant la terre. Et si Klara avait une liaison avec un garçon de ferme, serait-ce encore pire ? La chose était impossible, pourtant comment avait-il été possible que lui, Alois Hitler, se fasse duper dans une affaire ?

Dès octobre, il avait vraiment sombré dans la mélancolie. Même son Molosse n'était plus qu'une triste poupée. Quelle image pouvait-il se faire de lui, celle d'un homme d'un certain âge qui avait une chiffe molle lui pendouillant entre les jambes ?

Klara, qui en était à son septième mois de grossesse, essaya de lui faire voir les choses autrement. La récolte de pommes de terre était rentrée et tant de tâches pénibles avaient été accomplies, il était normal après cela de se sentir un peu déprimé. Les femmes, elle en savait quelque chose, connaissaient ce même état après avoir mis un enfant au monde. Elles avaient concentré en leur sein tant d'espoirs, tant d'efforts, pour se retrouver vides ensuite. L'enfant était là, bien sûr, et magnifique, mais pendant un certain temps la femme se sentait vide. Pas très longtemps. C'était parfaitement naturel.

Elle ne s'était encore jamais risquée à tenir de tels propos philosophiques, surtout pas à son intention, et il était prêt à lui arracher la tête. « Et pour quoi me prends-tu, pour une femme ! » eut-il envie de lui crier.

7

Cependant les choses changèrent, la dépression d'Alois diminua. Junior n'était plus là. Klara avait pris sur elle de suggérer qu'on devrait l'envoyer à Spital où il pourrait aider son grand-père Johann Poelzl qui était certainement en âge de recevoir un coup de main de la part de sa famille. Il se trouva qu'Alois Junior était favorable à l'idée de partir. La dépression de son père, avec toute la menace rentrée de nouveaux accès de despotisme qu'elle recélait, lui empoisonnait la vie.

Il en fut donc décidé ainsi. La carriole d'Alois, menée par un cocher loué pour la circonstance, conduirait le garçon de quatorze ans jusqu'à Linz. Là il prendrait le train pour Weitra d'où une autre carriole le conduirait jusqu'à Spital. Le gamin parti, un nuage de noirs pressentiments se dissipa.

En septembre, Adi et Angela commencèrent à fréquenter l'école de Fischlham. Angela en quatrième section, la plus avancée, réservée aux enfants âgés de douze ans. Adi, lui, âgé de six ans, entra en première section.

Les premiers jours d'école coïncidèrent avec un mois de septembre ensoleillé et doux. C'était agréable de marcher avec sa sœur dans la campagne vallonnée. Il n'y avait qu'un seul danger, un taureau adulte qui paissait dans un pré clôturé. Selon l'humeur du taureau, ils décidaient de contourner le pré ou de le traverser. La plupart du temps ils n'osaient pas s'y engager.

Adi comprit assez rapidement que ce n'était pas une bonne idée de se moquer des peurs d'Angela. Elle avait le moyen de se venger. Elle n'avait qu'à lui dire qu'il puait, lui reprocher tantôt sa mauvaise haleine, tantôt ses odeurs corporelles.

Elle ne soupçonnait sans doute pas à quel point ces accusations blessaient la sensibilité à vif d'Adi, mais elles le touchaient profondément et ce pour une bonne raison. Elles étaient vraies. Il sentait mauvais, une touche de soufre teintée d'un relent aisément reconnaissable de pourriture et dont je parlerai bientôt. Cette question d'odeur est un problème constant qui affecte nos clients. Les Cudgels ont vite fait de s'en servir comme d'un indice.

Du point de vue d'Angela, la règle était simple. Chaque fois qu'Adi la taquinait, elle l'accusait de sentir mauvais. En réalité, elle s'en moquait. Les mauvaises odeurs ne la dérangeaient pas. Elle était habituée à celle du lait tourné et du fumier de cheval. Et si le vent lui apportait au passage les relents d'une porcherie du voisinage, il ravivait son chagrin, pauvre chère Rosig !

« Et pourquoi donc pleures-tu ? demandait Adi. Tu m'accuses de sentir mauvais, c'est moi qui devrais pleurer.

— Oh, ferme-la, ce n'est pas à cause de toi que je pleure. »

Cela voulait dire qu'elle pensait à Rosig et il partageait sa tristesse. Non qu'il eût tellement aimé la truie (en fait, il était jaloux de l'affection d'Angela pour l'animal), mais il aimait vraiment sa grande sœur. La plupart du temps, elle était gentille. De plus, elle était la fille la plus brillante entre les quatre murs de cette école à classe unique, et il en était le garçon le plus intelligent.

En fonction du temps et des besoins des fermes avoisinantes en main-d'œuvre d'appoint, l'effectif comptait parfois moins de quarante garçons et filles, parfois il descendait jusqu'à trente, et même jusqu'à vingt-cinq, mais la salle de classe était séparée en quatre divisions correspondant à chaque niveau et tous les enfants du premier au quatrième niveau, âgés de six à douze ans, entendaient tout ce qui était destiné aux autres. C'était une organisation normale dans la mesure où il n'y avait qu'une seule institutrice, une dame d'un certain âge, Fräulein Werner, qui avait un grand nez et portait des lunettes.

Adi fut assez vite capable de suivre les leçons des quatre niveaux. Sa découverte de l'histoire de l'Allemagne lui vint des cours du niveau supérieur, le quatrième, où Angela et les autres apprenaient les hauts faits de Charlemagne. À l'heure suivante, au premier niveau, Adi et les autres débutants étaient interrogés pour savoir quel dessin d'animal correspondait au mot imprimé sur un grand carton que brandissait Fräulein Werner. Au début c'était magnifique de voir toutes ces lettres remuantes s'assembler pour former un mot. Le dessin vibrait devant ses yeux, mais bientôt l'exercice se transforma en un puzzle ordinaire. Dès qu'il eut ramené l'exercice à un problème qu'il était capable de résoudre, il prit bien soin de ne jamais faire deux fois la même erreur. En fait il s'ennuyait de plus en plus à attendre que ses camarades aient compris.

Puis il se mit à attendre avec impatience les leçons du troisième niveau qui étudiait la géographie du territoire des Habsbourg, le grand empire des Habsbourg, comme disait Fräulein Werner. S'il en avait eu la permission, il aurait volontiers répondu à la place de ces nigauds d'élèves qui ne parvenaient pas à localiser sur la carte des villes qu'il avait déjà repérées, Braunau et Linz d'abord, les premières à avoir capté son attention. Et Passau, de l'autre côté du Danube.

Ainsi, âgé seulement de six ans, il assimilait les leçons destinées aux élèves de huit, de dix et de douze ans, et il était fier qu'Angela soit la plus brillante de son niveau. Il voyait l'approbation dans le regard de Fräulein Werner dès qu'ils franchissaient le seuil de la classe, il faut dire qu'ils étaient aussi le frère et la sœur les mieux tenus. C'était l'œuvre de Klara et cela contribuait largement à les placer très haut dans l'estime de Fräulein Werner.

En revanche, ses vêtements impeccables l'obligeaient à se tenir à l'écart des autres garçons pendant la récréation. Il eut bientôt affaire à un bagarreur qui ne cessait de le défier.

« Tu es fou, répondait-il, j'ai mes beaux habits. Ma mère me tuera si je les salis. »

Les jeux guerriers quotidiens de Passau avaient donné à sa voix une assurance qui suffit à intimider l'adversaire. Et puis ce garçon était quantité négligeable. Puisque Adi était capable de vivre avec Alois Junior, que pouvait-il craindre d'un nigaud pareil qui d'ailleurs se prénommait Klaus, lui aussi ? Son vrai problème, c'était sa grande sœur et ses taquineries.

8

À cette époque-là, Angela eut ses premières règles et Klara fit de son mieux pour apaiser son inquiétude. Elle voyait bien qu'Angela faisait le rapprochement avec Rosig et ses jambons inondés de sang par l'hémorragie qu'elle avait eue avant de mourir.

Pour tenter de calmer le choc de cette émotion, Klara aborda pour la première fois des questions intimes. Elle adorait sa belle-fille. La gamine de douze ans était devenue pour elle une amie proche. Elle ne se contenta pas de lui parler de sa nouvelle condition mais s'étendit assez longuement sur la question des odeurs en général et sur leur rôle subtil dans la nature. L'odeur faisait partie de la nature. En cherchant des exemples positifs, elle fit référence à une information qu'Alois lui avait fournie en passant. Un jour, elle lui avait demandé comment il pouvait être sûr que ses abeilles (à l'époque où il se lançait dans l'apiculture) sauraient retrouver leur ruche. Si elle avait bien compris, il comptait acquérir deux ruches, remplies chacune d'un essaim. Elles seraient donc là, placées côte à côte à l'ombre du grand chêne près de la maison.

« Comment ces milliers d'abeilles vont-elles savoir à quelle ruche elles appartiennent ? » avait-elle demandé.

Il était assez content de l'intérêt qu'elle manifestait et lui expliqua qu'il allait peindre chaque ruche d'une couleur différente, la première en gris, la deuxième en bleu ciel, rose éventuellement pour une troisième. Les abeilles regagnaient volontiers une demeure dont la couleur leur rappelait celle des fleurs dont elles rapportaient le nectar.

« Mais tu m'as dit que ces petites créatures butinent chaque jour des fleurs d'espèces différentes. Elles ne sont fidèles à la même variété qu'un jour à la fois. C'est bien cela ?

— Oui. » Il n'était pas très sûr d'avoir envie de poursuivre cette conversation. Pourrait-il répondre à toutes ses questions sans déraper vers des sujets plus délicats ?

« Elles peuvent choisir une couleur un jour et en préférer une autre le lendemain ?

— Oui.

— Alors comment font-elles pour ne pas se tromper de ruche ? »

Il hésitait à lui répondre. Ce n'était pas le genre de sujet à aborder, pas nécessairement. Mais il décida de passer outre. L'intérêt que manifestait Klara pour l'apiculture valait certainement mieux pour lui que son indifférence.

« Chaque reine a sa propre odeur, apprit-il à Klara, Elle va féconder chaque cellule de chaque rayon et donc déposer des dizaines de milliers d'œufs dans des alvéoles de cire séparées pour qu'ils puissent commencer leur vie, elle est donc certaine de transmettre sa propre odeur à ses dizaines de milliers de larves, ses œufs, ses futurs enfants.

— C'est étonnant, s'extasia Klara. Comment sais-tu cela, Alois ? Tu sais tant de choses.

— J'ai appris tout cela dans des livres, admit-il à contrecœur.

— N'as-tu jamais respiré l'odeur toi-même ?

— Ai-je l'air assez stupide pour aller fourrer ma tête dans une ruche et qu'une dizaine d'abeilles viennent me piquer le nez ? »

Elle se mit à rire. À bien des égards, elle le connaissait parfaitement. Il pouvait lire des livres sur la question mais au fond il n'avait pas envie d'admettre que, ce savoir, il ne l'avait pas acquis grâce à l'expérience de ses mains, de ses pieds, de sa force, de ses cinq sens de bon paysan.

N'empêche, il en avait un peu trop dit. Elle allait vouloir en savoir davantage.

Avant que la conversation se termine pour la soirée, elle le poussa effectivement à lui expliquer comment la reine était fécondée. Après tout, elle avait vraiment envie de savoir comment une reine pouvait donner naissance à tant de milliers d'enfants tout en restant une reine. Le regard d'Alois brillait d'admiration quand il aborda ce sujet. Tout dépendait de *la reine*, elle assurait la réussite de la ruche, on pouvait le dire.

Alois entreprit donc de fournir à Klara quelques explications de base. Elle avait l'air si excitée qu'il se dit qu'il allait peut-être en tirer certains bénéfices cette nuit. Elle débordait d'enthousiasme à l'idée de cette créature si féminine, si minuscule, si extraordinaire.

Il expliqua donc que la jeune reine, encore tout à fait vierge, après moins de vingt jours passés dans son alvéole de cire (laquelle n'était pas plus grande, en largeur comme en profondeur, que la gomme au bout d'un crayon), était, dès sa sortie, prise en charge par ses nourrices et ses servantes. Au bout de trois semaines exactement, elle pouvait sortir de la ruche pour son vol nuptial. Cela se produisait en général lors de la première belle journée du mois de mai. Elle montait alors dans les airs, volant plus haut que tous, à part quelques mâles qui essayaient de la suivre.

« C'est ceux qu'on appelle les faux bourdons ? demanda Klara.

— Oui, de gros individus gâtés qui s'entassent dans un coin de la ruche. Ils passent leur temps à manger et quand il fait beau à voler dans tous les sens comme des fous. Juste pour s'amuser. Ils ne se donnent pas la peine de récolter du pollen. C'est seulement lorsque la reine vierge, dont on pourrait dire qu'elle n'est encore qu'une princesse, sort pour son premier vol qu'ils peuvent enfin justifier leur existence. Ce jour-là, ils volent autour de la ruche en l'attendant. Ils savent qu'elle va sortir. Cette reine capable de voler si haut, cette reine si belle en comparaison de ses sœurs, ces milliers d'ouvrières, ces bêtes de somme toujours à la recherche de nectar à rapporter, ces pauvres femelles qui n'ont pas d'ovaires et qui sont donc réduites à explorer et butiner, sauf si elles sont affectées à d'autres tâches à l'intérieur de la ruche. Le nettoyage. Les travaux ménagers. Mais cette reine c'est tout autre chose, tant qu'elle est encore vierge elle n'est pas vraiment une reine, plutôt, comme je l'ai dit, une princesse. Puis elle se met à voler si haut, que seuls quelques rares faux bourdons parviennent à la suivre. Finalement, il n'en reste plus que deux, puis un seul, mais c'est le plus fort, il vient jusqu'à elle, il lui met ce qu'il a, enfin tu sais bien de quoi je veux parler, son organe qu'il avait gardé caché mais qui tout à coup apparaît, se déploie dans, disons, enfin, oui, pénètre dans appelons cela son vagin, pourquoi pas ? Cela se passe comme ça et elle le reçoit pendant qu'ils continuent à voler si haut, seuls tous les deux.

— C'est merveilleux, fit Klara, les yeux brillants, ajoutant même : un vrai miracle de l'amour.

— Non, pas tout à fait », dit Alois. À cet instant il ne savait plus comment poursuivre. S'il en disait trop, il risquait de compromettre les privautés qu'il escomptait pour cette nuit. Pourtant son intuition l'incitait à parler, il savait que vraisemblablement le mieux était de tout lui dire.

« Ce faux bourdon, ce brave faux bourdon unique, s'enfonce en elle si profondément, ce qui est, admettons, ce que la nature exige, qu'il n'arrive plus à se retirer.

— Comment ?

— Non, *Donnerwetter*, il ne peut plus sortir ! La reine dispose de crochets ou quelque chose du genre, des crochets très pointus et elle le maintient enfoncé en elle. Elle aime ça. Il est piégé. Quand il insiste pour se retirer, tu ne le croiras pas, son brave organe est arraché. Il est obligé de l'abandonner derrière lui. Sa virilité. Perdue. Disparue !

— Et lui ? qu'est-ce qui lui arrive à lui ?

— Eh bien, il meurt. Il est fichu. Il tombe à terre.

— Pauvre créature », dit-elle, mais elle ne put se retenir. Malgré elle, sa bouche esquissa une grimace qui se transforma en sourire et elle fut prise d'un fou rire. Elle ne pouvait plus s'arrêter. Alois ne l'avait encore jamais entendue rire aussi longtemps.

« Quelle vie », finit-elle par dire, et Alois n'eut pas à regretter de lui avoir raconté tout cela. Elle avait dépassé son sixième mois de grossesse mais ils firent l'amour cette nuit-là. Alois avait connu plus d'une femme capable d'accomplir des prouesses sexuelles une semaine avant d'expulser le marmot de quelqu'un d'autre. Ce n'était pas vraiment le cas de Klara. Cette nuit-là pourtant, elle se surpassa. Elle fut au sommet de sa forme.

Il y avait évidemment deux autres faits dont Alois n'avait pas l'intention de lui parler. Le premier c'est que la reine était parfaitement capable d'avoir d'autres amants après ce fabuleux premier vol. Dans les semaines qui suivaient et jusqu'en juin, elle pouvait avoir cinq ou six autres partenaires. Cela lui permettait d'emmagasiner plus de semence dans ses ovaires, de quoi pondre des milliers, des dizaines de milliers d'œufs, un pour chaque alvéole parmi les milliers que comportait la ruche, et elle ne s'arrêterait qu'à l'arrivée du froid. Le cycle se répéterait chaque printemps pendant les trois années à venir. Une fertilité aussi extraordinaire découlait seulement de cinq ou six copulations ! C'est-à-dire que, pendant le reste de sa vie, elle n'aurait plus de rapports avec les faux bourdons mais qu'elle nourrirait de miel et de pollen les nymphes auxquelles elle avait donné naissance, tandis que sa cour, ses ouvrières l'escorteraient avec dévotion, refermant les alvéoles des larves d'un opercule d'une cire mystérieuse qu'elles élaboraient à partir des fleurs de mai et qu'aucun chimiste n'était capable de reproduire en laboratoire. Il ne raconta pas à Klara combien la reine allait devoir se dévouer à sa tâche jusqu'à sa mort ni non plus qu'à la fin de la saison des amours les ouvrières chassaient les faux bourdons de la ruche. Et quand elles avaient affaire aux plus paresseux qui ne voulaient pas s'en aller, elles leur infligeaient des piqûres mortelles. (Sans pour autant perdre leur dard, car le ventre d'un faux bourdon est beaucoup plus tendre que la peau humaine.) Après le massacre, ces mêmes ouvrières balayaient les cadavres hors de la ruche. Il n'évoqua pas non plus certaines complications. Quand les grandes chaleurs commençaient vraiment, la moitié de la population de la ruche avait tendance à essaimer, c'est-à-dire à quitter la ruche pour revenir à leur habitat traditionnel, le trou d'un arbre creux. On pouvait ainsi faire une grosse perte d'un seul coup. Il n'expliqua pas non plus que les princesses étaient souvent exterminées par la garde qui escortait la reine. Il laissa de côté ce genre de détails. Il valait mieux que Klara ne voie que le bon côté de ce qui allait devenir leur occupation.

Klara avait été passionnée par tout ce qu'il lui avait raconté ce soir-là et elle pensait même que cela pourrait détourner Angela de ses soucis, elle décida donc de lui raconter la fin déchirante du brave faux bourdon qui avait réussi à s'accoupler à la reine. Cette fois, Klara n'était plus la seule à rire. Elles s'emballèrent comme si elles avaient le même âge et, tandis que Klara répétait tous les détails qu'elle tenait d'Alois, elles en vinrent à parler non seulement de l'odeur mais des pouvoirs exceptionnels de la reine. Quelle étrange créature, guère plus grosse que ses propres nourrices et certainement plus petite que n'importe quel faux bourdon. Et pourtant elle avait le pouvoir d'imprégner de son odeur l'air de la ruche et ses milliers d'habitantes. Chacune d'elles reconnaissait son propre essaim puisqu'elles avaient toutes la même odeur.

« C'est un peu, dit Klara, prise d'une nouvelle crise de fou rire, comme si tous les Russes, hommes et femmes, dégageaient une sorte d'odeur épouvantable et ces péquenots de Polonais une autre. Les Anglais sentent peut-être une bonne odeur de thé et nous autres, Autrichiens, nous devons avoir quelque chose de spécial, le parfum chaud du strudel. » Elle faisait bien rire Angela. « Et les Français, eux alors, ils sentent vraiment mauvais, une vraie puanteur, pire que les oignons pourris et la vieille sauce. Les Italiens évidemment sentent l'ail. » Elles se tenaient embrassées tout en riant. « Mais je crois bien que le pire ce sont les Bohémiens. Je ne peux même pas décrire leur odeur. Le vieux chou puant. »

Elles s'essuyèrent les yeux. Adi, les entendant rire, vint les rejoindre. Il fut agacé qu'elles ne lui expliquent rien et se contentent de rire chaque fois qu'elles prononçaient le nom d'un pays.

Toute cette histoire d'odeurs bonnes et mauvaises aiguisa chez Angela un flair particulier. À l'école elle était désormais plus sensible à la présence de Fräulein Werner dont elle remarquait l'odeur de talc et puis il y avait son propre petit Adi. Il sentait vraiment fort par moments, particulièrement quand il avait trop couru dans les collines. Elle le priait toujours gentiment de ne pas lésiner sur le savon et, un soir par semaine, quand Klara faisait chauffer de l'eau pour que chacun puisse se baigner dans le grand baquet, elle insistait pour lui savonner le dos et les aisselles avant de lui rendre le savon. Avec un sourire malicieux elle lui disait alors : « Maintenant c'est toi qui as le savon, tâche de t'en servir là où il peut être utile, espèce de garçon négligé. »

Ce genre de provocation faisait hurler Adi et il manifestait sa colère assez fort pour faire accourir Klara, mais il ne disait rien à sa mère. Il était vraiment bouleversé. Est-ce qu'il sentait vraiment aussi mauvais qu'Angela ne cessait de le dire, ou bien était-ce sa sœur qui était folle ? Comment savoir ? Il ne pouvait pas sentir sa propre odeur.

Angela, entre-temps, s'était remise à broyer du noir à propos de la mort de Rosig. C'est vrai que la truie dégageait une odeur puissante, pas très différente de celle d'Adi à ses pires moments, ou fallait-il plutôt parler de Rosig à ses pires moments ? – suffit. Angela se mettait à pleurer pour le garçon et pour la truie réunis dans le même chagrin. Prise de remords de l'avoir taquiné, elle essaya de se faire pardonner en lui dévoilant quelques-uns des magnifiques secrets dont Klara lui avait parlé, tout ce savoir nouveau sur les abeilles et souvent, le matin, tandis qu'ils marchaient ensemble vers l'école, elle revenait sur le sujet. Elle avait la tête si pleine de tout ce qu'on lui avait raconté que l'imagination d'Adi s'enflamma aussitôt pour les mystères de la reine.

Depuis qu'ils étaient venus s'installer à la ferme au mois d'avril, il avait été conscient de la présence des abeilles. En mai et en juin, à certaines heures chaudes de la journée, le ciel était plein de petites lumières, des étincelles filant çà et là, volant dans toutes les directions. Sa mère lui avait toujours défendu de toucher à la moindre bestiole qu'il pouvait trouver sur une fleur. Et surtout il ne devait jamais essayer de la tuer. L'abeille pourrait en retour lui administrer un souvenir inoubliable. Par un beau matin de juillet, Edmund se fit piquer et pleura à n'en plus finir. Adolf, pour sa part, avait donc appris à se méfier de leur présence.

Apprendre que la reine partageait son odeur avec chaque abeille de la ruche excitait son imagination.

Une nuit, après qu'il eut entendu son père annoncer qu'il devait se rendre chez un voisin pour discuter de l'achat de ce qu'Alois appelait « du matériel de base », annonce qui se fit un samedi soir au dîner, Adi eut un rêve impressionnant. Il vit une armée d'abeilles qui volaient en cercle au-dessus de la ferme. Debout près de la maison, se tenait un vieil homme vêtu d'une tenue singulière comme Adi n'en avait encore jamais vu. Sa chemise sortant de son pantalon lui tombait jusqu'aux genoux, il portait sur ses cheveux blancs un vieux bonnet en laine tricotée, aussi long qu'une chaussette et qui lui pendait jusqu'à la moitié du dos. Il n'était pas vraiment petit mais avait tout de même l'air d'un nain parce qu'il se tenait penché. Dans son rêve, Adi connaissait son nom. L'homme s'appelait *Der Alte*. Quand Adi s'éveilla le dimanche matin, ce fut pour apprendre que son père allait bel et bien rendre visite à un apiculteur nommé Der Alte.

Comment aurait-il pu ne pas demander à son père la permission de l'accompagner ? Alois en fut surpris, et heureux. Jusqu'à présent, le dimanche matin, Klara montait dans le chariot d'un couple de fermiers du voisinage pour se rendre à la messe dominicale dans la petite chapelle de Fischlham. Elle emmenait les trois enfants tandis qu'Alois restait à la ferme. « En vérité, en toute conscience, je ne peux pas y aller », disait-il, et elle le laissait seul se promener sur ses terres. Ce matin-là, il fut donc particulièrement content qu'Adi veuille venir avec lui.

Je peux bien dire que j'étais intervenu directement pour susciter un tel rêve chez le garçon. Ce fut d'ailleurs ma première intervention active dans la vie de la famille depuis la nuit où je m'étais glissé dans l'esprit d'Alois juste après le sermon très imbibé de bière qu'il avait tenu à Linz sur les beautés et les merveilles de l'apiculture.

À présent, je le sens bien, il me faut de nouveau fournir au lecteur quelques explications sur une question peu ragoûtante. Je veux parler des mauvaises odeurs d'Adi.

9

Il est étrange, mais après tout pas tant que cela, que parmi les questions concernant les hommes et les femmes, il y en ait peu d'aussi difficiles à aborder que celle des mauvaises odeurs. J'ajouterai que les hommes qui travaillent pour le compte du Maestro n'échappent guère à cette réputation infamante.

Disons-le tout net ! Les mauvaises odeurs ne rendent pas les démons heureux. À cette époque-là, vers la fin du XIXe siècle, nos problèmes pouvaient souvent être ramenés à un phénomène unique. Beaucoup d'humains sur lesquels se portait notre intérêt croyaient nécessaire d'être d'une propreté maniaque dans leur comportement. Sinon à certains moments ils auraient tellement pué qu'ils en auraient éveillé la méfiance.

Comment tout cela a commencé, je ne saurais le dire. La connaissance que j'ai des époques précédentes est très incomplète et ne m'est guère plus accessible que ne peut l'être chez un homme la vague impression d'avoir déjà vécu une existence antérieure. Cela ne servirait probablement pas les intérêts du Maestro si nous en savions plus que nécessaire. Nous sommes d'ailleurs confrontés à des problèmes immédiats. Nous n'avons guère besoin de nous référer à Judas, Barbe-Bleue ou Attila le roi des Huns pour encourager un ivrogne à picoler davantage. Par conséquent, nous ne pouvons pas avoir une vision très claire des premiers temps de la guerre entre le Dummkopf et le Seigneur du Mal. Étaient-ils tous les deux des dieux ou, comme le suggère Milton, la guerre a-t-elle éclaté entre Dieu et un ange de haut rang comme Lucifer, la question dépasse ma compétence. Nous ne pouvons pas non plus écarter la possibilité que le Dummkopf, le premier à gouverner (non sans mal) cette terre et ce système solaire, se soit retrouvé dans de telles difficultés qu'il ait dû faire appel à des pouvoirs supérieurs dans d'autres galaxies. Il se peut que le Maestro soit l'envoyé de ces hautes puissances qui désapprouvaient l'action du DK. L'évolution s'était déjà fourvoyée dans de nombreux culs-de-sac. Quoi qu'il en soit, ces questions resteront toujours pour moi sans réponse.

Je voudrais pourtant me risquer à quelques conjectures sur ce qui a pu se produire pendant les éternités déjà écoulées. Je dois partir du principe que le DK est le Créateur du monde, du climat, de la flore, de la faune et de tous les êtres humains, et que l'évolution constitue Son laboratoire. Les signes de Sa Folie comme de Son Génie peuvent se lire dans les myriades de Ses créatures et dans les obstacles qu'Il a rencontrés. Pensez seulement aux temps interminables qui se sont écoulés avant qu'Il ait réussi à inciter quelques-unes de Ses créatures à voler. Considérez le volume et la masse de Ses animaux terrestres ou marins, les espoirs qu'Il plaça, par exemple, dans le brontosaure (pour découvrir après coup que cet animal disproportionné était tout simplement trop gros pour survivre – voilà un échec). Mais restons-en là. Le Créateur a connu des succès relatifs et des échecs retentissants. Il faut bien reconnaître qu'Il n'a jamais renoncé même s'Il n'a pas toujours eu le contrôle absolu de la terre qu'Il a façonnée. Il est également incontestable que des tremblements de terre et des périodes de glaciation sont venus souvent interrompre Ses expériences et compromettre bon nombre de Ses projets. Pourquoi ? Parce qu'Il a mal conçu dès le début le globe terrestre.

Il existe au moins un point de détail sur lequel je détiens quelques certitudes. À l'époque où Son projet le plus ambitieux, l'homme et la femme, prenait corps, il se produisit un renversement dans le rôle joué par les odeurs. Sur cette question, je crois être en mesure de fournir certains éléments. À l'époque lointaine de l'homme primitif, l'odeur devait être un outil précieux pour le Créateur. Comment aurait-Il pu ne pas utiliser un tel signal pour favoriser le développement des espèces ? Dans une large mesure, les humains étaient souvent attirés les uns vers les autres ou repoussés par des messages olfactifs. Une solution simple et élégante ! On peut supposer que l'odeur de chaque individu indiquait le degré de son courage, de sa persévérance, de sa peur, de sa duplicité, de sa honte, de sa loyauté et, surtout, de sa volonté de se reproduire. L'odeur permettait au DK de faire progresser l'évolution sans avoir à superviser personnellement chaque accouplement.

Je pense qu'au moment où le Maestro commença à contester l'autorité du Seigneur, celui-ci ne pouvait déjà plus se considérer comme un Dieu absolu et omnipotent. La présence d'un collègue (probablement indésirable de prime abord) ne pouvait que ternir l'image qu'Il avait de Son propre statut. Aussi le DK s'employa-t-Il à chercher un moyen qui permettrait aux Cudgels de repérer les individus, hommes, femmes ou enfants, qui étaient tombés sous la coupe de l'ennemi. En fait, selon moi, le DK devait être capable de marquer chacun de nos clients d'une touche d'odeur adéquate, procédé qui avait le mérite de sa simplicité et de son faible coût. C'est pourquoi dès le Moyen Âge, notre Maestro avait contourné l'obstacle en incitant nombre de ses alchimistes à élaborer des parfums qui permettaient aux mauvaises odeurs d'être masquées par des effluves plus sucrés, plus terrestres, moins faciles à déceler et finalement plus attirants et même exotiques grâce à la légère pointe de puanteur qui se dissimulait dans leur bouquet. (Ainsi, par exemple, il est impossible de comprendre la vie amoureuse à la cour de France durant le règne de Louis XIV sans prendre en considération ces parfums royaux, ces arômes charnels et leur art du camouflage. C'était un atout pour tous ceux de nos clients qui avaient les moyens de s'offrir des parfums de prix.)

Vers la fin du siècle des Lumières, la situation changea une fois de plus. Les savons, mis au point par nos soins, pouvaient anéantir les senteurs méphitiques. Au XXe siècle, la disparition progressive des odeurs humaines facilita grandement notre action. Les baignoires, les huiles aromatiques et le développement de la plomberie apparurent, en grande partie grâce au soutien que nous apportâmes à ces nouveautés.

Vers la fin du XXe siècle, la possibilité qu'avait Dieu d'utiliser les mauvaises odeurs personnelles pour avertir Ses Cudgels de la présence de nos clients était devenue inopérante. Les déodorants régnaient en maîtres. Aujourd'hui, au XXIe siècle, il est rare de trouver un homme ou une femme capable de reconnaître son partenaire le plus intime rien qu'à l'odeur. (Ce qui est vrai surtout dans les pays développés.) La perte de cette faculté a incontestablement affaibli la domination du DK et nous a donné un nouvel élan.

Toujours est-il qu'à la fin du XIXe siècle, la suppression des odeurs humaines n'était pas encore complète et la rencontre entre Alois, Adi et Der Alte fut marquée par une curieuse intimité qui s'établit immédiatement entre le gamin et le vieillard. Et justement, en grande partie, pour des raisons olfactives.

Mais je ne dois pas passer sous silence le trajet jusqu'à la ferme de Der Alte. Chemin faisant, Alois eut pour la première fois une véritable conversation avec son fils.

LIVRE VII

DER ALTE ET LES ABEILLES

1

J'évoquerai tout d'abord ce rêve que j'avais insinué dans le sommeil d'Adi. Il eut lieu la nuit du samedi au dimanche juste avant la rencontre d'Alois avec l'apiculteur et il fut élaboré en réponse à un ordre émanant directement du Maestro. Je dois préciser que fabriquer un rêve qui n'a rien à voir avec l'expérience acquise de l'intéressé n'est pas une mince affaire. Nous sommes en mesure dans des circonstances particulières d'insérer des intrigues de notre fabrication au sein du sommeil de nos clients mais une telle entreprise, produite *ex nihilo*, occasionne de sérieux accrocs à notre budget. Cela exige des investissements disproportionnés en termes de Temps !

De plus, si la personne est jeune, il existe certains risques. À supposer que les Cudgels s'intéressent à notre client, ils peuvent gravement s'émouvoir s'ils ont vent de nos projets. On ne devrait jamais entreprendre ces délicates manipulations destinées à modifier les futures réactions psychologiques d'un individu dans une situation de conflit. Peu de gens peuvent fonder leur réussite sur un cauchemar.

D'après ma propre expérience, la fabrication de rêves aussi intenses que des visions nocturnes peut produire des effets très intéressants mais fonctionne d'autant mieux qu'on procède par petites étapes au cours de plusieurs nuits pour ne pas alerter les Cudgels. Vous pouvez être sûrs que les anges réagissent très violemment aux rêves que nous provoquons. Et cela est vrai depuis que l'homme existe. Le DK considère qu'il est primordial pour Lui de gouverner tous les rêves. Quand Il a voulu prendre le contrôle de ces primates qu'Il voulait inciter à devenir des hommes, Il leur a envoyé des hallucinations dans leur sommeil. Le procédé s'est avéré très efficace ; il a considérablement accéléré le processus.

Bien plus tard, pendant ce que le Maestro désigne comme l'Ère de Jéhovah (qui s'étend, pardon pour ces approximations historiques grossières, de 1200 avant J.-C. jusqu'à la naissance du Christ), le DK a distribué quantité de punitions et de récompenses, parfois sous forme de miracles mais la plupart du temps par l'intermédiaire des rêves, Il a réussi à susciter des visions aussi bien chez les prophètes que chez les gens du peuple. Il pouvait ainsi conduire Son troupeau sur les routes qu'Il avait choisies même si, d'après moi, ce choix relevait tout simplement d'un caprice de Sa part.

Notre arrivée et la part que nous avons prise dans le développement de l'humanité ont bien réduit de tels pouvoirs. Jéhovah ne peut plus user des rêves avec autant d'efficacité. Aujourd'hui, l'usage très fréquent que nous faisons de ce médium entraîne le fait que les rêves apparaissent rarement comme des visions. Ils s'imposent dans le sommeil comme des fragments de récits éclatés. Les intrusions d'un parti viennent forcer les rêves suggérés par l'adversaire.

Le DK ne peut donc plus continuer à faire un usage impérieux du rêve. Ses ordres peuvent rarement être directement dictés. Aujourd'hui, le sommeil aurait plutôt tendance à suggérer au dormeur la possibilité d'ennuis à venir. Si un ami fidèle doit vous trahir dans un proche avenir, un rêve peut vous mettre en garde contre une telle éventualité. D'un autre côté, si c'est le dormeur qui s'apprête à trahir un ami proche, les conséquences de son acte peuvent lui être montrées de manière dramatique par le biais d'un scénario imaginaire. C'est la manière qu'a trouvée le DK pour guider certains de Ses êtres humains. Le simulacre créé par le rêve n'est pas toujours totalement compréhensible mais il permet de tester la capacité du sujet à supporter une anxiété intense. Même lorsque le rêve n'est que partiellement interprété, le sujet en retire l'idée un peu floue qu'il est moins courageux, moins loyal, moins dévoué, moins amoureux ou moins bien portant qu'il ne le pensait. Le rêve peut donc apparaître comme un système imparfait certes, mais qui permet de protéger un homme ou une femme en les détournant de situations qu'ils ne seraient pas capables soit de contrôler, soit de supporter.

Dans la mesure où nous pouvons interférer avec quelque efficacité, le rêve moyen devient une sorte de tourniquet, de mélange confus, de chaos, fruit de la mêlée entre les Cudgels et nous. Le fait de créer un rêve évident chez un enfant demande donc une attention toute spéciale. Le Maestro, je l'ai déjà indiqué, préconise rarement ce genre d'expérience chez les enfants. Je rappelle que lorsque la famille Hitler déménagea de Passau, je reçus l'ordre de ne plus m'occuper du jeune Adolf. Sa famille et lui seraient désormais pris en charge par mes assistants lors de missions de routine. Si l'on excepte l'unique occasion où je m'étais glissé dans l'esprit d'Alois pour fouiller sa fascination pour l'apiculture, j'avais été occupé dès lors par d'autres clients en Autriche. Les informations fournies par mes assistants sur les Hitler de Hafeld s'étaient révélées parfaitement suffisantes.

À présent, un nouvel ordre était parvenu directement du Maestro. Je devais implanter un nouveau rêve dans l'esprit de notre gamin de six ans. *Graver* fut le maître mot. « Je veux que vous graviez dans l'esprit d'Adi une idée fixe. Vous pouvez certainement y accéder sans difficulté. Nous sommes restés si longtemps inactifs que je ne m'attends à aucune interférence de la part des Cudgels. »

2

L'opération en soi ne prit que quelques minutes mais les préparatifs avaient été compliqués. *Graver,* je le répète, était le nom du procédé retenu. Une idée fixe, une fois implantée avec succès, peut rendre un client très dépendant de nous. Mais la technique n'est pas à la portée du premier démon venu. Il faut procéder par des attaques successives. Si elle n'est pas bien menée, l'intervention peut déstabiliser le client.

J'ose affirmer que dans cette affaire je me suis habilement conduit. Les informations recueillies au cours des opérations de routine m'avaient permis de savoir qu'Alois allait bientôt rendre visite à son voisin l'apiculteur, Der Alte, également connu comme *Der alte Zauberer*, « le Vieux Sorcier ». C'est du moins le surnom que lui donnaient les fermiers du voisinage.

Le terme était exagéré. Le vieil homme était un ermite et un véritable original. Quand on le provoquait, il pouvait être aussi mordant que le vent d'hiver mais, dans certaines circonstances, il pouvait se montrer aussi agréable que n'importe quel vieillard prétendument sympathique. Les paysans de Hafeld qui le connaissaient depuis des décennies en savaient quelque chose. De toute façon, c'était le seul apiculteur habitant à moins d'une journée de marche et il disposait d'un savoir substantiel dans son domaine.

Ce qui était pratique, dans le cas de Der Alte, c'est qu'il faisait partie de nos troupes depuis des dizaines d'années. Il était, de fait, un de nos vieux clients. Adi et lui allaient donc se reconnaître à l'odeur et n'étaient pas susceptibles de se repousser l'un l'autre. L'idée d'utiliser le pouvoir magnétique du rêve s'imposa d'elle-même. Avant leur rencontre, il fallait que je grave dans l'esprit du garçon une image claire et obsédante de Der Alte.

En matière de style, dès lors qu'il est question d'agir par le rêve, j'ai toujours été partisan d'éviter les virtuosités baroques. Les scénarios les plus simples sont généralement les plus efficaces. En l'occurrence, je me contentai d'établir une reproduction du visage et de la voix de Der Alte aussi fidèle que possible avant de l'introduire dans le rêve d'Adi. Je choisis pour décor l'image d'une des deux pièces de la cabane du vieil homme et fis en sorte qu'on puisse apercevoir la cour par la fenêtre. Quant à l'intrigue, on ne pouvait faire plus direct. Der Alte les faisait entrer chez lui et donnait aussitôt à Adi une cuillerée de miel. Je m'appliquai à ce que le goût du miel paraisse exquis au palais du garçon. Celui-ci s'éveilla, trempé du nombril jusqu'aux genoux, avec une étrange sensation de bonheur. Après avoir retiré son pyjama mouillé, ce qui lui arrivait fréquemment, il sombra de nouveau dans le sommeil et revécut son rêve en y apportant quelques petites variantes personnelles. Il avait envie de goûter de nouveau le miel. Il était convaincu qu'il ne tarderait pas à rencontrer Der Alte et c'est ce qui l'enhardit à demander à son père de l'emmener avec lui le lendemain, ce qui, comme je l'ai déjà dit, fit plaisir à Alois.

Il me faut encore raconter la conversation qu'ils eurent en se rendant chez le sorcier mais je voudrais en différer le récit, le temps de fournir quelques précisions sur la conception qu'a le Maestro de la technique de la gravure. Ainsi, nous savons à présent qu'en rencontrant Der Alte, Adi allait se faire une haute opinion de sa propre importance, convaincu qu'il avait le pouvoir de deviner l'avenir. J'exerçai en fait mon action sur les deux protagonistes de cette future relation en suggérant à Der Alte l'idée d'offrir du miel à Adi, et ce, dès les premiers instants de leur rencontre.

Permettez-moi d'insister, cet homme, Magnus Rudiger, connu sous le surnom de *Der alte Zauberer*, n'avait en fait rien d'un vieux sorcier. Ses malédictions n'étaient ni impressionnantes ni efficaces. Quand il sentait une menace venant de forces qu'il ne savait pas nommer (généralement l'une ou l'autre section des Cudgels), il estimait qu'il suffisait de tracer un cercle de sel autour de la table à laquelle il était assis, tout seul dans sa cuisine. Ce qui, malgré son caractère anodin, avait un effet plus répulsif sur *nous* que sur les anges. Parfois ces clients ordinaires peuvent nous causer bien du souci en vieillissant.

Aucun voisin cependant n'était prêt à s'attaquer à sa réputation. En fait, sa façon de s'habiller, son odeur, sa voix puissante et même tonitruante et sa connaissance approfondie des abeilles donnaient plutôt de lui l'image d'un magicien. Ainsi, de son point de vue, l'honneur était sauf. D'un autre côté, il pouvait difficilement nous résister quand nous avions, ponctuellement, besoin de ses services.

Pas étonnant donc si Adi, hanté par son rêve, fut frappé par cette rencontre. L'espoir qu'il avait désormais de pouvoir se représenter à l'avance les gens qu'il allait rencontrer allait devenir pour nous un atout précieux.

Il s'avérerait souvent très utile au cours des deux années et plus où Adolf Hitler servit comme estafette dans l'armée, portant sur le front des messages avant de se frayer le chemin du retour jusqu'au quartier général. Ces missions étaient vraiment dangereuses, et la conviction qu'il avait le pouvoir de deviner l'avenir contribua, de manière non négligeable, à doper son courage. Mais il est trop tôt pour en parler. Son expérience militaire, mélange très complexe de nos pouvoirs magiques, de son désespoir et de ses convictions, ne devait intervenir que dix-huit ans plus tard. Pour l'instant, j'abandonne ces considérations sur les pouvoirs de l'obsession par le rêve jusqu'à ce qu'il soit nécessaire de reparler de cette technique.

Je préfère évoquer la conversation qu'il eut avec son père en se rendant chez *Der alte Zauberer*. Ce fut essentiellement Alois qui parla, bien sûr. Il appréhendait quelque peu cette rencontre. Ce n'était jamais une mince affaire pour Alois de rencontrer un homme qui en savait plus long que lui sur un sujet, quel qu'il fût.

3

Ils marchaient d'un bon pas et, chemin faisant, Alois entreprit de farcir la tête du garçon de tant de noms et de notions nouvelles que bientôt celui-ci se trouva doublement essoufflé. Il n'osait pas rester à la traîne, ni d'un pas ni d'un mot. Alois, qui n'avait pas vraiment l'habitude de consacrer du temps à son petit Adolf ni de se préoccuper beaucoup de lui, se trouvait lui-même légèrement essoufflé. Au fil des ans, il avait accumulé tant de rhumatismes dans les genoux et tant de fumée dans les poumons qu'il se faisait en général une règle de se déplacer plus posément. Pourtant, découvrir qu'il pouvait avoir une vraie conversation avec son fils lui donnait des ailes. Alois n'était pas du genre à nourrir des sentiments à l'égard de ses enfants en bas âge, de fait il ne commença à éprouver un véritable sentiment de paternité que lorsque Alois Junior et Angela commencèrent à travailler avec lui à la ferme. Et voilà que de façon tout à fait inattendue il sentait s'éveiller en lui quelque chose de pas ordinaire pour ce petit bonhomme.

De son côté, Adi était au comble de l'excitation. Se trouver *en compagnie* de son père ! Il commençait tout juste à apprendre à écrire mais Alois se dressait devant lui comme s'il incarnait l'expression MEIN VATER. Adi était tellement pénétré de l'importance du colosse marchant auprès de lui. Alois suscitait en lui le genre de révérence qui saisissait sa mère lorsqu'elle évoquait *der gute Gott.*

Comme l'enfant était désireux de plaire à Alois ! Au début, ils avaient marché enfermés tous les deux dans un silence terrifiant, jusqu'à ce qu'Adi trouve enfin les mots.

« Y a-t-il toujours eu des abeilles ? » finit-il par demander. La question était simple mais improvisée.

« Oui, toujours. Les abeilles, corrigea Alois, existent sur notre belle terre depuis longtemps.

— Depuis combien de temps, Père ? »

Alois lui donna une petite tape d'encouragement sur la nuque. Le désir manifeste qu'avait l'enfant d'entretenir la conversation éveillait chez Alois le plaisir de se lancer dans un grand exposé.

« Oui, depuis très longtemps. Peut-être même existaient-elles avant nous ? Et il ne s'est pas passé un seul jour sans que nous ayons essayé de leur voler leur miel, fit-il en riant. Au cours de l'âge du bronze on mangeait déjà du miel et je peux affirmer que j'ai vu, ici même, au vieux musée de Linz, d'anciens dessins exposés dans des vitrines datant du Moyen Âge et qui montraient que l'apiculture était déjà devenue une activité importante. Mais pratiquée de manière barbare, très barbare. »

En dépit de ses rhumatismes, Alois marchait vite. Adi se sentait la poitrine oppressée par un étrange mélange de ferveur béate engendrée par la conversation elle-même et par l'angoisse de ne pas être capable de marcher (en fait il courait presque) à la même allure que son père. Tant de mots étranges se déversaient d'un coup dans son esprit. En août dernier, alors qu'il se tenait sous le noyer près de la ferme, une brusque rafale de vent avait claqué comme un coup de fouet et trois noix, dures comme des cailloux, lui avaient bombardé le crâne avec une sorte d'autorité telle qu'il n'avait pas osé pleurer, c'était comme si les noix lui avaient imposé le silence. À présent il était assailli de termes comme l'âge du bronze, le Moyen Âge. Moyen Âge, il pouvait l'avoir déjà entendu. Il avait l'impression de le connaître. À cause de Charlemagne peut-être ? Il n'était pas question de s'arrêter pour poser la question, il marchait aussi vite qu'il pouvait, les poumons en feu.

« Au Moyen Âge, expliquait Alois, ils n'avaient pas de ruches. Ils devaient aller chercher le miel là où ils avaient des chances de trouver un essaim rassemblé. Où cela ? Dans les arbres creux, bien sûr. Il fallait repérer un tel arbre et récolter autant de miel qu'on pouvait avant d'être anéanti par les piqûres d'abeilles. Voilà comment faisaient les braves gens à l'époque. Mais ce n'était pas tout. Il fallait aussi récupérer la cire. La cire d'abeille était tout aussi importante. Elle permettait d'éclairer les chaumières. Chaque nuit. Des chandelles ! Mais le prix à payer était élevé. Tant de piqûres ! À ce moment-là arrivait leur duc ou leur baron. S'il avait entendu parler de votre miel, vous deviez payer. En lui en donnant une bonne partie. Et que vous donnait-il en échange ? Un arc, un bon arc bien solide. Et pourquoi donc ? Parce que les ours dans la forêt étaient eux aussi friands de miel. Imagine un peu la terreur des abeilles lorsqu'un ours fourrait son museau dans la ruche pour laper tout le miel. Piquer un homme, c'est une chose mais comment peut-on arrêter un ours ? Un ours avec sa peau épaisse. Il fallait qu'elles s'attaquent aux yeux. Mais cela ne suffisait pas. L'ours revenait toujours à la charge. C'est pour cela qu'il fallait un arc, pour tuer l'ours. Ce n'était vraiment pas facile d'atteindre le miel si l'ours le premier avait trouvé l'essaim mais on pouvait obtenir certaines compensations. Parfois on pouvait ainsi se procurer de la viande d'ours. Ou encore, très rarement, on avait de la viande d'ours *et* du miel. »

Adi était maintenant à bout de forces. Leur route traversait un petit bois et il s'attendait à en voir surgir un ours. Une peur supplémentaire pour aggraver ses angoisses.

« Parfois, continuait Alois, en cette période de l'année, par une journée plutôt fraîche, un homme peut trouver un arbre prêt à s'écrouler, un arbre mort, creux à l'intérieur, contenant un essaim d'abeilles serré en grappe et qui cherche à se protéger du froid. Si l'homme est entreprenant, il peut se risquer à abattre l'arbre. Mais il doit procéder avec précaution. Il ne faut pas trop le secouer ! Il doit agir le soir de préférence, au moment où les abeilles sont plus calmes, particulièrement s'il fait froid, et là, aidé par son fils ou peut-être son frère, il transportera l'arbre jusque chez lui pour en extraire le reste du miel.

— Et les ours ? Est-ce qu'ils vont venir ?

— Bien sûr. Le genre d'homme dont nous parlons doit être prêt à tuer le premier ours qui se présente et à le pendre auprès des abeilles. Cela permet de tenir les autres à l'écart. C'est ainsi que cela a commencé. Mais à présent, qu'en est-il ? Qu'est-ce que c'est devenu ? Un passe-temps ! un peu risqué, certes, mais profitable.

— Passe-temps, répéta le garçon – encore un mot nouveau.

— Mais bientôt, ajouta Alois, cela deviendra une véritable activité. »

Ils poursuivirent leur chemin en silence. *Das Steckenpferd,* c'était le mot qu'avait employé Alois, une tête de cheval au bout d'un bâton, un jouet, un passe-temps. Bientôt ce serait une véritable activité, avait-il dit. Le gamin était complètement dépassé. Leur allure rapide lui tiraillait la poitrine au point qu'il n'était plus capable de poser la moindre question.

Tout à coup, Alois s'arrêta. Il venait enfin de s'apercevoir que son fils était épuisé.

« Allons, assieds-toi. » Il désigna une pierre et s'assit sur une autre à côté. C'est seulement à ce moment-là qu'il sentit la douleur dans ses genoux.

« Il faut que tu saches que l'apiculture ne sera pas un conte de fées pour nous. Le miel est doux mais les abeilles ne sont pas toujours douces. Il leur arrive même d'être cruelles entre elles. Très cruelles. Et tu sais pourquoi ?

— Non, répondit Adi, les yeux brillants de curiosité. S'il vous plaît, Papa, dites-le-moi.

— Parce qu'elles se soumettent à une seule loi. C'est très clair pour elles. L'essaim doit survivre. Personne ne peut se permettre de paresser. Pas dans la ruche. » Il marqua un temps d'arrêt. « Personne à part les faux bourdons. Ils ne s'occupent que d'eux-mêmes. Mais après c'en est fini pour eux. Ils disparaissent. Adieu.

— Est-ce qu'ils sont tués ? » Le garçon connaissait la réponse.

« Bien sûr. Tous les faux bourdons. Une fois par an, à peu près à cette époque-ci, à la fin de l'été, on se débarrasse d'eux. Pas de pitié. » Il se remit à rire. « Chez les abeilles il n'y a pas de bons chrétiens. En tout cas aucune charité. On ne trouve jamais dans une ruche une abeille trop faible pour travailler. Pour la bonne raison qu'elles se débarrassent très tôt des infirmes. Elles n'obéissent qu'à une seule loi et celle-ci est au-dessus de tout. »

Tandis qu'ils se reposaient, Alois retomba dans le silence. Il éprouvait un peu d'appréhension. Les paysans du voisinage avaient vanté les mérites de Der Alte, renchérissant les uns les autres à propos de l'étendue de ses connaissances en matière d'apiculture, mais Alois n'avait entendu personne louer ses qualités personnelles. À présent, il avait peur que Der Alte ne cherche à le duper.

Ce n'était là qu'une des raisons de son inquiétude. Si le bel emplacement de la ferme plutôt que la qualité de la terre était la raison décisive qui l'avait poussé à l'achat, il n'avait aucune envie de se faire plus ou moins tromper une deuxième fois. Il n'avait cessé de repousser sa décision de se lancer dans l'apiculture. Maintenant le mois d'août était terminé. Il était peut-être déjà trop tard pour installer un essaim avant l'hiver. Il fallait acheter, et vite. On allait peut-être lui demander un prix exorbitant. Il n'avait aucune envie de voir les paysans se moquer de lui. Ce n'était pas la principale raison de sa contrariété. Même s'il se refusait à l'admettre, la dernière fois qu'il s'était occupé d'abeilles, il avait pris la chose comme un passe-temps ; une seule ruche, une paillote qu'il avait installée dans un village pas très loin de Braunau, un endroit où il pouvait aller le soir pour se changer les idées de la taverne et de ses collègues, ou bien le dimanche pour ne pas voir tout le monde se rendre à la messe. Mais cela s'était soldé pratiquement par un désastre. Un certain dimanche, dont il se souvenait sans erreur possible, il avait été piqué rapidement et de très nombreuses fois par tellement d'abeilles en furie qu'il pensa après coup qu'il avait dû déranger les quartiers de la reine.

Comment savoir dans une ruche en paille ? Elle a si peu de forme ! Il comprit à quel point il était ignorant dans ce domaine. Son expérience avec cette ruche en paille l'avait fait tomber dans une embuscade.

Il y avait une chose qu'il savait et qu'il pourrait raconter. Il se préparait à expliquer à cet homme, Der Alte, qu'il avait reçu un jour quantité de piqûres aux mains et aux genoux et que finalement l'incident s'était révélé bénéfique pour la souplesse de ses articulations. Il se sentait prêt à impressionner Der Alte par ses connaissances sur le venin d'abeille. Il parlerait de la manière dont certaines maladies dans l'Égypte antique ou en Grèce avaient été traitées par ce remède. Il évoquerait les Romains et les Grecs, Pline et Galien. D'illustres médecins. Ils savaient préparer des onguents à base de miel et de venin. On pouvait également citer Charlemagne et Ivan le Terrible. Il parlerait de ces rois, souffrant de problèmes d'articulations et qui avaient été guéris, c'est du moins ce que l'on disait, par des piqûres d'abeilles.

Mais était-il vraiment prêt à soutenir une telle conversation avec Der Alte ? En y réfléchissant, ce n'était peut-être pas la démarche la plus habile. Et si Der Alte était plus calé que lui sur ces questions ?

4

Comme je l'ai déjà dit, Der Alte avait été des nôtres. Je l'ai qualifié de retraité et c'est le terme qui convient. Ces dernières années, nous avions peu fait appel à lui et les avantages qu'il en avait retirés étaient minces. De temps en temps, nous rafraîchissions l'une ou l'autre de ses vieilles perceptions, une sorte de libéralité pratiquée par les anges et les démons pour raviver la confiance que les clients avaient tendance à perdre. En contrepartie, nous nous attendions à être obéis : le vieux docteur était là, prêt à déposer immédiatement sur la langue d'Adi une cuillerée délicieuse de miel dès que père et fils auraient franchi son seuil.

Je vais désormais évoquer de temps en temps Der Alte sous l'appellation de Herr Doktor, même si j'estime qu'il s'agit là d'une de ses prétentions les plus déplacées. Il insistait sur le fait qu'il était un universitaire brillant et diplômé. En différentes occasions, je l'avais entendu évoquer ses années à Heidelberg, Leipzig, Göttingen, Vienne, Salzbourg et Berlin alors qu'il n'avait jamais fréquenté aucune de ces prestigieuses universités. Seules Heidelberg et Göttingen l'avaient vu passer, et encore, à l'occasion d'une brève visite. Notre vieux et éminent docteur était un imposteur, un Polonais à moitié juif qui ne possédait aucun diplôme supérieur mais qui avait réussi à acquérir l'aisance verbale et les manières supérieures d'un authentique docteur en philosophie. Il avait choisi sur ses vieux jours de se donner l'apparence d'un véritable ivrogne, ce qui était une idée bizarre dans la mesure où en réalité il ne buvait pas, mais il n'en cultivait pas moins les habitudes débraillées. Ses habits étaient dégoûtants, même son vieux bonnet de laine était constellé de taches de soupe (il s'en servait pour s'essuyer la bouche) et sa barbe blanche était colorée par la nicotine. Non seulement il dégageait ces relents que nous nous efforçons de masquer chez nos clients mais, pour dire les choses crûment, il était incontinent. Même ses meubles, sans parler de ses vêtements, étaient imprégnés d'une odeur âcre de vieille urine.

Pourtant il était impressionnant. Ce long bonnet qu'il gardait toujours sur la tête, même chez lui en été, lui donnait à ses propres yeux l'allure d'un bouffon. Il portait aussi une vieille cape multicolore et déteinte, la tenue d'un fou du roi. On ne pouvait guère s'attendre qu'il en impose par sa personnalité et pourtant c'était le cas. Incontestablement. Il avait des yeux extraordinaires, aussi bleus que le plus froid des ciels du Nord, mais remplis d'éclats qui laissaient deviner qu'il avait appris bien des ruses.

Pendant quarante ans, Alois avait eu l'habitude de rencontrer des centaines de gens chaque jour, il n'était donc pas du genre à se laisser impressionner par une allure sortant de l'ordinaire. Qui plus est, il avait développé la faculté de saisir à la seconde la première impression dans tout échange. Les voyageurs ne s'attendaient pas généralement à un tel phénomène : un fonctionnaire des Douanes doué d'une telle autorité naturelle, et la plupart étaient surpris par la perspicacité qui brillait dans son regard dès le premier coup d'œil. « Essayez donc de me tromper, vous n'y arriverez pas » – tel était le message évident qu'il transmettait.

C'est pour cela, en premier lieu, que j'avais donné des instructions à Der Alte pour qu'il attende le père et le fils à sa porte avec une cuillerée de miel qu'il glisserait immédiatement dans la bouche du garçon. Alois pouvait s'attendre à peu près à tout mais pas à ce geste. Si brutal, si délicat. Les deux à la fois ! Rien ne fut offert à Alois si ce n'est un sourire supérieur de la part de Der Alte, comme si cette tanière imprégnée d'urine, pire que l'antre d'une quinzaine de chats, n'en était pas moins le royaume de Der Alte et qu'il y vivait heureux, et je pourrais aussi bien dire, diaboliquement dans son élément.

Der Alte conquit le garçon à l'instant même. Il avait suffi de ce geste dont j'avais fait le moment fort du rêve suggéré. Les yeux d'Adi brillaient intensément, il voua à Der Alte la même admiration qu'il avait manifestée à son père pendant le trajet.

Ils s'assirent. Le vieil homme s'affaira, avec une grande dextérité sous une maladresse apparente, à la préparation du thé. L'accueil était des plus courtois, ce qui mettait Alois encore plus mal à l'aise. Seul un très vieil homme, ou même une très vieille dame, pouvait ainsi déployer devant un visiteur ordinaire toute l'élégance supposée d'une cérémonie du thé.

Pourtant je n'approuvais pas Der Alte. Malgré toutes ses capacités, il ne nous avait jamais été d'une grande utilité, pas autant que je l'avais escompté. J'avais cru un certain temps qu'il deviendrait un de mes clients de marque. Il aurait pu mieux faire que finir dans la peau d'un vieil ermite puant, réputé pour son exceptionnelle compétence en matière d'apiculture dans ce joli petit coin d'Autriche, un pays qui compte déjà beaucoup trop de jolis petits coins. J'avais perdu de mon crédit auprès du Maestro quelques dizaines d'années auparavant, lorsque j'avais fait remarquer que je trouvais ce jeune Magnus, mi-juif, mi-polonais, très prometteur. Naturellement, à l'époque, il se comportait comme un satyre auprès des dames. À présent pour moi, il était devenu quantité négligeable.

Der Alte sirotait délicatement son thé. Alois avala le sien en trois gorgées brûlantes, ce qui permit à son hôte de lui servir aussitôt une deuxième tasse, comme pour lui adresser un très subtil reproche. Ce n'est qu'après qu'ils abordèrent le sujet de la visite. Alois commença par citer Pline et Galien, Charlemagne et Ivan le Terrible. Il eut des mots émouvants pour évoquer les souffrances des deux grands monarques et les efforts de Pline et de Galien, ces deux génies de la médecine qui étaient parvenus à soigner ces graves maladies auxquelles personne n'avait trouvé de remède. Ce n'était pas, il voulait bien l'accorder, qu'il eût souffert exagérément lui-même de goutte ou de rhumatismes mais il savait à certains signes qu'il pourrait en être affecté à l'avenir. Quoi qu'il en soit, il avait fait une expérience très enrichissante dans des circonstances particulières, quand il avait été victime d'une attaque sans précédent. « Une seule fois, mais les très nombreuses piqûres aux genoux eurent pour conséquence d'apporter un soulagement considérable aux premières attaques de rhumatismes. J'avoue que j'aurais donné cher pour être un savant car j'aurais pu alors entreprendre des recherches sur ce point particulier. Et je crois assez en mes capacités pour penser que j'aurais fait probablement des découvertes significatives.

— En effet, répondit Der Alte, vous auriez pu, vous auriez parfaitement pu faire des découvertes. Parce que, cher monsieur, ce qui à l'époque restait selon vous encore à découvrir avait déjà été mis en évidence par le fameux Dr Likomsky et ce dès 1864, il y a trente et un ans quand vous n'étiez encore qu'un jeune homme, et je voudrais aussi mentionner Herr Dr Terc qui découvrit la clé de voûte de ce qui aurait pu être votre thèse ! Herr Dr Terc entreprit de sérieuses recherches sur la nature chimique du venin d'abeille et ses effets potentiels qui permettraient de mettre au point des traitements très efficaces. Les rhumatismes et la goutte devraient tous les deux être considérés comme des maladies du passé si l'administration du traitement ne rencontrait pas autant d'obstacles. On essaie encore de déterminer l'emplacement le plus précis possible de la piqûre d'abeille sur le corps à traiter. On prétend que les Chinois – à ce moment, avec un doux regard destiné à renforcer la délicieuse complicité qui s'était déjà établie entre le garçon et lui, il précisa : « Les Chinois qui vivent de l'autre côté de la planète. As-tu entendu parler d'eux ? »

Adi hocha la tête d'un air solennel. Il avait entendu parler des Chinois dans cette classe unique de son école tandis que Fräulein Werner montrait aux élèves du cours de géographie l'emplacement de l'Inde et de la Chine dans le grand continent asiatique.

« Oui, sur cette terre lointaine et presque mythique, cher contrôleur en chef des Finances, Herr Hitler, on raconte que les Chinois utilisent le pouvoir des piqûres pratiquées par de très fines aiguilles pour soulager la goutte, une excellente solution, je dirais, car l'aspect le moins séduisant de mes abeilles bien-aimées est leur propension à piquer. Oui, nous les aimons pour leur miel mais pas nécessairement pour leur empressement à nous attaquer même si elles doivent y laisser la vie. »

Alois sentait qu'il ferait mieux de changer de sujet. Le thé avait laissé dans ses narines un arôme pénétrant qui, curieusement, semblait compatible avec l'odeur d'urine. Inutile de dire qu'il aurait préféré une bonne gorgée de bière qui lui aurait permis d'assener quelques-unes de ses remarques toutes prêtes avec une belle assurance, mais pour l'instant c'était Der Alte qui menait la conversation, et qui la faisait traîner en longueur !

« Je ne peux pas, faisait-il remarquer, vous appeler d'emblée mon bon ami car je ne vous connais pas. Si ce n'est bien sûr par le biais de votre excellente réputation. J'ai entendu parler avant notre rencontre des fonctions éminentes que vous avez assurées. Ton père, dit-il en se tournant vers Adi, jouit d'une grande considération, mais, et cette fois il se tourna vers Alois, je suis prêt tout de même à vous appeler mon ami car j'éprouve le devoir impératif de vous conseiller, car, si je puis dire, il y a, cher ami, tant à apprendre sur les abeilles et l'art de s'en occuper. » Il poussa un soupir si chargé d'affliction qu'il résonna de manière presque douloureuse.

« Permettez-moi d'insister sur le fait que je ne veux surtout pas offenser votre honneur. » Il marqua une pause. Du moment que l'honneur d'un homme était en jeu, il ne pouvait pas s'exprimer sans avoir un *laissez-passer**.

« Pas du tout, cher docteur, vous devez me parler en toute franchise », répondit Alois, et sa voix paraissait normale dans la mesure où il parvenait à la maîtriser mais ses narines frémissaient presque. Il se demandait s'il allait subir une cruelle déception ou si un fardeau allait lui être enlevé. Que pouvait bien signifier cette allusion à son honneur ?

« Puisque vous m'en donnez si aimablement la permission, je dirai que je dois vous mettre en garde à propos de votre désir honnête et honorable d'affronter les infinis caprices de l'apiculture. Il s'agit là, voyez-vous, d'une vocation. » Il hocha la tête et se tourna de nouveau vers Adi comme si le garçon était son égal, comme si tous les trois, assis là, avaient implicitement le même statut.

« Toi, jeune homme, dit Der Alte, tu as l'air si malin, l'es-tu assez pour savoir ce qu'est une vocation ?

— Non, répondit Adi, mais peut-être que si. Oui, plus ou moins.

— Tu le sais. Tu le sais avant même d'en avoir parfaitement conscience. C'est le premier signe auquel on reconnaît quelqu'un d'intelligent, n'est-ce pas ? »

La voix de Der Alte vibrait tendrement au creux de l'estomac d'Adi.

« Une vocation, reprit Der Alte, n'est pas une chose que l'on suit parce que les autres vous disent qu'il faut le faire. Pas du

* En français dans le texte.

tout. Dans le cas d'une vocation, on n'a pas le choix. Vous abandonnez tout pour réaliser ce qui vous paraît important. Oui, dit la vocation, vous devez le faire.

— Je ne voudrais pas discuter vos sages avis, dit Alois. Absolument pas, je ne veux surtout pas lancer une polémique mais il me semble qu'on peut s'occuper d'une ruche sans entrer dans les ordres. Pour ma part, je n'envisage qu'une modeste activité adaptée au retraité que je suis.

— Cher monsieur, ce n'est pas comme ça que cela se passe et il n'en sera jamais ainsi. Tout ce que je peux promettre à un homme de votre trempe, c'est le désespoir ou le bonheur. Il n'y a rien entre les deux. » Il hocha la tête avec tout le sérieux acquis depuis ces décennies où il se faisait passer pour un savant universitaire.

« Herr Hitler, je ne peux vous laisser envisager un tel projet avant de vous avoir informé de toutes les avanies qui vous attendent, les maladies, les ennemis mortels qui menacent nos fragiles butineuses. Après tout, le miel qu'elles produisent est dans le monde de la nature l'équivalent exact de l'or. Tant d'animaux dans la nature, petits ou grands, sont jaloux de la vie de ces remarquables petites créatures qui non seulement sont capables de fabriquer du miel mais qui vivent en permanence au cœur même de cet élément doré et grisant. C'est pourquoi les abeilles sont haïes. On les traque, on les capture. Je peux vous parler d'une sorte d'araignée qui est le mal en personne. *Die Krabbenspinne,* c'est son nom. Dès qu'elle repère une fleur attirante, cette créature s'enfonce profondément dans la petite caverne parfumée de sa corolle. Puis l'araignée-crabe attend. On peut même imaginer qu'elle se sent chez elle. Elle s'emploie à raviver le parfum de la fleur en fourrageant dans les replis sacrés de son calice, de sorte que rapidement sa propre odeur affreuse est masquée par l'élixir enivrant des pétales. Et ensuite ? L'araignée-crabe attend. Quand la butineuse arrive, notre brave femelle travailleuse aux ovaires atrophiés – seule la reine, comme vous le savez, possède intégralement cet élément si mystérieux de la condition des femelles. *Ach,* les autres femelles ne sont là que pour travailler tout au long de leur existence. Donc voyez cette malheureuse butineuse. Notre abeille sent le parfum inimitable des arcanes de la fleur. Elle y pénètre, avide, pour recueillir le précieux butin de nectar et de pollen, et aussitôt, c'en est fait d'elle. D'une manière cruelle ! Sadique ! Car la pauvre abeille n'est pas tuée mais paralysée par le dard de l'araignée-crabe, et elle reste là engourdie et incapable de se sauver. Alors l'araignée, sans aucune pitié, entreprend de sucer les liquides vitaux et les éléments subtils contenus dans le corps de l'abeille. Quand il ne reste plus rien qu'une enveloppe frêle et desséchée, l'araignée-crabe s'emploie à éjecter les restes hors de la fleur, après quoi elle sombre dans un sommeil délicieux, oui le repos du guerrier victorieux, rassasiée, totalement rassasiée au fond de la corolle où elle se blottit. »

Adi devait rêver pendant des semaines de l'abeille, de la fleur et plus encore de cette horrible araignée. Mais ce n'était pas tout. Der Alte entreprit de décrire l'abeille-loup, une guêpe qui attaquait l'abeille au moment où elle se posait sur une fleur. L'abeille-loup frappait toujours à la gorge.

« Toujours. L'abeille a la gorge tendre. Et donc là encore, notre butineuse est paralysée. La guêpe peut faire tout ce qu'elle veut. Elle écrase l'abdomen de l'abeille pour lui faire rendre tout le nectar que notre brave petite travailleuse a déjà ingurgité. Le nectar ressort de son ventre, déborde de la bouche de l'abeille et finit dans la gueule de l'abeille-loup. Est-ce là suffisant ? Pas du tout. Cette brute femelle s'envole alors en emportant sa victime paralysée. Elle transporte cette pauvre petite créature blessée jusqu'à un nid spécialement préparé. Elle y dépose sa victime auprès de sept ou huit autres abeilles encore vivantes qu'elle a déjà capturées et paralysées. La guêpe pond alors dans ce nid un œuf, un seul œuf qui bientôt se nourrira de ces abeilles vivantes mais incapables de bouger. Après quoi cette larve, une fois bien nourrie, est prête à devenir à son tour une abeille-loup. On voit bien que ces corps paralysés ont servi de nourriture pendant sa croissance et qu'ils ont été dévorés morceau par morceau, mais comment ces abeilles ont-elles pu rester vivantes assez longtemps pour servir de nourriture fraîche et être mangées par petits bouts, bouchée après bouchée ? Eh bien, la réponse se trouve dans les lois de la nature prétendument si bonne et si sage, et qui fait preuve ici de ruses relevant de la plus cruelle des folies. Le venin contenu dans le dard de la guêpe a conservé la chair de ces abeilles paralysées. Elles ont ainsi été gardées en vie pendant des jours, le temps de permettre à la future abeille-loup de devenir adulte.

« Je vous ai cité ces deux cas exceptionnels comme exemples vivants des dangers qui menacent la vie de tout essaim que vous voudriez exploiter. Il existe tellement d'ennemis. Un rat peut attaquer à coups de griffes l'entrée de la ruche jusqu'à ce qu'une sentinelle arrive pour le chasser. Ces sentinelles sont héroïques mais elles ne font pas le poids. Elles sont avalées en masse. Des crapauds viennent traîner sous la ruche pour attraper des coulées de miel. Une autre race d'araignée enroule dans un cocon l'abeille qui vient se prendre dans sa toile. Les fourmis peuvent envahir votre ruche. J'ai vu des essaims où les abeilles sont obligées de tolérer les fourmis, et leur laissent même une petite partie de leur territoire pour que ces envahisseurs infatigables ne s'attaquent pas aux rayons qui abritent les larves. Avec les souris, c'est encore pire. En été, elles s'attaquent directement aux rayons pour voler le miel. En hiver, elles s'installent dans les ruches en quête de chaleur, elles y construisent leur nid dans un coin. Les plus vaillantes des sentinelles attaquent l'intrus et peuvent même parfois remporter la victoire grâce à leur grand nombre. Ce n'est pas impossible. Elles peuvent piquer à mort le monstre qui les envahit. Une bien belle victoire. Mais ensuite que peuvent-elles faire de la carcasse ? À leurs yeux, elle est grosse comme un véritable Léviathan. Quand la souris commence à se décomposer, la ruche devient invivable. Les abeilles se mettent alors à recouvrir de désinfectant le cadavre en putréfaction. Voyez un peu leurs talents extraordinaires. Elles sont parvenues à mettre au point cette substance essentielle à partir du pollen et de certains bourgeons. En avez-vous entendu parler ? De la propolis ?

— Bien sûr, répondit Alois. Elles s'en servent également pour réparer les fissures de leur ruche. » Il était de nouveau content de lui.

« Je vois bien, dit Der Alte, que je n'ai pas réussi à vous décourager.

— Je me fie, répondit Alois, à la loi des moyennes. Je préfère envisager les possibilités de profit plutôt que de penser aux périls éventuels qui accompagnent n'importe quelle entreprise.

— As-tu peur des abeilles-loups ? demanda le vieil homme au garçon.

Adi hocha la tête mais s'empressa d'ajouter : « Si mon père est prêt à le faire c'est que cela doit se faire.

— Vous avez un fils remarquable », dit Der Alte.

Pour la première fois, Alois était prêt à admettre cette possibilité. C'était bien de découvrir que son petit Adolf n'était pas un simple pisse-au-lit. Peut-être même un de ces jours parviendrait-il à égaler Alois Junior ?

En pensant à Alois Junior, il se rappela que pour l'instant rien n'était réglé. Alois en vint à se demander pourquoi Der Alte avait cherché à le décourager. Ce n'était pas très logique. À en juger par l'état de sa cahute, le vieil homme avait sûrement besoin d'argent. Quelle raison pouvait-il avoir de décourager un client potentiel désireux d'investir ?

Pour la première fois, il sentit qu'il disposait d'un moyen de pression sur Der Alte. Il estima que l'ermite le comprenait mieux que les autres. « Il a compris que je suis un homme qui a sa fierté. Je ne me suis pas laissé impressionner par ces remarques destinées à me décourager. Der Alte a donc compris que plus il cherche à me détourner de mon projet, plus j'aurai envie de me lancer dans l'apiculture. Il aura donc son argent au bout du compte. »

Alois adressa donc à Der Alte ce qu'il considérait comme son sourire le plus franc et le plus avenant.

« Je respecte vos mises en garde mais nous devons à présent aborder un autre aspect de la question. Allons-nous parler de ce que pouvez faire pour moi et de ce que je peux pour vous ?

— Pas tout de suite, répondit Der Alte. Si vous voulez vous contenter d'un modeste passe-temps, je suis prêt bien entendu à vous fournir tout le matériel nécessaire. Mais je détecte en vous, Herr Hitler, si je puis m'exprimer sur un plan plus personnel, la possibilité d'une véritable vocation. Aussi je voudrais vous soumettre une suggestion, une meilleure approche. Pour pratiquer mon métier, j'ai suivi un long apprentissage qui a duré trois ans mais m'a permis d'obtenir un diplôme supérieur. Ce que je voudrais vous proposer, c'est une relation plus collégiale, puis-je le formuler ainsi ? Je suis prêt pendant quelques années, pour une somme tout à fait minime, à vous associer à mon travail lorsque je m'occupe de mes ruches. L'arrangement pourrait s'avérer très agréable. Vous apprendrez beaucoup et j'aurai le plaisir d'avoir la compagnie d'un homme intelligent. C'est triste à dire mais, dans toute cette campagne verdoyante qui entoure notre cher Hafeld, nous sommes les seuls, tous les deux, dotés d'une intelligence remarquable. »

Alois continua d'afficher son sourire mais ses narines frémissaient. « Travailler avec toi pendant des années, espèce de vieux bouc puant ? » pensa-t-il sans le formuler à haute voix. Il fallait bien après tout parvenir à un accord avec le vieux charlatan.

À mon tour, j'étais horrifié. Il n'y a aucune profession où l'on aspire plus à la compétence que chez les démons. Or je m'étais vraiment montré incompétent. Der Alte avait fait partie de nos clients, mais je l'avais trop longtemps négligé. La solitude qui transparaissait dans ses dernières remarques était comme la froideur d'une maison abandonnée. Comme le vieil homme devait souhaiter ardemment revoir Adi ! Un mouvement audacieux peut toujours être sujet à des virages imprévus. S'il est vrai que l'organisation du désordre fait partie de nos attributions, nous ne pouvons pas laisser nos clients en faire autant. Pas si nous pouvons les en empêcher. Nous cherchons à diriger les habitudes romantiques de nos ouailles plutôt qu'à les corriger. Les futures rencontres entre le vieil homme et le garçon ne seraient certainement pas de nature à plaire au Maestro. Il y avait trop d'impondérables.

Alois dit alors :

« Je suis très honoré de l'intérêt personnel que vous me portez mais je dois vous expliquer une chose. Dans ma famille nous sommes des lourdauds. Tous autant que nous sommes. Et même nous en sommes fiers. Ce qui fait que je ne peux travailler que seul. Je suis ainsi fait. J'aurais donc grand plaisir à entretenir plutôt avec vous une agréable relation commerciale. »

Der Alte hocha la tête. Il avait sa fierté lui aussi. Il n'allait pas réitérer sa proposition.

« Très bien, nous allons nous organiser. Je vais préparer deux ruches et vous fournir les outils et les produits dont vous ne disposez pas encore, puis se tournant vers Adi : Ton père va bientôt être très occupé. Es-tu capable de compter jusqu'à mille ?

— Oui, ils le font dans la section des grands à l'école et je l'ai appris comme ça.

— Parfait. Au printemps, ton père sera le maître de milliers et de milliers d'abeilles. Auras-tu peur d'elles ? Est-ce que tu es prêt ?

— J'ai peur, répondit Adolf, mais vous savez, je suis prêt également.

— Quel enfant merveilleux », dit Der Alte, débordant d'amour.

Adi en eut les larmes aux yeux. Sa mère allait bientôt avoir un autre bébé et ce serait la même chose que lorsque Edmund était né. Il ne verrait plus l'amour qu'il voulait trouver dans son regard quand elle se tournait vers lui. Pendant un bon moment.

5

Il me faut à présent informer le lecteur d'un ordre inattendu que j'ai reçu du Maestro et qui m'a tenu éloigné d'Alois Hitler et de sa famille pendant près de huit mois. Par la même occasion, j'ai dû quitter l'Autriche. Je dois préciser que cette injonction m'est parvenue ce soir même d'octobre 1895 où Alois était arrivé au terme de ses négociations apicoles. Il avait acheté à Der Alte deux essaims dans des ruches Langstroth, avec quelques outils et des récipients remplis d'assez de pollen et de miel pour pourvoir pendant l'hiver à la subsistance des abeilles qu'il venait d'acquérir.

Aussitôt après l'avoir acheté, Alois transporta son matériel à la maison. Ce fut un voyage particulièrement excitant pour Adi qui se tenait assis à côté de son père dans la charrette et ne dormit pas cette nuit-là tant il attendait avec impatience le matin et le moment où on allait installer les ruches sur un banc, à l'ombre d'un chêne à une vingtaine de pas de la maison.

Pour qui serait curieux de connaître le montant de ces achats, je ne dispose d'aucun moyen fiable pour convertir la valeur des couronnes du temps d'Alois en dollars américains d'aujourd'hui. Le prix de certains produits a été multiplié par cent en un siècle. D'autres augmentations sont plus limitées. Je peux avancer une estimation approximative. La retraite que touchait Alois en 1895 devait correspondre à soixante ou soixante-dix mille dollars d'aujourd'hui. Et je peux donc affirmer qu'il avait dû trouver ces dépenses très coûteuses. Le prix demandé par Der Alte devait être l'équivalent de mille dollars actuels. Alois, qui s'attendait à payer un prix exagéré, était pourtant fatigué des tractations avec le vieil homme et se contenta donc sans discuter beaucoup de la maigre satisfaction d'obtenir pour rien quelques outils supplémentaires.

C'est à ce moment-là que je reçus l'ordre de quitter Adi et les membres de la famille ainsi que les autres clients dont je m'occupais dans cette région d'Autriche. Ceux-ci étaient assez nombreux pour que je doive déléguer trois de mes agents avec la mission de veiller sur eux tandis que je partais à Saint-Pétersbourg avec mes meilleurs assistants. Nous étions tous très désireux de nous attaquer à un énorme projet qui se mettait en place. Nous devions assister au couronnement du tsar Nicolas II, prévu en mai 1896 à Moscou, une cérémonie qui ne devait donc avoir lieu que dans plusieurs mois.

En route pour Saint-Pétersbourg. Je ne m'attarderai pas sur le fait que je fus obligé dès mon arrivée de m'atteler à l'étude de l'âme russe à la fin du XIXe siècle, sous tous ses aspects, ses vices, ses croyances, ses équilibres et ses déséquilibres. Une fois installé dans le royaume slave (qui est tellement plus proche de Dieu et du Diable que n'importe quel autre peuple au nord de l'équateur), je passai tout l'été dans la capitale avant de me rendre à Moscou par un froid matin d'avril, juste un mois avant le couronnement prévu en mai.

Pendant ces mois passés à Saint-Pétersbourg, je reçus régulièrement des nouvelles d'Alois, d'Adi, de Klara et d'Angela. J'eus même droit à des rapports sur le comportement du chien, Luther, et des chevaux, Uhlan et Graubart. Quoi qu'il en soit, rien de tout cela ne présentait beaucoup d'intérêt pour moi, et même aucun intérêt, dans la perspective de notre projet russe. Le Maestro en était manifestement aux préliminaires d'une opération spectaculaire et de premier plan.

Je vais à présent devoir m'excuser, même si je m'efforce de ne pas avoir à le faire trop souvent. (Les bons lecteurs ne lisent pas de la fiction pour avoir à supporter les regrets de l'auteur.) Je dirai qu'ayant lu ces dernières années le meilleur et le pire en matière de romans, ce qui, je vous le rappelle, fait partie de l'éducation de tout bon démon, j'ai compris que même un lecteur bien intentionné ne peut pas rester fidèle à un auteur qui est prêt à abandonner le fil de son intrigue pour se lancer dans le récit d'une expédition qui n'a apparemment rien à voir avec elle. Jusqu'ici, j'ai épargné au lecteur ce genre de digression et n'ai pas mentionné mes autres activités, comme ce mois que j'ai passé à Londres en mai 1895 pour assister au procès d'Oscar Wilde. J'étais pourtant présent au tribunal le jour où il fut condamné pour « sodomie et grave indécence », et je jouai mon rôle pour influencer les délibérations du jury, puisque mes instructions étaient d'obtenir sa condamnation. Il est vraisemblable que le Maestro voulait susciter chez les intimes d'Oscar Wilde un sentiment farouche de persécution, particulièrement chez ceux qui appartenaient à de bonnes familles.

6

Il me faut encore décrire le désordre que nous avions prévu d'organiser à la suite du couronnement du tsar Nicolas II, mais je voudrais auparavant prendre le temps d'évoquer les menus événements et petites aventures survenus dans la famille Hitler à Hafeld pendant mon absence. Après seulement, je me sentirai libre de parler de nos activités à Saint-Pétersbourg et à Moscou. Je dois dire que les huit mois qui se sont écoulés entre mon départ en octobre 1895 et mon retour en Autriche en juin 1896 ont été sur un plan personnel très importants pour Adolf Hitler, et je suis donc d'avis de raconter ce qui s'est passé durant mon absence.

Il y a toutefois à cela une difficulté. Pendant cette période, les rapports concernant les différentes aventures d'Alois, de Klara et des enfants m'étaient transmis par des agents très ordinaires, les trois que j'avais laissés avec pour mission de surveiller à ma place ma portion de cette province de la Haute-Autriche. Étant donné l'importance de notre mission en Russie, j'avais emmené évidemment mes meilleurs assistants avec moi. Ma connaissance des événements qui se déroulaient à Hafeld risquait donc d'en pâtir. Les démons ordinaires sont comme les humains ordinaires, ils peuvent ne pas être sensibles à des détails importants.

Et même si je peux me faire une idée assez juste de ce qui arrive à mes clients à partir de la matière fournie par de médiocres tâcherons, le travail peut perdre de son efficacité. Mon récit toutefois ne devrait pas en être trop affecté. Bien longtemps avant mon départ, j'avais réussi à élever tous mes assistants jusqu'à un niveau convenable d'efficacité. Je le dis non sans fierté. Ils avaient si peu d'atouts quand ils sont venus me voir pour la première fois. Je ne tiens d'ailleurs pas à m'expliquer sur nos modes de recrutement. Cela ne manquerait de soulever aussitôt une question plus cruciale. Comment font les démons pour progresser dans leur carrière ? Le Seigneur du Mal est-il en quête de personnalités supérieures parmi les hommes, qui seraient prêtes à travailler pour nous, ou se contente-t-il d'accueillir, comme c'est généralement le cas, le rebut de l'humanité ? Comment le partage a-t-il été négocié entre le DK et le Maestro, cela, je l'ai déjà dit, dépasse ma compétence. Je ne sais ni pourquoi ni quand cela s'est produit mais je peux supposer, d'après mon expérience, que le Maestro, cherchant à se hisser sur un pied d'égalité avec le DK, a dû accepter de ne pas ménager sa peine et d'accueillir toutes ces possibilités humaines gâchées. Au cours des siècles, peut-être même au cours des millénaires, le Maestro a dû dépenser une grande partie de ses ressources en temps à former ce matériau bancal dont nous héritons. C'est aussi difficile que d'essayer de monter un orchestre symphonique avec des postulants qui ne sauraient même pas jouer d'un instrument.

Mais laissons de côté ces problèmes. Je dirai simplement que les agents que j'avais laissés à Hafeld firent de leur mieux pour me tenir informé des efforts d'Alois en matière d'apiculture, mais comme ils ne comprenaient pas toujours très bien les difficultés qu'il rencontrait, ils ne me donnèrent pas une vision très claire de ce qui se passait pour lui, pour ses abeilles, sa femme et ses enfants de la fin de l'année 1895 jusqu'à l'été suivant.

7

Vers la fin octobre, si je les avais laissés faire, les agents restés sur place m'auraient submergé de détails. Comme je m'y attendais, Alois était en proie à des obsessions concernant sa nouvelle activité.

Je ne pouvais guère m'occuper de cela pendant mon séjour en Russie. Incapables d'obtenir un accès direct aux pensées qui germaient dans l'esprit d'Alois, ce qui est rarement pratiqué comme je l'ai déjà dit dans le cas d'hommes ou de femmes qui ne font pas partie de nos clients, mes agents devaient se contenter de leurs procédures de routine. Dans ce que notre Maestro appelle « le marché du sommeil », les rêves faits par les hommes et les femmes sont assez facilement accessibles aussi bien aux Cudgels qu'aux démons, ce qui permet de se faire une idée au moins superficielle de leurs pensées quotidiennes rien qu'en visitant leur sommeil.

Nous recueillons aussi de précieuses informations par un procédé très simple : en écoutant les conversations familiales. Par mesure de précaution, ce genre d'informations superficielles me fut adressé en masse, plus qu'assez pour devenir ennuyeuses car le portrait était faussé. Mes agents percevaient Alois comme un individu faible et soucieux jusqu'à l'excès, ils manquaient de l'intuition nécessaire pour comprendre des hommes ou des femmes qui possèdent une forte personnalité mais que l'on est amené à étudier au moment où ils traversent une période d'anxiété. Il est facile de comprendre des gens plus faibles que vous, ce n'est pas aussi simple d'appréhender les sentiments véritables des gens puissants. Cela demande du respect, ce qui précisément faisait défaut à mes agents.

N'ayant pas été des personnalités de grande envergure dans leur vie précédente, ils avaient tendance à ne relever chez Alois que les traits mesquins. Et je me retrouvais ainsi accablé d'informations exagérément détaillées et qu'il me fallait trier. J'aimerais rappeler au lecteur qu'il ne faut pas oublier que ce petit garçon qui allait devenir plus tard Adolf Hitler est le fruit de cette enfance passée avec son père et sa mère. Il nous faut donc évidemment prendre l'exacte mesure des forces d'Alois et de Klara, et bien sûr, faut-il le préciser, de leurs faiblesses les plus significatives.

Très bien. Voici donc mon récit détaillé, même s'il n'est que de seconde main, des tribulations d'Alois dans son nouveau métier d'apiculteur.

Son premier souci (que je trouvais comique pour quelqu'un qui avait passé sa vie sous l'uniforme) était de penser constamment à porter des gants de couleur claire et un chapeau d'apiculteur muni d'un voile toujours parfaitement blanc. Il ne devait porter ni veste ni pantalon foncés, ce qui était pourtant sa tenue habituelle, et donc au début il devait faire un effort pour se rappeler qu'il devait changer de tenue avant d'aller s'occuper de ses ruches. Les couleurs sombres, il ne le savait que trop, avaient le don d'exciter les abeilles. Il l'avait appris à ses dépens Quelques années plus tôt, le jour où il avait été si violemment attaqué alors qu'il s'occupait de ses quelques abeilles du côté de Braunau, il avait commis l'erreur d'inviter une charmante jeune femme à l'accompagner le dimanche après-midi. Il avait prévu, comme un des éléments de son entreprise de séduction, de faire preuve non seulement de sa compétence à s'occuper de ruches mais aussi de son élégance. Il s'était donc mis sur son trente et un en grand uniforme bleu marine. Ce jour-là, il se fit si sauvagement piquer que le souvenir l'en chatouillait encore au creux de l'estomac. Ses espoirs de fornication ce dimanche-là tombèrent à l'eau car la dame elle aussi avait été piquée et, pis encore, dans la chair généreusement offerte par son ample décolleté. Ce n'était qu'une simple passade qui échouait mais le coup porté à la bonne opinion qu'il avait de lui-même fut rude. Comme nous le voyons, il en payait encore le prix. Tout vêtu de blanc, il éprouvait des élancements de peur. Aussi percutants que des balles, ils lui vrillaient l'estomac tandis qu'il s'approchait de ses ruches.

À certains égards, Alois n'en demeurait pas moins un bon paysan. Il n'avait pas oublié qu'il faut toujours rester sur le qui-vive après le moindre revers. Un bénéfice inattendu peut parfois résulter d'un échec tout aussi inattendu. Son hypothèse médicale intéressante, par exemple, selon laquelle les piqûres d'abeille pourraient être bénéfiques pour ses genoux, fut suscitée par le soulagement de ses douleurs rhumatismales le lendemain. Lors de sa rencontre avec Der Alte, nous nous souvenons que le vieil homme avait semblé d'accord avec lui sur ce point.

Cette convergence de vues avait probablement joué un rôle dans la décision d'Alois de se ranger à l'opinion de Der Alte, selon lequel des abeilles importées d'Italie étaient supérieures à la race locale autrichienne. Alois soupçonnait en fait Der Alte de lui avoir vendu un lot dont il souhaitait se débarrasser. L'argument décisif était que les abeilles italiennes étaient plus faciles à manipuler. Elles étaient plus calmes, selon Der Alte. De plus leur belle couleur jaune, rappelant le doux reflet des meilleurs souliers de cuir, les rendait absolument magnifiques. Il fit admirer à Alois les trois segments dorés dont leur corps était composé, nettement séparés par un liséré noir. Chic ! C'était le mot qui venait à l'esprit. Tandis que les abeilles autrichiennes étaient grises et velues. Après coup, Alois eut le sentiment de s'être montré déloyal. Il aurait dû prendre des « François-Joseph » à poils gris.

Ce qui entretenait son sentiment de malaise est qu'il se demandait toujours s'il n'aurait pas mieux fait d'attendre le printemps. À présent, il fallait qu'il maintienne la température de ses ruches pour leur éviter d'être décimées par le froid.

Pendant tous ces mois, il dut relever quotidiennement la température de chaque ruche. Et ce, sans en soulever le couvercle plus de quelques secondes.

« Réfrénez votre curiosité, avait confié Der Alte, ne vous avisez surtout pas d'extraire un des cadres mobiles pour surveiller l'état des rayons. Le courant d'air froid qui pourrait résulter de l'ouverture de la ruche suffirait à en abaisser la température et il faudrait des heures à vos abeilles pour la réchauffer. Un tel refroidissement pourrait décimer votre essaim. N'en prenez pas le risque, Herr Hitler. Jusqu'ici, d'après ce que vous m'avez dit, je suppose que dans le passé vous ne vous êtes occupé d'abeilles qu'en juin et juillet. N'importe quel amateur peut le faire. Mais pour être le Gardien de votre petit peuple et lui faire traverser la froidure des mois d'hiver à venir, il faut du tempérament, mon ami. » Puis, comme pour donner plus de poids à cette remarque, il ajouta « mon nouvel ami ».

8

Si Alois avait dû se présenter au banc des accusés et qu'il ait eu à se juger lui-même, il se serait déclaré coupable. Comment la retraite pouvait-elle affaiblir à ce point un homme puissant comme lui ? Il avait acheté la ferme sur un coup de tête et voilà qu'il avait encore compliqué le défi en achetant ces deux essaims dans leurs ruches Langstroth. Pourquoi s'être lancé aussi soudainement dans l'apiculture juste avant l'hiver ? N'était-ce pas là encore une décision par trop irréfléchie ? Et Der Alte avait eu le fieffé culot de lui dire, au moment où Alois prenait congé : « Vous verrez bientôt la somme de travail que je vous ai épargnée. »

Ce qu'Alois gagna en termes de travail, il le paya par des soucis supplémentaires. Il n'avait pas encore soixante ans, bon sang, il ne les aurait pas avant plus d'un an et voilà qu'il se sentait accablé par ses nouvelles responsabilités. Ses deux ruches pleines d'abeilles étaient maintenant placées sous le chêne, du papier goudronné glissé sous elles pour les isoler et aussi par-dessus, le tout maintenu en place par des pierres. Deux essaims logés dans deux ruches. Tous les jours, il relevait la température de chaque ruche et les pesait une fois par semaine. Une partie du problème, c'est qu'il se faisait beaucoup de soucis mais qu'il avait peu de tâches à effectuer. Si les essaims étaient trop affaiblis à l'arrivée du printemps, il regrouperait les deux dans une seule ruche et si nécessaire achèterait d'autres abeilles, ce qui voulait dire de nouvelles dépenses, de nouvelles visites à Der Alte qui ne manquerait pas de pisser dans son pantalon à force de rire du grand et si estimé haut fonctionnaire des Douanes Herr Hitler, avec ses deux mains gauches prêtes à se faire piquer à cause de tout ce qu'il ignorait des subtilités des questions apicoles. Dès le mois de novembre, Alois donnait des cours à Angela et Adi, et même à Klara, sur la nécessité en apiculture de maintenir une hygiène impeccable dès que les beaux jours seraient de retour. Quelle que fût la chaleur de la journée, il ne fallait en aucun cas laisser les ruches ouvertes. Et surtout ils ne devaient jamais laisser tomber du miel à l'extérieur. Ou alors ils devaient aussitôt l'éponger car les abeilles pourraient être attirées et se battre entre elles pour profiter de ce miel tout prêt, facile à se procurer, puisqu'il était répandu par terre. Si la flaque était assez importante, elles pourraient même s'y noyer en masse.

Ses propres craintes lui suffisaient pour l'autoriser à haranguer sa famille sur ce qui pourrait éventuellement se produire au cours de l'été. Tout cela dépendait directement de ce qu'il lisait chaque soir sur l'art de s'occuper d'une ruche en hiver.

Il fabriqua une nouvelle ruche dont il n'avait pas besoin pour l'instant mais il était fier de la dextérité dont il avait dû faire preuve, même si la ruche n'était pas l'équivalent d'une Langstroth.

Ce genre d'activité le détournait de ses ruminations. La poitrine gonflée de fierté, Alois assenait à sa femme ce vieux truisme : « Le bon sang allemand vient à bout de tout, et ce n'est pas là un don de Dieu mais le fruit du travail acharné. » La remarque cependant avait quelque chose de déplacé. Pourquoi ne parlait-il pas du sang autrichien ?

Cette question ne tarda pas à le préoccuper. Est-ce qu'un sang particulier possédait ses vertus propres ? Ainsi, pourquoi privilégier le sang allemand ? Pourquoi pas autrichien ? Il avait un empereur capable de gérer les énormes problèmes, souvent idiots, consistant à faire vivre en paix des Tchèques, des Hongrois, des Italiens, des Polonais, des Juifs, des Serbes, sans parler des Bohémiens, sous le même empire des Habsbourg. Les Allemands en étaient incapables. Les Allemands ne cessaient de se chamailler. Sans Bismarck, ils ne seraient rien. Des principautés minables. Le roi Louis Ier et le roi fou Louis II, tous des Bavarois cinglés. Et les Prussiens étaient encore pires. Les Prussiens avaient un piquet dans le derrière. Comment pouvait-on parler du bon sang allemand ? « Parce que, se dit-il à lui-même, je sais bien ce que cela veut dire. »

Qu'est-ce que cela signifie d'affirmer que l'on sait quelque chose alors qu'on ne le sait pas ? Et pourtant d'une certaine manière vous le savez. Belle énigme. Alois décida qu'il raisonnait désormais comme un véritable philosophe. Pas mal pour un gamin né parmi les paysans. Il était tenté de soulever la question à la taverne de Fischlham, finalement il s'en abstint. C'étaient tous des imbéciles. Il regrettait le temps qu'il passait avec eux. En novembre, il s'était même surpris à boire avec eux en plein milieu de l'après-midi, preuve, s'il en était besoin, qu'il n'était pas débordé de travail. C'est pourquoi il décida de rester à l'écart de la taverne pendant quelques jours. Il s'employa à installer un filet autour des ruches pour éloigner les oiseaux au printemps. Il envisagea même d'aller rendre visite à Der Alte, mais le souvenir de sa mauvaise odeur lui fit abandonner ce projet.

Il ne tarda pas à retourner à la taverne. Il y trouvait un plaisir particulier. Les imbéciles le considéraient désormais comme un expert en apiculture. Le moindre petit conseil qu'avait pu lui fournir Der Alte, augmenté des miettes qu'il venait de récolter dans des livres, pouvait passer pour ses propres connaissances dûment acquises. Alois était le premier à affirmer que modestie et honnêteté étaient d'excellentes vertus dont il fallait faire preuve quand on s'adressait à des supérieurs. En revanche, un esprit médiocre aimait toujours avoir le sentiment d'écouter parler un sage. Dans la mesure où Der Alte se manifestait peu auprès des habitants du village, il en vint à passer pour le spécialiste local. Il y eut même un fermier qui vint à pied le voir un dimanche après-midi pour lui demander conseil avant de se lancer dans l'apiculture. Alois entreprit de l'abreuver de détails sur l'art de nourrir un essaim en hiver.

Ce discours lui permit de jouer le rôle du brave type qu'il avait été avant son départ en retraite. « L'astuce, dit-il à son visiteur, est de bien maîtriser la technique de votre nourrissoir spécial. Vous ne devez pas vous contenter d'y placer le liquide nutritif et d'en recouvrir le goulot d'une étamine, comme je vous l'ai déjà expliqué, mais vous devez positionner le récipient à l'envers sur la bonde au-dessus des insectes qui attendent d'être nourris. Est-ce que vous me suivez ? » Alois voyait bien que non. Au bout d'un moment, le visiteur du dimanche, carrément découragé, prit congé. En voilà un qui ne lui ferait pas concurrence l'hiver prochain.

Mes agents me rapportaient sans cesse ce genre de menus épisodes. Ils ne percevaient pas la profondeur des nouvelles angoisses d'Alois. Aussitôt après le départ de son visiteur, Alois se sentit si seul dans son entreprise qu'il en vint à se demander si la maladie n'allait pas frapper ses essaims.

Il se plongea dans ses livres pendant toute une soirée sans venir à bout de son angoisse. Il se mit à rêver qu'il vivait dans une de ses ruches, transformé en abeille, devenu lui-même un simple fragment de cet amas qui vivait dans l'obscurité la plus totale. Comment les abeilles faisaient-elles pour se retrouver dans cet univers si noir, si dépourvu de lumière ?

Finalement, Alois hissa ce rêve au niveau d'un cauchemar – et c'est là que je commençai à trouver plus intéressants les rapports de mes agents. L'essaim d'Alois se développait dans l'obscurité puis sortait de la ruche et s'envolait au loin. On ne le retrouvait jamais.

Au printemps, allait-il perdre son essaim ? Dans le noir, il étendit la main vers Klara et toucha son ventre. Elle était déjà tellement grosse, et pourtant elle ne devait accoucher qu'en janvier. Allait-elle donner le jour à un géant ?

Elle s'éveilla en sentant sa main posée sur elle et se serait volontiers pelotonnée contre son bras mais en plein milieu de cette nuit obscure il éprouvait le besoin de discuter d'un sujet embarrassant. Elle fut rapidement complètement éveillée et pas très contente.

« J'espère, dit Alois, que tu n'as pas parlé à Herr Rostenmeier. »

Elle comprit immédiatement ce qui allait suivre. Herr Rostenmeier était le propriétaire de l'épicerie de Fischlham, où une fois par semaine, le samedi, elle se rendait avec Angela pour acheter les produits alimentaires que leur jardin ne fournissait pas. Klara aimait bien Herr Rostenmeier et avait commencé à lui parler de la vente de leur miel. Alois lui avait bien dit de n'évoquer aucun arrangement, pas pour le moment, car il envisageait encore la possibilité de passer un accord avec Der Alte. Elle n'en avait pas moins imaginé qu'ils feraient affaire avec Herr Rostenmeier et dans ce cas elle pourrait servir d'intermédiaire et rapporter un peu d'argent à la maison. Elle en avait les doigts qui la démangeaient rien qu'à l'idée de cette transaction.

Voilà qu'à présent Alois avait décidé de traiter avec Der Alte. Elle le savait bien.

« Je croyais, dit-elle dans l'obscurité tandis qu'il lui tapotait le ventre, que tu n'aimais pas du tout cet homme. Oui, je me rappelle t'avoir entendu dire que tu ne pouvais pas le sentir.

— Il sera de bon conseil, répliqua-t-il sèchement, l'esprit encore empêtré dans les vrilles de son cauchemar.

— Oui, oui, reprit Klara, pourtant tu m'as bien dit que tu ne faisais pas confiance à Der Alte, n'est-ce pas ? » Elle se sentait au bord de l'hystérie. Être tirée d'un sommeil agréable pour cela !

« Oui, tu as dit que tu n'avais pas confiance en lui et cependant tu es prêt à choisir ce Der Alte au lieu d'un honnête commerçant comme Herr Rostenmeier ?

— Klara, tu dis cela parce que tu es embarrassée. Tu t'es peut-être déjà trop avancée dans tes conversations avec Rostenmeier. Y a-t-il une chose que tu aurais oublié de me dire, est-ce possible ? Un véritable accord. Sans m'en parler auparavant.

— Non, dit-elle, absolument pas. Je ne suis pas embarrassée du tout. Je n'ai passé aucun accord. » Elle fut tentée d'ajouter : « Mais je vais te dire une chose, je dois te dire que je ne comprendrai jamais la logique de quelqu'un comme toi. » Elle préféra s'abstenir. Il n'aurait pas manqué de la ridiculiser pour une remarque aussi stupide. Et elle aurait dû passer la moitié de la nuit à lui expliquer ces quelques mots, « quelqu'un comme toi ».

9

Sans surprise, Alois décida de retourner chez Der Alte. Pourquoi pas ? Il était réaliste, se dit-il, et il ne craignait pas les mauvaises odeurs. Au fond, chacun devait sans cesse négocier avec le Diable. (Mes démons ricanèrent en me rapportant cette réflexion.) Alois se rendit chez lui le dimanche suivant et, de nouveau, il emmena Adi avec lui. Cette fois, le garçon fit attention à l'itinéraire. Il n'y avait qu'environ deux kilomètres à parcourir et il se sentait capable de retrouver la cabane en se souvenant des embranchements du chemin. Tout du long, il se sentit inquiet et agité. Une peine lourde comme une miche de pain lui pesait sur l'estomac et pourtant par-dessus cette gravité son cœur battait la chamade. Il savait qu'il ne parlerait pas à son père de son projet d'aller voir Der Alte un de ces jours et tout seul.

« Oui, se disait-il intérieurement. Je n'aurai pas peur de passer par ici. Mais pas la nuit, je pense. Il y a trop d'esprits qui rôdent dans ces bois. »

Du point de vue d'Adi, la deuxième rencontre entre Der Alte et son père fut encore plus réussie que la première. Ils commencèrent par discuter de la commercialisation du miel et Adi avait du mal à suivre mais la conversation devint plus intéressante quand cette affaire fut réglée. Le vieil homme ne pouvait s'empêcher de parler des aspects les plus mystérieux de la vie des abeilles.

« Oui, disait Der Alte de sa voix de stentor, je ne me lasse jamais de contempler ces petites créatures, avec leur miel immortel et leur dard presque immortel. L'apiculture comporte de telles subtilités. »

Un discours fleuve suivit. Alois put à peine placer un mot mais ne s'en formalisa pas trop car il pourrait toujours le replacer dès le lendemain à Fischlham. Du son pour les ânes ! Adi, pour sa part, écoutait attentivement. Les mots qu'il ne comprenait pas se fixaient dans sa mémoire par leur sonorité.

« Pourrons-nous jamais être assez attentifs, disait Der Alte, aux merveilles de la Création ? Le génie y éclate. Nous devons ces petits diables aux curieuses conceptions esthétiques du Bon Dieu, la sagesse de la nature trouve là le moyen de s'exprimer sous une forme des plus bizarres. »

Der Alte enchaîna. Il ne manquait pas de matière. Il multiplia les références au ballet divin, à la gymnastique divine, aux œuvres impressionnantes et merveilleuses du Bon Dieu. Der Alte ressemblait en cela à la plupart de nos clients. Nous les encourageons à louer Dieu. Au plus haut point. En toutes circonstances.

Il s'épancha si longuement qu'Alois en fut encore une fois agacé. Il s'était écoulé trop de temps depuis la dernière fois qu'il avait pu donner de la voix. De plus, il n'aimait pas beaucoup l'expression qu'il lisait dans le regard de son fils. Ces yeux bleus, tellement semblables à ceux de Klara, étaient grands ouverts et bien éveillés. Et à cet instant remplis d'admiration.

Finalement Alois réussit à placer un mot.

« Pourquoi ne nous emmèneriez-vous pas dans la cuisine pour montrer au garçon votre ruche de démonstration ? »

Il était évident que Der Alte n'y tenait pas, et c'est bien ce qu'Alois avait prévu mais Adi prit la parole :

« Oh, s'il vous plaît, monsieur, cria-t-il. Je n'ai jamais vu l'intérieur d'une ruche. Nous les avons à la maison depuis si longtemps (il s'efforça de calculer rapidement), depuis sept, non je crois depuis huit semaines et je n'ai pas encore vu une seule abeille. Faut-il que j'attende jusqu'à l'été ? S'il vous plaît.

« Le printemps, répondit Der Alte. Il est nécessaire d'attendre le printemps. » Mais en voyant la déception sur le visage du garçon, il haussa les épaules. « C'est bon, fit-il. Mais il faut que tu le saches. On est en hiver. Les abeilles sont plutôt engourdies en ce moment. »

Elles l'étaient vraiment. Dans la cuisine qui n'était meublée que d'un réchaud et d'un évier alimenté par une pompe à bras, avec un seau placé dessous pour recueillir les eaux usées, il y avait aussi une table. À une extrémité de cette table était posée une petite boîte en verre qui mesurait à peu près soixante centimètres de longueur et trente de hauteur. Le contenu était dissimulé sur les côtés par des rideaux noirs. Quand on écartait les rideaux, on découvrait deux parois de verre distantes de moins de dix centimètres et un cadre posé verticalement entre elles, couvert de petites alvéoles de cire, en très grande quantité.

Adi fut déçu. Un amas de choses pullulantes pas plus grosses que des pilules dans un flacon et qui se grimpaient les unes sur les autres, effrayées par la lumière, un misérable ramassis, serré, comprimé, un tas de ce qui semblait être des petites bestioles bonnes à écraser presque aussi dégoûtantes que des cafards. (Elles avaient les ailes repliées.) Adi n'avait jamais été aussi déçu depuis le jour où il avait découvert pour la première fois la tête d'homoncule d'Edmond pressée contre les seins de Klara.

Ces abeilles auraient tout aussi bien pu être des haricots sauteurs dans une casserole chaude. Si ce n'est que les haricots n'auraient pas l'air si inquiet. Quelle horrible vie ! La lumière devait leur manquer, pensa le garçon. Elles étaient maintenant pressées les unes contre les autres. Il soupira pour éviter d'éclater en sanglots.

« En ce moment, dit Der Alte, elles sont les plus pauvres parmi les pauvres, de tristes créatures engluées dans le magma de leur naissance. Mais leur vie se déploiera bientôt dans toute son ampleur. Pour l'instant, elles ne font rien mais en été tu les verras danser dans l'air, aussi resplendissantes que des gouttes de rosée au petit matin. Si audacieuses. Tu verras comme elles se pavanent au moment de pénétrer les pétales dorés des fleurs épanouies qui les attendent.

« Écoute bien », dit Alois. Malgré son aspect rebutant, Der Alte savait y faire. Il fallait au moins reconnaître cela à ce vieux bouc.

Adi réfléchissait : « Ces abeilles peuvent vous piquer et puis vous êtes mort. » Et là, dans la cuisine du vieil homme, il frissonna devant le mystère de la mort. Pourtant au cœur même de ce frisson, il se sentit plus proche du vieil homme que de son père car il aurait pu réécouter jour et nuit les mots merveilleux qui suivirent.

« Reviens donc me voir », réussit à lui chuchoter le vieil homme avant que son père donne le signal du départ.

10

Je suis incapable de mesurer l'influence réelle que ces derniers mots murmurés à Adi eurent sur lui mais je peux affirmer qu'à aucun moment je ne regrettai davantage d'être obligé de m'en remettre à mes agents restés à Hafeld. Peu après (la veille de Noël, pas moins !), pendant que toute la maisonnée dormait, Adi se leva, s'emmitoufla dans ses vêtements les plus chauds et alla s'asseoir sous le chêne, sur le banc où étaient posées les deux ruches Langstroth. Il resta là très longtemps, se refroidissant d'une minute à l'autre. Pourtant il ne bougeait pas et, s'étant assis entre les deux ruches, il avait passé un bras derrière chacune d'elles. Il priait pour que les abeilles aient une longue vie.

Cette anecdote me parut du plus grand intérêt. Je pressai mes agents à plusieurs reprises de m'apprendre tout ce qu'ils pourraient découvrir des pensées du garçon et certaines informations me parurent très intéressantes. Ce soir-là, Adi avait entendu son père déplorer que la protection de l'entrée d'une des ruches eût été arrachée. L'entrée était étroite mais une souris pouvait à la rigueur s'être introduite dans la ruche. Alois finit par se dire que c'était impossible, le trou était tout simplement trop petit – Adi n'en était pas certain. Son père avait réparé l'après-midi l'entrée de la ruche, Adi assis entre les deux ruches ne pouvait pas savoir laquelle des deux contenait éventuellement une souris. C'est pourquoi il gardait une main posée sur chacune d'elles.

Comme c'était la veille de Noël, le gamin était d'humeur à partager le sentiment religieux de sa mère. « Cette nuit-là, il y a mille huit cent quatre-vingt-quinze ans, disait Klara, le Fils de Dieu est né. C'est le meilleur homme qui ait jamais foulé la terre, le plus beau, le plus gentil. Si tu L'aimes, Lui aussi t'aimera. »

Adi était convaincu. C'était une nuit où l'on pouvait respirer l'air nocturne, aussi glacial qu'il fût. Car le Fils de Dieu était là. Allait-Il donner à Adi le pouvoir de tuer la souris par la force de sa pensée ?

Tuer une souris par la force de la pensée. Je savais à quel point mes agents étaient bornés. Ils ne pouvaient pas avoir inventé cela eux-mêmes. Cela ne pouvait venir que d'Adi. C'était son idée. Son idée à lui seul. Si j'avais été sur place, j'aurais fait monter les enchères. J'aurais persuadé le gamin qu'il était capable de sauver certaines vies grâce au pouvoir spécial qu'il détenait d'en détruire d'autres. C'est une des idées les plus fécondes que nous puissions implanter chez nos clients, mais cela exige le recours à la suggestion par le rêve.

Puisque je n'étais pas là, je m'efforçai de ne pas remâcher cette occasion perdue. J'avais amplement de quoi m'occuper à Saint-Pétersbourg. Mes assistants et moi-même étions confrontés à une très vive opposition à notre projet. Je n'avais encore jamais rencontré un groupe de Cudgels aussi déterminé que les Russes. Aussi brutaux. Au fil des siècles précédents, les anges russes étaient parvenus à une maîtrise considérable pour combattre les nombreux démons que nous avions installés dans les églises russes orthodoxes et dans les monastères. Par conséquent, ces Cudgels, largement aussi grossiers que n'importe quel moine russe, disposaient d'un pouvoir considérable. À ce moment, ils étaient parfaitement en mesure de défendre le couronnement du jeune futur tsar Nicolas II.

Lorsque le Maestro me consulta, ce qu'il faisait de temps en temps, j'eus l'audace de lui dire que j'augurais mal de nos chances de désorganiser le couronnement lui-même. Trop de forces allaient se liguer contre nous. En revanche, il ne serait pas difficile d'organiser un fameux désordre dans les jours qui suivraient la cérémonie.

J'avais osé formuler franchement mon avis mais il faut dire que le Maestro n'apprécie guère que ses proches collaborateurs n'aient pas d'opinion personnelle. « Laissez-moi donc méditer sur les avis que certains d'entre vous sont en mesure de me donner. Ils me sont beaucoup plus utiles que le silence. Je ne permettrai pas que votre peur de vous tromper vous empêche de réfléchir. »

En voilà assez. Il est facile de comprendre que les problèmes russes, pour l'instant du moins, étaient autrement plus préoccupants que les menus incidents survenus à Hafeld.

De toute façon, que je m'y intéresse ou pas, Klara donna naissance le 21 janvier à un nouvel enfant. Alois s'en réjouit modérément. Le garçon qu'il avait tant désiré et qui deviendrait un homme robuste n'était pas là. C'était une fille qui se trouvait dans le lit de l'accouchée. Le vacarme d'un bébé qu'il faut nourrir la nuit, ses cris à longueur de journée, tout cela n'aboutirait à rien. Il avait rêvé d'un fils dynamique pour adoucir ses vieux jours et pour le consoler des trois autres garçons dont il n'avait pas vraiment lieu aujourd'hui d'être fier, le sauvage, le fils à sa maman et le morveux pleurnichard. Alois n'était donc pas d'humeur à fêter cette nouvelle naissance et pourtant il le fit à la taverne de Fischlham nuit après nuit pendant un certain temps, jusqu'à ce que la bière lui paraisse aussi dégoûtante que du vomi de nourrisson. Il y avait à présent six êtres humains à la maison. À la fin du printemps, quand Alois rentrerait de Spital, ils seraient sept. Le brouhaha des voix dans la taverne lui parut tout à coup semblable au vacarme des enfants à la maison.

Mes agents ne tirèrent rien de la visite d'Alois à la taverne. Si vous rassemblez des hommes dans une pièce bondée et que vous les faites boire, il naît entre eux un sentiment de solidarité. Ils puisent dans les vapeurs de l'alcool de grain une sorte de défiance fraternelle contre les incursions des anges et des démons, la certitude qu'à ce moment précis ils sont en tant qu'hommes capables de défier les puissances extérieures.

Ce ne sont pas là de bonnes conditions de travail pour nous. En revanche, des occasions peuvent se présenter lorsque nos buveurs rentrent chez eux en titubant. Et là nous sommes prêts. Parfois, écœurés par toutes ces heures qu'ils nous ont fait perdre, nous les projetons violemment au sol. Ils le prennent pour une insulte personnelle et s'en plaignent toujours par le même refrain : « Quelqu'un m'a poussé », disent-ils souvent. Personne ne les croit bien sûr, mais eux savent. La colère les a frappés entre les omoplates – ce n'était pas la leur, pas du tout.

11

Sur le chemin du retour, Alois avait titubé tout du long mais il se sentait trop éveillé pour entrer dans la maison. Au lieu de cela, il s'assit près de ses ruches et tira de sa poche un petit tube de caoutchouc. Il en plaça une extrémité contre la paroi de la Langstroth et put ainsi capter le vrombissement des locataires de sa petite cité. C'était un bruit agréable, presque une musique, qui semblait par moments s'enfler de satisfaction. D'ailleurs pourquoi ses abeilles ne seraient-elles pas contentes ? Le matin, par centaines, par milliers, elles viendraient s'agglutiner autour de l'étamine qui fermait le large goulot du récipient où elles se gorgeraient de miel dilué. Et là dans le noir, à cette heure d'ivresse exquise, Alois eut des pensées qui lui traversèrent l'esprit comme des chevaux à la file, une pensée à la fois. Il essaya d'estimer le nombre d'abeilles que devait contenir la ruche. Il avait beau être soûl, il était encore capable de réfléchir intelligemment. Disons vingt mille. C'était à peu près la bonne réponse. Malgré lui, alors qu'il savait bien qu'il ne fallait pas déranger l'essaim, il frappa d'un coup sec à la paroi de la ruche. Aussitôt, grâce à son tube il perçut un changement dans le bruit. Étaient-elles en train de donner l'alerte ? Le bruit avait gagné en intensité. Comme les cordes d'un violon en folie. Puis le calme revint. La douceur. Comme un chat qui rentre ses griffes et ronronne en dormant.

Il se remit debout, rentra à la maison, enleva sa chemise et son pantalon et s'écroula dans son lit. Mais il entendait toujours le chœur des abeilles. Des sons étranges. Sa poitrine se souleva en une brève hésitation et il sombra dans le sommeil. Il eut juste une dernière pensée, belle comme un cheval à la parade, c'est que sans aucun doute il préférait de loin l'hymne des abeilles aux braillements d'un bébé.

Il fit cependant de mauvais rêves. Il avait pénétré dans un espace ample et caverneux où il se retrouva sans surprise, entouré de ses propres abeilles. Elles déféquaient, et il était là, perdu dans cette multitude, à partager les souffrances de ses frères, de ses sœurs plutôt, s'affaiblissant, le ventre tordu par de violentes coliques et chiant toutes dans l'étroit couloir de la Langstroth. Quelle vision dégoûtante !

Il chercha à se lever. Après tout ce n'était qu'un rêve. Des abeilles en bonne santé ne souillent pas leur propre habitat (à l'exception peut-être des plus fainéants de ces vauriens de faux bourdons), non, il avait écouté les abeilles d'une de ses ruches et le bruit était rassurant. Elles attendraient que le temps se réchauffe suffisamment et elles sortiraient.

Mais à présent il était éveillé et tourmenté par ce problème des excréments qui avaient dû s'accumuler pendant des mois dans ses essaims. Comment ces petites bestioles pouvaient-elles se retenir ?

Il faisait chaud le lendemain, c'était la première belle matinée de dégel de février. Lorsque Alois sortit de la maison, ses essaims volaient un peu partout, par centaines, par milliers, comment les compter ? Elles lâchaient leurs crottes n'importe où dans un rayon d'un mètre cinquante et parfois même de plus de trois mètres. Cela sentait la banane trop mûre et la neige se transformait en une étendue blanche mouchetée d'innombrables taches jaunes répandues sur un grand cercle autour du banc où étaient posées les ruches. Des boutons-d'or dans la neige ! Pendus sur une corde à linge, les langes de Paula étaient tachés. C'était une immense averse de crottes qui se produisait. Alois s'éloigna un peu. On pouvait même trouver des petites taches jaunes à une centaine de pas des ruches.

Klara fut si furieuse qu'elle osa dire : « Tu ne m'avais pas avertie qu'il fallait que je fasse attention.

— C'est regrettable que tu doives recommencer ta lessive. Mais comment pourrait-on s'excuser ? Il s'agit là après tout d'un acte naturel que nous avons reçu de ce Bon Dieu auquel tu crois si fort. » Elle s'éloigna. Une demi-heure après, l'eau bouillait dans deux lessiveuses, elle décrocha les langes du fil et les remit à bouillir.

Alois n'allait tout de même pas se sentir gêné. Au contraire, il était heureux pour ses abeilles. Comme elles semblaient prendre plaisir à voler librement ! On était samedi et Adi était donc là, quelque part dans les prés. Sur un coup de tête, Alois décida de l'appeler. Pour lui parler franchement.

« Tout le monde chie, dit-il au gamin. Toutes les choses chient, toutes les choses vivantes. C'est ainsi que cela doit être. Ce qu'il faut bien se rappeler, c'est d'apprendre à se débarrasser de sa merde, sinon elle vous retombe dessus. Tu as compris ? Il faut toujours être propre, tu entends ? Regarde ces abeilles. Elles sont merveilleuses. Elles se sont retenues tout l'hiver. Elles sont bien décidées à ne pas salir leur ruche. Nous pouvons en faire autant. Nous sommes de braves gens. L'endroit où nous vivons, nous devons toujours le garder impeccable.

— Mais mon père, fit le petit Adolf, et Edmund ?

— Eh bien ?

— Il fait toujours dans sa culotte.

— C'est le problème de ta mère, pas le tien. »

Plus tard ce jour-là, il repensa au jour où Alois Junior lui avait collé un morceau d'excrément sous le nez et rien que ce souvenir lui donna étrangement envie de pleurer. Il se sentait à la fois tellement humilié et pourtant si plein de joie. Adi ne parvenait pas à calmer son excitation devant le spectacle de ce vol hygiénique. Les abeilles dansaient dans le vent. C'est parce qu'elles avaient été si remplies de caca et maintenant elles étaient libérées. Il ne pouvait s'empêcher de ricaner. Et cela avait mis sa mère dans une telle colère.

Il se souvint alors de ce qu'Angela lui avait chuchoté un matin.

« Ta mère a un proverbe, *Kinder, Küche, Kirche.* »

Il hocha la tête. Il le connaissait déjà et bâilla d'ennui.

« Oh, tu t'imagines que tu le connais déjà en entier, mais ce n'est pas vrai. Il y a en plus un mot secret.

— Qui te l'a dit ? Ma mère ?

— Je ne peux pas le dire. C'est un secret.

— Qui te l'a dit ? »

Elle voyait bien qu'il allait piquer une colère.

« Très bien, je vais te le dire. C'est ta mère, oui, qui me l'a confié. Ta chère mère qui m'aime autant que si j'étais sa fille.

— Dis-le-moi ou je vais me mettre à hurler et elle m'entendra.

— C'est bien toi. Tu es vraiment méchant. » Elle l'attrapa par l'oreille : « Souviens-toi, elle m'a dit en secret que le véritable proverbe est *Kinder, Küche, Kirche, und...* elle gloussa, *und Kacke !* »

Maintenant il rigolait, lui aussi. Ah, ces abeilles, pires que des gosses. Il eut la vision complètement folle d'abeilles portant chacune une couche, une toute petite couche. Il riait tant qu'il eut l'impression de pisser dans sa culotte, ce qui lui fit penser à Der Alte dont l'image lui venait souvent à l'esprit, particulièrement quand il avait envie de pisser.

Adi éprouva tout à coup l'envie d'aller voir Der Alte, oui, une vraie envie, pressante.

Le lendemain, le dimanche, il faisait encore chaud, et de nouveau les abeilles étaient de sortie. Klara était partie à la messe, Alois somnolait, Adi cavalait dans les champs comme s'il cherchait à user le désir qu'il avait d'aller rendre visite au vieil homme, mais dans sa tête il revoyait chaque embranchement du chemin forestier et se disait qu'il serait capable de retrouver la cahute. L'envie d'entreprendre tout seul cette expédition le tiraillait aussi fort que s'il avait été traîné par une corde.

Il y alla. Et Der Alte, préparé à sa visite (par le même genre de message que celui qu'avait reçu Adi), l'attendait une fois de plus à la porte mais il ne tenait pas à la main sa cuillère de miel, non, pour cela il fallait maintenant qu'Adi s'assoie sur ses genoux.

« Oui, tu es vraiment un brave garçon, disait Der Alte. Je t'aime comme si tu étais mon petit-fils et tu ne dois jamais avoir peur de moi. Tu es si beau et si fort. » Der Alte posa la main sur la cuisse du garçon, très délicatement, tout en lui faisant manger son miel.

Le garçon n'avait pas peur, enfin peut-être juste un petit peu. À l'école on leur faisait lire des contes de fées et parfois il y avait des ogres dans la forêt et des esprits méchants qui pouvaient transformer les petits enfants en cochons ou en chèvres. Mais il ne trouvait pas bien dangereux d'être assis sur les genoux de Der Alte. Il s'y trouvait mieux que sur ceux de son père. Au moins il ne risquait pas de se faire souffler la fumée de sa pipe en plein visage.

Ils demeurèrent assis bien longtemps après qu'Adi eut dégusté sa cuillerée de miel et il se sentait heureux, la vieille main de Der Alte posée sur son genou.

Au bout de presque une heure, il commença toutefois à se sentir moins à l'aise. Est-ce que son père allait commencer à se demander où il était passé ? Pourtant, quand il bougea, Der Alte prononça quelques mots qui provoquèrent en lui le sentiment de surprise que l'on peut éprouver en tournant la page d'un livre et en découvrant tout à coup une superbe illustration.

« N'en parle à personne, dit Der Alte, mais je m'efforce de rendre très heureuse une petite abeille. Je l'ai choisie pour qu'elle vive seule auprès de moi. Je vais te raconter. Je la garde dans la cuisine.

— Est-ce qu'elle essaie de parler ?

— Elle émet des sons, c'est certain, fit Der Alte en souriant. Mais non, mon cher garçon. Je n'essaie pas d'apprendre notre langage à cette petite abeille. C'est certainement trop demander. Je m'efforce simplement de la rendre heureuse. Ce qui n'est pas facile. Car maintenant que je l'ai choisie, elle doit vivre seule dans une petite boîte que je réserve généralement aux reines, même si elle ne l'est pas.

— Mon père dit que les abeilles ne vivent que pour les autres abeilles. Elles sont, il fit un effort pour retrouver l'expression, elles sont vouées à la vie en commun.

— Ton père a raison. C'est vrai. Les abeilles vivent dans une ruche. Elles ne cherchent pas à vivre seules.

— Même si on leur fournit tout le temps de bonnes choses à manger ?

— Tu es vraiment le garçon le plus intelligent que je connaisse. Tu comprends très bien les choses. Je voulais voir ce qui arriverait si je choisissais une abeille et que je la tienne au chaud et bien nourrie, que je pense sans cesse à elle avec toute l'affection dont je suis capable. Ainsi quand je me rends dans la pièce d'à côté, je continue à lui parler. Cela arrive au moins vingt fois par jour. Elle ne comprend pas ce que je dis. Mais je veux qu'elle sache que je pense à elle. Parfois je la sors même de sa boîte.

— Elle n'essaie pas de s'envoler ?

— Oh non, j'ai pris mes précautions. » Il effleura tendrement la tête du garçon. « Dès que je la sors de sa petite boîte, elle fait des bonds, elle est tellement contente, mais elle sait bien qu'elle ne doit pas essayer de voler.

— Est-ce qu'elle a des ailes ? »

Il y eut un silence.

« Elle n'a plus d'ailes. »

Adi l'avait compris. Il n'avait pas besoin de poser la question. Ses heureux sentiments tentaient maintenant de se dégager des mauvais. Il demanda à voir l'abeille.

Elle était petite et remuante, elle se mit à sauter partout, tout excitée dès que Der Alte ouvrit la boîte. Elle se percha sur le bout du doigt du vieil homme qu'il avait trempé dans le miel.

« Je ne sais pas ce qui peut se produire, dit Der Alte, ce que j'entreprends est difficile et j'ai peu de chances de réussir. Mais comme cela serait merveilleux d'illuminer la vie de cette petite créature. Après tout, avant mon intervention, elle était insignifiante. Puis-je à présent la hisser jusqu'à un niveau auquel ses sœurs ne peuvent prétendre ? Je l'aime. Elle est si seule. Son essaim lui manque. Elle est la solitude incarnée mais j'essaie de lui offrir la douceur du réconfort. C'est ce qui arrive lorsque la camaraderie vient combler une terrible solitude, vraiment, fit-il en hochant la tête.

— Oh, répondit Adi. J'espère que vous y arriverez. C'est si triste d'être seul. Je me sens seul moi aussi, parfois. Mais j'ai peur pour cette abeille. Est-ce qu'elle va mourir ?

— Tôt ou tard, il le faudra bien. Elle mourra. Mais j'aimerais savoir si je peux la rendre heureuse pendant un certain temps.

— Oui, je comprends. Vous l'aimez vraiment.

— Peut-être. » Der Alte soupira. « À ta prochaine visite nous verrons si j'ai fait des progrès. »

Der Alte commençait-il à sombrer dans la sénilité ? Non ! Cette expérience incongrue destinée à procurer le « bien-être » à une abeille isolée, une entreprise manifestement stupide, surtout après qu'elle eut perdu ses ailes, n'était pas sans intérêt pour le Maestro. Les expériences les plus bizarres peuvent être les plus instructives. Les monstres peuvent être une bonne source d'information.

Notre conclusion, je peux le dire, fut évidente. Notre incarnation sans ailes de la solitude mourut avant qu'Adi puisse la revoir.

Ce qui n'est pas sans importance. Der Alte et Adi avaient les larmes aux yeux lors de leur rencontre suivante et ils se sentaient plus proches que jamais. On peut compter là-dessus. Der Alte avait décoré une petite boîte d'allumettes en guise de cercueil pour l'abeille. Le vieil homme et le garçon la déposèrent dans un trou avant de la recouvrir d'une cuillerée de terre.

12

Au début du mois de mars, il y eut une semaine où le soleil brilla tous les jours sur Hafeld. Les essaims commencèrent à s'agiter et les plus hardies des abeilles d'hiver sortirent butiner. La reine avait probablement commencé à pondre ses œufs grâce aux réserves de semence bien gardées qu'elle avait accumulées lors de ses accouplements aériens l'été précédent. Une des ruches à présent s'alourdissait de jour en jour. Alois en était contrarié. L'autre ruche aurait dû en faire autant.

Il décida de soulever le couvercle de chacune des ruches Langstroth et de les inspecter. Et il découvrit ainsi exactement ce qu'il redoutait. Les deux essaims avaient beau avoir passé l'hiver sur le même banc, un seul était prospère, l'autre ne pouvait pas être qualifié de bien portant. Il n'y avait que quelques abeilles mortes sur le plancher de la bonne ruche tandis que celui de l'autre était jonché d'un amas de minuscules carcasses.

Juste avant la chaleur, grâce à son tube de caoutchouc, Alois avait remarqué des bourdonnements incessants en provenance du second essaim. Il s'en était inquiété. Maintenant en ouvrant la ruche il constatait que de nombreux rayons étaient vides. La reine était-elle morte ? Il n'était pas sûr d'être capable de repérer la dame, elle était en tout cas à peine plus grosse que ses ouvrières et plus petite que les faux bourdons.

Il aurait dû être découragé, mais au moins avait-il vu juste. Ce n'est pas en vain qu'il s'était fait du souci. Il semblait bien qu'une des maladies qu'il redoutait avait ravagé l'essaim. Alois décida donc de gazer toutes les survivantes de cette ruche. Il fallait protéger l'essaim bien portant. Il fut même sur le point de demander l'aide de Der Alte mais il se ravisa. Les soucis qu'il avait affrontés tout au long de l'hiver avaient fait naître en lui une nouvelle forme d'audace.

Il choisit un samedi. Adi et Angela n'étaient pas à l'école et pourraient lui servir d'assistants, d'ailleurs l'opération n'était pas compliquée. Il prit un petit morceau de soufre faisant partie du matériel qu'il avait acheté cinq mois avant, y mit le feu et le laissa fumer, posé au fond de la mauvaise ruche. L'entrée avait été obturée, le couvercle remis en place et le gaz agit rapidement. Quand Angela se mit à pleurer sur la mort des pauvres abeilles, Alois la renvoya à la maison. Adi, lui, observait, assis auprès d'Alois sur un banc à côté, suivant attentivement la démonstration de son père.

« Ta grande sœur est idiote. Se mettre dans un tel état ! Dans la nature, il n'y a pas de pitié pour les faibles.

— Ça ne me dérange pas, répliqua Adi.

— Très bien. À présent, vidons la ruche et nettoyons les cadres. » Adi eut une pensée pour la pauvre abeille solitaire de Der Alte, morte à présent, et les larmes lui vinrent aux yeux.

Bien sûr, cela n'avait rien à voir. Il refoula ses larmes. Der Alte avait aimé une petite abeille, mais ici les abeilles malades de ce mauvais essaim salissaient l'endroit où elles mangeaient et où elles dormaient. Il n'y avait aucune comparaison.

Cette nuit-là, à la demande du Maestro, je préparai une opération de suggestion par le rêve assez simple pour que le meilleur de mes correspondants à Hafeld fût en mesure de la mettre en place. Il s'agissait d'un rêve répétitif dans lequel son père demandait à Adi de compter chacune des abeilles mortes. Pour être certain de ne pas se tromper, Adi devait les disposer en rangs, cent dans chaque rangée, un rêve ennuyeux assurément. Qu'importe, Adi était fier d'être parvenu à en compter autant. Il avait disposé quarante rangées de cent abeilles, placées sur un drap blanc immaculé. Il ne se serait pas cru capable avant cela de compter jusqu'à quatre mille. Aucun élève de sa classe ne pouvait s'en approcher. Son seul regret était de ne pas être allé jusqu'au bout de son rêve. Il restait encore des monceaux d'abeilles mortes à compter.

Je tiens tout de même à mettre le lecteur en garde pour qu'il n'accorde pas trop d'importance au gazage des abeilles ni au décompte des cadavres. On ne peut y voir l'unique cause de ce qui devait se produire plus tard. Graver des rêves, même quand l'opération est réalisée avec brio, ne dépose qu'une petite touche dans le psychisme, une empreinte qui anticipe de futurs prolongements susceptibles de se concrétiser ou pas dans l'avenir. La plupart de ces rêves suggérés ressemblent à ces fondations abandonnées que l'on voit dans les banlieues des villes du tiers monde. Laissées en plan faute d'argent, elles restent là, excavations béantes dans des terrains minables.

Ce serait donc une grossière erreur de penser que les rêves gravés déterminent toute l'action à venir. Je peux vous assurer que nous serions les premiers à nous réjouir si les choses étaient aussi simples.

13

L'essaim bien portant était une autre affaire. Il prospérait. Son poids augmentait toutes les semaines et les rayons commençaient à se remplir. Alois avait appris dans ses manuels que chacune des minuscules alvéoles n'était scellée de cire par les ouvrières que lorsque le pourcentage d'eau contenu dans le miel était descendu à moins de vingt pour cent. Pour que l'eau de surface puisse s'évaporer, les ouvrières devaient battre des ailes pendant plusieurs heures chaque jour. Alois se sentait de nouveau grisé en voyant le zèle avec lequel ces créatures qui venaient de naître se livraient à ces tâches incessantes. Ce qui améliora encore son humeur fut de constater que le premier miel était prêt et que ses abeilles refermaient les alvéoles exactement comme elles étaient supposées le faire !

Dans ses habits blancs, avec son grand voile en forme de boîte sur la tête et ses mains protégées par des gants, Alois eut l'impression de commencer véritablement à acquérir une certaine technique. Ce n'était pas si simple, après tout, de retirer les cadres pour les examiner puis de les reglisser à leur place. Il n'avait aucune envie de passer pour un lourdaud en écrasant sa reine. L'assurance que lui donnèrent ces premiers résultats l'incita à retourner chez Der Alte dans le but d'acheter une nouvelle reine pour remplacer celle qui avait été gazée dans l'autre ruche Langstroth.

Der Alte lui donna même une leçon sur la manière de repérer une reine en activité. Ce n'était pas très difficile au moment où elle pondait dans les alvéoles vides, car à ce moment-là elle était accompagnée d'une suite d'abeilles qui survolaient chaque œuf le temps de déposer leurs propres enzymes sur la larve. « Du fortifiant magique », dit Der Alte.

Alois dut subir la leçon et rentra à la maison non pas avec une mais deux reines (toutes les deux fécondées l'été précédent). La première permettrait d'installer une colonie dans la ruche qui avait été enfumée, la seconde serait placée dans la ruche qu'Alois avait construite en automne. Il prendrait quelques rayons contenant du couvain et d'autres contenant du miel pour les mettre dans les deux ruches vides. Ainsi les trois ruches seraient partiellement remplies et il resterait de la place pour que chaque essaim puisse construire de nouveaux rayons pour ses larves et aussi pour stocker le nouveau miel. Il avait perdu un essaim en le gazant mais il allait bientôt se retrouver à la tête de trois ruches, toutes prospères, était-ce possible ? Évidemment, il avait dû débourser du bon argent dans l'espoir de voir se concrétiser bientôt une telle réussite.

Quoi qu'il en soit, il se sentait raisonnablement optimiste. Avril était là. Les fleurs poussaient, les noyers, les chênes les pruniers les bouleaux, les cerisiers, les érables, les pommiers étaient en fleurs et il y aurait bientôt quantité de fleurs dans le pré.

Il aimait bien s'asseoir près de ses ruches en compagnie d'Adi. Celui-ci avait prudemment revêtu une tenue et un voile que Klara avait cousus. Père et fils prenaient plaisir à observer l'entrée de chaque ruche où les sentinelles montaient la garde. Chaque abeille qui revenait chargée de pollen et de miel était soigneusement flairée par une des sentinelles avant d'être autorisée à entrer. Parfois Adi poussait un cri quand une sentinelle chassait une intruse.

« Regardez, Père, elle ne sent pas la bonne odeur. »

Malgré la riche récolte qui s'annonçait, Alois continuait à donner du miel à ses abeilles.

« Ça, disait-il au garçon, c'est pour qu'elles en produisent encore davantage. »

Cinq cadres couverts de rayons se trouvaient dans chacune des ruches. Et trois reines s'employaient dans trois ruches différentes à pondre leurs œufs dans les alvéoles tandis que les butineuses étaient en mission du matin jusqu'au soir. Chacune d'elles revenait chargée de son butin au bout de quelques minutes et repartait aussitôt. Alois avait lu quelque part qu'il fallait quarante mille voyages de ce genre pour accumuler deux livres de miel.

Il observait parfois les vieilles abeilles de la ruche saine, celles qui avaient survécu à l'hiver. Elles n'étaient plus que des carcasses abîmées aux ailes élimées. Usées par trop de travail, elles n'avaient plus de poils sur le corps. Chaque matin, une équipe de jeunes ouvrières ramassait les cadavres tombés dans la ruche, les évacuait par l'entrée des gardes avant de les jeter dehors. Alois ne les regrettait pas vraiment. La jeune garde prenait la relève. Il avait le sentiment d'avoir enfin réussi à mettre en route une véritable activité d'apiculteur. Les nouvelles abeilles à naître seraient les siennes, pas celles de Der Alte. Il évitait simplement de s'attarder sur le fait que ses trois reines avaient été fécondées un an auparavant et qu'ainsi elles donneraient naissance à la progéniture de Der Alte.

14

Par une splendide matinée de mai, alors qu'une grande partie de ses trois essaims étaient de sortie, Alois remarqua une abeille dont le vol suivait une figure particulière. Cette éclaireuse, si c'était bien le cas, ne cessait de former des huit dans les airs.

« Elle fait signe aux autres, pensa Alois, elle essaie de leur montrer quelque chose. »

Son observation était juste, il le savait bien, parce qu'un grand nombre d'autres abeilles s'étaient jointes à la première et elles avaient filé à l'autre bout du pré. Alois marcha jusque-là et découvrit que des plantes sauvages y avaient fleuri depuis la veille. L'abeille qu'il avait remarquée était bien une éclaireuse.

Un vieux désir s'éveilla en lui. S'il y avait une chose qu'Alois avait toujours voulu obtenir de la vie (plus encore qu'une femme nouvelle), c'était bien d'être le découvreur d'une grande idée. Il rêvait de découvrir quelque chose de si étonnant et de si utile que son nom en serait honoré à jamais.

Ce désir était toujours ancré en lui. Il se sentait incroyablement heureux à l'idée qu'il venait de découvrir un nouveau concept. Et par sa seule observation ! Il avait pu voir à l'œuvre ce qu'il appellerait le langage des abeilles. Il pouvait jurer que cette abeille, haut dans les airs, s'efforçait d'inciter les autres à voler vers un endroit où les fleurs étaient gorgées de nectar. Dans aucun de ses livres il n'avait trouvé la moindre allusion à cette petite danse, à ce sémaphore aérien. Il était doublement inquiet à l'idée d'en parler à Der Alte – d'une part, étant donné l'étendue de sa science, celui-ci dirait peut-être que cette notion était déjà bien connue de tous les spécialistes ; si, au contraire, il s'avérait que la découverte était originale, Der Alte ne serait-il pas mieux placé que lui pour la rendre publique ?

De toute façon, il devait encore apprendre à localiser la reine et pour ce faire il résolut de retourner consulter Der Alte. L'homme était très habile, il fallait le reconnaître. Der Alte ouvrit une de ses ruches, inspecta les cadres, repéra la reine, tendit sa main nue et la saisit prudemment et très délicatement par les ailes entre le pouce et l'index.

« Dans quelques années, vous aussi, vous pourrez employer cette méthode mais pour le moment je vais vous en montrer une plus sûre. » Il se lança évidemment dans un long discours sur les différentes méthodes et les façons de déterminer l'endroit où se trouvait la reine et si elle était occupée à pondre, à fertiliser ses œufs l'un après l'autre dans leurs nouvelles alvéoles ou parfois à se reposer au milieu de sa cour.

« Une fois que vous l'avez repérée, c'est très simple de capturer notre dame.

— Cela, si je comprends bien, sera absolument nécessaire quand je me mettrai à récolter le miel.

— Exactement, répondit Der Alte, vous serez amené à ce moment-là à déplacer souvent les cadres et vous devrez ôter la cire qui bouche les rayons de miel. Un mouvement maladroit peut suffire à l'écraser. » Der Alte pointa un doigt vers lui, ce qui déplut souverainement à Alois. « Aussi il ne faut pas commencer par la récolte du miel mais d'abord repérer la reine, en braves garçons que nous sommes, puis utiliser un attrape-reine. » Il prit un tube de verre terminé par un dôme concave. « Vous disposez ceci juste au-dessus de la reine, ensuite vous prenez une petite cage à reine (il attrapa un petit récipient de quelques centimètres de long), vous la glissez sous la reine et vous soufflez dans le tube pour la déposer juste dans la cage, *punkt !* Là, elle est en sécurité. Elle peut y rester jusqu'à ce que vous ayez fini de récolter le miel. »

On peut être certain qu'Alois s'entraîna à cette capture de la reine. Il y passa tout un après-midi, attrapant et relâchant chacune de ses trois beautés, plaçant l'extrémité du tube en forme de dôme sur l'une puis sur l'autre et soufflant délicatement pour la faire atterrir dans la petite cage.

À force de répéter cette tâche inlassablement, il en vint à la conclusion que ce qu'il avait perçu ce matin dans la danse de l'abeille n'était probablement pas un secret pour quelqu'un d'aussi compétent que Der Alte. Encore un beau rêve d'envolé. Il ne serait pas reconnu comme un découvreur.

15

La bonne humeur d'Alois fut aussi sérieusement entamée par la fin de l'épisode de chaleur. Un coup de froid se produisit qui sembla bien cruel après les espoirs suscités par un printemps précoce. Alois se tourmentait à présent à l'idée que toute sa récolte pût être compromise par ce froid hors de saison.

Un vieil adage lui revint en mémoire. Johann Nepomuk disait toujours : « Rien de plus traître que le printemps. »

Certains jours, il parvint au bord de l'épuisement à cause de tous ces allers-retours qu'il faisait pour enlever le papier goudronné qui recouvrait chaque ruche, puis le remettre dès que le soleil de midi se couvrait. Mais aussitôt il devait revenir et l'enlever de nouveau car le soleil revenait et la température remontait.

Au cours d'une période de froid presque glacial, il attrapa un rhume, ce qui lui fournit un nouveau motif de préoccupation. Une de ses reines ne risquait-elle pas elle aussi de prendre un coup de froid ? Par mimétisme affectif avec son propriétaire ? Il se gourmanda. Quelle absurdité !

Il en vint pourtant à se dire que le retour de ses vieilles angoisses n'était peut-être pas si déplacé. N'était-ce pas là le reflet de l'idée qu'il se faisait de son véritable état de santé ? Approchait-il de sa fin ? C'était la pire pensée qu'il pût avoir. Son imagination abordait là un sujet qu'il ne s'était jamais autorisé à envisager. Au fil des années, aussi loin qu'il s'en souvînt, la mort ne lui avait jamais paru une menace. La fin regrettable d'une bonne vie, certes, mais rien d'infernal là-dedans.

Pourtant à présent, les questions les plus embarrassantes se bousculaient dans son esprit. Et si la mort n'était pas ce qu'il pensait ? Il avait toujours été convaincu que la religion n'avait qu'une seule bonne raison d'être. Une raison on ne peut plus simple. Elle servait à mettre au pas les faibles et les turbulents. Mais un homme fier (comme lui) pouvait se conduire à sa guise.

Voilà qu'il éprouvait à présent une angoisse d'un genre nouveau. Son cœur en fit un bond, un bond effrayé, comme s'il avait reçu un coup à la poitrine rien qu'à cette idée. Et si la culpabilité était justifiée ?

Pauvre Alois. Il était mûr pour nous. Aucun Cudgel n'allait se soucier de le protéger. Je pouvais m'offrir ce bon vieux plaisir de lui apparaître en rêve. Je pourrais me faire passer pour un ange gardien. Il n'était même pas nécessaire que je sois sur place. L'opération était assez simple pour être menée à bien par un de mes agents.

Mais dans quel but ? Alois valait-il qu'on s'occupe de lui ?

La vérité que nous nous gardons bien d'ignorer est que les gens de l'âge d'Alois ne présentent généralement aucun intérêt. Leur utilité est très limitée. Ils sont trop figés dans leurs habitudes pour qu'on se donne la peine d'essayer de les modeler, alors même que la souplesse est la première qualité que nous recherchons chez nos clients. Dans l'idéal, nous parvenons à faire coïncider leurs buts avec les nôtres.

Les rares fois où nous choisissons un homme ou une femme de plus de cinquante ans, nous cherchons une faille dans leur équilibre psychologique de façon à l'employer utilement dans un but spécifique. Ainsi, par exemple, les motifs d'irritation à répétition. Si une vieille dame ordinaire ne cesse de demander à chacun s'il veut manger quelque chose alors qu'elle sait que ce n'est pas le cas, cela peut suffire à détruire une bonne famille. Tout le monde commence à éprouver avec gêne l'envie de plus en plus forte de l'étouffer sous un oreiller.

Alois de toute façon était un individu trop moyen. Il n'était pas très utile de s'intéresser à lui de plus près. Les opérations de routine suffiraient. Mes agents n'avaient qu'à veiller sur ses rêves.

16

Au début mai, le temps se réchauffa et bien des soucis d'Alois s'en trouvèrent allégés. Il avait déjà partiellement retrouvé sa bonne humeur en nettoyant et en graissant tous les outils qu'il avait achetés l'automne précédent à Der Alte, une tâche qu'il accomplit à la manière d'un bon soldat qui démonte son fusil pour en graisser les pièces avant de le remonter.

Mes agents de Hafeld, qui avaient peu d'informations à me communiquer, emplirent leurs rapports de la liste de ses outils si consciencieusement que je fus de plus en plus agacé par cette énumération de distributeurs de pollen, incubateurs, enfumoirs, brumisateurs, boîtes à accouplement (je me demande bien ce que c'était !), extracteurs, et même un mélangeur à miel qu'Alois avait fabriqué lui-même en bois de bouleau. Il y avait aussi un encastreur à roue dentée pour étalonner les cadres amovibles et un désoperculateur, tout un attirail d'instruments spécifiques qui ne présentaient aucun intérêt pour moi.

Klara, en revanche, savait profiter du printemps à Hafeld. Elle ne passait pas son temps à compter le nombre d'alvéoles qui étaient remplies de nouvelles larves ni à s'inquiéter de la température qui régnait dans les ruches. Maintenant que la chaleur était revenue dans une deuxième période de soleil et d'air vibrant, elle se sentait prête à desserrer les nœuds qui lui avaient contracté les membres pendant l'hiver. « Dieu, lui aussi, a pris du repos », se disait-elle en respirant une grande bouffée d'air frais à la fenêtre de la cuisine et là, brusquement, alors qu'il restait encore tant de tâches ménagères à effectuer, elle prit Paula, âgée de quatre mois, et s'en fut dans le pré. Un silence magnifique régnait, il n'y avait pas un seul bruit, un silence qui épousait la moindre caresse de l'air. Elle avait l'impression d'entendre le balancement des hautes herbes et presque les révérences des fleurs. On aurait dit que l'ensemble de ces délicates sensations soutenait le silence des collines. « Écoute comme tout est calme, dit-elle à Paula. Écoute, écoute, mon petit ange, et tu entendras le murmure des fleurs. » Elle eut l'impression que les fleurs les plus proches avaient entendu ses paroles car leurs tiges commencèrent à s'incliner vers elle, les plus belles petites marguerites qu'elle eût jamais vues.

Elle se mit à genoux dans l'herbe, son bébé dans les bras, et leur parla : « Vous êtes toutes si belles », dit-elle, et en effet il n'y avait pas d'erreur, les fleurs tendaient leurs pétales vers elle. « Oui, Paula, ces fleurs t'aiment et m'aiment aussi parce que nous les aimons. N'est-ce pas, mes chéries ? » Elle aurait juré qu'elles l'avaient entendue, et d'ailleurs une fois de plus elles s'inclinèrent gracieusement. « Oui, ce sont de petites dames », dit-elle à Paula, et elle ne put s'empêcher de rire parce qu'elle eut le sentiment – était-ce de la folie ? – que non seulement elle aimait les marguerites mais que celles-ci l'aimaient en retour. « Oh, je ne suis qu'une idiote », dit-elle à haute voix. Mais c'était plus fort qu'elle. Elle était toujours convaincue que les pétales blancs l'écoutaient. L'air embaumé ressemblait à l'amour, oui, il était exactement semblable à l'amour qu'elle éprouvait pour ce bébé de quatre mois qu'elle tenait dans ses bras. Klara se réappropriait son corps, c'est du moins l'impression qu'elle avait. Ce pauvre corps stupide, blessé, meurtri de ces mois d'hiver qui avaient suivi la naissance de Paula retrouvait sa douceur et commençait vraiment à guérir. Elle se dit que c'était le printemps et que même la nature donnait une fête. Comment pourrait-il en être autrement ? Chaque souffle embaumait. Dieu était présent, Il était dans l'air, son Bon Dieu, dans toute Sa gloire. L'air respirait la paix. Dieu se reposait-Il sur Ses lauriers ? Il le méritait bien. Il le méritait tellement. Elle voulut Lui adresser une prière mais ne savait comment s'y prendre car elle ne voulait rien Lui demander, simplement Le louer d'être si bon, et c'est plutôt à l'église qu'il eût fallu le faire. Là, tout le monde aurait fait la même chose et cette prière, au lieu d'être vaine, aurait été perçue comme un signe d'humilité, tandis qu'ici elle était seule avec Paula et les fleurs, et remplie d'un tel bonheur. Elle repensait à tous ces gamins, garçons et filles de son enfance, et aux rares occasions où elle avait pu chahuter et jouer avec eux comme ces charmantes petites abeilles volant çà et là autour de la maison, si heureuses d'être dehors au soleil après avoir passé tout l'hiver dans un cachot, ivres de joie de pouvoir faire des cabrioles dans l'air, libres de tout devoir, de toute tâche pour un moment. Comme Paula, elles découvraient le soleil pour la première fois.

Klara pensa aux années à venir, lorsque Paula se mettrait à son tour à jouer, et elle eut un élan d'amour pour le petit Edmund qui se montrait si gentil avec le bébé, il était d'ailleurs le seul des enfants à se comporter de la sorte. Angela ne s'intéressait pas vraiment à Paula (même si elle se montrait plutôt serviable), quant à Adi, c'était un vrai problème, elle l'avait surpris un jour en train de pincer la joue de Paula assez fort pour la faire pleurer. Klara l'avait fouetté, une bonne tape sur son petit derrière, mais elle ne recommencerait pas. Car qui le croirait ? Il lui avait lancé un regard méchant, lui le prince des princes, un regard si violent qu'elle avait dû mobiliser toute sa force de persuasion pour lui faire baisser les yeux.

La journée était trop belle pour repenser à ce moment malheureux, même s'il avait été intense, non, elle devait plutôt remercier Dieu de lui avoir donné un si beau bébé, une fille qui, elle le savait, deviendrait en grandissant sa meilleure amie. Elle déclara dans un soupir juste assez fort pour Paula : « Puissent les anges m'entendre », avant de retourner à la maison se remettre au travail.

LIVRE VIII

LE COURONNEMENT DE NICOLAS II

1

Je suis prêt à présent à interrompre le fil de mon récit pour évoquer mon séjour en Russie, mais je voudrais rappeler au lecteur que j'en suis, moi aussi, un protagoniste. Je resterai le mentor d'Adolf Hitler pendant les décennies à venir, à ce titre son développement futur dépendra en grande partie du mien et je peux assurer que ces huit mois que j'ai passés en Russie entre la fin de 1895 et le début de l'été 1896 ont constitué un élément capital dans ma promotion au rang de démon de première classe. Après cet épisode, on me reconnut la capacité de prévoir l'issue d'événements considérables, un instinct que seuls les meilleurs démons parviennent à acquérir. Est-il nécessaire de préciser que, vers la fin des années 1930, Adolf Hitler avait fait preuve des mêmes talents. Ce que j'avais appris auprès des grands-ducs de Russie pendant les huit mois que j'avais passés dans le pays me fut très utile par la suite pour comprendre les tyrans allemands. Si ces derniers ont généralement une personnalité plus puissante que les figures royales, ils partagent le même narcissisme, et les talents qu'avait développés Hitler lui permettaient de se montrer aussi vaniteux.

J'ai aussi appris à manipuler la volonté du peuple. Je parle de la volonté aveugle du peuple. Habilement influencé, il peut se précipiter sous la bannière des fous. Si ce talent me fut utile dans le cas d'Adolf, la question n'a même pas besoin d'être posée.

J'ai aussi beaucoup appris sur les pouvoirs de Dieu et sur sa faiblesse croissante. En 1942, il fallut prendre une décision sur l'emploi des chambres à gaz dans les camps de concentration, un problème délicat même pour Himmler et les SS, Adolf, lui, était prêt. Dieu n'avait pas les moyens de le punir. C'était sa conviction.

Si certains lecteurs persistent à dire : « J'aimerais mieux continuer à suivre le récit des événements survenus à Hafeld », je leur répondrai ceci : « C'est votre droit. Reportez-vous directement à la page 255. C'est là que reprend l'histoire d'Adolf Hitler. »

2

Ce beau jour de printemps où Klara se sentit si heureuse avec Paula dans ses bras coïncida par hasard (à l'heure près) avec le couronnement de Nicolas II. La même chaleur de début d'été régnait à Moscou. Après mon retour à Hafeld en juin, ce beau temps persista sur la majeure partie de l'Europe et ces longues journées ensoleillées restèrent liées dans mon souvenir au couronnement et aux jours qui suivirent.

Comme je l'ai déjà dit, c'est moi qui ai suggéré au Maestro qu'une attaque directe que nous organiserions contre le couronnement lui-même aurait peu de chances de succès. Nous pouvions évidemment monter toutes sortes d'opérations. Nulle part en Europe nous n'avions autant d'agents et de clients qu'en Russie. Et parmi eux beaucoup étaient haut placés. Nous comptions dans nos rangs plus d'un grand-duc et d'une grande-duchesse parmi les nombreuses branches de la famille royale. Nous avions noyauté l'Okhrana. Nous avions certainement plus d'agents dans la police secrète que n'en avaient les Cudgels. Certains ministres du gouvernement nous étaient aussi fidèles que des chiens salivant devant leur pâtée. Nous étions bien installés dans toutes les familles royales d'Europe, sans oublier l'aristocratie et/ou les généraux. Les nouveaux riches se couchaient devant nous comme des prostituées qui s'offrent. Les tyrans étaient nos clients les plus intéressants et les plus choyés. Nous avions aussi notre lot d'anarchistes, de nihilistes, de terroristes. En faisant appel à tous ces acteurs, nous savions, à condition d'être prêts à en assumer le coût, que nous pouvions provoquer une belle pagaille dans la cérémonie du couronnement.

Pourtant, j'étais opposé à cette stratégie. Les Cudgels s'attendaient certainement que nous attaquions ce jour-là et nous risquions donc d'essuyer de très lourdes pertes. C'est pourquoi je proposai de repousser notre offensive jusqu'à la Fête des paysans, prévue quatre jours plus tard. Lorsque le Maestro approuva mon plan, j'éprouvai une joie mêlée d'inquiétude. Et si je m'étais trompé ? Avais-je bien pris toute la mesure de l'ampleur de la Russie ? Je n'avais jamais senti aussi fortement la présence du DK. Dieu tenait manifestement au succès de ce couronnement. Cette certitude pesait sur mon esprit de tout le poids d'une évidence incontournable, une pierre trop lourde à soulever, j'avais donc un motif constant d'inquiétude. Comment expliquer l'immense intérêt que Dieu portait à ce couronnement ?

Ces dernières années, le Seigneur avait investi dans toute une série de gens et de causes russes. Il s'était intéressé aux monarchistes et aux républicains, aux aristocrates les mieux établis et aux révolutionnaires prêts à mourir pour avoir l'honneur de renverser ces puissants. Et bien sûr il n'ignorait pas le pape et le Vatican (nous non plus, d'ailleurs !). Il écoutait aussi favorablement les appels à la liberté que les exigences de l'autocratie. Comme le fit remarquer un jour le Maestro : « Ce n'est pas très difficile de suivre Son raisonnement : "Je peux peut-être me tromper mais j'observe attentivement les gagnants. C'est le meilleur moyen de découvrir ce qui marche."

« Pourquoi au fond, ajoutait le Maestro, a-t-Il offert la liberté aux hommes et aux femmes ? Le Dummkopf voulait manifestement découvrir comment fonctionnait ce qu'il avait Lui-même créé. »

Le Maestro pouvait bien faire de l'humour mais qu'arriverait-il si Dieu avait décidé que Ses perspectives les plus fécondes reposaient sur la présence d'un tsar qui permettrait d'établir un lien très fort avec l'Église russe orthodoxe ? Avait-il décidé d'encourager une cérémonie spectaculaire pour mieux asseoir la puissance de la Couronne et de la Croix ? Sous son influence, le nouveau jeune tsar pourrait même confisquer à son profit une part importante de l'énergie incohérente mais immense du peuple russe.

Si l'hypothèse était juste, c'était une décision très surprenante. Dépendre de la Russie, si rongée par la corruption, si grouillante d'injustices ! Un ingrédient que nous recherchons particulièrement. L'injustice est un ferment qui suscite la haine, l'envie et la perte de l'amour. Rares sont les hommes ou les femmes qui n'éprouvent pas un ressentiment très vif face aux injustices qu'ils subissent tous les jours. C'était la racine même de notre action sur les adultes, la source de toutes les colères chez l'enfant. Notre travail serait anéanti si les humains se mettaient à ruminer aussi intensément les injustices dont souffrent les autres.

J'en conclus que la réponse devait se trouver chez le jeune homme qui s'apprêtait à être couronné. Avait-il en lui quelque chose d'angélique ? J'adressai une requête au Maestro. Pouvais-je consacrer tous mes efforts à en apprendre le plus possible sur le compte de Nicolas ?

« Faites ce que vous pouvez ! » Telle fut sa réponse et je n'arrivai pas à savoir si je venais d'obtenir une promotion ou si on me laissait tomber.

Comme je le découvris rapidement, ce ne serait pas une mince affaire d'approcher ce Nicky, c'est ainsi que l'appelaient tous les membres de sa vaste famille. Nicky avait une mère danoise très belle, l'impératrice Marie, veuve du tsar Alexandre III récemment décédé, il avait quatre grands-ducs pour oncles, des frères, des sœurs, des cousins, des beaux-frères. Tous ces gens, pour autant que je pouvais en juger, semblaient, à ma grande surprise, l'aimer beaucoup.

Comme je l'ai dit, je ne pouvais pas m'approcher de lui. Jamais je n'avais rencontré un être humain aussi bien gardé par des escadrons d'anges. D'habitude, je peux recourir à mon intuition qui me permet d'évaluer la qualité spirituelle d'un être humain. Même à distance, de l'autre bout d'une pièce je suis capable de deviner des traits de caractère dans le rebord d'une narine ou dans la forme d'une oreille. Mais on ne peut pas faire appel en toutes circonstances à ce genre de perceptions. L'existence satanique serait infernale si nous étions obligés de travailler en permanence au plus haut niveau de nos capacités. En fait nous ne recourons à ce genre de talents que lorsque nous avons un besoin urgent d'informations sur tel ou tel individu en particulier.

De toute façon, je n'étais pas en mesure d'approcher Nicky à cause des nombreux Cudgels. Une fois de plus, je dus me contenter des informations que nos démons russes avaient recueillies auprès des valets royaux des palais de Saint-Pétersbourg, ou de ceux qui officiaient dans les églises ou dans les bureaux du Kremlin. Ils me fournirent des copies d'une abondante correspondance et de journaux intimes. On aurait dit que tous les membres des familles royales d'Europe passaient leur temps à écrire à leurs parents, leurs enfants, leurs oncles, leurs tantes, leurs cousins et leurs amis intimes. De plus, la plupart d'entre eux tenaient un journal. Le tsarévitch qui allait devenir Nicolas II se sentait si proche d'Alix (la future tsarine Alexandra) qu'ils étaient toujours ensemble. Littéralement. Non seulement elle avait accès à son journal mais il lui arrivait d'y ajouter ses propres remarques.

J'étais fasciné. Ces deux jeunes gens avaient pour parents tous les monarques européens les plus importants. Alix n'était qu'une princesse de Hesse mais sa mère, Alice, était une des trois filles de la reine Victoria. À la mort d'Alice, Alix n'avait que sept ans et la reine Victoria l'avait fréquemment invitée en Angleterre.

Il y avait aussi Guillaume II qui allait devenir le Kaiser Guillaume, tellement honni de la Première Guerre mondiale. Il était le fils de l'aînée des filles de la reine Victoria, et donc le cousin d'Alix. Le prince anglais qui allait devenir de roi George V d'Angleterre était le cousin de Nicky. Quant au fils aîné du roi George, il allait devenir Édouard VIII jusqu'à ce qu'il abdique pour pouvoir épouser miss Wallis Simpson. Bien encadré par nos démons, le couple allait vivre sous le nom de duc et duchesse de Windsor. (Le DK ne prit même pas la peine de leur assigner un ange gardien.)

Si je passe en revue tous ces liens familiaux, c'est pour mieux souligner à quel point Nicky et Alix étaient de haute ascendance royale. J'ajouterai que tous ces augustes parents s'accordaient sur un point : Alix et Nicky étaient très amoureux l'un de l'autre, d'un amour rare et sincère.

Le Maestro, lui, avait quelques doutes. Il m'en fit la remarque : « Le DK aime à se présenter comme l'Incarnation toute-puissante de l'Amour. Il est Amour, tous ceux qui L'aiment sont remplis d'Amour et l'Amour est en soi la solution à tous les problèmes humains. Au moyen de ce discours sirupeux et nocif, Il dupe les trois quarts de l'humanité et Il se dupe Lui-même. Personne ne croit en l'Amour autant que le Dummkopf. »

Était-ce là l'explication du grand nombre de Cudgels présents sur place ? Dieu était-il revenu à sa conception moyenâgeuse selon laquelle la monarchie est la meilleure base de la société ? Pensait-Il vraiment que, si un charmant jeune roi et une séduisante jeune reine profondément attachés l'un à l'autre par un amour sincère lui étaient entièrement dévoués, Il pourrait entreprendre une expérience audacieuse ? Cette aventure allait-elle mieux tourner que certaines de Ses autres tentatives ? Jusqu'à présent, la plupart des couples royaux avaient rarement été unis par l'amour.

J'en fus soulagé. Je tenais dorénavant une hypothèse. Le DK n'avait plus l'air d'être en possession de toutes ses facultés. Cela se pouvait-il ou bien me trompais-je ?

3

Tout de même, était-il possible que le Seigneur fût devenu sénile ? Lorsqu'il m'arrive de me trouver au bord de la mer, j'ai du mal à croire qu'Il ne soit pas en possession de toute Sa puissance. Sur ce point, j'éprouve le même sentiment devant une belle campagne, une montagne escarpée, un coucher de soleil exceptionnel ou la réponse des cieux lorsqu'un éclair est suivi d'un roulement de tonnerre. Je pourrais également évoquer le miroitement éblouissant de la rosée sur l'herbe.

Bien sûr, il se peut qu'il ait façonné tout cela il y a bien longtemps, à l'époque où il était au sommet de Sa Puissance Créatrice. Dans ce cas, il devait peut-être se lamenter sur la déperdition possible de Son Pouvoir, qui pouvait expliquer que le genre humain soit devenu la moins réussie de ses créations. Étions-nous en train d'assister au crépuscule d'une vieille divinité ? Ce Nicky et cette Alice avaient l'air bien naïfs et vraiment pas de taille à réaliser un vaste projet. Je n'avais pas pu, il est vrai, les approcher mais j'avais bien saisi la tonalité de leur amour, leur piété, leur innocence. J'avais lu des centaines de lettres qu'ils avaient échangées. Si je choisis à présent d'en reproduire quelques-unes, c'est pour montrer combien ils étaient jeunes.

En juin 1894, après deux mois de fiançailles, Nicky lui écrivit ceci en anglais, langue qu'ils connaissaient tous les deux :

> Je vous aime d'un amour trop fort et trop profond pour pouvoir vous le montrer, c'est un sentiment tellement sacré, je ne veux tenter de l'exprimer par des mots qui sont mièvres, faibles et vains. Mais je vais m'efforcer de perdre l'habitude de dissimuler mes sentiments. Ce n'est pas bien et en certaines occasions c'est même égoïste. Ma chère petite primevère, comme je t'aime ma chérie ! ! ! ! !

Je dois dire que j'ai pris la peine de compter les points d'exclamation. N'est ce pas là après tout une forme de connivence entre nous ? Le lecteur attentif aura peut-être remarqué que j'aime bien insister sur l'importance des digressions. (Les ruptures de l'attention devraient au moins prétendre être d'une importance vitale !)

Quatre mois plus tard, le père de Nicky est gravement malade et voici ce qu'Alix, toujours prête à confier ses sentiments au journal de Nicky, écrit :

Dis-moi tout, Dushka, fais-moi confiance. Tu peux compter sur moi comme sur toi-même. Que tes joies et tes peines soient miennes, et que cela nous rapproche encore davantage s'il se peut. Mon doux amour, comme je t'aime, cher trésor, mon unique adoré.

Je suis toute à toi, je suis ton petit loulou à toi, mon chaton !

Journal de Nicky, Livadia, le 20 octobre

Mon Dieu, mon Dieu, quel terrible jour ! Le Seigneur a rappelé à lui notre cher adoré et bien-aimé Papa.

J'ai le vertige. Je ne parviens pas à y croire. Cela paraît inconcevable, quelle affreuse réalité.

Ce fut la mort d'un Saint ! Seigneur, aidez-nous en ces jours terribles !

J'appris plus tard que Nicky se rappelait cet instant de sa jeunesse où un nihiliste avait réussi à placer une petite bombe dans le wagon de chemin de fer où voyageait la famille royale. Dans l'explosion le toit fut arraché par le souffle, de sorte que personne ne fut blessé. Mais aussitôt il menaça de retomber sur eux. Alexandre III, qui était une sorte de géant, banda toute la force de ses muscles pour soutenir le toit à bout de bras et l'empêcher de s'écraser, le temps que sa femme et ses enfants puissent être sauvés. Seul un saint était capable de déployer une telle puissance, déclara l'impératrice Marie, une femme belle et menue.

Nicky, qui était de petite taille comme sa mère, devait toujours vénérer le torse puissant d'Alexandre. Pendant toute son adolescence, il s'était donc adonné à la musculation. Il excellait aussi à cheval et à la chasse, et en faisait un point d'honneur. Il se laissa pousser une petite moustache brune et une barbe mais ne devint jamais assez costaud pour avoir vraiment l'air d'un Romanov.

Livadia, le 21 octobre

Après déjeuner, nous avons récité la prière des morts et de nouveau à neuf heures du soir. Le visage de Papa arborait une expression merveilleuse, il souriait comme s'il s'apprêtait à rire !

22 octobre
Hier soir, il a fallu descendre le corps de Papa qui malheureusement a commencé à s'abîmer.

En fait il avait fallu recouvrir l'empereur de son manteau impérial car ses mains et son visage s'étaient mis à noircir.

Le mariage avec Alix eut lieu quelques jours après les obsèques. Il ne convenait pas que le nouveau tsar demeurât célibataire. L'événement se produisit un an avant mon arrivée en Russie mais nos correspondants locaux me firent des récits si détaillés que j'eus l'impression de m'être vraiment trouvé là, dans le palais d'Hiver, en présence de dix mille membres de la noblesse. Ils se tenaient tous debout. Les Russes semblent penser que les services religieux doivent être une épreuve physique. Les puissants durent rester debout trois heures d'affilée pendant que se déroulait l'office. Et pendant tout ce temps, les chœurs chantaient, donnant une impression à la fois de tristesse et de majesté en raison de la longueur de la cérémonie. On aurait dit qu'il fallait faire entendre encore et encore toutes les lamentations du Christ avant que l'épouse ne soit proclamée impératrice. Tous s'empressaient de louer sa dignité, sa beauté, la manière délicieuse qu'elle avait de baisser la tête quand elle saluait. Nos démons, qui ne sont pas particulièrement tendres à cet égard, firent remarquer que son petit mouvement de tête lui donnait l'air d'un pigeon.

4

Lors d'un séjour à Tsarskoïe Selo, Nicky confia à son journal :

Quel endroit béni rien que pour nous deux, pour la première fois depuis notre mariage nous nous sommes retrouvés seuls, nos deux âmes réunies.

Alix ajouta :

Je n'aurais jamais cru que pût exister un tel bonheur en ce monde, un tel sentiment d'union entre deux êtres mortels. Je t'aime et ces deux mots contiennent toute ma vie.

Le lendemain, elle nota :

Enfin unis, liés pour la vie, et quand cette vie s'achèvera, nous nous retrouverons dans un autre monde où nous resterons ensemble pour l'éternité.

La confiance qu'ils partageaient d'avoir accès à la vie éternelle m'intriguait. J'avais rarement rencontré des jeunes mariés aussi sûrs d'eux. Et pourtant Nicky avait vingt-six ans et n'était donc pas néophyte dans ce domaine. Alix, elle, était vierge, j'étais donc enclin à penser que ses réflexions insistaient un peu trop sur la profondeur de son amour.

Quant aux sentiments de Nicky, je n'étais pas certain de leur sincérité. Chaque fois qu'il traversait une belle forêt, il pouvait se dire que toute cette beauté lui appartenait. Il avait été choisi par Dieu. Ne voyait-il pas l'Amour comme une ascension vertigineuse où le seul moyen de conserver son équilibre était de monter toujours plus haut ?

Néanmoins, il restait cette maudite question. Il était aisément concevable que, désireux de faire prospérer leur mariage, Dieu leur accorde des extases physiques. Comment pouvais-je le savoir ? Je ne disposais que de leurs lettres et de la supposition raisonnable selon laquelle, si Dieu avait choisi un tsar, il allait lui octroyer Force et Sagesse pour le prémunir naturellement contre les talents non négligeables de notre Maestro.

5

D'un autre côté, on pouvait se demander dans quelle mesure Dieu avait préparé ce jeune homme à devenir tsar. Manifestement la Cour ne s'en était guère souciée. Tout le monde pensait qu'Alexandre III régnerait encore pendant au moins une génération, et Nicky n'était donc guère armé pour la vie publique.

Saint-Pétersbourg, le 17 janvier 1895

Quelle journée épuisante. J'étais dans un état épouvantable après avoir dû me rendre au palais Nikolaïevski et prononcer un discours devant les représentants de la noblesse et les élus de la ville.

Il avait été conseillé en privé par les grands-ducs avant de prononcer le discours. Ils l'avaient incité à marcher sur les traces de son père. « Nicky, il faut se montrer *autoritaire.* » Son grand-père avait été assassiné. Son père avait échappé de peu à cet attentat dans le train. Il fallait exiger une allégeance totale.

Extrait du discours de Nicky :

> *Je sais que dans certains* zemstvos *se sont récemment élevées des voix au sein du peuple pour envisager ce rêve insensé de prendre part aux affaires du gouvernement.*
>
> *Que chacun sache bien que j'appliquerai les principes de l'autocratie de manière aussi ferme et aussi inflexible que feu mon illustre père.*

En dépit de ces promesses de force implacable, ses devoirs officiels lui pesaient. Il se lamentait sans cesse de ne pouvoir passer plus de temps seul avec Alix.

Pourtant, lorsque le premier hiver de leur mariage toucha à sa fin, elle fut prise de *symptômes.* Nous y comptions bien. Les symptômes sont notre fonds de commerce. Ces femmes victoriennes ne sont pas faciles à attaquer mais on peut toujours glisser un frisson à travers la défense corsetée de leur vertu. Il suffit de teinter leurs rêves d'une petite touche de mauvaise pensée. Aussitôt apparaissent les symptômes.

> Saint-Pétersbourg, le 9 avril 1895
>
> Malheureusement, la migraine de ma chère Alix l'a fait souffrir toute la journée. Elle n'a pu aller à la messe ni assister au déjeuner.
>
> Saint-Pétersbourg, le 10 avril 1895
>
> Ma chère Alix éprouve toujours une douleur intolérable aux tempes et a dû garder le lit sur mon conseil.

Une migraine continue ! Quand ils sont assez violents pour être qualifiés de migraine, ces maux de tête sont une expression claire du désir de commettre un meurtre. Je ne pense pas qu'Alix ait pu éprouver une telle envie à l'égard de son mari mais il en allait peut-être différemment en ce qui concernait sa belle-mère. L'impératrice Marie avait adoré son colosse de mari pour toutes sortes d'excellentes raisons, entre autres parce qu'il avait fait d'elle l'impératrice. Une certaine animosité commençait à se faire jour.

En juin, Alix était délivrée de ses pires migraines. Par ailleurs elle était enceinte. Je suspecte que sa belle-mère pouvait par conséquent exercer moins de pression sur ses pauvres tempes.

Dans une note ajoutée au journal de Nicky, le 10 juin, Alix écrivit :

> *Mon cher petit Homme adoré, ta petite Femme t'aime si fort et si tendrement... quel bonheur intense... le nôtre... rien qu'à nous... Peut-on concevoir un plus grand bonheur, mais ta petite Femme doit être aussi gentille et bonne que possible de peur qu'une autre petite personne n'en souffre. Un gros baiser.*

On était en juin, le bébé ne naîtrait pas avant le mois de novembre. Alix était-elle en train de suggérer que le petit Homme et sa petite Femme ne devaient plus avoir de relations sexuelles jusqu'à la naissance de l'enfant ?

Je n'y comprenais toujours pas grand-chose. Aucun n'entre nous n'était prêt à en convenir (et encore moins à l'admettre en présence du Maestro), mais la présence d'un amour authentique brouillait la clarté de notre analyse. Nous étions capables de saisir la moindre nuance d'un amour mensonger, nous savions diaboliquement métamorphoser les sentiments amoureux en désirs impérieux. Il existe évidemment certaines occasions particulières où Dieu décide que le désir peut être bénéfique pour un de ceux qu'Il a choisis, oui il existe aussi un désir d'essence divine, ce qui ne fait que compliquer le problème.

C'est une lutte étrange. Les anges peuvent offrir des gratifications très importantes, mais de notre côté je dirais que nous sommes plus doués qu'eux pour l'improvisation. En revanche, il nous manque une qualité, il me coûte de l'avouer, mais je dois le faire sinon mon récit deviendrait incompréhensible : je connais à peu près tout de l'amour, excepté l'Amour lui-même. Je n'aime pas avoir à le confesser. Pourtant c'est la vérité. Je n'ai aucun souvenir de mon existence d'être humain, à moins que je n'aie, de tout temps, été un esprit. Mais il est une chose que je peux affirmer : je n'ai jamais connu l'Amour. Je suis capable de disserter sur ses caractéristiques, ses tendances, ses dilemmes, son extinction. Je peux analyser la plupart des raisons de sa naissance et de sa disparition. Je sais inspirer la jalousie, le doute et même des périodes de dégoût à l'égard de l'être aimé. Je peux à peu près tout dire de l'Amour mais je suis incapable de distinguer l'Amour véritable de ses imitations artistiques.

Comprenez dès lors ma confusion face à Alix. Je pouvais comprendre que Nicky eût besoin d'amour comme d'autres ont besoin de la boisson. Mais Alix ? Son hystérie amoureuse était-elle le meilleur moyen de se persuader qu'elle vivait des sommets de passion, de plaisir et de dévotion ?

Cette curieuse remarque « Ta petite Femme doit être aussi gentille et bonne que possible de peur qu'une autre petite personne n'en souffre » m'amena toutefois à une conclusion. Elle réclamait bien un moratoire des activités sexuelles. Au cours de nombreuses opérations de routine, j'avais observé des femmes enceintes qui prenaient plaisir à l'acte jusqu'au huitième, parfois même jusqu'au neuvième mois. Dans le cas présent, les choses étaient évidemment différentes. Alix préparait la venue du prochain tsar et il ne s'agissait pas de compromettre le développement de cette royale personne. Et pourtant, allaient-ils s'abstenir de toute relation sexuelle jusqu'en novembre ? Nous étions en juin ! Je penchais à présent pour l'hypothèse selon laquelle Alix s'était donné énormément de mal pour s'élever jusqu'aux sommets passionnés qu'elle jugeait nécessaires à l'accomplissement de la première étape essentielle de leur union, mais à présent que l'héritier était en place, elle souhaitait s'accorder un peu de repos. Oui, nous ne devons plus le faire « de peur qu'une autre petite personne n'en souffre ».

6

Alix n'était pas seulement enceinte. Elle avait un ventre énorme. Les Romanov, dévorés d'anxiété, attendaient la naissance d'un jeune mâle vigoureux qui allait devenir le tsarévitch de Nicolas II.

On reconnaît bien là les bonnes manières ; ils n'exprimèrent pas la moindre déception lorsqu'un robuste bébé de sexe *féminin* vit le jour.

Nicky n'en fut même pas particulièrement contrarié. Alix, enfin, était saine et sauve !

Tsarskoïe Selo, le 3 novembre 1895
Ce jour restera à tout jamais gravé dans ma mémoire. À neuf heures du soir très précises, l'enfant est né et nous avons tous poussé un soupir de soulagement. Nous avons prié et au nom du Seigneur Tout-Puissant, nous l'avons prénommée Olga !

Dix jours plus tard, Nicky fut fasciné par certains aspects inattendus de l'allaitement maternel.

Tsarskoïe Selo, le 5 novembre 1895
La première tentative d'allaitement a eu lieu. Alix a parfaitement réussi à donner le sein au fils de la nourrice pendant que celle-ci allaitait Olga. Très amusant !

6 novembre 1895
Grâce à Dieu, tout va bien. Mais le bébé refuse de téter, il a fallu à nouveau faire appel à la nourrice.

Je n'en fus pas surpris. Certains d'entre nous sont capables de discerner les sentiments qu'éprouve l'embryon peu avant sa naissance. Au cours des trois derniers mois, il exprime ses réactions par l'intermédiaire des rêves de la mère. Nous savons ainsi que la plupart des nouveau-nés éprouvent au moment de leur délivrance soit de l'affection, soit de l'antipathie à l'égard du gardien bienveillant (ou du maton rébarbatif) qui a veillé sur leur détention utérine. C'est la raison pour laquelle les femmes sont tellement désolées lorsque leur enfant refuse leur lait.

Quoi qu'il en soit, les deux femmes, aussi bien la nourrice que l'impératrice, feignaient de ne pas y accorder d'importance. Et Nicky en faisait autant. Il devait se dire, je suppose, que la robuste petite Olga éprouvait le violent désir de sentir et de goûter les tétons d'une robuste femme russe. Quant à moi, du fond de mon cynisme, j'imaginais que les deux femmes, aussi différentes que possible l'une de l'autre, prenaient un certain plaisir à cette relation charnelle, fût-elle clandestine.

En tout cas, moins de six mois plus tard, Alix avait certainement repris ses relations avec Nicky.

Saint-Pétersbourg, le 29 mars 1896
Mon cher Nicky adoré à moi, aucun mot ne peut exprimer l'amour que je te porte. De plus en plus fort, jour après jour, de plus en plus profond, plus vrai. Mon adoré, peux-tu le croire, sens-tu cet élan du cœur si vif et que j'éprouve pour toi seul ?

Nicky s'était montré si généreux après la naissance d'une princesse au lieu d'un héritier qu'Alix, à sa grande surprise, éprouva un élan du cœur au moment où il la pénétra, ce qui constitua une nouveauté, c'est du moins ce que je suppose. Du reste, les affinités charnelles peuvent évoluer. Ainsi Olga avait fini par accepter la situation. Elle voulait bien désormais être allaitée par sa mère pendant qu'Alix prenait son café matinal avec l'empereur.

Notre attention cependant se focalisait sur le couronnement de Nicolas II. La date approchait. Il convient d'ajouter que pas un démon à la ronde n'était épargné par un sentiment d'exaltation et de crainte. Il n'existe aucune circonstance où la présence de la foule peut nous sembler aussi diabolique que les circonstances exceptionnelles d'une cérémonie de première importance.

7

La cérémonie du couronnement devait avoir lieu à Moscou le 14 mai et déjà on pouvait voir partout deux grandes lettres, *N* pour Nicky et *A* pour Alix. On allait dresser un nombre incalculable d'estrades à l'intention des spectateurs et de nombreuses façades factices pour camoufler les immeubles les plus laids sur le parcours du cortège. Moscou était envahi de visiteurs venant des nations les plus diverses. Ceux qui habitaient sur le parcours du cortège louaient leur demeure aux visiteurs. Une fenêtre sur rue, de l'aube au crépuscule, pouvait monter jusqu'à 200 roubles. Des voitures avec cocher coûtaient pas moins de 1 200 roubles pour le mois. Il ne servait à rien d'affirmer qu'on ne voulait une voiture que pour la semaine, ni qu'on aurait pu acheter dix bons chevaux pour 1 200 roubles ! Un point de vue limité depuis une estrade branlante revenait à 10 ou 15 roubles, et malheur aux obèses. La location d'un balcon coûtait au moins 500 roubles.

Il n'y avait plus guère de chambres d'hôtel disponibles. Le gouvernement avait tout réservé pour loger des princes étrangers, des représentants diplomatiques, des aristocrates, des artistes renommés, des nababs, des moghols, des tyrans. Les Français, bien décidés à imprimer leur marque à l'événement, avaient entrepris de dépenser 200 000 roubles, pour bien montrer qu'ils étaient les meilleurs et les plus fidèles alliés du tsar. Les Allemands, dont c'était autrefois le rôle, répliquèrent en louant un palais dans les bois à l'extérieur de Moscou, qui ne leur coûta que 7 000 roubles, un bien modeste joyau, et au lieu de donner un bal ils se contentèrent d'une soirée musicale. Ils avaient dû parier sur le mauvais temps, ce en quoi ils se trompèrent. La cérémonie d'ouverture du 9 mai se déroula sous un ciel radieux.

Les festivités égalèrent en faste les cérémonies royales les plus splendides du passé. Nicky et Alix devaient se rendre jusqu'à la porte Spasski du Kremlin depuis leur résidence provisoire du parc Petrovski, distante d'environ dix kilomètres. Il était notoire que la cérémonie avait l'ambition d'égaler l'entrée majestueuse de Louis XIV à Reims en 1654 et la procession entendait bien montrer au monde entier les ressources exceptionnelles de l'Empire russe. Au premier rang venaient les cosaques, vêtus de leurs tuniques écarlates aux épaulettes d'argent, pantalons bleus et bottes noires, ensuite venaient les princes d'Asie arrivés de régions aux noms imprononçables, arborant des tenues qu'on n'avait encore jamais vues en Europe – ils représentaient des terres barbares lointaines que les Russes avaient conquises plusieurs siècles auparavant.

Suivaient le grand maître des cérémonies du couronnement, douze chambellans, vingt-cinq gentilshommes de la Chambre, les maréchaux de la Cour, et des membres du Conseil de l'empire, puis les régiments de l'armée royale.

Venait alors Nicky en personne, né, comme ils étaient un peu trop nombreux à le répéter, un 6 mai. Des milliers de Russes se repassaient l'information, car le 6 mai était le jour de la fête orthodoxe de Job le Malheureux, une des dates les plus sinistres du calendrier. Personne n'était prêt à affronter de nouveau les souffrances de Job.

Nicky en était parfaitement conscient. Au cours des premières semaines de leurs fiançailles, il s'était senti tenu d'en informer Alix qui lui avait répondu qu'elle considérait comme son devoir d'être toujours à ses côtés. Solidement unis l'un à l'autre, ils triompheraient de ce mauvais présage. C'était là une épreuve que Dieu leur envoyait. C'est ainsi qu'elle voyait les choses. Dieu voulait que leur amour fût si fort qu'ils n'auraient pas à souffrir comme Job du moment qu'ils aimeraient Dieu plus encore que Job ne l'avait aimé.

J'en appris beaucoup en ce jour de leur entrée au Kremlin. J'avais fini par trouver le moyen de m'introduire dans l'esprit de

Nicky et je n'avais encore jamais vu un être humain protégé par une telle cohorte d'anges. Pourtant ce jour-là, tandis qu'il défilait, monté sur sa jument anglaise à la robe pâle tout au long des dix kilomètres entre le parc Petrovski et la porte Spasski du Kremlin, je pus lire dans ses pensées. Il ne s'agissait, croyez-le bien, que d'un tout petit accès mais son esprit n'était pas totalement barricadé. Gloire soit rendue au Maestro ! Dix ans auparavant, au temps où le tsarévitch était un cadet de dix-huit ans, il avait entretenu quelques relations charnelles avec un de nos agents. Elle avait pris l'apparence d'une prostituée bohémienne. L'affaire s'était produite des années avant que les Cudgels déploient autour de lui leur protection systématique et le Maestro avait donc réussi à se ménager un passage discret, étroit certes mais menant directement à l'esprit de Nicky.

Dorénavant, grâce à cet accès gagné de haute lutte, je pouvais être présent pendant toute la durée de cette marche de la rue Tverskaïa jusqu'au Kremlin, et récolter au passage quelques-unes des pensées qui traversaient le royal esprit.

J'eus quelques surprises. Pendant cette chevauchée, ses souvenirs le ramenèrent à l'époque où il était jeune colonel de la cavalerie royale et il se dit, l'espace d'un bref instant, qu'il serait plus heureux s'il était resté à ce grade. L'enthousiasme des troupes, la joyeuse clameur qui s'élevait à son approche lui laissaient un pincement au cœur.

Les souvenirs de Nicky se teintaient à présent d'érotisme. La diabolique bohémienne que l'on avait fait intervenir dans sa jeune expérience, cette prostituée, lui faisait encore de l'effet. Chaque acclamation des troupes lui remuait les sens. La jument anglaise, si élégante, si claire, dut être sensible à cet émoi car elle se mit à adopter une nouvelle allure. Il fallait voir comme elle caracolait !

Pourtant, au bout d'une minute, cheval et cavalier perdirent cet enthousiasme partagé pour sombrer dans la mélancolie ordinaire. Être né le jour de la fête de Job le Malheureux. Quelle pouvait être l'intention divine ?

Sa belle humeur revint aussi vite. Je faisais de mon mieux pour suivre. Les pensées de Nicky se bousculaient pêle-mêle dans un joyeux tintamarre plein d'échos et la mélancolie ne pouvait guère s'installer durablement au cours de ce défilé. Les décorations étaient accrochées à toutes les façades de la rue Tverskaïa, en cette matinée Moscou irradiait comme une vieille dame qui n'avait jamais été aussi belle et la lumière splendide rappela à Nicky les plus glorieuses de ses parties de chasse, comme cette fois où

Alexandre III l'avait félicité pour ses prouesses. Nicky avait rougi en recevant un compliment aussi rare de la part de son père et avait immédiatement attribué tout le mérite à ses chiens. Ce à quoi le tsar Alexandre III avait répondu : « On peut connaître la valeur d'un homme à ses chiens. »

En effet, le Tout-Puissant pouvait le considérer comme le plus fidèle de Ses chiens. Il connaissait les animaux, il les connaissait vraiment bien. Presque chaque fois, en buvant le sang d'un cerf qu'on venait d'abattre alors que l'écho du dernier coup de fusil résonnait encore dans la forêt, il se sentait proche de Dieu. Le cerf, cette créature à la forme si parfaite, venait tout juste de perdre la vie. Pourquoi ? Pour qui ? Pour Nicky, la réponse était simple mais profonde. La mort de ce splendide animal contribuait à rapprocher l'homme de Dieu. Car c'était Dieu qui avait accordé aux êtres humains le droit d'ôter la vie à ces créatures merveilleuses. Nicky se souvint alors d'un blasphème qui lui avait un jour brûlé la gorge. La première fois où il but le sang d'un cerf, il avait pensé : « Ce sang doit avoir le même goût que le sang du Christ. Pourquoi sinon serait-il aussi pur ? » Il se crispa au souvenir d'un tel blasphème. Cela lui rappela les devoirs qui l'attendaient. Il pouvait bien se sentir proche de Dieu, il pouvait légitimement se sentir proche de certains beaux animaux, mais maintenant il fallait compter avec les ministres qui l'entouraient sans cesse, désireux de le voir, cherchant à l'utiliser. La principale préoccupation de ces ministres était l'extension de leur propre pouvoir. Ils avaient la tromperie au bout des doigts et le sens de leur intérêt personnel dans la peau.

Il était capable de faire face. Selon lui, du moins. Il disposait d'une trinité de valeurs pour se protéger, la devise même de son père, Honneur, Tradition, Loyauté. Mais il fallait une force inébranlable pour rester fidèle à ces trois principes. L'Honneur pouvait se muer en déshonneur, la Tradition pouvait se scléroser, la Loyauté s'user. Il n'était pas homme à tolérer des intrigues incessantes. Supporter de tels ministres était comme tomber dans une cage d'escalier. Tandis que tuer un animal tout en éprouvant de la compassion pour lui, c'était du miel pour l'âme !

À cet instant, sa jument se cabra. Peut-être venait-elle d'imaginer le sang du cerf ? Un cri de peur jaillit de la foule des spectateurs. La monture était dressée sur ses jambes arrière. L'instant d'après, la foule applaudit. Des rues, des fenêtres, des balcons, des toits de la rue Tverskaïa, des dizaines de milliers de badauds qui assistèrent à cet instant s'éleva une énorme vague d'applaudissements. Nicky, le plus gracieusement du monde, était parvenu à rester en selle et avait calmé son cheval. Le tonnerre de l'ovation publique se répandit tout au long du trajet jusqu'à la porte Spasski du Kremlin. Les dizaines de milliers de spectateurs massés plus loin sur le parcours du cortège n'avaient pu assister à l'événement et ignoraient donc la raison de ces applaudissements mais ils se mirent tout de même à applaudir eux aussi. Nicky en était rouge de plaisir.

Pas pour longtemps. Ses futurs devoirs l'attendaient. Il allait devoir travailler avec ses ministres, qui n'auraient aucun respect pour lui. Ils étaient accoutumés à l'autorité de son père. Il fut à nouveau envahi par la mélancolie.

Dans cinq jours, il allait recevoir la couronne et serait débordé par les tâches qui l'attendaient. L'opinion de ses ministres l'emporterait toujours sur la sienne. Ils en savaient bien plus que lui. On ne l'avait même pas laissé décider de l'organisation de ce cortège. Ils s'en étaient chargés. Ils lui avaient expliqué que cette marche interminable vers le Kremlin serait son entrée triomphale dans le monde. C'est pourquoi le cérémonial devait durer aussi longtemps. Il était crucial qu'il soit vu à la tête d'une procession longue de plusieurs kilomètres. Et pour soutenir l'attention des spectateurs, sa mère et Alix n'apparaîtraient dans leurs deux carrosses dorés qu'à la fin du cortège. Cette disposition, les ministres avaient bien insisté sur ce point, était le moyen le plus dramatique de mettre en scène la grandeur du pouvoir russe.

Alix avait demandé à être à ses côtés. Nicky s'était efforcé de lui expliquer les intentions des ministres. Elle n'avait rien dit. Pour Nicky, se sentir comme un chien devant Dieu c'était une chose, mais éprouver le même sentiment devant sa femme en était une autre. Il n'y a rien de pire pour un animal qui ne demande qu'à montrer sa bravoure que de lire dans le regard de son maître qu'il n'est rien de plus qu'une pauvre créature lâche et manifestement ignoble.

8

Avant le couronnement qui devait avoir lieu le 14 mai, Nicky et Alix avaient été constamment occupés, après la procession inaugurale du 9, par des réceptions officielles où il fallait qu'ils accueillent avec tous les honneurs de nombreuses personnalités du pays et de l'étranger. Cette capacité à rester aimable sans pouvoir bouger un pied et sans manifester le moindre effort était considérée comme un signe supplémentaire des compétences royales. Après coup, il se plaignit auprès d'Alix et de sa mère (avec le sourire toutefois) d'avoir les joues à vif à force d'avoir été embrassé par des plénipotentiaires aux moustaches raides.

Le 13 mai, les ornements sacrés furent apportés dans la salle du trône du Kremlin et il commença à se sentir envahi par une nuée de préoccupations. Les cérémonies lui étaient devenues familières mais il éprouvait une curieuse appréhension, comme si l'enfer lui-même se tenait aux aguets. Il voulait absolument que tout se passe bien. Il attendait le 14 mai comme une délivrance. Après, il ne se contenterait plus d'agir comme le tsar, il serait le tsar en personne. C'en serait fini de tout cela, du moins s'il n'y avait pas d'incident.

Je le soupçonne de s'être douté que quelque chose se préparait – sans pouvoir deviner quand cela se produirait. Chaque jour entre le 10 et le 13 lui semblait également dangereux.

Sur ce point, il n'était pas le seul à nourrir des appréhensions. Étant donné la propension typiquement russe à croire que rien de bon ne saurait durer très longtemps, beaucoup affirmaient que le beau temps allait cesser le matin même du couronnement. Au contraire, le 14 mai, Moscou s'éveilla sous un beau soleil matinal. Il fallut ajourner les prédictions pessimistes. Bien des femmes qui avaient été les premières à annoncer un déluge pour ce jour-là continuaient à dire que quelque chose allait gâcher la cérémonie. Comme Alix s'était convertie à la religion russe orthodoxe immédiatement après la mort d'Alexandre III, ces femmes déclaraient à présent : « Elle est venue vers nous derrière un cercueil. » Malgré tout, cette journée était si exceptionnellement belle qu'un sentiment contradictoire se fit jour. Beaucoup affirmaient à présent : « Nous sommes proches de la fin du siècle. Peut-être le prochain, le XXe siècle, sera-t-il différent. Qu'il nous apporte des miracles de beauté et de bien-être. »

9

Je n'ai pas grand-chose à raconter sur le couronnement en lui-même. Le Maestro ne m'avait pas compté au nombre des démons qui devaient travailler sur l'événement. Je n'avais élevé aucune protestation. Le plus sûr moyen d'obtenir ses faveurs est d'accepter sans discussion le poste qu'il vous assigne. Du reste, il m'avait même confié, comme si désormais je faisais partie de ses intimes : « Dans le schéma général des choses, le couronnement ne sera considéré que comme un événement mineur. Vous n'allez rien manquer. »

Je n'étais donc présent dans aucune des cathédrales, ni dans celle de l'Assomption, ni dans celle de l'Archange, ni dans celle de l'Annonciation, mais on me fit encore et encore le récit du scandale inavoué qui eut lieu dans la cathédrale de l'Assomption.

Peu après que le tsar et la tsarine eurent pris place sur leurs trônes, le collier de l'ordre de Saint-André se détacha au moment où le tsar se penchait pour qu'on le lui passe au cou. Étant donné le nombre de Cudgels présents à la cérémonie, se pouvait-il que ce fût là notre œuvre ? Ou était-ce le fruit du hasard ?

Il importe d'être précis sur de telles questions. Il existe après tout des relations labyrinthiques entre le Maestro et le Dummkopf. Je pourrais dresser un inventaire infini des compromis, des brutalités, des ruses et des tromperies dans les deux camps. Aussi n'est-il pas inutile d'observer attentivement tous ces rituels russes, entourés de leurs reliques, leurs icônes, et tous ces signes extérieurs du pouvoir monarchique comme le collier, la croix, la couronne, le sceptre et le globe terrestre. Et puis le trône lui-même, portant en lui le souvenir des bénédictions et des malédictions, ce même trône sur lequel le tsar Michel Ferodovitch s'était assis en 1613. Certains croyants pensent bien sûr que la cérémonie en elle-même dispense une sorte de pouvoir divin qui pénètre les pores, la chair et le cœur du tsar. Pourtant, selon moi, cette aura magique n'émane pas seulement du Dummkopf. Le Maestro s'enorgueillit volontiers de glisser clandestinement son obole parmi les cadeaux de Dieu.

Nous considérions donc avec une certaine sympathie la ferveur avec laquelle Nicky croyait en le Seigneur Tout-Puissant. Le Maestro trouverait bien à l'occasion le moyen de tourner ce sentiment à son avantage. Je savais aussi que nombre d'entre nous étaient présents au moment où le cortège quitta le palais à dix heures et demie, et que chaque pas s'effectuait au son du carillonnement de milliers de cloches, certaines aussi douces qu'un froissement de feuilles, d'autres sonores comme un grondement jailli du cœur même du métal. Les prêtres de la cathédrale de l'Assomption sortirent accueillir les monarques et leur tendirent la sainte croix à embrasser. On invoqua la Trinité, les prières furent dites trois fois, les saintes icônes embrassées trois fois. Nicky et Alix montèrent les marches qui menaient au dais, au centre de la cathédrale. Nous le connaissions bien. Nous étions déjà là lorsque Michel Ferodovitch, le premier tsar de la dynastie des Romanov, était monté sur ce même trône. Aussi je ne m'étendrai pas sur la manière dont étaient disposés les insignes impériaux ni sur l'injonction du métropolite de Saint-Pétersbourg qui importuna Nicolas II en lui demandant de se confesser publiquement. Et Nicky la fit en effet, cette confession publique, mais si brièvement et d'une voix si basse que personne n'entendit rien. Ensuite le tsar lut la prière du jour et le métropolite dit : « Que la bénédiction du Saint-Esprit soit avec vous. Amen. »

Je peux affirmer que nous savons parfaitement détecter en toutes occasions la présence du Saint Esprit. (Sa bénédiction, en bien des circonstances, est légèrement entachée de notre esprit à nous.) Ce fut précisément à ce moment-là que le collier de l'ordre de Saint-André tomba. Les prêtres évidemment feignirent d'ignorer cet incident stupéfiant. Ils ont pour règle de ne jamais montrer que quelque chose se passe mal au cours d'une cérémonie. Et donc, sans marquer le moindre temps d'arrêt, le métropolite fit le signe de la croix, posa ses mains sur la tête du tsar et récita deux prières, ensuite Nicolas II put prendre la couronne, la placer sur sa tête et se saisir du sceptre de la main droite et du globe terrestre de la gauche. Il plaça ensuite son royal postérieur sur le trône du tsar Michel Ferodovitch. Est-ce qu'il sentit comme un écho de ce contact aussi ancien ? Quoi qu'il en soit, il se leva quelques instants plus tard, tendit les insignes à des assistants et fit signe à Alix qui se tenait agenouillée devant lui sur un coussin cramoisi bordé de dentelle d'or. Une nouvelle salve fut tirée par cent un canons.

La cérémonie suivit son cours. Dans de telles occasions, le rituel orthodoxe n'est jamais rapide. Parmi ceux qui avaient éprouvé une sorte d'illumination intérieure au début, beaucoup ne ressentaient plus que la fatigue de leurs membres. L'ennui s'emparait de la liturgie divine. Je me demande si ce n'est pas une preuve du génie des rituels russes. La longueur de la cérémonie finit par envoûter certains fidèles qui n'étaient pas tellement intéressés au départ. Il n'est donc pas nécessaire que je décrive chaque pas effectué par le tsar et la tsarine après qu'ils furent descendus de leur dais. Trois pas dans cette direction, trois pas dans l'autre, la Trinité célébrée encore et toujours. Le Maestro parlait toujours favorablement de la Trinité, comme s'il savait une chose que les autres ignoraient. Je me souviens d'un mariage où le garçon d'honneur avait eu des relations charnelles avec la mariée, tout le monde l'ignorait sauf eux, et il y avait dans la subtilité de son attitude quelque chose d'assez semblable à cette sorte d'approbation que le Maestro semble toujours réserver au Saint-Spectre. C'est toujours là qu'il porte ses attaques. Puisque le Saint-Spectre est l'incarnation de l'amour du Père pour le Fils et du Fils pour le Père, c'est toujours le point précis où le Maestro dirige ses attaques pour affaiblir la quintessence de cette intégrité.

Je suis donc convaincu que c'est bien l'action du Maestro qui a provoqué la rupture du collier de l'ordre de Saint-André.

10

Le tsar et sa suite se rendirent de la cathédrale de l'Assomption à celle de l'Archange, où, à quelques variantes près, le même rite se répéta, puis il se rendit à la cathédrale de l'Annonciation.

On me rapporta que le tsar et la tsarine avaient besoin de repos mais qu'ils devaient assister à un dîner de cérémonie donné au palais des Facettes. Dans son journal, Nicky nota : « Tout ce qui s'est produit dans la cathédrale de l'Assomption, même si cela a l'air d'un rêve, restera gravé à jamais dans ma mémoire. » Puis il ajouta : « Nous nous sommes couchés de bonne heure. » À cause de la fatigue ou d'une résurgence du désir provoquée par le sentiment agréable que la corvée était enfin finie et qu'il n'y aurait pas à la refaire ? Je ne saurais dire. J'aurais bien aimé me trouver dans leur chambre. J'aurais au moins appris dans quelle mesure la sainteté corrompue – j'emploie ces deux mots à dessein, la sainteté corrompue – de ces saints métropolites avait à voir avec les transports de Nicky et d'Alix. Cette interminable cérémonie avait-elle éveillé en eux quelque bulle de concupiscence ? Je souffrais toutes les peines de l'exclusion.

Il peut sembler étrange que j'aie une telle soif de m'instruire toujours davantage, mais je dois faire un sort à cette idée communément admise selon laquelle Dieu et le Diable disposent de tout le savoir dont ils ont besoin. Je suggérerais plutôt que la meilleure approche pour comprendre l'étendue de mes pouvoirs est d'estimer que je surpasse un érudit de la même distance que celle qui le sépare lui-même d'un lourdaud mal éduqué. Dans la mesure où je n'ai pas de réponse à toutes les questions qui tourmentent l'humanité, il m'arrive aussi d'être dérouté par ce que je ne comprends pas.

Cette nuit-là, occupé par mes préparatifs de la Fête des paysans qui devait avoir lieu dans quatre jours, je manquai également le banquet au palais des Facettes. C'était l'événement de la saison à Moscou et dans toute la Russie, une de ces occasions mondaines qui pouvait assurer votre avenir si vous étiez invité, et donc une véritable orgie de rêves et de projets pour les plus riches des nouveaux riches.

Il y avait aussi évidemment beaucoup d'inquiétude et de frustration chez ces ambitieux. Ils n'étaient pas toujours satisfaits de la place qui leur avait été assignée. En observant le placement des autres invités, ils prenaient douloureusement conscience de leur statut dans la société. Étaient-ils en disgrâce ? De fait, seuls les plus illustres des invités partageaient la même salle que le tsar et la tsarine. Il y avait là la fine fleur du corps diplomatique, le saint-synode, le grand maréchal, le grand maître des cérémonies, les ministres de haut rang et quelques personnalités des plus fortunées. Les autres avaient été placés dans la salle de Saint-Vladimir.

Offusquer le sentiment de leur propre importance que possédaient ces hôtes riches, puissants et célèbres était bien la dernière des punitions qu'un monarque eût voulu leur infliger, il ne fallait pas être très malin pour le comprendre. Aussi Nicolas, en compagnie d'Alexandra, mit-il un point d'honneur à s'asseoir quelques instants à chaque table des deux salles, suivi par l'impératrice douairière Marie, la reine et le prince de Naples, la duchesse d'Édimbourg, le prince héritier de Suède, la duchesse Élisabeth et le grand-duc Alexis. Ils se rendirent de table en table dans la salle Saint-Vladimir, accueillis à chaque étape par le genre d'ovation qui pouvait sortir de la gorge sèche de ces gens qui s'étaient résignés, malgré tous les efforts qu'ils avaient déployés pour obtenir une invitation, à s'être donné du mal pour rien. Ils s'attendaient à être purement et simplement ignorés. Du coup, quel soulagement, et quelle salve d'applaudissements lorsque le tsar et la tsarine s'avançaient vers leur table !

Je ne parlerai pas du repas. Je n'aurais aucun plaisir à évoquer la vaisselle d'or, les mets français, les différentes sortes de caviar, les vins (de France et de Crimée), la vodka, le champagne. Tous les banquets finissent toujours par provoquer les mêmes acides gastriques mais il faut dire qu'ici, chaque invité était servi par trois valets en livrée rouge à galons dorés. Les menus étaient illustrés, l'orchestre impérial joua pendant toute la durée du dîner et le palais des Facettes étincelait.

En ce temps-là, les journalistes n'étaient guère encouragés à critiquer les grands et les puissants. Ils déclarèrent tous que cette cérémonie resterait à jamais inoubliable. Le palais des Facettes avait la réputation de servir très rarement de cadre à des cérémonies. Ses portes antiques ne s'ouvraient que dans les plus grandes occasions de l'histoire de la Russie. Ivan le Terrible et Pierre le Grand y avaient tenu banquet lors de leur couronnement. Un des journalistes venus d'Amérique, manifestement envoûté par l'événement, conclut ainsi son reportage :

> *Ainsi s'acheva le plus beau jour de notre vie, celui dont on se souviendra pendant des années. Nous savions tous que nous venions d'assister à l'événement le plus grandiose qui se pût imaginer et nous avions eu bien de la chance, tout s'était passé si merveilleusement.*

Un autre reporter américain déclara qu'à présent il croyait non seulement dans l'immense potentiel de grandeur de la Russie mais aussi dans la légitimité de Nicolas II. La Russie était plus prospère et plus pacifique qu'elle ne l'avait jamais été.

... Nicolas II entame son règne accompagné des bons vœux de la terre entière, des monarchies, des empires mais aussi des républiques, tous unis pour lui souhaiter « bon voyage » au début de ce périple sans pareil. D'Allemagne, de France, d'une vénérable souveraine qui connaît le plus long règne de l'histoire d'Angleterre, de notre président et de tant d'autres dirigeants de nations grandes ou petites, il a reçu les messages les plus chaleureux mais par-dessus tout le grand cœur du peuple, d'un seul élan, a compris que dans le visage aimable et souriant du jeune tsar il pouvait lire la promesse d'un règne prospère et juste.

11

Je comprends que les ministres de Nicky aient jugé indispensable que ce couronnement surpasse en grandeur toutes les cérémonies européennes du passé. Ils devaient faire face à d'énormes problèmes. La Russie était à la fois immensément riche et extraordinairement pauvre. Pour devenir une puissance économique comparable à la Grande-Bretagne ou aux États-Unis, il était primordial qu'elle achève rapidement la construction du chemin de fer transsibérien commencée depuis des années. Le pays avait besoin de fonds étrangers très importants pour poursuivre les travaux. Cinq ans avant le couronnement, la Russie avait dû exporter vers l'Ouest la plus grosse part de sa moisson de céréales. Le ministre des Finances d'Alexandre III avait estimé que c'était la seule solution. Les céréales étaient l'unique denrée que la Russie pouvait produire en masse. Il fallait donc exporter la plus grande partie de la récolte. C'est ce qui provoqua la famine de 1891. Des millions de paysans moururent.

À présent, des centaines de milliers de parents de ces paysans s'étaient rendus à Moscou où ils s'étaient regroupés dans les différentes gares de chemin de fer de la ville. La plupart dormaient à même le sol. Ce qui provoqua chez le Maestro le commentaire suivant : « Il est normal que ces paysans veuillent rester dans les gares. Il y a cinq ans, ils ont vu leurs céréales partir par pleins wagons. Aujourd'hui ils attendent au dépôt pour voir si elles vont revenir. »

Les paysans présentaient beaucoup d'intérêt pour nous. Sans leur loyauté, comment Nicolas II pourrait-il gouverner ? Il ne pouvait pas compter sur les villes. Les prolétaires, qui avaient été eux-mêmes paysans peu de temps auparavant, étaient accablés de maladies, le choléra, le typhus, la syphilis, la tuberculose. Ils vivaient désespérément entassés les uns sur les autres. L'alcoolisme était un immense problème, de même que la prostitution.

Pourtant, la vente des céréales en 1891 avait atteint son objectif économique. Les investissements dans l'industrie lourde allaient tripler en dix ans. La conséquence d'une telle croissance fut que les égouts de Moscou, totalement saturés, inondaient les taudis en été tandis qu'en hiver les ouvriers mouraient de froid.

Ceux qui étaient restés dans leur village vivaient toujours dans des cabanes en rondins d'une seule pièce dont l'intérieur était noir de fumée. Des reproductions bon marché d'icônes étaient clouées au mur et tout visiteur qui pénétrait dans la maison d'un paysan se sentait tenu de s'incliner devant elles. Ce n'est qu'après qu'il pouvait saluer le maître de maison qui en tant que maître dormait à la meilleure place, à savoir au-dessus du foyer qui gardait encore la chaleur du feu ayant servi à cuire le repas du soir. Le reste de la famille dormait par terre dans la saleté. Il n'était pas question de se déshabiller mais quand il ne faisait pas trop froid, les hommes retiraient leurs bottes avant de se coucher. Ils avaient un dicton : « L'odeur de tes pieds chassera les mouches. »

J'avais pourtant du respect pour ces paysans que je voyais dans les gares de Moscou. Ils étaient vieux avant l'âge et n'avaient plus guère de dents mais ils étaient aussi forts que des bêtes de trait. Comme elles, ces hommes et ces femmes bougeaient peu. Ils avaient la patience du bétail. Mes observations me laissaient entrevoir la raison pour laquelle le Dummkopf s'intéressait tellement à la Russie. Que ces hommes pauvres, sales, gros, costauds, taiseux et leurs femmes ordinaires, robustes et parfois difformes fussent méchants, bornés, ignorants, ahuris et même demeurés, tout cela pouvait bien être comme une pellicule de cire recouvrant un pot d'une délicieuse confiture. Sous leur torpeur, je devinais leur capacité à être forts, sages, généreux, honnêtes, loyaux et même intelligents, comme Tolstoï et Dostoïevski avaient tenté d'en convaincre leurs lecteurs. Si le génie de la paysannerie russe devait se manifester à l'avenir, voilà qui constituait pour nous un grave problème. Notre but après tout n'est-il pas de limiter les capacités humaines ? Nous attendions impatiemment le moment de reprendre les rênes au Dummkopf.

12

Le grand jour, pour moi, approchait. Un immense rassemblement était prévu sur le champ de Khodynka, le 18 mai, en l'honneur de tous les paysans présents en ville. Ce serait une fête pour ceux qui avaient parcouru des centaines de kilomètres en train, en charrette, parfois même à pied, pour être à Moscou au moment où le tsarévitch allait devenir le tsar.

L'événement était destiné à démontrer l'amour que Nicky portait à son peuple. On allait célébrer sa grandeur, on allait le divertir. Des artistes de cirque, des chanteurs, des danseurs allaient se produire sur de nombreuses scènes et, dans des pavillons, des cadeaux seraient distribués au nom du tsar et de la tsarine. La vaste étendue du champ de Khodynka était prête à accueillir un demi-million de personnes. Quatre cent mille chopes de fer peintes en rouge et or, portant les initiales de Nicky, allaient être offertes ainsi que des écharpes de soie pour les femmes, quarante mille litres de bière et des colis de victuailles contenant du pain russe, des noix, des saucisses, des gâteaux et du jambon avec en prime un petit livret consacré au couronnement et portant lui aussi les initiales du tsar et de la tsarine.

Pour éviter la cohue, Nicky, Alexandra et des membres de la Cour devaient arriver vers midi et s'installer en grande pompe dans un pavillon royal récemment construit à l'une des extrémités du terrain de parade. Il pouvait accueillir un millier de notables. À côté, on avait érigé un autre pavillon qui pouvait lui aussi accueillir un millier de personnes prêtes à payer leur place pour un tel privilège.

Certains responsables s'inquiétaient tout de même sérieusement à l'idée que les forces de police puissent être insuffisantes. Trois officiers seulement étaient prévus pour commander une compagnie de cent cinquante cosaques qui devaient servir de renforts. Cent cinquante cosaques pour encadrer un demi-million de Russes ! Leur commandant demanda des hommes supplémentaires mais on lui répondit qu'on manquait d'effectifs de police. Il y avait bien d'autres secteurs de la ville qu'il fallait protéger des voyous et des révolutionnaires. De plus, le gouvernement avait déjà dépensé des sommes considérables pour assurer la sécurité du tsar pendant la semaine de cérémonies. Il ne restait plus d'argent pour ce genre de problèmes. Je reconnus bien là la main du Maestro.

Nous étions prêts à en tirer profit. Treize ans auparavant, lors du couronnement d'Alexandre III, le champ de Khodynka avait déjà accueilli une Fête des paysans. Il s'y était produit un certain nombre d'incidents malheureux et une trentaine de paysans étaient morts, mais cela avait été considéré comme une perte acceptable. On ne pouvait tenir personne pour responsable du moindre problème qui survenait dans le cadre d'un rassemblement aussi vaste.

Cette fois, ce fut Nicky qui décida d'utiliser le même site pour la Fête des paysans. Il voulait instaurer une nouvelle tradition. « D'après vos rapports, déclara-t-il à ses ministres, nous avons besoin de plus de traditions. »

Il y eut tout de même un problème que personne ne prit en considération, ce fut l'état du terrain. Une grande exposition s'y était tenue. Des constructions temporaires avaient été démolies mais ensuite on avait manqué d'argent pour reboucher les fondations. Le sol était balafré de sablières, de tranchées, de fosses à ciel ouvert et de fondations abandonnées. On avait tracé de larges chemins pour contourner ces obstacles et on avait estimé que les gens feraient attention. Il y avait tout de même de la place pour un demi-million de visiteurs.

La vérité, c'est qu'il y avait des problèmes plus urgents que le champ de Khodynka. Il fallait héberger les masses qui affluaient à Moscou. Certains paysans avaient de la famille qui travaillait en usine et pouvaient donc être logés chez eux. Les vestes en peau de mouton graisseuses, les pèlerines trempées de sueur, les caftans, les manteaux de laine noire leur apporteraient des odeurs qui leur seraient plutôt familières. Et bien sûr, il y avait les gares. Elles faisaient office de lieu d'hébergement. Ce qui n'avait pas été prévu en revanche, c'est le grand nombre de paysans qui décidèrent de s'installer sur le champ dès la nuit précédente. Dans la soirée, ils étaient déjà très nombreux à avoir dressé leur campement. On buvait, on chantait, on avait allumé des feux de joie. On jouait de la balalaïka. La rumeur avait circulé en ville. Les cadeaux seraient distribués de bonne heure. C'est nous qui avions répandu ce bruit. Oui, le meilleur partirait en premier. Des milliers de paysans s'avancèrent donc et se mirent à se presser contre les barrières en bois qui protégeaient les cabanes, les pavillons et les comptoirs où étaient entreposés les cadeaux. D'autres commencèrent à pousser par-derrière. Puis, des heures avant le lever du soleil, la populace laborieuse de Moscou arriva à son tour. Les habitants des taudis défilaient. Eux aussi avaient eu vent de la rumeur.

Cette nuit du 17 mai, il y eut un gala au Bolchoï. De nombreuses femmes arboraient leurs diamants, il y en avait tant que l'éclat des pierres, comme beaucoup le firent remarquer, rivalisait avec les feux de la rampe. Mais le sujet de conversation dans cette noble assemblée, c'était le champ. On affirmait que dans la matinée un million de gens se masseraient à Khodynka. Un million ! « Oui, disait-on au Bolchoï, jamais encore autant de gens du commun n'ont été prêts à manifester leur révérence envers le tsar. »

C'est ce qu'on disait au gala. Mais dans le champ régnait une certaine inquiétude. Des paysans commencèrent à arracher les poteaux qui soutenaient les clôtures. « Tous les cadeaux intéressants sont déjà partis. » C'est ce que nos agents, sur place, s'employaient à répéter. « Il n'y a plus de chopes, il n'y a plus de bière. » « Non, affirmait une rumeur contradictoire, il reste de la bière mais il n'y en a plus beaucoup. » Les barrières commencèrent à trembler. Dès que la première tomba, les kiosques furent pris d'assaut. Mais ceux qui parvenaient à attraper des cadeaux étaient aussitôt renversés par la masse qui poussait derrière eux. Des milliers de gens s'écrasaient contre les milliers qui étaient devant eux. Dès qu'un homme trébuchait, un autre lui marchait dessus. Un troisième s'écrasait. Un quatrième était assommé. Les corps poussaient toujours de l'avant. Les femmes criaient ; les enfants pleuraient. Des masses d'hommes, de femmes, d'enfants dégringolèrent pêle-mêle dans la plus grande des sablières et ils se débattirent dans un immense charivari au fond du trou, cherchant une prise ou un corps à escalader pour ressortir, tandis que d'autres corps continuaient à tomber sur eux. Ils commencèrent à étouffer. Je n'avais jamais entendu de telles lamentations. Des gorges par milliers hurlaient de rage. Beaucoup poussaient des cris de terreur. Les hommes et les femmes les plus petits étaient lancés en l'air comme de l'écume. Des enfants gémissaient sous le poids des bottes qui les piétinaient. C'étaient des bruits épouvantables. Qui aurait pu dire combien de centaines de talons écrasaient des centaines de torses, de nez, d'yeux, de dents ? Quelques-uns parvinrent à s'échapper. Pas beaucoup. Quelques enfants furent portés à bout de bras et passés en arrière par-dessus les têtes. Les adultes qui parvenaient à se dégager de la foule s'écroulaient comme des poissons à l'air libre, incapables de respirer ou de bouger, puis reprenaient leur souffle, petit à petit. Certains hurlaient le nom de membres de leur famille. Les visages étaient déjà pétrifiés de chagrin.

Puis, à la manière d'une tempête qui se meurt, la cohue cessa. Ceux qui avaient forcé les cabanes et en avaient piétiné les décombres étaient contraints de continuer d'aller de l'avant à cause de la poussée de ceux qui suivaient, ils finirent par atteindre l'extrémité du champ. D'autres parvinrent à s'échapper en se faufilant sur les côtés. À l'arrière, certains en entendant les cris devant eux cessèrent de pousser et firent marche arrière. Tandis que la frénésie se calmait, les gens s'échappaient dans quatre directions. Les morts restaient sur le terrain et dans les trous.

À cette heure matinale, alors que certaines victimes bougeaient encore, le désordre se répandit dans les rues de Moscou. Des dizaines de milliers de Moscovites qui avaient décidé d'assister à la cérémonie d'ouverture en fin de matinée avaient voulu partir de chez eux de bonne heure pour éviter la cohue. Alors qu'ils approchaient à pied, ils virent venir à leur rencontre des chariots, et ces chariots sanglants étaient suivis par des hommes et des femmes en pleurs. Certains même étaient hystériques. Ils se mettaient brusquement à rire pour se lamenter l'instant d'après. Ils ne savaient plus s'ils devaient s'estimer bénis d'avoir échappé au massacre ou s'ils étaient en grand danger de perdre leur âme. Beaucoup d'entre eux éprouvaient une envie de rire particulièrement déplacée. Comment ne pas le faire, alors que dans le plus petit coin de leur âme, ils avaient secrètement méprisé depuis des années le parent qui venait de mourir ?

Ceux qui continuaient à affluer vers Khodynka étaient stupéfaits de voir tous ces gens en pleurs qui arrivaient dans l'autre sens. Chaque chariot transportait des corps enveloppés dans toutes sortes d'habits de paysans en lambeaux. De nombreux morts gisaient encore sur le champ, le nez écrasé, le visage ensanglanté, les membres brisés, la mâchoire déboîtée, le corps tordu presque nu. Sur les chariots plusieurs corps étaient recouverts de bouts de tissus qu'on avait arrachés aux vêtements d'autres cadavres pour protéger la pudeur du mort.

On en vint plus tard à estimer le nombre des victimes. D'abord on annonça à Nicky qu'il y en avait trois cents mais le ministre qui lui communiqua l'information était bien connu pour réduire les mauvais chiffres d'au moins quatre-vingt-dix pour cent. Plus tard, Nicky fut avisé qu'il y avait eu mille trois cents victimes. Le bilan total fut de trois mille. Il pouvait difficilement se faire une idée du chiffre exact. La première chose que firent les hauts responsables de la police parvenus sur les lieux fut d'évacuer les cadavres avant l'arrivée du tsar. On compterait les morts plus tard.

Entre-temps, la matinée brillait de tout son éclat. C'était le dixième jour de beau temps d'affilée. Les clochers à bulbe des quarante fois quarante églises de Moscou resplendissaient au soleil. Les dômes, recouverts de feuilles d'or, luisaient comme s'ils étaient fils du soleil et leurs cloches, pour célébrer l'événement, carillonnaient sur tous les tons, du plus fort au plus délicat. Mais aux oreilles de tous ceux qui quittaient le champ, résonnait encore la clameur des lamentations, une cacophonie de gémissements, de hurlements, de braillements, de pleurs, de sanglots et de soupirs qui tranchaient cruellement avec le son des cloches.

Pour ma part, exalté par l'étendue de notre triomphe, j'avais l'impression de lire les faiblesses de la plupart des gens que je croisais. Ils étaient si nombreux à avoir le cœur malade, l'âme malade, l'estomac malade, la boue leur collait au cerveau, ils étaient perdus dans le tourbillon d'un rêve. Et pendant ce temps, le soleil faisait briller l'or des clochers à bulbe au-dessus de chaque église. Pendant les six derniers mois, des ouvriers en grand danger de glisser sur la pente abrupte de ces toits recouverts de glace hivernale avaient néanmoins peiné à appliquer de nouvelles feuilles d'or sur ces dômes.

13

À midi, avant l'arrivée du tsar et de la tsarine, la plupart des décombres avaient été enlevés du champ de Khodynka. Il restait bien quelques lambeaux de vêtements dans le sable et dans les trous, mais tous les cadavres avaient été évacués. Plusieurs compagnies de soldats avaient été appelées pour emporter les derniers corps au-delà des kiosques placés à la périphérie. On les déposait là bien en rangs en attendant que des charrettes puissent les porter au cimetière ou que des parents viennent à grands cris reconnaître les dépouilles. Nicky et Alix, bien sûr, à leur arrivée, furent placés assez loin pour ne pas avoir à entendre de tels cris. Un chœur composé d'un millier de jeunes gens et de jeunes filles avait pris place en face du pavillon royal, et leurs voix couvraient tout. Les tribunes étaient pleines d'étrangers distingués et de Moscovites revêtus de leurs plus beaux uniformes, les dames arboraient leurs toilettes de jour. Le principe selon lequel en société on ne doit jamais prêter attention à un événement désagréable était à l'œuvre. Il m'est déjà arrivé d'assister à des galas où un invité, l'un des nôtres en général, lâche un vent. La répugnance éprouvée par ses voisins les plus proches plane dans l'air un instant. Parfois même un bon moment. Mais personne ne fait le moindre commentaire. Selon le code social, il ne s'est rien produit. Cette capacité à ignorer les choses déplaisantes a toujours constitué un des atouts les plus puissants de la haute société.

À écouter ce chœur si merveilleux d'un millier de voix célestes qui offrait une sorte de banquet vocal, qui se préoccuperait à présent, toutes affaires cessantes, de reconnaître que quelques heures plus tôt l'horreur avait fait rage ? Les Russes élégants dans leurs pavillons, tellement désireux de singer les manières de la haute société britannique, se comportaient comme des spectateurs privilégiés sur un champ de courses un jour de grand prix. Ils auraient semblé presque trop parfaits, ces dames et ces beaux messieurs dans les tribunes, s'il ne s'était produit un incident. Un vent incroyablement violent s'éleva tout à coup, soulevant des nuages de poussière sur le champ de parade. Ce méchant tourbillon gagna bientôt les pavillons à l'extrémité de Khodynka. En un jour aussi glorieux, il n'aurait pas dû y avoir un tel vent. Tout était calme et pourtant cette bourrasque s'était levée. Je me demandais si j'assistais à la fureur du Dummkopf ou à la colère des morts.

Comme portés par ce vent, le tsar et la tsarine arrivèrent. Tout changea aussitôt. On aurait dit que la bourrasque n'attendait pour se dissiper qu'une nouvelle vague d'acclamations, si puissante qu'on pouvait à peine entendre l'orchestre, cette immense fanfare de cuivres qui jouait l'hymne national avec une puissante exaltation. Le champ de Khodynka disparaissait à moitié dans la poussière soulevée par les voitures des retardataires qui avaient voulu éviter la cohue du matin. Bientôt Nicky et Alexandra saluèrent le peuple amassé devant eux, puis quittèrent aussitôt le pavillon pour remonter dans leur carrosse et être conduits à quelques centaines de mètres de là, au palais Petrovski où le tsar devait recevoir des délégations choisies de sujets triés sur le volet. Je l'avais brièvement aperçu et il m'avait paru exceptionnellement pâle. Je me demandai s'il était au courant des événements. L'information devait être très approximative mais, de toute façon, les cérémonies prévues étaient maintenues. À moins de cinq cents mètres de Khodynka, Nicky et Alix aux portes du palais Petrovski recevaient donc ces nouvelles délégations. Elles étaient quatorze au total et apportaient toutes des cadeaux. Un présent spécial de la part de la cathédrale du Christ-Sauveur fut le premier à être offert à Nicky et Alix, un grand plat de cérémonie pour poser le pain et le sel. Il avait fallu neuf mois à huit artisans pour sculpter ce plat en cristal. Nicky daigna lever son postérieur et afficher un vague air de gratitude avant de remercier les huit artisans pour la splendeur de leur travail. Ensuite, ce fut le tour d'un régiment de cavalerie, le Georgïevski. Puis une délégation de paysannes suivi par de distingués artistes du Théâtre impérial. Après, une délégation des cochers de Moscou vint présenter ses respects. Il y avait même un cadeau de la part des vieux-croyants qui offrirent un plat d'argent dans lequel avaient été incrustées en diamants les initiales de Nicky. Ils furent rapidement remplacés par un groupe d'entrepreneurs qui avaient décoré Moscou d'éclairages et de fausses façades lors de la procession du 9 mai. Des représentants des traiteurs, puis la Société de chasse, le Racing Club de Moscou et même (en raison de plusieurs siècles de bons et loyaux services depuis le temps de Pierre le Grand) quelques représentants de la communauté allemande établie à Moscou depuis longtemps se présentèrent. Nicky et Alix entrèrent dans le palais présider un banquet donné en l'honneur des représentants du petit peuple. Glissant ces remarques entre des chœurs d'acclamations, Nicolas déclara à ces vieux représentants de la plèbe : « L'impératrice et moi-même nous vous remercions du fond du cœur pour ces témoignages d'amour et de loyauté. Nous savons que ces sentiments sont partagés par tous les autres villageois. Votre bien-être me tient à cœur. »

Je regardai l'heure à ce moment-là. Pour moi c'est une façon de parler. Je n'ai évidemment pas besoin de montre. Tout démon possède un sens inné de l'heure, de la minute et même de la seconde. Je peux donc affirmer qu'au moment précis où le tsar prononçait ce discours, un autre événement se produisait à la morgue. Un démon me rapporta l'heure exacte du second incident. Deux des cadavres qui avaient été déposés sur les tables de la morgue sortirent du coma en même temps. Ils poussèrent même un cri à l'unisson. Aux deux extrémités opposées de la pièce ! On les avait crus morts, mais manifestement ils vivaient encore.

Si je mentionne ces faits, c'est pour mieux souligner la coïncidence des deux événements. J'appris même qu'Alix à cet instant était torturée par un mauvais pressentiment. À chaque invité qui s'avançait vers elle, elle avait offert un beau sourire et avait incliné la tête en brave pigeon boulant. Mais elle était remplie de terreur. Elle était hantée par l'idée que sa propre mort était toute proche, et celle de Nicky également. Que de dangers il courait ! Elle se permit même de manifester ouvertement une certaine colère à l'égard du peuple russe. Qu'avait-il besoin, se demandait-elle, de se lancer dans une émeute ? Elle fit même observer à son époux : « Nos moujiks manquent décidément de courtoisie. » Nicky ne sut pas s'il devait s'offenser ou se réjouir du fait qu'elle ait parlé de *nos* moujiks. (Je reçus ces informations de seconde main de la part d'un agent spécial russe qui avait l'oreille d'une des demoiselles de compagnie d'Alix.)

À quelques centaines de mètres du palais Petrovski, des soldats emportaient les dernières victimes et, sur les bords éloignés du champ de Khodynka, des centaines de paysans et de Moscovites cherchaient des membres de leur famille. Au même moment, Nicky s'avançait de table en table, saluant les villageois qui dégustaient leur bortsch de Poltava, leur veau aux légumes verts, leur poisson froid, leurs poulets de printemps rôtis, leurs canetons, leurs concombres frais ou marinés, leurs desserts, leurs fruits, leurs vins.

Là-bas sur les estrades, jongleurs et danseurs bohémiens se produisaient devant la noblesse. On vendait de la crème glacée. Et derrière les cabanes on disposait encore des cadavres en rangs tandis que des parents désespérés continuaient à étudier le visage défoncé de ces corps qui étaient morts quelques heures plus tôt mais qui, bien que défigurés, pouvaient encore garder quelque trait reconnaissable. Certains d'entre eux, totalement découragés, finissaient même par déposer une pièce de cuivre sur la poitrine froide d'un étranger. Par endroits, on voyait encore des corps entassés, cinquante ici, vingt là, bras et jambes formant des angles insolites, vêtements couverts de saleté. Des médecins agenouillés dans la poussière vérifiaient si l'un ou l'autre bougeait encore. Brusquement, l'un des cadavres cessa de compter au nombre des morts, il se leva. Sa femme en pleurs près de lui commença à se marteler la poitrine : « Dieu est avec nous, cria-t-elle, Dieu est là. Dieu t'a sauvé ! » Mais à cinquante pas de là, une autre famille, plongée dans un deuil peu sincère après la mort d'un patriarche très âgé, poussait des cris perçants. Car le vieux tyran avait lui aussi rouvert les yeux. « Le Diable n'a pas voulu de toi, espèce de monstre ! » hurlait sa vieille femme.

14

Je n'avais joué aucun rôle déterminant pendant les troubles que je viens de décrire. Le Maestro avait tranché de manière catégorique. Je n'étais pas assez familiarisé avec Moscou pour pouvoir diriger les démons locaux. Je devais continuer à exercer ma surveillance sur Nicky. Je dus admettre que je n'avais pas été jugé assez impitoyable pour travailler sur le terrain. Cela blessait ma vanité. Je m'estimais capable de n'importe quelle tâche, importante ou secondaire, mais j'aurais dû savoir que mon affectation à l'étude des lettres et journaux des Romanov resterait mon rôle essentiel. D'ailleurs, le savoir que j'acquis à cette occasion me fut utile dans les années qui suivirent. Si les Romanov ne périrent pas ce jour-là dans un amas sanglant d'os brisés, ils allaient certainement en subir quelques conséquences fâcheuses par la suite.

Un premier résultat immédiat fut une perte d'efficacité de la part des Cudgels. Il existait maintenant des failles dans le cercle de protection qu'ils formaient autour de Nicky. C'est ainsi par exemple que j'ai pu m'approcher du tsar à une distance raisonnable au moment où, avec Alix, il venait prendre place à midi dans le pavillon de Khodynka. Grâce à cet accès que le Maestro avait réussi à ménager à ses pensées, je pus constater que Nicky n'était pas seulement d'une pâleur extrême en approchant du pavillon mais que cette pâleur était la conséquence d'un sentiment violent. J'en percevais l'intensité. Il y en a qui deviennent rouges de rage. Lui était pâle de fureur rentrée. Comme chez Alix, sa colère était spontanément dirigée contre les paysans. Comment avaient-ils pu se montrer si ingrats, si autodestructeurs ? Bien sûr, pesant comme une chaîne sur son cœur, son devoir était de leur pardonner. Mais comment pouvait-il faire appel à un tel sentiment, enfermé qu'il était dans sa colère ? Celle-ci d'ailleurs avait d'autres cibles. Il était également furieux de l'incompétence de la police, et bientôt furieux contre lui-même. Il n'avait prêté aucune attention aux questions de sécurité. Ce malheur aurait pu en grande partie être évité. À moins que... ? Était-ce l'effet de la fatalité ? Son destin était-il maudit ? Il l'ignorait. Il ne pouvait pas le savoir. Ce soir-là, il nota dans son journal :

> Jusqu'à présent, grâce à Dieu, tout s'est parfaitement déroulé mais aujourd'hui un grand péché a été commis. La foule qui passait la nuit dans le pré de Khodynka a forcé les barrières et il s'en est suivi une affreuse bousculade au cours de laquelle, il est terrible de le dire, 1 300 personnes ont été piétinées.

J'étudiai attentivement cette phrase, « un grand péché a été commis ». À qui faisait-il référence, aux émeutiers ou à lui-même ? Car dans l'après-midi du 18, le comte Witte, l'homme d'État que Nicky écoutait le plus volontiers, lui avait adressé ce message : « Par respect pour les victimes, toutes les festivités devraient immédiatement être annulées. » Et Witte ajoutait : « Et en particulier le bal de l'ambassadeur de France. » Lequel était prévu pour le soir même et promettait d'être le clou des fêtes du couronnement.

Des désaccords avec le comte Witte apparurent rapidement. L'oncle de Nicky, gouverneur général de Moscou, le grand-duc Serge Alexandrovitch, marié à la sœur aînée d'Alix, Ella, avait pris en charge, en plus de ses autres fonctions, la place de directeur de la Fête des paysans. Il envoya par message cette réponse à Witte : « Le tsar considère Khodynka comme un grand désastre mais vous informe qu'il n'est pas de désastre si grand qu'il doive obscurcir les célébrations du couronnement. »

Les aînés des grands-ducs, frères du gouverneur général, étaient du même avis. Cette position en revanche révoltait les cousins de Nicky, les grands-ducs de la jeune génération. Le meilleur ami de Nicky, son premier cousin Sandro, qui avait épousé une autre de ses sœurs, Xenia, déclara que l'attitude de ses oncles, ces vieux Romanov, cette branche âgée des grands-ducs, était tout simplement « monstrueuse ». Et les frères de Sandro, fils du grand-duc Michel, étaient entièrement d'accord. Nicky ne devait en aucun cas se rendre au bal des Français ce soir. Ce serait une terrible insulte envers les morts ! Où était l'honneur de la Russie ? Le tsar, quatre jours après son couronnement, était prêt à se ranger à l'avis de Sandro mais son oncle Alexis entra à ce moment-là dans la pièce – ce grand-duc était le plus âgé et le dernier frère survivant de son père.

« Nicky, dit l'oncle Alexis, tu n'es pas sans savoir que tes cousins, ces Mikhailovitch et en particulier Sandro, ne sont pas des gens que tu peux te permettre d'écouter. Ils sont jeunes et inexpérimentés. Ils sont radicaux. Et ils sont stupides. Ils sont pires que stupides. Je peux te le dire, même s'ils n'en conviendront jamais, ils collaborent avec des forces impies. Ils veulent destituer Serge Alexandrovitch pour placer un des leurs au poste de gouverneur général de Moscou. Pense aux conséquences pour Serge Alexandrovitch et pour Ella. Ta femme serait anéantie si sa charmante sœur Ella devait connaître une telle disgrâce. »

Je me trouvais assez proche pour entendre cette discussion. Les Cudgels encore une fois étaient absents. Quantité d'âmes de morts récents devaient attendre du réconfort, le Dummkopf avait peut-être envoyé ses Cudgels à la morgue. En tout cas, cette fois-ci il n'était pas difficile de se tenir très près de Nicky.

J'entendis donc ce que disait Nicolas Alexandrovitch, le frère de Sandro. Dès que l'oncle Alexis eut quitté la pièce, il déclara : « Nicky, je t'en supplie, ne va pas au bal des Français ce soir. Écoute ce que je te dis. Que nous le voulions ou non, nous vivons toujours à l'ombre de Versailles. Louis XVI et Marie-Antoinette pouvaient danser toute la nuit. Parce qu'ils étaient naïfs. Ils ne se doutaient pas de la tempête qui s'approchait. Ce n'est pas notre cas. Nous, nous savons !

« Nicky, sonde le fond de ton cœur. Ce qui est arrivé est arrivé. Le sang de ces hommes, de ces femmes et de ces enfants marquera à tout jamais ton règne. C'est injuste car tu es bon, tu es généreux. Je sais bien que, si tu en avais le pouvoir, tu rendrais la vie à tous ces morts. Mais tu ne l'as pas. Aussi, Nicky, tu dois témoigner ta sympathie à leurs familles, ta fidélité, ton respect. Comment pourrais-tu laisser les ennemis du régime dire que le jeune empereur a passé la nuit à danser au bal, alors que ses sujets morts tragiquement n'étaient pas encore enterrés ? »

Cette éloquence atteignit son but. Nicky savait maintenant qu'il n'irait pas au bal. Mais son cousin ne fut pas capable de maintenir le niveau élevé de son argumentation. Il finit par céder à la colère : « Et je me demande bien pourquoi, poursuivit-il, Serge Alexandrovitch n'a pas prévu les besoins en forces de police ? N'importe quel imbécile aurait pu le lui dire. » Il ne tarda pas à suggérer qu'il y avait eu des manœuvres déloyales. Avait-il eu vent des rumeurs que nous avions fait circuler ? Un bruit courait à Moscou. On disait que le gouverneur général avait puisé dans les fonds du couronnement pour payer ses dettes de jeu. C'était faux. Serge Alexandrovitch n'était pas coupable. C'est son assistant qui l'était. (Le type avait non seulement des dettes de jeu mais une dette à notre égard, envers un de nos agents russes. C'est ce collaborateur de Serge Alexandrovitch qui lança la rumeur disant que le gouverneur général était corrompu.)

Pauvre Nicky. S'il avait une faiblesse, c'était bien d'être incapable de garder à l'esprit deux idées opposées assez longtemps pour décider laquelle était préférable. Alors qu'il était sur le point de se laisser convaincre par l'éloquence de son cousin Nicolas, deux de ses oncles revinrent dans la pièce. Ils entreprirent de lui expliquer, dans les termes les plus vifs, que ce serait une insulte sur le plan international s'il ne se rendait pas à ce bal. L'ambassade de France avait engagé des dépenses considérables. L'absence du tsar et de la tsarine affecterait gravement les relations entre les deux pays. « Nicky, nous dépendons de l'alliance avec la France. C'est une raison suffisante pour que tu assistes à ce bal. Les Français s'enorgueillissent de la fermeté qu'ils sont capables d'afficher en cas de crise. Ils détestent la sentimentalité. Ils sont fiers de leur *froideur*. Si tu n'y vas pas, ils te considéreront comme une femmelette, bouleversé de compassion au moment où nous avons besoin de fermeté dans notre diplomatie. La politique étrangère ne peut se laisser affecter par de tels accidents. »

Nicky céda. Il ouvrit le bal au bras de la comtesse Montebello, femme de l'ambassadeur de France, tandis qu'Alix dansait avec le comte. Dans son journal, Nicky nota ce commentaire :

> Le bal Montebello était absolument magnifique, mais la chaleur insupportable. Nous nous sommes retirés après le souper, à deux heures.

Pendant ce temps, le gouverneur général de Moscou était tout sourire. Il s'amusait bien à ce bal. Le grand-duc Serge Alexandrovitch avait coutume de dire : « Peu importe si la journée a été horrible. On doit avoir assez de caractère et d'esprit pour être capable, quand la musique est bonne et que le vin vous inspire, de jouir pleinement de la soirée. D'ailleurs c'est notre devoir. »

Sandro et ses frères, qui connaissaient depuis longtemps le credo de Serge, trouvèrent ce soir-là sa présence doublement insupportable. Ils mirent un point d'honneur à se retirer au moment où l'on commençait à danser. L'oncle Alexis fit remarquer à haute voix : « Et voilà parti le quarteron impérial qui marche sur les traces de Robespierre. »

J'étais bien content. Le Maestro aussi devait se réjouir. Cela dut l'amuser, j'en suis certain, quand il apprit que j'avais réussi à me glisser cette nuit-là dans la chambre royale. Oui, j'avais pu m'introduire dans la chambre à coucher. Décidément, les Cudgels étaient plus désorientés que jamais.

Pendant quelques minutes (juste avant que les Cudgels ne reviennent et que je me dépêche de décamper), je pus même m'insinuer un peu plus avant dans l'esprit de Nicky et je peux assurer qu'il se sentait accablé. Accablé et damné. Il le savait avec certitude. Il faudrait encore deux dizaines d'années avant que soit confirmé ce qu'il avait compris cette nuit-là, mais déjà il savait. Il était vraiment épouvanté. Il déclara à Alix que ce serait son devoir de se retirer dans un monastère et de prier pour les victimes. Il n'était même pas question de parler à une femme dans un moment de tel accablement. C'est peut-être ce qui explique la lettre qu'Alix allait écrire à son amie allemande, la comtesse Rantzau.

> J'ai l'impression que personne dans l'entourage de mon mari n'est sincère. Et personne ne fait son devoir pour la Russie. Ils ne le servent que dans l'intérêt de leur propre carrière et pour tirer avantage de lui, je m'inquiète et je pleure des journées entières quand je vois mon mari si jeune et si inexpérimenté, ce dont tous cherchent à tirer profit.

Elle aurait pleuré encore bien davantage si elle avait su ce que les dames de Moscou disaient d'elle.

Avant le couronnement, elle avait commis une erreur embarrassante. Elle avait confié à la plus proche de ses dames de compagnie qu'elle adorait Nicky : « Je l'aime tant. Je lui donne des petits noms secrets.

— Quels petits noms secrets ? avait demandé la dame.

— Oh, je ne peux pas le dire. Ils sont trop secrets. Je l'appelle par toutes sortes de mots doux, en anglais généralement. Pour moi, c'est une langue chaleureuse. Très accueillante. »

Cela finit par se savoir. Bribe par bribe. À la fin il était éventé, son secret. Ce grand secret que la dame de compagnie avait juré de ne jamais révéler à âme qui vive. Et la dame de compagnie tint parole – un jour ou deux. Puis elle le confia à sa meilleure amie, laquelle jura qu'on pouvait lui faire à jamais une confiance absolue.

D'ailleurs la chère amie ne s'autorisa pas à trahir le secret trop vite. Il lui fallut bien quelques nuits avant qu'elle en parle à une amie, puis à une autre. Elles aussi firent vœu de silence mais ne mirent pas très longtemps à trahir leur serment. Toute la bonne société de Moscou ricanait bientôt de l'amour déclaré de la tsarine pour la langue anglaise. Tous ceux qui avaient la réputation de savoir ce que les autres ignorent connaissaient donc parfaitement tous les petits noms secrets que s'échangeaient Alix et Nicky :

« Lovy, Boysy, Sweet One, My Soul, Manykins-mine, Sweetie, Pussy-mine. »

Quand ils eurent fini de se moquer d'Alix, une des dames se sentit tenue de rappeler aux autres : « Elle nous est arrivée derrière un cercueil. Elle porte malchance. »

C'est précisément pour cette raison que le gouverneur général de Moscou fut désormais appelé « le prince de Khodynka ».

15

La semaine qui suivit, ce furent huit jours de fêtes, de bals, de réceptions, de visites officielles, de soirées musicales. Le 19 mai, il y eut un banquet dans la salle Alexandre du Kremlin, le 20, le gouverneur général de Moscou donna lui aussi son bal. Le 21 réunit toute l'aristocratie de Moscou dans la salle des Colonnes à l'invitation du prince Troubetskoï. Quatre mille invités s'y pressèrent. Le 22, Nicky et Alix rendirent une visite officielle au monastère Troisky Sergueïevsky et le matin du 23 Nicky fit don de vingt mille roubles pour fonder un orphelinat destiné aux enfants des victimes de Khodynka. Ce soir-là, il y eut un dîner avec l'ambassadeur d'Angleterre dans la salle de bal de Saint-André au Kremlin. Trois mille cent invités. Les Allemands, qui s'étaient peu investis dans l'affaire, se contentèrent d'une soirée musicale à leur ambassade le soir suivant, il y eut ensuite un dîner officiel pour tous les ambassadeurs le 25. Pour terminer, tout le monde revint au champ de Khodynka le 26 pour assister à un défilé militaire. Entre-temps, les trous avaient été comblés. Ce fut encore une belle journée et le carrosse de Nicky était tiré par six chevaux blancs. Trente-huit mille cinq cent soixante-cinq hommes de troupe défilèrent en compagnie de deux mille officiers. Soixante-sept généraux assistaient à la parade.

À présent, j'attendais l'ordre du départ. Je me demandais si j'arriverais à me réacclimater à Hafeld après ces jours exceptionnels que j'avais passés à Moscou, mais le Maestro ne tarda pas à m'avertir : « Il faut respecter Hafeld. C'est important. » Je ne savais pas si je devais le croire ou pas – sa véritable opinion, après tout, était cachée dans ses desseins impénétrables – mais je peux affirmer que dès mon retour en Autriche, je me sentis mieux que je ne m'étais senti depuis des années. Le champ de Khodynka avait été la plus importante des opérations auxquelles j'eusse participé depuis longtemps. Du moins à ce qu'il me semble.

Il est dommage que peu de démons puissent conserver leurs souvenirs mais le Maestro applique les mêmes principes que les services de renseignements. Aucun agent secret n'est supposé en savoir plus que le strict nécessaire sur un projet. De notre côté, nous ne sommes pas encouragés à retenir ce qui ne nous sera d'aucun usage pratique.

Je pense que je suis un démon depuis des siècles, j'ai parfois été promu, parfois rétrogradé ; dans ces conditions on peut se demander comment j'ai pu apprendre encore autant de choses en Russie. C'est parce qu'une compétence récemment acquise se perd dès que la mission est terminée. Nous développons donc de nombreuses qualités intellectuelles pour les perdre peu après. Ce qui est curieux dans le cas présent, c'est que le Maestro m'autorisa à garder intact le fruit de mes expériences. Khodynka restait gravé dans ma mémoire et mon moral était excellent. En revenant auprès de la famille Hitler, je pouvais croire, compte tenu de nos succès en Russie, que le Maestro avait de grands projets pour ce client, ce jeune Adolf.

L'esprit léger, débarrassé de cette contrainte pesante requise pour être loyal quand on ne peut pas faire autrement, je me sentais en pleine forme à mon retour à Hafeld. Bientôt, je ne pensai même plus à Nicky et Alix. À quoi bon ? Si à l'avenir je devais être rappelé en Russie, les souvenirs nécessaires me seraient rendus.

Il n'est pas inintéressant de signaler ces réflexions car, de fait, je fus renvoyé en Russie en 1908 et devais y séjourner par intermittence jusqu'au meurtre de Raspoutine, huit ans plus tard. Cet incomparable Raspoutine, un de nos clients les plus extraordinaires ! Il collaborait étroitement avec moi mais avait insisté pour continuer en même temps à travailler au service d'un Cudgel de haut rang, particulièrement brillant. Que de combats nous avons menés autour de Raspoutine et des mouvements contradictoires de son âme !

Je devrais bien envisager de raconter cette histoire mais ce n'est pas pour ce livre. Toutes ces digressions achevées, je voudrais maintenant raconter ce qui arriva à Alois, Klara et Adolf au cours des neuf années suivantes. Cela nous mènera jusqu'au terme de cette aventure littéraire. Pour l'instant, nous voici de retour à la ferme.

D'ici, j'aperçois déjà le chemin qui mène chez Der Alte.

LIVRE IX

ALOIS JUNIOR

1

Une vieille affaire en suspens m'attendait à mon retour à Hafeld. Il me fallait persuader Der Alte de brûler une de ses ruches. Il avait été si gravement piqué par ses abeilles que je le retrouvai alité, le visage terriblement enflé. Il avait même reçu certaines piqûres très près des yeux.

Der Alte était particulièrement habile et je ne comprenais pas qu'un incident aussi embarrassant ait pu se produire pendant qu'il inspectait une de ses meilleures ruches. Alors qu'il était en train de remplacer la reine, qui donnait les signes manifestes d'un épuisement radical, il avait été attaqué par sa suite. Der Alte fut en mesure de limiter la révolte grâce au cigare qu'il fumait à ce moment-là, mais il n'avait pas connu depuis des années une rébellion aussi violente de la part de ses créatures. L'affaire éveilla aussitôt ma paranoïa (qui est toujours prompte à se manifester, ce qui vaut toujours mieux que de manquer totalement de pouvoirs d'anticipation), je fus amené à supposer que cette attaque des abeilles était le fait des Cudgels, et dans ce cas il fallait détruire la ruche.

Quand il reçut mon ordre – je le lui donnai pendant son sommeil –, Der Alte n'obéit pas immédiatement. Quelques jours passèrent. Je lui adressai de nouveau cette suggestion pendant qu'il dormait, avec suffisamment d'insistance pour qu'il ne puisse pas la prendre pour un rêve mais pour un impératif, ce qui le plongea dans la consternation. « Faites-le, lui répétai-je dans son sommeil, ce sera bon pour vous. Demain c'est dimanche. Cela renforcera l'aspect bénéfique. Mais n'employez pas de bombe au soufre. Trop d'abeilles pourraient en réchapper. Arrosez plutôt la ruche d'essence. Puis mettez-y le feu, cadres et tout. »

Il grommela dans son sommeil : « Je ne peux pas faire cela, la Langstroth m'a coûté cher.

— Brûlez-la. »

Der Alte finit par obéir. Il n'avait pas le choix. À son âge, il savait bien que nous étions profondément infiltrés en lui. Il n'avait aucune envie d'éprouver de ces terreurs que nous pouvons provoquer, aussi douloureusement incarnées qu'un bon ulcère. Il pensait souvent à la mort, il la sentait aussi proche qu'un fauve en cage dans la pièce d'à côté. À vrai dire, tout cela m'était indifférent. Il est difficile de ne pas mépriser nos vieux clients. Ils sont tellement soumis. Donc bien sûr, il s'exécuta. Ce qui facilita sa décision, c'est qu'il éprouvait encore une certaine fureur d'avoir été attaqué par ses abeilles. Sa conception des choses s'en était trouvé bouleversée. Les vieilles habitudes n'aiment guère être perturbées.

Le dimanche matin, il déposa la ruche sur le sol et l'aspergea. En observant l'agitation qui bouillonnait au milieu des flammes, il se sentit mieux. J'étais sur place. Je peux dire que cela lui *fit* du bien. Il transpirait cependant comme un cheval. Il était peiné de cette destruction qui violait ses instincts professionnels. Il s'attendait même à pleurer sur le sort de toutes ces créatures brûlées par sa faute mais, à sa grande surprise, il éprouva une étrange douceur au creux des reins. C'était la première jouissance physique qu'il eût éprouvée depuis des années. Comme souvent dans le cas d'un vieil homme, le désir était cantonné à son esprit. Il y avait longtemps qu'aucune pensée libidineuse ne lui avait fait éprouver un élancement au ventre.

Je dois préciser qu'Adi assista à cette scène. Lui aussi avait reçu un message dans son sommeil et il n'avait fait aucune difficulté pour s'y conformer. Il faussa compagnie à Klara et Angela pendant qu'elles se préparaient à se rendre à la messe. Sa disparition n'inquiéta pas vraiment Klara. Ce n'était pas très agréable de devoir emmener Adolf à l'église. Quand il ne gigotait pas sur sa chaise, il entamait une grande discussion avec sa demi-sœur pour savoir qui pincerait l'autre le premier. En douce.

Se retrouver seule avec Angela le dimanche permettait à Klara de se sentir un peu plus proche de sa belle-fille. Pour dire la vérité, elle était également bien contente de ne pas avoir à emmener Edmund avec elle ni d'être obligée de porter Paula dans ses bras en espérant pendant toute la messe qu'elle n'allait pas réclamer le sein. Ce jour-là, Alois avait déclaré qu'il garderait les deux petits. Klara n'en revenait pas d'une telle générosité. Était-il en train de s'adoucir ? Était-ce possible ? Voilà encore une question que j'aurais peut-être bien intérêt à approfondir. Mais je voudrais d'abord raconter combien Adi était excité en regardant brûler les abeilles. Il en avait des picotements dans les orteils ; son cœur battait à tout rompre. Il ne savait pas s'il devait hurler ou éclater de rire. La vie ardente que j'avais menée en Russie m'avait laissé quelque peu indolent. Je n'avais pas très envie de me replonger dans la complexité de ce client de six ans. Mon moral, comme je l'ai dit, était excellent et je ne tenais pas à l'entamer en me remettant immédiatement au travail. En retrouvant des tâches modestes dans cette région d'Autriche, cela ne me gênait pas de mener une existence plus simple. Hafeld pouvait après tout réserver bien des surprises et, en attendant, je pouvais me consacrer à des tâches menues mais subtiles, comme par exemple observer quelques changements dans l'état d'esprit d'Alois. Cela suffisait à m'occuper.

Ainsi, Klara s'était trompée. Alois ne s'adoucissait pas, enfin pas vraiment. Il lui avait déclaré qu'il pensait que c'était bien pour lui de passer de temps en temps un moment avec les petits, mais à peine était-elle partie qu'il avait déposé Paula dans son lit gigogne et dit à Edmund de rester dans la chambre et de s'assurer qu'elle ne se réveillait pas. Il savait qu'Adolf était parti tout seul et qu'Alois Junior devait être de l'autre côté de la colline avec Uhlan. En fait, il avait envie d'être seul. Il voulait méditer sur la mésaventure arrivée à Der Alte. L'histoire l'avait réconforté en le délivrant d'un pressentiment pénible. Il s'était toujours attendu que ce soit lui qui soit sauvagement agressé par les abeilles.

Il fit chaud pendant tout le mois de mai, et Alois craignait en permanence de perdre ses essaims. Il s'imaginait avec un réalisme saisissant, grimpé en haut d'un arbre, beaucoup trop haut, s'efforçant de convaincre un essaim en furie de regagner sa ruche. La triste vérité est qu'il avait trop bien mangé pendant tout l'hiver et qu'il se sentait à présent trop gros, comme s'il avait essayé de faire tenir deux cent cinquante livres dans un sac de deux cents.

Rien d'étonnant donc si le dimanche il laissait ses traits s'affaisser, son estomac gargouiller et ses sphincters lâcher des vents. Pendant de longues semaines au cours de l'hiver et même maintenant au printemps, il s'était persuadé qu'il courait à l'échec dans cette activité sérieuse et que cela entamerait sérieusement l'estime qu'il avait de lui-même. Si une telle conclusion lui avait semblé autrefois improbable parce que sa vanité s'y opposait, cette même vanité si robuste qu'il avait élaborée morceau par morceau depuis l'enfance, et qui s'accroissait à chaque nouvel épisode heureux, semblait à présent s'affaiblir. Où était passée sa belle assurance ?

Il n'était pas allé à l'église ce dimanche-là, pas plus que d'habitude. Il n'en était pas question du moment qu'il pouvait l'éviter. Toutefois, il n'était plus très sûr de vouloir persister dans cette attitude. Ce dimanche-là précisément, il avait même envisagé un instant d'accompagner Klara.

C'était une pensée odieuse. S'asseoir sur un prie-Dieu pour écouter des balivernes ! Voilà de quoi déshonorer à ses propres yeux un homme qui n'avait pas l'habitude de trembler devant les autres. Mais posséder des abeilles l'avait rendu terriblement craintif. L'année qui venait de s'écouler avait-elle affaibli la clé de voûte de son orgueil ? Il ne connaissait pourtant personne plus enclin que lui à se moquer des mauvais présages. Ce qui pour un fils de paysan était un exploit peu commun.

La semaine précédente cependant, ses mains s'étaient mises à trembler alors qu'il lisait dans son journal un article relatant la mort d'un apiculteur. L'homme avait succombé à la révolte d'un de ses essaims.

Dans l'espoir d'apaiser ce genre de craintes, Alois alla rendre visite à Der Alte. Le vieil homme était encore alité à ce moment-là et pas au mieux de sa forme. À tel point que Der Alte éclata en larmes en racontant son accident. Alois éprouva le sentiment d'un courage mensonger, comme peut en ressentir un gamin qui voit pleurer son grand frère.

Ensuite, pendant quelques jours, Alois fut débarrassé de sa peur. Il n'aurait pas su l'expliquer, mais la malchance de Der Alte avait dissipé ses propres craintes. Voilà à présent qu'elles revenaient. Il ne se sentait pas bien depuis le retour d'Alois Junior. Il n'était quand même pas idiot, se dit-il, au point d'avoir peur des abeilles parce qu'il n'était pas à l'aise avec son fils. Et pourtant c'était peut-être bien la vérité ! Les êtres humains étaient passés maîtres dans l'art du subterfuge. C'est une chose qu'il avait apprise en travaillant aux Douanes. Il se souvint d'une femme qui avait enveloppé des objets dans les replis de sa lingerie noire. Une femme d'allure tout à fait respectable. Prise sur le fait par Alois, elle avait eu assez de toupet pour lui dire avec un sourire : « Vous êtes très malin. Les autres douaniers n'ont jamais osé toucher des choses aussi intimes.

— C'est, avait-il répondu, parce que mes collègues vont à la messe. Vous n'avez pas eu de chance ce matin. »

Elle avait ri. Il avait été tenté de la laisser partir. Il aurait pu lui éviter l'amende si elle l'avait laissé faire un petit tour en contrebande entre ses cuisses. Finalement, il ne se l'était pas permis. Les règles sont faites pour être respectées.

Pourtant ce souvenir raviva de sombres pensées sur la nature du subterfuge. Autrefois, lorsqu'il pouvait encore monter à cheval, certaines de ses montures lui avaient complètement fait perdre confiance. Elles avaient quelque chose dans la démarche, comme si, à leur gré, elles pouvaient vous démontrer qu'elles galopaient sur cinq jambes au lieu de quatre. De telles fichues bestioles étaient impossibles à maîtriser.

C'est un peu ce qui se passait avec Alois Junior.

D'un autre côté, Alois jugeait peut-être trop sévèrement son fils aîné. Klara ne cessait de répéter que Junior avait beaucoup changé depuis qu'il était allé travailler chez Johann Poelzl. Ses parents avaient dû avoir une bonne influence sur lui. Il avait maintenant de bonnes manières et ne semblait pas en permanence en train de vous juger. Avant son départ, disait Klara, il avait l'air d'un ami qui se montre chaleureux devant vous mais qui vous dénigre méchamment dès que vous avez tourné le dos. Elle n'avait aucune preuve de cela mais elle aurait pu jurer que c'était ainsi qu'il se comportait. À présent, il semblait s'être amendé. Enfin peut-être. Certes il passait beaucoup de temps à chevaucher Uhlan. Mais Klara, comme elle le dit à Alois, était prête à fermer les yeux là-dessus. Il valait mieux galoper dans les collines que de se mettre à faire la cour à sa propre sœur.

« Que peux-tu bien savoir de ces questions-là ? demanda Alois.

— Je ne sais rien. Mais quand j'étais jeune, j'ai vu des choses. Dans certaines familles. Ce ne sont pas des sujets dont on peut parler. »

Qu'il existât entre Alois et elle un sujet beaucoup plus intime et beaucoup plus grave dont ils auraient pu parler ne transparaissait nullement dans sa voix. Elle se contenta de rougir légèrement.

Cette faculté de camoufler les faits les plus insupportables sur son propre compte suscitera toujours mon admiration forcée. Je ne sais pas s'il est aussi difficile d'ériger de telles défenses que, disons, d'escalader les Alpes, mais en tout cas le mérite en revient au Dummkopf. C'est lui qui a créé le tabou de l'inceste alors que nous sommes d'avis de l'encourager, et c'est ainsi devenu pour Lui une sorte de devoir subsidiaire de protéger les humains qui le commettent, en leur ôtant le souvenir de ce qu'ils ont fait.

Cela présente pour nous quelques inconvénients. La plupart des hommes et des femmes sont incapables de regarder en face des vérités déplaisantes. Ils possèdent cette faculté, qui ne peut être qu'héritée de Dieu, de se tromper eux-mêmes. J'appréciai donc de voir Klara tellement soucieuse, sans vouloir se l'avouer, des relations entre Alois Junior et Angela, mais incapable de consacrer ne fût-ce qu'un instant à la question de savoir si son mari n'était pas seulement son oncle mais aussi son père.

2

Je m'interrogeais moi aussi sur les changements survenus chez Alois Junior. À première vue, il s'était amélioré. Si l'on pouvait se fier à son comportement, il était devenu l'imitation convaincante d'un agréable jeune homme digne de confiance.

Les démons que j'avais laissés sur place étaient tout fiers de m'annoncer qu'ils avaient fait une copie d'une courte lettre que Johann Poelzl avait confiée à Alois Junior à son retour. Elle me donna du lascar une opinion plus précise et plus juste.

Pourtant je ne pouvais pas entièrement me fier à cette lettre. Pour une bonne raison, il ne s'agissait pas de l'original mais d'une copie réalisée par un de mes agents. Cela rendait inutile un de mes talents, je suis capable d'en apprendre beaucoup sur la personnalité de quelqu'un simplement en jetant un œil à son écriture. Bien des recoins cachés de son âme sont ainsi dévoilés. La fausseté ressort comme l'acné.

Mais comme je l'ai déjà dit, les démons restés à Hafeld n'étaient pas particulièrement doués. Ils s'étaient contentés de lire la lettre de Johann, que Klara conservait dans son panier à couture, et d'en faire une copie. S'ils avaient été plus habiles, ils auraient pu fabriquer un faux et voler l'original.

Ne pouvant recourir à la graphologie, je me contentai donc du contenu.

> Très chère fille,
>
> Je donne ceci au garçon. Il te le remettra. Ta mère dit que c'est un bon garçon. Elle pleurera quand il sera parti. C'est ce qu'elle dit.
>
> Dis à ton estimé mari. Alois Junior est un brave garçon. Très travailleur. Très bon.
>
> Ton père,
> Johann Poelzl

J'aurais pu demander à notre équipe nocturne de Spital d'aller inspecter les pensées de Johann à l'occasion d'une opération de routine, finalement je m'abstins. C'était un vieillard buté prêt à repousser toute tentative d'accéder à son esprit et je pouvais découvrir à Hafeld tout ce que j'avais besoin de savoir sur Alois Junior. Les démons de seconde classe que j'avais laissés sur place avaient, à ma grande surprise, fait pas mal de progrès. Même sans mon assistance, ils commençaient à maîtriser le métier. Il y en avait même un que l'on pourrait bientôt initier à la gravure de rêves.

Je ne vais pas prendre la peine de les décrire dans le détail. Plus d'un siècle aujourd'hui s'est écoulé et les démons d'autrefois ne sont guère plus agréables à évoquer que les rengaines du passé. La personnalité d'un homme ou d'une femme est étroitement liée à une présence physique et offre donc une multiplicité de points de vue, nous autres démons n'avons aucun trait saillant, sauf à l'occasion de projets particuliers, quand nous devons nous incarner dans le corps d'un homme ou d'une femme. À ce moment-là nous avons une vraie présence que l'on ne peut pratiquement pas distinguer de la personne que nous investissons. Pour nous, je dirais que c'est pratiquement comme un changement de costume.

Notre existence est plus agréable dans le domaine du rêve. Là, à condition d'y mettre le prix, nous pouvons être qui nous voulons. Il y a parfois des improvisations brillantes. De fait, si nos rêves avaient sur le destin de l'humanité toute l'influence que nous souhaitons, le Dummkopf ne tarderait pas à devenir le serviteur du Maestro.

Nous n'en étions pas là. Surtout en cette année 1896. Dieu était toujours le Maître de notre univers immédiat. Les hommes, les animaux et les plantes étaient toujours Ses créatures. La nature, même imparfaite et parfois même cataclysmique (en raison, je dois le répéter, des imperfections de Sa conception initiale), restait néanmoins sous Ses ordres, même si cette autorité était loin d'être parfaite. Seule la nuit nous appartenait largement.

Sachant pertinemment tout cela, le Maestro n'aimait pas que l'on fasse preuve de triomphalisme. Il nous enseignait que les démons ne doivent pas se féliciter des terreurs qu'ils parviennent à provoquer par le biais des cauchemars. « Les rêves sont évanescents, disait-il, le contrôle des événements appartient au jour. »

Le contrôle des événements ? Le Maestro continuait à manifester un très vif intérêt pour la famille Hitler de Hafeld mais quand j'essayais d'en comprendre la raison, les grands espoirs qu'il plaçait manifestement dans le jeune Adolf me laissaient perplexe, incapable de discerner son véritable projet. Ce gamin de six ans tellement spécial pouvait après tout n'être qu'un cas parmi la centaine ou le millier de projets que le Maestro supervisait, sans autre perspective que l'espoir, un jour peut-être, dans un avenir lointain, qu'il pourrait servir nos desseins. Dès lors, l'opinion que je tentais de me faire de l'importance stratégique de ma mission allait connaître au cours des saisons à venir bien des hauts et des bas.

3

Je n'ai pas dressé, et je n'ai pas l'intention de le faire, la liste des nombreuses autres activités, entreprises et menues explorations dans lesquelles étaient impliqués les démons placés sous mon autorité dans cette région de la province de Haute-Autriche (qui comprend Linz et le Waldviertel). Pour l'instant elles ne présentent pas d'intérêt.

L'histoire a, quoi qu'il en soit, confirmé la perspicacité des prévisions du Maestro et si j'en reviens à la situation telle que je la comprenais à l'été 1896, c'est avec l'avantage de savoir que certaines tâches avaient joué un rôle important : bien des détails que je rapporte aujourd'hui méritaient toute notre attention.

Ainsi, je puis affirmer qu'Alois Junior faisait la preuve d'un réel talent pour charmer tous ceux qui s'approchaient de lui. Pendant un temps, il parvint même à alléger la pesante impression de suspicion qui émanait de la personne d'Alois Senior. Celui-ci, quand il était d'humeur détestable, pouvait se dresser devant les autres comme le front froid d'une dépression atmosphérique. L'effet était déstabilisant et il s'en était souvent servi dans son métier envers un voyageur douteux. Mais le garçon avait un tel charme, une combinaison réussie de jeunesse et de bonne santé avec une touche d'esprit et une apparente bonne volonté, que son père ne put garder au-delà de quelques jours sa façon rébarbative de faire front. De plus, Alois Junior témoignait de l'intérêt pour les abeilles. Il posait même certaines questions judicieuses.

Très vite, Alois Senior se mit à ressentir un rare bonheur, il avait si rarement l'occasion d'aimer ses enfants. À présent, c'était le cas. Du moins, il aimait l'un d'entre eux. Il entreprit même de donner à Alois Junior quelques échantillons de ses meilleures conférences sur l'apiculture et lui répéta bientôt tous les discours qu'il avait tenus devant Klara, Angela et Adi, plus ses monologues à la taverne de Linz auxquels il pouvait désormais ajouter ses nouvelles interventions à Fischlham, où il jouait à l'expert local de Hafeld. Le garçon assimila si rapidement tout cela qu'Alois dut aller piocher de nouvelles connaissances comme celles qu'il avait apprises en lisant des revues d'apiculture. Il finit par présenter quelques-unes des plus belles conceptions de Der Alte comme si c'étaient les siennes, ainsi le caractère quasi humain de l'abeille, le raffinement et le caractère inspiré de son existence. Le garçon s'intéressait à tout et se montrait habile quand il travaillait sur les ruches. Senior se mit à rêver d'un avenir où père et fils n'en finiraient pas de développer leur rucher. Cela pourrait devenir une véritable entreprise.

Un jour, il se sentit si fier d'Alois Junior qu'il l'emmena avec lui rendre visite à Der Alte. Il avait hésité avant de prendre cette initiative. Il n'avait aucune envie de perdre sa réputation d'expert local aux yeux de Junior. Mais il était fier de son association avec Der Alte, un homme tellement savant et qui le traitait pourtant comme un égal, cela aussi pourrait impressionner le garçon.

En vérité, la supériorité du vieil apiculteur ne lui posait plus aucun problème. Il avait été réconforté par le moment où Der Alte avait pleuré dans ses bras. De plus, il avait vraiment besoin d'un conseil pratique. Ses ruches étaient remplies de miel. Il avait bien étudié dans ses manuels la manière de le récolter mais il ne se sentait pas prêt. Autrefois quand il était à Passau ou à Linz, il avait pratiqué la récolte n'importe comment. Le miel obtenu était plein de petits morceaux de cire et, en dépit de son voile et de ses gants, il avait reçu quantité de méchantes piqûres là où les vêtements faisaient un pli au cou et aux poignets.

Cette fois, il devait faire un effort bien plus important. Il ne pourrait pas vendre la meilleure partie de sa récolte si le miel n'était pas parfaitement pur, sans aucun détritus. Une mouche morte pouvait faire rater la vente si le client la voyait le premier.

Il avait donc besoin de nouveau des conseils du vieux bouc. Pourtant il se sentait plus tolérant à présent. Alois s'étonnait chaque fois de constater que l'odeur de la cabane ne l'incommodait que fort peu. Der Alte en savait peut-être plus que lui sur les abeilles mais lui, Alois, en savait assez pour ne pas éclater en larmes juste à cause d'une contrariété.

Il emmena donc Alois Junior avec lui et Der Alte accueillit chaleureusement leur visite. Il était content d'avoir de la compagnie. Sa convalescence avait traîné en longueur et avait par moments été aussi pénible que la lueur aveuglante d'une lampe en plein visage. Sa fierté avait sombré sous le poids de tout ce qui lui faisait défaut. Les ermites sont rarement disposés à entreprendre un examen de conscience approfondi. Il importe peu qu'ils soient protégés par les Cudgels, ou à notre service, ou même, comme cela peut parfois être le cas, qu'ils soient sans affiliation aucune. De toute façon, ce genre d'examen est un exploit compte tenu de leur solitude. Dans le cas de tels clients, nous sommes obligés de prévoir au moins une fois par an un nettoyage radical de l'humeur. La semaine passée, j'avais dû consacrer pas mal de temps à Der Alte. Son moral s'était effondré quand il avait eu la certitude qu'il ne pourrait jamais se considérer comme un meneur d'hommes, ce qui avait été très tôt son ambition la plus chère. Il n'avait pas de compagne, pas d'héritiers, et pas beaucoup d'argent. Il repensait souvent aux hommes et aux femmes qui lui avaient causé du tort et dont il n'avait pas pu se venger. Et par-dessus tout, il y avait la terrible déception de ne pas avoir obtenu le pouvoir ou les honneurs auxquels il aurait pu prétendre grâce à son intelligence. Comme c'est souvent le cas d'une dépression qui survient après un accident inexpliqué, il voyait sa mésaventure comme un jugement porté à son égard.

Je mis donc un point d'honneur à être présent pendant la visite d'Alois, car je tenais à améliorer l'humeur de Der Alte. Si nous pouvons assombrir les pensées de nos clients quand nous voulons les rabaisser un peu, nous pouvons aussi sortir un homme de son humeur maussade pendant une heure ou deux, et même – le cas échéant – lui procurer un vrai moment de joie. Nous ne voulons pas qu'ils expirent totalement vides. (C'est beaucoup mieux pour nous s'ils meurent jeunes et en colère.) La plupart de nos clients cessent tout simplement d'exister – il ne leur reste plus d'âme – ou alors ils sont réincarnés par le Dummkopf qui n'entend jamais renoncer sur le sort d'aucune de ses créatures, grande ou petite, sage ou folle – ce qui est probablement une des raisons pour lesquelles le monde est de plus en plus dominé par la médiocrité.

La situation bien sûr n'est jamais simple puisque, nous aussi, nous devons essayer de tirer un dernier profit de nos clients usés.

C'est pourquoi j'essayai d'améliorer le moral de Der Alte et je parvins à le distraire de ses sombres pensées dès que Junior et Senior se présentèrent. Je lui insufflai même l'idée qu'il était un homme séduisant. La vanité est le sentiment humain qui nous sert le plus. Du coup, Der Alte se sentit puissamment attiré par Alois Junior. C'était la première fois depuis bien des années qu'il éprouvait l'envie de faire l'amour avec un adolescent.

Après les présentations et les questions polies sur sa santé, on en vint à la discussion pratique. « La récolte du miel ! Bien sûr ! Je peux vous en parler. »

En pleine forme, très sensible à la présence du garçon, Der Alte se sentait parfaitement disposé à se lancer dans un exposé sur certains aspects peu connus de ce processus.

« Oui, fit mon vieux bonhomme tout à coup ragaillardi, la récolte du miel est un art en soi. Je suis content que tu sois venu me voir aujourd'hui, sincèrement. Ton père est devenu tellement expérimenté en peu de temps depuis qu'il est ici à Hafeld, un homme brillant, ton père, néanmoins le meilleur des apiculteurs doit apprendre cette activité nouvelle lorsque, au sortir d'un long hiver et après un printemps chaud et généreux qui comble tous nos vœux, les larves dans les cadres à couvain sont prêtes à éclore. C'est, si je puis dire, le moment le plus fort de notre vocation. Les ruches grouillent. Les vieilles abeilles volent hors de la ruche et les plus jeunes sont affectées aux innombrables tâches ménagères, comme par exemple d'emplir de miel les alvéoles de cire et de les reboucher à l'aide d'un fin opercule. Il y a des spécialistes chez les abeilles à qui on confie cette tâche. Jeune Alois, c'est un véritable miracle. Ces ouvrières sont jeunes, certaines n'ont pas plus de dix jours mais on peut déjà les considérer comme des artistes. La couche de cire qui obture chaque petite alvéole n'est pas plus épaisse qu'un bon papier kraft. »

Alois se retint de dire : « Tout cela je le sais déjà » et se contenta d'un clin d'œil à Junior. Il avait prévenu le garçon qu'il devait s'attendre à de longs discours. « Sur le sujet des abeilles, Der Alte s'exprime par paragraphes entiers. Parfois par pages entières. Tout ce que tu as à faire c'est de hocher la tête. Je sais déjà quatre-vingt-dix pour cent de ce qu'il va dire, mais c'est comme la pêche à la ligne. À force de patience on obtient ce qu'on était venu chercher. »

« Et donc, disait à présent Der Alte, la récolte du miel quand elle n'est pas exécutée correctement et au bon moment peut entraîner une grave interruption dans l'activité de la ruche. La première question qu'il convient de se poser est de savoir quel est le meilleur moment pour sortir le miel. » Il leva une main comme s'il voulait mettre de l'ordre dans son propre exposé. « C'est la fin de la matinée. C'est vraiment le meilleur moment. Les ruches sont chaudes mais pas trop. Les ouvrières somnolent. J'irais même jusqu'à dire que ces petites créatures font la sieste à cette heure-là. Ne sont-elles pas après tout, ajouta-t-il en riant, des abeilles *italiennes* ? »

Alois sourit poliment. Junior en fit autant.

« Bien, dit Der Alte. Venons-en à l'étape décisive. Pour cela, il faudra que je vous prête une ruche vide.

— Parce qu'il va falloir transférer les abeilles qui sont dans la chambre à miel ? demanda Alois Junior.

— Exactement. Tu as un sens de l'anticipation excellent et je vois bien que tu sais concentrer ton imagination sur les aspects spécifiques de l'opération.

— Oui, dit Alois Senior, c'est un garçon brillant mais si je puis hasarder une opinion personnelle, on ne peut séparer ces ouvrières du miel lui-même sans utiliser un séparateur.

— Naturellement, et donc la première chose à faire est de… ?

— Localiser la reine, répondit Alois Senior. C'est une des choses que vous m'avez apprises, puis se tournant vers Junior : les abeilles sont prises de panique quand elles ne savent plus où est leur reine. Il faut donc commencer par la déplacer pour faire passer les abeilles d'une ruche dans une autre.

— Exactement, fit Der Alte. J'ai montré à ton père comment repérer la dame. Il faut utiliser une cage à reine. » Il sortit de sa poche une petite boîte de la taille d'un jeu de cartes. « Avec ceci, il faut utiliser une pipette de verre.

— Oui, mon père me l'a montré. Il m'a même laissé souffler une des reines de la pipette dans la cage.

— C'est une excellente méthode. Dans un an environ tu seras, j'en suis sûr, assez expérimenté pour te passer de cette cage. Tu pourras attraper la reine avec les doigts.

— Oui, fit Alois, mais tu n'agiras pas trop brusquement, et il fit le geste de frapper frénétiquement dans l'air d'invisibles abeilles comme pour rappeler à Der Alte que cette simple opération pouvait parfois tourner au désastre.

— Pas plus tard qu'hier, dit Der Alte, j'ai placé trois de mes reines dans trois ruches séparées. À la main. J'aurais pu me servir d'une pipette. Incontestablement, comme le dit ton père, c'est une méthode plus prudente. Mais je suis comme un acrobate qui a fait une chute grave. La seule solution, c'est de remonter sur cette *verdammten* corde raide. »

En réalité, Der Alte était revenu au système de la pipette de verre pour réaliser ces transferts, mais comme tous nos clients expérimentés il savait mentir effrontément sur n'importe quel sujet. Son désir de susciter l'admiration d'Alois Junior était un motif suffisant. Auparavant, il fallait bien sûr neutraliser Alois.

« Ton père, comme d'habitude, est allé tout droit au cœur du sujet. Une fois la reine déplacée, tes abeilles utiliseront le séparateur pour quitter la chambre à miel et aller dans les cadres de couvain, car c'est là que tu auras déposé la reine. Comme elles vont se bousculer dans leur hâte de trouver le passage qui les mènera jusqu'à leur dame ! »

Il sourit à Alois Junior. « Ah, être jeune de nouveau et partir à la conquête d'une jolie femme. Autrefois rien ne pouvait m'arrêter. Et toi, y a-t-il quelque chose qui t'arrêterait ?

— Oui, répondit Alois Junior, mon père. »

Ils se mirent à rire tous les trois.

« Tu dois toujours écouter ton père.

— C'est ce que je fais », répondit le garçon, et il adressa un chaud sourire à Der Alte, comme pour lui offrir un instant concret d'intimité. Mais avant que cet échange ait le temps de se cristalliser entre eux, Alois Junior s'empressa d'ajouter : « Mais je ne comprends plus. N'aviez-vous pas dit que toutes ces abeilles étaient de petites femmes ?

— Oui, au sens technique du terme, si nous parlons de genre, ce sont des femelles mais ce ne sont pas des reines et leurs organes sexuels sont atrophiés. Elles se conduisent donc comme des mâles. Certaines deviennent des sentinelles, elles défendent les entrées de la ruche, d'autres des guerrières. Elles sont pour la plupart loyales, déterminées et travailleuses. En ce sens on peut dire en effet qu'elles se comportent comme des femmes. Elles ne vivent que pour le bien-être de la ruche. Mais elles se comportent en hommes dès qu'il s'agit d'adorer la reine.

— Tout cela est vraiment merveilleux, dit Alois Senior, mais j'attends toujours d'extraire mon miel de la ruche.

— Dans ce cas, répondit Der Alte, je vais vous indiquer le secret.

— Le choix du moment, répondit Alois Senior, vous nous l'avez déjà dit.

— Oui, c'est la règle générale. Mais quel est le secret du moment ? Il faut attendre que s'élève de la ruche un chant de bonheur aisément reconnaissable. C'est exactement cela. Lorsque les rayons de miel sont pleins et que les abeilles savent qu'elles ont fait du bon travail, elles sont prêtes de nouveau à se comporter comme des femmes. Elles chantent les unes pour les autres. Vous devez apprendre à en reconnaître le son. Elles chantent de joie. Le matin, dès que vous avez entendu ce chœur de réjouissance, vous devez vous tenir prêt à guider ces braves abeilles par le passage du séparateur dans la partie où vous avec déposé la reine. À ce moment-là, le miel sera disponible et prêt à accueillir votre invasion, si je puis m'exprimer ainsi. Mais suivez-moi dehors, je vais vous montrer. Une de mes ruches chante son hymne à la joie. »

Je les accompagnai pour écouter, moi aussi. Je ne sais pas si j'aurais réussi à interpréter de la sorte le bourdonnement qui m'entra dans les oreilles. Le son était incontestablement fort. Cela faisait penser au bruit profond et intense d'une dynamo dans une usine électrique, le bourdonnement à la fois exaltant et redoutable qui entre dans l'oreille humaine chaque fois qu'une énergie est transformée en une autre. Il se passe tant de choses alors. Un règne est transféré dans un autre règne. C'est le bruit de nombreux moteurs qui pourraient murmurer : « Comme nous avons bien travaillé. »

La dernière recommandation de Der Alte était de placer les cadres de miel dans un récipient étanche dès qu'on les aurait débarrassés des abeilles. « Ensuite, vous devez procéder à l'extraction dans la maison. Dans une pièce bien étanche. Je n'insisterai jamais assez là-dessus, dit-il en s'adressant directement à Alois Junior. Tu l'ignores peut-être encore mais ces créatures divines ont deux caractères naturels contradictoires, une dévotion totale à leur reine et un appétit sans bornes pour le miel. Elles s'en gaveront quel que soit l'endroit où elles le trouvent ou la ruche dont il provient. Il faut donc veiller à ne pas attirer celles qui sont dehors en train de butiner. C'est pour cette raison qu'on ne peut jamais procéder à l'extraction en plein air. J'insiste, il faut le faire dans une pièce étanche. »

4

Conformément aux instructions qu'elle avait reçues, Klara prit la peine de bloquer portes et fenêtres de la cuisine à l'aide de tous les bouts de chiffon qu'elle avait sous la main. Elle mit pour l'occasion un corsage et un tablier blancs et Angela fit de même. Alois Senior renonça même à son cigare. Pour toute la famille, c'était vraiment un événement. Der Alte l'avait bien précisé : « La fumée du cigare peut calmer les abeilles mais dès qu'on manipule le miel, il faut faire attention, l'odeur du cigare pourrait en gâter le goût. »

Luther fut naturellement chassé de la pièce. Adi aussi, de même qu'Edmund et Paula, même si cela contraignit Klara à une série d'allers et retours entre la cuisine et la chambre des enfants, l'obligeant chaque fois à déplacer les chiffons empilés contre les portes et à les replacer au retour. Alois l'accusa de prendre trop de précautions, il ne pensait pas que la moindre abeille soit entrée dans la maison.

Pour le reste, tout se passa bien. Quand chaque cadre était extrait de la ruche, Alois procédait avec toute la fierté d'un chirurgien. Il séparait la capsule de cire de l'alvéole pleine de miel au moyen d'un outil conçu pour soulever la fine pellicule qui bouchait chaque cellule du rayon. Mais comme il y avait deux mille alvéoles dans chaque cadre de la ruche Langstroth et que chacune n'était guère plus grande que l'ongle d'un enfant, on ne pouvait pas les ouvrir une par une. Il aurait fallu une semaine. Alois employa donc un couteau-séparateur qu'il appliquait sur des plaques entières, détachant des morceaux de cire d'environ deux centimètres et demi d'épaisseur et d'une dizaine de centimètres de long. À ses yeux, c'était comme une peau que lui, le chirurgien, devait enlever car on ne pouvait, en retirant la cire, se permettre le moindre faux mouvement sans endommager les alvéoles. Il commençait à prendre plaisir à ce travail. Il se dit qu'il aurait fait un bon chirurgien. Du coin de l'œil, il surveillait Alois Junior pour voir si celui-ci admirait son habileté à mener l'opération.

L'idée qu'il puisse avoir le talent de pratiquer des opérations chirurgicales réveilla ses désirs. Une femme lui avait confié un jour qu'un chirurgien de sa connaissance était l'un de ses deux meilleurs amants. L'autre était Alois. Comme cette remarque lui avait fait plaisir ! Rien d'étonnant. Il n'avait pas peur de la chair, un chirurgien non plus. Ils étaient frères de sang.

Au bout d'un moment, très satisfait de lui, il tendit l'outil à Alois Junior qui abîma le premier morceau de cire, puis encore le suivant avant de maîtriser assez rapidement la technique. Au bout d'un moment, il se montra aussi habile que son père. Alois en éprouva de la fierté mais aussi un peu de déception. Pour aggraver les choses, Alois Junior déclara : « C'est aussi bien que de gratter le glaçage d'un gâteau.

— Fais plutôt attention aux alvéoles, répondit Alois, ne va pas les abîmer en racontant des bêtises. »

On avait maintenant laissé Adi entrer dans la cuisine pour assister à l'opération, et Alois Junior tendit son outil en direction de son frère comme pour dire : « Tu en veux ? »

Klara le rabroua aussitôt.

« Pourquoi offres-tu une bouchée de cire à ton petit frère ? Il pourrait s'étouffer.

— Pas du tout, dit Alois Junior, c'est un vrai cadeau. Il y a encore plein de miel collé à la cire. » Il hocha la tête : « Et puis je ne crois pas qu'Adi soit assez bête pour avaler le morceau de cire. »

Quand Klara le foudroya du regard, Junior attrapa un morceau de cire et se mit à le mâcher puis il ressortit les restes de sa bouche et hocha la tête. Klara ne put que détourner les yeux.

La tâche se compliqua bientôt. Il fallait extirper un autre rayon de miel à l'arrière du châssis, les cadres ayant été disposés à la verticale pour permettre aux abeilles de construire leurs alvéoles des deux côtés du plateau de verre. Ce fut très compliqué de sortir ce deuxième plateau. Du miel coula par l'avant, et plus encore par l'arrière. Klara dut bientôt prendre les choses en main et il apparut rapidement que c'était elle, la plus habile de ses doigts.

Le travail prit plusieurs heures. Chaque fois qu'un rayon était ouvert, il fallait le glisser dans l'extracteur dont Angela tournait la manivelle. Elle suivait avec dévotion les instructions que lui donnait son père. « Oui, oui, commence par tourner doucement, oui, comme ça, c'est bien. Regarde à l'intérieur. Le miel commence à sortir des rayons. Continue à tourner doucement, oui. Ne force pas sur la manivelle. Pas encore. Doucement, Angela, doucement. » (Il aurait pu conduire un attelage et parler ainsi à ses chevaux.)

C'était pénible. Plus Angela tournait lentement plus il fallait de temps à la force centrifuge pour envoyer le miel sur les parois métalliques de l'extracteur d'où il s'écoulait vers un entonnoir. Mais si elle tournait plus vite, trop de cire était emportée avec le miel.

Au bout d'un moment, Alois Junior remplaça Angela. Le silence régnait dans la cuisine, ils écoutaient tous le murmure du miel qui ruisselait le long des parois de l'extracteur.

Au moyen d'un robinet placé en bas, le miel était recueilli dans une bassine. Klara avait préparé deux tamis, un gros et un fin mais elle écarta tout le monde. Il était absolument nécessaire, selon elle, qu'avec Angela elles passent encore une heure à filtrer le produit à travers une étamine. Elle voulait aussi récupérer la cire. C'était un produit qui avait de la valeur. On pouvait en faire des bougies de première qualité. C'est ce que lui avait appris M. Rostenmeier au magasin de Fischlham. Alois renifla. Il aurait pu le lui dire lui-même.

Adi était le plus impatient. Il voulait du miel. Il voulait s'en gaver. Pourtant, même sa mère n'était pas prête à le laisser faire.

« Sois patient, le miel a besoin de se reposer.

— Il est là, criait-il. Il veut qu'on le goûte.

— Non, dit-elle. Il est plein de bulles.

— Ça m'est égal.

— Tu as tort. Les bulles mettent le miel mal à l'aise.

— Ce n'est pas vrai. Je le sais.

— Tu n'en sais rien. Les bulles sont aussi désagréables pour le miel que les gaz pour ton estomac. » Elle ne savait pas si c'était vrai mais elle s'en moquait. Cela avait l'air vrai. De plus cela ferait du bien à Adi d'attendre, ça lui forgerait le caractère.

Les larmes lui vinrent aux yeux. Comme on pouvait s'y attendre. Chaque fois qu'on refusait de lui céder, il se mettait à pleurer.

« Pense à ce miel, dit-elle à Adi. Il a subi tellement d'épreuves. Si impressionnantes. Il se trouvait tranquillement chez lui avec ses amies les abeilles et voilà qu'elles ont disparu et regarde un peu tout ce qui lui est arrivé. On l'a secoué, on l'a gratté puis on l'a fait tourner. Maintenant le miel ne sait plus où il est. Laisse-le se reposer. Nous attendrons. Nous ferons la fête demain. »

5

Il n'y eut pas de fête le lendemain. De l'écume et des débris de cire étaient apparus à la surface du miel. Klara les enleva soigneusement mais insista tout de même pour repousser la fête.

La raison était qu'elle voulait continuer à mélanger le miel chaque jour. Elle était persuadée que c'était nécessaire. À chaque incursion dans la cuisine, elle le mélangeait pendant une dizaine de minutes ou davantage puis forçait Angela et Junior, en dépit de leurs protestations, à le faire à sa place. Il fallait que chacun se donne du mal, disait-elle, pour empêcher leur miel de durcir. C'était une chose dont elle se souvenait de son enfance. Il arrive une fois de temps en temps, pensait-elle, qu'une femme soit plus clairvoyante que son mari. Pourquoi pas ? Dieu donne à chacun des dons différents.

Elle finit par annoncer que le miel était prêt et qu'ils pouvaient faire la fête. Alois Senior fut tenté d'inviter Der Alte mais Klara l'en dissuada aussitôt : « C'est seulement pour la famille », dit-elle.

Chacun prit une cuiller et ils formèrent un cercle sauf Paula qui était dans les bras de Klara qui lui faisait goûter le miel sur le bout de son index. Les autres léchaient leur cuiller. Ils en voulurent aussitôt davantage. Klara avait fait un gâteau de Savoie et en servit des tranches qu'ils pouvaient tremper dans leur trésor mais Senior et Junior, Angela et Adi se contentaient de lécher leur cuiller, encore et encore.

On aurait dit qu'ils étaient ivres. Tous. De manière différente, mais chacun d'eux vivait un moment exceptionnellement agréable. Pour Alois, le miel était aussi typé et hautement particulier qu'un bon cognac français, ce qu'il n'avait goûté que trois fois dans sa vie. Oui, vraiment ce miel était magique. Il lui rappelait des souvenirs de Fanni, de merveilleux souvenirs qu'il ne s'était pas permis d'évoquer depuis des années. Cela avait été vraiment chaud. Quelle chienne ! Quelle sorcière ! Quel dommage. Elle avait vraiment chèrement payé en mourant si jeune. Était-ce de l'avoir trop aimé ? La pensée d'une telle surabondance d'amour, de tant d'excitation et aussi de ses manigances anciennes mais si réussies envers Anna Glassl s'accordaient bien avec le goût du miel, oui, décidément, il aurait pu tout aussi bien être ivre.

Quant à Klara, remplie d'admiration pour l'étendue des dons divins, elle repensait à un jeune homme qu'elle avait aimé autrefois à Spital, un an ou deux avant qu'Alois ne passe à la ferme, cet oncle qui allait devenir son homme pour la vie. Avec l'autre garçon, cela avait été bien. Ils s'étaient donné la main une fois, mais elle ne l'avait pas embrassé, non, pas ça ! Ce miel avait dû se glisser dans son cœur car elle découvrit seulement maintenant – quel beau souvenir ! – qu'elle avait été heureuse en tenant dans sa main la patte calleuse de ce garçon de ferme, plus heureuse qu'elle ne l'avait jamais été avec Alois. Ainsi va la vie. Il faut être prudent. On ne peut pas avoir du miel tous les jours. Elle eut donc la prudence de reposer sa cuiller et de manger sa part de gâteau.

Alois Junior pensait à Der Alte, à la façon dont le vieil homme l'avait regardé. Les yeux si brillants. On aurait dit qu'il était prêt à ouvrir la bouche, à humecter ses lèvres et à faire cette chose que quelques-uns des gamins plus jeunes lui avaient déjà faite autrefois à Spital. Une fois ou deux. Puis plus régulièrement. Le miel lui disait la vérité. Il avait aimé cela. Il avait essayé de persuader une fille de le lui faire mais elle avait refusé.

Il se rappelait à présent les garçons plus âgés qui avaient exigé la même chose de lui. L'un d'entre eux lui avait même tordu le bras. Quand il avait crié qu'il ne le ferait pas, le gros type lui avait flanqué un coup de poing dans l'estomac. Il avait eu la bonne idée de vomir, ce qui avait découragé l'autre. À présent, il pouvait peut-être envisager une petite gâterie avec Der Alte. Cela le mettrait en forme pour la fille qu'il avait en vue et qu'il comptait emmener faire un tour sur Uhlan, à cru.

Angela était perdue dans ses rêves. Le miel la mettait dans un tel état qu'elle ne s'était jamais sentie aussi bien. C'était une sensation si forte. Elle avait l'impression qu'il y avait quelqu'un d'autre en elle, quelqu'un de nouveau, quelqu'un de bien. Avait-on le droit d'apprécier quelque chose à ce point ?

Si on me demande comment un démon comme moi pouvait lire les pensées de toute la famille alors que le petit Adolf était mon seul vrai client, je répondrai que c'est à cause du miel. Parmi tous nos pouvoirs, nous avons celui d'imprégner une substance d'une touche de notre présence. Il n'en faut pas davantage. Si nous appliquons ce pouvoir à bon escient, la trace peut, pendant une courte période, se glisser dans les pensées de l'homme, de la femme ou de l'enfant. Ce lien délicat, manipulé avec finesse, peut même apporter la vérité. Je pense que si Klara s'était donné tant de mal pour mélanger le miel pendant plusieurs jours, c'était parce qu'elle voulait renforcer sa surveillance contre nos incursions.

Je ne parlerai même pas d'Edmund et de Paula. Le gamin s'était tellement gavé de miel qu'il en fit dans sa culotte, quant au bébé elle eut la colique, mais un peu plus tard. Au début, ils souriaient tous les deux d'un air si joyeux et si innocent que tous les autres se moquaient d'eux.

Adi fut le plus intéressant. Comme je l'avais prévu, il devint fou furieux. Le sucré avait sur lui le même effet que le schnaps sur Alois Junior quand il avait l'estomac vide. Adi entreprit de donner des baisers collants à Klara et à Angela, se délectant de leurs cris et de la fureur avec laquelle elles essuyaient la trace de ses baisers sur leur bouche. En particulier Klara. Elle frottait ses lèvres comme mue par un réflexe. Mais quand elle perçut un accroc dans le rire d'Adi, comme s'il avait été surpris par la détestation qu'il lisait sur son visage au point de laisser échapper une larme, elle attrapa le garçon et l'embrassa avec toute l'énergie musculaire d'une mère qui fait son devoir. Adi ne sachant pas très bien si on venait de le récompenser ou de le réprimander davantage se glissa vers Angela, un petit morceau de miel au bout de l'index.

Angela hurla quand elle sentit le miel collé dans ses cheveux et il y avait de la haine dans son cri. Il l'avait arrachée aux sensations qui gambadaient en elle. Mais tandis qu'elle reprenait son souffle pour le gronder, Adi caracolait déjà en direction d'Alois Junior qui l'arrêta d'un seul regard.

Restait Edmund. Adi lui colla tellement de miel dans les cheveux que le gamin de deux ans fit à nouveau caca dans sa culotte. Adi alla alors vers Klara et dit en montrant Edmund du doigt : « Mère, je ne faisais pas tant de saletés quand j'avais deux ans. Cet Edmund est toujours dégoûtant. »

Il fournit ainsi à Angela l'occasion d'une prompte revanche, car elle avait vu la scène et raconta à Klara ce qui s'était passé avec tant de précision que Klara se mit à gronder Adi en des termes qu'elle n'avait encore jamais employés, en tout cas pas avec lui. « C'est une honte. Tu comprends ? C'est un péché d'être cruel avec les plus petits que soi. Comment peux-tu être aussi méchant ? Dieu te punira. Il nous punira tous. » Elle parlait avec tristesse. Elle ne voulait pas gâcher ces splendides réjouissances familiales mais elle devait le faire pour le bien de tous, pour Angela, et pour le pauvre petit Edmund qui était sale à nouveau. « Comment peux-tu lui jouer un tel tour ? dit-elle à Adi. Edmund t'aime tellement. »

Cette fois-là, elle aurait bien voulu faire pleurer Adi. Mais c'est elle qui avait les larmes aux yeux. Quant à lui – c'était peut-être l'effet du miel – il se sentait plus important qu'il ne l'avait jamais été au cours de ses six années et demie d'existence. Tous ces reproches le faisaient enrager. Il lança un regard mauvais à Angela en se disant tout bas : « Je ne te le pardonnerai jamais. C'est sûr ! Je t'enverrai en enfer ! » Et par-dessus tout, il était fier de lui, il avait fait pleurer sa mère. « Qu'elle pleure pour une fois et pas moi. Il est temps qu'elle apprenne. »

6

Je dois maintenant décrire l'acte charnel entre Alois Junior et Der Alte. Non sans un certain dégoût. Que l'on me comprenne. Je ne porte pas de jugement moral sur ces questions. Les démons sont censés s'intéresser à toute forme d'étreinte physique, qu'elle soit appliquée ou occasionnelle, qu'elle soit perverse ou qu'elle suive la procédure que les Américains appellent la position du missionnaire : « Je monte dessus et je tire un coup. » Ce qui nous intéresse bien davantage, ce sont les pratiques sexuelles qui sortent de l'ordinaire. Les activités de routine desservent nos objectifs. Les premières rencontres en tout cas doivent être prises en considération. Nous les désignons d'ailleurs par le terme de *premières*. Les enjeux sont plus importants. Il y a peu de premières qui se produisent sans qu'un représentant du Maestro ou du DK soit présent sur le terrain. Le fait de foutre – pour employer le mot le plus utile, le plus cosmopolite et presque le plus onomatopéo-poétique, si évocateur des chairs qui se frottent, des corps qui claquent, ou des graisses – présente un intérêt réel pour les deux camps. Beaucoup de choses peuvent se produire à cette occasion, et très vite. De vieilles habitudes, dont la présence dans le caractère est devenue aussi pesante que des sacs de sable destinés à fortifier une tranchée, peuvent être abandonnées.

Il n'y a donc rien d'étonnant si nous nous abstenons de tout jugement moral et si nous sommes toujours prêts à envisager les choses d'un œil neuf. La question est de savoir dans le cas présent si cette relation allait affaiblir notre position ou au contraire la renforcer.

Il n'empêche que je fus dégoûté par ce qui se produisit. Der Alte, après quelques remarques de politesse et quelques lieux communs destinés à montrer le plaisir extrême (et l'inquiétude immédiate) que lui causait la venue d'Alois Junior – tout cela allait-il tourner au désastre ? – comprit rapidement, grâce aux longues années d'expérience qu'il avait en la matière, qu'Alois Junior était précisément venu chercher ce cadeau que lui, Der Alte, rêvait de lui offrir depuis la première fois qu'il l'avait vu. « Je suis si heureux que tu sois venu me voir, répéta-t-il à plusieurs reprises pendant les toutes premières minutes, ce à quoi Alois finit par répondre : – Oui, me voilà. »

Le cheval était attaché à une quinzaine de mètres de là mais Der Alte entendait distinctement les mouvements de la queue d'Uhlan. Il savait qu'il ne devait pas perdre une seconde à faire la conversation et s'avança donc vers Alois Junior, s'agenouilla devant lui et posa la main sur son sexe. Aussitôt, comme un diable jaillissant de sa boîte, Alois Junior bien campé sur ses jambes, la braguette ouverte, arbora un membre raide et triomphant qu'il fourra immédiatement dans la bouche de Der Alte, entre ses lèvres goulues qui attendaient depuis si longtemps de servir.

C'est à ce moment-là que l'affaire commença à me déplaire. Si je m'abstiens de tout jugement moral, je n'aime pas ce qui offense le bon goût et Der Alte se conduisit de manière avilissante. Pour dire les choses nettement, il bava sur le garçon et bredouilla d'une voix rauque au moment où Junior lui expédia une bonne giclée au fond de la gorge. Comme un enfant, Der Alte pissa aussi dans son pantalon. C'était sa façon à lui de décharger, la miction la plus agréable qu'il ait connue depuis des mois. Il couvrit ensuite Alois Junior de baisers et de quantité de mots que je ne vais pas répéter ici : « Tu as bon goût, ton cœur est tendre » en est peut-être l'exemple le plus présentable mais aussi le plus absurde, car Alois Junior n'avait pas besoin d'être de nos clients pour savoir qu'il avait le cœur dur. Sa seule préoccupation était d'être loyal envers lui-même. Comme tous les très jeunes hommes, il fut instantanément rempli de dégoût pour ce partenaire occasionnel et s'empressa de repartir le plus vite possible. Il lui fallut tout de même patienter quelques minutes. Il n'avait aucune envie de rester coincé là pendant près d'une heure à subir des cajoleries qui lui faisaient l'effet de toiles d'araignées sur sa peau, mais son sens pratique lui dictait de ne pas partir trop vite pour ne pas insulter ouvertement Der Alte. Cela pourrait compromettre une autre visite éventuelle. Après tout ? S'il n'arrivait pas dans les jours à venir à convaincre certaine fille de ferme qu'il avait en vue, il pourrait toujours revenir à son vieux jeton. Alois Junior était de l'étoffe dont nous faisons nos meilleurs clients, à quatorze ans il envisageait déjà le sexe d'une manière qui nous convenait parfaitement. Il ne tarderait pas à vouloir dominer les autres grâce à ses brillantes capacités sexuelles. C'est une attitude que nous aimons beaucoup. Nous avons tellement de clients sous-équipés dans ce domaine. Nous ne sommes jamais sûrs de pouvoir compter sur une érection bien au garde-à-vous. C'est un problème pour nous, même si nous pouvons aussi tirer parti de l'impuissance partielle ou totale pour en faire un instrument à notre service. Ainsi, Adolf Hitler allait connaître ce problème pendant toute son adolescence et ses premières années d'homme politique.

Alois Junior était tout le contraire. Il tenait de son père et était donc très porté sur les femmes mais se méfiait de ce qu'il appelait leur art de piéger. Les filles comme les femmes attachaient trop d'importance aux responsabilités familiales. Les garçons au contraire étaient là, toujours prêts à vous vider les couilles. Et c'était tellement bon de se faire obéir par un garçon ou mieux encore par un adulte.

Il aurait vraiment fait un client parfait. Nous aurions augmenté ses pouvoirs. Il aurait pu nous rendre bien des services. Mais j'avais reçu l'ordre de ne pas m'occuper de lui. Le Maestro n'avait d'yeux que pour Adolf. Je le comprenais. Il est malcommode de travailler avec deux clients de la même famille et c'est particulièrement vrai quand ils sont de tempéraments très différents. Un démon qui essaierait de diriger les deux à la fois pourrait être dépassé par leurs besoins contradictoires. Et si l'on plaçait deux démons pour veiller sur leurs clients dans une même maison, cela pourrait être pire. La rivalité pourrait s'en mêler.

Je me tins donc à l'écart d'Alois Junior. Il parvint sans tarder à séduire Greta Marie Schmidt, une robuste fille de la campagne qu'il emmenait faire des tours à cheval. Il obtint rapidement l'accès à son intimité par les mêmes voies qu'Alois Senior avait pratiquées avec Fanni au temps où elle était encore vierge. Pour employer une fois de plus une de ces expressions américaines vulgaires (que j'ai grand plaisir à utiliser, je le confesse), Junior connaissait Greta Marie « d'un bout à l'autre du tube digestif ». Il n'avait aucune envie de lui ravir sa virginité, son piège bien gardé. D'ailleurs il ne l'aimait pas vraiment. Elle était un peu trop vulgaire. Il retourna donc voir Der Alte. Malgré les odeurs tenaces qui régnaient dans sa cabane, certaines de ces rencontres furent l'occasion de découvertes érotiques intéressantes. Maintenant que les choses étaient bien établies entre eux, Der Alte se livrait à des jeux de langue inspirés, depuis le glissement langoureux jusqu'au titillement habile, ce qui réjouissait Junior, grand amateur de plaisir. Pourtant, une fois l'affaire terminée, c'est à peine s'il pouvait regarder le vieillard. Le jeune garçon était aussi dégoûté que moi par tous ces gargouillis et ces sanglots baveux. La triste vérité, c'est que la langue de Der Alte était particulièrement attirée par la porte arrière. Alois eut l'impression que ses fesses devenaient le portail d'un temple qui serait l'objet d'un culte touchant à la vénération. Il attendait que son plaisir monte et quand il était sur le point de jouir, il se retournait et balançait tout dans le gosier du vieux. Après quoi il restait un instant aussi immobile qu'une statue, doublement dégoûté en pensant à l'admiration sans bornes que son père portait à Der Alte. « Il a la langue si bien pendue », avait dit Alois Senior.

Der Alte faisait preuve d'une telle lubricité. Comment lui, Junior, pouvait-il dans ces conditions respecter Senior ? Et toute cette horrible fébrilité en permanence à propos de ses abeilles ? Et cette propension à toujours venir demander conseil à Der Alte ! À présent que la famille avait fêté sa première récolte de miel, son père était déjà en train de s'inquiéter pour savoir comment il allait procéder avec les deux autres ruches.

Un nouveau désastre se profilait à l'horizon. Je n'en étais pas surpris le moins du monde. Alois Junior s'était débrouillé pour laisser une de ces ruches chéries en plein soleil. Sans raison particulière. La haine qu'il éprouvait pour son père était si profonde qu'il n'en avait même plus conscience.

7

Son père s'approcha de la ruche, la toucha, sentit la chaleur du bois mais remarqua aussitôt que les abeilles n'étaient pas encore saisies d'un trop grand affolement. Il était arrivé à temps, il replaça la ruche à l'ombre.

« *À quoi pensais-tu donc, espèce d'idiot ?* » cria-t-il à Alois Junior.

Le garçon eut l'impression d'être retourné comme un gant par la violence de la voix paternelle. Le son le frappa avec la force d'un coup. Les adolescents peuvent être complètement désorientés lorsqu'une punition inhabituelle les atteint brutalement. Non seulement parce qu'ils affichent des airs, des poses et toutes sortes de comportements irréfléchis mais, pis encore, parce que au fond ils n'ont pas vraiment d'âge. À cet instant même, Junior cessa d'avoir quatorze ans. Il se considérait jusque-là comme un garçon de quatorze ans, le concept était clair, ses contours bien nets. En réalité, comme beaucoup d'autres adolescents, il possédait la ruse d'un gars de vingt-deux ans tandis que certains recoins de sa personnalité l'exposaient à des erreurs dignes des bêtises que ferait un gamin de huit ans. Comme de laisser une ruche en plein soleil, par exemple. Il se sentit tout à coup sur le point d'éclater en sanglots.

Il supplia son père. À sa grande honte, il le supplia : « Vous m'avez appris tant de choses intéressantes, si nouvelles et si passionnantes, mon cher père très respecté, dit-il en se frappant le front. J'avoue que cela devait être trop pour ma tête ignorante. J'ai commis une faute. J'ai cru bon de placer la ruche au soleil, seulement quelques minutes, pas plus, le temps de réchauffer les rayons. Il a fait si froid la nuit dernière. Si froid pour un printemps ! J'espère que je n'ai rien fait d'irréparable. »

Il entendait le son de sa voix qui ne cessait de déraper, lui ôtant toute apparence de virilité. Elle était si aiguë. « Il faut me pardonner, Père. Ma faute est une honte. Je ne m'excuserai jamais assez. »

Il savait bien que cela ne suffisait pas. Alois Senior affichait un air de colère sombre comme les profondeurs du soupçon. « Pense un peu à ceci, dit-il d'une voix calme. Nos abeilles, toutes ces abeilles font leur travail en obéissant à des règles. » Il foudroya Junior du regard jusqu'à ce que le garçon détourne les yeux. « Elles n'ont aucune patience à l'égard des faibles ou des paresseux, ou des égoïstes qui oublient leurs devoirs. »

Il attrapa Junior par le menton. Il l'obligea à le regarder en face. Il lui pinça le menton entre le pouce et l'index aussi fort qu'avec des tenailles. Mais le garçon se ressaisit sous le coup de la douleur. Der Alte lui témoignait plus de respect à lui, Alois Junior, qu'à cet homme, Alois Senior, qui était en train de lui pincer le menton. Quand cette pensée lui traversa l'esprit, une lueur s'alluma dans son regard et y demeura un instant. Avant qu'elle ait disparu, Alois Senior dut bien convenir qu'il ne sortait pas totalement vainqueur de cette altercation. Alois Junior avait osé soutenir son regard.

Cela contrariait certes l'idée qu'il avait de son autorité paternelle, mais le pire était à venir. Par l'entremise de Klara. Elle venait de recevoir une lettre de sa mère qui avait anéanti la confiance relative que lui avait donnée celle envoyée par son père quelque temps auparavant. Dès qu'elle lut les mots de sa mère, elle se demanda comment elle avait pu croire un seul instant qu'Alois Junior avait changé.

Écrire une lettre était bien sûr une épreuve terrible pour Johanna. Klara le savait. Depuis qu'elle avait neuf ans, c'était elle qui répondait aux rares lettres qui arrivaient chez eux à Spital. Et pourtant, comme pour souligner l'importance toute particulière de cette démarche épistolaire, Johanna avait écrit toute une page remplie d'hésitations pénibles et d'incohérences. Elle commençait par insister sur la liste des qualités d'Alois Junior. Il était si intelligent, très intelligent, ça elle pouvait le dire à tout le monde. Il était beau, ça aussi elle pouvait le dire, Junior réveillait même en elle de vieux souvenirs de son père, ton mari, l'oncle Alois, à l'époque où ton oncle était si jeune, si séduisant, un brave jeune homme, si responsable. Il y a tant d'années.

« Klara, je te le dis, écrivait-elle ensuite, je me fais du souci. Qu'est-ce que nous t'avons renvoyé ? Junior est un sauvage. Tellement sauvage, Klara, et nous te l'avons renvoyé. Il le fallait, oui. Johann a dû louer un autre homme pour l'aider. C'est un ivrogne et un idiot. Il boit tout ce qu'il gagne. Tu vois ce que l'on perd en renvoyant Junior mais, Klara, ce bon à rien alcoolique est meilleur que Junior. Nous n'avons plus peur maintenant. »

Klara alla chercher sa boîte à ouvrage et en sortit la lettre de Johann Poelzl. Alois Junior la lui avait donnée le jour de son arrivée. Elle fouilla l'étagère du haut d'un placard pour y retrouver une vieille lettre de son père, qu'elle avait pris la peine d'entourer d'un ruban. C'était une lettre de vœux adressée au moment de la naissance d'Edmund. Dès qu'elle la regarda attentivement, elle comprit que le papier que lui avait remis Alois Junior portait une écriture qui ressemblait à celle de son père mais que ce n'était pas la même.

Klara ne dit rien à Alois Senior. Jusque bien après le souper. Alors qu'ils étaient couchés, il avait commencé à se plaindre d'Alois Junior.

« Je n'obtiens de lui aucun travail correct, dit Alois. J'ai beau lui parler, il ne réagit pas comme je voudrais. Il est toujours parti avec le cheval. Je ne veux pas me faire de soucis mais je ne peux pas m'en empêcher. Il peut s'attirer des ennuis. Il voit des filles de l'autre côté de la colline. C'est peut-être en partie ma faute parce que j'ai décidé de ne pas planter de pommes de terre au printemps. Il n'y a pas vraiment assez de travail pour lui. ».

Ce fut alors qu'elle lui parla de la lettre de sa mère. Il hocha la tête. Ce fut sa seule réaction.

« Qu'est-ce que tu vas lui dire ? demanda-t-elle.

— Je vais y réfléchir. Il me faut un peu de temps. Cela pourrait avoir d'importantes conséquences. »

Elle était furieuse. Elle ne parvint pas à trouver le sommeil. On aurait dit qu'il y avait une punaise entre les draps. Si Alois n'était pas prêt à sermonner son fils, c'est elle qui le ferait. Mais elle n'en avait pas très envie. C'était son fils à lui, après tout.

Le lendemain soir, peu de temps avant le repas, Alois Junior commença à se comporter comme s'il était au courant de l'arrivée d'une nouvelle lettre. C'est la meilleure hypothèse que je puisse avancer pour expliquer pourquoi il décida de casser un œuf sur la tête d'Adi.

La raison en était simple. Sa copine, Greta Marie, lui avait montré cet après-midi ce qu'elle était dans le fond : une sinistre peau de vache. Le besoin d'une nouvelle activité lui démangeait les doigts. Quelque chose d'inédit. Ayant eu plus tôt l'envie de gifler Greta Marie, il se rapprocha d'Angela. Sa sœur caquetait, penchée sur ses poules, ramassant chaque œuf comme si c'était un lingot d'or, ces maudits œufs, bêtes, sales et pleins de crotte. Il en prit un dans son panier. Juste pour la faire crier. Et quand elle se mit à crier, il eut envie de lui casser l'œuf sur la tête. Il ne put pas le faire pourtant. C'était sa sœur, la seule vraie, qui d'autre avait-il ? Il allait remettre l'œuf en place mais le geste lui coûtait vraiment. Et voilà qu'il remarqua Adi, à côté de lui, à quatre pattes à sa portée, petite hyène puante. En revenant de sa course avec Uhlan, il avait vu Adi se rouler par terre dans la grange en hurlant, piquant encore une de ses colères.

Junior le releva et le força à se tenir debout

« Tiens-toi tranquille, dit Alois Junior.

— Essaie un peu, répondit Adi.

Alois Junior savait bien que le gamin irait beugler auprès de sa mère. C'est ce qu'il faisait chaque fois. Adi avait une mère tandis que lui n'en avait pas. Il fallait donc laisser le morveux tranquille. Faire une trêve.

En cette fin d'après midi, Angela babillait avec ses poules et Adi le regardait d'un air sournois. Tellement sûr de lui, protégé par la trêve.

« Essaie un peu. »

Junior prit un œuf dans le panier d'Angela, l'écrasa sur la tête d'Adi et s'appliqua à bien étaler le jaune et les morceaux de coquille.

Adolf hurla. On aurait dit qu'il s'était préparé à ce genre d'affrontement. Il entreprit immédiatement, de son plein gré, de frotter ses cheveux tout poisseux pour bien s'imprégner la main de jaune d'œuf puis il l'essuya sur sa chemise. Enfin, estimant que la tache n'était pas assez spectaculaire, il attrapa un autre œuf dans le panier d'Angela qui poussa aussitôt un cri, le cassa lui-même sur sa tête, l'étala bien sur son visage et sa chemise avant de se mettre à hurler comme si Alois lui avait flanqué un coup de pied dans les tibias. Le concert de cris fut alors aussi impressionnant que la catastrophe elle-même.

Klara arriva en courant, elle tenait Adi par la main et commença à tempêter avant même d'être arrivée jusqu'à eux. Elle voulait parler à Alois de la lettre mais elle vomissait sa colère dans le plus complet désordre. Ses mensonges, lui dit-elle, étaient pires que la merde que les porcs laissaient dans leur soue. Eux au moins ont une excuse. Ils ne sont que des porcs. Toi, tu n'en as pas. Tu es une brute. Tu es un porc. Tu n'es que de la merde. Elle n'en revenait pas des mots qu'elle employait. Ils étaient si violents. À sa grande surprise, Alois Junior se mit vraiment à sangloter. Dans toute cette affaire il n'avait jamais compris à quel point il était prêt à l'aimer mais aussi à quel point elle le détestait radicalement. Pourtant, en secret, il avait souvent pensé qu'elle l'aimait vraiment, peut-être même plus qu'elle n'aimait son père. À présent, il se sentait souillé. Pour lui, c'était un véritable deuil. Il ne pouvait pas le supporter. Du coup ses sanglots cessèrent brusquement. De sa propre volonté. Il cessa de pleurer à l'instant même, hocha la tête d'un air guindé, et s'éloigna. Il ne savait pas où l'avenir allait le conduire dans le monde, ni quand, mais il avait compris une chose : il ne resterait pas à Hafeld. Il en était incapable. Il partirait avant peu. Il devait à présent faire ses adieux aux choses et aux gens qu'il aimait et particulièrement à son cheval. À moins qu'il ne l'emmène avec lui ?

Cette idée le dépassait. Pourtant il avait compris que, s'il ne voulait pas démériter à ses propres yeux, il ne partirait pas avant d'avoir trouvé le moyen de se venger. Il y arriverait bien d'une manière ou d'une autre. Et sans tarder.

8

Ils dînèrent en silence, même Paula que Klara tenait sur ses genoux ne disait rien. Alois Senior était manifestement préoccupé. Il avait reçu un peu plus de piqûres d'abeilles que d'habitude, une ou deux généralement, parfois trois, ce qu'il avait fini par accepter comme faisant simplement partie des inconvénients du métier. Ce soir, il n'avait rien à dire et ne remarqua même pas que les autres aussi gardaient le silence.

Il attendait l'heure du coucher. Klara avait pris l'habitude de soigner ses piqûres d'abeilles et il appréciait beaucoup ce moment. Elle était si habile, si pleine d'attentions. Elle n'enlevait jamais les dards avec maladresse. Ainsi il ne souffrait pas toute la nuit des petits fragments qui pouvaient rester sous la peau. Quand l'opération n'était pas bien faite, on avait l'impression d'avoir une aiguille oubliée à l'intérieur. La blessure était minuscule mais bien réelle, prête à enfler. Il y voyait même parfois une sorte d'attaque personnelle, comme si c'était par méchanceté que la piqûre continuait à faire mal. Mais Klara savait parfaitement presser la chair à l'endroit où le dard dépassait et le faire sortir en appuyant très doucement.

À présent, quand ils allaient se coucher, il attendait qu'elle soigne ses blessures. Pourtant, ce soir-là, il dut patienter. Elle voulait d'abord lui raconter toute la pagaille qu'avait provoquée Alois Junior avec ses œufs. Il ne prit même pas la peine de l'écouter.

« *Ach*, cela entretient la jalousie si tu prends toujours le parti d'Adi.

— Qu'est-ce que tu dis là ? Cite-moi donc quelque chose de bon qu'on puisse attendre de Junior.

— Non, tu dois m'écouter. Il faut rechercher un équilibre. Nous devons essayer. Un bon équilibre entre les deux garçons et tout rentrera dans l'ordre. C'est ça, le secret. »

Un silence. Suivi d'un silence encore plus profond.

« J'essaierai », finit-elle par dire.

Son instinct lui conseillait de réduire l'espace qui les séparait. Si elle ne le faisait pas, l'incompréhension irait grandissant. Mais pouvait-elle vraiment donner raison à son mari ? Le jeune Alois se comportait comme Fanni. Mais en dix fois pire. Comment cela était-il possible ? Était-ce la malédiction de Fanni ?

Pendant un certain temps leurs nuits furent sûrement peuplées de présages peu encourageants. Alois Junior continua à faire la démonstration de ses talents au cours de ces derniers jours du mois de juin, fournissant juste le travail qu'il fallait pour justifier le droit d'aller se promener avec Uhlan. Le garçon remplissait convenablement ses devoirs, il tenait les ruches propres, il savait à quel moment mettre ou retirer les cadres. Il était même capable de repérer la reine et de la placer dans une cage sans recourir à la pipette de verre. Tout comme Der Alte, il l'attrapait avec les doigts.

À présent, à la table du dîner, son mutisme pesait sur toute la famille. Aucun d'eux ne le contrecarra ces jours-là, pas même Alois Senior qui, malgré tout, ne pouvait s'empêcher d'avoir de la sympathie pour son fils. Il y avait au moins un aspect du caractère d'Alois Junior qu'il comprenait parfaitement. Monté sur Uhlan, le garçon devait se trouver autant de prestance qu'un officier dans une des rues les plus élégantes de Vienne. Alois savait aussi ce qui se cachait derrière cela. Pour l'instant seul le cheval comptait, mais bientôt ce seraient les filles. Le père le savait aussi sûrement que si ses propres bijoux de famille étaient affectés d'une poussée de sperme. Ah, ces révélations ! Il n'y avait rien de meilleur que le moment où une femme écartait les jambes pour vous. Ah, cette première fois ! Si vous aviez l'œil pour remarquer les petites différences, vous pouviez en apprendre sur elle deux fois plus long qu'en observant son visage. Alois Senior s'en portait garant. Celui qui avait dessiné cette merveille, quel qu'il soit, avait vraiment fait du bon boulot. (C'était là à peu près toute l'admiration qu'Alois vouait au Créateur.) Quel merveilleux assemblage de chairs et de liqueurs, tout ce déploiement d'architectures délicates, ces voûtes offertes, ces cavernes, ces lèvres. Alois n'avait rien d'un philosophe et n'aurait pas su évoquer le Devenir (cet état de l'existence où l'Être se sent tout à coup ouvert à de nouvelles possibilités) mais il aurait tout de même pu rendre hommage à Heidegger. Le Devenir c'est exactement cela : le moment où une femme ouvre les jambes ! Alois se sentait poète. Pourquoi pas ? N'étaient-ce pas là des pensées poétiques ?

Laissez-moi vous préciser une chose : si Alois avait été capable de parler à son fils, il aurait eu beaucoup de choses à lui dire. Mais il ne se risquerait jamais à aborder de tels sujets. Ayant été gardien des frontières, autrement dit une sorte de policier, il ne faisait plus confiance à personne, pas même à ses enfants. Un bon policier doit se servir de la confiance comme s'il manipulait un récipient d'acide dangereux. La confiance ne va pas sans risques. Révéler ses pensées les plus intimes aux autres, c'est leur offrir le moyen de trahir vos avis.

Pourtant, s'il avait pu parler au jeune Alois, il aurait pu lui dire qu'il n'y avait rien de meilleur que d'être un jeune homme amateur de femmes. Lui, son père, pourrait lui raconter de sacrées bonnes histoires si on abordait le sujet : « Mais, mon petit Alois, je dois t'avertir d'une chose. Les jeunes femmes peuvent être dangereuses. Ce sont souvent des anges de douceur, au moins certaines d'entre elles, mais ce n'est pas avec elles que tu dois être prêt à discuter. C'est avec les pères de ces anges-là, ou bien les frères. Cela peut même parfois être avec un oncle. J'ai failli un jour recevoir une raclée de l'oncle d'une jeune fille. J'étais costaud mais lui l'était davantage. Il m'a fallu argumenter pour me tirer de ce mauvais pas. Toi aussi, tu devras le faire. Et tu le feras très bien, j'en suis sûr, mon petit Alois, mais ce genre d'éloquence ne fonctionne bien qu'en ville, dans les grandes villes surtout. Ici à Hafeld ou à Fischlham, ce n'est pas si simple. Les gens de la campagne ne sont pas faciles. »

Voilà ce qu'il aurait dit à son fils. S'ils avaient pu se faire des confidences. Alois en éprouvait de la tristesse. Et je dois dire qu'on pouvait certainement le tenir pour responsable de cette situation. N'avait-il pas fait passer son autorité avant tout le reste ?

Il ne pourrait donc jamais offrir généreusement un conseil aussi intime. S'il en avait été capable, il aurait dit à Alois Junior : « Aime autant de femmes que tu pourras mais n'oublie jamais le prix à payer. Surtout à la campagne. Écoute bien, mon petit Alois, aurait-il dit. Les gens de la campagne n'ont pas de quoi s'occuper l'esprit. Ils ont les reins solides, mais leur vie, au fil des années, est toujours la même. Ils ne supportent plus un tel ennui. Alors ils pensent beaucoup aux torts qu'on leur a faits. Je te le dis, mon fils, fais bien attention ! Ne mets pas une fille enceinte. Si cela se produit, ne crois pas qu'il te sera facile de prétendre que tu n'y es pour rien. Quelquefois cela ne marche pas. »

Dans son lit, Alois était trempé par la transpiration. Le drame de son fils se déroulait devant lui avec toute la force d'une tragédie. Il aurait voulu pouvoir dire au jeune Alois : « Prends bien garde au père d'une fille avec qui tu t'es roulé dans la paille. N'insulte jamais un paysan qui n'a pas d'autres préoccupations en tête. Dix ans plus tard, il découvrira l'endroit où tu vis, il viendra frapper à ta porte et il te fera sauter la tête d'un coup de fusil. J'ai déjà entendu pas mal d'histoires de ce genre. »

Évidemment nous, les diables, savons à quel point les hommes et les femmes sont capables de se cacher leurs véritables sentiments à eux-mêmes. Je compris donc rapidement que, derrière toutes ces belles recommandations qu'il rêvait de donner au jeune Alois, le père se faisait du souci pour sa propre sécurité. En fait, Alois Senior estimait que ses propres fesses chéries pourraient se trouver exposées.

Un soir, un mois auparavant, pendant qu'il buvait sa bière à la taverne de Fischlham, il y avait eu une conversation à laquelle il n'avait pas attaché d'importance sur le moment, un vague bavardage à propos d'un type qui vivait de l'autre côté de la taverne, à plusieurs kilomètres de Hafeld. Deux des fermiers présents le connaissaient, et le gars, à ce qu'ils disaient, avait parlé d'Alois. Et pas qu'une fois, affirmèrent-ils : « Il te connaît et le fait bien savoir. Et il ne t'aime pas. » Ils avaient ri.

« Je peux vous assurer, déclara Alois avec toute la majesté que lui conférait son importance locale, que si j'ai jamais rencontré cet individu, je l'ai oublié. Son nom ne me dit rien. »

Et c'était vrai jusqu'à ce que le nom lui revienne une nuit de juin au beau milieu d'une insomnie. Alois s'était levé pour regarder par la fenêtre de la chambre et, en contemplant les champs argentés au clair de lune, il se dit que la terre devait être heureuse d'être en jachère et de ne pas avoir à satisfaire de jeunes plants de pommes de terre poussant leurs racines dans le sol pour en pomper toutes les richesses. Mais il fit l'erreur d'admirer la pleine lune et brusquement le visage de ce type qui avait déclaré sa haine pour Alois Hitler lui revint à l'esprit.

Grands dieux ! Ce type était un fraudeur qu'il avait pincé un jour à Linz. Oui, il s'en souvenait à présent. L'imbécile avait essayé de passer en fraude une fiole d'opium en Allemagne. Alois revoyait très bien la haine dans le regard de l'homme quand il l'avait pris sur le fait. Son regard mauvais avait été tellement agressif qu'Alois avait été tenté de le frapper mais il se considérait au-dessus d'un tel comportement. D'ailleurs il n'avait jamais donné le moindre coup de poing à personne au cours de sa carrière de douanier, pendant toutes ces années.

La pleine lune avait-elle agi sur sa mémoire comme un miroir ? Il revoyait la scène devant lui, parfaitement nette. Il n'avait pas frappé le type, certes, mais il s'était moqué de lui. « Tu es en colère contre moi, avait-il dit, mais tu devrais t'en prendre à toi-même. Tu t'es conduit comme un imbécile. Un minable tube à essai plein d'opium caché dans un jambon ! Même le jour où j'ai débuté, à dix-huit ans, je t'aurais pincé. C'est dire si tu es bête. »

Si sa mémoire était fidèle, il se pouvait bien que le gars l'eût regardé avec haine après qu'Alois avait commencé à se moquer de lui. Un fraudeur ne vous hait pas parce que vous l'avez démasqué, cela fait partie du jeu, mais il ne faut pas se moquer de lui. Combien de fois n'avait-il pas donné ce conseil à des douaniers débutants : « Si vous vous moquez d'un sale type, il ne vous oubliera jamais. »

Alois passa le reste de la nuit dans la crainte. Le fraudeur qu'il avait arrêté avait été condamné à un an de prison. Il était libre à présent ! Alois se leva sans avoir pris le moindre repos et persuadé qu'il n'était pas près de pouvoir dormir tranquille, tant qu'il ne se serait pas procuré un nouveau chien, un vrai bon chien de garde. Luther, à présent, était tout juste bon à hurler à la lune quand la nuit était parfaitement calme. Il avait besoin d'un chien prêt à attaquer un voyou qui se glisserait vers lui à travers champs, la haine au cœur.

9

Le hasard fit qu'il put se procurer le chien qui lui convenait. Un fermier de sa connaissance cherchait à vendre un berger allemand. « C'est le meilleur de sa portée, c'est pour cela que je l'ai gardé pendant des mois et que je l'ai nourri, ce gros goinfre. Êtes-vous prêt à travailler plus ? Parce qu'il mange tout le temps. C'est pour cela que je vous le vendrai pour presque rien. Il va peut-être vous ruiner comme il m'a ruiné moi-même. Je rirai bien alors tandis que vous pleurerez. »

De la bonne conversation de taverne. Alois décida d'acheter le chien.

C'était une bonne bête, Alois pouvait l'affirmer. Il s'y connaissait depuis toujours en matière de chiens. Il pouvait regarder droit dans les yeux un bâtard féroce, il éprouvait toujours un instant d'affection pour le pauvre vieux cabot répugnant, de sorte que l'animal réagissait bien en général. Alois savait parler aux chiens. Si la bête se mettait à grogner, Alois lui disait : « Dis donc, mon gars, comment peux-tu me parler sur ce ton ? Je t'aime bien. Je viens en ami. » Et il en savait assez pour tendre la main vers la gueule du chien en gage d'amitié. Il ne s'était jamais trompé. Lorsque, une fois sur cent, le chien était effectivement assez féroce pour mordre, Alois le sentait immédiatement et il pointait l'index et le petit doigt formant une sorte de paire de cornes en direction des yeux du chien, l'animal continuait à manifester son hostilité mais il n'osait plus attaquer.

Alois était donc ravi de ce berger allemand, déjà grand pour ses six mois et qui avait reçu le nom royal de Friedrich. Ce serait un animal redoutable. Et mieux encore, il n'obéirait qu'à son maître. Autant que les enfants s'en fassent tout de suite une raison. Tant pis si Klara se plaignait. Quant à Alois Junior, qu'il s'occupe de ses affaires. Il serait le seul à nourrir Friedrich. Et il allait commencer par changer son nom. D'après ce qu'il avait entendu dire, le roi Frédéric le Grand avait un amant à la place d'une maîtresse. Et donc après tout il n'était peut-être pas si grand que cela. D'abord il était allemand. Aucune raison de l'honorer. Il appellerait le chien Spartaner. Un guerrier. N'importe quel ex-fraudeur qui aurait l'idée de venir rôder autour de la ferme au milieu de la nuit n'oserait plus le faire, plus maintenant, pas avec deux chiens à la maison. On pouvait bien neutraliser Luther à l'aide d'un morceau de viande et d'un chiffon imbibé de chloroforme mais Spartaner serait là pour attaquer.

Alois apprécia particulièrement son retour à travers les collines. Il libéra rapidement le chien de sa laisse, lança des morceaux de bois pour que l'animal les lui rapporte et lui apprit à s'arrêter et à s'asseoir à la demande. Spartaner apprit tout cela si vite qu'il avait déjà dû subir un début de dressage. En tout cas rien à dire, c'était un excellent chien. Alois était de si bonne humeur qu'il faillit lutter avec l'animal. Il se retint seulement parce que c'était encore trop tôt. Magnifique. Une entente aussi rapide entre un homme et un animal est un événement proche de la perfection, décida-t-il.

L'animal tirait une langue joyeuse qui ballottait d'un bord à l'autre de sa gueule, curieuse de tout, jusqu'à ce qu'ils arrivent en vue de la ferme. Et là tout à coup il comprit, et de manière abrupte, qu'un problème l'attendait près de la maison.

Il s'agissait de Luther, bien sûr. Alois se serait giflé d'avoir été si sûr de lui qu'il ne s'était même pas demandé un seul instant si les chiens allaient s'entendre quand ils se verraient pour la première fois.

Ils ne s'entendirent pas. Ils furent terrorisés. Chacun d'eux était absolument effrayé par l'autre et honteux de sa peur au point d'en être malade. Ils mordillaient des touffes de poils de leur propre fourrure, grattaient des puces qu'ils venaient de découvrir hors de portée de leurs crocs, aboyaient après les abeilles puis les papillons, couraient en cercles en prenant bien soin de ne pas se rencontrer, délimitaient leur territoire en urinant.

Luther était un vieux chien mais il était plus gros que Spartaner, beaucoup plus. Pourtant, il commit une grosse erreur en se baladant lourdement çà et là, révélant au jeune chien ses points faibles.

Comme on pouvait s'y attendre, ils commencèrent à se battre deux heures après l'instant de leur rencontre. La famille accourut dehors pour les voir se rouler à terre, les crocs aussi effrayants que des dents de requin, et déjà du sang à la tête et sur les flancs.

Alois qui était le plus éloigné à ce moment-là arriva le dernier. Mais il fut le premier, et d'ailleurs le seul, à plonger dans la mêlée. Aucun des deux chiens ne lui faisait peur. Il était trop en colère. Comment avaient-ils pu se lancer dans cette bagarre ? Il avait ordonné à Luther une heure plus tôt de se taire et de rester assis. C'était de la désobéissance caractérisée.

Il leur hurla d'arrêter, d'un même élan il plongea pour les séparer à mains nues. Le son de sa voix fut suffisant. Ils restèrent étendus au sol, à moitié assommés, hors d'haleine, à deux mètres l'un de l'autre. Ils avaient des plaies ouvertes au museau et des touffes de poils sanglants à la gorge. Spartaner haletait comme si tout l'air dont il avait besoin était devant lui, à portée de sa langue. Luther semblait malade intérieurement. Tout à coup, il faisait son âge. Il regardait Alois d'un air si douloureux, avec une expression si intense que celui-ci pouvait pratiquement lire ses pensées : « J'ai veillé sur toi et sur la sécurité de la maison pendant toutes ces années, et tu hurles après moi comme si je ne valais pas mieux que cet étranger que tu viens de ramener. » Alois fut sur le point de le caresser, avec tendresse, mais cela aurait gâché les plans qu'il avait pour faire de Spartaner un chien parfait.

Quand leurs blessures furent cicatrisées, Luther n'essaya jamais de manger avant que Spartaner se soit empiffré. Ce régime se perpétua même après que Klara eut insisté pour placer les deux gamelles à bonne distance l'une de l'autre. Spartaner se mit bientôt à engloutir aussi la deuxième gamelle. Cela n'avait plus d'importance. Luther avait perdu l'appétit.

Alois décida alors de la première chose à faire. Il allait falloir se débarrasser de Luther. Ce bon vieux Luher était probablement prêt à lécher la main du premier voleur qui viendrait rôder, la nuit, autour de la ferme.

10

C'était la deuxième fois qu'Adi entendait son père hurler. La première, c'était quand Alois Junior avait laissé une ruche en plein soleil, et cette fois pour séparer les chiens. Quelle autorité il y avait eu dans la voix de son père ! Quelle maîtrise de la situation ! Son père avait bondi sur deux bêtes en pleine furie, crachant de la bave ensanglantée, et pourtant il avait réussi à les séparer. D'une manière si intrépide ! Adi était éperdu d'amour et d'admiration pour son père. Désormais, quand il allait seul dans la forêt – ce qui n'était pas une mince affaire –, Adi faisait de terribles efforts pour ne pas se laisser effrayer par le silence de ces arbres immenses qui murmuraient si légèrement au milieu du silence encore plus profond de la forêt. Là, tout tremblant, Adi s'exerçait à entraîner le pouvoir de sa voix. Il hurlait devant les arbres jusqu'à en avoir mal à la gorge.

J'étais enchanté de ce garçon. Je commençais à comprendre pourquoi le Maestro lui portait un intérêt spécial. Si, après l'une de ses meilleures tentatives pour beugler, il voyait quelques feuilles agitées par une brise passagère, il en concluait aussitôt que le pouvoir de ses cordes vocales avait inspiré le vent. Et par un jour si calme !

Il faillit même une fois croiser son père dans les bois, mais je mis le garçon à l'écart. Je ne voulais pas que père et fils se rencontrent. Pas dans de telles circonstances. Le père n'aurait pas manqué de se moquer de son fils et de cette folie qu'il avait de crier contre les arbres, le garçon, lui, aurait pu suivre discrètement son père et assister ainsi à l'exécution de Luther. Je tenais à éviter cela. Le Maestro n'aurait guère apprécié que le garçon soit perturbé par un tel choc. Nous essayons de faire en sorte que ce soit nous qui modelions nos clients, pas les événements.

Cet après-midi-là fut l'occasion d'une longue promenade pour Alois et beaucoup plus longue encore pour Luther. Une de ses pattes arrière s'était infectée après la bagarre. Il boitait et au bout de quelques centaines de mètres il commença à se traîner.

Je pense que Luther savait ce qui l'attendait. Le Maestro est évidemment capable d'intercepter les pensées qui s'échangent entre les hommes et les animaux mais il ne nous encourage pas à développer nos capacités dans cette direction. C'est du moins le cas parmi les démons avec qui je travaille. À cet égard, j'éprouve souvent une curiosité presque pénible pour tout ce que j'ignore du fonctionnement des autres secteurs, des lieux, des services spéciaux, des zones, des franges, des enceintes, des orbites, des sphères, des territoires et des enclaves occultes sur lesquels le Maestro exerce son autorité. Particulièrement ces dernières, les enclaves occultes. En tant que démon, je ne connais que ce dont j'ai appris à me servir dans le cadre pratique de mon travail. Les malédictions et les charmes, tout ce que les légendes attribuent couramment aux démons, nous ne les employons comme outils qu'en cas de nécessité.

Il était donc plutôt inhabituel pour moi de pouvoir suivre les idées qui circulaient entre Alois et Luther. Je n'eus ainsi aucun mal à comprendre que Luther savait que sa fin était proche, quant à Alois, volontairement ou non, il était tout entier absorbé par la question de savoir comment se débarrasser du chien.

Il avait dès le début décidé qu'il ne l'abattrait pas d'un coup de feu. Il possédait un fusil et un pistolet. Le premier ferait trop de dégâts et le second le mettait mal à l'aise. Il déshonorerait Luther. Oui, le pistolet était une arme réservée aux malfaiteurs. Tiré de sang-froid ou pour se défendre, un coup de pistolet n'était pas seulement impersonnel, c'était une fin honteuse.

Je me permets de faire remarquer que je lisais sans surprise les pensées d'Alois aussi facilement. J'étais familiarisé depuis longtemps avec le fonctionnement de son esprit et ainsi j'étais souvent capable de suivre ses pensées conscientes aussi aisément que l'on place les pièces dans un puzzle pour enfants. Je n'avais pas investi sa personnalité et pourtant je le connaissais mieux que beaucoup de mes clients.

Je crois que j'ai acquis certaines capacités exceptionnelles pour cette mission, ou peut-être me les a-t-on attribuées. Adi pourrait être l'affaire la plus importante qu'on m'ait confiée, mais on m'avait aussi accordé quelques pouvoirs secondaires à mon retour de Russie, suffisamment au moins pour pouvoir comprendre le père et la mère avec une netteté que nous ne connaissons généralement que pour les humains que nous possédons.

Les pensées d'Alois étaient très intéressantes en l'occurrence. Il avait décidé que le seul moyen de se défaire de son vieux compagnon Luther était de lui enfoncer un couteau directement dans le cœur. Le poison ne pouvait pas faire l'affaire. C'était pis encore que le pistolet ou le fusil, une traîtrise absolue, et cela impliquait des heures de souffrance. Alois ne savait pas (et ne se souciait pas de savoir) si les hommes et les femmes avaient une âme, mais pour les chiens il savait à quoi s'en tenir. Ils en avaient une et il fallait respecter l'âme d'un chien. On ne pouvait l'expédier hors de l'existence sous le coup de l'explosion d'une balle, quel choc ce serait là pour l'âme, non, il fallait que ce soit un coup de couteau qui le frappe, brave et net comme serait le cœur du chien lui-même au moment où son lien avec l'existence serait rompu.

Alois ruminait ces pensées en avançant péniblement dans la forêt, sans cesse retardé par le clopinement du vieux cabot. À un moment, Luther s'assit, refusa de bouger et regarda longuement Alois dans les yeux. Je jurerais que, s'il avait pu parler, il aurait dit ceci : « Je sais bien que tu vas me tuer, c'est ce qui explique pourquoi, toute ma vie, j'ai eu peur de toi. Maintenant encore j'ai peur mais je n'irai pas plus loin. Ne vois-tu pas que je perds ce qui me reste de dignité tandis que tu insistes pour m'emmener toujours plus loin au fond des bois ? Je ne contrôle plus mes boyaux, je ne veux plus agiter mes pattes encore et encore alors qu'elles sont souillées. Je m'assois et tu devras me porter si tu veux aller plus loin. »

Alois se moucha. Il voyait bien que le chien n'avancerait pas davantage mais il n'était pas encore arrivé à l'endroit qu'il avait choisi. Dans son idée, il avait opté pour un petit ravin qui se trouvait environ un kilomètre plus loin. Il déposerait le cadavre du chien au fond du fossé, le recouvrirait de boue, de feuilles et de branches, et pour finir il placerait une grosse branche creuse par-dessus. Il pourrait si nécessaire la lester à l'aide de pierres.

Voilà le plan qu'Alois avait concocté. Il en avait envisagé tous les détails. La logique d'un tel rite funéraire lui plaisait, c'était tout de même mieux que d'être étouffé sous des mottes de terre, son chien n'était quand même pas une pomme de terre, que diable ! Maintenant il voyait bien que Luther n'irait pas plus loin. Et lui, Alois, n'avait plus la force malheureusement de le porter et de faire encore près d'un kilomètre. Il fallait donc que cela se passe ici. Il retournerait après à la ferme chercher une pioche et une pelle pour creuser une tombe dans ce taillis qui était en fait un emplacement verdoyant tout à fait convenable, entouré d'un demi-cercle d'arbres et de quelques buissons épineux. Cela ferait très bien l'affaire. Pauvre Luther.

Alois retourna le chien sur le dos, le caressa, le regarda dans les yeux, ces yeux qui s'étaient ternis au cours des dernières minutes, affichant cette expression facilement reconnaissable de toute vieille créature qui voit sa tombe devant elle, une vieille expression fort triste assurément. Alois défit le rabat du fourreau où il rangeait son couteau de chasse, posa la pointe de la lame au centre de la cage thoracique de Luther et l'enfonça jusqu'à la garde. La gueule du chien se contracta, son dernier soupir sortit de lui, blessant les oreilles d'Alois. Car le son était beaucoup plus humain qu'il ne s'y était attendu.

Puis la gueule du chien passa par de nombreuses expressions, pour s'arrêter finalement sur celle qu'il allait conserver pendant quelques heures après sa mort et avant qu'il commence à se décomposer. Luther à présent semblait redevenu un jeune chien, et on aurait dit qu'il avait retrouvé une sorte de fierté indéfinissable, comme s'il avait toujours été beau mais que personne ne l'avait remarqué, comme s'il avait pu devenir un fameux guerrier si seulement on le lui avait demandé quand il était jeune, oui, il avait vraiment l'air d'un guerrier tandis que ses traits se figeaient en un dernier sursaut d'orgueil.

C'était une meilleure mort qu'il ne l'avait espéré, se dit Alois. Il était content de sa propre perspicacité, il avait fait le bon choix. Pourtant il restait troublé par les changements d'expression qu'il avait vus chez le chien pendant ses derniers instants et il se sentait déprimé.

Alois avait encore six années et demie à vivre, pourtant cet après-midi-là dans la forêt, il avait franchi un tournant sur la route qui menait à la mort. Il se demanda souvent par la suite s'il devait se considérer comme un homme meilleur ou plus mauvais pour avoir pris la décision de tuer Luther et la peine ensuite de l'enterrer avec soin.

11

Au cours de la promenade qu'ils avaient faite dans la forêt, Luther s'était couché pour se reposer et il était mort paisiblement. Ce fut la version qu'Alois donna à la famille. Klara fut la seule à soupçonner qu'il avait dû se passer autre chose. Car cette nuit-là, environ six heures après la mort du chien, Alois lui fit l'amour avec une belle vigueur. Elle n'avait pas connu cela depuis un moment.

Il avait reçu toutes sortes de piqûres d'insectes la deuxième fois qu'il s'était rendu dans les bois, portant sa pioche et sa pelle pour creuser une tombe à Luther. Il avait donc fallu du temps pour soigner les piqûres et retirer les dards. Quand elle fut venue à bout de ses soins, ils étaient prêts tous les deux à faire l'amour. Elle n'avait bien sûr aucun point de comparaison mais était prête à penser qu'il n'existait aucun homme de l'âge d'Alois, à un an de la soixantaine, qui possédât une vigueur semblable à celle de cet oncle Alois, son homme, son cher époux.

Ils connurent quelques nuits agréables. Alois était en train de vivre ce qu'on ne saurait appeler autrement qu'une métamorphose. Il était amoureux de Klara. Cela peut arriver dans les mariages. C'est parfois même nécessaire. C'est la raison pour laquelle de nombreux époux passent leur vie commune à entretenir des relations épouvantables. C'est même au départ pour cela qu'ils se marient. Comme l'explique le Maestro, ils ont besoin d'exercer à tout moment quelque petite cruauté minable sur une personne dépendante qui soit à leur portée.

Pourtant, même le pire des mariages peut produire une sorte d'effet magique. Les farouches réprimandes que l'on aurait voulu adresser au monde (sans oser le faire) peuvent se déverser sous forme de critiques sur le conjoint. Tous ces excréments spirituels ! Dans le mariage, ils ne cessent de s'échanger dans un aller-retour constant, pratique que les partenaires médiocres trouvent plus adaptée à leurs besoins que d'essayer de tout garder à l'intérieur.

Ergo, le mariage est une institution utile, particulièrement pour les craintifs. Il peut aussi s'avérer intéressant pour des hommes et des femmes que l'on considère comme *moyens*, ou même légèrement au-dessus de la moyenne. Comme notre Klara et notre Alois. Et d'étranges changements peuvent se produire en matière d'amour. Peu d'entre eux sont permanents, mais tant qu'ils durent, un couple peut trouver un moment l'air qui lui fait cruellement défaut.

Nous sommes donc très attentifs aux bouffées d'air frais qui peuvent venir rafraîchir l'atmosphère pesante d'un couple marié. Nous utilisons même parfois ces revirements pour consolider un temps une union si cela peut servir nos desseins.

Ce n'était pourtant pas le cas ici. C'est à eux seuls qu'ils devaient ce changement d'attitude, et il me prit par surprise. Grisé par la pleine lune et l'air nocturne de juin qui arrivait des champs, Alois restait allongé auprès de Klara dans un état de confiance absolue. Il savait que ses doigts ne feraient jamais le moindre faux mouvement douloureux tandis qu'elle s'appliquait à enlever les dards. Il y en avait tellement plus que d'habitude à cause de cette fin de printemps luxuriante, mais elle était habile et attentionnée, et il se sentait en paix auprès d'elle. Pendant une courte période, Klara devint pour lui une présence qu'il n'avait jamais eu la chance de connaître, celle d'une mère penchée sur lui.

Toutes les nuits, le même rituel se déroulait. Il devint même si insouciant qu'il lui arriva de travailler parfois sans son voile de protection. Il ne cherchait pas à se faire piquer, il était d'ailleurs devenu assez adroit pour ne pas commettre trop d'erreurs. Il n'était donc pas piqué très souvent, assez tout de même pour permettre aux doigts de Klara de poursuivre leur délicat ballet sur son front, ses joues ou la paume de ses mains.

Il avait parfois l'impression que son cerveau allait éclater. Il avait des idées dont il ne se serait pas cru capable. Il commença en fait à se demander si la douleur de ces piqûres n'était pas pour lui un moyen de racheter ses péchés. Une simple supposition, car il n'était toujours pas prêt à admettre l'existence du péché, et si ces petites blessures étaient le châtiment des mauvaises actions qu'un homme a commises ?

Quelle idée ! Il avait plutôt bien dormi jusqu'à la nuit où ce genre de réflexions lui était venu à l'esprit. Il était rassuré de savoir que le robuste Spartaner montait la garde dehors dans une nouvelle niche qu'il avait construite le lendemain de la mort de Luther. La tâche n'avait pas été simple mais elle était nécessaire. Non seulement un chien de garde avait besoin d'un abri bien à lui, surtout dans une nouvelle maison, mais ce bricolage réalisé par Alois avait établi des liens étroits entre le chien et son maître.

Les idées nouvelles peuvent se révéler parfois paradoxales. Alois était rongé d'inquiétude depuis qu'il envisageait l'existence possible de la culpabilité. Cela justifiait un peu trop tous ces faiblards qui se pressaient dans les églises. Ils se promenaient avec une pierre dans l'estomac et une autre, encore plus grosse, dans le cul. Pourtant il n'était plus très sûr de pouvoir continuer à les mépriser. Car il s'était rendu coupable d'un inceste. Il avait fait l'amour avec ses trois belles-sœurs mais cela ce n'était pas de l'inceste, non, à moins que leur père ne soit aussi le sien. Ne savait-il pas que Johann Nepomuk était bien son père ? Bien sûr, il l'avait toujours su même s'il avait préféré apparemment l'ignorer. C'était le genre de pensée qu'il avait refoulé dans un recoin de son esprit. Maintenant, elle occupait la première place. Mais il y avait pire. Si Klara n'était pas la fille de Johann Poelzl, alors il fallait bien qu'elle fût la sienne. (« *Sie ist hier !* ») Voilà un fait aussi tranchant que la lame qui s'était enfoncée dans le cœur de Luther. Dieu Tout-Puissant, et s'il y avait un Dieu qui se soucie de ces questions ?

Comme la plupart des hommes, il avait cependant la force mentale d'écarter ce genre d'idées. Il n'était pas prêt à renoncer aux tendres plaisirs auxquels il goûtait tous les soirs après que Klara lui avait retiré les épines de la peau.

Par ces soirs de juin, ses douleurs résonnaient en lui. Il ne cherchait pas à se divertir de ces modestes supplices en cultivant des pensées heureuses. Au contraire, il se tenait disponible, prêt à accepter le message qui lui venait de cette mystérieuse province de la douleur. Pour Alois, c'était comme une musique chargée de sensations nouvelles pour son esprit et pour son cœur, pleine de clarté, et même tranchante, qui s'adressait non sans une certaine cruauté à sa chair. Il laissait s'élever en lui la voix de chaque douleur, aussi ample et variée qu'un chœur tout entier. En fait, il commençait à manifester la sainteté du pécheur.

12

Ces questions ne sont pas suffisamment comprises. En fait, la sainteté est présente en chaque homme, même chez le dernier des derniers. Je ne présenterai certes pas Alois en ces termes, mais il cherchait bien à se procurer au moindre coût un petit morceau de béatitude. Il ignorait qu'offrir sa peau aux rhapsodies de menues tortures est un moyen comme un autre de ne pas affronter la peur du châtiment divin. Toutefois il était allé beaucoup trop loin dans sa prise de conscience du problème de l'inceste, il allait falloir juguler l'aspiration à la sainteté qui en avait résulté. Dès le lendemain, il s'était remis à raisonner comme un policier. Lorsqu'un représentant de la loi détecte en lui la présence d'un vice, il est assez malin pour se mettre à en rechercher la présence chez les autres. Alois commença donc très vite à s'inquiéter de la nature des rapports entre Alois Junior et Angela. Y avait-il quelque chose de louche ? Il n'aimait pas beaucoup le ton du conflit qui s'était instauré entre le garçon et la fille sur la question de savoir qui pouvait ou qui devait monter Uhlan.

À la grande surprise de son père, Alois Junior ne cherchait pas à garder pour lui l'usage exclusif du cheval. Au contraire, il proposait à Angela de lui apprendre à le monter. Signe dangereux. À la taverne, Senior avait déjà glané quelques rumeurs où il était question d'une certaine Greta Marie, rien d'offensant là-dedans ni pour lui, ni pour son fils, mais le fait est que Junior avait appris à Greta Marie à monter à cheval, à cru.

Maintenant c'était au tour d'Angela. Elle continuait à refuser. Junior ne cessait de la taquiner.

« C'est parce que tu as peur de monter sur le dos d'Uhlan.

— Je n'ai pas peur.

— Mais si, reconnais-le.

— Non, c'est très simple. Je ne veux pas monter Uhlan. Pour quoi faire ? Si j'apprends et que je me débrouille bien, qu'est-ce qui se passera ? Tu garderas le cheval pour toi tout seul. Je devrai te supplier pour aller faire un tour.

— Je te laisserai le monter aussi souvent que tu voudras. Toute la journée même si tu veux.

— Non. Tu me feras enrager. Je te connais.

— C'est un prétexte. Je vois bien que tu as peur. Tu as peur de tomber.

— Non.

— Mais si.

— Pense ce que tu veux, finit-elle par dire. J'ai peur. Oui, et alors ? Ce cheval me fera tomber et je me casserai le cou. » Elle était prête à pleurer tant cette discussion la contrariait. « Tu es toujours tellement sûr de toi. Tu vas où tu veux à cheval. Mais moi je sais bien ce qui m'arrivera. Je monterai sur le cheval et il partira au galop. Je mourrai en me rompant le cou.

— Pas de danger. Tu as le cou aussi solide que le caractère.

— Oh oui, très drôle. Mais si je meurs, en quoi cela te dérangera ? Tu as des copines un peu partout. J'entends parler d'elles. Tu passes ton temps à les embrasser et elles te rendent tes baisers. Moi, j'ai treize ans cette semaine et personne ne m'a jamais embrassée. Je ne veux pas mourir avant d'y avoir goûté. » Et elle éclata en sanglots.

Alois Senior avait surpris la conversation. En s'approchant de la grange, il arrivait juste à temps pour voir la réaction d'Alois. Le garçon ne pouvait plus s'arrêter de rire.

Alois se dit sur le moment que c'était probablement une très bonne chose que le garçon passe son temps à cavaler dans les collines, oui, il valait mieux qu'il s'occupe de quelque fille de ferme plutôt que de tourner autour d'Angela.

Mais Alois Senior se demanda tout de même si ces deux-là avaient déjà couché ensemble. Ne pouvaient-ils pas l'avoir vu approcher de la grange ? Et dans ce cas cette conversation ne lui était-elle pas destinée ? Seraient-ils capables d'un tel subterfuge ? Et pourquoi pas ? Leur mère l'était bien. Et comment !

Les jours suivants, Alois Senior essaya d'observer Angela de plus près. Mais il avait passé trop d'années à mettre les gens mal à l'aise sous l'intensité de son regard suspicieux. Rien d'étonnant à ce que Angela soit dérangée par l'attention que lui portait son père. Elle commença à se demander pourquoi il s'intéressait à elle. Elle avait entendu raconter de drôles d'histoires à l'école. Il y avait même une fille qui avait fait des choses avec son père. C'est en tout cas ce que l'on murmurait. Ah, quelle horreur, pensa Angela, c'est tellement dégoûtant.

Maintenant, chaque fois qu'elle devait passer à côté d'Alois Senior, Angela le contournait en prenant bien soin de rentrer le ventre pour être sûre de ne pas le frôler.

Alois en était bouleversé. Elle était si habile à garder ses distances. Il n'approuvait certainement pas une telle sophistication féminine chez une gamine de l'âge d'Angela. Cette façon qu'elle avait de rentrer le ventre. Où avait-elle pu apprendre cela ?

Klara ne se faisait pas tant de soucis pour Angela. C'est Alois Junior qui l'inquiétait le plus. Il n'était plus question de le renvoyer à la ferme des Poelzl, il fallait bien faire quelque chose de lui. Elle avait retenu de la vie une leçon toute simple : les situations qui duraient étaient souvent inconfortables. Apporter une mauvaise solution à un problème valait donc parfois mieux que de ne pas en apporter du tout. C'est la sagesse qu'elle tenait de son père et de sa mère. Beaucoup d'enfants étaient morts dans la famille Poelzl mais les parents avaient au moins réussi à aimer ceux qui avaient survécu.

Elle ne pouvait pas se forcer à aimer Alois Junior et il n'y avait aucune solution en vue, il fallait pourtant qu'elle en trouve une. Son mari ne planterait pas de pommes de terre l'année prochaine, c'était évident. Et planter des betteraves était tout aussi aléatoire. Restaient les abeilles, c'était une solution acceptable. On pouvait peut-être faire quelque chose de ce côté-là.

Klara se concentra sur cette idée. Une solution imparfaite, conformément à la sagesse qu'elle professait, vaut toujours mieux que pas de solution du tout. L'oisiveté amenait le garçon à cavaler à travers les collines et à s'attirer des ennuis.

Elle suggéra donc à Alois l'idée de construire un rucher où ils pourraient installer une dizaine ou une quinzaine de ruches. Une véritable entreprise. Cela ferait de l'occupation pour tout le monde. Et, ajouta-t-elle, ce serait bien pour Junior. Alois pourrait faire de lui un jeune partenaire. On pourrait même envisager de lui donner une petite part des profits.

« Le prendre comme partenaire ? Tu ne lui fais même pas confiance. Tu n'as pas cessé de me le répéter.

— J'ai dit cela, c'est vrai, convint-elle, mais je comprends ton fils.

— Ah bon ? Je dirais plutôt que tu n'arrêtes pas de faire des réflexions. Et elles sont contradictoires.

— Je le comprends, reprit-elle. Il est ambitieux et il ne sait pas quoi faire de sa vie. Mais je le vois bien. Il voudrait gagner de l'argent. Je dois reconnaître que, pour l'instant, il est un peu turbulent.

— Il sera toujours turbulent, fit Alois.

— Peut-être. Mais les garçons changent. Et si nous ne faisons rien...

— Je vais y réfléchir. »

En fait l'idée lui plaisait bien. Hitler et Fils, Producteurs de Miel. Et si ce pleurnichard d'Adolf et ce morveux d'Edmund se décidaient un jour à grandir, ce pourrait même être : Hitler et ses Fils.

Cela risquait de prendre du temps. Mais Klara avait raison. Il fallait faire quelque chose pour éveiller l'ambition du garçon. Pour le moment, il considérait le travail comme une activité ignoble.

Alois se replongea dans ses livres. Au cours des après-midi suivants, il parcourut ses nombreux volumes, des livres sur l'histoire, les méthodes et les traditions anciennes de l'apiculture pour se préparer à donner un petit exposé en famille. Il serait en fait destiné à Junior, évidemment, il ne fallait donc pas qu'il soit aussi élémentaire que les discours qu'il tenait à la taverne de Fischlham mais plutôt dignes de ceux de Der Alte.

Il parlerait du conflit permanent entre les ours et les abeilles au Moyen Âge. Cela ferait un bon début. Il donnerait à la famille un aperçu de la manière dont, pas plus tard qu'un siècle auparavant, les apiculteurs devaient encore escalader de très hauts arbres pour trouver des ruches que les ours ne pouvaient pas atteindre. Il ajouterait ensuite une petite touche culturelle : « Cette pratique était courante dans le nord de l'Espagne et au sud de la France. » Il dirait à Junior : « Il fallait bien savoir reconnaître les bons arbres, je peux te le dire. Il y avait les aulnes et les frênes, les hêtres et les bouleaux, et très certainement les honorables ormes, les érables aussi, les chênes et les saules et aussi les tilleuls. Les tilleuls, s'entendait-il déjà déclarer, ont toujours été très appréciés des abeilles et des hommes aussi, d'ailleurs, jusqu'à aujourd'hui. Le miel de tilleul conserve un arôme subtil de l'écorce de l'arbre. Oui, fit Alois, s'adressant directement à Junior en pensée, cet amour de l'abeille pour le tilleul remonte aux tout premiers temps de la période néolithique. il y a près de cinq mille ans. Et les abeilles savaient déjà certainement construire des rayons en ce temps-là. Au nord de chez nous, là-haut en Allemagne, on a découvert récemment un rayon de miel, un fossile, plus grand qu'aucun homme ne l'a jamais été, plus de deux mètres cinquante. Oui, c'est ce qu'on a trouvé. »

Il se préparait à livrer de véritables mines d'informations nouvelles lors du déjeuner du dimanche. À évoquer les Grecs et les Romains. D'habitude il parlait peu au cours de ce repas, comme pour punir Klara d'avoir passé la matinée à l'église. Le déjeuner se déroulait donc généralement dans l'atmosphère oppressante de ses silences. Cette fois pourtant, il se disait qu'un exposé détaillé impressionnerait Alois Junior et que la longue liste des pays qu'il évoquerait serait de nature à susciter son respect. Il avait des histoires à raconter au sujet des Bassari du Sénégal, des Mbuti de la forêt d'Ituri et des chasseurs de miel du sud du Soudan.

Pourtant, quand il commença à déployer cette érudition toute neuve à table, il décida d'interrompre l'exposé peu de temps après s'y être embarqué. Il avait peut-être accumulé trop de savoir en lui. Klara ne cessait de manifester son approbation en hochant la tête, mais qu'approuvait-elle, les mots de son mari ou le strudel aux pommes qu'elle avait préparé ? Angela aussi hochait la tête mais d'un air qui évoquait l'ennui scolaire. Les trois plus jeunes étaient à moitié endormis. Quant à Alois Junior, après avoir montré un semblant d'intérêt, il commençait à se languir.

Alois Senior dut ravaler sa colère. Il avait eu tort. Il ne possédait pas l'éloquence de Der Alte. « Toi, finit-il par dire à Alois Junior aussi fermement que s'il lui flanquait un coup dans les côtes. Toi et moi, sortons faire un tour. »

Quelle erreur aussi d'avoir fait cet exposé pendant le déjeuner du dimanche. C'était pourtant évident. Ce garçon, quand il mangeait, n'aimait pas réfléchir. Peut-être ressemblait-il à son père ?

Alois ne l'emmena pas très loin de la maison, il le fit asseoir sur un banc près des ruches et se mit à évoquer tout l'argent qu'ils pourraient gagner s'ils travaillaient ensemble. « Nous pourrions même faire venir Der Alte. Il y a fait allusion. Il serait heureux de travailler avec nous. Cela m'amène à penser que c'est nous qui ferions la meilleure affaire. En quelques années tu pourrais devenir un jeune homme prospère, oui, très riche. Et laisse-moi te dire qu'un beau garçon comme toi peut facilement faire un bon mariage du moment qu'il se montre capable de bien gagner sa vie. Cela prendrait, disons, trois ans de dur labeur et tu te retrouverais à la tête d'une belle petite fortune. D'autant plus que tu sais bien mener ta barque. Crois-moi, tu pourras choisir un très bon parti. »

Le soleil de l'après-midi tapait dur et le garçon se sentait déprimé. Il n'avait pas pu voir Greta Marie ce matin, elle aussi était à la messe avec ses parents, il était donc retourné chez Der Alte qui s'était montré tellement avide que Junior se sentait vidé de toute vigueur. Il avait encore l'odeur de Der Alte dans les narines. Quelle joie en effet de travailler tous les jours pendant les trois années à venir avec ces deux vieillards ! Der Alte ne manquerait de lui faire toutes sortes de petits signes discrets que son père pourrait bien finir par repérer, de toute façon on pouvait être sûr qu'Alois Senior trouverait chaque jour une bonne raison de râler.

Cette conversation amicale n'était qu'une vaste duperie. Travailler pour son père ? Être son esclave pendant trois ans ? Bien des projets autrement intéressants l'attendaient. Dès qu'il serait prêt, il les quitterait pour aller à Vienne. Plus son départ serait brutal, mieux cela vaudrait. Il n'avait pas pardonné à Klara de s'être montrée si dure envers lui la semaine passée. Cela, il ne le pardonnerait jamais.

« Cher et honoré père, j'apprécie beaucoup que vous vous préoccupiez de mon avenir. Moi aussi, j'y pense, très souvent même. Et je suis arrivé à certaines conclusions.

— Bien, c'est le premier pas pour se lancer dans la vie.

— C'est bien vrai. Vous avez beaucoup d'expérience et de nombreux talents et croyez bien que je les respecte énormément. »

Il arrivait maintenant sur l'obstacle qui se dressait entre eux comme une haie. La veille, pour la première fois, il s'était risqué au saut d'obstacle avec Uhlan. Il s'agissait justement d'une haie qui aurait pu les faire chuter tous les deux. Mais il le savait, il fallait qu'il tente le coup et c'est ce qu'il avait fait. À présent, ce n'était pas la même chose, et pourtant si, dans un certain sens. Il fallait qu'il saute à nouveau l'obstacle, maintenant, en parlant franchement.

« Tout ce que vous dites est très juste, Père, mais... » Il hésita un instant avant de répéter : « Tout ce que vous dites est juste pour une personne comme vous, ce qui n'est pas exactement mon cas. J'ai d'autres capacités. Enfin, je pense. »

Alois hocha longuement la tête pour ne pas laisser voir combien il était agacé.

« Peut-être pourrais-tu m'expliquer de quelles capacités il s'agit ?

— Je dirais que je suis doué pour le contact avec les gens. » Son père hocha encore une fois la tête. « Quand je pense à ce que je ferai dans les années à venir, je crois que ce sera ma façon de gagner ma vie. Dans le contact avec les gens. »

À ce stade, il décida de regarder son père droit dans les yeux, ce n'était pas une mince affaire mais il soutint son regard.

« Essaies-tu de me dire que le travail de la terre ne t'attire pas ?

— C'est cela. Pour dire la vérité.

— Mais tu n'irais pas jusqu'à dire que notre petite entreprise d'apiculture n'a aucun intérêt pour toi ?

— J'aime bien le miel, c'est vrai. Mais je crois que je préfère parler avec d'autres gens plutôt que d'écouter vos abeilles. »

Alois dut puiser au plus profond de ses réserves de sagesse.

« Fils, je vais te confier un secret qui te fera gagner quelques années. Davantage peut-être. On ne peut pas éternellement charmer les gens. Surtout quand on n'a rien d'autre à leur offrir. Il faut savoir se faire respecter. Sinon les gens se moqueront de toi, oh oui, ils te tourneront en dérision, et alors, mon pauvre garçon, ils riront de toi derrière ton dos. Le travail est la seule base qui assure des échanges solides et durables entre des gens sérieux. Un homme qui essaie de s'en sortir simplement par de belles paroles n'est qu'un roublard.

— Je respecte le travail mais pas le genre de travail que doit fournir un cultivateur. Un jeune homme qui travaille la terre toute sa vie finit, selon moi, par devenir aussi bête que sa terre. Ce n'est pas pour moi.

— Je crois que tu ne m'as pas compris. Ce n'est pas la terre que je te demande de travailler mais l'air. Je veux parler de ces petites créatures qui volent dans les airs. Et puis de Der Alte. Laisse-moi te parler de lui. Je crois que nous aurions beaucoup à gagner en nous associant avec lui.

— Père, avec tout le respect que je vous dois, je ne suis pas d'accord. Vous l'avez dit vous-même. Il en sait plus long que nous dans ce domaine. » L'illumination que lui avait procurée le fait de sauter la haie avec Uhlan revenait en force. C'était une sorte d'exultation. Comme si tout son sang le poussait non seulement à parler mais même à insulter son père. C'était là un obstacle autrement difficile à franchir : « Il faut regarder les choses en face, dit-il, nous ne sommes pas à la hauteur avec Der Alte. Il nous volerait. Sans qu'on s'en aperçoive.

— Que veux-tu dire ? Te moquerais-tu de mes talents d'apiculteur ?

— Eh bien, vous vous faites sans arrêt piquer.

— Ce sont des choses qui arrivent. Dans ce métier c'est inévitable.

— Bien sûr, ceux qui s'y connaissent peuvent toujours dire : J'ai eu un petit accident aujourd'hui. Mais pour vous ce n'est pas pareil. Vous êtes couvert de piqûres, tout le temps. »

Alois perdit son calme. Son tempérament colérique bien utile mais également dangereux, il réussissait d'habitude à le garder enfermé en lui. Là, il n'y avait plus moyen. Sa colère avait renversé toutes les barrières.

« Garçon, tu n'es pas armé pour faire ton chemin dans le monde. Tu n'as pas d'instruction. Tu n'as pas d'argent. Et tu penses être capable d'en gagner rien que par de belles paroles.

C'est stupide. La seule chose que tu arrives à faire, c'est à convaincre tes filles de ferme de venir frotter leurs tétons contre toi et écarter les jambes. Et pourquoi ? Parce qu'elles croient qu'elles auront de la chance et qu'elles vont dégoter un mari aussi fainéant qu'elles. Une d'elles pourrait bien y arriver d'ailleurs et je devrai alors élever des petits-enfants aussi laids que ta copine pendant que tu iras travailler dans la ferme de son père. »

Il était allé trop loin. Il le savait bien. La peur qu'il avait toujours cachée était maintenant lâchée au grand jour comme sa colère. Il avait commis une grave erreur en dévoilant le fond de sa pensée.

Alois Junior était furieux. Dire que les enfants qu'il pourrait avoir seraient laids, c'était insultant.

« Oui, dit-il à son père. Je vous ai vu jouer les cultivateurs. Votre savoir est complètement périmé. Même Johann Poelzl, aussi bête soit-il, sait cultiver la terre. Pas vous.

— Tu veux dire que je suis stupide. Et c'est toi qui dis cela, toi qui as été recalé à l'école. Et qui as menti ensuite pour dissimuler la chose. Quelle stupidité ! J'ai vécu trop longtemps en croyant ces nouvelles fausses et pourries. Je ne peux en conclure qu'une chose. Si tu nous as menti et que tu as essayé de fabriquer cette fausse lettre c'est parce que tu es décidément un idiot.

— Oui, fit Alois Junior, et vous, vous êtes bien différent. Vous avez de beaux enfants, et savez-vous pourquoi ? » Le souffle du garçon était si rapide que sa voix dérapait dans les aigus. Et c'est presque en chantant qu'il prononça ces derniers mots : « Oui, vous trouvez des femmes, vous les sautez et puis vous les oubliez. C'est ainsi que ma mère est morte. »

Son réflexe fut plus rapide que son esprit. Le poing d'Alois frappa Junior sur le côté de la tête assez fort pour le faire tomber à terre.

13

Si le jeune Alois avait été un client, je lui aurais ordonné de ne pas se relever. Son père aurait été accablé d'une telle culpabilité que le garçon aurait pu le manœuvrer à sa guise pendant au moins un an. Mais je ne pouvais pas agir en l'occurrence, Junior fonça vers Senior, lui attrapa la jambe et le fit tomber à son tour. Dent pour dent.

Conscient qu'il était à un tournant de sa vie, il commit l'erreur d'aider son père à se relever. Il le fallait bien. Il fut saisi d'une terreur incommensurable à l'instant même où il venait de le faire tomber car son père prostré eut tout à coup l'air d'un vieillard. Junior l'aida donc à se remettre sur pied.

Se faire jeter à terre était déjà assez désagréable mais se faire relever par un gamin qui avait un bouton éclaté sur la figure et le début d'une ridicule petite moustache brune ! Avec ses trois poils, cette moustache était une insulte en elle-même. Il se mit à battre Junior jusqu'à ce que le garçon tombe à genoux et il continua à le frapper de plus belle alors que son fils gisait au sol.

Klara était sortie de la maison. Elle suppliait Alois d'arrêter. Elle hurlait. C'était tout ce qu'il y avait à faire. Car Junior à présent ne bougeait plus. Il était étendu au sol, immobile, et Klara criait de plus belle.

Elle croyait déjà pleurer sa mort. « Oh ! Dieu, parvint-elle à crier, je ne peux pas croire que Tu aies permis une chose pareille. »

J'entrevis là une occasion exceptionnelle. Elle était sans son Ange Gardien – pas un Cudgel à l'horizon. Les anges s'éloignent souvent des gens qui crient trop fort, ils savent très bien qu'à de tels moments l'homme ou la femme est très proche de nous et ils se sentent dépassés. Car les démons accourent en masse dès qu'ils entendent du tumulte. Pour ajouter à la confusion, Adi était là aussi et poussait toute une série de hurlements les plus pénétrants.

Klara était vulnérable. Je décidai de saisir ma chance. Je me glissai dans ses pensées. Je la touchai au cœur. Elle croyait qu'Alois Junior était mort et que le père finirait sa vie en prison. Et tout cela était sa faute, entièrement sa faute. C'est elle qui avait conseillé au père de se rapprocher de son fils, même quand elle avait appris à le connaître. Sa longue expérience lui avait enseigné que la plupart des prières adressées à Dieu n'étaient pas exaucées, aussi décida-t-elle de faire appel directement à nous, elle invoqua le Diable, elle l'implora. Seuls les gens pieux pensent que le Diable possède de tels pouvoirs ! « Sauvez ce garçon, supplia-t-elle, et je vous serai redevable. »

C'est ainsi que nous l'avons conquise. Pas comme cliente. Elle nous avait simplement cédé son âme. Malheureusement, ces changements ne sont ni complets ni immédiats. Au moins avions-nous désormais prise sur elle.

Elle était une bonne recrue. Dès qu'Alois Junior se mit à bouger, elle fut persuadée que c'était notre réponse qui lui arrivait directement. Elle fut accablée par le poids de ce serment qu'elle ne pouvait briser. Contrairement à la plupart de ceux à qui nous avons affaire, elle avait le sens de ses responsabilités. Elle sentit une véritable mutilation de son âme et éprouva un immense chagrin en pensant à la peine qu'elle faisait à Dieu. Quelle bonne religieuse elle aurait fait !

Mais c'est du côté d'Adi que nous fîmes le plus de profit. Il avait vu son père battre Alois Junior tombé à terre. Il l'avait entendu pousser un grognement extraordinaire par la profondeur du chagrin qu'il exprimait. Quand Junior recommença à bouger, Adi vit son père partir en titubant en direction des bois, il avait l'estomac lourd et le strudel de Klara lui ressortait par les narines. Incapable de respirer, Alois avait l'impression qu'il lui fallait expulser un boulet de canon de son œsophage. Le déjeuner lui remontait à la gorge. Et là, dans les bois, tandis que son estomac cessait de le tirailler, il comprit qu'il ne pourrait pas rentrer à la maison. Il fallait qu'il boive. On était dimanche mais il trouverait bien quelque chose à Fischlham.

Assez parlé d'Alois Senior. C'est sur Adi que je portai mon attention. Le garçon avait tout lâché, urine, excréments, nourriture. Il était fou de terreur à l'idée que son père allait revenir et lui cogner la tête contre le sol. Je ne pouvais pas laisser passer une aussi belle occasion de mettre en pratique quelques-uns de mes talents. J'allais imprimer cette correction dans la mémoire d'Adi. Comme il était persuadé que c'est exactement ce qui l'attendait dès que son père serait de retour, je lui renvoyai encore et encore les mêmes images jusqu'à graver dans son esprit unc scène où il se voyait lui-même étendu à terre, à moitié mort à cause d'une raclée donnée par son père. Il en avait les membres douloureux et mal à la tête. Il avait vraiment l'impression qu'il venait tout juste de se relever après avoir été violemment battu.

Des années plus tard, alors qu'il était au faîte du pouvoir, Adolf Hitler serait toujours persuadé qu'il avait un jour été pratiquement battu à mort. Bien des nuits, au cours de la Seconde Guerre mondiale, dans son quartier général de Prusse-Orientale d'où il dirigeait le front de Russie, il raconterait l'histoire à ses secrétaires à table après le dîner. Il se montrait éloquent. « Bien sûr j'avais mérité une correction, disait-il. J'avais gravement désobéi à mon père. Ma mère, je m'en souviens, était désespérée. Elle m'aimait tant, ma chère mère. » Il se rappelait avoir été aussi brave qu'Alois

Junior, oui, il avait tenu tête à son père. « Je pense que c'est pour cela qu'il devait me corriger. Je devais l'avoir bien mérité. Je lui avais dit des choses terribles, des mots si affreux que je ne peux même pas les répéter. Je méritais probablement cette bonne raclée. Mon père était un homme intelligent, fort et honnête, un Autrichien qui était un véritable Allemand. Pourtant je ne crois pas qu'un père doive battre son fils au point de presque le tuer, et il n'en était vraiment pas loin. »

Oui, quand il racontait les histoires de son enfance, ses auditeurs avaient les larmes aux yeux et un vrai chagrin au fond du cœur. Cela ne s'était pas fait en un jour. Il avait fallu du temps pour établir solidement cette capacité dans les replis de son cerveau où sont conservés les souvenirs étroitement mêlés aux mensonges. Tout mon art consistait à remplacer un souvenir véritable par un faux mais qui lui corresponde dans les moindres détails, comme si on enlevait un vieux tatouage pour en faire un nouveau par-dessus.

Ce procédé devait me permettre de rendre Hitler à l'avenir de moins en moins capable de dire la vérité. Au début de sa carrière politique, il était déjà en possession d'un arsenal de mensonges suffisamment élaborés pour parer à toute éventualité. Il pouvait parfaitement égratigner la vérité d'un poil ou la subvertir de fond en comble.

Travailler correctement sur un client est, je l'ai dit, un processus très lent et il m'a fallu des années pour transformer cette disposition particulière de son caractère en une capacité parfaite de recourir à une riche palette de mensonges. Devenu adulte, il était prêt à mourir avec la conviction qu'il disait la vérité quand il affirmait que son père l'avait presque battu à mort. De temps en temps, je prenais encore la peine de renforcer la base de ce mensonge absolu. Cela en valait la peine. Car le Maestro s'attachait souvent à cet aspect de mon travail : « Il n'existe pas de méthode plus efficace que celle-là pour détourner à notre profit les services d'un homme politique haut placé, nous disait-il. Il faut qu'ils ne puissent plus distinguer certains mensonges de la réalité. Ils nous deviennent extrêmement utiles lorsqu'ils ne savent même plus qu'ils mentent parce qu'ils ont un besoin vital de nier la réalité. »

14

La taverne de Fischlham ne servait pas à boire le dimanche mais il y avait une maison dans les faubourgs de la ville où l'on pouvait acheter dans une remise une chope de bière. Alois n'avait encore jamais fréquenté cette oasis. Ce n'était pas digne de l'idée qu'il se faisait des loisirs raisonnables d'un digne fonctionnaire de la Couronne en retraite. Mais c'était une des rares fois dans sa vie où, il ne cessait de se le répéter, il avait vraiment besoin de boire. Ses genoux tremblaient depuis sa chute, il avait mal à la tête à cause des effets explosifs de sa colère et le cœur brisé, il avait donc cheminé péniblement à travers champs et, avant la tombée de la nuit, il avait déjà avalé près de quatre litres de bière.

Personne n'eut à l'aider pour rentrer chez lui. Il y eut des propositions mais il les repoussa. Il était encore assez tôt pour que le ciel du soir garde quelques traces de lumière. Drapé dans sa dignité, il réussit à escalader la première colline à la sortie de Fischlham, puis une partie de la deuxième avant de se laisser tomber dans un pré pour dormir. Il s'éveilla quelques heures plus tard, la tête à quelques centimètres seulement d'une énorme bouse de vache de la taille d'un grand chapeau.

Ses cheveux étaient propres. Il n'avait pas roulé dans la bouse. S'il avait cru à la Providence, il l'aurait remerciée mais il fit aussi bien de s'abstenir, car au moment où il atteignait le sommet de la dernière colline (il était environ dix heures et il était un peu reposé par ce somme impromptu), il découvrit les restes d'un incendie à quelques mètres seulement de la porte de sa maison.

Il n'y avait pas de vent cette nuit-là, c'est ce qui avait certainement sauvé l'habitation. Mais il ne restait plus que des cendres de ses trois Langstroth et aucune trace de ses abeilles, si ce n'est ces dizaines de milliers de minuscules débris carbonisés. Une effrayante impression de tristesse suintait des murs.

Klara vint à sa rencontre. Si elle avait pleuré, elle avait à présent les yeux aussi secs que les débris des ruches. L'odeur qui s'élevait des dernières traînées noires de miel était aussi âpre qu'un catarrhe dans la gorge.

Alois avait compris. Au fond de son cœur sa femme lui garderait toujours rancune de ne pas avoir été présent cette nuit-là, la pire de toutes, et d'avoir trouvé le moyen de boire assez pour empester la bière à deux mètres à la ronde.

Détail après détail, elle lui raconta ce qui s'était passé. Le garçon était parti à cheval et n'était revenu qu'à la nuit tombée. Ils dormaient tous, ou faisaient semblant. Elle reconnaissait qu'ils avaient peur de lui. Il devait avoir pris quelques vêtements, les avait fourrés dans un sac qu'il avait attaché à la selle du cheval, et il était reparti.

Une demi-heure plus tard alors qu'ils espéraient en avoir fini, Spartaner s'était mis à aboyer. Il hurlait avec une telle férocité qu'elle avait failli se lever pour voir ce qui n'allait pas. Mais il se tut, se contentant de geindre un petit peu, comme un chiot. Le cheval poussa un hennissement quand le jeune Alois repartit. Une minute plus tard, elle avait vu les flammes. Elle avait immédiatement compris ce qui se passait. Adi, aussi vif qu'un cerf au galop, courait sans arrêt de la maison aux ruches : « Il y a mis le feu, avec de l'essence, je sais bien, c'est comme la première fois. » Et il riait autant qu'il pleurait, ne sachant plus s'il assistait à une catastrophe ou à une nouvelle immolation triomphale.

Klara et Angela avaient fait ce qu'elles avaient pu, elles avaient jeté des seaux d'eau sur les murs de la maison exposés aux flammes. Pour en faire davantage, il aurait fallu la présence d'un homme.

Elles avaient même entendu les derniers échos des sabots d'Uhlan qui s'éloignait au trot. Le garçon ne reviendrait plus. S'en était-il laissé la possibilité ? Elle pensait que non. Avant de partir, il avait empoisonné Spartaner. Au retour d'Alois, le chien était déjà mort.

LIVRE X

DU RESPECT ET DE LA CRAINTE

1

Une lettre arriva au mois d'août. Après cela, ils n'entendirent plus jamais parler d'Alois Junior. Au cours d'un voyage à Linz, Alois Senior avait appris qu'Uhlan avait été vendu à un marchand de chevaux pour la moitié de sa valeur, et cela avait dû suffire à Junior pour vivre à Vienne, le temps de trouver du travail.

Souvent, vers la fin de l'après-midi, Alois Senior suivait le chemin qu'avait pris le garçon la nuit où il était parti pour Linz. Il s'arrêtait à une vieille souche qui était devenu son siège favori dans la forêt, et il restait écouter les oiseaux.

Assis là sur les vestiges de ce qui avait été un noble chêne, il regrettait les abeilles qu'il avait perdues et rêvait d'être rentré assez tôt à la maison, ce fameux dimanche soir, pour se mettre à la poursuite du cheval et du garçon à travers la forêt. Ce rêve l'accompagna tout au long de l'été qu'il passa à porter le deuil de ce qu'il avait perdu et qu'il pouvait nommer, et à regretter encore plus douloureusement ce qu'il ne pouvait nommer.

Ainsi passa l'été. Il loua les services d'un ouvrier agricole pour l'aider à faucher les prés. Il mit le foin en bottes et le vendit à Fischlham. N'ayant plus à s'inquiéter de ses ruches, il n'avait plus à craindre l'essaimage, plus de calculs à faire pour évaluer la quantité de nourriture qu'il devait fournir aux abeilles pendant l'arrière-saison, plus d'examens pour s'assurer de la bonne santé de ses essaims, plus d'estimations du nombre de vieilles abeilles mortes ou du nombre de jeunes abeilles destinées à les remplacer, plus de craintes à l'idée d'une invasion de souris, plus besoin de se demander s'il convenait ou non de placer un filet pour éloigner les oiseaux, plus besoin de peser les ruches ni d'évaluer la quantité de pollen récolté par les butineuses pour savoir si l'essaim n'allait pas manquer de protéines au cours de l'hiver. Il n'y avait plus de reine à localiser. Il n'y avait même pas de Langstroth à repeindre. C'était fini.

Un jour, alors qu'il était assis sur sa souche, à la fin de l'été, il arriva un moment où l'aigreur de ses regrets finit par s'atténuer, comme emportée par un souffle de son esprit, et il se dit :

« Je suis soulagé de ne plus avoir à me faire tant de soucis. J'aimais bien mes abeilles mais ce n'est pas ma faute si je les ai perdues. »

À ce moment-là, je ne m'occupais pas quotidiennement de la famille Hitler. Ils resteraient à Hafeld jusqu'à leur mort. Cela ne me regardait pas vraiment. Un de mes instincts les plus élaborés consiste à deviner quand les humains dont j'ai la charge sont prêts à changer radicalement, par opposition aux périodes où ils sont virtuellement inertes.

En vérité, c'est la façon que nous avons de mesurer le Temps. À l'exception des moments où le Maestro nous affecte à des lieux où l'histoire prend forme, nous vivons repliés sur nous-mêmes. Nous avons, nous aussi, besoin de nos périodes de repos. Pour moi, l'été si calme de la famille Hitler s'écoula comme en dormant.

Alois pendant ce temps mijotait dans une longue et sinistre méditation. Il s'inquiétait de savoir quelle pouvait être la valeur de sa ferme. S'il venait à la vendre, pourrait-il le faire sans perte ? Ou bien un acheteur potentiel allait-il pointer du doigt les premiers signes de négligence ? Son attention fut tout entière absorbée par cette question. Rien, selon lui, n'était plus subtil que les premières manifestations de décrépitude. Même s'il se sentait à présent plus à l'aise sur cette question que d'autres années, il se reprochait de laisser beaucoup trop de corvées aux femmes, celles bien sûr qui ne demandaient pas la force d'un homme. Il ne s'occupait pas du potager. Il envisageait d'acheter un nouveau chien et examina du coup la peinture de la niche de ce pauvre Spartaner, il estima qu'elle ne risquait pas encore de s'écailler au soleil de l'été.

En fait ils n'avaient pas vraiment besoin d'un nouveau chien. Depuis le départ d'Alois Junior, il n'avait plus aucune raison de craindre l'arrivée d'un père vengeur se faufilant autour de la maison. Aucun parent de Greta Marie Schmidt ne risquait plus de faire irruption à la porte. Il se réjouissait que cette femme ne fût pas enceinte car, si elle l'avait été, il l'aurait su à présent. Quant au fraudeur qui vivait de l'autre côté de Fischlham, il ne pensait pratiquement plus à lui. Le fantôme du malfaiteur semblait lui aussi s'être éloigné.

Ce qui inquiétait vraiment Alois, c'était de s'habituer à l'oisiveté. Depuis toujours il était certain de s'ennuyer dès qu'il restait quelques minutes sans rien faire. Maintenant, il se contentait trop facilement d'observer le glissement d'un nuage ou tout simplement un rond de fumée de son cigare.

Un tel repos pouvait lui coûter cher. Une ferme dont on ne travaille pas la terre, même si la maison, la grange et la cour sont parfaitement bien tenues, ne fait jamais bonne impression. Pas aux yeux d'un acheteur potentiel en tout cas. Une partie de son esprit continuait à battre la campagne pendant son sommeil. Il avait l'impression que ses terres lui reprochaient de ne pas être cultivées.

La réalité des chiffres (qu'il ne cessait de recalculer sur des feuilles de papier différentes en utilisant des petits bouts de crayon), c'est que Klara et lui, même en étant très économes, seraient bientôt obligés de dépenser chaque trimestre plus que le montant de sa pension.

Il viendrait donc un moment où il devrait décider que c'était trop cher d'aller boire une bière dans cette misérable taverne de Fischlham. Cela rendrait la situation doublement intolérable. Et puis il devait admettre une chose. C'est que Linz lui manquait. Là-bas au moins, on pouvait boire en compagnie de gens intelligents. Tout cela aboutissait à une seule conclusion : il fallait qu'ils vendent la ferme. Il savait que cela ne pourrait pas se faire rapidement. Ces temps-ci, moins on en faisait et plus cela prenait du temps. De plus, bien malgré lui, il commençait à éprouver quelques remords au sujet d'Alois Junior. Quel sentiment ambigu et inconfortable ! Est-ce que c'était à lui, en tant que père, de pardonner à son fils ? Et si Alois Junior était lui-même rongé de remords ? Il ne pouvait pas supporter l'image qu'il se faisait du garçon, seul dans une chambre misérable, allongé sur un petit lit minable, les yeux pleins de larmes. C'est comme si on lui avait coupé un bras dont il continuait à sentir les terminaisons nerveuses. Alois Senior se remit à rêver à Hitler et Fils, Producteurs de Miel. Comme il n'avait plus besoin d'y croire vraiment, le rêve, de manière perverse, devint encore plus doux qu'avant.

Il s'en ouvrit même à Klara. Pendant l'été, elle avait marqué ses distances par rapport à son mari, ne pouvant lui pardonner de s'être conduit comme un misérable ivrogne cette terrible nuit, pourtant son sens du devoir reprit le dessus. « Si tu veux qu'il revienne, si tu tiens vraiment à le voir revenir, je ne m'y opposerai pas. » C'est ce qu'elle lui dit. C'est ce qu'elle se sentit obligée de lui dire. Elle avait même un peu honte car en fait, elle espérait secrètement qu'ils ne retrouveraient pas sa trace.

De toute façon, ce genre de situation dramatique ne se produisit pas. Une lettre sans adresse d'expéditeur arriva de Vienne quelques jours plus tard, une lettre ignoble.

« Vous avez tué ma mère. » La phrase était répétée plusieurs fois. Puis la lettre déclarait que le fils deviendrait célèbre et que le père se retournerait dans sa tombe.

Alois n'en croyait pas ses yeux. Et la suite était encore pire. « Vous avez été un mauvais fermier et la raison est simple. C'est que vous êtes, comme je l'ai appris, à moitié juif. Pas étonnant que vous ne savez pas cultiver la terre. » Et il y avait tellement de fautes dans la lettre qu'Alois Senior en eut honte pour son fils et qu'il s'appliqua à la réécrire entièrement avant de se sentir capable de la montrer à Klara. Sa main tremblait terriblement pendant qu'il recopiait mais l'original, avec ses taches d'encre et ses fautes de syntaxe, était abominable. Et dire que le garçon avait toujours su parler correctement.

Quoi qu'il en soit, il fallait bien montrer cette horreur à Klara. Alois Junior ne pouvait tenir ces idées rances que de Johann Poelzl. Le sale hypocrite !

Klara, pour sa part, tint Poelzl complètement en dehors de la discussion. Elle déclara seulement :

« Ça ne m'a jamais vraiment dérangée. Je pensais que c'était pour ça que tu ne voulais pas aller à l'église. »

Il était indigné.

« Cela ne te dérangeait pas de penser que ton mari était à moitié juif ?

— Et pourquoi donc ? Alois, tu as toujours dit qu'un homme qui hait les Juifs est un inculte. Donc je le savais. Ce n'est pas bien de haïr les Juifs. C'est un signe d'ignorance.

— Mais cela ne fait pas de moi un Juif. »

Il eut une migraine, soudaine et violente. De vieux souvenirs des moqueries qu'il avait subies à l'école lui revinrent en mémoire. Quand il avait six ans. Bien sûr c'était le sujet de tous les commérages à Strones et à Spital.

« Cela ne t'a jamais gênée de penser que j'étais à moitié juif ? reprit-il.

— Non, je me suis toujours fait tellement de soucis pour nos enfants. Je souhaitais tellement qu'ils vivent. » Elle ne put s'empêcher d'avoir les yeux mouillés à cause des souvenirs qui réveillaient ses larmes. « J'étais contente de penser que tu étais en partie juif, je pensais que peut-être cela apporterait un peu de sang neuf à notre Adolf, notre Edmund et à Paula.

— Mais je ne suis pas juif. Que cela soit bien clair. Le vieux Johann Nepomuk me l'a dit un jour. Je suis son fils. Je suis vraiment ton oncle !

— Il te l'a dit. Dans ces termes ? » Elle connaissait assez bien son grand-père Johann Nepomuk pour savoir qu'il n'aurait jamais pu dire des choses pareilles. Pas comme cela, de manière aussi directe.

« Il m'a fait comprendre cette information. Il a affirmé qu'il savait parfaitement qui était mon père et il a ajouté : "Cet homme n'est pas juif." Il n'avait pas besoin d'en dire davantage. C'était clair. Il n'avait qu'un seul moyen de le savoir. Voilà la vérité. Après cela, la première fois qu'un gamin m'a traité de Juif, je lui ai flanqué un bon coup de poing dans la figure et je lui ai cassé le nez. Il s'est retrouvé avec une sale bobine. » Alois se mit à rire en repensant à cet épisode. Et il rit avec insistance pour bien montrer qu'il n'était pas gêné. « Et pendant toutes ces années tu as cru que j'étais juif ? »

Elle hocha la tête. Elle ne savait plus si elle devait se sentir soulagée ou déçue. Elle avait toujours senti une pointe d'excitation à l'idée d'être la femme d'un homme qui avait du sang juif. Les Juifs font des choses interdites au lit. C'est ce qu'elle avait entendu dire. Peut-être même qu'Alois et elle en avaient fait, de ces choses, c'était bien possible. Et les Juifs avaient aussi la réputation d'être très intelligents. Cela aussi, elle l'avait entendu. Elle se sentait complètement perturbée.

Quant à Alois, en pensant à Johann Poelzl, il lui aurait volontiers tordu le cou.

2

Le lecteur se rappelle peut-être que, lorsque je me suis présenté en tant que narrateur de ce roman, ce fut en tant qu'officier SS. Et c'était bien la vérité. À cette époque, vers la fin des années 1930, j'étais physiquement établi dans la personne d'un certain officier SS prénommé Dieter. Même s'il m'en coûtait, je vivais et agissais au sein de sa personne. Je dois préciser que nous n'adoptons ce genre de procédure que lorsque les enjeux le requièrent. C'est pour nous un sacrifice important. Il nous faut abandonner la faculté stimulante de vivre dans plus d'une conscience à la fois. Nos pouvoirs démoniaques en sont diminués d'autant. Nous sommes devenus un simulacre d'être humain.

Ainsi, c'est en tant que Dieter que je menai mon enquête à Graz en 1938 sur le grand-père de Hitler. La manière dont j'appris que le véritable père d'Alois était Johann Nepomuk fut une information que je reçus directement du Maestro – je ne pouvais évidemment pas révéler ma source. Dans la Section spéciale IV-2a, nous étions obligés, comme dans tous les services secrets, d'être crédibles, au moins entre nous, et le seul moyen qui me permettait de justifier auprès de Himmler la source de mes informations était donc d'inventer une histoire. Je savais pertinemment que Hitler n'était pas juif. Mais je ne pouvais pas le prouver à Heinrich Himmler sans lui dévoiler mes sources. Pour authentifier ces informations, je dus recourir à un argument que Heini connaissait bien, le témoignage humain.

L'affaire n'était tout de même pas aussi simple. En 1938, je n'étais pas absolument certain de connaître la vérité, disons plutôt que j'avais le sentiment de l'avoir autrefois connue, ce qui est une manière de dire que le Maestro avait dû arriver depuis longtemps à la conclusion qu'il devait effacer les souvenirs de ses démons s'il voulait régner sans partage dans son domaine. Je peux pourtant garantir que ces souvenirs que nous ne sommes pas encouragés à garder vivants n'en demeurent pas moins dans notre mémoire, prêts à nous guider, aussi affaiblis soient-ils.

Si je mentionne précisément cette particularité, c'est parce que la question de savoir si Alois avait du sang juif était revenue brusquement à la surface.

Il était furieux. Sa colère contre Johann Poelzl allait bientôt se transformer en une haine définitive et il se sentirait soulagé le jour de la mort de ce dernier. En revanche, sa colère contre Alois Junior se réveilla de plus belle.

La conversation qu'il avait eue avec Klara avait soulevé en lui une telle tempête intérieure qu'il se sentit incapable de rester au lit. Pour la première fois depuis toutes ces années où ils dormaient côte à côte, plus ou moins proches l'un de l'autre, il éprouva le besoin de se lever en pleine nuit, de s'habiller, d'arpenter la pièce, d'essayer de dormir sur le divan, d'essayer de dormir par terre, avec pour résultat final qu'ils ne parvinrent à dormir ni l'un ni l'autre.

Klara savait qu'elle allait devoir payer. « Ne dis plus un mot, pensait-elle, n'aborde plus jamais ce sujet. »

Je ne peux évidemment parler avec toute l'autorité de ces démons qui ont un doctorat en médecine, mais je dirai que le cancer qui devait emporter Klara en 1908 pourrait bien avoir fait, cette triste nuit, un pas considérable en avant.

Il lui était arrivé trop de choses d'un seul coup. On venait de lui enlever une idée qui lui était chère depuis si longtemps. Elle était convaincue que les enfants qu'elle avait eus avec Alois avaient un quart de sang juif et que donc ces trois-là bénéficiaient d'une vitalité plus importante. La seule chose qu'elle savait des Juifs (et elle n'était pas sûre d'en avoir jamais rencontré un seul), c'était que, quelles que soient leurs fautes – et sur ce sujet elle en avait entendu des vertes et des pas mûres, racontées par des amis ou des parents, et même par des commerçants –, une chose au moins était sûre, les Juifs savaient survivre. Être à ce point détestés, et rester en vie ! Il y en avait même qui faisaient fortune ! Klara avait donc toujours été convaincue, du moins en son for intérieur – car à qui aurait-elle pu en parler –, que ses trois enfants étaient bien vivants au moins en partie grâce à leur sang juif.

Si Gustav, Ida et Otto étaient morts si jeunes, elle pouvait penser que la cause était à chercher du côté de sa famille à elle. Mais Adolf avait survécu puis ensuite Edmund et Paula, et elle priait tous les jours pour qu'ils restent en bonne santé.

À présent, sa confiance vacillait. Si les trois enfants survivants se portaient bien, ce n'était pas grâce à une protection particulière qui coulerait dans leurs veines. Ils ne pouvaient plus compter sur un tel atout.

Il y avait bien de quoi en perdre le sommeil. Mais il y avait pire, elle avait honte de sa lâcheté. Comment avait-elle pu accepter qu'Alois Junior revienne à la maison ? Là, couchée dans son lit, entendant le corps d'Alois Senior heurter le sol en s'allongeant, elle fut prise elle aussi de colère. C'était très choquant. Elle n'en revenait pas elle-même. Et pourtant, si elle en avait eu la possibilité, elle aurait tué Alois Junior. Évidemment, elle savait qu'elle n'en serait pas capable, qu'elle ne le ferait jamais. Pourtant l'effort qu'elle devait faire pour repousser cette rage faisait battre son cœur, c'est-à-dire sa poitrine, avec une telle violence dans la détestation qu'il est bien possible que le cancer du sein qui devait par la suite lui causer des douleurs infernales à la poitrine pût avoir fait sa première apparition cette nuit-là. Mais il est si difficile d'avoir des certitudes sur ce point que je préfère en revenir à Alois couché à même le sol et s'efforçant de trouver le sommeil.

S'il était tellement furieux cette nuit-là, c'est parce qu'il s'était trahi lui-même. Cela empoisonnait la joie implicitement contenue dans toute colère, une notion qu'on ne prend pas suffisamment en compte. La colère peut offrir le même genre de satisfaction gratifiante, la même estime de soi que celle que doivent éprouver les plus hypocrites des pratiquants. Le cœur même de ce plaisir est de ne jamais éprouver de colère envers soi-même, toujours envers les autres. Et pourtant, en l'occurrence, Alois était furieux des conséquences coûteuses de son propre comportement.

Si Junior avait si mal tourné, c'était sa faute à lui, Alois, uniquement sa faute. Vu sous cet angle, il était ce qu'il y a de pire parmi les êtres humains, un père faible. Il avait passé sa vie à obéir à des ordres, à les faire appliquer au sein du service des Douanes, il avait révéré François-Joseph, un roi brave, bon et grand qui incarnait les valeurs de travail et de discipline. La maîtrise de son tempérament était devenue une sorte d'hommage à François-Joseph. Et pourtant il n'avait pas inculqué la moindre parcelle de sens du respect à Alois Junior. Était-ce parce qu'il se sentait coupable envers sa mère ? C'est vrai qu'il s'était mal conduit envers Fanni, si mal qu'il ne pouvait pas se montrer sévère à l'égard de son fils. Ce qui constituait en soi un manque de discipline.

Il fallut bien toute la nuit pour apaiser sa colère. Et ce ne fut qu'aux premières lueurs du matin, une pâle lumière qui perçait à l'aube à travers des nuées pluvieuses, qu'il fut capable de mettre un peu d'ordre dans ses idées et de prendre quelques décisions quant à sa conduite future à l'égard d'Adi. Il n'allait pas refaire la même erreur qu'avec Junior.

3

À présent, quand il voulait appeler Adi, Alois le sifflait. C'était un joli petit sifflement, assez perçant pour faire mal aux oreilles. Même si Adi était à proximité, Alois sifflait toujours aussi fort. À la taverne maintenant, il se plaisait à déclarer : « Quand on élève un fils, il ne faut pas lui laisser la bride sur le coup. J'en parle d'expérience. »

Alois expliqua plus d'une fois à Adi : « On a perdu beaucoup de temps et d'efforts pour ton frère aîné. Toi, Adolf, tu ne dois pas me faire perdre mon temps. »

Adi était paralysé par la peur. Il fallait que je sache s'il pouvait en résulter quelque avantage susceptible de servir nos projets. Nous savons bien humilier et rabaisser les gens à notre profit quand nous travaillons sur des sujets maniaco-dépressifs. Si nous voulons amener un de nos clients à commettre un acte violent, nous pouvons, par une série d'humiliations, pousser l'individu à balancer trop vite entre les deux pôles de sa dépression et de sa manie. Il s'ensuit assez rapidement une éruption.

Mais je ne voyais pas l'utilité d'une approche aussi radicale sur un sujet si jeune. Le Maestro pourtant ne m'incitait nullement à calmer Alois et le père déversait dans l'esprit de son fils les flots d'une incommensurable tristesse. Adi commençait à donner tous les signes de l'angoisse qui marque les premières atteintes d'une mélancolie incurable.

Ce sont des moyens bien connus pour pousser au suicide. Du coup, je ne comprenais plus très bien les projets que le Maestro avait en tête. Le garçon était assez fragile pour que les choses tournent mal. Quel désastre ce serait, et pour si peu.

Le Maestro nous surprenait souvent par de telles initiatives. Il était prêt à prendre de gros risques avec la vie de ses clients. Il arrivait parfois, lorsqu'il avait de grandes ambitions pour un jeune client, qu'il encourage une attitude autoritaire et dominatrice de la part des parents, parfois même qu'il la suscite. Je pense qu'il voyait là une sorte de vaccin pour se prémunir des crises émotives à venir.

Il est vrai que ce genre de coup de poker pouvait aussi faire naître une certaine instabilité. Lorsque nous infligeons une humiliation profonde à un client très fier, nous nous appliquons à transformer cette blessure en future force. Cela peut se révéler aussi difficile que de transformer un lâche en héros. Mais quand nous réussissons, quand les abîmes psychologiques d'un candidat au suicide se transforment en sommets de satisfaction de soi, alors un très grand pas a été franchi. La pauvre créature autrefois humiliée a conquis le pouvoir d'humilier les autres. C'est un pouvoir diabolique qui n'est pas si facile à acquérir. Toutefois il ne faut pas exagérer. Adi était bien loin d'en être réduit à ces extrémités. Il avait encore un certain talent pour plaider sa cause auprès de Klara.

« Mère, mon père me regarde comme si j'étais toujours coupable de quelque chose. »

Elle le savait très bien. Le sifflement d'Alois lui perçait aussi les oreilles comme une aiguille.

« Adi, tu ne dois jamais dire que ton père a tort.

— Oui, mais s'il avait tort ?

— Il ne le ferait pas exprès. Il pourrait peut-être se tromper.

— Et s'il avait vraiment tort ?

— Cela ne pourrait pas durer longtemps. » Elle hocha la tête. Elle ne savait pas si elle pensait vraiment ce qu'elle allait dire, mais elle le dit tout de même. « Un bon père s'aperçoit toujours tôt ou tard qu'il a pu prendre une mauvaise direction. » Elle hocha à nouveau la tête, comme pour mieux se persuader elle-même. « Il peut arriver un moment où le père reconnaît que lui aussi peut se tromper. » Elle posa ses mains sur le visage de l'enfant comme pour calmer la fièvre qui enflammait ses joues. « Oui, dit-elle, il entend les paroles qu'il prononce et comprend que ce ne sont pas les bonnes. Alors il change.

— Vraiment ?

— Absolument. Le père change. » Elle en parlait comme si cela s'était déjà produit par le passé. « Il change, dit-elle pour la troisième fois. Et désormais ses paroles sont justes. Il va dans une bonne direction. Parce qu'il est prêt à changer. Et sais-tu pourquoi ?

— Non.

— Parce que tu as su te convaincre que tu ne devais jamais le mettre dans l'embarras. Tu ne peux pas le faire, parce que c'est ton père. » Elle prit Adi par la taille et le regarda dans les yeux.

Klara avait été la première de la famille (et elle était toujours la seule) à avoir compris que l'on pouvait parler à Adi comme s'il avait dix ou douze ans. « Oui, poursuivit-elle, c'est bien mieux quand la confusion ne règne pas à la maison. Tu ne dois jamais accuser ton père. Il pourrait se sentir *weiblich*. Et c'est très mauvais pour lui de se sentir faible. Tu ne peux pas attendre de lui qu'il admette d'avoir un point faible. » Elle se mit alors à parler de l'*Ehrfurcht*. Du respect et de la crainte. C'est le mot que sa mère avait employé à propos de Johann Poelzl. C'était, avait-elle dit à Klara, un paysan dur à la tâche et qui n'avait pas eu de chance, tout le monde savait cela dans la famille, et pourtant elle avait toujours traité son mari avec *Ehrfurcht* comme s'il avait réussi et qu'il était un homme important. « Voilà ce que m'a dit ma mère et aujourd'hui c'est à toi que je le dis. La parole du père dicte la loi de la famille. »

Klara mit une telle solennité dans cette déclaration que le gamin eut l'impression d'y puiser une force sacrée. Oui, un jour lui aussi, il aurait une famille et tous le respecteraient et le craindraient. À ce moment précis, son envie de pisser devint pressante. (À cette époque-là il avait toujours ce problème chaque fois qu'il s'apprêtait à envisager de grandes et heureuses pensées le concernant.) Au beau milieu du discours de sa mère, il faillit avoir un petit accident mais il parvint à se retenir en commençant à rêver à la part de *Ehrfurcht* qu'il allait recevoir à l'avenir.

« Oui, dit-elle à son fils. La parole du père constitue la loi. Qu'il ait tort ou raison, on ne peut pas discuter son avis. Il faut lui obéir. Pour le bien de la famille. Qu'il ait tort ou raison, le père a toujours raison. Sinon c'est la pagaille. »

Puis elle parla d'Alois Junior. « Il n'avait pas de *Ehrfurcht*. Promets-moi qu'on ne pourra jamais en dire autant de toi. Parce qu'à présent c'est toi l'aîné. Tu es important. Ce garçon qui était autrefois ton frère, c'est comme s'il était mort. »

Adi était trempé. Sa transpiration semblait illuminée d'un halo sacré. Il avait un tel sentiment de son importance ! J'entrai dans ses pensées assez longtemps pour le convaincre : « Ta mère a raison. C'est toi l'aîné à présent. Les petits te doivent honneur et respect. »

Adi comprenait parfaitement et je continuai à travailler nuitamment son esprit pour que cette idée devienne une certitude inébranlable, semblable à ces avenues mentales bien pavées prêtes à laisser s'écouler des flots de pensées. Pendant des nuits, je lui répétai sans cesse qu'Alois Junior était désormais coupé de la famille pour toujours.

Alois Senior me fut lui-même d'un grand secours. En décembre, il rédigea un nouveau testament. Il stipulait qu'à sa mort, son fils Alois ne devait recevoir que le minimum prévu par la loi. « Moins il aura, mieux cela vaudra », ajoutait-il. Et comme le fait de rédiger un testament réveillait chez Alois un sens aigu de la procédure bien menée, il ajouta également : « Ceci est fait en pleine connaissance de la gravité d'un tel acte pour un père. Au cours de ma carrière de chef du service des Douanes de la Couronne, je peux affirmer que j'ai pleinement pris conscience du sens de la responsabilité avec lequel on doit toujours aborder des sujets aussi graves. »

Après quoi, ayant achevé la nouvelle version de son testament, il siffla Adi pour lui en lire de larges extraits.

4

Alois n'avait pris la décision de rédiger un nouveau testament qu'après avoir acquis la certitude qu'il parviendrait à vendre sa ferme. L'acheteur lui avait été adressé par Herr Rostenmeier qui avait par ailleurs donné un bon conseil à Klara.

« Chère Frau Hitler, la seule raison pour laquelle votre ferme pourra trouver un acquéreur c'est qu'elle a un bel aspect. N'est-ce pas avant tout la raison pour laquelle votre mari l'a achetée ?

— Je n'irai pas jusqu'à dire le contraire répondit-elle. (Cette réponse était presque pour elle une façon de minauder avec Herr Rostenmeier.)

— Oui, vous avez bien raison de le reconnaître. Je pense que vous ne pourrez vendre votre ferme qu'à des gens moins expérimentés que vous en matière d'agriculture, mais (il leva un doigt) plus à l'aise financièrement, n'est-ce pas ? Il vous faut donc avoir la patience d'attendre. Quelqu'un d'assez riche devrait se présenter sans trop tarder. À ce moment-là, envoyez-le-moi s'il vous plaît. Je me conduirai en ami. Je saurai bien répondre aux questions qu'il se posera. »

L'acheteur fortuné finit par arriver, il apprécia l'aspect de la maison et de la terre et il en savait encore moins qu'Alois sur les aléas de l'agriculture, la vente donc se fit. Le prix ne permettait pas de réaliser un réel profit mais Alois n'eut pas à subir la perte qu'il redoutait. Quand la transaction fut achevée, Alois comprit qu'il pouvait mettre au rencart son rêve de finir ses jours à la campagne au même titre que l'espoir de voir un jour son fils aîné lui fournir quelque motif de satisfaction. Non, c'était maintenant le tour d'Adi. Il n'était pas aussi agile ni aussi costaud qu'Alois Junior, il n'était pas non plus aussi beau, mais aussi intelligent peut-être, et obéissant. Pour l'obéissance, il était imbattable. C'était devenu un plaisir de le siffler. Il réagissait aussitôt.

Pourtant, Alois Senior conservait au fond de son cœur une sorte de vieille photographie. Il arrivait parfois que la nuit il se revoie assis sur le banc de chêne et se prenne à rêver de cette ruche Langstroth qu'il avait construite lui-même. Il frappait le banc du plat de la main comme pour se rappeler le bruit de la claque qu'il aimait donner autrefois à cette ruche en bois, une claque ferme et nette pour faire bouger ses abeilles.

Tout cela est bien loin. L'histoire (pour ceux qui ont vécu aussi longtemps que moi) peut rarement être évoquée comme un émerveillement continuel. Elle est un tel océan de mensonges. C'est le seul argument que j'emploierais pour encourager des aspirants démons. Nous en savons tellement sur les causes et la réalité des faits. Qui serait prêt à renoncer à de tels dons ? C'est peut-être pourtant ce que je suis en train de faire en révélant mon lien avec le Maestro. La perversité de notre nature diabolique pourrait bien avoir quelque ressemblance avec la curieuse condition de l'homme qui vient à la vie en se forçant un chemin entre l'urine et la merde et qui plus tard rêve chaque nuit d'un noble destin.

LIVRE XI

L'ABBÉ ET LE FORGERON

1

Durant l'été 1897, après la vente de la ferme de Hafeld, la famille s'installa à l'auberge Leingartner à Lambach et c'est là qu'ils habiteraient jusqu'à la fin de l'année. N'ayant plus la charge de la ferme, Alois entama sa véritable retraite, ce qui occasionna chez lui quelques changements, peu nombreux mais surprenants. Par exemple, il ne s'intéressait plus du tout aux cuisinières ou aux femmes de chambre de l'auberge. Pis encore, elles non plus ne semblaient pas s'intéresser à lui. Et cela lui était égal.

Je dirais même qu'Alois était provisoirement satisfait. Dans la mesure où elles pouvaient avoir des conséquences sur nos projets concernant Adolf, je continuai à surveiller les modestes activités de Senior. À ma grande surprise, il manifesta un intérêt personnel pour le charme médiéval de Lambach et prenait grand plaisir à en parcourir les rues. La ville ne comptait guère plus de mille sept cents habitants, mais pouvait s'enorgueillir d'un monastère bénédictin fondé au XIe siècle et d'une église, Paura, construite en forme de triangle et pourvue de trois clochers, trois portails et trois autels. Je dois dire que Paura exerçait un pouvoir très étrange sur ses pensées.

Alois en était venu à se demander si, quelques siècles plus tôt, il n'avait pas connu ici même une vie antérieure. Éprouvait-il le sentiment obscur de cette existence lointaine ? L'idée ne lui paraissait pas absurde. Il avait peut-être été un chevalier du Moyen Âge. Pourquoi pas ? Cela cadrait parfaitement avec ses qualités humaines. *Der Ritter Alois von Lambach !*

Si l'on me demande encore une fois comment je peux être au courant de cette réaction d'Alois alors qu'il n'est même pas un de mes clients, je répéterai qu'en certaines circonstances nous avons le pouvoir d'entrer dans l'esprit des hommes qui sont en relations étroites avec ceux dont nous avons la charge. Les divagations d'Alois à propos de la réincarnation m'étaient donc accessibles et il avait assez rapidement abouti à une conclusion. La plupart des gens étaient incapables d'imaginer qu'ils cesseraient un jour d'exister.

Je dois dire que pour Alois cette idée était stimulante. La réincarnation était une hypothèse envisageable et, dans ce cas, Alois pouvait très bien avoir été un fameux chevalier paillard. Une telle possibilité le mettait d'excellente humeur. Des idées nouvelles, voilà ce dont il avait besoin. Elles vous évitaient de tomber dans les sables mouvants de la vieillesse.

2

La résolution qu'il avait prise de cultiver des idées nouvelles explique peut-être l'accueil qu'Alois réserva à la demande d'Adi d'entrer dans le chœur d'enfants du monastère bénédictin. Klara n'en revenait pas que son mari ait pu donner son accord. Elle-même avait failli dissuader Adi de demander la permission puis avait fini par douter. Et si Dieu lui-même voulait qu'Adi participe à cette chorale ? Elle n'allait tout de même pas contrecarrer ce qui pouvait être un dessein divin.

C'est ainsi que le jeune Adolf, tenant à la main un chapeau imaginaire, s'avança vers Alois et parvint à lui dire que les moines lui avaient trouvé une jolie voix. Si son père voulait bien lui accorder sa permission, il pourrait rester après l'école, participer aux répétitions.

Si l'on devait poser la question de savoir pourquoi Alois était disposé à laisser son fils étudier auprès des moines et des prêtres, il aurait eu une réponse toute prête : « Je me suis soigneusement renseigné. Ces Bénédictins dirigent la meilleure école de Lambach. Je veux qu'Adolf réussisse dans la vie, c'est pourquoi j'ai décidé de l'y envoyer, quelles que soient mes réticences. »

Adi se mit donc à fréquenter cette école. Assez vite les moines virent en lui un de leurs meilleurs élèves, et il le savait. Pour sa part, Alois était ravi de ses notes. Le garçon étudiait les douze matières imposées et se classait au premier rang dans toutes les disciplines. Ce qui était plus que suffisant pour mettre Alois de bonne humeur.

« Je dois te dire que, quand j'étais jeune, je pouvais affirmer moi aussi que j'avais une belle voix. Je la tenais de ma mère. Elle était autrefois soliste à l'église paroissiale de Doellersheim.

— Oh oui, Père, je me rappelle comme vous chantiez bien le jour où nous sommes allés pour la première fois de Linz à Hafeld.

— Oui, fit Alois, cette vieille chanson me revient à la mémoire. Tu te souviens du couplet qui avait tant bouleversé ta mère ?

— Oui, elle n'arrêtait pas de répéter : "*Ach,* ce n'est pas pour les enfants." » Ils rirent. Le souvenir poussa Alois à chanter les premiers couplets.

J'avais un camarade,
De meilleur il n'en est pas,
Dans la paix et dans la guerre,
Nous allions comme des frères,
Marchant d'un même pas.

Mais une balle siffle,
Qui de nous sera frappé ?
Le voilà qui tombe à terre,
Il est là dans la poussière,
Mon cœur est déchiré.

Alois se mit à rire. Adi l'imita. Ils se rappelaient bien. C'était le moment où Klara s'écriait : « Non, ce n'est pas pour les enfants. »

La voix d'Alois s'éleva de nouveau, encore plus sonore.

Je ne peux soulager ta peine, mon ami,
Mais dans la vie éternelle,
Nous serons toujours unis
Mein guter Kamerad, mein guter Kamerad.

Alois déclara alors d'une voix que la chanson avait rendue un peu rauque :

« Oui, je t'accorde ma permission. C'est parce que je crois désormais en tes possibilités d'avenir. Tu mérites une récompense pour les excellents résultats que tu obtiens dans cette école. »

Il se disait en lui-même : « Je ne vais tout de même pas l'encourager à aller trop loin dans cette voie. Inutile de faire de lui un curé souffreteux. »

Adi de son côté envisageait de se faire moine un jour, ou mieux encore de devenir abbé. Il aimait bien leurs soutanes noires et l'image qu'il se faisait du paradis tremblait dans la lumière qui tombait des vitraux. Le garçon en aurait presque pleuré, bouleversé par la force du « Grosser Gott Wir Loben Dich » :

Dieu tout-puissant loué soit Ton Nom,
Infini est Ton Royaume,
Ton règne est éternel,
Que les cieux résonnent de doux chants,
Saint, saint, saint est le Seigneur.

Tandis qu'il chantait, je l'encourageais à penser qu'il pourrait bien un jour être en position de commander tous ces moines et de détenir l'autorité d'une main et le mystère de l'autre. De fait, il s'était trouvé un modèle. L'abbé du monastère était l'homme le plus impressionnant qu'Adi ait jamais rencontré. Il était grand, avait les cheveux argentés et un air très digne. Pour Adi, il était beau comme un roi.

Un jour, il se trouvait à l'auberge, dans la chambre qu'il partageait avec Angela, il décrocha d'une patère la robe la plus foncée que possédait sa sœur et la drapa sur ses épaules comme une espèce de surplis. Puis il grimpa sur une chaise. Il savait qu'il devait parler bas pour qu'on ne puisse pas l'entendre du couloir, mais il se sentait encore tout rempli du sermon qu'il avait entendu à la messe et de la prière qu'il adressait chaque jour à l'archange saint Michel. Il s'imprégnait de ces paroles en savourant à l'avance le moment où, seul dans la forêt, il pourrait les déclamer aux arbres.

Il eut d'abord envie de répéter le sermon qui avait précédé la prière. « Les flammes de l'enfer, dit-il, brûleront chaque parcelle de ton corps. Elles feront fondre tes os et tes poumons. Une odeur terrifiante montera de ta gorge. La puanteur de ton corps sera abominable. Tel est le feu éternel de l'enfer. »

Il tituba sur sa chaise. La violence des mots lui donnait un léger vertige. Il dut faire une pause avant d'attaquer la prière.

« Dans Ta Glorieuse Majesté, nous Te supplions de nous délivrer des esprits infernaux, de leurs pièges, de leurs mensonges et de leur fureur méchante. Ô Prince des Armées Célestes, repousse Satan en enfer et avec lui tous les esprits du mal qui errent de par le monde cherchant à ruiner nos âmes. Amen. »

Il était très excité. Je fis de mon mieux pour l'inciter à penser qu'il recevait un signe du ciel. Et voilà que pour tout gâcher

– peut-être d'autres forces étaient-elles à l'œuvre –, il se mit à avoir la première véritable érection de ses jeunes années. Et en même temps, il se sentait dans la peau d'une femme. Sans doute à cause de l'odeur de la robe d'Angela. Il la jeta loin de lui, sauta au bas de la chaise, lança la robe d'un coup de pied avant de la ramasser pour la renifler, il se sentait abominablement troublé. Il avait toujours l'impression d'être une femme.

Il comprit à l'instant même qu'il devait imiter les autres élèves. Il fallait qu'il se sente leur égal. Il devait se mettre à fumer. Depuis qu'il était tout petit, il avait respiré la fumée de la pipe d'Alois et il en détestait l'odeur mais maintenant il fallait qu'il se conduise comme un homme, pur et dur. C'en était assez de ces demi-mesures.

3

À l'entrée du monastère, une grande croix gammée était sculptée dans la pierre au-dessus de la porte voûtée. C'était le blason d'un ancien abbé dénommé von Hagen et qui avait été le Père Supérieur en 1850. Et ce von Hagen avait dû apprécier le rapprochement entre ce symbole et son nom, une croix gammée se disant *Hakenkreuz*.

Je m'empresse d'ajouter qu'il ne faut pas attacher trop d'importance à ce détail. Le svastika de von Hagen était sculpté avec délicatesse et ne laissait présager en rien toutes les légions qui allaient défiler derrière cet emblème. Néanmoins, il y avait bien là une croix gammée.

Le jour de son neuvième anniversaire, Adolf, seul devant le portail du monastère, fumait une cigarette. Il ne resta pas seul bien longtemps. Le plus méchant des prêtres qui faisait partie de ses professeurs, un curé connu des élèves pour son habitude de se déplacer à pas de loup, prit Adolf sur le fait. La cigarette (une pincée du tabac à pipe d'Alois, roulée dans un morceau de papier journal) lui fut immédiatement arrachée et piétinée par l'ecclésiastique. Il y mettait autant de fureur que s'il écrasait des cafards.

Adi était au bord des larmes. « Il se peut, entendit-il, que le Diable soit entré en toi. Si c'est le cas, tu mourras dans une grande détresse. » Puis le prêtre eut un sourire mauvais. Il rassemblait tous les pouvoirs d'anathème qu'il avait engrangés au fil des ans.

Dès qu'Adolf fut capable de parler il s'écria : « Oh, mon Père, je savais bien que c'était mal. J'ai toujours détesté cela. Je ne toucherai plus jamais au tabac. »

À cet instant, il dut dégringoler les marches de pierre de l'entrée pour aller plus loin vomir dans l'herbe. L'exécration manifestée par le prêtre avait révélé une telle dureté de cœur qu'Adi en avait le souffle coupé. Le long nez de cet homme semblait aussi malveillant que ses lèvres minces comme des lames de couteau. Et pendant ce temps, tandis qu'il passait par toutes les affres du désespoir, Adi était déjà en train de calculer le moyen d'obtenir le pardon de l'abbé. Il savait qu'il allait être envoyé chez cet auguste personnage dès qu'il aurait fini de vomir.

En présence de l'abbé, il éclata de nouveau en larmes. Il eut l'inspiration de déclarer qu'il ne voulait pas que sa décision de devenir prêtre puisse être contrariée par cet acte abominable. Et comme il se repentait ! Quand il eut fini, l'abbé en vint même à dire : « Eh bien, un jour, tu pourrais bien faire honneur au clergé. »

La voix d'Adi donnait toute l'apparence de la sincérité, inspirée qu'elle était par la force du mensonge éhonté. Son expérience de l'anathème lui avait amplement suffi. Il était dégoûté à jamais de l'idée de se faire prêtre. Seule son admiration pour l'abbé demeurait intacte.

Du point de vue de mes projets, la journée avait été profitable. J'avais tellement de clients à surveiller dans cette région d'Autriche que je ne saurais me vanter d'avoir toujours été au bon endroit au meilleur moment, mais en l'occurrence j'avais parfaitement réussi. Notre méchant prêtre, cela ne vous étonnera guère, était un de mes meilleurs clients à Lambach et je lui avais adressé un signal pour qu'il se rende en vitesse à l'entrée du monastère, à l'endroit où la croix gammée de von Hagen était sculptée dans la pierre.

4

Adi, je dois le dire, éprouvait toujours pour l'abbé une certaine vénération mais qui n'était plus que l'écho de son premier enthousiasme. Sa haine pour le prêtre au long nez n'avait en rien diminué et le souvenir du moment où son père lui avait accordé l'autorisation de chanter dans la chorale était resté bien vivace. Mais il devait s'estomper assez vite dans la mesure où Adi découvrit que son père manifestait sa préférence pour Edmund. Un jour, Adi flanqua un bon coup à son frère et celui-ci osa répliquer : « Tu n'as pas à me frapper. Je suis aussi bien que toi. »

En représailles, Edmund reçut une volée de coups qui fit brailler le gamin de quatre ans de toute la force de ses poumons.

Lorsque Klara arriva, Adi lui dit : « Alois Junior passait son temps à me battre, cela n'a jamais dérangé personne. »

Alois arriva à son tour, menaçant : « Tu avais ta mère pour te protéger de Junior. Je m'en souviens parfaitement. Elle était toujours de ton côté. Même quand tu avais tort. Ton frère en était très contrarié. Peut-être n'y ai-je pas prêté suffisamment attention. »

Alois décida de donner une fessée à Adi. Le garçon eut un peu mal aux fesses mais les coups n'étaient pas très forts. Alois redoutait toujours la fureur avec laquelle il avait frappé Alois Junior après que le gamin fut tombé à terre.

Les querelles entre Adi et Edmund s'entendaient dans toute l'auberge, ce qui embarrassait beaucoup Klara. L'aubergiste et sa femme appréciaient le loyer régulier que leur fournissaient les Hitler et mettaient un point d'honneur à traiter Klara avec beaucoup de respect, cherchant même à lui donner l'illusion qu'elle était un bel exemple de dame de la bonne société. Klara n'était pas dupe. Elle savait ce qu'elle voulait. Elle déclara à Alois que la famille avait besoin de plus de place à moindre coût.

Elle avait aussi décidé qu'Angela était beaucoup trop grande pour continuer à partager sa chambre avec Adi. D'ailleurs Angela s'était plainte d'avoir retrouvé une de ses plus belles robes toute marquée de traces de semelles que son frère y avait faites. Klara ne l'accusa pas. De toute façon il aurait nié. Le problème n'en demeurait pas moins. Il fallait déménager. Alois n'y était pas opposé. Les disputes entre Angela et Adi commençaient à lui taper sur les nerfs. Il avait dit un jour à Klara : « Tu ne veux pas que je lui flanque une bonne raclée mais il est vraiment pénible.

— Quand les enfants se battent, avait répondu Klara, ils peuvent être fautifs tous les deux.

— Peut-être, mais je ne peux pas donner la fessée à Angela.

— Bien sûr que non, avait répondu Klara vraiment troublée.

— Dans tous les cas, c'est donc le garçon qui doit être puni. D'ailleurs il le cherche vraiment. »

Klara se décida alors à raconter à Alois l'épisode où Adi avait été surpris à fumer. Dans l'espoir de susciter sa sympathie, elle déclara : « Adi a besoin de tendresse. Il en a vraiment besoin. Après que l'abbé lui eut pardonné Adi m'a dit : "Je ne pensais pas qu'un adulte pouvait être aussi gentil." Alois, il a vraiment besoin qu'on soit tendres avec lui. »

Alois secoua la tête : « Non, tu es déjà son esclave. Je pense que c'est une bonne chose qu'il se mette à fumer. Plus tard il finira peut-être par y prendre goût et même devenir un vrai dur. » Il éclata de rire au point d'être pris d'une quinte de toux.

« Un vrai dur, pensa Klara, aux poumons mités. »

On pouvait dire que Klara commençait à avoir quelques pensées personnelles. Pendant des années, elle avait estimé qu'une bonne épouse ne devait pas avoir ses propres opinions. Ces derniers temps, elle s'était mise à envisager en secret un projet. Elle était arrivée à la conclusion qu'il serait bon d'acheter une jolie maison mais elle savait qu'Alois n'y était pas prêt. Pour l'instant, elle devrait se contenter de suivre la décision qu'il avait prise d'installer la famille au dernier étage désaffecté d'un moulin voisin. Ce serait beaucoup moins cher que l'auberge et ils disposeraient de beaucoup d'espace. Angela aurait sa chambre. Qu'elle profite d'un luxe que Klara n'avait jamais connu. Plus tard, lorsqu'ils auraient acheté une maison dans cette ville ou ailleurs, elle espérait qu'Angela aurait déjà épousé un beau jeune homme. Pour le moment, elle avait bien mérité d'avoir sa chambre à elle, sa chère belle-fille.

Klara encouragea donc Alois dans son projet de s'installer au moulin. Il y aurait beaucoup de travail à faire mais Angela n'allait plus à l'école et pourrait en prendre sa part. Au début de l'hiver 1898, ils louèrent donc le dernier étage de la minoterie. Le propriétaire, Herr Zoebel, avait quatre mules qui faisaient tourner la meule. Pour ajouter encore au bruit, il y avait à l'arrière du bâtiment l'échoppe d'un forgeron tenue par un rude gaillard du nom de Preisinger. Habiter au dernier étage revenait à mener une guerre incessante contre la poussière mais Klara n'était pas mécontente. Angela était toute disposée à être à la fois sa domestique, sa jeune sœur et son amie dévouée. Cela permettait à Klara de passer un peu de temps seule avec Paula.

5

Depuis que Paula était toute petite, il ne s'était pas passé un seul jour sans que Klara lui glisse à l'oreille : « Tu seras si belle quand tu seras grande. »

Pourtant à présent, à peine âgée de deux ans, Paula ne semblait pas très en avance.

Alois ne remarquait rien. Il aimait faire sauter Paula sur ses genoux. Il rêvait au temps où cette enfant deviendrait la plus belle femme de la ville. Son mariage serait un fameux événement.

Mais un jour, après s'être rendue chez le médecin de la ville, Klara était rentrée à la maison en annonçant que sa fille était un peu retardée.

Le diagnostic du médecin ne fut pas une surprise totale. Klara commençait bel et bien à se faire du souci. À deux ans, Paula ne savait toujours pas se servir d'une cuiller sans en renverser la moitié alors qu'Edmund, quand il avait un peu plus d'un an, pouvait parfaitement porter la cuiller du bol de soupe jusqu'à sa bouche. À deux ans, il s'habillait tout seul et commençait même à se laver. Paula en était incapable. Elle restait couchée dans son petit lit avec sa bonne amie, sa poupée en chiffons serrée sur son cœur.

Bien avant d'avoir deux ans, Edmund connaissait les mots pour désigner les bras, les jambes, les doigts et les orteils. Paula gazouillait mais ne connaissait aucun de ces mots. Pendant la consultation, le médecin lui avait demandé de se tenir sur une jambe et elle avait perdu l'équilibre. Elle resta interloquée quand le médecin lui demanda : « Que fais-tu quand tu es fatiguée ? »

Klara lui souffla « dormir » mais le médecin la rabroua.

« S'il vous plaît, Frau Hitler, ne l'aidez pas. »

« Oui, raconta Klara à Alois, il a même dit qu'elle était retardée.

— Il ne sait pas de quoi il parle.

— Alois, c'est peut-être vrai. » Klara fondit en larmes.

Alois sombra dans la dépression. La vieille perspicacité légendaire dont il faisait preuve pour démasquer les fraudeurs lorsqu'il était douanier lui servait maintenant à scruter le sourire de Paula. Il lui semblait bien qu'elle avait le regard un peu vide.

Une atmosphère terrible s'abattit sur la famille. Dès qu'Alois sortait faire un tour, Adi en profitait pour harceler Edmund. Klara trouvait cela insupportable. Elle donnait une claque à Adi mais se sentait aussitôt mal à l'aise. La vérité est qu'Edmund était devenu la lumière de la famille. Il avait grandi et n'était plus le gamin morveux aux culottes souillés mais un charmant garçonnet de quatre ans, promis à un brillant avenir, pensait Klara, comme un vrai prince. Tout cela s'était produit depuis leur départ de Hafeld. Edmund avait le plus joli sourire et le visage le plus amusant qui soit. Klara ne pouvait s'empêcher de rire en regardant les mines qu'il offrait, si sage et si comique, et de temps en temps insupportable. Il était tout à la fois un brave petit garçon et une fripouille. Adi ne réagissait pas très bien. Il avait pris l'habitude d'allonger la jambe pour faire trébucher son petit frère chaque fois que celui-ci passait en courant à côté de lui. Edmund ne se plaignait même pas, il se relevait et se remettait à courir dans tous les coins de leur vaste logement.

Klara aurait été encore plus contrariée si elle avait connu le désir secret d'Adolf. C'était de pouvoir flanquer une bonne raclée à Edmund sans se faire punir. Alois, Klara et Angela n'en finissaient pas de s'extasier sur les yeux bleus d'Edmund. Alors que les siens, se disait Adolf, étaient d'un plus beau bleu. Edmund avait le visage tout aplati. Comme il aurait bien aimé le lui aplatir encore un peu plus chaque fois qu'il entendait ses parents dire combien Edmund était mignon !

En plus, Edmund était constamment félicité pour l'intérêt qu'il portait à Paula alors qu'Adi avait été le premier à s'apercevoir qu'elle avait un problème. Il aurait pu le leur dire mais non, au lieu de cela, Angela et sa mère passaient leur temps à s'extasier sur l'amour qu'Edmund éprouvait pour sa petite sœur.

Klara était bien contente que le rude forgeron couvert de sueur, Preisinger, soit en bas en train de donner des coups de marteau parce que Adi l'aimait bien et passait pas mal de temps dans sa forge. Cela valait mieux que de devoir le surveiller tandis que, assis sur une chaise devant la porte de la cuisine, il attendait que son petit frère arrive en courant pour allonger la jambe et le faire tomber une fois de plus.

6

A l'époque, je dus quitter l'Autriche pour me rendre en Suisse et je passai un mois à Genève à travailler à la transformation d'un petit malfaiteur minable en un véritable assassin.

Compte tenu du nombre de clients très différents dont j'avais la charge dans la région de Linz, je dus revenir fréquemment en Autriche pour surveiller leur évolution et je pus ainsi suivre de près les événements qui se produisaient à la minoterie de Lambach. Mais je n'en parlerai pas avant d'avoir expliqué en quoi consistait ma mission à Genève. Si certains lecteurs commencent à en avoir assez de ces expéditions annexes, je peux leur promettre que cette fois-ci je ne me détournerai du jeune Adolf que le temps d'un ou deux chapitres passionnants.

Du reste, quelques pages du texte à venir citeront longuement Mark Twain, même s'il n'a jamais fait partie de mes clients. Je n'aurais jamais osé me lancer dans une telle entreprise ! En vérité, s'il y avait eu une possibilité de ce côté-là, le Maestro, qui a de l'admiration pour les grands écrivains, se serait certainement chargé lui-même de mener à bien cette opération.

Dans cette affaire, Mark Twain, une personnalité très complexe, ne fut pas considéré comme un élément utilisable. Certains de ses amis cependant étaient des nôtres et ainsi j'étais assez bien renseigné sur ses activités pour respecter la passion avec laquelle il écrivit sur l'assassinat de l'impératrice Élisabeth à Genève, le 10 septembre 1898. Elle avait épousé François-Joseph en 1854 et elle avait été longtemps considérée comme la plus belle et la plus cultivée des reines d'Europe. Son poète favori, par exemple, était Heinrich Heine. Ce qui ajoutait à l'image singulière de la dame, c'est que, après le double suicide en 1889 de son fils adoré, le prince héritier Rodolphe, et de sa jeune maîtresse, la baronne Vetsera, l'impératrice n'avait plus porté que du noir. Cette tragédie, connue dans toute l'Europe sous le nom de « Mayerling », fut un événement dans lequel j'avais joué un rôle non négligeable. C'est même sans doute pour cette raison que j'avais été choisi pour venir à Genève m'occuper de Luigi Lucheni dès que furent repérées ses qualités de futur assassin.

« C'est vraiment un type épouvantable, avait dit le Maestro, mais qui peut nous être très utile. Un petit malfaiteur complètement déséquilibré. Il se considère comme un grand philosophe mais il est sincèrement convaincu que seuls les actes individuels les plus spectaculaires peuvent avoir un effet durable sur le public. Donc allons-y. »

Je me mis au travail avec Luigi Lucheni. Je dilatai les vapeurs d'irrésolution de son psychisme puis comprimai ces matières inflammables jusqu'à ce qu'elles soient aussi concentrées que la flamme d'un chalumeau. Les assassins ont besoin de nombreuses amplifications brutales de leur ego si on veut qu'ils soient prêts au moment du meurtre.

Ma réussite fut complète Lucheni, un jeune homme miséreux, avait décidé de devenir anarchiste après être venu s'installer en Suisse. À Genève, il avait rencontré des révolutionnaires qui avaient bien voulu de lui, non sans hésitations. Ses compatriotes italiens l'appelaient *lo stupido* (ce qui augmentait encore la pression permanente de sa rage). C'était très intéressant pour moi qu'il soit tourné en ridicule par ceux-là mêmes dont il attendait les louanges.

« Tu n'as qu'à les convaincre par des actes, ne cessais-je de lui conseiller. Tu es ici pour ôter la vie à quelqu'un de très haut placé du camp des oppresseurs.

— De qui s'agit-il ?

— Tu le sauras quand on te désignera la personne. »

Pauvre impératrice Élisabeth ! Elle avait l'âme si fière et si poétique qu'elle n'autorisait que quelques gardes du corps à l'escorter quand elle était en vacances. Et encore, elle exigeait qu'ils se tiennent à plus de dix pas de sa personne. Elle ne craignait pas que des étrangers l'abordent. Dans tous les cas, il s'agissait d'un touriste qui réclamait un autographe. C'est ainsi qu'un jour où elle se promenait seule sur le bord du Rhône, Lucheni bondit sur elle, brandit une lime bien aiguisée et la lui planta dans le cœur.

Il fut immédiatement arrêté, on fouilla son logement, on examina son journal intime. Le monde entier apprit ainsi qu'il avait écrit : « Comme j'aimerais tuer quelqu'un mais il faudrait que ce soit quelqu'un d'important pour que les journaux en parlent. »

Il aurait pu aussi bien choisir Philippe, duc d'Orléans, qui se trouvait à Genève en visite officielle, mais Sissi était si belle, l'impératrice Élisabeth. Sissi, je le savais, était bien plus importante. De même que j'avais conduit le prêtre au long nez, lanceur d'anathèmes, jusqu'au seuil du monastère où Adi était en train de fumer, ici, je venais de provoquer la rencontre entre Lucheni et l'impératrice Élisabeth.

Je puis comprendre que le lecteur soit quelque peu dérouté de me voir par moments dans le rôle d'un observateur serein, capable d'un récit nuancé, et tantôt en train d'encourager les actes les plus sordides sans éprouver une once de regret. Il n'y a rien de surprenant à cela. Les démons doivent posséder une double personnalité. D'un côté, nous sommes civilisés. Ce qui est moins évident dans la plupart des cas, c'est que notre but ultime est de détruire la civilisation, premier pas dans notre combat contre Dieu, et dans une telle entreprise il faut pouvoir compter sur une réelle capacité à *faire ce qu'il faut*, selon la jolie formule que j'ai glanée il y a quelques années auprès d'un client mineur qui travaillait au tournage d'un film.

Quoi qu'il en soit, les répercussions immédiates de cet acte eurent une ampleur exceptionnelle. Mais je vais laisser le soin d'en faire le récit à Mark Twain en personne.

7

L'écrivain habitait à l'époque à Kaltenleutgeben, une petite ville autrichienne située à une soixantaine de kilomètres de Vienne. À la suite d'un investissement désastreux dans une nouvelle presse linotype, Twain avait fait faillite.

Il avait donc quitté sa maison d'Hartford dans le Connecticut et avait entrepris un voyage en Europe où il donnait des conférences grassement payées qui lui permirent de rembourser la plus grande partie de ses dettes. Il se reposait à Kaltenleutgeben lorsque Élisabeth fut assassinée. Le lendemain, il écrivit à un ami : « Dans mille ans, on parlera encore de ce meurtre, il inspirera encore des récits et des tableaux. »

Je ne vais pas décrire l'exaltation qui s'empara de moi à la lecture de ces lignes. L'opinion personnelle que je me faisais de l'importance de cet acte était confirmée par un maître de la prose. Twain fut si bouleversé qu'il rédigea bientôt un essai dans son style puissant et unique. Pour quantité de raisons trop subtiles pour que j'en fasse la liste, il décida de ne pas le publier. Toutefois je pus me le procurer par l'entremise d'un de ses domestiques.

Plus on pense à cet assassinat, plus l'événement prend une ampleur extraordinaire... Il faut remonter deux mille ans en arrière pour trouver un exemple comparable... « L'impératrice assassinée ! » Lorsque j'ai entendu ces mots stupéfiants dans mon village autrichien, samedi dernier, trois heures après le drame, je savais que la nouvelle était déjà connue depuis longtemps à Londres, Paris, Berlin, New York, San Francisco, au Japon, en Chine, à Melbourne, Cape Town, Bombay, Madras, Calcutta et que la planète entière maudissait d'une seule voix celui qui avait perpétré ce meurtre.

... Et qui est l'artisan miracle responsable de ce spectacle mondial ? Tous les paradoxes sont concentrés dans la réponse. Il se trouve tout en bas de l'échelle humaine, selon tous les critères d'évaluation généralement acceptés, un jeune fainéant malpropre et en guenilles, sans aucun don, sans talent, sans éducation, sans principes moraux, sans caractère, sans aucun charme inné ou acquis susceptible de plaire, de séduire ou d'attirer, sans la moindre élégance de cœur, d'esprit ou de geste, que pourrait lui envier un vagabond ou une prostituée, une recrue douteuse dans son propre camp, un tailleur de pierre incompétent, un larbin inefficace ; en un mot un putois galeux, méchant, stupide, sale, vulgaire, grossier, méphitique, timide et sournois. Et ce spécimen caricatural de l'espèce humaine a eu le pouvoir et le privilège de s'élever toujours plus haut jusqu'aux plus hauts sommets pour frapper l'idéal mondialement reconnu de la Gloire et de la Puissance, de la Splendeur et du Sacré. Cela montre à quel point nous ne sommes que des ombres et de piètres apparences. Sans nos habits et nos piédestaux, nous ne sommes que de pauvres choses pas bien grandes ; nos honneurs ne sont pas vrais, nos pompes sont une duperie. Au sommet du pouvoir et de la majesté nous ne sommes pas des soleils comme nous faisons semblant de l'être, comme nous l'affirmons, comme nous le croyons mais de simples bougies dont le premier raté venu peut souffler la flamme.

Et cela doit aussi nous rappeler une autre vérité que nous avons souvent tendance à oublier, ou à occulter, c'est qu'aucun homme ne dispose d'un esprit parfaitement sain, que d'une manière ou d'une autre tous les hommes sont fous et qu'une des formes les plus répandues de cette folie est le désir d'être remarqué, le plaisir que l'on éprouve à être connu... C'est ce désir fou d'être célèbre et que l'on parle de vous qui est à la base de l'invention de la royauté et des milliers d'autres titres honorifiques... C'est lui qui a poussé les rois à se voler entre eux, à essayer de confisquer la couronne ou le pays du voisin, à massacrer ses sujets. C'est lui qui a fait naître ceux qui courent après les honneurs et aussi les poètes, les maires des villages, les politiciens grands et petits, les âmes charitables grandes et petites, les champions cyclistes, les chefs de bande, les desperados des frontières et les Napoléon en tout genre. Tout est bon pour conquérir la célébrité, tout pour que le village, la nation, la planète entière s'écrie : « Regardez, le voilà, c'est lui ! » Et en l'espace de cinq minutes, sans le moindre effort physique ou intellectuel, sans la moindre parcelle de génie, ce minable vagabond italien les a tous battus, il a surpassé tout le monde, car à l'avenir leur nom disparaîtra mais lui, grâce à l'aide généreuse de ces stupides journaux, des tribunaux, des rois, des historiens, il est sauvé à jamais et son nom résonnera toujours à travers les siècles aussi longtemps que durera la parole humaine ! Oh, si ce n'était pas si tragique, comme ce serait comique !

Je m'empressai de faire lire ce texte au Maestro. Je n'avais jamais eu un tel sentiment de mon importance. Je savais qu'enfin j'étais devenu un acteur de l'histoire.

Il se montra cinglant : « Certes, j'apprécie les grands écrivains mais regardez comme Mark Twain exagère l'importance de cet événement. C'est de l'hystérie. Mille ans ! Dans vingt ans on aura oublié Sissi. »

Je n'eus pas l'audace de demander : « Cet événement ne joue-t-il pas un rôle dans un vaste dessein ? »

Mais il avait lu mes pensées. « Oh, ce sera d'une certaine utilité. Mais comme Twain vous accordez trop d'importance aux noms célèbres. Ils comptent si peu une fois qu'ils ont disparu. Je voudrais vous guérir de votre snobisme. Ce n'est pas le nom qui importe. Seul un client exceptionnel que nous avons formé *ex nihilo*, ou pratiquement *ex nihilo*, peut agir sur l'histoire dans le sens qui nous convient. Mais pour cela nous devons le construire pierre par pierre, de la première à la dernière. L'assassinat de Sissi ne présente pas tant d'avantages. Il n'engendrera pas de désordres sociaux. Khodynka nous est toujours utile, alors que la mort de Sissi ? Si j'étais un gourmet qui veut cueillir sur l'arbre une pêche parfaite, je pourrais jouir pendant quelques instants d'une succulente dégustation. Eh bien, c'est le genre de plaisir que peut nous procurer l'excellent travail que vous avez accompli avec Luigi Lucheni. Mais il faut garder le sens de la mesure. » Il se mit à sourire.

« Il y a tout de même une chose qui m'a beaucoup plu. Notre grand écrivain retrouve son bon sens dans le dernier paragraphe. »

Twain avait écrit :

Parmi toutes les explications peu satisfaisantes qui ont été avancées pour expliquer cet assassinat il faut faire une large place à tous ceux qui l'ont décrit comme obéissant à « un ordre venu d'en haut ». Je pense que cette hypothèse ne sera guère appréciée « en haut ». Mais si cet acte a été ordonné en haut lieu, il n'y a aucune raison pour que le prisonnier soit tenu, même partiellement, pour responsable, et les juges de Genève ne peuvent le condamner sans commettre manifestement un crime.

« Oui, fit le Maestro, pour ce qui est de reconnaître notre existence, ce brave Mark Twain a bien failli écrire “un ordre venu d'en bas”. Dieu merci, il ne l'a pas fait. »

Comme il riait, le Maestro, dans les rares occasions où il se sentait joyeux !

8

Je l'ai dit, j'étais resté éloigné de Lambach jusqu'après l'assassinat et pour lors les Hitler ne vivaient plus dans leur moulin ni même d'ailleurs dans la ville. Ils étaient allés s'installer dans une ville plus importante (Leonding, trois mille habitants), ce qui, au début, fit bien plaisir à Klara, car c'était le résultat d'une manœuvre qu'elle avait subtilement menée pour décider Alois. C'était nouveau. Il lui avait fallu des années pour commencer à entrevoir comment manipuler son mari. Dans sa crainte de Dieu, elle n'aimait pas appliquer des stratégies élaborées. Avant l'installation au moulin, il ne lui était jamais venu à l'esprit qu'elle pourrait rendre son mari jaloux.

Au contraire, Klara n'avait même jamais pensé qu'elle pouvait être à la hauteur de son mari, à ses yeux il restait toujours cet oncle si imposant. Elle finit pourtant par comprendre que lui aussi pouvait avoir besoin d'elle. Même si elle savait bien que dans le fond il ne l'aimait pas, il n'empêche qu'il avait besoin d'elle. Forte de cette pensée, elle en vint à considérer qu'Alois était désormais assez vieux pour être jaloux. Pour sa part, tant qu'elle ne violait pas les commandements divins, se contentant seulement de les aménager quelque peu, elle se dit qu'elle pourrait, oui, qu'elle pourrait bien susciter la jalousie d'Alois, pour l'inciter à prendre la décision de quitter le moulin.

L'occasion se présenta sous la forme du gros gaillard couvert de suie, le forgeron du rez-de-chaussée, Preisinger. Fasciné, Adi passait des heures à le regarder travailler et à l'écouter parler. Elle entendait leurs voix pendant qu'elle s'affairait dans sa cuisine à l'étage au-dessus. Et les sons qui montaient vers elle se mariaient étrangement avec les bruits qu'elle faisait. Ainsi la cascade de l'eau versée d'un seau dans une bassine semblait provoquer en guise de réponse une série de coups sonores frappés sur l'enclume.

Elle savait bien pourquoi Adi était toujours fourré à la forge. Parce que le forgeron travaillait avec le feu. C'était excitant, même si elle aurait été incapable d'expliquer pourquoi elle aimait tant le feu. Elle savait depuis l'enfance que Dieu était omniprésent, mais on pouvait en dire autant du Diable. À partir du moment où l'on ne suit pas ses pensées jusqu'au bout, le Diable ne peut pas y avoir accès. Dieu est là pour protéger votre ignorance.

Il lui suffisait de comprendre qu'Adi devait être rempli d'un sens du mystère en regardant le forgeron chauffer à blanc un morceau de fer pour le fixer à un autre morceau également chauffé à blanc. De ces assemblages naissaient des formes complexes prêtes à se transformer en outils utiles, on pouvait aussi bien forger l'axe d'une charrette que réparer le soc d'une charrue.

Il se présenta bientôt une occasion qui fournit à Klara une bonne raison d'aller faire un tour à la forge. Le cylindre de la pompe à eau de la cuisine eut besoin d'être réparé. La réparation ne prit pas beaucoup de temps mais, à sa grande surprise, elle eut envie de rester plus longtemps que nécessaire et de bavarder avec le forgeron. Il l'invita ensuite à revenir prendre le thé quand elle voudrait.

Elle fut stupéfaite de découvrir que cette espèce de taureau, ce Preisinger, avait de bonnes manières. Non seulement il la traita avec le plus grand respect mais en plus il parlait bien même si, tout comme elle, il n'avait pas beaucoup d'instruction. Il ne se vantait pas mais lui laissa pourtant l'impression, très agréable au demeurant, et que lui avait autrefois donnée Alois, de posséder une sorte d'importance naturelle. Elle n'en revenait pas du plaisir qu'elle prenait à l'écouter, assise sur la seule bonne chaise de la pièce, tandis qu'Adi, debout à côté d'elle, était proche de l'extase.

Dans son travail, Preisinger n'avait pas seulement affaire aux cultivateurs de la région, et de temps en temps aux voyageurs dont les chevaux avaient un problème de fer, mais aussi aux nombreux négociants qui comptaient sur lui pour des réparations bizarres. De plus, il était capable de diagnostiquer de nombreuses maladies chez les chevaux. « Il m'arrive, Frau Hitler, de faire le travail d'un vétérinaire. Oui, je peux dire cela. Parce que parfois, j'en sais plus long qu'eux.

— Comment pouvez-vous dire cela ? demanda Klara qui rougit aussitôt d'avoir posé une question trop directe.

— Frau Hitler, j'ai vu de très bons chevaux boiter au point de ne presque plus pouvoir marcher. Pour une simple raison. Un vétérinaire, aussi calé soit-il sur les maladies de l'animal en général, n'en sait pas forcément assez sur la question des sabots.

— Je suppose que c'est vrai, répondit Klara, vous avez tellement d'expérience.

— Adolf pourrait vous le dire. Certains jours de marché, je dois ferrer une vingtaine de chevaux l'un après l'autre, sans m'arrêter.

— Oui, fit Klara, et quand le sol est gelé, vous devez en avoir du travail.

— Je vois que vous vous y connaissez sur ces questions. »

Klara ne put que rougir.

« Donnez-moi une meilleure prise sur la glace, disait Preisinger, c'est ce que j'entends pendant tout l'hiver. Sans arrêt. Une fois, un jour de gel, j'ai dû ferrer vingt-cinq chevaux. Et chaque fermier me demandait de me dépêcher.

— Oui, mais Herr Preisinger n'était pas d'accord, fit remarquer Adolf. Il me l'a dit. “La vitesse c'est la vitesse, mais si on enfonce un clou de travers, le cheval ne vous fait plus jamais confiance.” » Les joues d'Adi étaient devenues toutes rouges. Il ne pouvait pas raconter à Klara ce que lui avait confié le forgeron. « Jeune homme, lui avait dit Preisinger, il y a des soirs où je peux même plus m'asseoir à cause du nom du cheval que j'ai sur le derrière.

— Le nom du cheval ?

— Son sabot. Je reconnais les chevaux à leurs sabots.

— Vous en êtes capable ?

— Vieux Pied-Bot. Vieux Sabot Tordu. Quel nom veux-tu ? Je peux tous les retrouver sur mon derrière. »

Il avait ri, et voyant qu'Adi était stupéfait, il s'était empressé d'ajouter : « Je plaisante. C'est juste une blague. Mais un bon forgeron sait qu'il peut recevoir parfois un coup de sabot.

— Cela arrive souvent ? » demanda le garçon. Il avait tellement l'air de se représenter la scène que Preisinger décida d'éloigner ces images.

« Cela n'arrive plus. À présent, même pas une fois par an. Dans ce métier, il faut être très bon ou alors on ne dure pas longtemps. »

Avec Klara il préférait expliquer comment il avait mis au point un enduit de sa fabrication pour reboucher les trous laissés dans les sabots par les vieux clous. Il était fier de la quantité de problèmes qu'il était capable de résoudre. Pendant qu'il parlait, elle regardait les empreintes de sabots laissées çà et là sur le sol poussiéreux du rez-de-chaussée. Elle aimait bien cet homme. Elle partageait sa fierté devant l'ancre de marine qu'il était en train de fabriquer pour un riche client, une ancre ce n'était pas ordinaire, cela posait des problèmes. Il fallait s'assurer que la soudure soit parfaite entre l'organeau, le jas, le diamant, les bras, la patte et la verge. Elle aimait ces mots pour leur sonorité et elle répéta : « La patte et la verge. »

Après la troisième visite en deux semaines, Preisinger insista un matin pour la raccompagner chez elle à l'étage du dessus et prendre ses couteaux pour les affûter dans sa forge. Ensuite, il refusa d'être payé. Ce qui impressionna le plus Klara, c'est qu'il avait beau porter des vêtements de travail noirs de suie, il se déplaçait avec tant d'attention qu'il ne laissa pas la moindre saleté dans sa cuisine impeccable.

Un samedi soir, au moment où il devait savoir que Herr Hitler était parti à l'auberge boire sa bière, Preisinger vint faire une visite, vêtu de sa chemise et de son costume du dimanche. Klara en fut toute bouleversée, Angela aussi, mais lui n'était pas non plus très à l'aise et il se tint assis sur le bord du canapé.

Plus tard, Klara repenserait pourtant à cette visite avec satisfaction. Parce que lorsque Alois rentra, il fut encore nettement plus perturbé que sa femme en découvrant Preisinger installé sur leur canapé, ses deux grosses mains posées l'une à côté de l'autre sur ses genoux. En prenant congé peu après, le forgeron s'inclina devant Klara et parvint à lui dire :

« Merci pour votre invitation. »

Alois attendit de se retrouver seul avec Klara.

Elle semblait confuse.

« Mais non, je ne l'ai pas invité. » Elle secoua la tête. Comme si elle essayait de remettre en place des morceaux de sa mémoire. « C'est-à-dire que oui. Je suppose que je l'ai fait. » Elle s'était montrée polie, juste polie. Adolf passait tellement de temps en bas avec Herr Preisinger qu'elle s'était dit qu'il fallait faire un geste de politesse, suggérer, rien de plus, que Herr Preisinger vienne un jour goûter son strudel. Mais comme cela, un jour ou l'autre. Elle n'avait rien spécifié. Ce n'était pas une véritable invitation.

« Et tu lui as servi du strudel ?

— Il le fallait bien. Est-ce qu'on peut recevoir un invité sans rien lui donner ?

— Un invité ?

— Enfin, un voisin, quoi. »

Et la discussion continua. Après coup, elle se demanda dans quelle mesure tout cela avait été prémédité. Elle ne voulait pas admettre cette éventualité. Pourtant deux jours après, Alois lui annonça qu'il avait envoyé une lettre à un ancien collègue des Douanes à Linz pour lui demander s'il y avait une maison à vendre à Linz ou dans les environs. « Je m'ennuie ici, dit-il à Klara, et le bruit devient insupportable. »

Au bout d'une semaine, il reçut une réponse. Il y avait une jolie petite maison à un prix intéressant pas très loin de Linz.

Klara et Alois savaient qu'ils achèteraient cette maison avant même d'être allés la voir. Ils étaient tous les deux fermement décidés, pour des raisons diamétralement opposées.

9

C'est là tout ce que j'avais besoin de raconter au sujet de Preisinger dans la mesure où ils n'allaient plus jamais le revoir après le déménagement, mais je ne peux quitter cet homme sans évoquer une de ses dernières conversations avec Adi au moment où il savait déjà que Klara allait bientôt partir.

Preisinger était tombé amoureux. Inutile de préciser que ce n'était pas là le genre d'amour qui pouvait espérer s'épanouir au grand jour, pourtant il avait cru déceler une sympathie grandissante chez elle. On pouvait envisager qu'au bout d'un certain temps cela débouche sur une union légitime. Son mari manifestement commençait à se faire vieux. Aussi Preisinger, pénétré de sa dignité durement acquise, fut-il désespéré en apprenant qu'elle et son fils devaient s'en aller.

Il fit donc la seule chose qu'il pouvait faire. Il prit la liberté de dévoiler les profondeurs de sa philosophie pratique. Le garçon n'avait que neuf ans mais Preisinger estima qu'il manifestait une véritable soif de connaissances.

« Pourquoi le fer est-il si solide ? demanda Preisinger, répondant aussitôt à sa propre question : Parce que c'est dans sa nature d'être solide. » Il se tut un instant. Devait-il poursuivre ou non ? Cela dépendait de la réaction du garçon aux paroles qui allaient suivre.

« Chaque matériau a un esprit qui lui est propre. Certains sont durs, d'autres sont doux. »

Le jeune Adolf ne répondit rien mais hocha la tête. Preisinger décida d'enchaîner : « L'herbe se penche au moindre coup de vent. Elle s'aplatit sous le pied qui l'écrase. C'est le contraire du fer. Et pourtant on peut trouver le fer dans cette même terre sur laquelle l'herbe pousse. Et quand le fer a été travaillé on peut en faire une faux. Une faux qui sert à couper l'herbe.

— Comme c'est intéressant, s'exclama Adi avec un enthousiasme véritable.

— Oui, tu ne peux pas marcher sur un morceau de fer. Le fer blesse le pied qui lui manque de respect. » Preisinger, emporté par l'ardeur de son sujet, en avait le souffle court.

« C'est parce que le cœur du fer, quand il a été soumis au feu le plus brûlant, se transforme en un matériau unique.

— Unique ?

— Qui ne ressemble à rien d'autre. Oui, unique.

— Oui, c'est cela. » Le garçon marqua une pause. Il hésitait à poser sa question, puis il se lança : « En quoi consiste la volonté du fer ? Comment cela est-il possible ? »

Preisinger était ravi. « Pense à la chaleur qu'il faut pour extraire la force qui est au cœur du fer. Le fer peut résister à toutes les forces sauf à celle qui a permis de le fabriquer. Je peux dire que cette force, je la sens en moi. »

Adi s'émerveillait de ces températures extrêmes qu'il fallait pour créer une volonté de fer. Plus tard dans la soirée, il commit même l'erreur de vouloir expliquer à Angela et Edmund ce qu'il avait appris. Alois entendit la conversation et se moqua en éclatant de rire. « C'est la preuve que l'homme est vraiment stupide. Il prend son métier tellement au sérieux qu'il le croit supérieur à tous les autres. »

Pourtant l'exposé de Preisinger sur la volonté de fer allait être d'un grand secours à Adi après qu'il eut reçu sa première vraie raclée. Le sens de la discipline qu'Alois avait essayé de lui inculquer s'évanouit un certain soir où Adolf jouait au soldat dans les bois et continua à jouer après le crépuscule. Normalement, quand la nuit tombait, Alois n'avait qu'à siffler et Adolf grimpait escalier en courant pour remonter de la forge de Preisinger ou revenait comme une flèche des bois voisins. Et s'il n'arrivait pas immédiatement au premier coup de sifflet, Alois le renversait sur ses genoux et lui flanquait une bonne claque sur les fesses. Au fond de lui, mais il ne se le serait pas avoué à lui-même, il aimait bien le contact des fesses d'Adi.

Ce soir-là pourtant, les dernières lueurs du jour qui s'attardaient dans la forêt étaient vraiment trop tentantes. Il faisait complètement nuit lorsque le gamin franchit le seuil de la maison.

Alois broyait du noir à cause de l'état de Paula. Ce jour-là justement, elle avait essayé de sauter sur place, ce qui, avait dit le médecin, serait un bon signe de développement, mais elle avait rapidement abandonné. Malgré les encouragements d'Alois, l'enfant n'avait pas voulu réessayer. Alois avait alors sifflé Adi. Quand le temps écoulé sans résultat lui parut trop long, il dut siffler une deuxième fois. Alois considéra qu'il s'agissait là d'une faute délibérée et entreprit de lui administrer une vraie bonne raclée.

Pénétré des préceptes de Preisinger, Adi fit un serment. Il allait accepter tout ce que la vie lui envoyait. Il allait fortifier sa volonté de fer. Au moment où s'abattit le premier coup, il se donna l'ordre d'affermir cette décision en se mordant les lèvres.

Les larmes lui montèrent aux yeux mais il se força à ne pas pleurer. Pendant qu'on le battait, il voyait se gonfler les puissants biceps de Preisinger. En rêvant que son père se blessait contre sa volonté de fer.

LIVRE XII

EDMUND, ALOIS ET ADOLF

1

Leonding était seulement à cinq kilomètres de Linz. Alois avait donc le sentiment de se retrouver à proximité de l'activité bien vivante d'une vraie ville, un rêve qu'il ne pouvait caresser du temps où il habitait Hafeld ou Lambach. Quant à Klara, elle aurait trouvé la maison plus agréable si elle n'avait pas été située juste en face du cimetière municipal. Il faut reconnaître que c'est justement pour cette raison qu'ils avaient eu les moyens de l'acheter.

L'avantage, c'est que l'église du village était toute proche et la maison était entourée d'un jardin bordé par des érables et des chênes dont les branches en poussant avaient pris des formes si élégantes que Klara voyait là une manifestation de l'esprit divin.

Klara redoutait pourtant cette installation dans la Maison du Jardin, comme on l'appelait. En partie, je peux le certifier, à cause de son amitié avec Preisinger. Il avait éveillé en elle des sentiments qu'elle n'aurait dû éprouver que pour son mari. À présent, dans les rues de Leonding, elle croisait beaucoup de gens dont l'air rusé suggérait qu'ils devaient en savoir long sur la duplicité. Elle avait vécu dans bien des endroits beaucoup plus sophistiqués que celui-ci, à Vienne d'abord où elle avait tenu la maison d'une vieille dame, puis à Braunau avec Alois et à Passau, pourtant elle ne s'était intéressée à rien d'autre qu'à sa famille et à ses devoirs. À présent, elle se sentait prête pour autre chose. Mais ce n'était pas permis !

Aussi, dans un premier temps, ses sorties en ville se limitèrent-elles strictement aux courses qu'elle faisait dans la boutique de Josef Mayrhofer, qui non seulement tenait une belle épicerie mais était bel homme et maire de Leonding. C'est là qu'elle achetait ses légumes deux ou trois fois par semaine, et elle se mettait toujours sur son trente et un pour l'occasion. Elle témoignait de la sympathie à Herr Mayrhofer mais ne manquait jamais de dire : « Je n'ai pas le temps de m'attarder. Il y a tant de travail qui m'attend à la maison. »

Elle vivait toujours dans la certitude qu'elle avait donné son âme au Diable depuis cette fameuse nuit où elle avait cru qu'Alois venait de tuer Alois Junior. Elle revoyait le gamin étendu à terre et se rappelait le vœu qu'elle avait prononcé : « Oh, Satan, sauve-le, et je t'appartiendrai ! »

En tout cas, Mayrhofer lui plaisait bien. Il s'exprimait plus aisément que Preisinger et cela ne manquait pas de charme. Elle n'arrêtait pas de se répéter qu'elle ne devait pas causer la perte d'un brave homme.

J'observais avec intérêt cette comédie. Je savais qu'il n'arriverait rien. Mayrhofer s'avéra aussi loyal que Klara. De plus, Alois et lui étaient rapidement devenus amis. Alois était attiré par un homme assez malin pour devenir le maire et doué d'assez de sens pratique pour posséder un magasin prospère. De son côté, Mayrhofer avait du respect pour la carrière d'Alois dans la Douane et surtout pour les promotions qu'il y avait obtenues. Il ne fallut pas longtemps pour qu'ils prennent l'habitude d'aller boire ensemble à la taverne.

Malgré tout, un jeu discret de séduction perdurait entre Mayrhofer et Klara et je m'en amusais énormément parce que Mayrhofer, homme d'honneur selon ses propres convictions, ne pouvait se permettre de sourire trop ouvertement quand Klara était là. En plus de tout le reste, il avait une femme jalouse. Klara était doublement contente de repartir toute seule. Alois lui avait raconté que cette femme était une mégère toujours prête à critiquer. « Toutes ces femmes qui viennent tous les jours à l'épicerie, disait Frau Mayrhofer, elles n'attendent qu'une chose, c'est de se jeter à ton cou. » De fait, Mayrhofer avait confié à Alois que, quelques années plus tôt, il avait eu une aventure. Une seule. Et sa femme avait tout découvert. Sa vie depuis était un enfer. Alois fut assez sage pour ne pas raconter à son nouvel ami que, dans ce domaine, sa vie à lui aurait pu être plus agréable.

Au début, ils allaient boire uniquement à la taverne locale mais Mayrhofer lui confia bientôt que, étant donné sa position de maire, l'endroit était un peu trop rustique pour lui. Après quelques discussions il invita même Alois à une *Buergerabend*, une soirée réservée aux notables de la ville. Elle se tenait quatre fois par semaine. Les membres pouvaient y assister assidûment ou exceptionnellement et c'était une occasion d'échanges d'opinions entre des personnalités importantes. Ces rencontres, précisa Mayrhofer, se tenaient alternativement dans les quatre meilleurs établissements de Leonding, dans le seul but d'échanger des propos entre gens prospères et de bonne compagnie. L'objectif, expliqua avec tact Mayrhofer, était de participer à d'agréables conversations et pas de se soûler. De fait, murmura-t-il, ils avaient eu affaire à quelques picoleurs qu'on avait dû prier de ne pas revenir. « On le fait très poliment, autant que possible, selon les circonstances, mais il est absolument essentiel, Alois, qu'un homme ne se montre pas *en déséquilibre* lors de ces réunions. On peut s'amuser bien sûr mais les bonnes manières sont primordiales.

— Je ne peux qu'approuver, répondit Alois, c'est la condition essentielle pour vivre en bonne compagnie. »

Alois fut donc introduit et dut affronter l'épreuve redoutable de se trouver assis parmi tous les notables locaux. Il ne se montra en aucune façon *en déséquilibre* et revint même plusieurs fois par mois afin d'entretenir son amitié avec Mayrhofer, lequel, de toute façon, ne fréquentait plus la taverne locale à cause du scandale qui s'y était produit le soir où un vaurien ivre l'avait insulté. Le trublion avait été prié de sortir par le propriétaire, il était en effet parti mais pour le maire ce lieu était devenu infréquentable.

Pendant la journée, Alois passait désormais son temps à travailler au jardin et à s'occuper de sa nouvelle ruche. Il avait acheté une Langstroth avec un essaim de dimension modeste. Il avait expliqué à Mayrhofer : « Il s'agit juste de produire du miel pour la famille et pour offrir aux amis, pas davantage. À Hafeld je me sentais débordé par toutes ces petites créatures. Elles demandent vraiment trop d'énergie.

— Exactement comme les fonctions de maire », répondit Mayrhofer.

Alois se sentit rapidement de plus en plus impressionné par les *Buergerabend* et s'acheta un recueil de citations latines. Mais c'était une entreprise bien délicate de retenir ces phrases. Son plus grand problème les temps derniers avait été de lutter contre l'ennui. Il découvrait maintenant un autre adversaire de taille, les pertes de mémoire.

La meilleure activité qu'il trouva pour se distraire au long de ces après-midi mornes et interminables à la maison fut de jouer avec Edmund. Le petit garçon était plus charmant à quatre ans que ne l'avaient été ses autres enfants et il était toujours si proche de lui quand il s'occupait de sa ruche que Klara lui confectionna une tenue faite d'un voile, d'une chemise et de culottes cousues ensemble et de gants blancs. Elle avait commencé par protester : « Il est trop petit. » Alois avait insisté et ils se retrouvaient souvent tous les deux autour de la ruche.

Bientôt Alois tomba de nouveau amoureux, d'un amour charmant car il savait que ce serait là probablement sa dernière histoire d'amour. Il adorait Edmund. Pas uniquement parce que ce petit garçon était intelligent mais aussi parce qu'il était tendre et gentil. « Si j'avais rencontré une femme aussi parfaite, je l'aurais immédiatement épousée », se disait-il en lui-même en guise de plaisanterie. Il aimait bien l'humour un peu ambigu. Il imaginait la tête de Klara s'il lui avait dit cela et il riait de sa propre tendresse pour le garçon mais aussi pour Klara. Tout ce qu'il y avait de meilleur chez elle, et dont Alois n'était pas prêt à admettre ouvertement l'existence, se retrouvait chez Edmund. Du point de vue d'Alois, le garçon possédait l'intelligence de son père et le sens de la loyauté de sa mère. Un bel équilibre.

Et puis il était si intelligent. En plus il aimait les abeilles. Il était capable de ne pas trop crier lorsqu'une ouvrière un peu paresseuse lui courait sur les doigts pour regagner l'entrée de la ruche. Une fois, il se fit même piquer à l'intérieur de son gant mais se retint de pleurer parce que Alois lui avait dit : « Il faut que cela reste secret. Si ta maman l'apprend, elle ne te laissera plus jouer ici.

— Non, Père, elle vous écoutera.

— Cela peut faire des histoires, répondit Alois.

— C'est vrai, fit Edmund en soupirant. C'est dommage, ça fait mal. J'ai vraiment envie de pleurer. »

Ce qui les fit rire tous les deux.

Quand ils étaient à la maison, ils jouaient au douanier. Alois enfilait même son vieil uniforme dont il avait bien du mal à boutonner la veste, et ils faisaient comme si Edmund était un fraudeur qui essayait de cacher une pièce de valeur à un inspecteur des Douanes.

« Pourquoi cette pièce a-t-elle de la valeur ? demandait Edmund.

— Parce qu'elle a appartenu à Napoléon. Il gardait toujours ce florin dans sa poche.

— C'est même pas vrai. Vous me racontez des histoires.

— Pas du tout. Cela fait partie du jeu.

— J'aime cela.

— Oui, mais il faut cacher cette pièce pour que je ne puisse pas la trouver.

— Et comment allez-vous la récupérer ?

— En te chatouillant jusqu'à ce que tu avoues.

— Je ne dirai rien », fit Edmund en riant d'avance, et il se cacha dans la penderie pour dissimuler la pièce. En se débattant entre les manteaux qui pendaient aux cintres, il glissa la pièce dans la tige de sa chaussure. Ainsi il n'avait pas à défaire les lacets.

Quand il revint, Alois l'examina de cet air malveillant qu'il employait avec les suspects qu'il s'apprêtait à interroger.

« Êtes-vous disposé à avouer ? »

Edmund avait presque peur. Il se mit à glousser

« Très bien. Puisque vous faites l'insolent, je vais appliquer la méthode forte. » Et il se mit à le chatouiller sous les bras jusqu'à ce qu'Edmund se laisse tomber à terre en se tordant de rire. « Assez, Papa, assez, s'écria-t-il. J'ai envie de faire pipi. »

Alois arrêta ses chatouilles. « Mais vous n'avez toujours pas avoué.

— C'est parce que je ne cherche pas à cacher quelque chose.

— Bien sûr que si. Nous le savons. Nous avons été informés que vous cachiez un napoléon.

— Essayez donc de le trouver, fit Edmund en se remettant à rire.

— Oh, je le trouverai bien, répondit Alois en retirant les chaussures d'Edmund et en les retournant pour faire tomber la pièce. Vous êtes en état d'arrestation. »

Edmund était furieux

« Vous avez triché, dit-il, vous avez triché. Vous changez les règles.

— Expliquez-vous.

— Vous aviez dit que vous alliez me chatouiller mais pas m'enlever mes vêtements.

— Ce ne sont pas des vêtements, dit Alois en ramassant la chaussure. Ce sont des souliers.

— Vous avez changé les règles. »

Alois fit la grimace : « Cela, déclara-t-il d'une voix grave, c'est ce que nous aimons faire à la Douane. »

Edmund, pendant un instant, ne sut pas quoi penser. Puis Alois se mit à rire si fort et si longtemps qu'il fut pris une fois de plus d'une quinte de toux, bienfaisante au début puisque cela lui dégageait les poumons, mais qui se prolongea pour atteindre un tel paroxysme que Klara arriva en hâte de la cuisine. Alois la regarda en roulant des yeux et en luttant pour reprendre son souffle. Il se demanda un instant s'il n'était pas en train de frôler l'hémorragie pulmonaire.

Edmund se mit à pleurer.

« Oh, Papa, s'écria-t-il, vous ne devez pas mourir, il ne faut pas. » Le son de sa voix figea la réaction de ses parents. Il avait vraiment cru que son père allait mourir.

« Papa, je sais bien que vous ne mourrez pas, fit-il comme pour se faire pardonner. Je demanderai à Dieu d'empêcher cela et Il m'écoutera. Je Le prie tous les soirs. »

« Moi, je ne prie pas », faillit dire Alois. N'ayant pas encore récupéré des suites de son attaque, il ne pouvait pas encore parler mais hocha la tête en direction de Klara. Ces femmes confites en dévotion, c'étaient elles les vraies trafiquantes – pour violer les frontières de l'esprit d'un jeune garçon, particulièrement un garçon si brillant. Un jour, Edmund deviendrait peut-être un professeur renommé ou même une éminence politique à Vienne, et sa mère trouvait le moyen de lui bourrer le crâne de ces niaiseries religieuses, du foin pour les ânes.

Quoi qu'il en soit, il n'avait pas envie de polémiquer. La religion était peut-être nécessaire aux très jeunes enfants. Pour l'instant, mieux valait en rester là. Il y avait une telle beauté, se dit-il, dans l'amour que le garçon portait à sa mère et très certainement aussi à son père.

Là-haut dans sa chambre fermée à clé, Adolf se vengeait des éclats de rire qu'il entendait monter du rez-de-chaussée. Il avait décidé de se masturber. L'image qu'il avait en tête était un portrait de Luigi Lucheni qu'il avait vu dans le *Linzer Tages Post*. C'était la petite moustache de l'assassin, collée sur sa lèvre supérieure au ras de ses narines, une petite moustache noire comme une tache, c'était cela qui excitait Adolf. Un jour, à l'époque où Angela et lui dormaient dans la même chambre, il avait entraperçu la toison pubienne de sa sœur qui commençait tout juste à pousser, juste une petite touche sombre qui ressemblait beaucoup à la moustache de Luigi, grande comme un timbre-poste.

C'est ce rapprochement qui l'excitait, le petit coup d'œil à la dérobée sur le sexe d'Angela et la petite moustache sur la lèvre supérieure du meurtrier fou. Son excitation augmenta encore quand il entendit son père s'étrangler en toussant comme un cinglé de plus.

2

Un soir où il participait à une de ces *Buergerabend*, Alois se décida à prendre la parole. C'était après avoir écouté l'« Athée de service », un personnage qui se délectait à déclarer devant les autres : « Je suis le seul brave de cette assemblée. Et je me sens béni. C'est parce que je n'ai pas besoin de croire en Dieu. » Sous l'œil critique d'Alois, ce type n'était qu'un vulgaire maigrichon même s'il était membre de cette assemblée depuis très longtemps. Son grand-père avait été l'un des fondateurs de cette société. Il n'empêche qu'il ne semblait pas avoir grand-chose à dire. Alois décida donc de prendre la parole. Il déclara que tout être humain intelligent devait pour son propre compte trancher la question de l'existence de Dieu. Pour sa part, il était totalement opposé à la religiosité de ces piétistes, prêts à courir à l'église implorer la protection divine dès qu'une goutte de pluie leur tombe dessus. Lui, il ne fréquentait l'église qu'un jour par an, le jour de l'anniversaire de l'empereur : « Selon moi, c'est François-Joseph qu'il convient de vénérer, surtout maintenant, depuis la mort de Sissi. »

Il ne tarda pas à découvrir qu'il avait affaire à une classe sociale qui avait adopté une attitude assez particulière dans ce domaine. Ils semblaient afficher un véritable dégoût pour les manifestations excessives de piété, pourtant ils étaient tous pratiquants.

Si Alois avait été un client, j'aurais pu le mettre en garde. Affirmer en privé qu'on se sent au-dessus de la religion est le privilège de la haute société, mais la pratique est le moyen de préserver l'ordre social dans le peuple.

Un des représentants de cette vieille bourgeoisie entreprit donc de réfuter la position d'Alois en disant : « J'admets que je n'aimerais pas être compté au rang de ceux qui débordent d'enthousiasme pour vénérer tous les saints du calendrier. Les rites bien souvent ne sont qu'un refuge à l'usage des femmes malheureuses. Mais il faut reconnaître que sans la religion nous sombrerions dans le chaos. Elle a toujours été le meilleur rempart contre la folie au cours de l'histoire de l'humanité. »

Alois se sentait prêt à contrer l'argument : « Néanmoins, cher monsieur, permettez-moi de faire remarquer que la religion possède elle aussi une certaine variété de folie. Je pourrais citer des exemples de papes d'une immoralité extrême, comme (il en avait appris la liste par cœur) Sixte IV, Innocent VII, Alexandre VI, Jules II, Léon X et Clément VII. Ils pratiquaient quotidiennement la simonie et réservaient un chapeau de cardinal à chacun de leurs fils illégitimes. Oui, cher monsieur, je dirais que c'était une forme de folie que de faire étalage de tels excès de corruption. »

Il se rassit, satisfait d'entendre quelques applaudissements, même s'il devait reconnaître qu'ils étaient de pure forme, puisque l'usage était que chaque orateur soit salué, au pis, par une réaction polie. La vérité, c'est que son intervention avait jeté un froid. Il avait parlé trop librement. Il décida, à regret, qu'il devait laisser passer un peu de temps avant de revenir à l'une de ces *Buergerabend*. Quand il y retourna la fois suivante, il se garda bien de prendre la parole.

Quoi qu'il en soit, ces soirées étaient distrayantes. Ces représentants de la bonne société connaissaient les modes de vie les plus élégants. Ils savaient tout sur l'art de collectionner les antiquités et parlaient de ces innovations intéressantes dont on allait bientôt bénéficier comme l'eau courante ou l'éclairage à l'électricité. Il était obligé de reconnaître les lacunes de sa propre expérience.

Il n'était pas étonnant que, lors de ces soirées, il repensât souvent aux jeunes officiers pour qui il fabriquait des bottes quand il travaillait à Vienne, rêvant à l'époque d'une charmante jeune femme qui confectionnerait des chapeaux pour dames avant de venir le soir partager son lit. Parfois, quand il rentrait à la maison après une de ces *Buergerabend*, une énorme vague de regrets le submergeait quand il pensait à tout ce qu'il n'avait pas connu.

L'intensité d'une telle compassion aurait touché le cœur d'un saint, mais je me permettrai de faire remarquer que la pitié que l'on éprouve pour soi-même peut parfois atteindre des sommets. Cela ne va pas toutefois sans conséquences très coûteuses pour la personne. Alois payait un trop lourd tribut. La nuit, ses rêves commençaient à le tourmenter. Il s'était mis en tête cette idée terrifiante que le sommeil était une sorte de champ de foire où les morts pouvaient revenir vous rappeler les dettes que vous aviez toujours envers eux. Il repensait ainsi à Johann Nepomuk, à sa mère, et puis il évoquait plein de remords ses deux épouses décédées. Que se passerait-il si elles se rencontraient sur le champ de foire du sommeil ? Et si elles tombaient d'accord à propos de leur mari d'autrefois ? Il devrait faire face à une cabale. « Ce serait encore plus dangereux, pensa-t-il, que si deux anciennes maîtresses du même homme en venaient à sympathiser. »

Un des membres du club avait fait cette remarque lors d'une des *Buergerabend* et cela avait provoqué un formidable éclat de rire. Bien sûr, l'homme en question était un vieux roué, issu d'une des meilleures familles de la ville. La formule avait tellement plu à Alois qu'il se l'était appropriée et qu'il l'avait même replacée à la taverne. Il avait remarqué que les vauriens l'avaient trouvée à leur goût autant que les gens de la bonne société. Quelle injustice que cette blague ait fini par empoisonner ses rêves !

3

Adolf aimait bien sa nouvelle école à Leonding. Le trajet depuis la maison n'était pas long et la discipline y était plus souple qu'au monastère. Comme il était, une fois de plus, un excellent élève, il attendait avec impatience la fin de chaque jour de classe. Autour de Leonding, la forêt de Kumberger était pleine de ravines et de petites grottes où l'on pouvait tendre des embuscades. Il commença à recruter des camarades de classe pour jouer à la guerre et ils organisèrent quelques parties en fin d'après-midi. Mais l'événement majeur de la semaine se déroulait le dimanche matin, quand ils jouaient aux cow-boys et aux Indiens.

Si certains de ses camarades ne voulaient pas faire le cow-boy, c'est parce que le Peau-Rouge pouvait attaquer un cow-boy par-derrière, lui passer un bras autour du cou en criant : « Tu es scalpé. » Il pouvait ensuite partir se cacher dans sa tanière au fond de la forêt. Adolf se fit même scalper une fois mais il déclara que cela ne comptait pas. « On n'a pas le droit d'attaquer les chefs, dit-il, les Indiens redoutent la vengeance des dieux de la guerre. Ils n'attaquent jamais des officiers gradés comme moi. Ils n'osent pas. Un châtiment terrible s'abattrait sur eux. »

Il emmena même Edmund avec lui. Le garçon n'avait que cinq ans et il était le plus jeune des participants. Les autres gamins l'aimaient bien, même s'il n'était pas d'une grande utilité dans les combats. Adolf appréciait d'avoir Edmund à ses côtés dans la forêt parce que, là au moins, il pouvait lui donner des ordres, ce qu'il n'aurait pas pu faire à la maison où Klara aurait protégé Edmund, Angela en aurait fait autant, et Alois à plus forte raison.

Adi se souvenait parfaitement qu'autrefois c'était lui qu'ils avaient protégé contre Junior, mais là c'était parfaitement justifié. Alois Junior lui avait même un jour collé un morceau de merde au bout du nez, tandis que lui n'infligeait pas ce genre de traitement à Edmund. Mais il ricanait à l'idée que, s'il pouvait le faire, quelle joie ce serait d'entendre Edmund hurler ! Un jour, dans la forêt, il piqua Edmund dans le dos avec un bout de bois et lui dit que c'était un bourdon, ce que bien sûr Edmund alla rapporter à Klara. Il savait que cela ne pouvait pas être un bourdon.

Klara en fut très ennuyée. La méchanceté d'Adi était-elle plus grave que celle d'Alois Junior autrefois ? Oui, finit-elle par se dire. Adolf et Edmund étaient frères par le sang.

Il arriva qu'Adi se querella avec un garçon qui lui promit que tout cela se terminerait en combat singulier. Il ne s'était jamais battu à coups de poing. Il avait toujours réussi à éviter cela, mais cette fois il se jura qu'il ne laisserait personne l'humilier. Il ferait ce qu'il faudrait, même s'il devait se battre en serrant une pierre dans sa main. Dans un demi-sommeil, il eut d'étranges visions. Ce garçon qui lui faisait vraiment peur le regardait fixement, la tête éclaboussée de sang. Est-ce que cela pouvait vraiment arriver ?

Il se produisit un événement qui mit un terme à ces guerres pour le reste de l'hiver. Un jour où il faisait trop froid pour rester immobile en embuscade, un des gamins affirma qu'il était capable d'allumer du feu en frottant deux morceaux de bois. Tout le monde se moqua sauf Adolf, qui lui dit : « Si tu es vraiment capable d'allumer un feu, je t'ordonne de le faire. »

Le garçon s'exécuta. Dès que le feu eut pris, ils allèrent ramasser du bois mort pour l'alimenter. Très vite, le feu non seulement flamba mais commença à se propager à la broussaille alentour. Ils n'avaient pas d'eau à proximité, ils essayèrent d'étouffer les flammes en les piétinant mais la fumée montait déjà dans le ciel.

Ils se sauvèrent. Un par un, ils coururent pour s'éloigner de quelques centaines de mètres. Adolf se mit alors à expliquer aux autres, ils étaient une bonne vingtaine, qu'il ne fallait rien dire à personne :

« Si l'un de nous parle du feu, nous serons tous punis. Et alors nous chercherons à savoir qui a vendu la mèche et il en subira les conséquences. Un brave soldat ne doit jamais trahir ses camarades. »

Un par un, deux par deux, ils quittèrent la forêt. Le feu à présent avait pris une telle ampleur qu'il était assez visible pour que les pompiers de Leonding accourent avec leurs chevaux et leurs citernes.

Sur le chemin du retour, Edmund déclara qu'il y avait tout de même quelqu'un à qui il serait obligé de dire la vérité, c'était leur père.

« Si tu fais cela, je serai sévèrement puni. Mais toi aussi, tu devras payer.

— Je ne crois pas, répondit Edmund. Notre père ne le permettra jamais. Ce n'est même pas la peine que tu essaies de me frapper.

— Ce n'est pas moi que tu dois redouter. Ce sont tous ceux qui étaient là. Ils seront tous punis et après ils t'attendront au tournant. Chacun d'eux. S'il le faut, je leur dirai moi-même que tu n'as pas su tenir ta langue.

— Il faut que je le dise à papa.

— Tu as promis.

— Je dois lui dire tout ce qui me tracasse.

— C'est parfait. C'est valable dans tous les cas. Sauf celui-ci. Je te préviens, les autres te battront et je ne pourrai pas te protéger. D'ailleurs, je ne sais même pas si j'essaierai.

— Je suis malade.

— Tu n'es qu'un morveux. Va donc dégueuler. »

Alois eut quelques soupçons quant à l'origine de l'incendie. Quand les gamins furent rentrés, il prit Edmund sur ses genoux et le regarda tendrement dans les yeux. Mais avant même qu'il puisse lui poser la moindre question, Edmund se remit à vomir. Alois décida de le laisser tranquille. Il était convaincu qu'Adolf avait dû jouer un rôle dans cette histoire, pourtant la vie d'Edmund pourrait se transformer en un véritable enfer s'il le forçait à parler.

De plus, il pouvait y avoir d'autres conséquences. S'il avait la preuve qu'Adolf était un des responsables, on pouvait attendre de lui, en tant que père et bon citoyen, qu'il en informe les autorités. Après quoi, il pourrait parfaitement être tenu pour responsable des frais qu'avait entraînés l'intervention des pompiers. Alois se contenta donc d'essuyer sur sa chemise les traces de vomissures d'Edmund et le serra tendrement dans ses bras. Les jours suivants, il s'appliqua à ne jamais regarder Adolf dans les yeux.

4

Cet hiver-là à l'école, la classe d'Adolf étudia un livre de Friedrich Ludwig Jahn qui évoquait une force assez puissante pour changer le cours de l'histoire. Cela lui rappelait le forgeron. Cette force dépendrait de la présence d'un « Führer fait de Fer et de Feu ». En lisant la phrase suivante, Adolf en eut les larmes aux yeux : « Le peuple l'honorera comme un sauveur et lui pardonnera tous ses péchés. »

Naturellement, les élèves avaient également étudié Kant et Goethe et Schleiermacher, mais Adolf trouvait que ces auteurs-là accordaient trop d'importance à la raison. Cela l'ennuyait. Son père, d'ailleurs, ne cessait de vanter les mérites de la raison. « La nature humaine est capricieuse, disait-il devant sa famille réunie, ce qui permet à une société stable de fonctionner, c'est le pouvoir de la loi. C'est la loi qui compte, pas le peuple. » Il regarda les convives à la table du dîner et, pensant que cela devrait l'intéresser en particulier, dit à Adolf : « C'est de constitutions légales dont nous avons besoin, Adolf, de constitutions établies par le meilleur des peuples. Alors la raison peut s'exercer avec tout le respect qu'elle mérite. »

Adolf préférait Friedrich Ludwig Jahn. Il avait décrété que la raison pouvait être trompeuse. Elle était comme les sirènes qui nagent dans le Rhin et qui vous attirent vers la mort. Pendant que vous vous noyez, elles continuent à chanter leurs chants mélodieux. La force de caractère est bien plus importante. Elle pourra même effacer vos péchés. Tous ces petits défauts seront brûlés au grand feu de votre effort.

Il n'aimait pas du tout Goethe et Schiller non plus. Leur humour lui déplaisait. Il était trop personnel, comme s'ils étaient tellement fiers de ce qu'ils disaient. Adolf trouvait qu'ils manquaient de sérieux. Quant aux deux autres, Kant et Schleiermacher, il ne pouvait tout simplement pas les lire. Après Jahn, son plus grand plaisir de lecture lui venait des contes des frères Grimm. Ils faisaient aussi partie du programme scolaire. C'étaient vraiment de bonnes histoires, et pleines d'enseignements. Il adorait les raconter à Edmund qui était trop jeune pour les lire mais aimait bien les entendre. Il lui avait expliqué que les frères Grimm avaient écrit ces histoires pour que les enfants sachent combien il était important d'obéir à leurs parents et à leurs frères et sœurs aînés. Il entreprit de lui raconter une histoire intitulée *La Jeune Fille sans mains*. « C'est l'histoire d'un père à qui le Diable a ordonné de trancher les mains de sa fille. » Edmund se mit à crier en imaginant la scène. Alors Adolf imita la voix du père parlant à sa fille : « Je ne veux pas le faire, ma chère, mais je dois le faire. C'est un ordre et il n'est pas question pour moi de discuter un ordre venu de si haut. Je dois donc obéir.

— Et qu'est-ce que la fille répond ?

— Oh, elle est obéissante, très obéissante. Elle dit : "Père, faites de moi ce que vous voulez car je suis votre enfant", et elle posa elle-même les mains directement sur le billot. Son père se saisit d'un grand couperet et il le fit.

— C'est affreux. Il lui a vraiment coupé les mains ?

— D'un seul coup. Mais après, elle a vécu heureuse.

— Comment cela ?

— C'est son père qui s'occupait de tout. » Adolf hocha la tête. « Je pourrais t'en raconter une bien pire mais je ne le ferai pas.

— Oh, raconte-moi.

— C'est l'histoire d'une fille qui était tellement désobéissante qu'elle en est morte.

— Qu'est-ce qu'elle avait fait ? demanda Edmund

— Cela n'a pas d'importance. Elle était désobéissante, c'est tout. On enterre la fille désobéissante. Et qu'est-ce qui arrive ? C'est difficile à croire mais elle continue à désobéir, même après sa mort. Un de ses bras dépasse de la tombe et se dresse vers le ciel.

— Elle est donc si forte ?

— C'est le Diable qui l'aide. Qui d'autre ? C'est comme cela que ça se passe. Quand ses parents voient ce bras pointé vers le ciel, ils s'approchent de la tombe et s'efforcent d'y faire rentrer le bras mais il n'y a pas moyen. Le bras est le plus fort. Ils se mettent à le recouvrir d'un gros tas de terre. Mais le bras le repousse. Alors la mère rentre à la maison et se saisit d'un gros tisonnier qui est dans la cheminée. Elle revient sur la tombe de sa fille et se met à taper sur le bras désobéissant jusqu'à le casser. Cette fois, on peut enfin le faire rentrer sous terre, et la fille peut trouver le repos. »

Edmund en tremblait. Il pleurait et riait en même temps.

« Est-ce que tu serais capable de me faire la même chose ? demanda-t-il à Adolf.

— Seulement si tu meurs et que je vois ton bras dépasser de la tombe. Alors il faudrait bien que je le fasse. Et je le ferais certainement.

— Oh, fit Edmund, ça ne me plaît pas du tout.

— Que ça te plaise ou non n'a aucune importance. Il faudrait le faire.

— Raconte-moi une autre histoire.

— Ce serait trop long. Je vais juste te raconter la fin. C'est l'histoire d'une reine qui fait cuire son enfant et après elle le mange.

— Est-ce qu'il faut être une reine pour être capable de faire une chose pareille ? demanda Edmund, c'est vraiment comme ça ?

— Oui, sans doute. Surtout quand c'est son propre enfant qu'on doit faire cuire. » Adolf hocha la tête d'un air inspiré. « Mais on ne peut jamais être sûr.

— Ma mère ne me ferait jamais une chose pareille.

— Ta mère peut-être pas mais je n'en dirais pas autant d'Angela.

— Oh, non, Angela ne ferait jamais une chose pareille ni à Paula ni à moi.

— N'en sois pas si sûr. »

Edmund hocha la tête. « Je sais bien que tu as tort.

— Tu veux une autre histoire ?

— Peut-être pas.

— C'est pourtant la meilleure.

— Vraiment ?

— Oui.

— Je crois que je n'ai pas très envie de l'entendre.

— C'est l'histoire d'un homme à qui on a donné l'ordre de dormir aux côtés d'un cadavre. À l'avenir, ce genre de chose pourrait bien t'arriver à toi aussi. »

À ce moment-là, Edmund poussa un cri et s'évanouit.

Malheureusement pour Adolf, Angela avait entendu la fin de la conversation. Elle se tenait sur le seuil de la porte, hochant la tête. Adolf comprit que sa chance venait de tourner.

Angela tapota les joues d'Edmund jusqu'à ce qu'il soit capable de s'asseoir. Puis elle alla tout raconter à Klara.

Sa mère ne l'appela plus jamais Adi, en tout cas pas dans les occasions où elle devait le réprimander.

« Adolf, c'était épouvantable. Tu mérites une bonne punition.

— Pourquoi ? Edmund adore les histoires. Il n'arrête pas de m'en réclamer.

— Tu savais très bien ce que tu faisais. Je vais tout raconter à ton père et c'est lui qui décidera de la punition.

— Mère, ce n'est pas une histoire à laquelle il faut mêler mon père.

— Si je ne lui en parle pas, alors c'est moi qui vais décider de ta punition. Et je vais peut-être bien le faire. Peut-être que je vais te priver de cadeau à Noël.

— C'est vraiment injuste, répondit Adolf. Je m'efforce de distraire mon petit frère mais ce n'est qu'un morveux.

— Est-ce que tu acceptes ce que je t'ai dit. Pas de cadeau à Noël ?

— Oui, du moment que vous trouvez cela juste, je l'accepte, mais, s'il vous plaît, Mère, interrogez votre cœur quand le moment viendra. Et voyez si vous me trouvez toujours aussi coupable. »

Klara se mit très en colère. Cela dépassait les bornes. Il était tellement sûr qu'elle allait changer d'avis et lui acheter tout de même un cadeau.

Le soir même, elle raconta tout à Alois.

Le père n'eut aucune hésitation. Il administra à Adolf une bonne correction, la pire qu'il eût reçue depuis qu'ils habitaient Leonding. Cette fois-ci, Adolf était bien décidé à ne pas émettre le moindre cri. Il pensa sans arrêt à Preisinger. Il banda tous ses muscles.

Alois avait l'impression de retrouver Junior entre ses mains. Encore un voyou à corriger. Sa colère en était décuplée.

Entre chaque coup, Adolf pensait à la manière dont Alois Junior avait quitté la maison. C'était ce souvenir qui lui permettait de ne pousser aucune plainte. Il pouvait et devait se montrer aussi fort qu'Alois Junior. S'il parvenait à ne pas pleurer, cette force nouvelle pourrait devenir assez puissante pour lui permettre à l'avenir de réaliser tous ses projets. La force engendre sa propre loi. Il s'efforça de mettre en œuvre toute la force de décision dont il avait fait preuve dans l'histoire de l'incendie de la forêt. Il leur avait ordonné à tous de se taire, et ils avaient obéi. Bien sûr, il avait eu peur, mais il était parvenu à mobiliser toute son autorité. Pendant plusieurs jours, il avait vécu dans la crainte que l'un d'entre eux ne se trahisse. Il ne pouvait pas le savoir mais j'avais été à ses côtés pendant toute cette tourmente et j'y étais encore à présent. La confiance d'Adolf était si fragile que, pour parler par métaphore, il fallait que je maintienne en permanence son ego en érection. Car les ego sont sujets aux mêmes défaillances que les sexes quand ils ne savent pas très bien ce qui les attend.

Et donc j'étais présent lorsque Adolf reçut sa correction et je m'appliquai à fortifier sa détermination. Il était essentiel pour lui de ne pas pleurer. Je devais donc atténuer la force des coups d'Alois chaque fois que le gamin était prêt à flancher. Et à l'inverse, j'étais prêt à accroître la violence du père si elle venait à diminuer. Par moments, le souci qu'avait Alois de ménager son propre cœur entrait en contradiction avec mon projet de fortifier la volonté d'Adolf. Si la haine d'Adolf à l'égard de son père devenait assez intense, elle pourrait servir un projet peu ordinaire que nous avions en vue.

Il faut toutefois considérer que l'équilibre est une question cruciale dans notre sphère d'activités. Ainsi, je ne pouvais guère pousser l'antipathie d'Adolf pour son père jusqu'à l'excès. Les haines profondes éprouvées dans l'enfance et qui ne trouvent pas le moyen de s'exprimer rendent le client instable. Autant un déséquilibre très marqué était intéressant dans le cas de Luigi Lucheni, autant il ne convenait pas à Adolf. Nous avions déjà investi beaucoup d'efforts sur ce garçon. Nous n'avions aucune envie de devoir gérer un avenir plein de pulsions incontrôlables et de rages aveugles. De fait, le premier résultat de cette raclée sévère fut d'accroître la détestation d'Adolf pour Edmund. Cela ne me convenait pas vraiment. Edmund était resté plongé dans un tel état d'égarement après avoir entendu les contes des frères Grimm que Klara s'efforça de l'endormir en lui chantant des berceuses. Adolf, couché dans le lit d'à côté, se sentait aussi endolori que s'il était tombé d'un arbre. Sa rancœur s'enflamma tellement devant l'indifférence apparente de Klara à son égard qu'il décida de s'enfuir de la maison. Là, tout de suite, dans son lit, il en prit la résolution, alors qu'il avait mal partout. Il ne manqua pas de l'annoncer à Edmund dès que Klara eut quitté la pièce.

« Tout est ta faute, je n'ai plus qu'à m'en aller. »

Edmund sauta immédiatement de son lit et courut tout raconter à son père. Mais quand Alois monta l'escalier pour venir rattraper le fuyard potentiel, Adolf s'écria : « Ce n'est pas vrai. Mon frère n'arrête pas de mentir. Celui-là, je ne le lui pardonnerai pas. C'est un mensonge atroce. Je vais lui faire voir.

— Tu vas lui faire voir ? Vraiment ? »

Alois ne se sentait pas d'humeur à lui flanquer une deuxième raclée. Il avait plus mal aux bras qu'Adolf n'avait mal aux fesses. Il était pourtant suffisamment ennuyé pour prendre la précaution d'enfermer le garçon au rez-de-chaussée dans une pièce dont l'unique fenêtre était pourvue de barreaux. Resté seul, Adolf essaya de se glisser entre eux. C'était trop étroit. Il s'aperçut assez vite que c'était son pyjama qui l'empêchait de passer. Les boutons s'accrochaient aux barreaux. Il le retira, le jeta dehors et, complètement nu, essaya une fois de plus de se faufiler à l'extérieur. Devant tant d'injustice il bouillait d'une telle colère qu'il ne sentit pas le froid qui entrait par la fenêtre ouverte, pas plus qu'il n'entendit le pas de son père s'approchant de la porte. C'est seulement en entendant le bruit de la serrure qu'il s'éloigna en vitesse de la fenêtre et attrapa une nappe dans laquelle il se drapa. Alois en entrant, tenant encore la clé en laiton à la main, comprit immédiatement la situation et éclata d'un rire tonitruant. Il appela jusqu'à ce que Klara vienne le rejoindre et, montrant Adolf du doigt, il s'écria : « Regarde notre garçon en toge, notre As du Péplum. » Klara secoua la tête et quitta la pièce. Alois se lança dans une véritable harangue : « Comme cela, tu t'apprêtais à t'enfuir, note bien que cela n'aurait pas été une grosse perte. Mais je te l'interdis tout de même. Ce n'est pas que tu m'aurais manqué, l'As du Péplum, certainement pas. Je te l'interdis parce que j'aurais dû appeler la police pour signaler ta disparition et ils auraient pu me mettre en prison. » Alois savait bien que c'était là une exagération extravagante mais il se sentait rempli d'un magistral mépris. « Comme ta mère aurait pleuré. Son fils disparu et son mari en prison. La honte se serait abattue sur la famille Hitler ! Tout cela à cause de l'As du Péplum. »

Adolf s'était déjà préparé à une nouvelle correction, mais brusquement il fondit en larmes. Mon travail sur son ego n'était pas encore tout à fait au point.

Ce qui aggrava encore la situation, c'est qu'Alois revint dans la pièce, et il éclata de rire en disant : « J'ai mis le nez dehors, il fait tellement froid ce soir qu'au bout de deux minutes tu serais revenu frapper à la porte. Ce n'est pas bien d'avoir un mauvais caractère mais c'est pire d'être un imbécile. »

5

Quelques semaines plus tard, Alois s'éveilla tourmenté. Il se demandait si le désastre d'Alois Junior n'était pas le résultat d'un abus des châtiments corporels. Le lendemain, tandis qu'il marchait avec Mayrhofer, le sujet revint dans la conversation. Alois affirma qu'il n'avait jamais recouru aux châtiments corporels (il se dit intérieurement : « Oh, mais tu mens comme un voleur ! »). Mais il tenait beaucoup à ce que Mayrhofer ait une bonne opinion de lui. Il poursuivit donc : « Je n'ai jamais frappé mes enfants. Mais je dois reconnaître qu'il m'arrive très souvent de crier après eux. Tous les parents doivent le faire. Adolf est celui que je gronde le plus souvent. Il est capable de se conduire comme un sacré galopin. Je me dis même parfois : "Je vais lui flanquer une claque." » Alois dit cela exprès. Cela pourrait fournir une explication s'il venait à se savoir qu'il lui fichait des raclées.

En vérité, il devenait de plus en plus difficile d'exercer une autorité sur lui. Le garçon avait une façon de se dérober et de contourner l'obstacle, un talent qu'il devait avoir acquis à force de jouer à la guerre. Il arrivait généralement à échapper à Alois juste après avoir reçu une claque mal appliquée sur le derrière. Et lorsque son père réussissait à le coucher sur ses genoux, il n'avait plus tellement d'énergie dans les bras pour lui donner la fessée. Finalement, c'était plus amusant de l'appeler As du Péplum. Alois continua à faire usage de ces railleries même après que Adolf eut réagi en contractant la rougeole.

Certes, un tel lien de cause à effet peut paraître simpliste. À l'époque, à Leonding, d'autres gamins de son âge étaient alités pour la même raison. Et la maladie est incontestablement contagieuse, pourtant Adolf pouvait bien avoir été fragilisé par les mésaventures qu'il avait subies récemment. Son armée avait cessé toutes ses activités depuis le feu dans la forêt. Les moqueries à propos de l'As du Péplum l'écorchaient. Et le pire fut d'apprendre la mort de Der Alte. Un avis nécrologique avait été publié par le *Linzer Tages Post*. La nouvelle avait suivi son chemin depuis Hafeld car l'événement pouvait paraître assez singulier pour justifier un article dans la presse. Quand on avait découvert le corps, Der Alte était déjà dans un état de décomposition avancée. Tel est, écrivait le *Post*, le sort des ermites solitaires. Pis encore, les abeilles que personne ne nourrissait plus étaient mortes de froid. Combien d'entre elles avaient dû battre des ailes jusqu'au dernier instant !

Adolf portait en silence le deuil du vieil homme.

Alois pour sa part avait gardé assez de ressentiment envers Der Alte pour éprouver une vraie bouffée de plaisir, même si cette réaction était plutôt inconvenante. En guise de compensation peut-être, mais il ne savait pas lui-même pourquoi, il acheta à Adolf pour Noël un fusil à air comprimé. C'était un cadeau de taille, un engin qui pouvait tirer des balles assez fort pour tuer un écureuil ou un rat et que devrait apprécier le garçon, mais pas pour l'instant. Alois avait même l'impression que son fils pleurait souvent dans son sommeil. Le matin, il avait l'air effrayé. C'est alors qu'il fut terrassé par la rougeole.

Klara établit dans la maison une quarantaine très stricte. Personne n'avait le droit d'aller voir Adolf dans la chambre de bonne auparavant inoccupée au deuxième étage. Seule Klara veillait sur lui, après s'être mis un bandeau de gaze devant la bouche. Ensuite elle se lavait les mains à l'aide d'un désinfectant.

Il était couvert de boutons, il avait les yeux rouges, il n'avait pas le droit de lire et s'ennuyait affreusement. Il n'arrêtait pas de se plaindre à sa mère et pourtant il était presque soulagé quand elle quittait la pièce tant l'odeur d'antiseptique qu'elle y apportait était insupportable.

Finalement, sa maladie ne fut pas trop grave. Les taches blanches sur sa langue et dans sa gorge disparurent au bout de quelques jours, l'éruption de boutons diminua, mais son inquiétude en revanche s'accrut. Il était obsédé par l'idée de se sentir repoussant. N'est-ce pas exactement ainsi que tous les autres le voyaient ? Malade et donc repoussant. Il s'inquiétait de savoir où pouvait se trouver Der Alte, à présent que non seulement il était mort mais qu'on l'avait laissé pourrir tout seul.

6

Il convient de dire un dernier mot au sujet de Der Alte. Adolf espérait toujours que Der Alte, décomposé ou pas, était en route pour le paradis. J'étais plutôt déconcerté par la présence d'un tel sentiment chez mon jeune client, étant pratiquement certain moi-même que le vieil homme avait dû être envoyé en grande pompe en enfer. En vérité, je ne sais pas grand-chose de l'enfer. Je ne suis même pas sûr qu'il existe. Le Maestro prend tellement soin de cloisonner l'information. Nous ne sommes pas supposés savoir ce qu'il n'est pas nécessaire que nous sachions.

Pour nous soutenir le moral, on nous rappelle constamment que les affaires humaines sont exagérément soumises à des prétentions d'ordre cosmique. On ne manque jamais de nous rappeler la remarque immortelle de Nietzsche : « Tous les prêtres sont des menteurs. »

« Comment pourrait-il en être autrement, dit le Maestro, le Dummkopf n'est pas prêt à dévoiler Ses secrets à des individus assez retors pour choisir la carrière de prêtre dans le seul but de dominer un public crédule, en lui assenant à des fins purement égoïstes des descriptions de tous les bienfaits que le Seigneur leur accordera après leur mort. Les prêtres sont donc bien des menteurs. Ils ignorent tout de ces questions ultimes. Tout comme vous d'ailleurs. »

Tout cela pour dire que je ne savais pas grand-chose de la destination finale de Der Alte. Je suppose qu'il appartenait à cette catégorie de vieux clients dont nous sommes amenés finalement, la plupart du temps, à nous détourner. Il ne nous était sûrement plus d'aucune utilité. Il pouvait donc très bien être disposé à supplier le ciel de lui ouvrir ses portes. Comment savoir ? D'après les indices dont je dispose, je suis enclin à penser que le Dummkopf est prêt à accorder la réincarnation à certains de nos clients. Comme je l'ai déjà dit, le Maestro ne s'oppose même pas à cette pratique. « Offrons-nous encore une fois le plaisir de récolter ce menu fretin puisque le Dummkopf est assez fou pour accorder à Der Alte une nouvelle occasion d'étaler ses vanités. »

Pendant tout le cours de sa maladie, Adolf ne pensa pas seulement à Der Alte, il était hanté par l'envie qu'Edmund attrape à son tour sa fichue rougeole. De fait, peu après la guérison d'Adolf, Edmund tomba malade lui aussi, et il fut atteint de façon plus grave. J'épargnerai au lecteur une description détaillée du tumulte qui *résonna*, c'est le mot, entre les murs de la Maison du Jardin à mesure que l'état d'Edmund empirait. Son visage enfla. Il devint incohérent. Le médecin prévint la famille qu'il pouvait s'agir d'une encéphalite.

Dans leur chambre, Alois s'agenouilla près de Klara et ils se mirent à prier pour la guérison d'Edmund. Alois alla même jusqu'à dire : « Je croirai en Dieu si Edmund est épargné. Que je meure si je ne tiens pas parole. »

Nous ne saurons jamais si Alois aurait été fidèle à son serment Il ajoutait même : « Dieu, prenez ma vie mais sauvez l'enfant. »

Edmund mourut.

La prière peut être une expédition hasardeuse pour ceux qui la profèrent. Ainsi, nous avons le pouvoir, d'un usage plutôt coûteux il est vrai, de bloquer les prières les plus essentielles, les plus sincères, les plus désespérément capitales, et nous l'utilisons quand les enjeux sont particulièrement importants.

Les prières peu sincères, nous les encourageons au contraire. Elles doivent contribuer à démoraliser le Dummkopf, à accroître Sa fatigue. Les prières hypocrites Le contrarient. Le patriotisme tiède le met en colère. (Tandis qu'il représente pour nous un produit des plus utiles.)

Le fait est que, en dépit des prières d'Alois et de Klara, bloquées ou pas, Edmund mourut le 2 février 1900. J'eus l'impression d'être moi-même affecté par sa mort. Edmund était le premier enfant pour qui j'aie éprouvé de curieuses sensations qui devaient s'apparenter à l'amour (ou du moins à une réelle affection qui me faisait ressentir une sorte de chaleur intérieure en sa présence). Je ne saurais guère expliciter davantage ce sentiment. Ce que je savais, c'est qu'Adolf avait du mal à regarder en face la mort de son frère (car il avait un secret à cacher aussi encombrant et aussi direct que le bras sortant de la tombe) et que moi-même je n'y arrivais pas non plus. Moi aussi, je me sentais coupable.

7

Le jour des obsèques d'Edmund, Alois dit à Klara qu'il ne voulait pas y assister. Il n'était même pas capable d'expliquer pourquoi. Il restait là debout comme une colonne de pierre.

Puis il se mit à pleurer. « Aujourd'hui je suis incapable de me contrôler. Comment pourrais-je me donner en spectacle à l'église ? Une église que je hais ? » Pour la première fois depuis qu'ils étaient mariés, elle éleva la voix, en colère : « Oui, cette église que tu hais. Seulement moi, c'est la paix que je vais y chercher. Un peu de consolation. Et je peux aussi parler à Gustav, à Ida, à Otto et maintenant – elle éclata en larmes à son tour – à Edmund. »

Ils ne se disputèrent pas. Ils pleurèrent ensemble. Elle finit par dire : « Tu ne devrais plus être aussi sévère avec Adolf. C'est le dernier espoir qui te reste d'avoir un bon fils. Pourquoi devrais-tu le battre comme plâtre ? »

Alois hocha la tête. « Je vais te faire une promesse, à condition que tu restes avec moi aujourd'hui. Car je ne peux pas aller à l'enterrement. Je ne saurais pas me tenir. » Avant même d'avoir pu finir sa phrase, il s'était remis à pleurer. Il la serra dans ses bras. « J'ai besoin de toi. J'ai besoin que tu restes avec moi à la maison. » Il ne lui avait encore jamais dit une telle chose. Il n'en revenait pas lui-même « Oui, finit-il par dire, j'en fais la promesse solennelle. Je ne frapperai plus jamais Adolf. »

Je sais qu'il n'est pas opportun d'analyser les rapports entre un homme et une femme au moment où ils sont dans la peine, mais je ne peux m'empêcher de faire remarquer que, d'après mon expérience, il existe peu de couples où un serment ne soit pas annulé par une convention secrète.

Voilà bien notre Alois. Il se disait déjà : « Je ne battrai plus Adolf, sauf s'il fait quelque chose d'horrible. » Klara, de son côté, n'était pas totalement franche non plus. Pas à ce moment-là. Elle en était à se demander si le sort de sa famille était d'être détruite. Elle n'était pas prête à affronter l'enterrement. Pour une fois, que Dieu lui manifeste un peu d'intérêt !

Klara expliqua donc à Angela que c'est elle qui allait représenter la famille :

« Si les gens te posent des questions, tu n'as qu'à répondre que tes parents sont malades, ce qui est la vérité. Je ne me sens pas la force d'y aller et ton père en est totalement incapable. Je ne l'avais encore jamais vu pleurer. Il en est presque à perdre l'esprit. Angela, c'est un choc si terrible pour lui. Je ne peux pas laisser cet homme seul. Je n'ai pas le droit !

« Aujourd'hui tu devras jouer le rôle de la mère de famille. Aujourd'hui seulement, tu dois le faire. »

Angela répondit : « Il faut que vous veniez à l'église avec Adolf et moi. Ce sera un scandale si vous ne venez pas.

— Tu es bien trop jeune pour te préoccuper de scandale. Tu n'as qu'à leur dire que nous sommes malades. Ce sera bien suffisant.

— Resterez-vous à la maison au moins ? Promettez-moi de rester à la maison, demanda Angela, J'ai peur qu'il veuille sortir. Il pourrait vous demander de l'emmener à la taverne. Il pourrait avoir envie de se soûler pour avoir moins mal. Vous devez rester à la maison.

— Cela dépend de ton père.

— Vous êtes son esclave.

— Tais-toi. »

Donc Adolf, tout surpris, se retrouva seul à l'église avec Angela. Quand il lui avait demandé une explication, elle avait seulement répondu : « Avant d'y aller, commence par prendre un bain. Tu pues encore une fois. »

8

Restée seule avec Alois, Klara pensait avec effroi à chacune des morts survenues dans la famille. Il n'y avait pas seulement ses enfants, mais aussi ses frères et ses sœurs. « Dieu ne pourrait-il pas montrer un peu de pitié ? » se demanda-t-elle. Elle se sentait effroyablement épuisée, comme si elle était dans une vieille maison qui s'écroulait sans même qu'elle éprouve l'envie de se sauver. Elle était fatiguée de penser que tout cela était sa faute.

Je dois reconnaître que j'avais bien envie de m'approcher d'elle, mais je savais que cela me serait refusé par le Maestro. Quel avantage aurions-nous eu à recruter une cliente comme elle ? Nous aurions pu semer la panique chez les Cudgels en la leur enlevant. Mais que de peine ensuite pour former une nouvelle cliente aussi difficile.

D'ailleurs, je m'aperçus assez vite que Klara ne manifestait rien de plus qu'une rébellion passagère, ce qui est assez fréquent chez les gens les plus pieux. La piété peut aussi être une sorte de rempart qui empêche les croyants d'admettre l'étendue de leur colère contre Dieu, ce Dieu qui ne leur a pas accordé ce à quoi ils estiment avoir légitimement droit. Cette colère coupable est donc généralement noyée sous les flots pestilentiels de la modestie. Ce ne sont pas là des clients intéressants pour nous, même s'il nous arrive à l'occasion de faire appel à leurs services. Les gens pieux peuvent déranger au sein de leur propre famille ceux qui le sont moins. La répétition finit par tuer l'âme.

Au cours de cette journée interminable, Alois se sentit tellement accablé par la mort d'Edmund qu'il ne put s'empêcher de revivre les souvenirs de son inceste depuis si longtemps refoulés. Klara et lui étaient-ils souillés ? S'il en était ainsi, il valait peut-être mieux qu'Edmund fût mort. Il se remit à pleurer.

À un moment donné, Klara fit part de ses réflexions : « Nous ferions peut-être mieux tout de même d'aller à l'église ? » Alois était saisi de terreur : « Que je risque de m'effondrer en public ? ne cessait-il de répéter, c'est pire que la mort. »

Klara se dit en elle-même : « Quel mal y a-t-il à pleurer à l'église quand on a le cœur brisé ? »

Elle commençait à s'interroger. Alois était-il un représentant du mal ? Et elle-même ? Que penser du vœu qu'elle avait prononcé quand elle avait cru qu'Alois Junior était mort ? Peut-être valait-il mieux en réalité qu'ils se tiennent à l'écart. Si de mauvaises personnes assistaient à une messe de funérailles, le défunt pourrait peut-être en souffrir. Lentement, pendant toute cette longue journée qu'ils passèrent à la maison, elle sentit un flux affreux lui monter dans la poitrine. Était-ce de la colère dirigée directement contre Dieu ? C'est elle à présent qui avait peur d'aller à l'église. Comment pouvait-on avoir l'audace d'apporter une telle fureur dans un lieu sacré ? Ce serait comme faire une nouvelle fois allégeance à l'esprit du mal.

9

Pendant la messe d'enterrement, Adolf n'entendit aucun des mots qui furent prononcés. Il avait l'esprit en flammes. Dans l'heure qui avait suivi la mort d'Edmund, Alois lui avait dit : « Tu es désormais mon seul espoir. »

« Oui, pensait Adolf, c'est bien vrai. Mon père considérait Edmund comme son seul espoir. Il allait jusqu'à le lui dire. En réalité, il me déteste. Il pense que j'ai été cruel avec Edmund. »

Adolf refusait d'admettre qu'il avait maltraité Edmund : « Ce n'était rien de plus, se disait-il, que ce qu'Alois Junior m'a fait subir. » Pourtant il se mit assez vite à éprouver une terreur grandissante. Elle devait être puissante et implacable, la colère des anges !

Quelques jours avant d'attraper la rougeole, il avait emmené Edmund faire un tour dans les bois. Il n'était toujours pas complètement rassuré à propos de l'incendie et s'inquiétait de la loyauté d'Edmund sur cette question. Il ramassa une baguette sur le bord du chemin et s'en servit pour scalper son frère en dessinant un cercle sur son front, au-dessus de son oreille gauche, derrière sa tête, et en revenant par-dessus l'oreille droite avant de finir sur le front. Puis il lui dit d'un air pénétré :

« Maintenant tout est à moi. Ton cerveau m'appartient.

— Comment peux-tu dire une chose pareille ? C'est stupide.

— Ne sois pas idiot, dit Adolf, pourquoi crois-tu que les Indiens scalpent leurs victimes ? Parce que c'est le seul moyen de posséder la personne qu'ils ont capturée.

— Mais tu es mon frère.

— Il vaut mieux que ce soit ton frère qui possède ton cerveau plutôt qu'un étranger qui pourrait avoir envie de le jeter.

— Rends-le-moi.

— Je le ferai quand le moment sera venu.

— Ce sera quand ?

— Quand je te le dirai.

— Je ne te crois pas. Je ne crois pas que tu possèdes quoi que ce soit. Je sens bien que mon cerveau est toujours pareil.

— Oh, tu vas voir la différence. Tu vas te mettre à avoir des migraines. Tu seras bien embêté. Ce sera le premier signe. »

Edmund était sur le point de pleurer mais il se retint. Ils rentrèrent à la maison en silence.

À présent, à l'église, Adolf sentait les battements de son cœur, en mesure, calqués sur le rythme des pas qu'ils avaient faits pour revenir des bois. Ce souvenir éveillait en lui une souffrance très étrange. Elle s'infiltrait dans son cœur à la manière d'une écharde qui entre sous un ongle.

Il se dit qu'il ne fallait plus qu'il pense à Edmund. Pas aujourd'hui. Il pria même Dieu de lui donner la force de ne plus penser à Edmund. Grâce à mon aide, il y parvint jusqu'à un certain point, comme on retire une écharde. Mais le fragment resté sous l'ongle s'était bien enraciné, prêt à faire irradier la douleur. Le souvenir lui aussi s'envenimait dans son cœur.

À son tour, il était prêt à pleurer. Il pensa aux mots doux que lui disait Klara autrefois, « *ein Liebling Gottes* ». (« Le bien-aimé de Dieu. ») « Oh, lui disait-elle souvent, tu es tellement spécial. » C'était bien vrai, pensa-t-il. Il n'avait pas fait comme Gustav et les autres. Peut-être avait-il été choisi par le destin ? Il avait survécu.

Je voyais l'étendue des travaux de reconstruction qui m'attendaient. Il fallait une fois de plus que je parvienne à restaurer en lui les sentiments qu'il éprouvait au temps où il avait trois ans et où sa mère l'adorait.

Pour l'instant, il avait plutôt l'impression que sa mère était prête à l'abandonner comme elle avait abandonné Edmund. Mais alors pourquoi devait-il se sentir tellement coupable ?

C'est elle qui aurait dû souffrir. Elle avait fait semblant d'adorer Edmund et elle n'était même pas ici à l'église. Quelle horreur ! Quelle dureté !

10

Quand le frère et la sœur s'éloignèrent de la tombe, quelques personnes vinrent parler à Angela qui était bien embarrassée en sachant que ses joues avaient dû virer à l'écarlate. Comment aurait-elle pu éviter cela ? Elle essayait d'expliquer dans quel état épouvantable étaient ses parents : « C'est un jour tellement affreux pour eux. Ils ont dû garder le lit. Ils sont trop faibles pour se lever. » Et elle continuait ainsi, à la fois gênée et fière d'être au centre de l'attention.

Quand ils se retrouvèrent seuls tous les deux, dans la forêt, sur le chemin du retour, Adolf dit : « C'est curieux mais je suis sûr que ma mère ne viendra pas à mon enterrement. »

Angela le rabroua : « Klara est la meilleure personne que je connaisse. La plus gentille. Il n'y a personne de meilleur. Comment peux-tu dire une chose pareille ? Elle souffre pour ton père. Il aimait tellement Edmund. » Et voyant Adolf prendre un air méchant à la suite de cette remarque, elle ajouta : « Et il avait bien raison. Edmund était un enfant magnifique. Je ne peux pas en dire autant de toi, même le jour de l'enterrement de ton frère (il fallait décidément qu'elle le répète), même ce jour-là tu pues.

— Qu'est-ce que tu racontes ? J'ai pris un bain. Tu le sais bien. C'est toi qui m'as forcé à le faire. Tu m'as dit : “Aller à l'enterrement alors que tu sens mauvais ? Lave-toi dans le baquet.” Et je t'ai même répondu qu'il allait falloir du temps pour chauffer l'eau. Tu t'en fichais. »

Il avait dû se laver à l'eau froide. Il s'était contenté de quelques ablutions et s'était essuyé. Rien de plus. Il était tout à fait possible qu'il ne sente pas encore très bon.

« Non, dit-il. Je t'interdis de me dire cela. Je ne sens pas mauvais. J'ai pris un bain. »

Angela rétorqua : « Bain ou pas, Adolf, tu ne seras jamais une bonne personne. »

Il était tellement furieux qu'il s'éloigna du chemin qui traversait la forêt pour aller marcher dans la neige vierge. Elle aussi, très en colère, le suivit. Et quand elle fut certaine d'être assez loin pour que personne ne puisse l'entendre parmi les gens qui avaient assisté à l'office, elle hurla : « Tu n'es pas quelqu'un de bien. Tu es affreux ! Tu es un monstre ! »

Resté seul dans la forêt, Adolf commença à éprouver la peur de la mort. Il faisait si froid dans la neige. Il revit la terreur dans les yeux d'Edmund tandis qu'il écoutait les contes des frères Grimm.

Quand Angela le rattrapa, ils rentrèrent à la maison sans se parler. Ils trouvèrent leur père qui avait le visage rouge et enflé. Celui-ci, se tournant vers Adolf, déclara : « Tu es toute ma vie désormais. » Il l'embrassa et se remit à pleurer. Quel tissu de mensonges, pensa Adolf. Son père était toujours convaincu qu'Edmund était son seul espoir. Il ne savait même pas donner le change. « Je hais mon père », se dit une fois de plus Adolf.

11

Plusieurs nuits après l'enterrement, je mis au point un rêve destiné à Adolf. Un ange y affirmait que son comportement cruel envers Edmund serait justifié. Pour quelle raison ? Parce que la vie d'Adolf avait été épargnée au cours de son enfance. Un grand projet était à l'œuvre. Il devait seulement obéir fidèlement aux ordres reçus d'en haut. Ainsi, il échapperait à une mort ordinaire. Il deviendrait un don accordé au peuple, fort comme le feu, résistant comme l'acier.

C'était un rêve soigneusement élaboré, je me demandais simplement s'il n'était pas trop tôt pour lui inculquer une telle certitude. Il s'agissait de le convaincre qu'il allait vivre éternellement. La tâche n'était absolument pas impossible. Pour une bonne raison, un homme ou une femme a du mal à envisager sa propre mort. Je dirais que l'âme s'attend à être immortelle. Jusqu'à un certain point, cela peut d'ailleurs être vrai. Certains humains, après tout, peuvent renaître. Non grâce à la main tendue au passage par un prêtre ou par un pasteur tandis qu'on se noie dans une rivière, mais par le biais de la réincarnation. Le Maestro nous a expliqué que cela fait partie d'un scénario imaginé par le DK. « Il se considère comme le grand artiste divin, mais c'est aussi un gaffeur. Il y a tant de ces créations qui sont des ratages. Certaines sont même de vrais désastres qu'Il essaie de recycler dans la chaîne alimentaire. C'est le seul moyen qu'Il ait trouvé pour empêcher ses multiples tentatives médiocres, et souvent complètement absurdes, d'étouffer l'existence des autres. Je dois reconnaître qu'Il est obstiné. Il s'efforce sans cesse d'améliorer les êtres qu'Il a déjà créés. » Comme le dit le Maestro, le Dummkopf a même tendance à essayer de bonifier les êtres humains les plus désespérément ratés. C'est pourquoi très peu d'hommes et de femmes sont convaincus qu'ils cesseront de vivre. Ils en conviendraient volontiers s'ils ne craignaient le ridicule. Mais leur plus grande crainte est que leur vie nouvelle, étant donné la façon dont ils ont gâché la précédente, ne les expose de trop près au feu de la colère de Dieu, ne les place encore beaucoup plus près d'elle que dans leur existence antérieure. Le comportement d'un individu dans la vie peut à cet égard refléter les tribulations et les échecs de sa vie précédente. La renaissance peut conduire à un véritable enfer. Même si le Maestro ne nous a jamais donné de réponses claires à ces questions, je suis convaincu qu'il existe une région dans l'inconscient de chaque être humain où existe la croyance ferme en l'immortalité.

Cette notion peut occasionner pour nous des difficultés considérables. Beaucoup d'hommes et de femmes, surtout à partir d'un certain âge, sont persuadés que, s'ils rachètent leurs péchés, ils renaîtront. Cette croyance peut déstabiliser complètement des clients qui jusque-là nous étaient acquis. Ils n'ont pas tout à fait tort à cet égard. Aussi abominables et endurcis que soient les quelques humains choisis par Dieu pour renaître, Il estime probablement qu'ils possèdent en eux quelque chose d'exceptionnel, même s'ils n'ont pas réussi à le démontrer au cours de l'existence qu'ils viennent de vivre.

J'en viens à me demander si le Maestro n'exerce pas une certaine influence occulte sur les décisions divines. La question manifestement me dépasse mais le Maestro a l'air de savoir lesquels de nos clients ont été choisis pour renaître. Pour parler de ces questions de manière plus pertinente, il faudrait connaître la manière dont le DK envisage l'avenir de Sa création. Est-ce de manière aussi impitoyable que notre Maestro ? Et ce caractère impitoyable est-il un élément intrinsèque de ces forces divines ?

12

Quelques mois après la mort d'Edmund, Klara se mit à ruminer des pensées effrayantes. L'attitude d'Adi envers Edmund avait-elle été plus que cruelle ? Peut-être même impardonnable ? Angela lui avait rappelé qu'une fois où les deux frères jouaient ensemble elle avait entendu Adi terroriser Edmund en lui racontant des contes de Grimm, les plus impressionnants.

Par la fenêtre de sa chambre, Klara voyait Adolf, assis sur le mur du cimetière, tuer des rats à la carabine. Elle sursautait chaque fois qu'elle entendait le bruit mat du tir. Le fusil à air comprimé résonnait en elle comme une voix sinistre. Elle avait l'impression d'entendre des esprits errants venant vers elle depuis le cimetière. Même quand ils ne sont pas nos clients, nous pouvons avoir une petite influence sur les individus. En l'occurrence, je ne voulais surtout pas que Klara enfonce Adolf un peu plus dans sa dépression. Je lui envoyai donc dans son sommeil des suggestions selon lesquelles Adi n'était pas méchant mais terriblement malheureux. Cette technique s'avère particulièrement efficace auprès des mères qui conservent un peu d'amour pour leur enfant. La situation s'améliora donc au bout d'un moment. Klara reconnut encore une fois la nécessité de faire changer le comportement d'Alois. Elle exposa à son mari que l'humeur épouvantable du garçon commençait à avoir des répercussions sur ses résultats à la petite école de Leonding. Cela s'expliquait par le chagrin qu'il éprouvait après la mort d'Edmund. « Mais il a aussi peur de toi, osa dire Klara, il déteste te décevoir. Alois, tu devrais te montrer plus gentil avec ton fils. »

C'étaient des paroles venues du fond du cœur, elles eurent cependant pour effet de raviver chez Alois le souvenir d'Edmund. Adolf, hélas, n'était pas Edmund. Toutefois, il hocha la tête.

« Je ferai ce que je peux, dit-il. J'ai l'impression que mon cœur parfois se referme comme une porte qui claque. »

À présent qu'elle avait pris conscience du problème, elle ne voulait pas faire taire ses sentiments. Il fallait qu'elle trouve le moyen de se rapprocher d'Adolf. Son cœur à elle pouvait aussi se refermer comme une porte. Mais elle avait remarqué qu'Adolf semblait très impressionné par le passage à la nouvelle année 1900. « Adolf, lui dit-elle, ceci va être ton siècle. Je le sens. Tu accompliras des choses extraordinaires dans les temps à venir. »

À l'entendre, il se sentit investi d'une importance nouvelle, tout en ne sachant pas s'il devait la croire. En quoi allait-il marquer ce siècle ? Pour l'instant, il se sentait incapable d'accomplir le moindre exploit. Il ne cessa donc de la questionner : « Est-ce que c'est bien vrai ? » Elle finit par faire un lapsus qui révéla la vérité : « Tu es celui que je dois aimer. » Il rumina cette formulation. Il comprit pour la première fois que les femmes n'étaient pas là simplement pour vous aimer par devoir. Elles pouvaient vous donner un amour bien réel ou vous offrir une simple imitation sur laquelle on pouvait moins compter.

Le Maestro intervint à ce stade. « Ne l'encouragez pas, me dit-il, à témoigner un intérêt exagéré pour les femmes. Laissez-le vivre dans la frayeur. »

13

En ce début de printemps, par ces fins d'après-midi couvertes, quand il y avait du brouillard et que les odeurs de mousse et de moisissure montaient des tombes, Adolf s'asseyait sur le mur bas et humide du cimetière en attendant qu'il fasse noir et que les rats sortent de leur trou. Quand ils regardaient vers l'ouest, leurs yeux brillaient aux dernières lueurs du soleil, même s'il était voilé, et ils offraient alors une bonne cible. Lorsqu'il arrivait à en tuer un à l'aide de son fusil à air comprimé, il n'avait pas envie d'approcher du cadavre. La nuit était trop proche pour qu'il descende de son mur et s'aventure sur la pelouse du cimetière

Mais le matin, de bonne heure, avant d'aller à l'école, il passait faire un tour et, si aucun chien ou aucun chat n'était allé rôder dans le cimetière pendant la nuit et que le cadavre du rat était toujours là, il pouvait respirer les premiers relents de décomposition de la charogne. Il en était tout remué. Il se demandait si le même phénomène s'était produit dans le corps de son petit frère.

Même au printemps, il n'eut aucune envie de retourner dans la forêt. Il préférait rester perché sur le mur du cimetière.

Pour ma part, j'avais décidé de ne pas chercher à atténuer son sentiment de culpabilité. Et mon intuition se trouva bientôt justifiée. En principe, ce sont les Cudgels qui encouragent le sentiment de culpabilité en cherchant à renforcer chez leurs clients tout ce qui peut les amener à l'expiation, alors que nous, nous préférons consumer ce sentiment, le laisser pour ainsi dire brûler jusqu'à l'os. Même si cela risquait de restreindre les possibilités futures de son psychisme, je devais être prêt à tirer Adolf de sa dépression avant qu'elle prenne des proportions extrêmes. La dépression peut mener à la folie. Certains soirs, Adi, assis sur le mur du cimetière, se demandait ce qu'il ferait si le bras d'Edmund se dressait brutalement hors de sa tombe. Allait-il se sauver en courant ? Irait-il essayer de parler à Edmund ? De lui demander pardon ? Ou allait-il tirer à coups redoublés sur le bras avec son fusil à air comprimé ?

Pendant tout l'hiver, le printemps et l'été 1900, le souvenir de la maladie d'Edmund continua à peser sur sa poitrine comme un poids mort.

Il n'est pas difficile d'en deviner la raison. Adolf possédait encore quelques traces de conscience. Même si l'apitoiement sur soi-même est le moyen que nous utilisons le plus souvent pour adoucir l'entrée des sentiments les plus horribles dans le cœur, la conscience peut devenir pour nous un obstacle. C'est à l'aide de la conscience que les Cudgels façonnent rudement les gens. Quand nous travaillons sur nos clients les plus évolués, nous cherchons au contraire à leur extirper leur conscience. Une fois cette première étape atteinte, nous fabriquons un semblant de bonne conscience, toujours prête à justifier toutes ces passions que les Cudgels ne cessent de combattre : l'avidité, la luxure, la jalousie, inutile de dresser ici la liste des sept péchés capitaux. Lorsque nous parvenons à faire fonctionner correctement ce faux-semblant, nos clients disposent de la faculté de plus en plus efficace de justifier les pires actes. Nous avons alors réussi à débarrasser la conscience des souvenirs honteux qui l'obligent à se mettre en cause. Les meilleurs résultats, puis-je ajouter, nous les obtenons lorsque les vestiges presque vides d'un reste de conscience sont assez résistants pour s'opposer à un sens nouveau du détachement : ils sont alors perçus comme une gêne inutile, un obstacle au bien-être. Bien sûr, les meurtriers en série qui sont fiers de leur audace ont généralement réussi à se débarrasser de toute forme de conscience. Une des conséquences de cette réalité est le bénéfice que nous tirons des périodes de guerre, lorsque les soldats perdent toute forme de conscience. Notre tâche s'en trouve grandement simplifiée. Dans les périodes de paix, il faut faire appel à tout le savoir-faire de démons de haut rang tel que moi. Je peux dire que ce n'est pas si facile de convaincre un homme ou une femme de commettre un meurtre. Ils pensent généralement, selon leurs propres critères, que le meurtre est l'acte le plus égoïste qui soit. Les peuples primitifs le savaient bien. Quand ils sacrifiaient un animal au cours d'une cérémonie, ils étaient assez sages pour commencer par lui demander pardon avant de lui trancher la gorge.

Pour ma part, je m'apprêtais à renforcer chez Adi le sentiment de puissance que le meurtre confère au meurtrier. Oh, il était encore un peu jeune pour que je puisse lui appliquer nos techniques les plus développées, mais je me contentai d'imprimer en lui un rêve où Adolf devenait un héros de la guerre franco-prussienne de 1870. Cela impliquait l'idée qu'il avait connu une existence antérieure, environ deux décennies avant sa naissance en 1889. Ce n'était pas très difficile de l'amener à croire qu'il avait massacré tout un peloton de soldats français qui avaient commis l'insigne erreur d'attaquer l'avant-poste qu'il tenait à lui seul. Bien sûr, le rêve était un peu sommaire, mais il posait les bases d'entreprises plus sophistiquées qui seraient menées à l'avenir. Le rêve franco-prussien n'était pourtant rien d'autre qu'un fantasme et ses effets sont toujours temporaires.

Permettez-moi de vous dire que les fantasmes n'avaient plus de secrets pour moi bien avant que le Dr Freud s'y intéresse. Par nécessité, notre approche de la psychologie humaine doit aller plus loin. Le côté superficiel de tant d'analyses freudiennes nous fait toujours sourire. C'est sa faute. Il n'a rien voulu savoir des anges et des démons et s'est toujours montré absolument déterminé à nier toute intervention du Dummkopf et du Maestro dans les affaires humaines, grandes ou petites.

On doit tout de même dans une certaine mesure rendre hommage au bon docteur pour sa définition de l'ego. Ce concept est devenu un outil dont les hommes sont presque aussi adeptes que nous pour évaluer les fluctuations de l'estime de soi.

Je peux dire que le statut de l'ego d'Adolf était au centre de mes préoccupations. Cela ne servirait à rien de développer en lui l'estime de soi si, dans le même temps, il continuait à être terrifié à l'idée qu'il avait contribué à la mort d'Edmund. Même s'il n'avait pas envie de le reconnaître, il se sentait certainement responsable et, le pire, c'est que moi-même je ne connaissais pas la réponse. Était-il coupable ou non ?

Les faits étaient simples – les actes étaient clairement établis, mais les conséquences ne l'étaient pas. Un matin qu'Angela travaillait au jardin avec Klara et Paula et qu'Alois était sorti se promener, Adolf avait trouvé Edmund qui jouait tout seul dans la chambre qu'ils partageaient avant qu'Adolf tombe malade.

Adolf s'était approché et avait embrassé Edmund. Aussi simplement que cela. Je dois reconnaître que je l'y avais un peu poussé. Si je ressentais personnellement pour Edmund quelque chose qui ressemblait à de l'affection, je ne pouvais pas faire grand-chose dans le cas présent. À l'époque je n'étais pas prêt à contester un ordre reçu directement du Maestro.

« Pourquoi tu m'embrasses ? avait demandé Edmund.

— Parce que je t'aime.

— C'est vrai ?

— Je t'aime, Edmund.

— C'est pour cela que tu m'as scalpé ?

— Oublie cela. Tu dois me pardonner. Je pense que c'est à cause de cela que j'ai attrapé la rougeole. J'ai eu tellement honte de moi après coup.

— C'est vrai ?

— Je le pense vraiment, oui. Et c'est pour cela que je dois encore t'embrasser. C'est le moyen de te rendre ton scalp.

— Ce n'est pas nécessaire. Je n'ai pas mal à la tête aujourd'hui.

— Il ne faut pas prendre de risques. Laisse-moi encore t'embrasser.

— Ce n'est pas mauvais ? Tu as eu la rougeole ?

— Entre frères et sœurs, oui, cela peut-être mauvais, mais pas entre frères. Il a été prouvé médicalement que les frères peuvent s'embrasser même quand l'un d'entre eux a la rougeole.

— Maman a dit qu'il ne fallait pas. Qu'on n'a pas le droit de t'embrasser pour le moment.

— Maman ne sait pas qu'entre frères il n'y a aucun problème.

— Tu le jures ?

— Je le jure.

— Fais-moi voir tes doigts pour jurer. »

C'est là que je dus pousser un peu Adolf. Il leva la main, doigts écartés et dit : « Je le jure. »

Puis il couvrit Edmund de baisers, des baisers de gamin, bien baveux, et Edmund à son tour l'embrassa. Il était tellement heureux d'apprendre qu'au fond Adi l'aimait bien.

Edmund attrapa la rougeole. La maladie lui fut fatale. Nous étions responsables de sa mort. Ou peut-être pas ? Je n'en savais pas plus qu'Adolf. Et donc chaque nuit, un nouveau peloton de soldats français se faisait massacrer par Adolf dans son sommeil. J'avais décidé de le distraire à coups de fantasmes. Pris un par un, ils pouvaient provoquer des effets importants, mais la quantité change la qualité, comme Engels un jour l'écrivit à Marx, et j'étais donc convaincu que mon action obtiendrait l'effet désiré s'il ne devait pas faire face à trop de problèmes différents. Autrement, je pense qu'Adolf aurait déjà été prêt à mobiliser toutes ses ressources psychiques pour accepter la ferme conviction que le meurtre apporte la puissance au meurtrier.

LIVRE XIII

ALOIS ET ADOLF

1

Adolf Hitler a prouvé qu'il était prêt à exterminer des êtres humains en les envoyant dans des chambres à gaz, mais en 1900 il n'aspirait manifestement pas encore à de tels actes. Donc, si j'évoque l'année 1945, ce n'est pas pour établir un lien direct avec les mois qui suivirent la mort d'Edmund. Soigneusement encadré par le Maestro, je me contentai simplement pendant toutes ces années d'intensifier le sentiment précoce qu'il avait de devenir un jour un serviteur très important des dieux de la mort. Cela l'amenait à imaginer que sa propre fin ne ressemblerait à aucune autre. Bien sûr, je n'avais à l'époque aucune idée des proportions qu'allait prendre la chose. J'aurais agi exactement de la même façon avec Luigi Lucheni, s'il avait fait partie de mes clients lorsqu'il était jeune.

Je trouve toutefois très intéressant de noter qu'au cours des derniers mois de sa vie, Hitler avait souhaité que son corps soit brûlé. L'aspect le moins réussi de sa personnalité avait toujours été son apparence physique, cependant, vers la fin de sa vie, son âme – au moins d'après nos critères – était en bien plus mauvais état que son corps. Il est vrai que lorsqu'on est devenu le maître de la mort détenant le pouvoir d'exterminer des populations entières, on a aussi besoin d'une solide carapace pour protéger son ego et ne pas à avoir à supporter plus d'horreur qu'une âme ne saurait le faire. De nombreux hommes d'État, parvenus au sommet du pouvoir dans un pays en guerre, ont su généralement maîtriser à la perfection cette faculté. Ils ont acquis la capacité de ne pas être rendus insomniaques par les pertes infligées au camp adverse. Ils disposent du procédé social le plus puissant, capable d'étouffer les sentiments – le patriotisme ! Cela reste l'instrument le plus efficace pour manipuler les masses en attendant qu'il soit remplacé éventuellement par la religion révélée. Nous adorons les fondamentalistes. La foi leur donne assez de certitudes pour pouvoir se transformer en arme de destruction massive.

Il ne s'agit là que de réflexions personnelles. Je dois dire au lecteur que le Maestro a horreur que ses sbires se mettent à philosopher. Il traite nos idées de « vapeurs » et nous enjoint de nous occuper des questions qui relèvent de notre compétence.

Je pense que, vers la fin, Hitler devait être assez désabusé pour éprouver ce même sentiment. En 1944, la pire année qu'il ait vécue, alors que l'issue de la guerre se présentait mal et que le Führer, retranché dans sa retraite souterraine de Prusse-Orientale, le Wolfschanze, essayait de se détendre en évoquant devant ses secrétaires de vieilles anecdotes pendant le dîner. Il racontait comment son père lui flanquait bien souvent une raclée le soir. Mais il prenait soin de préciser qu'il s'était toujours montré courageux, aussi courageux qu'un Indien sous la torture. Il n'avait jamais poussé le moindre cri. Les dames adoraient ces histoires de héros. À présent, nettement plus âgé qu'à l'époque – il avait désormais cinquante-cinq ans –, Adolf se sentait disposé à jouir des privilèges de l'âge. Il adorait susciter l'admiration des femmes sans connaître l'angoisse d'avoir à décider s'il allait faire l'amour avec elles. Son appétit sexuel, complètement à l'opposé de celui d'Alois, ne l'avait jamais incité à affronter les gloires et les périls de la fornication. (Il avait une peur terrible de ne pas être à la hauteur, et nous étions attentifs à ce qu'il en soit toujours ainsi.) Lui fournir une compagne n'était donc en rien nécessaire à la réalisation de nos projets.

Le récit qu'il faisait à ses secrétaires relevait évidemment de l'exagération la plus éhontée. Il prétendit même une fois que son père lui avait assené jusqu'à deux cents coups sur les fesses.

Un jour, à la fin des années 1930, il raconta à Hans Frank : « Quand j'avais dix ou douze ans, il fallait que j'aille tard le soir dans cette taverne puante et enfumée. Je ne faisais aucun effort pour ménager la fierté de mon père. J'allais droit à sa table où il me regardait d'un air bête, je le secouais : "Père, il est l'heure de rentrer. Debout." Je devais souvent passer un quart d'heure, parfois plus, à essayer de le convaincre et à le houspiller avant que je le décide à se mettre debout. Je l'aidais à rentrer à la maison. Je n'ai jamais eu aussi honte de ma vie, Hans Frank, je peux vous le dire, je sais que l'alcool peut être un véritable démon. Par la faute de mon père, il a empoisonné ma jeunesse. » Il racontait l'histoire avec une telle conviction que Herr Frank s'en fera l'écho lors du procès de Nuremberg.

2

En réalité, Alois à cette époque buvait moins. Il n'osait pas abuser. Il trouvait insupportable qu'Edmund ne fût pas là le matin pour lui dire bonjour. Il avait la sensation d'avoir avalé un bol de cendres pendant la nuit.

Bien souvent, le soir, il avait besoin d'être en pleine possession de ses moyens parce qu'il avait l'intention de se rendre à une *Buergerabend.* La bonne société était trop cultivée pour lui mais sa fréquentation le distrayait quelque peu de son humeur sombre. Sans ce dérivatif raffiné, il aurait passé toutes ses nuits à remâcher son chagrin après la mort de son fils. Il se mit donc à les fréquenter assidûment, et il lui arrivait souvent d'être présent aux quatre réunions hebdomadaires, quelle que fût l'auberge choisie. Au début, il était un peu guindé aussi bien en arrivant qu'en repartant, mais il se sentit bientôt plus à l'aise grâce à la sympathie tranquille qu'on lui témoignait. Un accueil courtois de toute l'assemblée lui était toujours réservé. Ils étaient nombreux à lui adresser un salut chaleureux quand il partait. « C'est là le bon côté de la bonne société », se disait-il. Du temps où il était douanier, il avait toujours pensé que ces gens-là avaient des manières froides et distantes, sauf quand ils avaient quelque chose à cacher.

Une autre chose l'impressionnait, c'est que l'un des membres assidu de ces *Buergerabend* était un rabbin, Moriz Friedmann, qui avait fait partie de la Commission scolaire autrichienne pendant dix-huit ans. Alois voyait que la plupart des membres de l'assemblée lui témoignaient un grand respect, et cela contribua à renforcer chez lui l'idée que l'humanité pouvait être divisée en deux groupes, les gens cultivés et ceux qui ne l'étaient pas. Si un Juif pouvait être accepté dans une *Buergerabend*, se dit-il, pourquoi pas un paysan issu du bas de l'échelle, un gamin illégitime fils d'une femme qui dormait sur la paille dans une mangeoire désaffectée ? Non, il ne risquait pas d'abuser de l'alcool au cours de ces soirées-là. Et Adolf n'eut jamais besoin de l'aider à rentrer, ivre, à la maison. L'accueil chaleureux que lui réservaient les participants de ces *Buergerabend* l'amena à la conclusion qu'il avait parfaitement le droit d'appartenir à cette société, parce que, à l'instar du rabbin Moriz Friedmann, il était un individu très spécial. À l'époque, six cents Juifs environ vivaient à Linz. Ce qui signifiait que, sur une population de soixante mille personnes, un homme ou une femme sur cent était juif. Ces Juifs venaient pour la plupart de Bohême et n'étaient pas aussi rustres qu'on aurait pu le penser. C'est ce qu'il aurait dit à Klara si elle ne l'avait pas autrefois pris pour un Juif. Beaucoup d'entre eux étaient assimilés. Ils ne se promenaient pas en vieux caftans puants dans les recoins malpropres. Il y avait parmi eux des commerçants, des industriels et nombre d'entre eux, comme ce Moriz Friedmann, occupaient des postes officiels importants. Oui, ils arrivaient des marges, tout comme lui.

Alois estimait maintenant (tout comme Mayrhofer) que la taverne locale était trop vulgaire pour lui. Plongé comme il l'était dans son chagrin, les éclats de voix pouvaient l'amener au bord des larmes chaque fois qu'il pensait à Edmund. En plus, il buvait davantage quand il était à la taverne. Quelle honte ce serait de s'effondrer dans un endroit pareil !

3

Adolf entra dans le cycle secondaire en septembre 1900, presque huit mois après la mort d'Edmund. S'il passait normalement d'une classe à l'autre au cours des quatre années à venir, il quitterait l'établissement au moment de son quinzième anniversaire. Il déclara qu'il voulait entrer au lycée, dont l'enseignement était surtout axé sur les lettres classiques et les disciplines artistiques, plutôt qu'au lycée technique qui dispensait un enseignement pratique.

Alois et Adolf eurent de nombreuses discussions à ce sujet. Klara y assistait parfois, mais l'enjeu était la question du lycée. Adi estimait qu'il pourrait y faire de bonnes études. Il était plutôt doué, selon lui, pour les arts. Pour mettre Alois dans de bonnes dispositions, il ajoutait qu'il était prêt à étudier les matières classiques. Alois réagit avec mépris.

« Les classiques ? Es-tu sérieux ? »

Klara prit la parole :

« Notre fils est perturbé. Tout son comportement s'en ressent.

— Je peux comprendre qu'il ait des idées noires mais ce que tu dis n'a aucun sens. Je ne vois pas l'intérêt d'essayer d'entrer au lycée. Il n'a aucune chance d'y être admis. » Il regarda Adolf dans les yeux : « Ces temps-ci, tu n'es même pas capable d'écrire l'allemand correctement ; au nom de ce que ta mère appelle le Bon Dieu, qu'est-ce que tu irais faire à apprendre le latin et le grec ? »

Alois se mit alors à lui parler en latin. Non pas pour le tester mais pour se moquer de lui : « *Absque labore nihil.*

— Et qu'est-ce que cela veut dire ? » demanda sèchement Klara. Comme elle trouvait Alois cruel ! Il fit tout un cinéma pour allumer sa pipe, aspirer lentement la fumée puis la souffler tranquillement avant de déclarer : « Sans travail, il n'y a rien. » Il hocha la tête. « Voilà ce que ça veut dire. » Il souffla quelques petits ronds de fumée soigneusement élaborés. « Je dirais que cela s'applique parfaitement aux études. Au lycée, les élèves doivent maîtriser la grammaire à la perfection. En latin et en grec, les deux ! Ce sont là des connaissances intéressantes. Qui vous assurent la supériorité sur les autres pour toute votre vie. Mais on ne peut rien obtenir sans un travail appliqué, et ce genre d'études, Adolf, n'est pas pour toi. Pas plus que tu n'as besoin de cours sur l'histoire ancienne, la philosophie ou les arts. Tu ne saurais exceller que dans bien peu de ces disciplines. Il est préférable à mon avis que tu ailles au lycée technique. Non seulement il dispense l'enseignement pratique qui te convient mais je pourrais t'aider à y entrer. (Il pensait à une intervention de Mayrhofer.) Le lycée est inaccessible, même si je déploie de grands efforts. D'ailleurs, un seul coup d'œil à ta façon d'écrire trancherait la question. »

Alois savait qu'il pourrait obtenir des recommandations de certains participants des *Buergerabend* pour le faire entrer au lycée, mais pour quoi faire ? Cela ne suffirait probablement pas. Il aurait sûrement plus à y perdre qu'à y gagner, et pour quel résultat ? Il soupira.

4

La vie d'Adolf changea alors, mais en pire. Linz se trouvait à huit kilomètres de Leonding et était vingt fois plus grande. Il y avait un trolley qui s'y rendait toutes les heures, mais Klara voulait qu'Adolf y aille à pied et le trajet était bien long à travers champs et forêts jusqu'au lycée technique.

Tous les matins, il y avait toujours quelqu'un, son père, sa mère ou même Angela, pour lui rappeler qu'il était désormais le seul fils et que toute la famille comptait sur lui. Il détesta très vite le lycée technique. Le bâtiment avait l'air sinistre quand il faisait mauvais temps. C'en était bien fini du plaisir qu'il avait pris à se rendre à l'école à Hafeld, à Lambach ou à Leonding où il excellait. Les murs ici semblaient partager sa tristesse. Il repensait souvent au jour où Alois, pleurant la mort d'Edmund, l'avait à moitié étouffé en le serrant très fort dans ses bras, et en répétant : « Tu es mon seul espoir », une déclaration qui puait le tabac. L'air ambiant avait-il jamais entendu un tel mensonge ? Le souvenir de ce moment misérable et si trompeur était désormais lié pour lui à l'entrée au lycée technique.

Ses camarades, pour la plupart, venaient de familles aisées. Ils se comportaient très différemment des fils de paysans ou de citadins qu'il avait fréquentés ces dernières années. Il ne pouvait pas croire sa mère quand elle lui disait : « Ton père est le deuxième personnage le plus important de Leonding, et le premier, le maire, Mayrhofer est son ami. » Il doutait fort que leur notoriété eût jamais atteint les faubourgs de Linz. Et pourquoi le maire, qui d'après Klara était l'homme le plus important de Leonding, devait-il vendre des légumes dans sa boutique ? En voilà, un maire prestigieux ! Adolf fréquentait l'établissement depuis une journée et il se sentait déjà inculte. Lors de la récréation, il avait entendu des élèves parler des mérites de l'opéra où leurs parents les avaient emmenés la veille. Cela lui donna à réfléchir et il se demanda en quels termes ces garçons devaient parler de lui. « Ce Hitler, il est obligé de venir à pied depuis Leonding. » Quand il pleuvait, il était autorisé à prendre le trolley, mais seulement si ses parents lui donnaient les pfennigs pour payer le trajet. Un étranger ! Voilà ce qu'il était. La plupart de ces garçons de Linz n'avaient même jamais vu Leonding. Ils devaient penser que c'était un patelin boueux. Et puis il ne pouvait pas s'attarder après les cours et se faire des amis, il avait tout le long chemin de retour à faire jusqu'à la Maison du Jardin. Ses jeux guerriers dans la forêt ne pouvaient plus avoir lieu que le dimanche. Il n'avait même plus le temps d'entraîner ses troupes.

Il fut rapidement submergé par la même vieille interrogation. Était-il responsable de la mort d'Edmund ? Il décida une fois de plus de s'adresser aux arbres. Ses conversations étaient devenues de véritables discours. Il vitupérait la stupidité de ses professeurs et la mauvaise odeur de leurs habits. « Ils travaillent pour gagner leur croûte, déclara-t-il à un chêne imposant, c'est évident, ils n'ont pas les moyens de changer de linge. Angela devrait venir les renifler un peu. Ensuite elle respecterait son frère. » Il abordait d'autres sujets. À un vieil orme, il expliqua : « C'est théoriquement une école supérieure mais je peux dire que c'est un endroit stupide, grossier. » Il entendait le feuillage murmurer son assentiment. « J'ai décidé de me consacrer au dessin. Je sais que je suis très doué pour saisir le moindre détail des monuments les plus intéressants de Linz ou de Leonding. Quand je montre mes dessins à mes parents, même mon père les trouve bien. Il me dit : "Tu es un excellent dessinateur." Mais ensuite pour tout gâcher il ajoute : "Tu devrais mieux étudier la perspective. Tu n'as pas donné leur bonne taille aux gens qui marchent devant les monuments. Certains sont des géants, d'autres des pygmées. Tu dois apprendre à dessiner les personnages à la bonne échelle. Ils doivent être en proportion de la taille des bâtiments et de la distance où ils se trouvent par rapport à eux. C'est dommage, Adolf, que tu ne saches pas faire cela car ta façon de dessiner les édifices, en elle-même, est excellente." »

Évidemment, des louanges mitigées de son père valaient toujours mieux que toutes les approbations de Klara inspirées par l'amour. Cela renforçait sa décision. Il voulait s'engager dans la voie artistique, pas dans les études. « Le travail scolaire, confia-t-il à un bouquet d'arbres, est plein de prétentions. C'est sans doute pour cela que mes professeurs ne s'intéressent pas à mes possibilités. Ce sont des snobs. Ils passent leur temps à faire des ronds de jambe devant les élèves qui viennent de familles riches. L'air de cette école m'est devenu irrespirable. » Ce qu'il ne disait pas aux arbres, c'est que les seuls élèves qui voulaient bien de lui pendant les récréations étaient les gamins les plus laids, les plus stupides ou les plus pauvres.

Il croyait en la sagesse de ces arbres vénérables. Ils semblaient aussi sages que de vieux éléphants.

Parfois, le matin, il était en retard et devait prendre le train de Leonding à Linz. Klara n'aimait pas cela. Ce n'était pas une grosse dépense mais elle lui semblait inutile du moment que le jour était levé. Elle était hantée par l'idée du gaspillage chaque fois qu'on dépensait inconsidérément de l'argent. Les pièces dilapidées de cette manière lui semblaient tomber au fond d'un puits asséché en faisant un bruit épouvantable.

Pourtant, le matin, quand il se rendait à pied au lycée, son chemin l'emmenait à travers une belle campagne et il s'intéressa bientôt aux fortifications qu'il croisait sur sa route, surtout après avoir appris que ces tours en ruine dataient des premières années du XIXe siècle, à l'époque où les Autrichiens redoutaient que Napoléon ne fasse traverser le Danube à ses troupes. Ils avaient donc construit ces tours de guet. Un matin, en pensant à tous les ouvriers qui avaient travaillé à leur construction et à tous les soldats qui les avaient habitées, Adolf fut si excité qu'il en eut une éjaculation. Ensuite, il se sentit languissant mais heureux. Il arriva évidemment très en retard au lycée et revint à la maison avec un mot à faire signer par Klara. Elle ne fut pas très convaincue par son histoire de train raté.

5

Il y avait un paradoxe que les camarades d'Adolf ne soupçonnaient pas, c'est que loin d'être un trou perdu Leonding possédait une véritable aristocratie dont les représentants fréquentaient régulièrement les *Buergerabend*. Les subtiles différences de statut entre tous ces gens commencèrent à intéresser Alois qui trouva là une petite diversion à son chagrin. Un tel sursis ne pouvait de toute façon durer bien longtemps. Il savait qu'il ne cesserait de plonger plus profondément dans sa peine, pas à pas, confronté à une telle confusion qu'il en vint à se demander si son équilibre mental n'était pas compromis.

Ce n'était pas toujours aussi épouvantable. Par moments, il avait l'impression qu'il parviendrait à se remettre de cette mort et peut-être à retrouver sa vigueur. Mais pas entièrement, ni définitivement. Il lui restait toujours un trou percé dans le cœur.

Néanmoins ces soirées lui étaient d'un grand secours. Cela lui faisait du bien d'entendre converser des gens d'esprit. C'étaient les personnes les plus élégantes et les mieux éduquées qu'il eût jamais fréquentées, et cela ravivait le besoin qu'il avait de se croire lui-même un homme raffiné. Un soir, par exemple, il écouta avec la plus grande attention un de ces aristocrates, manifestement très connaisseur en vins, qui remarquait en passant : « Si les Anglais appellent cela hock, c'est simplement parce que le riesling qu'ils apprécient tant provient de Hochheim. » Alois avait appris à hocher légèrement la tête d'un air satisfait comme si chaque bribe d'information qu'il venait tout juste d'apprendre faisait déjà partie de sa culture. Un soir, on servit du sylvaner dans des bouteilles de forme curieuse, appelées *Bocksbeutel.* Il s'ensuivit un grand éclat de rire. *Bocksbeutel* signifie « Testicules de bélier ». Alois se sentit presque d'humeur à prendre la parole. Qui pouvait être plus calé que lui sur la question des testicules de bélier ? N'en avait-il pas possédé une bonne paire dans le temps ? Il n'y avait qu'à demander aux dames. Mais il n'osa pas. Il savait bien la différence entre lui et ces gens-là. Ils pouvaient pour la plupart rester au lit bien après le lever du soleil. Ils étaient donc capables de rester à manger et boire jusque tard dans la nuit. Si besoin, jusqu'à minuit. Quand il était plus jeune, il s'était rarement endormi si tard, sauf dans le cas où il se trouvait dans le lit d'une nouvelle conquête. C'était triste à dire mais il avait mené une vie assez semblable à celle d'un pauvre travailleur qui part au boulot en emportant un morceau de pain, une saucisse de foie et un bol de soupe. Il voyait bien comment vivaient ces gens, à présent retraités, se levant pour prendre leur petit déjeuner – des œufs Bénédicte ! –, puis allumant un bon cigare. En fin d'après-midi, souvent ils sortaient leurs voitures. Et parcouraient les rues de Linz en compagnie de leur femme pour aller prendre le thé à l'hôtel Wolfinger ou aux Drei Mohren, établissement fondé en 1565. Là, ils pouvaient entendre jouer du violon. Que connaissait-il de tout cela ? Oui, ce serait vraiment un événement le jour où il pourrait aller prendre le thé aux Drei Mohren ou dans les salons de l'hôtel Wolfinger. Comme il le fit remarquer à Klara, c'étaient là les gens de Leonding les plus infatués d'eux-mêmes.

« Oublie donc Mayrhofer, lui dit-il, c'est un brave homme. Mais ces gens-là descendent des plus vieilles familles, du genre à avoir six plats différents au même dîner. J'ai même entendu parfois parler de huit. »

Klara fit remarquer : « Je pourrais faire la même chose pour toi.

— Non, ma chère, non. Ce n'est même pas envisageable parce que le secret c'est que, pour offrir ces mets raffinés, il faut avoir de la porcelaine de Meissen et des verres appropriés.

— Des verres appropriés ? » Curieusement, cela lui faisait mal d'entendre ça.

« Oui, ils tintent quand on les tape du bout du doigt. »

Il fut d'ailleurs invité à l'un de ces dîners. Il s'y rendit seul. Klara resta à la maison garder les enfants. À son retour, elle suggéra qu'ils pourraient peut-être rendre cette invitation.

« Ils ont l'eau courante, répondit Alois. Leurs cabinets ne sont pas dans une cabane au fond du jardin. Il n'y a pas un trou dans la porte en forme de quartier de lune. Nos nouveaux amis, à supposer qu'ils le deviennent jamais, trouveraient ce genre d'installation... *drôle.* » Il n'avait encore jamais employé ce mot. « Non, poursuivit-il, on ne peut pas inviter ces gens-là. Que pourrait-on leur répondre s'ils demandaient : “Où se trouve les water-closet ?” Crois-tu que je pourrais leur dire : “Ne vous en faites pas pour le trou dans la porte. Personne ne va venir regarder !” ? »

6

À la fin janvier, cinq mois après qu'Adolf eut commencé ses études au lycée technique, Klara y fut convoquée.

Au retour, dans le trolley, elle fermait ses yeux très fort pour ne pas pleurer. Elle ne savait pas si elle aurait le courage d'annoncer à Alois que le bulletin scolaire d'Adolf était catastrophique.

D'ailleurs, lorsque Alois apprit la nouvelle, le lendemain soir, elle lui tomba dessus à la fin d'une journée qui avait été l'une des pires de l'année, le 1er février. Il s'efforçait ce jour-là de se préparer au premier anniversaire de la mort d'Edmund, le 2 février, et alors qu'il marchait dans les rues de Leonding sans penser à rien, il rencontra Josef Mayrhofer. Le maire lui fit une proposition inhabituelle. Il confiait rarement sa boutique à son assistant, sauf quand ses devoirs municipaux l'appelaient à la mairie, mais cette fois il proposa à Alois d'aller prendre un verre à la taverne.

Une fois installés, ils évoquèrent le fardeau de ce premier anniversaire en braves gens qu'ils étaient en proie à l'émotion. Puis Mayrhofer dit quelque chose d'insolite : « Promettez-moi de ne pas punir le messager. »

Alois, tout confiant, répondit : « Vous ne pourrez jamais être porteur de mauvaises nouvelles », pourtant il éprouvait déjà une pointe d'inquiétude.

« Je dois vous demander, dit Mayrhofer, si vous n'auriez pas un fils plus âgé qui porte le même prénom que vous ? »

Alois attrapa le bras du maire et le serra si fort qu'il lui fit mal. Mayrhofer se libéra et dit avec un triste sourire : « Vous avez déjà puni le messager. » Il leva une main. « Assez, dit-il. Il faut que je vous le dise. Nous avons reçu aujourd'hui un rapport qui circule dans le district. Votre fils est en prison.

— En prison ? Pour quoi ?

— Pour vol. Je suis désolé. »

Alois émit une sorte de son guttural : « Je n'arrive pas à y croire. » Mais il savait bien que c'était la vérité.

« Vous pouvez aller le voir, si vous voulez, dit Mayrhofer.

— Le voir ? Je ne crois pas. » Alois suait à grosses gouttes. Il était sur le point de perdre ses bonnes manières.

« La chose la plus difficile que j'aie eu à faire dans ma vie fut de désavouer mon fils aîné, parvint-il à articuler. Mayrhofer, vous comprenez. Nous sommes une famille parfaite. Ma femme et moi avons toujours pris grand soin de bien élever nos enfants. Mais Junior était la pomme gâtée dans le tonneau. Si je ne l'avais pas renié, les autres enfants en auraient souffert. À présent les trois qui me restent (il se retint pour ne pas pleurer) vont très bien s'en sortir. »

Ce soir-là, sur l'insistance de Klara, Adolf fut contraint de montrer son bulletin à Alois. Mais en voyant l'expression que prenait le visage de son mari, elle eut tout à coup l'impression d'avoir trahi son fils.

Du ton sinistre de celui qui lirait une déclaration de guerre, Alois articula : « J'ai fait une promesse à ta mère. À sa demande. J'ai dit que je ne te battrais plus. C'était il y a un an. Nous étions sous le coup de la tragédie qui a frappé notre famille. Mais à présent, tu peux en être sûr, je vais briser mon serment. C'est la seule chose à faire quand un serment sacré a été déshonoré par celui qui bénéficiait le plus de sa protection. Viens ! Allons dans ta chambre. » Il retenait sa colère mais elle éclata dès qu'il dégrafa son ceinturon.

Au premier coup, Adolf se dit : « Je ne pleurerai pas », mais les coups étaient si violents qu'il se mit à crier. Alois ne s'était encore jamais servi d'une ceinture. C'était comme si elle se terminait par une langue de feu. La seule pensée qu'avait le garçon était qu'il ne voulait pas mourir. Et il ne savait pas ce qui allait le détruire en premier, les coups de fouet sur ses fesses ou son cœur qui allait lâcher. À cet instant, son père, tout essoufflé, s'arrêta et repoussa Adolf de ses genoux en lui disant : « Maintenant tu peux cesser de crier. »

Alois plongea un peu plus dans la dépression – avoir vécu aussi longtemps et ne plus avoir aucune confiance dans les pauvres débris de sa descendance masculine.

7

Adolf était sur des charbons ardents. Il avait osé montrer ses dessins à son professeur d'art. Il supposait qu'ils seraient immédiatement retenus et qu'ils figureraient en bonne place sur le tableau de liège réservé aux travaux des élèves. Il avait même déjà préparé la réponse tranquille et modeste qu'il donnerait aux éloges qu'il ne manquerait pas de recevoir. Ces moments de bonheur compenseraient les mauvaises notes de son bulletin scolaire.

Je dois bien reconnaître que j'influençai le résultat. Adolf avait du talent, mais rien d'exceptionnel. Au premier coup d'œil, je savais qu'il ne deviendrait jamais un artiste d'envergure. (Dès 1901, par exemple, le jeune Pablo Picasso était déjà un homme en qui nous placions de grands espoirs.) En comparaison, le jeune Adolf Hitler produisait des dessins juste bons à être épinglés sur le tableau de liège.

« Empêchez cela. » Tel fut l'ordre que je reçus du Maestro. « La dernière chose dont nous ayons besoin, c'est d'un artiste aigri de plus qui souffre de ne pas être reconnu à sa juste valeur. Mieux vaut le précipiter immédiatement en pleine crise. »

C'était à moi que revenait la charge d'accomplir cette tâche. Le professeur de dessin d'Adolf était un de nos clients (de fait, il ressemblait de manière troublante au type même de l'artiste médiocre dont parlait le Maestro). Grâce à une dispute que je suscitai entre sa femme et lui, je parvins à lui donner un épouvantable mal de tête. Les travaux d'Adolf furent examinés au milieu des élancements d'une bonne migraine. Aucun d'eux ne fut sélectionné.

Il n'en revenait pas. À cet instant, il renonça à tout jamais à l'idée de connaître un jour le succès scolaire. Il apprendrait à vivre par lui-même.

Bien sûr il n'allait pas, comme Alois Junior, quitter la maison. Ce n'était pas nécessaire. L'image de l'As du Péplum lui donnait encore la chair de poule. Non, il continuerait à vivre parmi les autres en fortifiant, à l'insu de tous, sa volonté de fer.

Il poursuivit donc des études médiocres. Le bulletin qu'il obtint à la fin de l'année et qu'il montra à son père en juin soulignait son échec dans deux matières, les mathématiques et l'histoire naturelle. Pauvre Alois, il n'avait même plus la force de donner une raclée à Adolf.

Pendant l'été, Adolf, lui aussi, était déprimé à l'idée de devoir redoubler son année mais il réussit à se persuader, avec mon aide, qu'il avait compris l'art d'apprendre mieux que tous les autres élèves. Il avait un secret. Il ne fallait retenir que l'essentiel. Les autres se donnaient un mal fou à retenir des quantités infinies de détails sans importance. Ils ressemblaient sur ce point à leurs enseignants. Ils étaient tout juste capables de réciter des listes et des nomenclatures. C'étaient des raseurs. Ils jacassaient comme des perroquets. Ils se prenaient pour des lumières chaque fois qu'un professeur approuvait ce qu'ils disaient. Et c'étaient eux qui obtenaient les bonnes notes.

Il était bien au-dessus de tout cela. Il en était fermement convaincu. Ce qui l'intéressait, c'était d'aller au cœur de chaque situation. C'était en cela que consistait le savoir véritable. Il n'était pas prêt à soumettre son esprit aux méthodes que les autres employaient. Cela ne ferait qu'amoindrir son intelligence.

Il fallait absolument que je lui offre quelques motifs de se réjouir. Ces derniers temps, ce qui l'amusait le plus était de taquiner Angela. Physiquement, il était devenu aussi fort qu'elle. Aussi, chaque fois qu'elle se risquait à le critiquer, il la traitait d'« oie stupide ». Angela prenait cela pour une terrible insulte. Elle avait vu des oies se poser sur la mare de la ville et elle les trouvait dégoûtantes, laissant partout leurs fientes derrière elles. Elle se voyait mieux sous la forme d'un cygne.

J'offris à Adolf une rêverie où il se voyait en professeur du lycée technique, élégamment vêtu, la voix claire, tranchante, et admiré pour son esprit.

ADOLF : Voici l'essentiel, jeunes gens. Ne vous appliquez pas à retenir tous les détails d'un événement historique. Je dirais même : protégez-vous, vous nagez en eaux troubles. La plupart des faits que vous aurez retenus ne sont que de simples débris contredits par d'autres faits. Il n'en résultera que de la confusion. Mais je peux vous venir en aide. Ne retenez que l'essentiel. Choisissez les seuls faits qui éclairent le problème.

8

Lors d'une soirée particulièrement animée des *Buergerabend*, un orateur, un homme corpulent, défendit la thèse selon laquelle les voyages en chemin de fer avaient bouleversé un ordre social établi de longue date. « Notre perception du monde, déclara-t-il, a été profondément modifié par l'existence du chemin de fer. Le roi de Saxe, par exemple, est hostile à ce moyen de transport. Comme il l'a dit récemment, l'ouvrier peut désormais arriver à destination par le même train que le roi. Cela revient à dire que l'élite n'a plus le privilège de voyager plus vite que les classes laborieuses. Le désordre social pourrait en résulter. »

Un autre orateur se leva et affirma : « Je partage entièrement l'avis de mon distingué ami, bien des prétendus progrès sont d'une valeur douteuse. Les montres de poche en sont un bon exemple. De nos jours, n'importe qui peut s'acheter une montre à un prix raisonnable. Je me rappelle pourtant l'époque où c'était un privilège de posséder une belle montre. Vos employés ne pouvaient que remarquer la belle qualité de votre montre et de votre chaîne. Ils prenaient congé avec le plus grand respect. Aujourd'hui, n'importe quel manœuvre peut sortir une montre de pacotille de la poche de son pantalon et prétendre qu'elle est plus précise que la vôtre. Et voulez-vous que je vous dise le pire ? C'est parfois vrai. »

Un long éclat de rire suivit cette remarque. « Non, messieurs, reprit l'orateur, une montre bon marché peut parfaitement être aussi précise que nos bijoux de famille auxquels nous sommes très attachés parce qu'ils sont depuis si longtemps en notre possession. »

Un soir, la conversation porta sur les cicatrices de duel. Un sujet qui plongea Alois dans la mélancolie. Il écouta avec beaucoup d'attention les diverses opinions qui s'exprimaient sur le meilleur emplacement de la cicatrice. Valait-il mieux la joue droite ou la joue gauche, le menton ou la commissure des lèvres ? Vers la fin, il voulut placer un mot en faisant remarquer que, lorsqu'il était jeune douanier, beaucoup de ses supérieurs arboraient de telles cicatrices « et nous avions beaucoup de respect pour eux ». Il se rassit, les joues empourprées. Son intervention n'avait pas été vraiment décisive.

Une autre fois, il fut choqué par un jeune sportif (avec une cicatrice bien en évidence) qui entretint avec lui une longue conversation. La première course automobile entre Paris et Vienne venait de passer par Linz, et l'homme à la cicatrice non seulement possédait une automobile mais avait même pris part à la course.

Au début de la soirée, ce sportif avait animé un débat sur la question de savoir s'il était raisonnable de s'acheter une automobile et l'échange d'arguments contradictoires avait provoqué une discussion passionnée. Les adversaires de l'automobile évoquaient la poussière, la boue, le bruit et, pis que tout, les gaz d'échappement.

Le sportif avait répliqué : « Oui, je sais bien, ces machines infernales vous paraissent horribles mais il se trouve que, moi, j'aime les gaz d'échappement. Je les trouve aphrodisiaques. »

Sa remarque fut accueillie par des huées. Il rit. « Vous pouvez dire ce que vous voulez, ces gaz ont un léger parfum de débauche. » Et il fit le geste de renifler le bout de ses doigts. L'assistance fut secouée de rires et de grognements. « Vous pouvez vous contenter de vos voitures et de vos écuries, poursuivit-il, moi j'aime voyager à toute vitesse.

— Mais ce sont vraiment des vitesses excessives, fit remarquer quelqu'un.

— Pas du tout. J'aime le danger. Le bruit du moteur me stimule. Les piétons qui autrefois admiraient un beau cheval et une voiture sont aujourd'hui subjugués par mon monstre d'acier. Je le vois bien du coin de l'œil quand je passe en coup de vent. »

Alois était très impressionné par le riche sportif qui conclut son intervention par ces mots :

« Oui, conduire une automobile présente quelques risques. Mais n'est-il pas dangereux de guider un cheval fou ? Je préfère courir le risque de me rompre le cou dans mon automobile que de me faire écraser sous une voiture renversée. Ou d'être assis derrière un sale bourrin prêt à m'asphyxier tant il me déteste. »

Voilà qui les fit tous éclater de rire. Il n'y avait rien de pire en effet qu'un tel cheval.

Plus tard, quand cette discussion fut terminée, il engagea avec Alois une conversation plus tranquille dont le propos devint assez rapidement évident. Car il posait vraiment beaucoup de questions sur les techniques des douaniers. Alois se sentit offensé. Brillant et plein de verve quand il était au centre de l'attention, l'homme semblait à présent dévoiler ses véritables motivations. « On dirait que vous vous apprêtez à franchir quelques frontières, lui fit remarquer Alois.

— Exactement, répondit le sportif, mais c'est surtout la frontière anglaise qui me préoccupe. J'ai entendu dire que les Anglais sont les pires. » Il se tenait de profil en parlant pour qu'Alois soit impressionné par la cicatrice qu'il portait à la joue gauche.

C'était une belle cicatrice bien dessinée, parfaite pour cet homme séduisant et si sûr de lui, mais son travail dans les douanes avait développé chez Alois une grande sagacité et il était capable de faire la différence entre une cicatrice laissée par le sabre d'un adversaire, qui vous entame la chair du visage en laissant la marque d'une lacération de bon aloi, et une cicatrice fabriquée par une crapule ambitieuse dans le but de séduire les femmes. Un type de ce genre se servait d'un rasoir pour se faire une entaille au visage puis il y glissait un crin de cheval. On pouvait de cette façon fabriquer une belle cicatrice en relief qui vous faisait honneur pour tout le reste de votre carrière.

Quand elle était faite avec soin, ce genre de cicatrice paraissait authentique, mais Alois était pratiquement certain que ce type s'était servi d'un crin de cheval. La cicatrice était trop bien placée sur son visage.

Il se contenta donc de répondre : « J'espère bien que nous sommes toujours aussi forts que les Anglais quand il s'agit de démasquer un filou qui cherche à faire entrer des objets précieux en Autriche sans avoir à payer les droits. *Celer et vigilans*, ajouta Alois, telle était ma devise. » Par un heureux hasard il s'était rappelé cette citation l'après-midi même. *Celer et vigilans*, rapide et attentif. Cela devrait donner matière à réfléchir à ce type.

« *Nunquam non paratus* », répondit le sportif, ce à quoi Alois ne put que sourire.

Aussitôt rentré à la maison, la première chose qu'il fit fut de chercher la traduction.

« Jamais pris au dépourvu. » Alois en eut une bouffée de colère. Comme il aurait aimé prendre ce type sur le fait au cours d'un contrôle douanier.

En tout cas, Alois fut bavard pendant le dîner. La fièvre de la discussion n'était pas encore retombée. Et tandis qu'il faisait part de ses observations personnelles sur les cicatrices des duellistes, Adolf écoutait passionnément. Un jour, il aurait lui aussi une automobile. Et peut-être même une cicatrice de duel.

9

Adolf fut extrêmement surpris le soir où Alois décida de l'emmener à l'opéra. Cet événement – ils allaient écouter *Lohengrin* – fut motivé par une amélioration sensible de ses résultats scolaires en février 1902. Comme il redoublait, la première moitié de cette année n'était que la répétition de la précédente et il obtint ainsi un niveau passable dans chaque discipline. Il avait même obtenu quelques appréciations favorables sur sa diligence et sa conduite. Alois déclara : « C'est un bon signe. Du moment que tu attaches de l'importance à ta conduite, le reste suivra. »

Alois avait revu ses exigences à la baisse. Il avait été malade. Deux mois auparavant, en décembre de l'année précédente, à savoir 1901, il avait contracté la grippe et avait eu très peur. Une fois de plus, il voulait se montrer capable d'améliorer l'éducation de son fils récalcitrant.

Début février, soit peu après le deuxième anniversaire de la mort d'Edmund, Alois décida d'essayer encore une fois de se rapprocher d'Adolf. Il avait remarqué que le gamin écoutait avec un très grand intérêt le compte rendu qu'il faisait des conversations entendues lors des *Buergerabend*. Il avait été aussi heureux de constater qu'Adolf lisait tous les journaux qu'il rapportait à la maison. Grâce à certaines remarques qu'Adolf avait faites à la table familiale, Alois savait qu'à l'école certains de ses camarades, appartenant manifestement aux meilleures familles, parlaient parfois à la récréation des opéras auxquels ils avaient assisté. Alois estima qu'il était temps d'y emmener le garçon.

Évidemment, sans surprise, Alois ne put s'empêcher de dénigrer l'opéra de Linz. « Pour les habitants de Linz, dit-il à Adolf, cet opéra est un superbe bâtiment, mais si tu avais vécu à Vienne comme moi et si tu avais connu un véritable opéra, tu trouverais que les spectacles ici ne sont pas très impressionnants. Bien sûr, venant de Hafeld, Lambach et Leonding, tu auras sûrement le sentiment d'assister à du très grand opéra. Et de fait Linz peut se vanter d'être une vraie ville et être fière de son opéra. Toutefois cette soirée ne saurait égaler une soirée viennoise. Si tu réussis dans la vie tu pourras peut-être un jour vivre à Vienne. Tu découvriras alors le plaisir musical suprême. »

Alois n'était pas mécontent de son petit discours. Il en était arrivé à la conclusion que si, à son âge, il avait perdu beaucoup de ses qualités, il maîtrisait de mieux en mieux une élégance d'expression et l'art des remarques bien tournées dignes d'un vrai *Buergerabender*.

Adolf allait donc entendre Wagner pour la première fois dans un théâtre d'opéra de seconde catégorie. Malgré les commentaires de son père, il fut à bien des moments captivé. Si Adolf trouva ridicule l'entrée en scène du grand cygne qui tire la barque de Lohengrin venu sauver Elsa (car il entendait couiner les semelles des deux hommes qui manœuvraient le cygne de l'intérieur), il fut en revanche bouleversé par l'air de bienvenue qu'Elsa adresse à Lohengrin : « Dans l'éclat d'une armure étincelante, un chevalier s'approcha de moi... C'est le ciel qui me l'envoie, il sera mon défenseur. »

Adolf en eut les larmes aux yeux. Demain, il pourrait se mêler aux élèves qui évoquaient leurs soirées à l'opéra. Pendant l'entracte, il prit bien soin d'écouter les commentaires de ceux qui paraissaient les amateurs les plus confirmés. « Wagner ferait mieux, disait un spectateur à un autre, d'utiliser davantage les violons et les bois au lieu de se laisser fasciner par la harpe. Il en aime les sonorités célestes. Mais on dirait qu'il est le premier à les avoir découvertes. Des violons, des hautbois, des bassons, d'accord, mais c'en est assez de ces harpes ! » Bien, se dit Adolf, voilà un commentaire qu'il pourrait répéter demain à l'école.

Alois, de son côté, était plongé dans ses propres méditations. Il pensait avec amertume à l'aisance dont font preuve les classes dirigeantes. Il se dit que leur réussite reposait sur une bonne raison. Ils savaient parfaitement placer aux bons endroits leurs enfants, dans l'armée, dans le clergé, dans la justice, et pouvaient ainsi être toujours fiers de leurs succès familiaux. Lui-même, après tout, n'avait-il pas fait aussi bien ? Il était parti de très bas et se trouvait aujourd'hui en position de partager leurs points de vue. Ils avaient parfaitement compris que le fils aîné, quelles que soient ses capacités, devait être prêt à suivre les destinées familiales. Cela était vrai de l'armée bien sûr et de l'Église, mais les fonctionnaires étaient également concernés. Certains bureaucrates devenaient bien ministres d'État. Cela n'avait pas été le cas pour lui – ce n'était guère possible pour un homme qui avait débuté tout au bas de l'échelle –, cependant il avait acquis au moins une certitude. S'il avait eu les avantages d'une haute naissance il aurait fait un excellent ministre. À présent, si Adolf se montrait capable de devenir quelqu'un de respectable, il pourrait peut-être accéder à de plus hautes fonctions que son père.

En écoutant cette musique si conforme à ses pensées élevées, cette musique si ample, si ambitieuse, si hardie, Alois s'autorisa dans le noir à verser quelques larmes de bonheur sur sa vie bien remplie et ses sentiments se mêlèrent si harmonieusement au final de *Lohengrin* qu'il en eut les mains toutes rouges à force d'applaudir la représentation donnée dans cet opéra de seconde catégorie.

Adolf, lui, ne manifestait pas beaucoup d'enthousiasme. Transporté par les derniers accords, il venait de retomber brutalement des hauteurs d'un univers splendide dans son abattement habituel.

Je dois dire que c'est là un de nos problèmes de base. Nous avons de nombreux clients qui peuvent atteindre des sommets d'enthousiasme, enivrés par leurs rêves les plus secrets, avant de retomber brutalement dans la laideur de leur condition réelle. Nous sommes obligés de les apaiser. Même quand il flottait sur les hauteurs de l'empyrée wagnérien, Adolf commençait déjà à perdre son assurance. Wagner était un génie. Adolf l'avait compris immédiatement. Chaque note lui parlait. Mais pouvait-on penser la même chose de lui ? Peut-être n'avait-il lui-même rien d'un génie ? Comparé à Wagner.

10

En rentrant à Leonding par le dernier trolley, Alois n'était guère plus heureux que son fils. Maintenant qu'il avait offert à Adolf cette représentation de *Lohengrin*, il fallait trouver le moyen de lui présenter la facture. Le garçon serait-il d'accord pour l'accompagner au bureau des Douanes ? Pendant des mois, il avait passé en revue tous les métiers que pourrait exercer Adolf et il en était arrivé à la conclusion que le meilleur choix, c'étaient les Douanes. Cela revenait à entrer dans une profession estimée quand on venait d'une bonne famille.

Mais chaque fois que cette idée apparaissait dans la conversation, Adolf parlait de sa volonté de devenir artiste. Alois suggérait alors : « Tu peux très bien faire les deux à la fois. N'ai-je fait qu'une seule chose dans ma vie ? »

Le garçon hochait la tête d'un air tristement résigné, comme s'il se sentait obligé de continuer à rendre cet hommage aux radotages de son père. Au bout d'un certain temps, Alois cessa de parler des Douanes. Avoir obtenu si peu de résultats l'avait rendu irritable.

Pourtant, la légère amélioration des résultats scolaires d'Adolf donnait à penser à Alois qu'un père ne doit jamais laisser passer le moindre signe de changement positif chez un adolescent. Il fallait faire encore un effort pour tenter d'assurer au garçon un avenir prospère. Il décida qu'il l'emmènerait visiter les bureaux du service des Douanes.

Un soir, à la table familiale, Alois se lança donc dans un de ses monologues et il sentit que l'esprit des *Buergerabend* lui permettait désormais de déployer des talents de rhétorique plus brillants que jamais. « Il y a dans notre club un homme qui dit souvent, et je trouve cette opinion intéressante, que le fossé entre les pauvres et les riches ne cesse de diminuer.

— Ah oui, vraiment ? demanda Klara, désireuse de prendre part à la conversation.

— Absolument. Nous avons eu des discussions passionnantes à ce sujet. Et cela est la conséquence du chemin de fer. Vous pouvez être riche ou pauvre, peu importe ! Vous voyagez à la même vitesse. Oh, je vais vous dire, et vous les enfants faites bien attention à ceci, toi, Angela et toi, Adolf, retenez bien cette prédiction. Les villes vont aller en se développant et il y aura beaucoup d'argent partout. J'ai entendu parler à ces soirées des *Buergerabend* de paysans si pauvres que – je vais utiliser une expression que vous êtes désormais assez grands pour comprendre. Il existe des gens tellement pauvres – il chuchota la fin de sa phrase – ils s'essuient avec leurs doigts.

— Oh, Papa ! » s'écria Angela.

Alois ne put se retenir : « Et ensuite, ils frottent leurs doigts dans la terre. »

Et Angela ne put que protester de nouveau : « Oh, Papa ! Oh, Papa ! » Mais elle riait en même temps en pensant combien il était toujours disposé à raconter des cochonneries et comme il la connaissait bien, vraiment. Il savait la faire rire.

« Bon, fit Alois, c'était ainsi dans le temps mais aujourd'hui certains de ces paysans autrefois misérables sont assez malins pour comprendre ce qui se passe. J'ai même entendu parler de paysans futés qui vendent leurs terres à des hommes qui projettent de construire des usines sur place dès que des routes desserviront l'endroit. Et les routes vont venir, c'est sûr. Tout va de l'avant à toute vitesse et même les paysans participent au mouvement. Mais toi, Adolf, avec ton intelligence, oui, j'en suis arrivé à la conclusion que tu étais un jeune homme potentiellement très intelligent et aussi très cultivé. Aussi dois-je t'avertir. Tous ces bouleversements sociaux vont changer la nature du travail. L'éducation va se développer et va s'étendre à tous les domaines. Même les imbéciles sauront bientôt lire et écrire. Bien sûr, il est important que tout le monde n'atteigne pas le même niveau d'instruction, sinon toutes les distinctions seraient gommées au point qu'on ne saurait même plus ce que signifie être appelé Herr Doktor. Adolf, si tu travailles bien à l'école, même s'il s'agit d'un lycée technique et pas d'un lycée classique, tu pourrais poursuivre tes études et devenir ingénieur, pourquoi pas, et si tu passais un doctorat, alors ce serait le jour où tout le monde, chacun de nous, pourrait t'appeler Herr Doktor. Je peux t'assurer que j'aurais bien aimé qu'on m'appelle ainsi, ce qui m'aurait permis de jouir d'une considération beaucoup plus importante dans la société. » Il leva la main. « Remarquez, je ne me plains pas. Pas du tout. Mais si j'avais été Herr Doktor, votre mère aurait été appelée Frau Doktor, même si elle n'a jamais vu les portes d'une université. » Alois se mit à rire et Klara rougit.

« Mais il se pourrait aussi, reprit Alois, que tu te tournes vers les affaires. De mon temps, ce n'était pas possible pour moi à cause de mes origines. Mais les choses ont changé depuis ma jeunesse. Ou alors, tu pourrais aussi opter pour le commerce ou la technologie. Cependant, je ne te vois pas très bien en ingénieur ou en hommes d'affaires car ces métiers séduisants ont tout de même un gros défaut, ils ne vous laissent pas de temps libre. Un homme d'affaires ne s'arrête jamais. Il doit rapporter du travail à la maison. C'est la même chose pour un ingénieur. Qu'arriverait-il si un pont qu'il a construit s'effondrait ? » Alois fit une pause, prit une profonde inspiration et ajouta : « Si par hasard tu décidais de travailler dans les Douanes, tu aurais toutes tes soirées et tes fins de semaine libres pour faire ce que tu voudrais. Tu pourrais te consacrer à ton art. »

Malgré tout, Alois avait produit son effet. Ce discours laissa Adolf en proie à des crampes d'estomac. Il ne savait plus s'il devait considérer son père comme un parfait imbécile ou si au contraire il devait l'écouter. Dans le deuxième cas, il devait s'attendre à un avenir misérable avec la perspective de vivre et de travailler au milieu de gens déprimants. Peut-être n'était-il pas destiné à devenir un grand artiste ou un grand architecte ? Et s'il n'avait pas le génie de Wagner ? Il y avait tout de même une chose que l'on pouvait dire des Douanes, et son père l'avait bien souligné, il pourrait avoir sa vie à lui en dehors de son travail.

Ils finirent donc par se rendre aux bureaux des Douanes. En dépit de toutes les belles phrases d'Alois, la visite fut un échec. Le pire fut qu'ils visitèrent les bureaux de la comptabilité centrale où travaillaient de nombreux employés. Une odeur désagréable s'élevait de cette concentration de gratte-papier d'un certain âge rassemblés sous des lampes à gaz, une visière sur le front. Évidemment, ce genre d'odeur ne dérangeait pas Alois. Dans sa jeunesse, il avait fabriqué des bottes et avait dû renifler les pieds des officiers pendant les essayages. Non, lui, Adolf, ne passerait pas sa vie dans ce mausolée plein de l'odeur rance de vieillards entassés les uns sur les autres comme des singes en cage.

Après cette visite, Alois fit encore quelques tentatives. « J'ai tant de collègues, dit-il, qui sont devenus de bons amis. Si je le leur demande, nous pourrions aller rencontrer ces braves gens un peu partout en Haute-Autriche, à Breslau ou à Passau. » Adolf se demandait de qui il pouvait bien s'agir. Il n'avait jamais vu personne venir en visite à la maison, pas même ce Karl Wesseley que son père présentait souvent comme son meilleur ami. Mais Alois insistait : « Il y a tellement d'avantages. La pension, le temps libre. Je peux t'assurer que la sécurité d'emploi plus une bonne pension évitent bien des tracas au moment de la retraite. On n'a pas à craindre de manquer d'argent. Je dois t'avertir, Adolf, rien ne crée plus de discorde dans une famille que le manque d'argent. C'est pourquoi dans notre famille nous n'avons jamais de méchantes disputes. Elles n'ont pas lieu d'être. »

Le discours avait lieu au cours d'un repas et Angela ne put se retenir. Elle pensait au départ brutal d'Alois Junior. Pas de méchantes disputes ! Comment son père pouvait-il dire cela ? Au moment où elle passait derrière son dos, elle lui tira la langue. Klara s'en aperçut mais ne dit rien. Ce serait déjà bien assez compliqué quand Alois comprendrait que tous ses beaux discours ne servaient à rien. Du reste, elle avait raison. Au fur et à mesure que les mois passaient, Alois en vint à renoncer à son idée des Douanes. Son fils n'était pas décidé à suivre ce bon conseil. Son humeur s'en aigrit encore davantage.

Il eut pourtant une occasion de se réjouir en apprenant qu'il y avait une bonne affaire à réaliser dans le voisinage. Un petit marchand de charbon des environs se trouva contraint de vendre une partie de son stock pour payer ses dettes. Dans la mesure où les acheteurs étaient rares en été, Alois réussit à négocier un rabais très important.

Il décida de ne pas tenir compte des conseils de Klara. Elle lui avait suggéré de louer les services d'un aide pour transporter tout ce charbon jusqu'à la cave. Il ignora également son autre suggestion qui était de se faire aider par Adolf. Il n'avait pas envie de partager le travail avec le garçon, ils seraient capables de se disputer.

Pourtant, la leçon de Klara n'avait pas été totalement oubliée. Après avoir conclu son achat à moitié prix, il tenta de négocier encore avec le marchand. « Je compte sur vous pour me descendre le charbon à la cave. » Ce à quoi le vendeur répondit : « Vous autres, les riches, vous faites tout ce que vous pouvez pour que nous restions pauvres. Non, monsieur, je ne peux pas descendre votre charbon. Pas au prix auquel vous m'avez contraint à le vendre. » Alois décida alors de le faire lui-même. « Je ne suis peut-être pas aussi riche que vous le pensez, dit-il, mais je suis certainement plus costaud que je n'en ai l'air. »

Ergo, il descendit une demi-tonne de charbon à la cave. Cela lui prit deux heures, à passer constamment du plein soleil à l'obscurité. Une fois le travail terminé, il s'évanouit, victime d'une hémorragie.

11

Au cours des semaines qui suivirent la guérison d'Alois, Adolf entendit souvent sa mère, d'une voix presque émerveillée, dire combien elle avait été stupéfaite de la quantité de sang qui était sortie de la bouche de son père et, même s'il ne voulait pas le reconnaître, il regrettait de ne pas avoir été présent à ce moment-là.

Obéissant en cela à une suggestion du Maestro, j'encourageai Adolf à ruminer cette question du sang et il parvint bientôt à une découverte lumineuse. Le sang avait des pouvoirs magiques. Il pouvait être partagé par tout un peuple Quand il regardait les plus beaux et les plus forts de ses camarades de classe, il éprouvait des picotements au bas-ventre, à l'endroit dont il faisait usage, généralement quand il était dans la forêt. Le sang qui faisait gonfler son pénis, c'était le sang qu'il possédait en commun avec ses camarades d'école.

J'étais personnellement dépourvu de tout préjugé dans ce domaine. Je pouvais aussi bien travailler avec des clients autrichiens qui, comme Adolf, croyaient au sang allemand qu'avec des Juifs orthodoxes convaincus de la supériorité de leur sang. Je pouvais travailler, avec d'ailleurs d'excellents résultats, avec des clients juifs qui étaient socialistes ou avec des socialistes allemands mais, dans ce cas, il fallait se familiariser avec des intellects qui insistaient sur l'air et l'esprit – tous ces courants invisibles et ces vapeurs où l'on pouvait découvrir la lumière et la sécurité de visions mondiales dégagées des particularismes. Et bien sûr, j'ai aussi travaillé avec des clients communistes qui ne se seraient pas appelé Rouges si, à leur façon, ils n'avaient pas eux-mêmes cru au sang. Nous pouvions toujours améliorer les croyances de nos clients. Une fois bien installés au cœur de leurs préjugés, nous pouvions altérer certaines de leurs convictions. Nous nous appliquions généralement à renforcer la haine que nos clients ressentaient pour tout ce qui était différent d'eux-mêmes chez les autres hommes.

12

Après avoir récupéré de son hémorragie, Alois ne battit plus jamais Adolf. Parfois, quand il estimait que le garçon devenait un peu trop sûr de lui, il le menaçait d'une correction, mais la menace n'avait plus rien de dramatique.

Il y eut une *Buergerabend* la veille du 1er janvier 1903, et les participants s'autorisèrent ce soir-là à boire plus que d'habitude. Alois trouva que l'ambiance en était considérablement modifiée. Au cours des dernières semaines, un moine capucin, nommé Jurichek, avait été invité à prêcher à l'église Saint-Martin où il s'était exprimé en tchèque dans le but de récolter des fonds pour la construction d'une école tchèque. Certains participants de l'assemblée s'étaient plaints (de façon plutôt grossière comme la suite le montra), disant que les Tchèques allaient bientôt envahir Linz.

Alois se sentit mal à l'aise. « S'il se produit un soulèvement chez les Tchèques, dit-il, ce pourrait être la fin de l'Empire austro-hongrois et pourtant, ajouta-t-il dans un murmure, mon meilleur ami est tchèque. »

Il faillit rapporter une discussion qu'il avait eue avec Karl Wesseley qui, lors d'un déplacement professionnel, était venu de Prague à Salzbourg. « Nous autres, Tchèques, sommes plus fidèles à l'empereur que nous ne l'êtes, vous, les Autrichiens-Allemands qui seriez prêts à faire éclater l'empire si vous pouviez faire alliance avec les Prussiens. »

Sa brève visite avait laissé Alois dans un état de confusion totale. Il lui arrivait maintenant au cours des *Buergerabend* d'avancer des arguments contradictoires. On aurait dit que l'hémorragie lui avait aussi fait perdre son éloquence. Tantôt il défendait un point de vue, tantôt il en prenait le contre-pied. En fin de compte, il fut attaqué par un des plus vieux gentilshommes du club.

Malencontreusement, le charmant vieux monsieur se trouvait lui aussi quelque peu en déséquilibre. « Herr Alois, dit-il, vous avez violemment attaqué notre pauvre petit prêtre local qui veut inviter de pauvres travailleurs tchèques à venir chercher à manger quand ils ont faim. Cela semble faire de vous un pro-Allemand. Débarrassez-nous de tous ces sales Tchèques, semblez-vous dire. Mais je ne vous suis pas très bien. Votre meilleur ami, dites-vous, est tchèque. Cher Herr Hitler, j'hésite à le dire, mais je pense qu'il faut attribuer ces remarques confuses à cette affliction dont nous sommes tous menacés ces temps-ci. Je veux parler de la sénescence précoce. Vous n'êtes pas vieux, vous êtes d'ailleurs plus jeune que moi, cependant, cher confrère *Buergerabender*, je dois vous dire que la confusion, si elle n'est pas promptement dissipée, peut gâter les meilleures intentions. » Sur ce, il se rassit abruptement comme pour s'excuser d'être allé trop loin.

Malheureusement pour Alois, le vieil homme ne s'était pas trompé. Depuis son hémorragie pulmonaire, Alois avait perdu cette clarté d'esprit dont il était si fier. À présent, de nombreuses idées lui venaient à l'esprit dans le seul but de contredire les remarques qu'il venait de faire. Il s'en était ouvert à Wesseley lors de sa dernière visite, après quoi il avait soupiré : « J'aime bien parler avec vous. Je vous trouve profond comme la mer.

— Alois, dites-moi la vérité, avez-vous jamais vu la mer ? demanda Wesseley.

— J'ai vu de beaux lacs, et en quantité, c'est bien assez. » Il marqua une pause avant d'ajouter : « J'ai l'impression de vivre en plein désert. »

Quelques nuits après la diatribe du vieil homme, Alois revoyait certains *Buergerabender* hocher la tête pour marquer leur accord Et il entendait encore la voix du vieil homme : « Vous dites que nous sommes trop généreux avec les Tchèques mais je vous entends dire également que des gens cultivés ne sauraient être opposés aux Juifs et aux Hongrois. Quel est votre propos exactement ? »

Au cours de cette réprimande, Alois s'était senti pris d'un tel accès de faiblesse qu'il ne put rassembler assez d'énergie pour se lever et quitter la pièce. Puis il finit par y parvenir. Il était rare que des membres du club quittent l'assemblée de manière aussi abrupte, mais en l'occurrence il ne pouvait faire autrement. Il se sentait tellement faible.

Il était furieux. Il lui semblait parfaitement clair qu'il n'avait été que toléré à ces *Buergerabend*. Se moquaient-ils entre eux des réflexions qu'il avait faites ? Était-ce ainsi ? Avait-il été leur clown de service ?

Il en eut une violente migraine. Quatre jours plus tard, le 3 janvier avant midi, il était mort.

LIVRE XIV

ADOLF ET KLARA

1

Le matin du 3 janvier 1903, Alois ne se sentait pas très bien. Au cours de sa promenade quotidienne dans les rues de Leonding, il décida de s'arrêter boire un verre de vin à l'auberge Steifer. Pour se remonter le moral, il repensa à un vieux souvenir.

Un jour, quand il était douanier, il y avait de cela des années, il était tombé sur une boîte de cigares dont le sceau avait été soigneusement enlevé puis recollé. Il s'en aperçut en remarquant une minuscule trace de colle au coin de l'étiquette. Il ouvrit donc la boîte pour en inspecter le contenu et trouva un diamant caché sous les cigares. Il fut tenté un instant de l'empocher. Le fraudeur, un voyageur bien habillé, était prêt à tous les arrangements pour ne pas être condamné. Mais Alois se méfiait d'un piège possible. De plus, il était fier de son honnêteté. Il ne s'était jamais laissé tenter par ce genre de combines. Il avait certes hésité, le diamant semblait de grande valeur, pourtant il l'avait remis aux autorités. Cela avait certainement contribué à son avancement.

Il avait plus d'une fois évoqué ce souvenir comme une sorte de remontant mais aujourd'hui, à l'auberge Steifer, il ne trouva pas le plaisir qu'il attendait de la première gorgée de vin. Au lieu de cela, à la consternation des rares clients du samedi matin, il s'écroula. Sa dernière pensée fut une citation latine : *Acta est fabula*. Il la prononça à haute voix et mourut, tout fier de s'être rappelé les dernières paroles de César : « La pièce est finie. »

L'aubergiste et un des garçons le transportèrent dans une pièce vide à côté. Le serveur était prêt à courir chercher un prêtre mais le tavernier l'arrêta : « Je ne crois pas que Herr Alois l'aurait souhaité.

— Mais, monsieur, dit le serveur, peut-on jamais être sûr dans ce domaine ?

— C'est bon, vas-y », fit l'aubergiste en hochant la tête.

Il se trouva que le client était mort avant l'arrivée du prêtre, décédé d'une hémorragie pulmonaire, comme le déclara le médecin peu après.

Klara accourut avec les enfants quelques minutes plus tard et Angela se mit à sangloter. Elle fut la première à découvrir le cadavre de son père. Étendu sur une table, il avait l'air d'une statue de cire. Adolf éclata en larmes. Il était terrifié. Il avait rêvé depuis si longtemps de la mort de son père que, lorsque le garçon de l'auberge avait fait irruption chez eux, il n'avait pas voulu le croire. Il était certain que son père faisait semblant d'être mort. C'était sûrement le moyen qu'il avait trouvé pour éveiller quelque peu la sympathie de sa famille. Même pendant qu'ils couraient dans la rue en direction de l'auberge, il n'avait pas changé d'avis. C'est seulement en voyant le corps de son père qu'il fut bouleversé. Il se mit à pleurer très fort et sans arrêt. Il éprouvait dans l'immédiat le besoin impérieux d'effacer toute trace de ce souhait qu'il avait entretenu si longtemps de voir mourir son père. Plus il pleurait et plus Dieu serait enclin à croire qu'il était sincèrement désespéré. La certitude que Dieu s'intéressait de près à lui était devenue la clé de voûte de son orgueil, et c'était là une de mes plus belles réussites.

Le 5 janvier, lors des obsèques, il pleura abondamment à l'église. Pourtant, cela commençait à devenir difficile de verser assez de larmes pour impressionner les hommes et les femmes qui le regardaient. De mon côté, je tâchai de le convaincre que Dieu ne lui en voulait pas. Je me fis passer une fois de plus pour son ange gardien. Nous pouvons, dans certaines circonstances, alléger chez nos clients la crainte de Dieu en les persuadant que le Pouvoir Suprême les aime, mais c'est là une tâche très risquée. En effet, plus nous sommes efficaces, plus nous courons le risque de déclencher chez le client une réaction de piété qui risque d'attirer l'attention des Cudgels, lesquels sont prêts à nous faire payer chèrement l'audace que nous avons eue d'usurper leur rôle.

Une fois, il m'est arrivé, alors que je me faisais passer pour l'ange gardien d'un autre client, d'être précipité par un des Cudgels au bas d'un escalier. Je conçois que la chose soit difficile à comprendre. Pourtant, même les esprits peuvent se faire mal en tombant. Je n'avais, à ce moment-là, aucune apparence corporelle et donc pas de chair qui pût être meurtrie, et cependant que de coups furent portés à mon essence spirituelle ! L'acier et la pierre sont des matériaux bien rudes quand ils entrent en contact avec l'Esprit. C'est pour cela que les prisons sont faites de pierre et d'acier.

Revenons aux funérailles. Il fallait que j'aide Adolf à afficher quelques simulacres de chagrin. La demande cette fois était complètement différente de la crise de larmes qu'il avait eue en découvrant son père mort. Maintenant, pour obtenir quelques sanglots, il fallait qu'il aille chercher très loin des fragments épars de souvenirs des rares bonnes conversations qu'il avait eues avec Alois. Ce qui facilitait un peu les choses est qu'il avait toujours admiré, même si c'était à contrecœur, l'art de la parole chez son père, mais c'était loin d'être suffisant pour faire rejaillir la source tarie d'un chagrin aussi mince. À la fin, il décida de se rappeler le jour de sa première visite chez Der Alte. Ce souvenir lui permit de verser quelques larmes – provoquées par la mort de Der Alte.

Même au su et au vu de toute l'assemblée réunie à l'église, sa volonté de pleurer se heurtait sans cesse à toutes sortes de blocages. Ses sanglots s'étouffaient chaque fois qu'il repensait au cadavre de son père à l'auberge Steifer, et il n'arrivait à pleurer pour de bon qu'en imaginant la fin atroce de Der Alte mort dans la solitude et découvert seulement au bout de plusieurs semaines. Dans ces conditions, il n'arrivait souvent à produire que des hoquets.

Klara était assise à côté d'Adolf. Sa sensibilité maternelle, pas tellement éloignée de la télépathie, la conduisait à penser aux abeilles. Elle se rappelait qu'elle avait pris l'habitude de parler aux ruches à Hafeld, les soirs où Alois allait à la taverne de Fischlham. Elle se demandait même si elle ne devrait pas déposer une couronne mortuaire sur la ruche vide qui était restée derrière la maison de Leonding. Le dernier petit essaim d'Alois n'avait donné que peu de miel. Mais du temps où elle était à Hafeld, suivant en cela la coutume de Spital et de Strones, elle parlait toujours aux abeilles et leur racontait ce qui se passait dans la famille. Quand elle était petite, elle avait entendu dire qu'il fallait parler aux abeilles pour écarter la malchance. Elles avaient besoin de tant d'attention. En revanche, quand on voyait un essaim se poser sur un arbre mort, cela voulait dire qu'un membre de la famille allait mourir bientôt.

Lorsque Alois avait repris une nouvelle ruche à Leonding, elle lui avait parlé de ces coutumes et lui avait demandé s'il voulait qu'elle leur parle. Il avait ri : « Je peux comprendre cela quand il s'agit d'une vraie ruche coûteuse comme celles que possédait Der Alte. On ne veut prendre aucun risque. Un peu de superstition ne nuit pas et après tout pourquoi cela n'aurait-il pas une certaine efficacité ? Mais si tu insistes. Fais donc un vrai discours aux abeilles et raconte tout ce qu'il y a à savoir à notre sujet. Elles s'empresseront d'aller colporter toutes ces histoires dans les journaux. » Il avait ri de bon cœur de sa plaisanterie, assez pour faire regretter à Klara de lui en avoir parlé.

Elle se rappelait que, six mois plus tôt, Alois avait juré amèrement en découvrant que son essaim s'était sauvé. Ses essais d'apiculture à Leonding s'étaient arrêtés là. Le cauchemar qu'il avait fait six ans plus tôt à Hafeld de voir ses essaims l'abandonner venait seulement de se produire, au cours de l'été 1902.

Maintenant, à l'enterrement, six mois plus tard, elle était convaincue que la perte de ses abeilles avait contribué à précipiter son hémorragie pulmonaire. Elle le savait. Il avait eu peur de monter dans l'arbre où l'essaim s'était installé. Il savait très bien de quel arbre il s'agissait mais il avait prétendu ne pas le savoir. Oui, il le savait. Mais il ne se sentait plus capable de grimper dans un arbre. Pour oublier cela, il avait décidé de porter tout seul le charbon à la cave. Quel acte insensé ! La déception que lui causait Adolf, le souci qu'il se faisait pour Paula, non il ne fallait pas qu'elle pense à tout cela, pas pour le moment. Il ne fallait pas non plus penser à Edmund. Elle tâcha de refouler tous ces immenses chagrins. On doit pleurer décemment à un enterrement et elle avait envie de hurler.

Le prêtre prononça un éloge acceptable. Elle avait choisi de ne pas lui dire à quel point son mari était hostile à la religion mais des rumeurs avaient dû lui revenir aux oreilles. Peu importe, le prêtre évoquait maintenant avec dignité la carrière d'Alois au service de l'empire. Cela pouvait être aussi, dit-il, une façon de servir Dieu.

Plus tard, après les obsèques, lorsque les gens vinrent à la maison rendre des visites de condoléances, Klara tenta de se persuader que le chagrin d'Adolf était sincère. Elle décida de penser qu'il avait aimé son père. Simplement, ils étaient tous les deux enfermés dans leur orgueil, et cela ne pouvait que susciter de l'animosité. C'étaient des hommes. La colère leur était naturelle. Mais dessous se cachait l'amour. Un amour qu'il n'était pas facile d'exprimer. Dans les années à venir, des traces de chagrin allaient flotter dans l'âme d'Adolf, un chagrin aussi tendre que des traînées de brume. C'est du moins ce qu'elle avait décidé.

Il faisait un froid glacial le jour des obsèques et les routes étaient verglacées, les arbres dépouillés et le ciel obscur. Tous les gens qu'ils connaissaient à Leonding étaient présents ainsi que des collègues du bureau des Douanes de Linz. Karl Wesseley était même venu de Prague. Il parla un moment avec Klara. « Nous aimions beaucoup nous taquiner sans pitié, Frau Hitler, et comme nous nous sommes amusés ensemble. Alois, comme vous savez, aimait la bière alors que, moi, je préfère le vin. "Tu n'es qu'un Autrichien, lui disais-je, et donc, comme les Allemands, tu bois de la bière, mais les Tchèques sont assez cultivés pour préférer le vin." » Qu'est-ce qu'on a pu plaisanter ! « *Ach,* vous autres, les Tchèques, me disait-il, vous êtes cruels avec le raisin, vous le piétinez avec vos pieds sales et alors, quand les pauvres grappes se sentent assez amères d'avoir été aussi maltraitées, vous y ajoutez du sucre et vous jouez les connaisseurs. Vous sirotez ce mélange de jus et de sucre en essayant de ne pas faire la grimace. La bière, elle au moins, provient des céréales, elle n'a pas cette douceur. »

Il rit en lui disant : « Votre mari savait parler. On a vraiment eu de bons moments ensemble. »

Mayrhofer évoqua ce jour terrible où il dut informer Alois de l'incarcération de Junior. « Chère Frau Hitler, dit-il, je me réveille toutes les nuits et je me reproche de lui avoir apporté une telle nouvelle. »

Le *Linzer Tages Post* publia cette nécrologie :

> *Plongés dans le plus profond chagrin, de notre part et de la part de tous ses parents, nous vous informons du décès de notre bien-aimé et inoubliable époux, père, beau-frère, oncle Alois Hitler, Haut Fonctionnaire des Douanes Impériales, en retraite, mort le samedi 3 janvier 1903, à dix heures du matin dans sa soixante-cinquième année, mort subitement il repose dans la paix du Seigneur.*

Au cimetière, la pierre tombale d'Alois portait une photo protégée par un cadre en verre avec au-dessous cette inscription :

ICI REPOSE DANS LA PAIX DE DIEU
ALOIS HITLER
HAUT FONCTIONNAIRE DES DOUANES ET PROPRIÉTAIRE
MORT LE 3 JANVIER 1903 DANS SA SOIXANTE-CINQUIÈME ANNÉE

Adolf trouva que sa mère était une affreuse hypocrite. Elle prétendait honorer la mémoire de son mari, oui, et comment ! « Repose dans la paix de Dieu », tu parles ! Tout ce qui restait de son père était une petite photographie dans un cadre serti à même la pierre tombale sous un verre destiné à la protéger des intempéries. On y voyait Alois, les cheveux coupés court, ses petits yeux saillants comme ceux des oiseaux et ses rouflaquettes à la François-Joseph. Oui, c'était là un homme qui avait fidèlement servi l'empereur, mais comment pouvait-on dire qu'il reposait dans la paix de Dieu ?

Klara fut un peu réconfortée par une note parue dans le *Linzer Tages Post* après l'enterrement :

Nous avons enterré un brave homme, Alois Hitler, Haut Fonctionnaire à la retraite du Service des Douanes Impériales, qui fut conduit aujourd'hui à sa dernière demeure.

Elle était si fière de ce billet. Ce n'était pas un avis payant. Le journal l'avait publié de sa propre initiative. Le plus grand tirage de toute la Haute-Autriche. Elle ne cessait de le relire. Ces lignes lui faisaient revivre chaque minute de la cérémonie. Elle revoyait Adolf pleurer et en éprouvait un certain réconfort, se disant en elle-même : « Au fond il aimait son père », et elle hochait la tête pour mieux s'en convaincre.

2

Chaque année, Klara recevrait de l'État une pension qui s'élevait à la moitié du salaire annuel d'Alois. Si on y ajoutait les sommes qui seraient versées aux enfants quand ils atteindraient l'âge de dix-huit ans, le montant total devait leur permettre de garder un train de vie convenable.

Même Adolf dut reconnaître que les considérations d'Alois sur la sécurité financière d'une famille n'étaient pas sans fondements. Il n'aurait certainement pas apprécié d'être obligé de travailler tout de suite.

Il y eut également d'autres compensations. Au lycée, au cours de la seconde moitié de sa troisième année, Adolf constata qu'un certain nombre d'élèves étaient moins distants à son égard. Était-ce la conséquence de la mort de son père ? Libéré de la colère d'Alois, Adolf se sentait lui-même plus à l'aise dans son travail, et devint même capable de tenir tête à ses professeurs, en particulier à un malheureux assistant d'un certain âge chargé d'assurer l'instruction religieuse quelques heures par semaine.

Adolf supposa que cet assistant devait être le parent pauvre de quelqu'un qui avait assez d'influence dans l'école pour lui avoir procuré ce travail. Herr Schwamm, triste et froid, était donc là pour enseigner la religion.

Un matin, à la récréation, Adolf entendit un élève parler à ses camarades d'un religieux du Moyen Âge, saint Odon, qui fut évêque de Cluny. « J'ai un frère qui fait du latin, disait le garçon, et il m'a donné ma première leçon. "*Inter faeces et urinam nascimur.*" » Dès qu'il entendit la traduction, Adolf fut choqué puis ravi. Quel langage puissant ! Quelle force véritable ! Il fut saisi d'un tel enthousiasme qu'il se rendit après l'école au musée d'Anatomie de Linz. Il réussit à y entrer en mentant sur son âge et put y voir un pénis et un vagin en cire ainsi que des hommes et des femmes entièrement nus, grandeur nature, également modelés en cire. La citation latine continuait à lui trotter dans la tête. Naître entre la pisse et la merde. Il s'en était toujours douté. Le sexe était une chose répugnante.

D'un autre côté, le récit qu'il fit de sa visite au musée le rendit très populaire auprès de ses camarades qui n'arrêtaient pas de lui demander de nouveaux détails. Cela le poussa à provoquer leur maître et il se fit un plaisir de citer en classe la phrase de l'évêque de Cluny.

Herr Schwamm fit semblant de ne pas comprendre. Quelques élèves commençaient déjà à ricaner.

« Le latin ne peut pas être prononcé n'importe comment, déclara Herr Schwamm. La manière dont vous essayez d'articuler ces mots les rend complètement incompréhensibles. »

Adolf répliqua : « Alors je vais vous les dire en allemand. » Il fronça les sourcils, déglutit et parvint à dire : « *Zwischen Kot und Urin sind wir geboren.* »

Herr Schwamm dut s'essuyer les yeux. Ils étaient pleins de larmes. « Je n'ai encore jamais entendu une telle horreur », parvint-il à répliquer avant de sortir en trombe de la classe. Adolf connut trente secondes de triomphe. Des garçons qui ne lui avaient jamais adressé la parole pendant des années venaient lui taper dans le dos : « T'es vraiment un sacré type. »

Pour la première fois de sa vie, il reçut une véritable ovation. Un par un, tous les élèves se levèrent pour l'acclamer. Mais deux surveillants entrèrent pour emmener Adolf chez le proviseur, Herr Dr Trieb.

« Si nous n'étions pas si près de la fin de l'année et si l'établissement ne s'était déjà donné tant de mal pour tenter d'améliorer vos résultats particulièrement médiocres, je vous aurais renvoyé, dit Herr Dr Trieb. Dans les circonstances présentes, je préfère supposer que la mort de votre très regretté père a pu jouer un rôle dans votre conduite inqualifiable. Je décide donc de vous garder dans cette école pour le semestre à venir, à condition que de tels comportements ne se reproduisent jamais. Vous devez bien entendu présenter vos excuses à Herr Schwamm. »

Ce fut une drôle d'expérience. Herr Schwamm donna à Adolf une leçon inoubliable. C'est que l'on ignore tout de quelqu'un tant qu'on n'a pas vu de quelle force les faibles sont capables.

Herr Schwamm avait revêtu pour la circonstance son plus beau costume et il en vint immédiatement au fait. Il ne chercha pas à regarder Adolf dans les yeux mais fut tout de même capable de déclarer d'un ton plus sévère que celui qu'il avait habituellement en classe : « Inutile d'évoquer les raisons de notre présence ici. En revanche, j'insiste pour que vous lisiez cette prière. » Il tendit un papier à Adolf. Les mots en lettres capitales couvraient toute la page de papier toilé.

DANS TA GLORIEUSE MAJESTÉ NOUS TE SUPPLIONS DE NOUS DÉLIVRER DES ESPRITS INFERNAUX, DE LEURS PIÈGES, DE LEURS MENSONGES ET DE LEUR FUREUR MÉCHANTE. Ô, PRINCE DES ARMÉES CÉLESTES, REPOUSSE SATAN EN ENFER ET AVEC LUI TOUS LES ESPRITS DU MAL QUI ERRENT DE PAR LE MONDE CHERCHANT À RUINER NOS ÂMES. AMEN.

« Savez-vous à qui s'adresse cette prière ? demanda Herr Schwamm

— N'est-elle pas adressée à l'archange saint Michel ? »

Évidemment ! Cette prière, Adolf la connaissait par cœur. Au monastère de Lambach, il l'avait récitée tous les matins après la messe. En plus il se revoyait titubant sur un tabouret, une des robes d'Angela drapée sur ses épaules.

« Oui, reprit-il, cette prière, monsieur, s'adresse à l'archange saint Michel. » Et il éprouva même comme un écho de sa première érection. Schwamm était luthérien et ne pouvait donc pas deviner que, si cette prière avait pu au début avoir pour Adolf une force extraordinaire, elle lui était devenue très familière. Il pouvait la lire tout haut sans éprouver la moindre crainte. Et de fait, sa voix résonna avec force.

Le petit discours que Herr Schwamm avait préparé sur les flammes et les douleurs de l'enfer lui paraissait devenu à peu près inutile. Il se sentait complètement déplacé en face de ce jeune élève renfrogné, une déconvenue de plus dans une longue série. Les choses ne se passent jamais comme on le voudrait.

Il dit quelques mots pour expliquer qu'il reconnaissait « de bons côtés en vous, jeune Hitler » et s'arrêta avant de se mettre à bafouiller.

« Je m'excuse le plus humblement de ce que j'ai fait hier, Herr Schwamm », dit Adolf qui ne se sentait absolument pas humble.

Herr Schwamm fut une fois de plus sur le point de pleurer. Il se donna une contenance en congédiant Adolf d'un petit signe de la main.

Une fois dehors, Adolf laissa éclater sa colère. On devrait traîner de force tous ces hypocrites au musée d'Anatomie pour leur montrer le vagin de cire.

Il préparait déjà le discours qu'il allait tenir devant ses camarades à la récréation, quand ils se presseraient autour de lui pour savoir ce qui s'était passé.

« Eh bien, dirait-il, je lui ai rivé son clou, à ce pauvre vieux Schwamm. »

C'était déjà la fin de l'après-midi en ce jour de mars quand il sortit de l'école mais il se lança avec quelques-uns de ses nouveaux amis dans une bataille de boules de neige qui dura jusqu'au crépuscule. Il ne cessait de répéter cette formule : « Optimisme, feu, sang et acier », et fut extrêmement heureux d'entendre les trois élèves qui étaient dans son camp la reprendre à leur compte tout au long de cette bataille improvisée dans le froid glacial. La phrase ne lui semblait pas sortir d'un livre, les mots lui étaient venus spontanément à la bouche. « Optimisme, feu, sang et acier. » Répétait-il des mots que je lui avais soufflés ? Je ne peux pas toujours me rappeler les suggestions que je fais à chacun de mes clients.

En tout cas, dès qu'il rentra à la maison, Adolf sortit son livre de Treitschke et entreprit d'apprendre par cœur le passage suivant :

Dieu a donné aux Allemands la terre entière pour demeure potentielle. Cela veut dire qu'il viendra un temps où un seul chef dirigera le monde entier, un chef qui sera la personnification et l'incarnation, l'essence même de ce mystérieux pouvoir qui relie le peuple à la majesté invisible de la nation.

Il allait souvent repenser à ce passage au cours des mois à venir. Est-ce qu'il y croyait vraiment ? Cela pouvait-il être vrai ? Il y avait des Allemands de toutes sortes et certains étaient aussi avachis que Schwamm. Il prit l'habitude d'utiliser cette longue phrase pour raffermir son courage au cours des batailles auxquelles il se livrait dans les bois. Il n'était pas sûr d'en comprendre très bien le sens mais il se répétait les mots. Rien de ce qu'il lirait dans les quatre décennies à venir n'aurait une telle importance pour lui. Nous autres, démons, savons depuis longtemps qu'un esprit médiocre, quand il se consacre entièrement à une seule et unique idée d'ordre mystique, peut acquérir une assurance bien supérieure à son potentiel normal.

Vers la fin du printemps 1903, ses jeux guerriers gagnèrent en complexité. Il arrivait parfois, le samedi après-midi, qu'il y ait jusqu'à cinquante gamins dans chaque camp et Adolf, bon gré mal gré, dut s'initier aux questions de logistique. Chaque armée devait régler le problème des blessés et des prisonniers. Si Adolf avait, jusqu'à une époque récente, été considéré à l'école comme quantité négligeable, il était devenu, à l'inverse, le généralissime dans la forêt. D'ailleurs, il ne cessait d'édicter de nouvelles règles de combat, quitte à les modifier aussitôt. Un samedi, il décréta que, lorsqu'on avait capturé un ennemi, il fallait soit le mettre en prison, soit le tuer.

Il dut reconnaître que la deuxième solution abrégeait un peu trop la durée des combats. Que pouvait faire le soldat mort, sinon rentrer chez lui ? On se mit donc à discuter âprement du temps idéal que devait durer l'incarcération. Trente minutes ? Une heure ? Et qui ferait respecter la règle ? Il fallait un arbitre indépendant des deux camps. Ils finirent par choisir le seul gamin qui possédait une montre de gousset. Puis Adolf eut une idée. Un prisonnier pouvait obtenir sa libération plus rapidement en acceptant de devenir espion. Il pouvait aussi refuser cette offre et rester en prison. Mais personne ne le fit jamais. Adolf avait bien compris que les soldats qui se faisaient capturer s'ennuyaient rapidement.

3

L'école se termina en juin. L'été précédent passé dans la Maison du Jardin s'était achevé sur la première hémorragie d'Alois. Cette fois, à l'été 1903, la famille remplit deux énormes malles de tout ce dont ils pouvaient avoir besoin et Klara, Angela, Adolf et Paula se rendirent à Spital où vivait Theresa, la sœur de Klara. Ils y passèrent tout l'été. Du vivant d'Alois, il n'aurait pu être question d'un tel séjour. Il ne supportait pas l'idée de revenir en arrière. Cela lui rappelait la mangeoire où avait dû dormir sa mère. À présent, Schmidt, le fermier qui avait épousé Theresa, avait assez de place pour loger tout le clan Hiedler-Poelzl. La ferme ne comprenait que les terres, la maison, les granges, les bâtiments agricoles et le bétail mais Schmidt travaillait dur, il avait réussi à en faire une exploitation rentable, selon les critères de Spital. Il y avait plusieurs champs à cultiver, des bois où il fallait récolter les noix, assez de travail pour apprécier toute l'aide que Klara pourrait fournir : « Elle pourra oublier son chagrin en travaillant », disait-il.

Cet été-là, contrairement aux autres membres de la famille, Adolf ne travailla pas. Il s'amusait avec les jeunes enfants de la ferme quand ils avaient terminé les corvées de l'après-midi et essayait de leur apprendre quelques règles pour jouer à la guerre, même si ses jeunes recrues étaient fatiguées au point de tomber de sommeil quand elles montaient la garde.

Il passait toutes ses journées protégé par Klara. Le matin et le début de l'après-midi, il lisait ou dessinait, ensuite il allait courir dans les bois à la recherche de nouvelles positions militaires. Un jour, on lui demanda de prendre part au travail des champs, mais Klara affirma qu'il ne le pouvait pas à cause d'un grave problème aux poumons. Elle proposa même à sa sœur Theresa, puisqu'elle ne voulait pas qu'il travaille, de payer sa nourriture. L'arrangement fut accepté.

Après l'été, Angela devait épouser un certain Leo Raubal qui était employé de banque. Adolf ne l'aimait pas beaucoup. Chaque fois que Raubal venait à la maison, il disait à son futur beau-frère :

« J'ai l'impression que tes poumons ne vont pas si mal que tu le dis, pas vrai ? » Cela suffisait à plonger Adolf dans une colère froide. Où Raubal pouvait-il avoir été pêcher cette idée si ce n'est auprès d'Angela ?

Adolf voyait tout de même un aspect positif à ce mariage, sa propre situation financière s'en trouverait améliorée. Il recevrait une part plus importante de pension une fois que sa grande sœur aurait quitté la maison. Angela, bien sûr, n'était pas absolument enchantée de la situation. Elle épousait un homme qu'elle n'adorait pas mais qui au moins était disponible. Ainsi, les grands projets que Klara avait échafaudés pour l'avenir d'Angela se réduisaient à bien peu de chose. Klara n'était pas seulement déçue mais surprise de voir Angela prête à accepter un tel mariage. Elle était aussi furieuse contre elle-même. Elle ne pouvait pas se le pardonner. Elle n'avait créé aucune vie sociale autour d'Angela. La famille vivait dans cette Maison du Jardin qui était un endroit parfait pour qu'une jeune fille y reçoive des amis, mais Klara n'avait pas su trouver les amis qu'il fallait. Pour ce qui est de rencontrer des étrangers, de les impressionner par le charme ou le montant éventuel de la dot, c'était un exercice auquel Angela et elle étaient bien trop timides pour se livrer. En fin de compte, Raubal fut le seul parti qui se présenta.

Klara estimait que cet homme avait bien de la chance de lui voler sa belle-fille. C'était un véritable crime. Angela aurait pu prétendre à tellement mieux. Raubal n'avait même pas l'air d'être en très bonne santé.

Ce qu'ignorait Klara, c'est qu'Angela vivait avec un secret coupable. Elle n'avait jamais cessé de se languir d'Alois Junior. Elle savait bien que Junior ne reviendrait jamais mais au cours de ces sept années d'absence elle l'avait métamorphosé en jeune homme idéal. Elle se rappelait comme il était beau quand il montait Uhlan. Elle était certaine que si Alois Junior et elle étaient aujourd'hui toujours ensemble, elle n'aurait jamais fait le moindre faux pas mais elle aurait laissé son frère descendre de cheval pour venir l'embrasser. Même après l'installation à la Maison du Jardin, quand Angela eut enfin sa propre chambre, elle avait toujours conservé, soigneusement cachée, une photographie de son frère qu'un photographe ambulant avait prise à Hafeld par une belle journée ensoleillée. Alois était très fier d'avoir un portrait de lui, debout près de son cheval. Il était allé chercher Uhlan à l'écurie et l'avait placé devant l'appareil.

Angela avait volé la photo. C'était sa façon de punir Alois pour toutes les fois où il l'avait taquinée parce qu'elle refusait de monter Uhlan. Quand la photo disparut, elle dut jurer à Alois Junior qu'elle n'avait pas la moindre idée de l'endroit où elle pouvait être. « Je le jure sur tout un rayon de bibles, avait-elle dit.

— Et où sont-elles, ces bibles ?

— Dans ma tête. Elles y sont. Tu peux me faire confiance. »

Alois Junior était aussi malheureux que s'il avait perdu une montre en or mais Angela s'en moquait bien. Il avait bien mérité de souffrir après tout ce qu'il lui avait fait subir. Si cruellement.

Angela gardait toujours cette photo cachée. Mais à mesure que la date de son mariage approchait, elle s'inquiétait de plus en plus du parfum charnel qui flottait encore autour de l'attachement innocent – enfin peut-être pas tant que cela – qu'elle éprouvait pour une photo sépia un peu fanée. Elle finit par arriver à la douloureuse conclusion qu'il fallait détruire cette photo. Sinon, Leo Raubal finirait tôt ou tard par la trouver. Une nuit où elle ne parvenait pas à trouver le sommeil, au cours d'une cérémonie brève mais très intime elle déchira cette petite trace de son passé et, dans la semi-obscurité des premières heures de l'aube, elle déposa les morceaux dans un petit bol, approcha une allumette, et pleura en silence pendant que les fragments de la photographie viraient au noir.

Après le mariage de sa sœur, Adolf fut souvent tourmenté à l'idée des actes répugnants qu'Angela et Leo devaient faire au lit. Adolf avait vu la verge du marié un jour où ils urinaient côte à côte dans un champ, et avait trouvé qu'il n'y avait là vraiment rien d'agréable à regarder. Maintenant Leo devait la faire coulisser dans ce passage supposé sacré entre les deux orifices innommables d'Angela. Comme tout cela était dégoûtant ! Puis il en vint à penser que son père et sa mère avaient dû eux aussi se conduire de la même façon que les jeunes mariés. Comme il était affreux, ce secret sur lequel hommes et femmes s'employaient à garder le silence.

4

En mai de l'année suivante, c'est-à-dire 1904, non seulement Adolf récolta une nouvelle série de notes médiocres mais en plus il échoua à son examen de français. Une session de rattrapage était prévue à l'automne. Il obtint une note passable, mais le proviseur ne lui pardonna pas l'affaire avec Herr Schwamm. Si Adolf Hitler voulait suivre sa dernière année de lycée technique, le principal décida que ce ne serait pas à Linz. Adolf se vengea en se disant en lui-même : « Je ne laisserai pas cette école insulter encore une fois mon intelligence. »

Klara résolut le problème en envoyant Adolf dans une ville appelée Steyr, à une bonne vingtaine de kilomètres de Leonding. Ce fut là qu'il acheva ses études techniques. Grâce à sa pension, Klara réussit à lui louer une chambre pour ne pas avoir à payer les trajets quotidiens en train. Du dimanche soir au vendredi après-midi, Adolf habita donc chez une femme qui hébergeait d'autres étudiants. Frau Sekira veillait à ce que ses pensionnaires soient bien nourris et qu'ils fassent leurs devoirs. C'était une femme maternelle. Adolf entretenait avec elle un minimum de rapports formels puis disparaissait dans sa petite chambre où il passait son temps à lire et à dessiner. Ses résultats au lycée technique de Steyr n'étaient pas meilleurs qu'à celui de Linz et finalement il échoua une fois de plus à l'examen de français. À l'automne 1905, il devrait passer un nouvel examen de rattrapage en français pour obtenir son diplôme.

Pendant l'été, Klara remmena Paula et Adolf à Spital mais en septembre Adolf dut revenir à Steyr pour son examen. Cette fois, il fut reçu et obtint donc son diplôme. Pour célébrer l'événement, il décida avec quelques autres pensionnaires de Frau Sekira de faire la fête. Un des garçons avait rapporté de chez lui quatre bouteilles de vin et fut assez généreux pour les partager : « Mon père m'a dit qu'on pouvait se conduire comme un porc une fois par an. C'est ce qu'il m'a dit. Tu peux le faire une fois, pas deux. » Ils applaudirent tous le père absent.

Les étudiants firent la fête très tard cette nuit-là et vers la fin Adolf déclara : « Je suis aussi soûl que mon père l'était tous les soirs », et il tomba par terre endormi. Le lendemain matin, il ne put retrouver son diplôme. Il se souvenait pourtant de l'avoir mis dans sa poche, mais il n'y était plus. Il devait rentrer à la maison le soir, il fallait qu'il ait quelque chose à montrer à sa mère. Elle ne croirait jamais qu'il avait réussi à l'examen s'il n'était pas en mesure de lui montrer le diplôme. Il s'efforça de trouver une explication, il pourrait peut-être lui raconter que dans le train il avait déplié le précieux document pour l'admirer mais que, comme il faisait chaud, il avait ouvert la fenêtre et que brusquement un coup de vent l'avait emporté. Il sortit faire quelques pas pour se clarifier les idées et reconnut que cette histoire ne suffirait pas. D'ailleurs ce jour-là, il faisait froid.

En allant faire ses adieux à Frau Sekira, il lui exposa son problème. Frau Sekira lui conseilla de ne pas essayer de tromper sa mère. « Ce n'est pas une bonne idée, fit-elle, si elle accorde foi à ton histoire, tu vas te sentir vraiment coupable, et si elle découvre la vérité, ce sera encore pire. »

Pendant toute l'année scolaire, elle n'avait été qu'une femme qui lui servait ses repas et changeait ses draps une fois par semaine. Voilà qu'elle devenait tout à coup un être humain sage et de bon conseil. Désespéré, il lui demanda : « Qu'est-ce que je peux faire ? – Oh, dit-elle, retourne à l'école et dis-leur la vérité. Ils seront probablement fâchés mais ne refuseront pas de te donner une copie. »

Adolf revint donc dans cette école où il pensait qu'il ne remettrait jamais les pieds. Le directeur le fit attendre. C'était après tout un jour d'inscription. Enfin, il le fit entrer, ouvrit un placard fermé à clé et en retira un grand sac en papier. Puis il dit : « Ton diplôme est là-dedans. Il a été déchiré en quatre morceaux. Tu verras dans quel état il est. » Puis le directeur le regarda fixement : « Pour un étudiant, c'est une chose que de fêter sa réussite quand il est heureux d'avoir été reçu à un examen de rattrapage. Il peut se dire qu'il vient peut-être de franchir une étape décisive pour son avenir. Mais c'est une tout autre affaire, Herr Hitler, de se mettre dans de tels états d'ivresse qu'on en vient à commettre des actes méprisables. » Il hocha la tête. « Je vois bien à votre air absent que vous ne vous souvenez même pas de la bassesse que vous avez commise. »

La situation devenait aussi gênante que le face-à-face avec le prêtre au long nez qui l'avait surpris en train de fumer.

« Monsieur, qu'ai-je fait ? parvint-il à articuler, ayez la bonté de me le dire.

— Mon cher Herr Hitler. Je vais avoir la bonté de vous le dire. Vous avez pris ce diplôme et vous l'avez souillé de vos excréments ! » Ses mains tremblaient de dégoût quand il lui tendit le sac. Puis il ajouta : « Je n'arrive pas à croire qu'un élève de notre école ait pu commettre un acte aussi bestial. Vous devrez craindre à l'avenir de passer votre vie sans jamais parvenir à maîtriser vos instincts pervers. Vais-je écrire à votre mère ? Non, je ne le ferai pas. C'est probablement une brave femme qui ne mérite pas une honte pareille. En revanche, vous allez me jurer que, à partir du moment où vous sortirez de ce bureau, je ne verrai plus jamais votre visage. Et prenez garde à ne pas ouvrir ce sac avant d'avoir quitté les murs de cette école. »

Adolf hocha la tête. Il se souvenait bien à présent. Oui, il avait attrapé le diplôme et s'était torché avec. Il revécut cet instant. Il s'était senti pénétré d'une telle grandeur ! Comme ses camarades de beuverie avaient applaudi. Son cul était maintenant bien plus précieux que toutes leurs savantes foutaises.

Le pire, c'est qu'il se demandait comment le directeur avait été mis au courant. Il n'y avait qu'une explication. Il fallait qu'un des quatre camarades qui avaient bu avec lui soit allé le lui raconter. Mais lequel ? Il n'avait pas envie de le savoir. Une telle confrontation ne ferait qu'aggraver sa honte. Et si le coupable était un des deux gars plus costauds que lui ? C'était même assez probable.

De retour chez Frau Sekira, il passa très longtemps à laver le diplôme sur l'évier puis à le sécher. Ensuite il recolla les morceaux sur une feuille de papier. Il avait désormais la preuve qu'il avait réussi à son examen. Maintenant il fallait trouver une explication à fournir à Klara.

« Oh, Mère, plus je le regardais et plus je comprenais tous les sacrifices que vous avez faits pour moi et le peu de reconnaissance que je vous ai donné en retour. Je l'ai déchiré pour ne pas avoir à pleurer comme un enfant. » Oui, se dit Adolf, cela devrait faire l'affaire.

Il n'arrêtait pas cependant de se demander lequel de ses camarades l'avait trahi. Les quatre à la fois peut-être ! Il se jura de ne plus jamais boire : « L'alcool est fait pour les traîtres. » Il renifla le document pour s'assurer qu'il ne sentait pas autre chose que le talc.

Je ferai remarquer que, depuis la mort d'Alois, aucun autre événement n'avait été aussi près de détruire le sentiment qu'avait Adolf de sa propre importance. J'avais réussi à édifier une palissade pour protéger la vision qu'il avait de lui-même, de sorte que même cette aventure ne tourna pas au désastre.

5

Klara en versa, des larmes d'amour, quand elle sut pourquoi le diplôme s'était retrouvé déchiré en quatre.

« Il a encore plus de valeur ainsi à mes yeux. Je vais être fière de l'encadrer. »

C'est à ce moment-là qu'il décida que l'art de bien mentir est un talent très estimable et ils passèrent, mère et fils, une excellente soirée. Paula était déjà couchée et ils restèrent assis tous les deux côte à côte sur le canapé à évoquer le bon vieux temps, quand Adolf avait deux ou trois ans.

C'était un moment très particulier. Au cours de l'année précédente, quand il revenait de Steyr en fin de semaine à la maison, il avait commencé à se lasser d'entendre Klara toujours parler d'Alois. Elle se le représentait désormais comme s'il avait été un véritable pilier de l'empire, un fonctionnaire tellement dévoué. Ses pipes d'argile à longue tige étaient disposées sur le manteau de la cheminée, placées chacune sur un support spécial. Selon l'évangile familial, Alois avait donné une bénédiction à Adolf. Car c'était bien une bénédiction d'avoir eu un père capable, au cours de sa carrière, de gravir l'équivalent d'une montagne.

J'étais tout disposé à lui tenir le même discours. Ces temps-ci, j'essayais d'implanter dans son esprit une nouvelle notion : Alois avait offert à Adolf la possibilité de commencer sa carrière à un échelon beaucoup plus élevé que celui d'où il était parti lui-même. Ainsi le fils pouvait prétendre atteindre un prestige beaucoup plus grand. Qui, de Klara ou de moi, eut le plus d'influence sur ce point, je ne sais pas, mais ces pensées s'imprimèrent si bien dans l'esprit d'Adolf que quand il écrivit *Mein Kampf*, dix-neuf ans plus tard, en 1924, il y brossa un portrait très élogieux d'Alois :

> *Il n'avait pas encore treize ans, le petit garçon qu'il était alors, quand il boutonna son manteau et quitta sa région natale du Waldviertel. La décision avait dû être dure, de prendre la route pour l'inconnu avec seulement trois florins en poche en guise de viatique. Entre treize et dix-sept ans, il connut bien des épreuves.*

La pauvreté et la misère renforcèrent sa résolution et le dotèrent de la ténacité de celui qui est devenu « vieux » à travers tant de malheurs injustifiés. Alors qu'il était encore presque un enfant, le gamin de dix-sept ans s'accrocha à sa décision de devenir fonctionnaire. Ainsi se réalisait la promesse que s'était faite autrefois le pauvre petit garçon, de ne jamais retourner à son village natal avant d'être devenu quelqu'un.

6

Dans le but d'améliorer sa situation financière, Klara vendit la maison de Leonding et la famille s'installa dans un appartement à Urfahr, au bord du fleuve, juste en face de Linz. Adolf quittait rarement l'appartement dans la journée. Il ne voyait aucune manière avantageuse d'entrer dans le monde du travail. D'ailleurs, il n'avait aucune envie de travailler pour les autres. De plus, il se sentait vraiment atteint d'une petite pointe de consomption qui suffisait à maintenir Klara dans un état de terreur rentrée. Allait-il, comme Alois, mourir d'une hémorragie pulmonaire ? Il n'était pas très difficile de la convaincre que, dans ces conditions, il n'aurait pas été prudent de chercher un métier. Du reste, comme il le lui expliquait, il serait bientôt considéré comme un grand peintre ou un grand architecte, ou peut-être les deux. Pour l'instant, en restant à la maison, il pouvait parfaire son éducation. Il lirait, il dessinerait. Il n'avait pas besoin d'en dire davantage. Après cinq années passées à souffrir les rigueurs du lycée technique, il pouvait bien profiter de sa nouvelle vie, Humboldtstrasse à Urfahr. Sa mère payait les factures et Paula faisait le ménage. Il se laissa pousser la moustache. Il sortait rarement en plein jour. Le soir seulement, il allait se promener. Il traversait le Danube pour passer d'Urfahr à Linz et allait marcher du côté de l'opéra. Klara lui avait acheté des habits neufs et il s'aventurait ainsi vêtu d'un bon costume noir, d'un pardessus noir, coiffé d'un feutre noir et arborant une canne à pommeau d'argent, son bien le plus précieux. On devait le prendre, pensait-il, pour un des jeunes aristocrates de Linz. Son reflet dans la vitrine des magasins confirmait cette impression.

Son désir de passer toute la journée à la maison s'expliquait par son amour de la nuit. Tous les clichés sur le Diable ne sont pas faux. La plupart des gens ne saisissent pas bien la profondeur de cette croyance très répandue, selon laquelle ce qui est généralement considéré comme mal doit se cacher dans le noir. Pour une bonne raison. La nuit offre plus de prise à l'imagination.

Klara était bien sûr très fière de l'élégance de son fils. Elle savait que, dès qu'il se sentirait prêt, les occasions allaient se présenter. Ce n'était pas seulement un garçon peu ordinaire, il devait avoir vraiment besoin de ce genre de vie pour le moment.

Adolf avait aussi changé sa façon de se masturber. Dans la forêt, sa technique consistait à répandre sa semence sur les feuilles alentour. Il aimait beaucoup les feuilles et il aimait jouir sur elles. À présent, enfermé dans sa chambre, il gardait un mouchoir à sa portée. Mais avant que ses pensées n'échappent à son contrôle, il levait un bras en l'air, à un angle de quarante-cinq degrés et restait ainsi un bon moment. Il repensait aux toilettes du lycée technique où il avait fait devant ses camarades la démonstration de cette prouesse. Ils pouvaient avoir deux testicules quand lui n'en avait qu'un, mais il pouvait garder le bras tendu très haut alors qu'eux n'y arrivaient pas. Certes, dans bien des cas, la curiosité générale se portait sur autre chose. Un jour, les garçons s'étaient rassemblés autour des urinoirs pour comparer la longueur de leur membre. Cela avait été plutôt bizarre. Ils craignaient toujours qu'un professeur ne fasse irruption à l'improviste. Au moindre bruit, les érections dégringolaient à toute vitesse et la capacité qu'avait Adolf de garder le bras dressé en l'air n'était jamais qu'une curiosité parmi d'autres. À présent, dans sa chambre, il constatait qu'il pouvait maintenir son érection tout en gardant un bras dressé en l'air. Il lui suffisait de repenser à toute la gamme de bijoux de famille exhibés par ses camarades pour réchauffer son enthousiasme.

Il y avait tout de même une plaie dans sa vie. C'était le mari d'Angela, Leo Raubal. Il ne pouvait pas s'adresser à Adolf sans lui rebattre les oreilles de la même rengaine : « Mon pote, il serait temps que tu commences à gagner ta vie. Tu te sentiras mal tant que tu ne le feras pas. Je pense que tu dois être déprimé de savoir que toute ta famille à Spital te prend pour un bon à rien. Nous on sait bien que ce n'est pas vrai. Mais tu devrais renoncer à ton occupation actuelle qui consiste à ne rien faire. »

Adolf, dans ces cas-là, quittait la pièce. Angela était consternée. Elle trouvait Adolf vraiment impoli envers son mari. Klara, en voyant tout cela, se taisait, mais c'était seulement par égard pour

Angela. Ce rustre de Leo Raubal était après tout le mari de sa chère belle-fille. Elle n'allait pas se conduire comme les belles-mères qui sèment la zizanie chez les jeunes mariés. Ce serait encore pire que de voir son fils se faire houspiller par son nouveau beau-frère qui avait décidément une bien haute idée de sa propre opinion et de la valeur de ses conseils. Klara se disait en elle-même : « Adolf n'est pas un fainéant. Il reste à la maison mais il travaille si dur quand il dessine. De plus il ne boit pas, il ne fume pas. Ce n'est pas un fainéant. Il ne gâche pas son temps. Il ne tourne pas autour des filles de mauvaise vie. Il n'y a aucune fille dont je doive m'inquiéter. Peut-être deviendra-t-il un grand artiste ? Qui sait ? Il est tellement sérieux. Quand il est seul à travailler, il est si fort et si fier de lui. Il est si pénétré de l'idée que lui aussi ira loin. Sur ce point, il est exactement comme Alois. Il va peut-être même plus loin. Alois voulait trop de choses à la fois. » Et elle se répétait : « Adolf ne perd pas son temps avec les filles. Il n'y a pas de mauvaises filles dans sa vie. »

Et il n'y en aurait pas. Pas avant bien longtemps. Elle aurait mieux fait de s'inquiéter des aventures qu'il allait avoir avec des hommes et des garçons, et parfois même des mauvais garçons.

La vision que Klara avait d'Adolf était complètement idéalisée par son amour, elle ne risquait pas d'imaginer ce qu'il avait en tête quand il se masturbait. D'ailleurs comment aurait-elle pu ? Il ne laissait aucune trace, prenait soin de laver ses mouchoirs. Non, elle ne pouvait pas savoir que, tandis qu'il se caressait, s'approchant toujours plus prêt de l'explosion de sa jouissance, il se demandait si son refus de travailler aux Douanes pouvait avoir joué un rôle dans l'hémorragie qui avait emporté son père. Si c'était le cas, il y avait donc deux personnes qu'il avait scalpées dans la vie réelle : Edmund et Alois. Et cette idée, associée au spectacle des élèves du lycée technique rassemblés dans les urinoirs, précipitait à tel point ses mouvements de va-et-vient qu'il ne pouvait se retenir plus longtemps et presto ! C'était fait. C'était fait et il était heureux et il était épuisé par tout ce qui avait bouillonné en lui.

7

Bien des années plus tard, une jeune fille qui venait à l'école de Paula voyait souvent la petite marchant auprès de sa mère. Jusqu'à une époque récente, cette jeune fille avait vécu dans une ferme, mais à présent, pratiquement chaque jour de la semaine, elle voyait Klara accompagner Paula à l'école, lui dire au revoir en l'embrassant. La fille de la ferme n'avait jamais connu cela. Sa mère était toujours trop occupée. Cette fille voyait bien que Paula était retardée en classe, qu'elle était toujours à la traîne, mais cela ne comptait pas, elle l'enviait quand même. L'amour d'une mère, pensait-elle, doit être aussi doux que le miel.

Ne sommes-nous pas sur terre pour en profiter ?

ÉPILOGUE

UN CHÂTEAU EN FORÊT

1

Au début de cette histoire, je me suis présenté sous le nom de DT, et ce n'était pas totalement injustifié. C'était un surnom pour Dieter à l'époque où j'occupais le corps et la personne d'un officier SS, une mission qui ne se termina qu'à la fin de la Seconde Guerre mondiale, à l'époque où Dieter dut quitter Berlin précipitamment. Cela pour expliquer en bref la raison de ma présence sur un terrain où une fête bruyante se déroula toute la nuit. Un camp de concentration venait d'être libéré par les soldats américains, le dernier jour du mois d'avril 1945.

Installé dans un petit box, j'étais interrogé par un psychiatre, du grade de capitaine, qui avait été désigné par les troupes américaines qui avaient libéré le camp. À cause du tumulte de ces derniers jours, on lui avait attribué un revolver qu'il avait posé sur la table à portée de sa main. Je voyais que ce pistolet le mettait mal à l'aise mais il était médecin et donc pas spécialement entraîné au maniement des armes à feu.

Le nom inscrit au revers de sa veste indiquait qu'il était juif, et, est-il besoin de le préciser, il n'était pas très heureux de ce qu'il découvrait autour de lui.

De tempérament pacifiste, cet officier juif avait fait de son mieux pour se tenir à l'écart des pires horreurs de cet endroit. Ce qui revient à dire qu'il s'efforçait de fuir les odeurs humaines les plus agressives. Des effluves rances devaient certainement se joindre aux cris de joie des anciens détenus. De fait, l'Américain trouvait l'atmosphère tellement pestilentielle qu'il m'avait ordonné à moi, son seul adversaire disponible, de rester avec lui dans ce petit bureau. C'est là que, après minuit, je répondis à son interrogatoire.

Seuls tous les deux comme deux naufragés perdus dans l'océan réfugiés sur un rocher où il n'y aurait pas de place pour trois, je dois avouer que je pris un certain plaisir à jouer avec ses sentiments. C'était une période de défaite pour moi. J'étais pratiquement hors jeu. Le Maestro venait de me relever de ma mission. « Pour le moment, débrouillez-vous tout seul. Je vais transporter nos quartiers en Amérique et je vous ferai signe dès que j'aurai pris quelques décisions sur les opérations que nous pourrions y mener. »

Je n'étais même pas sûr de pouvoir lui faire confiance. Certaines rumeurs circulaient parmi nous. Un démon osa même suggérer que le Maestro avait été rétrogradé.

Cette éventualité – si elle était vraie – suggérait l'existence dans le domaine du Maestro de variations hiérarchiques qui dépassaient mon entendement. Je fis donc ce que font les hommes en pareil cas, je décidai de ne plus y penser. Je me lançai résolument dans une nouvelle partie. Je décidai de jouer avec le psychiatre juif en faisant semblant d'expliquer les conceptions de ceux dans les rangs desquels j'avais servi. Je me mis à décrire les expéditions psychologiques tentées par les nazis dans des domaines inexplorés.

Ce ne fut pas sans effet. Dieter avait été un SS charmant, grand, vif, blond aux yeux bleus, intelligent. Histoire de donner un tour de vis supplémentaire, j'allai jusqu'à suggérer qu'il était lui-même un nazi contrarié. J'évoquai avec une belle imitation de sincérité les excès condamnables qu'on ne pouvait manquer de trouver dans les réalisations du Führer. Dehors, les anciens prisonniers se déchaînaient à travers tout le camp. Ceux qui avaient encore assez de force pour donner de la voix hurlaient comme des fous. Comme la nuit avançait, le capitaine juif fut incapable de supporter plus longtemps la situation. Dans les profondeurs de tout pacifiste moyen – comme chacun va inévitablement le découvrir – sommeille un meurtrier. C'est même en premier lieu pour cette raison que la personne est devenue pacifiste. Mais à présent, soumis à mes subtils assauts dirigés contre ce qu'il considérait comme *ses* valeurs humaines, l'Américain attrapa le revolver, fit preuve tout de même d'une certaine compétence pour déverrouiller le cran de sûreté, et tira sur moi.

J'ai dû plus d'une fois, je dois le dire, évacuer un corps. Je m'empressai donc de partir. Je me rendis en Amérique. Je parlai au Maestro. Il me déclara : « Votre capitaine juif m'a montré la voie. Je vais investir à la fois dans les Arabes et les Israéliens. »

Sur ce, il me souhaita bonne chance et je fus livré à mon propre sort en Amérique. Mais ceci est une autre histoire, moins intéressante, je le crains. Les personnages, moi y compris, sont de moindre envergure. Je ne suis plus un acteur de l'histoire.

Ce qui reste tout de même à débattre, c'est la raison pour laquelle j'ai choisi ce titre, *Un château en forêt*. Si le lecteur qui m'a accompagné tout au long du récit de la naissance de Hitler, de son enfance et d'une partie de son adolescence en venait à me demander : « Dieter, quel rapport y a-t-il avec votre histoire ? On y trouve pas mal de forêts mais où est le château ? » Je répondrais que *Un château en forêt* est la traduction de *Das Waldschloss*.

C'était le nom que les détenus avaient donné quelques années auparavant au camp qui venait d'être libéré. Waldschloss se dresse au milieu d'une plaine déserte qui fut autrefois un champ de pommes de terre. Peu d'arbres à l'horizon et pas le moindre château. Rien d'intéressant à l'entour. Waldschloss devint ainsi le nom que les prisonniers les plus ironiques décidèrent de donner à leur camp. La fierté qu'ils gardèrent jusqu'au bout fut de ne jamais renoncer à leur sens de l'ironie, c'est ce qui faisait leur force. Il n'y a rien d'étonnant à ce que les prisonniers qui trouvèrent cette appellation fussent originaires de Berlin.

Quand on est allemand et doué d'une vive intelligence, l'ironie est pour vous d'une importance vitale. L'allemand s'est imposé à nous au début comme le langage de gens ordinaires, de bonnes brutes païennes, de pères de famille, d'une peuplade tribale prête à chasser et à cultiver la terre. C'est donc un langage plein de grognements d'estomac, de vents dans des boyaux robustes, du mugissement des poumons, du sifflement de la trachée, des ordres que l'on crie aux animaux domestiques et même du grondement qui monte à la gorge à la vue du sang. Étant donné l'impératif qui pesait sur ces gens depuis des siècles de se tenir prêts à intégrer les facilités de la civilisation occidentale avant que l'occasion ne passe sans jamais se représenter, je ne trouve pas étonnant que la bourgeoisie allemande, qui avait quitté ses fermes boueuses pour émigrer vers la ville, se soit appliquée à parler d'une voix douce comme la soie, et particulièrement les femmes. Je ne parle pas ici de ces mots allemands interminables qui sont les précurseurs de l'esprit technologique d'aujourd'hui. Non, je parle de ces palatales sirupeuses, de ces sonorités sentimentales pour demeurés. Chez tous les Allemands intelligents, et particulièrement chez les Berlinois, l'ironie est devenue l'antidote à cette douceur.

J'admets volontiers que ces considérations savantes nous éloignent de notre récit, mais c'est exactement l'effet recherché. Cela me permet de revenir au commencement, lorsque Dieter était membre de la Section spéciale IV-2 a. J'espère, est-il besoin de le souligner, que nous avons fait un bout de chemin depuis. Si ma trahison envers le Maestro n'entraîne pas ma disparition pure et simple, je reprendrai peut-être un jour le récit du rôle que j'ai joué au début de la carrière d'Adolf Hitler jusqu'à la fin des années 1920 et au début des années 1930, parce que c'est le moment où Hitler connut la grande histoire d'amour de sa vie. Ce fut avec Geli Raubal, la fille d'Angela. Geli était bien en chair, jolie et blonde. Hitler l'adorait. Ils avaient des relations particulièrement perverses. Comme l'a dit un jour Putzi Hanfstaengl, homme du monde et pianiste accompli : « Adolf ne jouait que sur les touches noires. »

En 1930, Geli Raubal fut trouvée morte sur le sol de la chambre qu'elle occupait dans une aile de l'appartement de Hitler, Prinzregenstrasse à Munich. Elle avait été abattue d'un coup de feu. Ou alors elle s'était suicidée. La question ne fut jamais tranchée. Le principal souci fut évidemment d'étouffer l'affaire.

Je ne peux moi-même en savoir plus sur cette question. Peu de temps avant l'événement, je fus relevé de ma mission auprès d'Adolf Hitler. Le Maestro avait décidé que le Führer était devenu assez important pour requérir l'assistance d'une autorité plus haut placée que la mienne. Je soupçonne en fait le Maestro d'avoir tout simplement pris ma place. Quoi qu'il en soit, je ne pus en apprendre davantage sur la mort de Geli. L'affaire ne suscita qu'un silence absolu. Trois ans plus tard, Hitler et ses nazis avaient pris le pouvoir et on me confia la mission d'endosser l'apparence physique de ce brave SS Dieter. J'avoue que je n'ai jamais pardonné au Maestro de m'avoir ainsi rétrogradé, c'est même probablement la véritable raison qui m'a poussé à écrire ce livre.

Il a pu y avoir bien sûr d'autres motivations. Une préoccupation demeure. Le Maestro que j'ai fidèlement servi dans une centaine de rôles différents, fier d'être le proche collaborateur d'un personnage aussi éminent, se peut-il qu'il m'ait trompé ? Et si le Maestro n'était pas Satan mais seulement un de ses assistants, même de très haut niveau ?

Il n'y a pas de réponse, évidemment. Mais la question pourrait bien avoir semé la graine de ma rébellion.

Je sais que je laisse le lecteur confronté à des questions embarrassantes, sans même savoir si ce sont les propos de Satan qui ont été rapportés dans ce récit ou les considérations cyniques d'un de ses sbires – je vous avouerai qu'étant tout de même un démon je me moque bien de l'inconfort du lecteur. Ce qui nous permet de survivre, nous les démons, c'est que nous avons assez de sagesse pour savoir qu'il n'y a pas de réponses mais seulement des questions.

N'est-il pas vrai qu'on ne pourrait trouver un seul démon qui ne soit capable de travailler pour les deux camps ? Il me faut reconnaître, même si c'est surprenant, que j'éprouve une certaine affection pour les lecteurs qui m'ont suivi tout au long de ce périple. Je suis moi-même allé si loin en me lançant dans cette entreprise que je ne sais plus au juste si je cherche de nouveaux clients prometteurs ou un ami loyal. Cette question n'a pas de réponse mais les bonnes questions sont faites pour résonner longtemps en nous.

Bibliographie

Les titres de cette bibliographie précédés d'un astérisque m'ont été particulièrement utiles par leur thème ou leur contexte historique dans la rédaction de *Un château en forêt.* Inutile de préciser que tous les autres ont également fourni bien des pistes à mon imagination. Mais ceux marqués d'un astérisque m'ont donné quantité de références factuelles et chronologiques dont un roman comme celui-ci ne saurait se passer. Pour tout le reste, un personnage est le fait d'une succession de choix.

Norman MAILER

Note de l'éditeur : Dans la mesure du possible, nous avons essayé de donner les titres des livres traduits en français.

Anderson, Ken, *Hitler and the Occult*, Amherst, NY, Prometheus Books, 1995.

Armstrong, Karen, *Le Combat pour Dieu*, Seuil, Paris, 2005.

Binion, Rudolph, *Hitler et l'Allemagne : l'envers de l'histoire*, Point hors ligne, Paris, 1994.

Brysac, Shareen Blair, *Resisting Hitler : Mildread Harnack and the Red Orchestra*, New York, Oxford University Press, 2000.

* Bullock, Alan, *Hitler ou les Mécanismes de la tyrannie*, t. 1, « L'Ascension », t. 2, « L'Apogée et la Chute », Marabout, Paris, 1980.

* Bullock, Alan, *Hitler et Staline*, t. 1 et 2, Albin Michel, Paris, 1994.

Burleigh, Michael, *The Third Reich : A New History*, New York, Hill & Wang, 2000.

Cocks, Geoffrey, *La Psychothérapie sous le IIIe Reich : l'institut Göring*, Les Belles Lettres, Paris, 1987.

Colum, Padraic, *Nordic Gods and Heroes*, Mineola, NY, Dover, 1996.

Crane, Eva, *The World History of Beekeeping and Honey Hunting*, London, Routledge, 1999.

Crankshaw, Edward, *Le Dossier de la Gestapo*, Walter Beckers, Anvers, 1968.

Erikson, Erik H., *Luther avant*, Flammarion, Paris, 1968.
Farago, Ladislas, *After Math : The Final Search for Martin Bormann*, New York, Avon, 1975.
* Fest, Joachim C., *Hitler*, Gallimard, Paris, 1973.
Fest, Joachim C., translated by Bruce Little, *Plotting Hitler's Death*, Reissue, New York, Henry Holt, 1996.
* Fest, Joachim C., *Albert Speer, le confident de Hitler*, Perrin, Paris, 2001, 2006.
* Fulop-Miller, Rene, *Le Diable sacré : Raspoutine et les femmes*, Payot, Paris, 1928.
Gallo, Max, *La Nuit des longs couteaux*, Robert Laffont, Paris, 2001.
Gilbert, G. M., *Le Journal de Nuremberg*, Flammarion, Paris, 1948.
* Gobineau, Arthur de, *Essai sur l'inégalité des races humaines*, Belfond, Paris, 1967.
* Goebbels, Joseph, *Combat pour Berlin*, Société de Presse et d'Édition, coll. Action, Paris, 1966.
Goethe, *Faust*, traduit et édité par Walter Kaufmann, New York, Doubleday, 1961.
Goldhagen, Daniel Jonah, *Les Bourreaux volontaires de Hitler, les Allemands ordinaires et l'Holocauste*, Seuil, Paris, 1998.
Goodrich-Clarke, Nicholas, *The Occult Roots of Nazism : Secret Aryan Cults and Their Influence on Nazi Ideology*, New York, New York University Press, 1985.
Goodrich-Clarke, Nicholas, *The Occult Roots of Nazism*, 2nd ed., New York, New York University Press, 1992.
Grimm, Jacob, *Teutonic Mythology*, vol. 1-4, Reprint, Mineola, NY, Dover Publications, 1966.
Gun, Nerin E., *L'Amour maudit de Hitler et d'Eva Braun*, Laffont, Paris, 1968.
* Haffner, Sebastian, *The Meaning of Hitler*, Cambridge, Harvard University Press, 1979.
Haffner, Sebastian, *De Bismarck à Hitler*, La Découverte, Paris, 1991.
* Hamann, Brigitte, *La Vienne de Hitler : les années d'apprentissage d'un dictateur*, Édition des Syrtes, Paris, 2001.
* Hanfstaengl, Ernst « Putzi », *Hitler : les années obscures*, Éditions de Trévise, Paris, 1967.
Heidegger, Martin, *Introduction à la métaphysique*, Gallimard, Paris, 1987.
* Heidegger, Martin, *Être et Temps*, Gallimard, Paris, 1986.
Heiden, Konrad, *Der Fuehrer : Hitler's Rise to Power*, Boston, Houghton Mifflin Company, 1944
Heston, Leonard L., et Heston, Renate, *The Medical Casebook of Adolf Hitler . His Illnesses, Doctors and Drugs*, New York, Stein and Day, 1979.
* Hoess, Rudolph, *Le commandant d'Auschwitz parle*, La Découverte, Paris, 1995

* Hoffmann, Heinrich, *Hitler Was My Friend*, London, Burke, 1955.
Iliodor, Sergei Michailovitch Trufanoff, *The Mad Monk of Russia, Iliodor*, New York, The Century Co., 1918.
Irving, David, *Goebbels : Mastermind of The Third Reich*, Horsham, West Sussex, Focal Point Press, 1996.
Janik, Alan, et Toulmin, Stephan, *Wittgenstein's Vienna*, New York, Touchstone/Simon and Schuster, 1973.
* Jenks, William A., *Vienna and the Young Hitler*, New York, Columbia University Press, 1960.
* Jetzinger, Franz, translated by Lawrence Wilson, *Hitler's Youth*, London, Hutchinson of London Press, 1958.
* Jung, Carl, *Ma vie : souvenirs, rêves et pensées*, Gallimard, Paris, 1991.
Kelley, Douglas M., *22 Cells in Nuremberg*, New York, Greenberg, 1947.
Kershaw, Ian, *Le Mythe Hitler : image et réalité sous le III*[e] *Reich*, Flammarion, Paris, 2006.
* Kershaw, Ian, *Hitler 1889-1936*, Flammarion, Paris, 1999.
Kershaw, Ian, *Hitler 1936-1945*, Flammarion, Paris, 2000.
* Kersten, Felix, *The Kersten Memoirs 1940-45*, Reprint, New York, Howard Fertig, 1994.
Kirkpatrick, Ivone, *The Inner Circle*, London, Macmillan & Co., 1959.
* Kogon, Eugen, *L'État SS : le système des camps de concentration allemands*, Seuil, Paris, 1993.
* Kubizek, August, *The Young Hitler I Knew*, Boston, Houghton Mifflin, 1954.
Langer, Walter C., *Psychanalyse d'Adolf Hitler*, Denoël, Paris, 1973.
Levenda, Peter, *Unholy Alliance*, New York, Avon, 1995.
* Longgood, William, *The Queen Must Die ! And Other Affairs of Bees and Men*, New York, W. W. Norton, 1985.
Lukacs, John, *A Thread of Years*, New Haven, Yale University Press, 1998.
* Lukacs, John, *The Hitler of History*, New York, Knopf, 1997.
Macdonald, Callum, *The Killing of SS Obergruppenfuhrer Reinhard Heydrich*, New York, The Free Press/Macmillan, 1989.
* Machtan, Lothar, *La Face cachée d'Adolf Hitler*, L'Archipel, Paris, 2002.
* Maeterlinck, Maurice, *La Vie des abeilles*, Grasset, Paris, 1970.
* Mann, Thomas, *Le Docteur Faustus*, LGF, Paris, 2003.
Manvell, Roger, et Fraenkel, Maurice, *Heinrich Himmler*, London, Heinemann, 1965.
Maser, Werner, *Prénom : Adolf. Nom : Hitler*, Plon, Paris, 1973.
Massie, Suzanne, *Land of The Firebird*, Blue Hill, ME : Heart Tree Press, 1980.
May, Karl, *Winnetou. L'Homme de la prairie*, Flammarion-Chat perché, Paris, 1980.
McLynn, Frank, *Carl Gustav Jung*, New York, St Martin's Press, 1996

Melzer, Werner, *Beekeeping : A Complete Owner's Manual*, Hauppauge, NY, Barron's Press, 1989.
* Milton, John, *Le Paradis perdu*, Gallimard, Paris, 1995.
* Mironenko, Sergei, et Maylunas, Andrei, *A Lifelong Passion : Nicholas and Alexandra : Their Own Story*, New York, Doubleday, 1997. Les lettres du livre VIII sont extraites de cette source.
Moeller van den Bruck, Arthur, *Le Troisième Reich*, Sorlot, Paris, 1981.
Mosse, George L., *Les Racines intellectuelles du Troisième Reich : la crise de l'idéologie allemande*, Calmann-Lévy, Paris, 2006.
Mosse, George L., *Nazi Culture*, New York, Grosset & Dunlap, 1964.
Mosse, George L., *Toward The Final Solution*, Reprint, New York, Howard Fertig, 1978.
Mosse, George L., *La Révolution fasciste : vers une théorie générale du fascisme*, Seuil, Paris, 2003.
* Newman, Ernst, *The Life of Wagner*, vol. 1-4, New York, Knopf, 1946.
* Nietzsche, Friedrich, *Par-delà le bien et le mal*, Aubier-Montaigne, Paris, 1978.
* Nietzsche, Friedrich, *La Naissance de la tragédie*, Gallimard, Paris, 1970.
* Nietzsche, Friedrich, *Le Cas Wagner*, Gallimard, Paris, 1980.
* Nietzsche, Friedrich, *La Généalogie de la morale*, Gallimard, Paris, 1966.
* Nietzsche, Friedrich, *Ecce homo*, Denoël, Paris, 1971.
* Nietzsche, Friedrich, *Ainsi parlait Zarathoustra*, Aubier, Paris, 1992.
* Nietzsche, Friedrich, *Humain, trop humain*, vol. 1 et 2, Denoël, Paris, 1973.
* Nietzsche, Friedrich, Walter Kaufmann, ed., *The Portable Nietzsche*, New York, Penguin, 1982.
Noakes, J., et Pridham G., ed., *Nazism 1919-1945*, vol. 1 : *1919-1934*, Exeter, University of Exeter Press, 1983.
* Noll, Richard, *Jung, le Christ aryen : les secrets d'une vie*, Plon, Paris, 1999.
Nolte, Ernst, *Les Mouvements fascistes : l'Europe de 1919 à 1945*, Calmann-Lévy, Paris, 1991.
* Payne, Robert, *Hitler*, Buchet-Chastel, Paris, 1974.
Posner, Gerald L., et Ware, John, *Mengele : The Complete Story*, New York, Dell, 1986.
Radzinski, Edvard, *Raspoutine : l'ultime vérité*, Lattès, Paris, 2000.
Ravenscroft, Trevor, *The Spear of Destiny*, York Beach, ME Samuel Weiser, 1982.
* Rosenbaum, Ron, *Pourquoi Hitler ?* Lattès, Paris, 1998.
Rubenstein, Richard L., *After Auschwitz : Radical Theology and Contemporary Judaism*, Indianapolis, Bobbs-Merill Co., 1966
* Salisbury, Harrison E., *La Russie en révolution*, Pygmalion, Paris, 1979.

* Schellenberg, Walter, *The Schellenberg Memoirs . A Record for The Nazi Secret Service*, London, Andre Deutsch, 1956.

* Sereny, Gitta, *Albert Speer : son combat avec la vérité*, Seuil, Paris, 1997.

Shirer, William L., *À Berlin, journal d'un correspondant américain, 1934-1941*, Hachette, Paris, 1946.

Shirer, William L., *Le IIIe Reich, des origines à la chute*, Presses de la Cité, Paris, 1990.

Showalter, Dennis E., *Little Man, What Now ? Der Sturmer in the Weimar Republic*, Hamden, CT, Archon Books, 1982.

Sichrovsky, Peter, *Incurably German*, New York, Swan Books, 2001.

* Smith, Bradley F., *Adolf Hitler : His Family, Childhood and Youth* Stanford, Hoover Institution Press (Stanford University), 1967.

* Smith, Bradley F., *Heinrich Himmler : A Nazi in the Making 1900-1926*, Stanford, Hoover Institution Press (Stanford University), 1971.

Snyder, Louis L., *Hitler's Elite : Nineteen Biographical Sketches of Nazis Who Shaped the Third Reich*, New York, Hippocrene Books, 1989.

* Speer, Albert, *Au cœur du IIIe Reich*, Fayard, Paris, 1972.

* Speer, Albert, *Journal de Spandau*, Laffont, Paris, 1992.

* Stein, George H., ed., *Hitler*, Englewood Cliffs, NJ, Prentice-Hall, 1968.

* Sturmer, Michael, *The German Empire (1870-1918)*, New York, The Modern Library, 2000.

Taylor, Telford, introduction and editor, *Hitler's Secret Book*, New York, Grove Press, 1961.

Toland, John, *Adolf Hitler 20 avr. 1889-oct. 1938*, vol. 1, Pygmalion, Paris, 1986.

Tolstoï, Léon *La Mort d'Ivan Ilitch*, Slatkine, Genève, 1995.

Tolstoï, Léon *Anna Karénine*, Gallimard, Paris, 1978.

Trevor-Roper, H. R., ed., *Hitler's Secret Conversations (1941-1944)*, New York, Farrar, Straus and Young, 1953.

* Trevor-Roper, H. R., ed., *The Bormann Letters*, London, AMS Press/ Weidenfeld and Nicholson, 1954.

* Trevor-Roper, Hugh, *Les Derniers Jours de Hitler*, Calmann-Lévy, Paris, 1964.

Trotski, Léon, *Ma vie*, Gallimard, Paris, 1954.

Vassilyev, A. T., *The Ochrana*, Philadelphia, Lippincott, 1930.

Viroubova, Anna, *Memories of the Russian Court*, London, Macmillan, 1923.

Von Frisch, Karl, *Vie et Mœurs des abeilles*, Albin Michel, Paris, 1984.

Von Lang, Jochen, *Adolf Hitler, visage d'un dictateur*, Éd. Rencontre, Paris, 1969.

Von Lang, Jochen, *Martin Bormann, l'éminence grise de Hitler*, France Empire, Paris. 1980.

* Waite, Robert G. L., *The Psychopathic God : Adolf Hitler*, Cambridge, Da Capo Press, 1964.

Warlimont, Gen. Walter, *Cinq ans au GQG de Hitler*, Elseview Sequoia, Paris-Bruxelles, 1975.

* Weitz, John, *Hitler's Diplomat : The Life and Times of Joachim von Ribbentrop*, New York, Ticknor & Fields, 1992.

Wilson, Colin, *Rasputin and The Fall of the Romanovs*, New York, Farrar, Straus and Co., 1964.

Wykes, Anton, *Himmler*, New York, Ballantine Books, 1972.

* Youssoupoff, prince Félix, *La Fin de Raspoutine : par celui qui osa l'exécuter*, Complexe, Paris, 1982.

Youssoupoff, prince Félix, *Mémoires*, Éditions du Rocher, Monaco, 2005.

Remerciements

À mes assistants, feue Judith McNally et Dwayne Prickette ; à mon excellent ami et archiviste, J. Michael Lennon ; à David Ebershoff, mon directeur de collection, et à Gina Centrello, mon éditeur pour leur coopération efficace et leurs remarques pertinentes ; à Jason Epstein pour sa lecture d'un premier jet ; à Holly Webber et Janet Wygal pour leur excellent travail de mise en page ; à mes bons amis Hans Janitschek et Ivan Fisher pour leur lecture du manuscrit ; à Elke Rosthal pour ses cours d'allemand ; à ma femme Norris, et à mes neuf enfants pour la chaleur qu'ils m'apportent ; et à Andrew Wylie et Jeff Posternak, mes agents enthousiastes et efficaces.

Table

Dans la même collection

Svetlana Alexievitch, *Ensorcelés par la mort.* Traduit du russe par Sophie Benech.
Vladimir Arsenijević, *À fond de cale.* Traduit du serbo-croate par Mireille Robin.
Trezza Azzopardi, *La Cachette.* Traduit de l'anglais par Edith Soonckindt.
Trezza Azzopardi, *Ne m'oubliez pas.* Traduit de l'anglais par Edith Soonckindt.
Kirsten Bakis, *Les Chiens-Monstres.* Traduit de l'anglais (États-Unis) par Marc Cholodenko.
Sebastian Barry, *Les Tribulations d'Eneas McNulty.* Traduit de l'anglais (Irlande) par Robert Davreu.
Saul Bellow, *En souvenir de moi.* Traduit de l'anglais (États-Unis) par Pierre Grandjouan.
Saul Bellow, *Tout compte fait. Du passé indistinct à l'avenir incertain.* Traduit de l'anglais (États-Unis) par Philippe Delamare.
Alessandro Boffa, *Tu es une bête, Viskovitz.* Traduit de l'italien par Nathalie Bauer.
Joan Brady, *L'Enfant loué.* Traduit de l'anglais par Pierre Alien. Prix du Meilleur Livre Étranger 1995.
Joan Brady, *Peter Pan est mort.* Traduit de l'anglais par Marc Cholodenko.
Joan Brady, *L'Émigré.* Traduit de l'anglais par André Zavriew.
Peter Carey, *Jack Maggs.* Traduit de l'anglais (Australie) par André Zavriew.
Peter Carey, *Oscar et Lucinda.* Traduit de l'anglais (Australie) par Michel Courtois-Fourcy.
Peter Carey, *L'Inspectrice.* Traduit de l'anglais (Australie) par Marc Cholodenko.
Peter Carey, *Un écornifleur* (Illywhacker). Traduit de l'anglais (Australie) par Jean Guiloineau.
Peter Carey, *La Vie singulière de Tristan Smith.* Traduit de l'anglais (Australie) par André Zavriew.
Peter Carey, *Ma vie d'imposteur.* Traduit de l'anglais (Australie) par Elisabeth Peellaert.
Peter Carey, *Véritable histoire du Gang Kelly.* Traduit de l'anglais (Australie) par Elisabeth Peellaert. Prix du Meilleur Livre Étranger 2003.
Sandra Cisneros, *Caramelo.* Traduit de l'anglais (États-Unis) par Rémy Lambrechts.
Martha Cooley, *L'Archiviste.* Traduit de l'anglais (États-Unis) par André Zavriew.
Fred D'Aguiar, *La Mémoire la plus longue.* Traduit de l'anglais (États-Unis) par Gilles Lergen.
Junot Diaz, *Comment sortir une Latina, une Black, une blonde ou une métisse.* Traduit de l'anglais (États-Unis) par Rémy Lambrechts.
Edward Docx, *Le Calligraphe.* Traduit de l'anglais par Marie-Claire Pasquier.
Albert Drach, *Voyage non sentimental.* Traduit de l'allemand par Colette Kowalski.
Stanley Elkin, *Le Royaume enchanté.* Traduit de l'anglais (États-Unis) par Claire Maniez et Marc Chénetier.
Nathan Englander, *Pour soulager d'irrésistibles appétits.* Traduit de l'anglais (États Unis) par Elisabeth Peellaert.
Jeffrey Eugenides, *Les Vierges suicidées.* Traduit de l'anglais (États-Unis) par Marc Cholodenko.
Kitty Fitzgerald, *Le Palais des cochons.* Traduit de l'anglais par Bernard Hœpffner
Susan Fletcher, *La Fille de l'Irlandais.* Traduit de l'anglais par Marie-Claire Pasquier.
Dario Fo, *Le Pays des Mezaràt.* Traduit de l'italien par Nathalie Bauer.

Erik Fosnes Hansen, *Cantique pour la fin du voyage.* Traduit du norvégien par Alain Gnaedig.
Erik Fosnes Hansen, *La Tour des faucons.* Traduit du norvégien par Johannes Kreisler.
Erik Fosnes Hansen, *Les Anges protecteurs.* Traduit du norvégien par Lena Grumbach et Hélène Hervieu.
William Gaddis, *JR.* Traduit de l'anglais (États-Unis) par Marc Cholodenko.
William Gaddis, *Le Dernier Acte.* Traduit de l'anglais (États-Unis) par Marc Cholodenko.
William Gaddis, *Agonie d'agapè.* Traduit de l'anglais par Claro.
Eduardo Galeano, *Mémoire du feu,* tome I, *Les Naissances.* Traduit de l'espagnol par Claude Couffon.
Eduardo Galeano, *Mémoire du feu,* tome II, *Les Visages et les Masques.* Traduit de l'espagnol par Véra Binard.
Eduardo Galeano, *Mémoire du feu,* tome III, *Le Siècle du vent.* Traduit de l'espagnol par Véra Binard.
Natalia Ginzburg, *Nos années d'hier* Traduit de l'italien par Adrienne Verdière Le Peletier. Nouvelle édition établie par Nathalie Bauer.
Paul Golding, *L'Abomination.* Traduit de l'anglais par Robert Davreu.
Nadine Gordimer, *Le Safari de votre vie.* Nouvelles traduites de l'anglais par Pierre Boyer, Julie Damour, Gabrielle Rolin, Antoinette Roubichou-Stretz et Claude Wauthier.
Nadine Gordimer, *Feu le monde bourgeois.* Traduit de l'anglais par Pierre Boyer.
Nadine Gordimer, *Personne pour m'accompagner.* Traduit de l'anglais par Pierre Boyer.
Nadine Gordimer *L'Écriture et l'existence.* Traduit de l'anglais par Claude Wauthier.
Nadine Gordimer, *L'Arme domestique.* Traduit de l'anglais par Claude Wauthier et Fabienne Teisseire.
Nadine Gordimer, *Vivre dans l'espoir et dans l'Histoire.* Traduit de l'anglais par Claude Wauthier et Fabienne Teisseire.
Nadine Gordimer, *La Voix douce du serpent.* Traduit de l'anglais par Pierre Boyer, Julie Damour, Dominique Dussidour, Claude Wauthier.
Nadine Gordimer, *Le Magicien africain.* Traduit de l'anglais par Pierre Boyer, Julie Damour, Fabienne Teisseire et Claude Wauthier.
Arnon Grunberg *Douleur fantôme.* Traduit du néerlandais par Olivier Van Wersch-Cot.
Arnon Grunberg, *Lundis bleus.* Traduit du néerlandais par Tina Hegeman.
Allan Gurganus, *Bénie soit l'assurance.* Traduit de l'anglais (États-Unis) par Simone Manceau.
Allan Gurganus, *Et nous sommes à Lui.* Traduit de l'anglais (États-Unis) par Elisabeth Peellaert.
Allan Gurganus, *Lucy Marsden raconte tout.* Traduit de l'anglais (États-Unis) par Elisabeth Peellaert.
Allan Gurganus, *Les Blancs.* Traduit de l'anglais (États-Unis) par Simone Manceau et Elisabeth Peellaert.
Oscar Hijuelos, *Les Mambo Kings.* Traduit de l'anglais (États-Unis) par Pierre Alien et Jean Clem.
Nick Hornby, *À propos d'un gamin.* Traduit de l'anglais par Christophe Mercier.
Nick Hornby, *Carton jaune.* Traduit de l'anglais par Gabrielle Rolin.
Nick Hornby, *Conversations avec l'ange.* Traduit de l'anglais par Marie-Claire Pasquier.
Nick Hornby, *Haute Fidélité.* Traduit de l'anglais par Gilles Lergen.
Nick Hornby, *La Bonté : mode d'emploi.* Traduit de l'anglais par Isabelle Chapman
Nick Hornby, *Vous descendez ?* Traduit de l'anglais par Nicolas Richard

Neil Jordan, *Lignes de fond.* Traduit de l'anglais (Irlande) par Gabrielle Rolin.
Nicholas Jose, *Pour l'amour d'une rose noire.* Traduit de l'anglais par Anne Rabinovitch.
Ken Kalfus, *Un désordre américain*, Traduit de l'anglais (États-Unis) par Marie-Hélène Dumas.
Ryszard Kapúsciński, *Ébène.* Traduit du polonais par Véronique Patte.
Ryszard Kapúsciński, *Imperium.* Traduit du polonais par Véronique Patte.
Ryszard Kapúsciński, *La Guerre du foot.* Traduit du polonais par Véronique Patte.
Ryszard Kapúsciński, *Mes voyages avec Hérodote.* Traduit du polonais par Véronique Patte.
Wolfgang Koeppen, *Pages du journal de Jacob Littner écrites dans un souterrain.* Traduit de l'allemand par André Maugé.
Jerzy Kosinski, *L'Ermite de la 69e Rue.* Traduit de l'anglais (États-Unis) par Fortunato Israël.
Barry Lopez, *Les Dunes de Sonora.* Traduit de l'anglais (États-Unis) par Suzanne V. Mayoux.
James Lord, *Cinq Femmes exceptionnelles.* Traduit de l'anglais (États-Unis) par Pierre Leyris et Edmonde Blanc.
Patrick McCabe, *Le Garçon boucher.* Traduit de l'anglais (Irlande) par Edith Soonckindt.
Norman Mailer, *L'Amérique.* Traduit de l'anglais (États-Unis) par Anne Rabinovitch.
Norman Mailer, *L'Évangile selon le fils.* Traduit de l'anglais (États-Unis) par Rémy Lambrechts.
Norman Mailer, *Oswald. Un mystère américain.* Traduit de l'anglais (États-Unis) par Pierre Grandjouan.
Salvatore Mannuzzu, *La Procédure.* Traduit de l'italien par André Maugé.
Salvatore Mannuzzu, *La Fille perdue.* Traduit de l'italien par Nathalie Bauer.
Valerie Martin, *Mary Reilly.* Traduit de l'anglais (États-Unis) par Annie Saumont.
Daniel Mason, *Un lointain pays.* Traduit de l'anglais (États-Unis) par Isabelle Chapman.
Paolo Maurensig, *Le Violoniste.* Traduit de l'italien par Nathalie Bauer.
Piero Meldini, *L'Antidote de la mélancolie.* Traduit de l'italien par François Maspero.
Jess Mowry, *Hypercool.* Traduit de l'anglais (États-Unis) par Pierre Alien.
Péter Nádas, *Amour.* Traduit du hongrois par Georges Kassai et Gilles Bellamy.
Péter Nádas, *La Fin d'un roman de famille.* Traduit du hongrois par Georges Kassai.
Péter Nádas, *Le Livre des mémoires.* Traduit du hongrois par Georges Kassai. Prix du Meilleur Livre Étranger 1999.
Péter Nádas, *Minotaure.* Traduit du hongrois par Georges Kassai et Gilles Bellamy.
V. S. Naipaul, *L'Inde. Un million de révoltes.* Traduit de l'anglais par Béatrice Vierne.
V. S. Naipaul, *La Traversée du milieu.* Traduit de l'anglais par Marc Cholodenko.
V. S. Naipaul, *Un chemin dans le monde.* Traduit de l'anglais par Suzanne V. Mayoux.
V. S. Naipaul, *La Perte de l'Eldorado.* Traduit de l'anglais par Philippe Delamare.
V. S. Naipaul, *Jusqu'au bout de la foi. Excursions islamiques chez les peuples convertis.* Traduit de l'anglais par Philippe Delamare.
V. S. Naipaul, *La Moitié d'une vie.* Traduit de l'anglais par Suzanne V. Mayoux.
V. S. Naipaul, *Semences magiques.* Traduit de l'anglais par Suzanne V. Mayoux.
Tim O'Brien, *À la poursuite de Cacciato.* Traduit de l'anglais (États-Unis) par Yvon Bouin.
Tim O'Brien, *À propos de courage.* Traduit de l'anglais (États-Unis) par Jean-Yves Prate. Prix du Meilleur Livre Étranger 1993.

Tim O'Brien, *Au lac des Bois.* Traduit de l'anglais (États-Unis) par Rémy Lambrechts.
Tim O'Brien, *Matou amoureux.* Traduit de l'anglais (États-Unis) par Rémy Lambrechts.
Jayne Anne Phillips, *Camp d'été.* Traduit de l'anglais (États-Unis) par André Zavriew.
Salman Rushdie, *Est, Ouest.* Traduit de l'anglais par François et Danielle Marais.
Salman Rushdie, *Franchissez la ligne...* Traduit de l'anglais par Philippe Delamare.
Salman Rushdie, *Furie.* Traduit de l'anglais par Claro.
Salman Rushdie, *Haroun et la mer des histoires.* Traduit de l'anglais par Jean-Michel Desbuis.
Salman Rushdie, *La Honte.* Traduit de l'anglais par Jean Guiloineau.
Salman Rushdie, *La Terre sous ses pieds.* Traduit de l'anglais par Danielle Marais.
Salman Rushdie, *Le Dernier Soupir du Maure.* Traduit de l'anglais par Danielle Marais.
Salman Rushdie, *Le Sourire du jaguar.* Traduit de l'anglais par Anne Rabinovitch.
Salman Rushdie, *Les Enfants de minuit.* Traduit de l'anglais par Jean Guiloineau.
Salman Rushdie, *Les Versets sataniques.* Traduit de l'anglais par A. Nasier.
Salman Rushdie, *Shalimar le clown.* Traduit de l'anglais par Claro.
Paul Sayer, *Le Confort de la folie.* Traduit de l'anglais par Bernard Hœpffner.
Diane Setterfield, *Le Treizième Conte.* Traduit de l'anglais par Claude et Jean Demanuelli.
Donna Tartt, *Le Maître des illusions.* Traduit de l'anglais (États-Unis) par Pierre Alien.
Donna Tartt, *Le Petit Copain.* Traduit de l'anglais (États-Unis) par Anne Rabinovitch.
Pramoedya Ananta Toer, *Le Fugitif.* Traduit de l'indonésien par François-René Daillie.
Rose Tremain, *Les Ténèbres de Wallis Simpson.* Traduit de l'anglais par Claude et Jean Demanuelli.
Rose Tremain, *Retour au pays.* Traduit de l'anglais par Claude et Jean Demanuelli.
Joanna Trollope, *La Deuxième Lune de miel.* Traduit de l'anglais par Isabelle Chapman.
Dubravka Ugrešić, *L'Offensive du roman-fleuve.* Traduit du serbo-croate par Mireille Robin.
Dubravka Ugrešić, *Dans la gueule de la vie.* Traduit du serbo-croate par Mireille Robin.
Sandro Veronesi, *La Force du passé.* Traduit de l'italien par Nathalie Bauer.
Serena Vitale, *Le Bouton de Pouchkine.* Traduit de l'italien par Jacques Michaut-Paternò. Prix du Meilleur Livre Étranger 1998.
Edith Wharton, *Les Boucanières.* Traduit de l'anglais (États-Unis) par Gabrielle Rolin.
Edmund White, *Écorché vif.* Traduit de l'anglais (États-Unis) par Elisabeth Peellaert et Marc Cholodenko.
Edmund White, *Fanny.* Traduit de l'anglais (États-Unis) par Anne Rabinovitch.
Edmund White, *La bibliothèque qui brûle.* Traduit de l'anglais (États-Unis) par Philippe Delamare.
Edmund White, *La Symphonie des adieux.* Traduit de l'anglais (États-Unis) par Marc Cholodenko.
Edmund White, *L'Homme marié.* Traduit de l'anglais (États-Unis) par Anne Rabinovitch.
Edmund White, *Mes vies.* Traduit de l'anglais (États-Unis) par Philippe Delamare.
Edmund White, *Hotel de Dream.* Traduit de l'anglais (États-Unis) par André Zavriew.
Jeanette Winterson, *Écrit sur le corps.* Traduit de l'anglais par Suzanne Mayoux.

Jeanette Winterson, *Le Sexe des cerises.* Traduit de l'anglais par Isabelle Delors-Philippe.

Jeanette Winterson, *Art et mensonges.* Traduit de l'anglais par Isabelle Delors-Philippe.

Tobias Wolff, *Un mauvais sujet.* Traduit de l'anglais (États-Unis) par Anouk Neuhoff.

Tobias Wolff, *Dans l'armée de Pharaon.* Traduit de l'anglais (États-Unis) par Rémy Lambrechts.

Tobias Wolff, *Portrait de classe.* Traduit de l'anglais (États-Unis) par Elisabeth Peellaert.

Tobias Wolff, *Retour au monde.* Traduit de l'anglais (États-Unis) par Rémy Lambrechts.

Pedro Zarraluki, *Un été à Cabrera.* Traduit de l'espagnol par Laurence Villaume.

Composition et mise en page

NORD COMPO
multimédia

Achevé d'imprimer sur les presses de

BUSSIÈRE
GROUPE CPI

à Saint-Amand-Montrond (Cher)
en octobre 2007

N° d'édition : 20134/04. — N° d'impression : 073490/1.
Dépôt légal : septembre 2007.

Imprimé en France.